红楼梦 俗文艺作品集成

戏曲集（二） 朱恒夫 刘衍青 编订

上海大学出版社
·上海·

序言

詹　丹

《红楼梦》所具的百科全书性,单从其与戏曲结缘论,也洋洋大观。

虽然这种结缘让有些学者产生冲动,很愿意相信《红楼梦》作者是一位戏曲家,也费心费力做了研究,所得出的结论,堪称另一种"荒唐言"。但产生这种冲动的原因,是可以理解的。因为隐含在《红楼梦》小说中,作为情节发展和人物性格塑造一部分的元明清戏曲作品,姑且称之为小说文本外的"副文本",随处可见。据徐扶明等学者统计,《红楼梦》共有 40 来个章回涉及了当时流行的 37 种剧目,据此,有人夸张地称《红楼梦》中藏着一部元明清经典戏曲史,也并不令人惊讶。

研究元明清戏曲与《红楼梦》文本的关系,努力挖掘涉及的剧目是怎样滋养着《红楼梦》的创作成就,当然是一种重要的研究路径,而且确实取得了令人瞩目的成绩,丰富了我们对《红楼梦》同时也是对那些戏曲作品乃至当时社会文化的认识。当然这仅仅是一方面。

另一方面,《红楼梦》作为一部传统社会的小说巨著,也构成文化创作的丰富源泉,不断激发后人的创作灵感,延伸出大量戏曲改编作品。而且,不受传统戏曲种类局限,辐射到其他各种类别,在近两百年的历史长河中,持续不断,滚滚而来。

虽然本人的研究兴趣在《红楼梦》小说本身,但偶尔对改编的戏曲乃至影视作品也稍有涉猎,这里略谈几句感想。

其实,小说问世没多久,就有了仲振奎改编的共 32 出的《红楼梦传奇》。由于需要将《红楼梦》小说的基本内容在 32 出戏中全部演完,就不得不对小说的许多线索进行归并。比如将原本分处于第一回和第五回的木石前盟的神话传说和太虚幻境的情节进行归并。再比如在情节设计中,交代林黛玉的父母在黛玉进贾府前都已去世,这样林黛玉进贾府后不会再有牵挂,也避免再去探望病重的父亲及奔丧之类横生的枝蔓。又比如戏曲中林黛玉和薛宝钗是一起进贾府的,而在小说中,林黛玉和薛宝钗分别在第三回和第四回进贾府。在读小说的时候,读者可能感到奇怪:为什么对林黛玉进贾府有详细的描写,而对薛宝钗进贾府的情况则几乎没有描述,宝玉和宝钗正式见面的场合又在哪里?戏曲改编大概考虑到读者的心理疑惑,于是就安排了两人恰巧凑在一起进贾府,同时也改去了小说第三回中贾政未见林黛玉的情节,而让这两人见到了家中每一位长辈,等等。虽然从整体看,戏曲对小说文本的改造比较多,但出于演出制约和现场效果的特殊需要等,不得不对纷繁复杂的小说情节线索加以重新梳理,使得小说文本一些细腻之处就不可避免地被抹除,原本较能够凸显人物性格差异的精微之处,也不再彰显。

如何看待戏曲改编和小说文本的差异,是一个饶有趣味的接受学问题,这里举两例来谈。

其一,《红楼梦》小说改编而成戏曲的,影响最大、最深入人心的是越剧《红楼梦》。而越剧《红楼梦》改编之所以成功,一般认为,重要原因之一,是改编者在改编过程中做了一个大胆选择:将《红楼梦》小说中家族衰败的主线基本删除,只抓住了宝黛爱情这条线索。当《红楼梦》被改编成一部凸显爱情主题的作品时,尽管在越剧最后部分也有抄家的情节设计,但主要也是为了烘托宝黛爱情的悲剧性。此外,越剧《红楼梦》对小说一些重要情节的处理变动也很有意思。比如,它将黛玉葬花的情节放在了宝玉挨打之后,而在小说中,黛玉葬花在第二十七回,宝玉挨打在第三十三回,当中还间隔了六七回。这一改动让北大教授、曾经也是红楼梦学会会长的吴组缃非常不满。他认为,小说中,宝玉挨打后,林黛玉前来探望,宝玉让晴雯给林黛玉送去两条旧手帕,林黛玉在其上作《题帕三绝句》,通过这些情节的处理,表明两人此时已彻底理解了对方的心意,不可能再有大误会发生。而越剧在这之后,还把小说之前的一段情节挪过来,即林黛玉误以为贾宝玉吩咐怡红院里的丫鬟不给自己开门,然后心生哀怨,在悲悲戚戚中葬花,这样的变动设计是不合理的,也没有理解宝玉挨打后的一系列事件所蕴含的宝黛已经有了默契的深意。但现在回过头来思考这个问题,我觉得还可以有另一种思路。为什么越剧《红楼梦》要进行这样的情节改动?在我看来,情感的高潮与情节的高潮未必相等。在越剧《红楼梦》中,情感是其表现的主要内容,黛玉葬花则是其高潮,不同于宝玉挨打这一情节的高潮。如果黛玉葬花这一幕出现过早,是不符合越剧《红楼梦》高潮设计的整体布局的。

其二,鲁迅曾为厦大学生改编的《红楼梦》话剧写过一篇小序,这就是著名的《〈绛洞花主〉小引》。其中有一段话,十分经典,即"单是命意,就因读者的眼光而有种种:经学家看见《易》,道学家看见淫,才子看见缠绵,革命家看见排满,流言家看见宫闱秘事"。这虽然是从读者反应角度对《红楼梦》主题的经典概括,其梳理也相当精准。但让人感到疑惑的是,何以在这篇短小的"小引"中,鲁迅会强调这个问题?其实,如果我们阅读了《绛洞花主》剧本,就可以意识到,这出话剧对《红楼梦》作出了很大的改动。它甚至安排了"反抗"这样一出戏,让宁国府的焦大和进租的乌进孝等分享反抗的经验,并设计黑山村、白云屯等村民联合起来,要求贾府减轻租税,显示了一个来自底层的人对上层社会的对抗。而这种对抗性,在小说本文中,是很难发现的。即使鲁迅本人不会这样理解小说(就像他在其他场合论及焦大一样),但话剧的改编,把《红楼梦》定位为社会问题剧,鲁迅还是从读者接受的角度,给出了同情式理解。所以"小引"引入种种不同的眼光,其实,也是给话剧的大胆改编提供了合法依据。这在一定程度上启发我们,所谓改编,其实都是后人站在自身立场,对原作的一次再理解和再创作,从而形成持续不断地与原作的对话。从这一思路看,拘泥于作品本身的改编,改编者宣称的所谓忠实于原作,就可能是迂腐的,也是不现实的。

令人感叹的是,《红楼梦》作为白话小说,在当初正统文人眼里应该就是俗的,但时过境迁,它也有了雅的地位,而使得改编的其他类别的文艺作品,成为一种俗。这种雅和俗的微妙分离、变迁和对峙,也是值得讨论的耐人寻味的现象。

朱恒夫老师是我十分钦佩的国内研究戏曲的名家,不但善于发现新问题并加以解决,也勤于收集整理原始资料。之前,他已经主编并出版了数十卷的《中国傩戏剧本集成》,令人叹为观止,如今他和他的高足刘衍青教授搜罗广泛的《红楼梦俗文艺作品集成》也即将面世,知道我是《红楼梦》爱好者,就嘱我写序。以前翻阅顾炎武《日知录》,说"人之患在好为人序",使我对写序一事,颇有忌惮,但朱老师所托之事,又不便拒绝,只能硬着头皮,略写几句感想,反正"人之患在好为人师"方面,我几十年教师当下来,已脱不了干系,再加一"患",有虱多不痒的心理准备。只是一路写来,定有不当处,还请朱老师指正,借此也表达我对朱老师勤勉工作的敬意。

  是为序。

2019 年 3 月 15 日

前言

朱恒夫　刘衍青

　　《红楼梦》自问世之后,不断地衍变,至今天,已经形成了一个形式多样、品种丰富的"红楼梦"文艺作品群。我们可以将它们分成五类,即曹雪芹创作的小说《红楼梦》,根据原典改编、续编的小说、戏剧、曲艺和影视剧。因而研究"红楼梦"的"红学"范围也相应地扩大,亦将它们纳入研究的范围。所以,"红楼梦"不仅仅指原典小说,还包括用多种文艺形式改编的作品,"红学"也不只是研究曹雪芹所创作的《红楼梦》的学问。

　　客观地说,《红楼梦》的人物与故事能达到几乎是"家喻户晓,人人皆知"的程度,主要得力于由原典改编的作品,尤其是戏曲、说唱和影视剧,所谓"俗文艺"是也。因为,接受原典的思想和艺术,须具备识字较多和文化修养较高这两个条件,否则,即使了解了故事情节的大概,也是囫囵吞枣、似懂非懂的,甚至阅读的兴趣会越来越小,直至束之高阁。而俗文艺的戏曲、说唱和影视剧就不同了,它们将原典《红楼梦》中的故事内容,通过悦耳的音乐、动人的表演、怡人的景象等,让人们直观理解并得到美的享受。与原典相比,更为不同的是,俗文艺的改编者所呈现的作品,往往选取小说中最动人的故事情节、最为人们关注的人物并对原典的内容进行通俗化处理,接受者用不着费心思考,就能明了作品的思想内涵和人物性格。

　　因原典用精湛高超的艺术手法逼真地描写了复杂的社会生活,表现了能引发许多人共鸣的人生观,故而甫一问世,就受到了读者的欢迎,尤其到了乾隆五十六年(1791),程伟元、高鹗刊行了一百二十回本后,《红楼梦》迅速传播,到了士人争相阅读的地步。为了让更多的人接受,一些文人与艺人将其改编成戏曲或说唱作品。据现存资料看,程高本问世的第二年,仲振奎就写出了第一出红楼戏,名曰《葬花》。说唱可能略晚于戏曲,据范锴《汉口丛谈(卷五)》记载,1808年,汉口的民间艺人开始说唱《黛玉葬花》。随着文明戏的出现,1913年,春柳社等话剧社团开始改编并演出《红楼梦》。最早的电影《红楼梦》问世于1927年,为上海复旦影片公司和孔雀影片公司分别摄制的《红楼梦》无声片;1944年,中华电影联合有限股份公司摄制了第一部《红楼梦》有声片,由卜万苍执导,周璇饰演林黛玉,袁美云饰演贾宝玉。因电视剧这一文艺样式晚出,故而电视剧《红楼梦》直到1987年才出现。但由于电视剧的传播方式不同于戏曲、说唱和电影,它真正达到了让《红楼梦》的故事与人物家喻户晓、人人皆知的普及程度。

将原典小说改编成俗文艺作品的人,除了文人外,还有艺人。文人改编者,其动机多是因为由衷地热爱原典小说,欲让更多的人分享其精彩的故事、发人深思的思想和栩栩如生的人物形象,如仲振奎读了《红楼梦》后,"哀宝玉之痴心,伤黛玉、晴雯之薄命,恶宝钗、袭人之阴险,而喜其书之缠绵悱恻,有手挥目送之妙也",于是他用40天的时间,编成传奇。万荣恩作《潇湘怨传奇》也是出于这样的心地,在购得《红楼梦》后,"披卷览之,喜其起止顿挫,节奏天成,末节再三,流连太息者久焉。因不揣愚陋,谱作传奇"。艺人改编者,则多是受艺术市场引导,样式以说唱为主。他们在改编时,很少像文人那样借他人之酒杯以浇自己心中之块垒,而是力求吻合大多数接受者审美之趣味。

如果说原典《红楼梦》是定型的、不变的话,那么,俗文艺红楼梦则不仅运用新出现的文艺样式,如话剧、电影、电视、歌剧、舞剧、音乐剧,等等,就每一种样式的内容来说,也在不断地变化。仅以戏曲为例,从时间上来说,自1792年仲振奎的传奇《葬花》诞生始,清代相继创编了20部红楼梦传奇、杂剧,今存的就有仲振奎《红楼梦传奇》、孔昭虔《葬花》、万荣恩《潇湘怨传奇》、吴镐《红楼梦散套》、吴兰徵《绛蘅秋》、石韫玉《红楼梦传奇》、朱凤森《红楼梦传奇》、许鸿磐《三钗梦北曲》、陈钟麟《红楼梦传奇》、周宜《红楼佳话》、褚龙祥《红楼梦填词》,等等。民国年间,京剧名角纷纷与文人合作编创新戏,齐如山与梅兰芳、欧阳予倩与杨尘因、张冥飞、冯叔鸾、陈墨香与荀慧生等,刘豁公与金碧艳等,编创了大量的京剧红楼戏。除京剧外,各地方剧种中的名旦也纷纷编演红楼戏,经过长时间的舞台实践,有许多剧目成了粤剧、闽剧、秦腔、越剧、评剧等剧种的骨子戏。新中国成立后,戏曲红楼梦的编演掀起了一波又一波的高潮,仅越剧就有弘英《红楼梦》(1953年)、夏昉《红楼梦》(1953年)、包玉珏《红楼梦》(1954年)、洪隆《红楼梦》(1956

年)、王绍舜《晴雯之死》(1954年)、冯允庄《宝玉与黛玉》(1955年)、张智等《晴雯》(1956年)、徐进《红楼梦》(1958年)、胡小孩《大观园》(1983)、吴兆芬《晴雯别宝玉》《宝玉夜祭》《元春省亲》《白雪红梅》《晴雯补裘》(20世纪80—90年代)等等。除了徐进的越剧《红楼梦》影响较大之外,受观众欢迎的还有吴白匋等改编的锡剧《红楼梦》,徐玉诺、许寄秋等改编的河南曲剧《红楼梦》,王昆仑等改编的昆剧《晴雯》,赵循伯改编的川剧高腔《晴雯传》,徐棻改编的川剧高腔《王熙凤》,陈西汀改编的京剧《尤三姐》,等等。其他剧种如粤剧、评剧、潮剧、湘剧、吉剧、龙江剧、黄梅戏、秦腔等,亦编演了许多红楼戏。

总之,两百多年来,俗文艺红楼梦作品因不断地涌现,已经形成了一个改编、衍变原典小说内容的品种较多、数量庞大的作品群。

对于这些俗文艺红楼梦作品,学人从它们出现时就关注着。早期的红楼梦戏曲研究,多是作者的亲友以对剧本的题词、序、跋等形式介绍其创作的背景、动机,并对作品进行评论,如许兆桂对吴兰徵《绛蘅秋》评曰:"观其寓意写生,笔力之所到,直有牢笼百态之度,卓越一世之规。虽游戏之作,亦必有一种幽娴澹远之致,溢乎行间,不少留脂粉香奁气。"民国时期,学人对红楼梦俗文艺作品,开始以专文的形式发表研究成果,如含凉的《红楼梦与旗人》、哀梨的《红楼梦戏》、赵景深的《大鼓研究》、李家瑞的《北平俗曲略》、方君逸研究话剧的论文《关于〈红楼梦〉的改编——〈红楼梦〉剧本序》等。新中国成立后,因政治的与文艺的原因,"红楼梦"受到了前所未有的关注,"红学"自20世纪50年代到20世纪末,不断掀起热潮,学人除了对原典做深入探讨之外,还对红楼梦俗文艺作品进行全面的研究,其成果之一就是汇编俗文艺作品或包括俗文艺作品在内的资料集,如一粟编的《红楼梦资料汇编》(全二册,中华书局1964年版),阿英编的《红楼梦戏曲集》(上、下册,中华书局1978年版),胡文彬编的《红楼梦子弟书》(春风文艺出版社1983年版)、《红楼梦说唱集》(春风文艺出版社1985年版),天津市曲艺团编的《红楼梦曲艺集》(春风文艺出版社1985年版),台湾"中央研究院"历史语言研究所俗文学丛刊编辑小组编的《福州评话红楼梦》(上、下集,新文丰出版股份有限公司2001年版),刘操南编的《红楼梦弹词开篇集》(学苑出版社2003年版),等等。

然而迄今为止,学界还没有将大部分在历史上产生过一定影响的红楼梦俗文艺作品结集汇编,这无疑是一个缺憾。因为俗文艺作品能够为现在及未来对原典小说《红楼梦》的改编提供经验与教训，能够由它们了解到不同时期的人们对《红楼梦》的审美趣味，能够由它们探讨《红楼梦》的传播范围和深度，也能够由它们而了解到"红学"理论对红楼梦俗文艺作品的影响程度，从而对"红学"发展史有全面而较为正确的认识。

鉴于这样的认识，我们便做了这项工作。之所以称之为"集成"，是因为一定还有遗漏的作品。本集成中，我们仅收录了俗文艺红楼梦的戏曲、说唱与话剧的剧本，而没有收录也属于俗文艺的电影与电视剧的剧本，之所以这样，主要出于这两种文艺样式剧本在其艺术形态中所占的成分不大的考虑。

本集成比起同类的书籍，有两个特点：一是作品较全。民国之前的传奇、杂剧剧本和民国以来的话剧剧本基本上搜集齐全，晚清以来诸剧种的红楼戏剧目和诸曲种的红楼说唱曲目，搜集并刊载了杂剧、传奇、京剧、桂剧、粤剧、秦腔、评剧、越剧、川剧、潮剧、吉剧、龙江剧、曲剧、锡剧、黄梅戏等十多个剧种和子弟书、弹词、广东木鱼书、南音、福州评话、弹词开篇、滩簧、高邮锣鼓书、梅花大鼓、西河大鼓、东北大鼓、京韵大鼓、南阳大调曲子、河南坠子、岔曲、单弦、兰州鼓子、马头调、岭儿调、扬州清曲、四川清音、四川竹琴、长沙弹词、粤曲、山东琴书、相声等二十多个曲种的剧本。当然，由于中国的剧种、曲种实在太多，每个剧种和曲种又有很多的班社，想搞清楚在两个多世纪的时间内有哪些剧种、曲种和有哪些班社编演过红楼戏和红楼曲目，是十分困难的，所以我们也只能说已经尽了自己最大的努力，不敢称"完美"，如果以后发现新的俗文艺作品，再作补遗。二是忠实于原著。为了反映作品原貌，我们尽可能采用最早的版本，如仲振奎的传奇《红楼梦》，用的是嘉庆四年(1799)绿云红雨山房刊本；南音《红楼梦》，则用的是清末广州市太平新街以文堂机器版刻印本。

原典小说《红楼梦》是中国文学的代表作，是中国古典小说的巅峰之作，在艺术审美、历史认知和人生启迪的作用上，古今的任何文艺作品都难以望其项背。文艺创作界为了传承这一宝贵的文化遗产，也为了让当代的人更容易接受它，会持续地对它进行改编；学术界尤其是"红学"界为了挖掘原典和俗文艺作品所蕴含的思想与艺术价值，也会持续地对它进行研究。因此，我们所编的这部集成，无论是对文艺创作，还是对学术研究，应该说都能发挥点积极的作用。

编 校 说 明

本集成的编校整理,遵循如下原则:

一、收录红楼梦俗文艺作品中的戏曲、说唱、话剧剧本,共分为八个分册:"戏曲集"四册、"说唱集"二册、"话剧集"二册。

二、对于收录的剧本,尽可能采用最早的版本,并标注每部剧本的出处。

三、为了尽可能地展现剧本原貌,除必要的文字订讹外,原则上不逐一考订原剧本的疏误。

四、对未加标点的抄本,按现行标点符号使用规范进行标点;难以辨认的字,用□代替。

目录

京　　剧

黛玉葬花（欧阳予倩）	3
黛玉葬花（赵桐珊藏本）	8
黛玉伤春（北京图书馆藏本）	16
潇湘探病（郝效莲藏本）	21
黛玉焚稿（北京图书馆藏本）	25
宝玉出家	40
千金一笑（又名《晴雯撕扇》）（赵桐珊藏本）	47
晴雯补裘（赵桐珊藏本）	59
芙蓉诔（一名《晴雯归天》）	68
梅花络（郝效莲藏本）	73
贾政训子	80
大观园（李万春藏本）	91
宝蟾送酒	125
馒头庵	136
红楼二尤	157

晴雯	207
群芳集艳	239
饯春	255
新编俊袭人剧词	256
新红楼梦（新编京戏时事曲本）	257
晴雯（苏雪安）	263
尤三姐（陈西汀）	316
王熙凤大闹宁国府（陈西汀）	350
王熙凤与刘姥姥（陈西汀）	399
元妃省亲（陈西汀）	443
鸳鸯断发（陈西汀）	460
红楼梦（王安祈）	474

京 剧

黛玉葬花

(欧阳予倩)

林黛玉葬花,为《石头记》中大观园十二影事之一,即第二十七回"埋香冢黛玉泣残红"之一段,固已尽人皆知,亦无待大错赘述。至编入戏剧,则曾闻樊樊山,已先为兰芳梅郎编排之。梅郎于京师已曾串演,其扮演此戏之摄影,曾见诸本馆所出之《游戏杂志》中,洵歌场韵事也,唯其脚本则吾未之见。然传闻梅郎于此剧,练成之后,亦不常演。《红楼梦》剧之难编难演,即斯可想见矣。此脚本系予倩所编,复经冥飞、尘因为之润词,其唱白句语,悉从原书中剪裁而出,风雅细腻,洵于剧本中得未曾有。唯程度过高尚,戏情过幽深冷淡,恐终非今日戏世界中,具一般普通听戏之眼光者所欢迎也欤。

第一场

(旦上引)春去无痕,葬天涯,怎不销魂?

(诗)长安三月踏春阳,

　　　处处春阳总断肠。

　　　红瘦绿肥人寂寞,

　　　杜鹃声里吊余芳。

(白)奴家林黛玉,幼失怙恃,多蒙外祖母史太君抚养,寄居荣国贾府之中。诸姑伯姊妹,却也是另眼相看,只有宝玉哥哥,偏偏要无理取闹。昨晚偶过怡红院,他却是闭门不理。咳!这也是寄人篱下的苦处,怎不叫人伤感也。

(唱)叹春光,都付与,多愁多病,

　　　奈何天,辜负了,美景良辰。

　　　可怜奴,无家雁,霜天只影,

　　　好比那,萍和梗,一样飘零。

　　　　花如烟,柳如雾,落红成阵。〔抚琴介,叹介。
　　(接唱)这焦桐,却为何,弹不成声?〔翻书念介。
　　　　良辰美景奈何天,赏心乐事谁家院?
　　(白)咳,这乃是杜丽娘伤春之词,怎么她也是这样的情怀哪!
　　(唱)似这般,无聊赖,春将人困,我只得对鹦鹉,去诉衷情。
　　(白)呵,鹦鹉,这几年来,我与你,相依为命,想我黛玉,自幼父母双亡,又无兄弟姊妹。独自一人,零丁孤苦,如今离乡别井,寄居舅母家中。虽然是长者慈爱,怎么比得自己的双亲,只有表哥宝玉,哎呀,再休提起,想我这畸零之身,哪里还有人体谅我的苦衷,哪里还有人知道我的心事呵。鹦鹉鹦鹉!怎么你也无言。难道说他厌弃我,你也厌弃我不成咳?黛玉呵黛玉,你真好命苦呵。
　　(唱)似有情,却无情,教人深恨,
　　　　能言鸟,竟无语,安慰奴心。
　　(紫鹃上。白)姑娘的痴病又发了,必定又是宝二他得罪了她。呵姑娘,今日乃是饯花盛会,各房的奶奶姑娘,都在园里送春,等候姑娘前去,联诗饮酒。
　　(旦如不闻介。白)炉烟如我瘦,辛苦未成灰。
　　(紫白)姑娘各房的奶奶姑娘们在园子里送春,等候姑娘前去。(旦)怎么?……送春?(紫)正是。(旦)春去了么?到哪里去了?怎么不叫它回来?
　　(紫)春去无言,叫我哪里寻找?(旦)咳,春无消息谁知,除非问取黄鹂呵。紫鹃,安顿花锄,我要葬花去了。(紫)外面春风似剪,姑娘不去也罢。
　　(旦)咳,你看花谢花飞一片片沾泥随水。想世间薄命的人儿,还不是同落花一样么?
　　(唱)扫愁帚,贮香囊,花锄一柄。
　　　　我且到,沁芳桥,葬玉埋春。〔下。
　　(紫白)我们姑娘,跟宝玉自幼十分相爱,哪里晓得越相爱,越烦恼。年纪一天大似一天,烦恼也一天长似一天。据我看来,彼此既然真心相爱,就要彼此原谅。每日里牵愁惹恨,又何苦呢。正是:两情只要能长久,岂在朝朝暮暮愁。〔下。
　　〔小生唱上。
　　　　昨夜晚,怨东风,无端蹂躏,
　　　　满园春,吹变了,一片愁云。

林妹妹,她本是,惜花如命,
　　却为何,这时候,不到园林。
（白）小生宝玉,今日一来是赴饯花盛会,二来这几日林妹妹有些恼我,必然是小生得罪了她,等见着她,赔个礼儿要紧。
（唱）我这里,扫残红,独穿花径。
　　早来到,埋香处,流水孤坟。
（白）到此已是林妹妹葬花之所。你看梨花飘雪,柳絮飞棉,倘若林妹妹看见,必定是十分的伤感,待我收拾起来,也好安慰与她。〔扫花介,望介。
（白）远望一女子,隐约行过花丛,好像是林妹妹来了,待我闪躲一傍。听她讲些甚么,正是:隔林听燕语,掬水奠花魂。〔下。
〔旦内哭呵吓唱上。
　　碧云天,芳草地,蜂愁蝶怨,
　　乱莺声,啼不住,似水流年。
　　绕疏篱,穿曲径,遮遮掩掩,
　　又只见,一抔土,谁荐寒泉?
（白）来此已是葬花之所。〔看介。
哪个有心人替我扫了一堆花瓣在此,莫非是那宝……嗳,他哪里有这样细腻的心情哪!（唱【反二簧】）
　　林黛玉,把花锄,无限凄怆,
　　繁华尽,花事了,难怨东皇。
　　可怜你,经过了,一年冷淡,
　　可怜你,消受得,几日风光?
　　可怜你,软红尘,芳魂四散,
　　可怜你,温柔性,付与汪洋。
　　说甚么,护花枝,金铃十万,
　　说甚么,渡花魂,宝筏一航。
　　侬葬花,人道我,落了情障,
　　要知道,侬非花,一样下场。
　　我这里,赋招魂,泪和花葬,
　　夜漫漫,春寂寂,地老天荒。

（白）侬今葬花人笑痴，他年葬侬知是谁？一朝春尽红颜老，花落人亡两不知。呵呀！〔小生在假山后偷窥。至此亦失声哭。衣兜中花撒落满地。旦惊视介。

（白）我道是谁？原来是那狠心短……〔二人绕场，旦欲行，小生止之介。

（小生白）妹妹，不要走，且等我说完这一句话，大家撩开手就是了。

（旦）宝二爷有何吩咐？

（小生）既有今日，何必当初？

（旦）当初怎么样，今日又怎么样？

（小生）想当初妹妹与我，是怎样的要好，彼此一处长大，每日一同吃饭，一同玩耍。有我爱吃的，看见妹妹也爱吃，就留着等妹妹同吃；丫头仆妇们，有想不到的，我替她们想到，怕叫妹妹生气。为的是既然要好，总要比别人都好，才显得真好。可怜我并无同心的亲兄弟亲姐妹，只有妹妹一人，能够体谅我的心事。谁指望妹妹人大心大，偏不和我要好，反去和那外四路的甚么凤姐姐、宝姐姐要好，拿我三日不理、四日不睬，我也不知道怎么得罪了妹妹，妹妹就是打我骂我，千万休不理我，叫我有冤无处诉，就是死了也是个屈死鬼。任凭高僧高道超度，还要妹妹说明了缘故，才能够托生呢。……妹妹也忍心不答应我一声么？……

（旦）你休来骗我，你还是回去关上你那门。

（小生）妹妹，此话从何而起？

（旦）昨晚我到怡红院去，你为何闭门不理？

（小生）哪有此事？

（旦）还说没有此事，我站在门外，脚也站酸了。

（小生）真正没有此事。妹妹若不相信，待我对天盟誓，皇天在上，我宝玉若有半句虚言。叫我落在水里，变个大大忘八，等到林妹妹百年之后，替妹妹驮石碑，妹妹这可相信了罢。〔互视笑介。

（旦）还不快快起来。

（小生）妹妹，这你可相信？

（旦）大约是你家大丫头偷懒不来开门，也是有的。

（小生）待我回去教训他们。

（旦）也应当教训，今日得罪了我不要紧，倘若得罪了甚么宝姑娘、贝姑娘，那还了得。

(小生背语介)她又提起宝姐姐了。

(旦)你今日来此则甚?

(小生)妹妹呀,(唱)

　　都只为,收拾那,残脂剩粉,

　　怕东风,吹散了,艳鬼芳魂。

　　我怜它,好一似,昙花泡影,

　　因此上,撮香土,聊当饯春。

(旦)如此说来,这香冢之旁,那堆花瓣,是你扫来的?

(小生)你怎么知道?

(旦)哎呀,还是他有这细腻的心情呵。(唱)

　　听他言,不由我,芳心辗转,一样春愁两地牵。

　　你我问春春不管,伤春肠断有谁怜。[同叹介,紫鹃上。

(白)他们又是怎么样了?待我诓她回去,呵姑娘,老太太等你吃饭了。

(旦)晓得了。

[身段介。

(小生白)咳,流水斜阳春去尽,独留青冢向黄昏。[下。

[完。

　　选自中华图书馆编辑部编《戏考(第16册)》(大东书局1933年版)。

黛玉葬花

（赵桐珊藏本）

第一场

［贾宝玉上。

贾宝玉　（唱【西皮摇板】）

　　　　无可奈何花落去，

　　　　最难消受美人怜。

　　小生贾宝玉。适才去到潇湘馆看望林妹妹。那紫鹃丫头与我倒茶。是我言道："好丫头，我若得与你多情小姐同鸳帐，怎舍得叫你叠被铺床。"一句戏言不大要紧，谁知林妹妹恼了我了。她虽然恼我，必定心许。我好侥幸也！

　　（唱）醉香莫被风吹醒，

　　　　寻梦归来自掩门。

　　开门来！

晴　雯　（内）是谁呀？

贾宝玉　连我的声音都听不出来了？

晴　雯　（内）噢，宝二爷回来啦。

　　［晴雯上，开门。贾宝玉进门介，晴雯关门介。

薛宝钗　（内）走啊！［上。

　　（唱【西皮二六板】）

　　　　庭皋向晚日黄昏，

　　　　阵阵东风拂柳塘。

　　　　落花无主春驻宕，

　　　　新来燕子借画梁。

　　　　　含情迤逦穿花障，
　　　　　小步芳尘绣鞋香。
　　　　　行过了小桥（转【散板】）抬头望，
　　　　　怡红院落在哪厢？
　　　奴，薛宝钗，春倦无聊，因此要看看宝兄弟，借些诗词消遣。来此已是怡红院，待我来叩门。啊，开门来！

贾宝玉　隔帘花影动，疑是玉人来。
　　　　门外是哪个？

薛宝钗　连我的声音都听不出来么？

贾宝玉　原来是宝姐姐来了，待我亲自开门。

薛宝钗　有劳了！
　　　　〔贾宝玉开门介。

贾宝玉　姐姐请进！

薛宝钗　请！
　　　　〔薛宝钗进门，贾宝玉关门介。

贾宝玉　啊，姐姐光降，不胜荣幸之至。

薛宝钗　这几日林妹妹可曾来过呀？

贾宝玉　不曾来，想必又是恼我了。

薛宝钗　见着她的时候，赔个礼儿也就是了。

贾宝玉　是啊，赔个礼儿也就完了。

薛宝钗　兄弟，可有什么新诗新词，借来消遣。

贾宝玉　现有一绝妙好词在此，姐姐请看。

薛宝钗　一同看来。
　　　　〔薛宝钗、贾宝玉同看诗介。薛宝钗唱一段昆曲。

薛宝钗　外面风大，将窗儿关上了吧！

贾宝玉　关上了吧。
　　　　〔贾宝玉关窗介，与薛宝钗下。

林黛玉　（内）走啊！〔上。
　　　　（唱）欲把幽情诉明月，
　　　　　　不辞风露立花荫。

|||来此已是怡红院，但不知宝哥哥他在里面做些什么？待我叩门。啊，开门来！

晴　雯　（内）又是谁呀？
林黛玉　开门来，是我。
晴　雯　（内）今晚上宝二爷吩咐啦，无论谁来，都不开门，有话明儿个再说吧！
林黛玉　哎呀且住！平日到此，宝哥哥总是以礼相待，今日为何如此？这是什么缘故？

〔幕内笑声。

林黛玉　听这笑声，分明是宝姐姐在内。原来她在里面，竟将我这般看待，这才是我寄人篱下的苦处噢！〔哭介。
　　　　（唱）妒煞娥眉天不管，
　　　　　　　满城风絮正愁人。〔哭介。

〔紫鹃上。

紫　鹃　姑娘，晚上风大，露气又重。一个人在这儿伤心，刚吃完了药，倘若是再着了凉，那还了得吗！请您回去吧！
林黛玉　怎么，回去么？

〔幕内笑声。

林黛玉　哎，回去吧。

〔紫鹃引林黛玉下。

薛宝钗　天时不早，我要回去了。
贾宝玉　待我掌灯相送。
薛宝钗　不敢！

〔薛宝钗、贾宝玉同出门介。

薛宝钗　（唱）新词有味情无尽，〔下。
贾宝玉　（唱）红烛新擎送美人。〔下。

第二场

〔林黛玉上。

林黛玉　（引）春去无痕，莽天涯，怎不销魂？
　　　　（诗）长安三月踏春阳，

处处春阳总断肠。

红瘦绿肥人寂寞,

杜鹃声里吊余芳。

奴,林黛玉。幼失怙恃,多蒙外祖母史太君抚养,寄居在荣国贾府之中。诸姑伯姐妹都是另眼相看,只有表哥宝玉,也不知他情之真假?昨晚偶过怡红院,他竟是闭门不理。咳,想我黛玉啊!

(唱【西皮慢板】)

春光好都付与工愁善病,

辜负了艳阳天美景良辰。

奴好比失群雁天边只影,

奴好比萍和梗湖内飘零。

花如烟柳如雾(转【散板】)落红成阵,〔弹琴介。

哎!

这焦桐却为何弹不成声?〔看书介。

偏偏翻到这里来了:"良辰美景奈何天,赏心乐事谁家院?"这不是杜丽娘伤春之词么,怎么她也是这样的情怀呀?(唱)

这几日闷恹恹春将人困,

却教我对何人去诉衷情?〔哭介。

〔紫鹃上。

紫　鹃	我们姑娘又在这儿哭哪。哎,姑娘,今儿个乃是饯花盛会,各房的姑娘、奶奶都在亭子上送春,等候姑娘前去联诗饮酒哪。
林黛玉	送春么?
紫　鹃	正是。
林黛玉	春到哪里去了,怎么不叫它回来?
紫　鹃	春去无言,叫我哪儿去找哪?
林黛玉	怎么,春去无言?
紫　鹃	正是。
林黛玉	哎,紫鹃,安顿花锄,我要葬花去了。
紫　鹃	外面春风似剪,姑娘不去也罢!
林黛玉	你看,花谢花飞,一片片沾泥随水,世间薄命的人儿还不是与落花一样

么？快去拿来！

紫　　鹃　　是。[下。

林黛玉　　（唱）扫香寻贮红囊花锄一柄，

[紫鹃拿花锄上，交林黛玉介。

林黛玉　　（唱）去到沁芳桥葬玉埋春。[下。

紫　　鹃　　想我们姑娘与宝二爷，从小就在一块儿长大，彼此十分相爱。他们的年纪一天大似一天，相爱也一天胜似一天，这烦恼也就一天多似一天。据我看来，既是相爱，就该彼此原谅才是。每天牵愁惹恨，是何苦来哪！正是：

（念）两情只要能长久，何必朝朝暮暮愁！[下。

第三场

[贾宝玉上。

贾宝玉　　（唱【西皮摇板】）

　　　　　昨夜晚怨东风无端蹂躏，
　　　　　满园春吹遍了一片愁云。
　　　　　林妹妹她本是惜花如命，
　　　　　因何故这时候不到园林？

小生，贾宝玉。今日到此，一来是赴饯花盛会，二来得罪了林妹妹，等她到来，赔个礼儿便了！

（唱）我这里扫残红独穿花径，
　　　早来到埋香处流水孤坟。

你看梨花飘雪，柳絮飞棉。倘若俺妹妹看见，一定是格外伤感。待俺将落花扫起，等她到来，也晓得我一片痴心。（扫花介）远望一个女子，隐约行过花丛，想必是林妹妹来了。俺不免闪在一旁，听她说些什么？正是：

（念）隔林听燕语，掬水奠花魂。[下。

第四场

林黛玉　　（内）走啊！[上。

（唱【二黄摇板】）

　　碧云天芳草地蜂愁蝶怨，
　　乱莺声啼不住似水流年。
　　绕疏篱穿曲径遮遮掩掩，
　　冷清清一抔土谁荐寒泉？

〔贾宝玉暗上。

林黛玉　来此已是葬花之所。这香冢之旁是哪个有心人替我扫了一堆花瓣，莫非就是那宝——咳，像他那样负心之人，哪里有这样细腻的心情啊！

（唱【反二黄原板】）

　　林黛玉把花锄无限凄怆，
　　繁华散花事尽难怨东皇。
　　可怜你莽天涯随风飘荡，
　　一年间消受得几日风光。
　　说什么护花枝金铃为障，
　　说什么渡花魂宝筏成航。
　　侬葬花人道我情魔万丈，
　　到后来侬与花一样下场。
　　可怜奴赋招魂泪和花葬，
　　从今后春渺渺地老天荒。

侬今葬花人笑痴，他年葬侬知是谁呀……〔哭介。

〔贾宝玉亦哭介。

林黛玉　人家都道我是个痴子，听那边厢又有啼哭之声，难道还有个痴子不成吗？待我看来！（回头看介）我道是谁，原来是那狠心短命的。〔走介。

贾宝玉　妹妹不要走。说完一句话，大家撂开手，好是不好？

林黛玉　宝二爷，有什么吩咐？

贾宝玉　话是有一句，不知道当讲不当讲？

〔林黛玉欲走介。

贾宝玉　咳，既有今日，何必当初！

林黛玉　这句话倒要问问你：今日怎么样？当初又怎么样？

贾宝玉　当初我与妹妹是怎样的好法：一同起坐，一同吃饭，一同玩耍。我有爱吃的东西知道妹妹你也爱吃,就留下来等着妹妹一同吃;有丫头、老妈子们想不到的事情,我样样都替她们想到,为的是怕妹妹你生气。谁知你人大心大,偏偏爱与那外四路的凤姐姐、宝姐姐要好,拿我放在一旁,三日不理,四日不睬。我就是死了,也是个屈死的鬼,任凭有高僧高道超度,妹妹你要是不说明这个缘故,我也是不能超生的呀……

〔贾宝玉、林黛玉对哭、对看介。

林黛玉　你不要在这里骗我,还是请回去把那门关上吧!

贾宝玉　啊,妹妹,这是哪里说起,我一点也不明白呀?

林黛玉　昨晚我偶过怡红院,你为什么闭门不理?

贾宝玉　妹妹,实在无有此事。

林黛玉　还说无有此事。人家站在门外,连腿都站酸了!

贾宝玉　妹妹要是不信,我就跪下来赌咒!(跪介)皇天在上,我宝玉若有半句虚言,罚我掉在水里,变个大大的乌龟。等妹妹百年之后,与你驮一辈子的石碑。妹妹相信了吧?

〔林黛玉笑介。

林黛玉　或是丫鬟、老妈子不好,不起来开门也是有的。

贾宝玉　丫鬟、老妈子不好,待我回去重重地责罚她们。

林黛玉　是要责罚才是。今日得罪了我不要紧,倘若得罪了什么宝姑娘,那就闹大了!

贾宝玉　她又提起宝姐姐来了!

林黛玉　这香冢之旁一堆花瓣,是你扫来的么?

贾宝玉　正是。

林黛玉　咳,看将起来,还是他才有这样的心情啊!

(唱【西皮摇板】)

　　你我问春春不管,

　　伤心断肠有谁怜!

〔林黛玉、贾宝玉同哭介。

〔紫鹃上。

紫　鹃　啊,宝二爷也在这儿哪?

〔贾宝玉、林黛玉忙拭泪介。

贾宝玉　紫鹃姐姐!
紫　鹃　姑娘,老太爷等您吃饭哪!
林黛玉　将花锄带了回去!
紫　鹃　是。[下。
贾宝玉　正是:流水落花春去也,
林黛玉　独留青冢向黄昏。
紫　鹃　(内)姑娘来吧!
林黛玉　噢,来了!宝哥哥你也来呀!
贾宝玉　来了!
　　　　[同下。

选自北京市戏曲编导委员会编辑《京剧汇编(第57集)》(北京出版社1959年版)。

黛玉伤春

（北京图书馆藏本）

第一场

[贾宝玉上。

贾宝玉　（引）九十春光，半消磨，病榻愁肠。
（诗）碧桃花下探春回，
　　　烧尽心香志不灰。
　　　恼煞画梁双燕子，
　　　放春归去有余哀。
我，贾宝玉。自从那日与林妹妹偷看《会真记》，她笑我是个银样蜡枪头。我一怒之下，大病一月有余，未出怡红院大门一步。想她独坐潇湘，定是一样的愁损人也！
（唱【西皮原板】）
　　　病回春去感纷如，
　　　室近潇湘人迹疏。
　　　竟月未将纤手握。
　　　何时重见黛眉舒？
我今病体痊愈，不免去到潇湘馆寻她便了！
（接唱【西皮原板】）
　　　步出怡红日已晡，
　　　移将花影过庭除。
　　　遥闻鹦鹉声声唤，
　　　不见潇湘心辘辘。[下。

第二场

〔林黛玉上。

林黛玉 （引）春去魂销，葬花归，梦冷珠帘。

（诗）东风似剪拂帘钩，

　　　只剪韶光不剪愁。

　　　欲诉无言唯有泪，

　　　可怜鹦鹉在前头。

我，林黛玉。生不逢辰，命途多舛。自从双亲见背，寄居舅氏家中，镇日与哥哥晤言一室，十分相得。那日沁芳桥前，桃花树下，我二人偷看《会真记》。宝玉言道，他是一个"多愁多病的身"，我就是那"倾国倾城貌"。是我一时羞愤，假意要去告诉舅父、舅母。走到梨香园前，恰值那伶官等在内演习戏文，偶尔听得几句道："原来是姹紫嫣红开遍，似这般都付与断井颓垣，良晨美景奈何天，赏心乐事谁家院？"又道是："只为你如花美眷，似水流年。"情词悱恻，感慨良深，一直记在心头，不曾忘记。这几日宝玉哥哥他又病了，我这满腔心事，更向谁言？思想起来，好不伤感人也！

（唱【二黄慢板】）

　　《西厢记》《牡丹亭》潇湘写照，

　　　似有意若无意怎不魂销！

　　　侬本当狠心肠将他弃掉，

　　　怎奈这困人天燕妒莺撩。

咳，独坐无聊，空思何益！不免收拾香案，将琴示意，以解闲愁。

〔起身拂尘、焚香、理琴坐介。

（唱【一封书】）

　　抛书午梦余，悄焚香，春怨撼。

　　不见那惜玉怜香花下侣，

　　选胜寻芳外履，教我惜春无计。

　　春光暗移，惜花良苦，花期渐逾。

　　镇日弹琴独坐，短叹长吁。

〔紫鹃上。

紫　鹃　姑娘琴音缭乱,必然又有什么心事。待我来将她打断。姑娘,明日乃是饯花之期,姑娘你该休养休养才是啊!
〔林黛玉惊介。

林黛玉　怎么,就要送春了吗?

紫　鹃　正是。

林黛玉　春去了,它还来是不来?

紫　鹃　春去无言,我哪儿知道哪!

林黛玉　春光既去,花事阑珊。你与我收拾花锄、花囊,明日好去葬花,了此一春光景。

紫　鹃　是。〔下。

林黛玉　咳,似水流年,今果如此。杜丽娘有词伤春,我岂得无诗寄兴?待我来题诗一首!〔研磨、蘸笔、沉思介。

（唱【西皮原板】）

　　侬今制就送春词,
　　望春归兮是何时!
　　伤心从此长相别,
　　未死春蚕忍断丝!〔起身介。

咳,身体困乏,不免稍睡一时。
〔贾宝玉上。

贾宝玉　风竹萧萧,悄无人语。想是林妹妹春困未醒。待我偷看片时,免得扰她清梦。
〔林黛玉翻身掀被坐床介。

林黛玉　每日价情思睡昏昏。
〔宝玉掀帘笑介。

贾宝玉　为什么情思睡昏昏?
〔林黛玉惊羞,举袖掩面倒身伪睡介。
〔贾宝玉坐床介,推林黛玉介。

贾宝玉　妹妹,你为何不理我呀?
〔紫鹃上。

紫　鹃　鹦鹉传呼,想是宝二爷来啦,待我进去看来。啊二爷,姑娘现在酣睡。你有话,等她起来再说吧。

〔林黛玉翻身坐起介。

林黛玉　哪个睡觉?
紫　鹃　我当是姑娘睡着了哪!

〔林黛玉理鬓介。

林黛玉　我正要睡觉,你来此作甚?
贾宝玉　给你个榧子吃。我都听见了啊!
紫　鹃　二爷听见什么,可是我们姑娘叫我不是?

〔贾宝玉摇首介。

贾宝玉　不是,不是。快把你们的好茶倒与我喝。
紫　鹃　我们这哪有什么好茶? 你要好的,等袭人来吧!
林黛玉　休要理他。快去与我舀水。
紫　鹃　他是客人,自然是先倒茶来,再给姑娘舀水呀。

〔林黛玉怒视介。

林黛玉　讨厌!

〔紫鹃回顾介。

紫　鹃　这可怎么好!〔下。

〔贾宝玉背躬介。

贾宝玉　好丫头! 我若得与你多情小姐同鸳帐,怎舍得叫你叠被铺床。

〔林黛玉推贾宝玉介。

林黛玉　宝二哥,你说些什么?

〔贾宝玉拉林黛玉手笑介。

贾宝玉　我无有说什么呀。

〔林黛玉以手掩面哭介。

林黛玉　如今是新兴头,听了村话来,也说给我听,看了混账书,也拿我取笑。我倒做了替爷们解闷的了。我去告诉舅父、舅母,评评此理。

〔贾宝玉惊阻林黛玉介。

贾宝玉　好妹妹,不要如此。我再说这样话,叫我嘴上长个疔疮,烂了舌头,一辈子不能说话。

〔紫鹃捧茶上。

紫　　鹃　咳,这是何苦?无缘无故的,又来跟姑娘生气。袭人刚来找你,叫你快去换衣裳,老爷找你哪。

贾宝玉　你莫骗我。你不怕我去了,你家姑娘更要生气么?

紫　　鹃　您快点出去,茗烟在外面等您哪!

〔紫鹃推贾宝玉介,贾宝玉向内介。

贾宝玉　我要走了。紫鹃,你好好伺候姑娘。我去去就来,好与你家姑娘赔礼,免得她又要生气。咳,这是哪里说起!〔下。

林黛玉　适才真是老爷叫二爷吗?

紫　　鹃　正是。姑娘不要跟二爷生气,待我就去与姑娘舀水。

林黛玉　淘气的丫头!方才若不是你多嘴,哪里来的闲气。还不与我拿斗篷来。

紫　　鹃　这般时候,姑娘要斗篷何用?

林黛玉　老爷呼唤二爷,不知为了何事,我要去探听探听。

紫　　鹃　二爷刚说去去就来,外面风大,姑娘你不用去啦!

林黛玉　休要多言,快快与我取来!

〔紫鹃取斗篷为林黛玉披上介。

林黛玉　(唱【西皮倒板】)

　　　　明明的我与他心心相印,

紫　　鹃　姑娘回来还要抚琴吗?

林黛玉　正是。

紫　　鹃　待我拿到院中,月光下等候姑娘。〔下。

林黛玉　(唱【西皮原板】)

　　　　若衷情无处诉留证无人。
　　　　离潇湘过蘅芜落红成阵,
　　　　待明朝收拾起瘗玉埋春。

　　　　正是:情种情根天造就,情天难补恨难平。〔下。

潇 湘 探 病

（郝效连藏本）

〔林黛玉上。
林黛玉　（引）一点秋心，声淅沥，风雨黄昏。
　　　　（诗）半卷香帘半掩门，
　　　　　　　秋闺怨女拭啼痕。
　　　　　　　娇羞默默凭谁诉，
　　　　　　　倦倚西风夜已昏。
　　　　奴家，林黛玉。幼失怙恃，工愁多病，寄人篱下，日掩啼痕。这且不在话下。近因秋分之后，旧症复发，比之往年，又觉加重。这几日养病房中，不知谁来与我遣闷。正是：家远愁看花姊妹，病多难配药君臣。
〔薛宝钗上。
薛宝钗　（唱）一院秋深苔未扫，
　　　　　　　透帘烹药气先迎。〔进门。
　　　　啊颦妹妹哪里？
林黛玉　原来是宝姐姐，请坐！
薛宝钗　有坐。你这几日病体如何？
林黛玉　依然如此，无有起色。
薛宝钗　据为姐看来，这几位太医虽然高明，但你吃他们的药，总不见效。不如另请高手，与你瞧上一瞧，把病治好，岂不是好？照你这样，一年四季，病病恹恹，也不是常法呀！
林黛玉　咳，姐姐呀！
　　　　（唱）自古道生和死其权在天，
　　　　　　　纵使有卢医扁鹊亦枉然。

　　　　　我自知飘零人福薄命短，
　　　　　姑不辞日与这药鼎为缘。

薛宝钗　你这话可不是这样说法，古人云：食谷者生。你平常饮食太少，我看你那药方上，人参肉桂又太多，都不是养生之道。我给你想一个法子，每日早晨，用银吊子熬点燕窝粥吃，最是滋阴补气。大概你的病就可以好了。

林黛玉　咳！
　　（唱）论知己我与你缘分非浅，
　　　　　吐微衷掬肺腑听我一言。
　　　　　今日参明日术已惹人厌，
　　　　　更何苦求燕粥花样新鲜！
　　想妹妹我乃无依无靠之人，何苦叫人讨厌于我！

薛宝钗　如此说来，你我都是一样。

林黛玉　哎呀呀，我如何比得姐姐，你有房有地，又有哥哥，又有母亲，住在这里，又不占他们一丝半缕。妹妹我一无所有，一草一木皆得仰仗于人，我焉能比得你呀！

薛宝钗　将来也不过多费一份嫁妆罢了，如今也愁不到哪里呀？

林黛玉　人家当你知己，与你商量肺腑，你反将人取笑，真乃岂有此理！

薛宝钗　虽然如此，也是实话。姐姐我有燕窝，少时叫人与你送来，以免惊师动众。你我同是依人篱下，少不得与你分忧解愁。你看夜色已晚，好生养病，姐姐我就此去也！
　　（唱）不必学司马牛顾影自叹，
　　　　　我与你同做客俱是一般。
　　　　　且将息暂分别独居小院，
　　　　　冒斜风带细雨罗袂生寒。〔下。

林黛玉　哎！
　　（唱）生平知己有多少？
　　　　　可与人言无二三。
　　　　　闲取诗篇灯下看，〔看书介。
　　　　　且喜新词写花笺。
　　且住！想诗词乃是心有所感发为文章，奴家何不拟这《春江花月夜》之格，就以《秋窗风雨夕》为题！〔写诗词介。
(唱)秋花惨淡秋草黄，
　　耿耿秋灯秋夜长；
　　已觉秋窗秋不尽，
　　哪堪风雨助凄凉！
　　助风秋雨来何速？
　　惊破秋窗秋梦续；
　　抱得秋情不忍眠，
　　自向秋屏挑泪烛。
　　泪烛摇摇爇短擎，
　　牵愁照恨动离情。
　　谁家秋院无风入？
　　何处秋窗无雨声？
　　罗衾不耐秋风力，
　　残漏声催秋雨急；
　　连宵脉脉复飕飕，
　　灯前似伴离人泣。
　　寒烟小院转萧条，
　　疏竹虚窗时滴沥；
　　不知风雨几时休，
　　已教泪洒窗纱湿。
　〔贾宝玉上。

贾宝玉 (唱)绕回廊穿曲径雨寒风劲，
　　灯如豆人影恍微闻夜吟。〔进门介。
　妹妹，你今日病体如何？

林黛玉 我道是谁？原来是哪里来的一个渔翁啊！
　〔林黛玉笑介，贾宝玉看介。

贾宝玉 今日气色好了。
　〔贾宝玉脱蓑衣介。

林黛玉 你头上戴笠，身上披蓑，难道你这双鞋儿，就不怕雨湿了么？

贾宝玉	这金藤笠,玉针蓑,还有一双沙棠屐,乃是一套。是我将它脱在廊下了。
林黛玉	原来如此。这蓑笠倒也精巧。
贾宝玉	此乃北静王所赠。妹妹若是见喜,我便弄一套来送给妹妹。你请看这笠儿,若是冬天遮雪,岂不大妙。
林黛玉	我却消受不起,要是戴上这个,不成了画上和戏上扮的鱼婆子了么。〔羞介。
贾宝玉	呀,这是妹妹新诗,待我看来。(看诗介)真乃绝妙好词。〔林黛玉夺烧介。
贾宝玉	虽然是烧了,我已将它熟记在心里。
林黛玉	我要安歇了。你请回去吧,明日再来。
贾宝玉	哎呀,又打搅妹妹你劳神,我要去了。(唱)披玉针戴金笠今宵暂别,
林黛玉	慢着!你有灯笼无有?
贾宝玉	外面有一盏羊角灯。
林黛玉	羊角灯不亮,把这玻璃灯与你,你自己提着吧。
贾宝玉	恐怕失脚滑倒将它打破!
林黛玉	一个灯笼能值几何?跌了人儿,那就值得多了。
贾宝玉	原来如此。(唱)风飘飘雨潇潇珍重安歇。〔下。
林黛玉	唉!(唱)眼前人都不见芳心无奈,对孤灯听秋雨顾影徘徊。〔下。

选自北京市戏曲编导委员会编辑《京剧汇编(第57集)》(北京出版社1959年版)。

黛 玉 焚 稿

(北京图书馆藏本)

第一场

［彩霞、玉钏、王夫人上。

王夫人　（引）夫君外放，儿女事，越地牵肠。
　　　　妾身，王氏。只因宝玉这个孽障，年已长成，男大须婚，时常记挂心下。近日老爷外放江西粮道，不知何日才得回来。我想趁这档口，成全了宝玉和宝钗的金玉良缘，一来亲上做亲，二来也了却我一桩心事，不免叫凤丫头前来斟酌一番。彩霞！

彩　霞　在。

王夫人　你去请琏二奶奶过来见我。

彩　霞　是。［下。

　　　　［彩霞引王熙凤上。

彩　霞　琏二奶奶来啦。

王熙凤　（引）年少当家，重闱喜，下人害怕。
　　　　参见太太！

王夫人　罢啦。一旁坐下！

王熙凤　谢坐。太太呼唤，不知有何吩咐？

王夫人　凤丫头，我想你宝玉兄弟和宝钗妹妹，如今却是成家的时候了。现在老爷不久就要出门。我打算禀明老太太，赶早替他们办了喜事。你看老太太的意思如何？

王熙凤　老太太的心是最活动的。从前最疼爱林妹妹，大家都以为是有意思给宝兄弟做亲的了。谁知一金一玉，咱们带玩带笑地说起姻缘来，老太太却变了心啦。固然是林妹妹身子瘦弱，性情古怪，失了老太太的欢心；

然而咱们所说的话,却也有大半功效。如今只有对老太太说,宝兄弟的病,是为丢失了玉引起的,应当替他结亲,一来冲冲喜,二来借着宝妹妹的金锁,一定可以引得宝兄弟的玉回来,便不怕老太太不依啦。

王夫人　你的主意很好,就此回明老太太去吧!

〔同下。

第二场

〔鸳鸯、琥珀、傻大姐搀贾母上。

贾　母　(引)华发盈头,人臻大年。

老身,史氏。自到贾氏门中,六十余年,一生顺境,福禄过人。这也罢了。只是我最爱的孙儿宝玉,近日病得十分糊涂,如何是好?

〔王夫人、王熙凤上。

王夫人　参见婆婆!

贾　母　罢了!一旁坐下。

王夫人　谢坐!

王熙凤　请老祖宗安!

贾　母　罢了!你娘儿两个来得正好。这两天宝玉的病,还是呆呆愣愣的,医治也不见效。你们有何方法?

王熙凤　老祖宗不问,太太也想来回。太太的意思,是想替宝兄弟办喜事,冲冲喜,宝兄弟一定就好啦。

贾　母　我也是这么想过。只是我最疼的宝玉,宝丫头那孩子也很可怜,替他们办喜事,须得热闹一场才是。如今做亲冲喜,一定简便得很,所以我不肯说出来。

王熙凤　老祖宗要知道:这冲喜是一层,还有一层文章呢。一个是玉,一个是金,天生的配偶。金的来啦,那玉也就可以招回来。

贾　母　有点儿道理。

王熙凤　只是事不宜迟,老爷要是上任去了,这事就又耽搁啦。

贾　母　你这么说,我的主意定了。快请老爷来,我对他讲!

琥　珀　是。〔下。

〔琥珀引贾政上。

琥　珀　老爷来啦!
贾　政　新膺简放君恩沛,又奉传呼母命来。
　　　　孩儿参见母亲!
贾　母　你且坐下,我有话讲。
贾　政　谢坐!
贾　母　我今年八十一岁的人了,你却放了外任,要去做官。你这一去,我所疼的只有宝玉,偏偏又病得糊涂。我昨日叫人去替他算命,这先生算得好灵:说是要娶了金命的人帮扶他,必要冲冲喜才好;不然,便恐难保。所以我叫你来商量。你的媳妇也在那里,你两个也商量商量,还是要宝玉好呢,还是随他去呢?
贾　政　老太太当初疼儿子是怎样疼的,难道做儿子的就不疼自己的儿子不成?老太太既要与他成家,这也是该当的,岂有逆着老太太不疼他的道理?如今宝玉病着,儿子也是放心不下。因为老太太不叫他见我,所以儿子不敢言语。我到底瞧瞧宝玉,是什么病症。
　　　　〔王夫人目视贾母。
贾　母　你就叫宝玉出来,见见他老子。
王夫人　是。(内向)袭人,扶宝玉出来!
　　　　〔袭人搀宝玉上。贾宝玉见贾政介。
　　　　〔袭人叫贾宝玉请安。贾宝玉请安毕,痴立不动。
贾　政　咳,扶他进去吧!
袭　人　是。
　　　　〔袭人搀贾宝玉下。
贾　政　老太太这大年纪,想办法疼孙子,做儿子的怎敢违拗。只是姨太太那边,不知说过无有?
王夫人　姨太太是早已应承啦。
贾　政　还有一层难处,贵妃薨逝,宝玉照已出嫁的姐姐,应有九个月的功服,此时也难娶亲。还有我的起身日期,已经奏明,不敢耽搁。这几天怎么赶办的及呢?
贾　母　这个不妨。只要你肯与他办,我自然有道理。姨太太那边,我和你媳妇亲自去求她,只说要救宝玉的命,诸事讲究些也就罢了。现在宝玉病

27

着,并不叫他成亲,不过是冲冲喜。再者姨太太曾经说过,宝丫头的金锁,只等有玉的才是婚姻。或者宝丫头过来,因她的金锁倒招出他那块玉来,也说不定。从此一天好似一天,岂不是大家的造化么?

贾　政　老太太想得自然妥当,就照老太太的主意去办就是。

贾　母　如今说定了,我就叫人办起来。你去歇息去吧,我也要睡午觉了。

贾　政　是。〔下。

贾　母　你们都听见了,你娘儿两个商量着办吧!

〔同下。

第三场

〔袭人急上,合掌向天介。

袭　人　哎呀天哪!我袭人盼望了好几年,到今日才得称心如愿,宝姑娘做了宝二奶奶,真是我袭人的造化啦。哎呀不好!我们二爷心里只有一位林姑娘,要是知道替他定下了是宝姑娘,不定要闹出什么样的大乱子来呢!这这这便如何是好?有了,不免回明太太,大家从长计较才是。

〔急下。

第四场

〔王夫人、王熙凤上。

王夫人　(唱)适才奉了婆婆命,

王熙凤　(唱)一切事儿我承担。

王夫人　适才老太太吩咐,如何过礼,如何娶亲,应当通知姨妈知道。我都交给你了。

王熙凤　是。

〔袭人上。

袭　人　(唱)要将宝玉真心事,
　　　　　　报与堂前太太知。〔跪介,哭介。
　　　　太太呀!

王夫人　啊!好端端的为什么哭将起来?

袭　人　奴才有一句话,是不该说的。只是关系二爷的生死,奴才不敢不说。二爷的亲事,老太太、太太已经定了宝姑娘,自然是极好的一件事。只是太太看着二爷平日还是和宝姑娘好,还是和林姑娘好?

王夫人　他两个自小在一处,所以宝玉和林姑娘是好些。

袭　人　太太哪里知道,二爷和林姑娘不是好些。前年夏天,老爷叫二爷去见客,忘了拿扇子出去,我赶着送去。谁知二爷一时错认了奴才是林姑娘,说了许多心腹的话,道什么:"我有一颗心,已经交给林妹妹了。"便是那年紫鹃说了一句林姑娘要回南去的玩话,二爷便急得病了。所以奴才看起来,如今要给二爷娶宝姑娘,除非是他人事不知还可,若是稍为明白,只怕不但不能冲喜,竟是催命啦。

王夫人　这便如何是好?

袭　人　奴才说是说啦。还得太太告诉老太太,想个万全的主意才好。

王夫人　你且起来!

袭　人　是。

　　［袭人起身旁立介。王夫人向王熙凤介。

王夫人　你有甚么主意无有?

王熙凤　主意是有一个。如今不管宝兄弟明白不明白,大家噪闹起来,说是老爷做主,将林妹妹配了他啦,瞧他神情怎样。要是他全不管,那就办了喜事之后,再打主意;要是他有些欢喜,这事就要大费周折啦。

王夫人　就算他欢喜,你便怎么办?

王熙凤　只有一个掉包儿的法子。咱们管着宝妹妹,只说她是林妹妹,及至娶了过来,知道是宝妹妹了,宝兄弟向来是在姐妹面前要好不过的,那时还怕他敢得罪宝妹妹吗?

王夫人　这倒也是个办法,咱们去回禀老太太去。

　　［王夫人、王熙凤同下。
　　［袭人笑介。傻大姐上。

傻大姐　二爷办喜事,这会子要热闹啦。只是一件事,我要问姐姐,又是宝姑娘,又是宝二奶奶,咱们这可怎么叫哪?

　　［袭人打傻大姐介。

袭　人　小蹄子喜欢开口乱说话。我告诉琏二奶奶治你,看你再敢乱说么?

　　［袭人拧傻大姐耳朵介,傻大姐哭介。

傻大姐　姐姐,我不敢啦,我不敢啦!
〔同下。

第五场

〔林黛玉上,紫鹃随上。

林黛玉　(唱)怨西风催落叶闲阶堆遍,
　　　　　　只留得万竿竹萧瑟无边。
　　　　　　这边厢怡红院室近人远,
　　　　　　那边厢蘅芜院衰草残烟。
　　　　　　刚行到埋香冢芳心辗转,
　　　　　　又听得沁芳闸流水呜咽。
　　　　　　不由人思往事心魂惊颤,
　　　　　　可怜我苦延挨幽怨年年。〔掩泪介。

紫　鹃　姑娘,无缘无故,又要伤起心来。为何这样的作践自己身体哪?
林黛玉　咳,紫鹃,你哪里知道我的心事呀!〔泣介。
紫　鹃　咳,姑娘,不是紫鹃多嘴,姑娘上有老太太钟爱,又有老爷作主,姑娘也忒多虑啦。
〔林黛玉不语介,袖中取巾拭泪介,不得巾介。
林黛玉　啊,紫鹃,刚才出门仓促,却把手帕忘了带来,你快回去取来与我。
紫　鹃　是。但是姑娘不要走远啦。〔下。
林黛玉　紫鹃说话,倒有些意思。咳,只怕不能如愿。呀,前面一片芙蓉,花枝零落。那湖山石畔,不是宝哥哥当初祭晴雯的所在么?我想晴雯不过是个丫头,他却是生死不忘,难道便将我忘了不成?这真是我过虑了!
〔傻大姐哭上,走至石山旁大哭。
林黛玉　那里有人啼哭,莫非是学我葬花?(看介)哎呀,原来是一个傻丫头。你为什么啼哭啊?
傻大姐　林姑娘,你评评这个理儿。她们说话,我又不知道。我就说错了一句话,我姐姐也不该就打我呀!
林黛玉　你姐姐是谁?

傻大姐 就是袭人姐姐。
林黛玉 你叫什么名字?
傻大姐 我叫傻大姐儿。
林黛玉 (笑介)你姐姐为什么打你?你说错了什么话了?
傻大姐 为什么?就为了宝二爷娶宝姑娘的事情。
林黛玉 哎呀!

〔林黛玉闻言惊退介,靠太湖石山定神介。

林黛玉 宝二爷娶宝姑娘,你姐姐为何打你?
傻大姐 我们老太太和二奶奶商量啦,因为我们老爷要起身,就赶着同姨太太商量,把宝姑娘娶过来,头一宗给二爷冲什么喜,第二宗(笑介)赶着办啦,还要给林姑娘说婆婆家哪。我又不知道她们怎么商量的,不叫人吵闹,怕宝姑娘听见害臊。我只说了一句:"咱们明儿更热闹啦!又是宝姑娘,又是宝二奶奶,这可怎么叫哪?"谁知袭人姐姐她走过来,就打了我一顿,还要回明上头,撵我出去。我并不知道上头为什么不让言语,她们又没告诉我就打我。〔哭介。

〔傻大姐止哭,呆看介。林黛玉怔介。

林黛玉 你不许混说。你再混说,叫人听见,又要打你了。你去吧!

〔傻大姐吐舌下。林黛玉发愣,拭泪介。

林黛玉 哎呀!

(唱)从前错认真情理,
　　　拿住情根死不放松。
　　　今日恍然醒大梦,
　　　哎呀天呀!
　　　五年心事一场空。

〔紫鹃持巾急上。

紫　鹃 姑娘叫我好找,原来在这里。姑娘你怎么走回来了?是要往哪儿去?
林黛玉 我问问宝玉去。〔疾走介。
紫　鹃 姑娘慢走,小心跌倒啦!

〔林黛玉径下。

紫　鹃 咳,我的可怜的姑娘呀!

〔紫鹃掩泪下。

第六场

〔袭人挽贾宝玉上。

贾宝玉　（唱）虚飘飘蝴蝶梦昏沉不醒，
　　　　　　　这身躯好一似踏雾腾云。
〔贾宝玉向袭人笑介。

袭　人　我的小祖宗,为什么只管傻笑啊?
〔贾宝玉点头介。

贾宝玉　你叫我不笑做什么?
〔王熙凤上。

王熙凤　宝兄弟,恭喜你。老爷择了日子要给你娶亲啦,你喜欢不喜欢哪?
〔贾宝玉笑介,点头介。

王熙凤　老爷给你娶林妹妹过来呢,好不好?
〔贾宝玉大笑介。

王熙凤　老爷说,你病好啦,才给你娶林妹妹哪。若还是这么傻,便不给你娶啦。

贾宝玉　我不傻,你才傻呢!（立起介）我去瞧瞧林妹妹,叫她放心。

王熙凤　你林妹妹早知道啦。她如今要做新媳妇,自然害羞,不肯见你的。

贾宝玉　娶过来,她到底是见我不见?

王熙凤　你好好的便见你,要是疯疯癫癫的,她就生气,不愿见你啦。

贾宝玉　你哪里知道,我有一颗心,已交给林妹妹了。她要过来,横竖替我带来,还放在我肚子里头,我如何不好呢。

王熙凤　不要多讲啦,你睡吧!（扶贾宝玉睡介）袭人,好好伺候他!〔下。

袭　人　是。
〔贾宝玉坐起笑介。

贾宝玉　好了,好了,林妹妹过来我便有了心了!
　　　　（唱）林妹妹她与我心心相印,
　　　　　　　到今朝才成就木石前盟。
　　　　哈哈哈……

〔林黛玉上,紫鹃随上,袭人迎介。紫鹃向袭人做手势介。林黛玉见贾宝玉笑介。

〔贾宝玉笑介。林黛玉点头笑介。贾宝玉点头笑介,林黛玉坐介。

林黛玉　宝玉你为什么病了?
贾宝玉　我为林妹妹病了。
　　　　〔紫鹃、袭人对做手势,贾宝玉笑介,林黛玉笑介。
紫　鹃　姑娘,回去吧!
　　　　〔紫鹃挽林黛玉起介,林黛玉向贾宝玉点头笑介。
紫　鹃　姑娘,回去歇歇吧!
林黛玉　是呀,这就是我回去的时候了!〔下。
　　　　〔紫鹃追下。
贾宝玉　林姑娘哪里去了?
袭　人　林姑娘回去啦。
贾宝玉　要去大家同去。
　　　　〔贾宝玉起立欲行介,袭人扶住介。
袭　人　你且憩憩再去。
　　　　〔贾宝玉笑介。
贾宝玉　这回我有了心了!
　　　　〔同下。

第七场

紫　鹃　(内)姑娘慢走!
　　　　〔林黛玉急上,紫鹃追上。
紫　鹃　阿弥陀佛!可到家啦。
林黛玉　我哪里有家?
　　　　〔林黛玉吐血介,紫鹃扶介。林黛玉晕介,紫鹃叫介。
紫　鹃　姑娘醒来!
　　　　〔雪雁上,同扶介。林黛玉醒介。
林黛玉　苦哇!
　　　　(唱)一缕魂从空坠悠悠醒转,

　　　　　十七载浮生梦多少孽冤。
　　　　　可怜我没娘儿寄人篱畔，
　　　　　我的娘呀！
　　　　　到今朝大解脱快快升天。
　　　　〔紫鹃扶林黛玉入房登榻介。
林黛玉　紫鹃、雪雁，你二人为何泪痕满面？
紫　鹃　姑娘刚才晕倒，我没主意了，因此啼哭。
林黛玉　咳，傻丫头，我要能够早死，倒是好事，只是我哪里能够就死！
　　　　〔林黛玉咳嗽扶案介，王熙凤上。
王熙凤　怎么林妹妹又病啦？老太太、太太过来瞧你来啦。
　　　　〔林黛玉睁眼微笑介，贾母、王夫人上。
贾　母　好孩子，你觉得怎么样了？
　　　　〔林黛玉咳嗽介，吐血介，睁眼看贾母介。
林黛玉　老太太，你白疼了我了！
贾　母　好孩子，你静静地养着吧。凤丫头，快叫人请大夫来瞧瞧。
王熙凤　是。
　　　　〔林黛玉微笑介。
林黛玉　老太太不必费心。我不久就可以见着母亲，我心里是最快乐的了！
　　　　〔咳嗽介。
贾　母　好孩子，你不要胡思乱想，还是静养为是。紫鹃，你们要好好地伺候她。
　　　　（起身出门介）咳，事到如今，我也只好叫她听天由命的了。〔下。
　　　　〔王夫人、王熙凤同下。紫鹃送下，捧药上。
紫　鹃　姑娘，请用药。
林黛玉　咳，紫鹃妹妹，这些草根树皮，哪里医得好我心头之苦？你何必再教我苦口！〔躺介。
　　　　〔紫鹃拭泪介。
紫　鹃　姑娘，紫鹃伺候姑娘，如今好几年啦。姑娘的心事，紫鹃也都知道。现在二爷病得十分糊涂，哪里会有娶亲的事。姑娘何必听信谣言，作践自己身体！
　　　　〔林黛玉微笑介。咳嗽介。

林黛玉　雪雁,笼上火盆,我身上有些寒冷。

雪　雁　是。

林黛玉　紫鹃妹妹,你是我最知心的人。虽是老太太派你来伺候我,这几年,我拿你总当做我的亲妹妹看待。

〔林黛玉咳嗽介,喘介。紫鹃一手替黛玉摩胸,一手拭泪介。

紫　鹃　姑娘,何必说这样的话,叫紫鹃心都碎啦。

〔紫鹃哭介,雪雁拿火盆上。

林黛玉　紫鹃妹妹,我躺着不受用,你扶我起来坐坐。

紫　鹃　姑娘还是躺着养养吧。

林黛玉　我浑身疼痛,躺着很难受啊。

〔紫鹃扶林黛玉坐介。雪雁叠被塞林黛玉背后介,紫鹃扶住林黛玉,黛玉低头呼痛介。

林黛玉　雪雁,你把火盆拿上前来。

紫　鹃　姑娘,只怕当不住那火气,还是多加件衣吧。

〔林黛玉恨介。

林黛玉　你拿上前来。

〔雪雁拿火盆上前介。

林黛玉　再上前来些。

〔雪雁移火盆近林黛玉,林黛玉闭目介。

林黛玉　我的诗本子。

〔雪雁找出诗稿与林黛玉介。林黛玉点头介,眼望小箱子介。雪雁呆介。林黛玉咳嗽吐血介。雪雁倒水与林黛玉漱口,紫鹃用手帕拭林黛玉口介。林黛玉拿紫鹃手帕指箱子介。

紫　鹃　姑娘躺着吧!雪雁妹妹,你把箱子打开,想是姑娘要用手帕。

〔雪雁开箱取出白手帕,交与林黛玉,林黛玉丢过一边介。

林黛玉　有字的。

〔雪雁寻出题诗旧帕介。

紫　鹃　姑娘歇歇吧,何苦又劳神,等好了再瞧吧。

〔林黛玉接手帕看介,咳介。雪雁倒水与林黛玉饮介。雪雁暗下。林黛玉又看手帕介。

林黛玉　黛玉呀黛玉,你好糊涂也!想当初,一片痴心,为他憔悴。又谁知,薄幸的人儿,口是心非,到今日抛撒下我,成就他的金玉良缘。咳,但愿他二人,百年偕老就好。

〔林黛玉撕帕,撕不动,恨介。

紫　鹃　姑娘何苦自己又要生气!

〔林黛玉点头介,咳嗽、吐血介。紫鹃扶介。林黛玉将手帕投入火盆介。

紫　鹃　姑娘,这是怎么啦?

〔林黛玉坐起喘息介。

林黛玉　掌灯上来。

紫　鹃　雪雁妹妹点上灯来。

〔雪雁点灯介。林黛玉取诗稿翻介。

紫　鹃　姑娘何必又费神思。

林黛玉　我心里觉得空虚,倒想吃点粥水。雪雁,你去替我弄来。

〔雪雁下。林黛玉翻诗稿介。

林黛玉　一生心血,如此消磨尽了,岂不惨伤人也!

（唱）林黛玉检诗稿心中凄怆,
　　　五年来凭借你诉我衷肠。
　　　可怜我幼年间椿萱凋丧,
　　　走京师依外家影只形单。
　　　春写愁秋写怨缠绵徜恍,
　　　好一似蚕自缚麝惜脐香。
　　　到今朝息惵惵难保早晚,
　　　倒不如断情根都付消亡。

咳,罢了罢了。

〔林黛玉焚稿介。紫鹃急介,呼介。

紫　鹃　雪雁妹妹快来!

〔雪雁上,抢诗稿放地下乱扑介。林黛玉往后仰压住紫鹃介。紫鹃、雪雁扶黛玉卧下介。

紫　鹃　（背供介）姑娘病情,十分危急,不免请寡奶奶前来做主。咳,他们正忙着喜事,哪儿有工夫来理这垂死之人!（哭介）哦,有啦,我想大奶奶乃是寡居之人，他们结亲，一定是要回避。雪雁妹妹，你去请大奶奶过来。

雪　　雁　是。〔下。

〔紫鹃抚慰林黛玉，林黛玉不应，紫鹃掩泣介。

〔贾探春上。

贾探春　别院沸笙歌，病中人奈何？

奴家，探春。闻说黛玉姐姐病危，急忙前来省视。

〔贾探春入门介。紫鹃惊起介。

紫　　鹃　三姑娘，你看看林姑娘的样儿！〔痛哭介。

〔贾探春携黛玉手介。

贾探春　林姐姐，林姐姐！

〔林黛玉不应，贾探春哭介。

〔李纨、雪雁急上，入门介。

李　　纨　林妹妹怎么样了？

〔紫鹃泣不成声，指床上介。李纨看林黛玉介，与贾探春点头介，各掩泣介。

〔林之孝妻、平儿上。

平　　儿　（念）堂前奉了奶奶命，

　　　　　　要叫紫鹃扶新人。〔入门介。

原来大奶奶在此。二奶奶刚才和老太太商量啦，那边要用紫鹃姑娘去使唤使唤那。

〔紫鹃拭泪介。

紫　　鹃　林奶奶，这里的人还没死哪。等她死啦，我们自然都是要出去的。我们当奴才的人，自然是要听主子使唤。只是我伺候林姑娘一辈子，现在林姑娘也只挨得一天半天的时候啦。求您做个好事，让我送了她的终，再去重新巴结新人吧！

（唱）林姑娘她待我恩德不浅，

　　　　　　主和婢眼见得永别人天。

　　　　　　你、你、你、你看她，喘如丝风刀将断，

　　　　　　怎忍心抱琵琶便过别船！

〔紫鹃大哭介。林之孝妻冷笑介。

林　妻　紫鹃姑娘这些话,倒说得好。只是我怎么去回二奶奶?
平　儿　不要紧,要雪雁妹妹去吧。
〔平儿携雪雁手介。
平　儿　好妹妹,你去一趟吧!(向李纨)这里的事,都费大奶奶的心啦。
〔平儿携雪雁下,林之孝妻随下。李纨抚紫鹃介。
李　纨　好孩子,你别哭了。这是什么时候,你林姑娘的衣衾,还不替安顿,难道她一个女孩儿家,你还叫她赤身露体,精着来光着去?
〔紫鹃大哭介。探春哭介。李纨且哭且说介。
李　纨　好孩子,你把我的心都哭乱了。
林黛玉　哎呀,紫鹃妹妹在哪里?
〔紫鹃拭泪介。
紫　鹃　在。
林黛玉　我是不中用的人了。你服侍我几年,我原指望咱们两个总在一处,不想我……(喘介)妹妹,我这里并没有亲人,我的身子是干净的,你好歹求他们送我回去。
〔林黛玉抬头看着李纨、贾探春介,点头介,喘介。
林黛玉　哎呀苦啊!
　　　　(唱)十七年苦生涯将我活怕,
　　　　　　到今朝风和雨断送名花。
　　　　　　万种忧千种愁一齐放下,
　　　　　　本来我清洁身白玉无瑕。
　　　　宝玉!宝玉!你!你……好!
〔林黛玉死介,紫鹃哭介。
紫　鹃　姑娘!姑娘!哎呀!
　　　　(唱)一见姑娘丧了命,
　　　　　　不由紫鹃痛伤心。
　　　　　　叫一声姑娘黄泉路略等,
　　　　姑娘啊!
〔紫鹃碰头介,李纨、贾探春扯住介。

紫　鹃　（唱）等待我贱丫鬟一路同行。

　　　　哎呀！〔哭介。

　　　〔李纨、贾探同哭介，下。

选自中华图书馆编辑部编《戏考（第30册）》（大东书局1933年版）。

宝 玉 出 家

  《红楼梦》一书,为小说中之翘楚也。荣国、宁国两府之事实,有与无有不必论,而其叙述详明,前后印照,文情相生,允称杰作。贾宝玉一乳臭小孩,俨然为怡红院之主人翁,必欲如是鉴定者,以其善于用情耳。贾宝玉果真有情,而荣、宁两府之女子,焉知非含情脉脉,钟于一人之身?各房使唤婢女,屈指何止百数,无一非温文尔雅,令人一见留情。不然,贾宝玉亦何至出家,为忏悔之地耶?总之为情所误,不受束缚,必使脱离。贾宝玉初次乡试,即高中第七名经魁。少年科第,张大门楣,有不可限量者。乃顿然觉悟,榜发即行。父母妻妾,欲挽无从。当然涕泗滂沱,万分怜惜。而有识之士,别有见解,以为贾宝玉至此出家,即贾宝玉一身之幸福也。

  近来梅兰芳、欧阳予倩等,将《红楼梦》小说,摘取一段,编排戏剧者,不一而足。如《黛玉葬花》《晴雯撕扇》之类。咸谓情致缠绵,有声有色。兹之《宝玉出家》,亦属名艺员手笔,而观剧诸君,可以一扩眼界矣。

第一场

  [火彩,刀跋。茫茫大士、渺渺真人引贾宝玉同上。

贾宝玉	(念)世上劫灰万重烧,
茫茫大士	(念)女娲补天也空劳。
渺渺真人	(念)一朝悟道见真性,
贾宝玉	
茫茫大士	(同念)太虚幻境走一遭。
渺渺真人	
茫茫大士	(白)俺,茫茫大士是也。
渺渺真人	(白)俺,渺渺真人是也。

贾宝玉	（白）怡红院主人贾宝玉是也。
茫茫大士 渺渺真人	（同白）请了，请了！
贾宝玉	（白）二位仙师，咱三人且到太虚幻境，谒见警幻仙姑去者。
茫茫大士	（白）且慢。你是父母生长，肉身养育之恩，不可不报。你父亲现在常州江边船中。我二人同你前去，叩别一番，再到太虚幻境不迟。
贾宝玉	（白）有劳二位仙师了。

贾宝玉　（【二黄原板】）

　　生长绮罗花丛中，
　　男欢女爱享华荣。
　　大观园里锦绣地，
　　朝朝暮暮乐无穷。
　　十八年来抛岁月，
　　十二金钗半凋零。
　　父母生我恩义重，
　　蟾宫折桂成了名。
　　一朝悟道脱凡景，
　　叩别我父把仙界登。

茫茫大士
渺渺真人　（同白）　神瑛侍者，随我来呀！

〔茫茫大士、渺渺真人同笑。茫茫大士、渺渺真人、贾宝玉同下。

第二场

〔贾政上。

贾　政　（引子）扶柩归南，大事毕，转回顺天。

（念）日月如梭去如风，
　　人生一世枉劳形。
　　富贵皆是前生定，
　　到头只怕一场空。

（白）老夫贾政。

〔四家丁、二院子同暗上,分两边站。

贾　政　（白）金陵人氏,世居京师官居吏部郎中之职。前年钦命江南学政,科场已毕回朝交旨。只因老母年迈,奏明终养。不幸老母寿终,将灵柩送回金陵下葬。大事已毕。前日接到家信,且喜家产赏还,官复原职,真乃皇恩浩荡也!

下书人　（内白）嗯哼!〔上。

下书人　（白）小人与大人叩头。

贾　政　（白）罢了。到此何事?

下书人　（白）有家书呈上。

贾　政　（白）呈上。下边伺候。

下书人　（白）是。〔下。

贾　政　（白）家信到来,待我看来。

〔贾政看。

贾　政　（白）呵!宝玉得中七名举人,贾兰一百三十名举人。可喜呀可喜!

〔贾政笑。

贾　政　（白）这是祖宗有德,上天垂佑,家门之幸也!

〔贾政笑。

贾　政　（白）待我往下看来。

〔贾政看。

贾　政　（白）吓!宝玉出场,怎么走失了?此事真乃奇怪。好一个有道明君,命地方官各处寻找。这就不愁找着了。家院!

院子甲　（白）有。

贾　政　（白）人役可齐?

院子甲　（白）俱已齐备。

贾　政　（白）挑轿打道江岸。

〔贾政起,上轿。吹六马令。众人同转场。

院　子　（白）禀大人:来至江岸。

贾　政　（白）传稍水走上。

院　子　（白）传稍水。

〔二稍水同上。

二稍水	（同白）来了来了！
	稍水与大人叩头。
贾　政	（白）罢了。将船向北进发。
二稍水	（同白）遵命。
	开船了！
	［二稍水同拔锚。
贾　政	（白）上得船来——
	（念）归心忙似箭，千里奔家乡。
	（【二黄原板】）
	坐舟中思姣儿心中烦恼，
	不由我老贾政珠泪号啕。
	实指望养姣儿终身有靠，
	父子情半路途各奔一条。
	叫稍公你与我摇橹泊棹，
	又只见日西沉影挂树梢。
	（白）家院，前面什么所在？
院子甲	（白）常州地界。
贾　政	（白）你看天色将晚，将船泊住，明晨早行。
院子甲	（白）大人吩咐：将船泊住，明晨早行。
	［二稍水同应，同下锚。
贾　政	（白）家院，看酒来。
	［贾政饮。吹牌子。
贾　政	（白）将杯撤去。
	［贾政睡。
贾宝玉	（内【二黄导板】）
	出科场见仙师邀赴仙境，
	［火彩。茫茫大士、渺渺真人、贾宝玉同上。
茫茫大士	（白）你父亲在官船以内。前去叩别，以报养育之恩。我二人在山前相候着。
贾宝玉	（白）有劳仙师指引了！

〔茫茫大士、渺渺真人同下。扭丝。

贾宝玉 （【二黄摇板】）

叩别我老爹爹养育之恩。

迈步儿我且把官船来进,

又只见老爹尊盹睡昏沉。

急忙忙走上前忙跪定,

〔阴锣。贾政惊醒。

贾　政 （【二黄摇板】）

猛抬头又只见宝玉娇生。

你在那荣国府何等光景,

你、你、你为何出场来走失无踪?

我本当下位来将儿抱定——

贾宝玉 （【回龙】）

尊一声老爹爹细听儿言:

（【二黄快三眼】）

吾的父养姣儿一十八年。

终日里多教诲恩重如山,

日餐膏粱穿文绣,高楼大厦自安然。

祖母太君千般爱,

阿娘抚养更周全。

（【二黄原板】）

最不该终日游荡不把书念,

最不该姐妹丛中学缠绵。

最不该吟月歌风抛岁月,

最不该傍花随柳贪笑玩。

大比年立志把场进,

侥幸折桂中经元。

叩别严尊从此去,

太虚幻境为了仙。

我父不必常挂念,

这就是一子成佛,七祖升天。

叩罢头欠身起忙登江岸,

〔贾宝玉叩头。贾政醒。

贾　政　（白）我儿不要行礼!

〔贾宝玉走。

贾　政　（白）宝儿慢走!

贾宝玉　（【二黄原板】）

父子们要相逢梦中团圆。

〔贾宝玉下。

贾　政　（白）我儿慢走,为父赶你来了!

〔贾政下。

第三场

〔茫茫大士、渺渺真人拉贾宝玉同急上,贾政追上。茫茫大士分。火彩。贾政坐。贾宝玉、茫茫大士、渺渺真人同上下场门高场。

茫茫大士　（白）贾大人莫要追赶。听小仙一言道来!

（念）各自归各界,仙凡从此分。我携顽石去,交与天上人。

（【西皮二六板】）

世人愁肠听我讲,

儿女姻缘本无常。

女娲氏炼石补天上,

剩下顽石不曾伤。

千年万载变玉样,

投生人间做儿郎。

作了一段繁华梦,

大劫成灰不再扬。

小仙带他西天上,

仍作顽石归大荒。

（白）宝玉随我去者!

〔火彩。贾宝玉、茫茫大士、渺渺真人同下。四青袍、二院子、下书人同上。

二院子　（同白）大人不知哪里去了？在这里！大人醒来！

贾　政　（【西皮导板】）

　　　　我父子正相会二仙冲散，

　　　　（【西皮摇板】）

　　　　一霎时不见了所为哪般？

　　　　［下书人扶贾政。

下书人　（白）大人追赶何人？

　　　　［贾政两看。

贾　政　（白）我么？追的宝玉。

下书人　（白）待我等追去。

贾　政　（白）且慢！不必追了。听我一言道来！

　　　　【西皮流水板】

　　　　　　他本是含玉降了生，

　　　　　　上有字迹写通灵。

　　　　　　貌如冠玉原不俗，

　　　　　　过目成诵真聪明。

　　　　　　都只为太君心爱重，

　　　　　　左右不离小姣生。

　　　　　　今得经魁名成就，

　　　　　　弃我出家把仙界登。

二院子

下书人　（同白）大人不必烦恼。去到荣国府，见了太太，再作道理。

贾　政　（白）好！开船回府。

　　　　（【三叫头】）

　　　　宝玉！我儿！孩儿吓！

　　　　［尾声。众人同下。

　　　　［完。

　　　　选自中华图书馆编辑部编《戏考（第35册）》（大东书局1933年版）。

千金一笑（又名《晴雯撕扇》）

（赵桐珊藏本）

第一场

［小锣。晴雯淡妆上。

晴　雯　（引）心比天高，争奈我，命似蓬蒿！
　　　　奴家，晴雯。贾府为婢。一向服侍宝二爷，多蒙他另眼相看。只因我心直口快，妹妹们对我都有些面和心不和，这也是我性情不好，无意中得罪她们，倒也罢了，只有那袭人，性格阴柔，居心险诈，我总有些瞧她不起，便是招人怨恨，我也不能理会她哟！
　　　　（唱【西皮原板】）
　　　　　　看她们狐媚子又兼霸道，
　　　　　　好一似暮乞怜昼把人骄。
　　　　　　天生我清洁身苦把心傲，
　　　　　　我岂肯附和她自贬风标。
　　　　哎呀，明日乃是端阳佳节，此时闲着无事，不免做起艾人、蒲剑点缀一番。［下。

第二场

［宝官、玉官上。

宝　官　（唱）一年佳节近端阳，
玉　官　（唱）嬉游休负好时光。
宝　官　咱们自到贾府，居住梨香院中，天天学戏，十分拘束。喜得明日端阳，今日放假，姐妹们同到园中走走。
玉　官　姐姐，走了半日我可走不动了，前面便是怡红院，咱们且进去闲话一回。

宝　官　妹妹言之有理，一同前往便了。

　　　　［同下。

第三场

　　　　［袭人上。

袭　人　（引）一身专爱宠，姐妹尽低头。

　　　　奴家，袭人。上蒙太太抬举，下有宝玉爱怜，在这怡红院中，一向称尊。只有晴雯，她总是负气，不肯相让，好在她性情暴躁，口角尖酸，得罪的人不少，我且让她一步，待她自己得了不是，那时便不能再与我怄气了。

　　　　［宝官、玉官上。

宝　官　来此已是。（叩门介）姐姐开门来！

袭　人　小丫头们都不知道跑到哪里去了！

　　　　［晴雯手执艾人、蒲剑上。

晴　雯　你叫小丫头做什么？

袭　人　外面有人叩门。

晴　雯　呸！我道有什么大事，难道你出去开了门，便折了你的身份不成？你不去开门，待我去开便了！［将艾人、蒲剑放桌上，开门介。

宝　官
玉　官　有劳姐姐开门。

晴　雯　原来是二位妹妹，请进来吧！

　　　　［袭人出来迎接介。

袭　人　原来是二位妹妹到了，里面请坐吧。想是今天放假了？

宝　官
玉　官　正是放假，特来园中玩耍。

袭　人　请坐，请坐。小丫头们倒茶上来。

晴　雯　啧！啧！啧！你不用瞎张罗了，有你这会子张罗的，倒不如早些替她们开门，免得她们白站着晒日头，不是好得多吗？

袭　人　（笑介）晴妹妹总是喜欢取笑，待我去倒茶来。［下。

　　　　［玉官见艾人、蒲剑拿起看介。

玉　官　（笑问）这是谁做的？

晴　雯　是我做的。
玉　官　好姐姐,赏给我吧,怪好看的。
晴　雯　你要,你便拿去就是。但我要求你二位唱个曲子给我们听。
宝　官　我嗓子不好。
晴　雯　(笑介)你好意思说不唱,我便胳肢你。
　　　　［哈手作胳肢状,宝官笑避介。
宝　官　我唱我唱。只是唱什么好哪?
晴　雯　你愿意唱什么就唱什么。
　　　　［袭人端茶上。
袭　人　二位用茶。
宝　官　有劳姐姐。
玉　官
晴　雯　你且坐下听她唱曲。
宝　官　我就随便唱啦。
　　　　［宝官唱昆曲一支。
晴　雯　唱得真好,这该要请教玉官妹子的曲子了。
　　　　［幕内作雷声介。
袭　人　大雨来了!
　　　　［玉官掩耳介。
玉　官　姐姐,我怕!
晴　雯　怕什么,你还是唱你的,管它什么雷不雷、雨不雨的。你再要怕,我就要胳肢。
玉　官　(笑介)姐姐不要闹,我唱。
　　　　［玉官唱昆曲介。
　　　　［贾宝玉急上。
贾宝玉　好大的雨,浑身都淋湿了。开门,开门!
　　　　［玉官仍唱昆曲介。
　　　　［贾宝玉在雨下急介,叩门介。
贾宝玉　开门,开门!
　　　　［玉官昆曲唱完,晴雯笑介。

49

晴　雯　真唱得好,我跟你学学吧。
袭　人　你的嗓子最好,让你学一出《醉打山门》吧!
　　　　〔宝官、玉官同笑介,贾宝玉怒介。
贾宝玉　为什么总不开门!〔踢介。
袭　人　又是谁来叩门?
晴　雯　你不会出去看吗,别叫人家淋着雨回去。
　　　　〔袭人开门张望介,笑介。
袭　人　你们快来瞧,二爷淋得像雨打鸡一样地回来了。(弯腰笑介)谁知道二爷这会子就回来了!
　　　　〔贾宝玉怒,踢介,袭人呼痛介。
贾宝玉　什么下流东西,我平日待你们得了意,今日拿着我取笑去了,这还了得!
　　　　〔袭人哭介。
贾宝玉　啊,怎么,开门的是袭人姐姐么,踢在哪里了?
　　　　〔袭人忍泪介。
袭　人　无有踢着。快换衣裳去吧。
　　　　〔贾宝玉向宝官、玉官介。
贾宝玉　你们且坐坐,我换换衣服就来。
　　　　〔贾宝玉扶袭人下。
宝　官　雨住了,天也快黑了,我们回去吧。
晴　雯　明儿再来玩。
宝　官　那是自然。
　　　　〔玉官拿艾人、蒲剑介。
玉　官　谢谢你!
　　　　〔同下。

第四场

　　　　〔贾宝玉扶袭人上。
袭　人　(唱)腰肋间这伤痛教人难忍,
　　　　　　　坐不安睡不稳挨到天明。
贾宝玉　袭人姐姐,我不知道开门的是你。这一脚真踢重了,你吃了药觉得好些么？

袭　　人　咳，二爷，今日乃是端阳佳节。你不到老太太和太太那边去请安道贺，只管服侍我做什么？

贾宝玉　我撇下你，怎能够放心前去。

袭　　人　二爷，适才大夫看过，料不妨事。你尽在此，人家倒要说我轻狂。你还是到老太太、太太那边去吧。

贾宝玉　姐姐既如此说，我便去了！

（唱）被催促没奈何出门前往，

　　　　行一步一回头挂肚牵肠。〔下。

〔袭人立起介。

袭　　人　二爷到上头去了，我不免去到后房小憩一回。（作痛介）哎哟！〔下。

第五场

〔麝月、秋纹上。

麝　　月　榴花照眼红如火，

秋　　纹　好是风和日丽天。

麝　　月　我，麝月。

秋　　纹　我，秋纹。姐姐，今日端阳，姐妹们都到园中玩耍去啦，你我也去凑个热闹儿去吧。

麝　　月　现在袭人姐姐有病，晴雯又是不管事的，我们再出去，这屋子可就叫小丫头们给弄毁啦。

秋　　纹　我问你，袭人姐姐昨儿个是怎么挨了二爷的窝心脚？

麝　　月　只因晴雯要听玉官、宝官唱戏，大雨的时候，二爷淋了回来。打门半日，里面听不见，没人开门。后来袭人姐姐走去开门，二爷恨起来，进门就是一脚，可就把袭人姐姐踢倒啦。

〔晴雯暗上。

秋　　纹　如此说来，又是晴雯惹起来的。

麝　　月　不是她是谁？

晴　　雯　哇！你们两个小妮子，背着人又嚼舌起来了！

〔麝月、秋纹惊介。

麝　月　你什么时候溜出来的,倒吓了我一跳。

晴　雯　你们说我不管事的时候,我就出来了。

麝　月　像你这样精灵刁怪,幸而我们没有说你谋反叛逆,要是说你谋反叛逆,给你偷听了去,那还了得嘛!

　　　　〔晴雯冷笑介。

晴　雯　何必说我谋反叛逆,只是我这屋子里的人,如今说我把个袭人带累挨了打,还怕不是一个现成的十恶不赦的罪名!

秋　纹　得啦,得啦,晴奶奶不要唠叨啦。

晴　雯　我唠叨有什么要紧!我横竖管不了事的,怕什么?

晴　雯　我们正要出去玩耍,你要管事,就偏劳你,在屋子里坐一会儿。

　　　　〔秋纹扯麝月介。

秋　纹　姐姐,咱们去呀!

　　　　〔麝月、秋纹同下。

晴　雯　好不害臊!都是一样当奴才,还有什么加级晋禄不成?我倒要彰明较著地得罪于她,看她将我怎样!

　　　　〔晴雯伏案睡介。
　　　　〔贾宝玉上。

贾宝玉　(唱)一席酒吃得我长吁短叹,
　　　　　　　万不想热闹场如此冰凉。
　　　　　　　想人生欢结聚为何要散?
　　　　　　　何况是赏佳节相对凄惶!

　　　　咳,适才到老太太那边,恰遇太太摆酒赏午,谁知宝姐姐、林妹妹都是懒懒不肯说话。自古道:一人向隅,满座不乐。何况满座向隅,叫我怎能忍受?咳,这日子真是难过的了,不免回去,伺候袭人姐姐去吧。(进门介)原来晴雯姐姐在此。晴雯姐姐,袭人姐姐好些无有?

　　　　〔晴雯立起揉眼介。

晴　雯　她在屋里睡呢。

贾宝玉　天气很热,我要换衣。

晴　雯　我来服侍于你。

　　　　〔晴雯替贾宝玉换衣介。

〔晴雯失手跌断扇子介。

贾宝玉　咳，蠢才呀蠢才！难道你将来自己当家立业，也是这般的顾前不顾后么？

〔晴雯冷笑介。

晴　雯　哎呀，二爷近来脾气大得很，动不动就给人脸子瞧。昨儿连袭人都挨了打，今日又来寻我的不是。我们横竖是当奴才的，要踢要打，也只得凭着爷的性儿。这跌了扇子，也是平常事，从前那样的玻璃缸、玛瑙碗，不知弄坏了多少，也没见二爷说过一句半句的话。这会儿，一把扇子就这么着急了，分明是嫌我们，倒不如赶我们出去，另挑好的使唤，也是个好离好散的办法呀！

贾宝玉　哎呀！

　　　　（唱）听她言不由我顿时发闷，

　　　　　　　好一似乱钢刀刺在我心。

　　　　　　　想人生聚和散本来前定，

　　　　　　　怎能够撒开手顿然忘情。

〔贾宝玉闷坐介。

〔袭人上。

袭　人　（唱）猛听堂前拌嘴声，

　　　　　　　没奈何扶痛出房门。

　　　　二爷，又是怎么啦？气得这个样儿。可是我说的！我一时不到，就有事故儿出来。

〔晴雯冷笑介。

晴　雯　可不是么？这屋里就只有你会做事，你就该早来，也免得二爷生气。自古以来，就只有你一个人会服侍爷的，我们原不会服侍。因为你服侍得好，昨日才挨窝心脚，我们不会服侍的，将来还不知是个什么罪名呢！

〔袭人推晴雯介。

袭　人　得啦，得啦，好妹妹你出去逛逛，原是我们的不是。

〔晴雯冷笑介。

晴　雯　"我们"，我倒不知你们是谁？别教我替你们害臊了！你们鬼鬼祟祟干的那些事，也瞒不过我去！今日就称起"我们"来了，明公正道的，连个姑娘还没挣上去呢,也不过和我一样,哪里就称上"我们"了?

〔贾宝玉立起介。

贾宝玉　为这个你们气不忿么,我明儿偏抬举她!

〔袭人扯贾宝玉手介。

袭　人　她是一个糊涂人,你和她分辩什么?况且你素日最有担待的,比这大的事,过去了多少,今日又何必计较呢?

〔晴雯冷笑介。

晴　雯　我原是糊涂人,哪里配和你说话?我不过是奴才罢了!

袭　人　姑娘你倒是和我拌嘴,还是和二爷拌嘴?要是真正恼我,你只和我说,不犯着当着二爷吵;要是恼着二爷,便不该这般吵得万人知道。我一番好意,想来劝开啦,大家保重,姑娘倒寻上我晦气!又不像是恼我,又不像恼二爷,夹枪带棒地说个不了,终究是个什么主意?我就不说,让你说去!

贾宝玉　你也不用生气,我猜着你的心事了。我去回明太太,就打发你出去。

晴　雯　哎呀!我为什么出去?要嫌我,打发我去,也不能够的!

贾宝玉　我何曾经过这样吵闹?一定是你要出去了。好,我立刻就回太太去。

〔欲走介。

〔袭人忙上前拦介。

袭　人　往哪里去?

贾宝玉　回太太去。

袭　人　好没意思!便是要回太太去,也等把这气平下去,等无事中说话儿回了太太也不迟。何必忙在一时?

贾宝玉　我回太太,只说她闹着要出去也就是了!

　　　　(唱)我常言女大不中留,
　　　　　　　就此分离两罢休。

袭　人　(唱)二爷小题休大做,
　　　　　　　要将情绪念从头。

晴　雯　喂呀!
　　　　(唱)二爷说话多压派,
　　　　　　　冤我晴雯理不该。

我今誓死不外出，
拼将热血染尘埃。

喂呀！〔哭介。

〔贾宝玉顿足介。

贾宝玉　这都是奇事。你既不要出去，为何只管吵闹？我实在禁不起这么吵，我回太太去了。〔欲走介。

袭　人　（跪介）二爷不要生气，都是我袭人不好。

〔贾宝玉扯袭人起介。

贾宝玉　你且起来。你看她这个样子，教我怎么才好？咳，我的心碎了，也无人知道啊！〔拭泪介。

〔袭人哭介，晴雯哭介。

晴　雯　喂呀二爷呀！

〔林黛玉上。

林黛玉　一路荷香新雨后，满身花影夕阳中。（入门介）哎呀，好端端的为何大家哭将起来？

〔晴雯拭泪介，下。

〔贾宝玉、袭人不语介。

林黛玉　我知道了，这大节下，一定是争粽子争得恼了。

〔贾宝玉、袭人笑介。

林黛玉　二哥哥，你不告诉我，我不问就知道了。（拍袭人肩介）嫂子，你两口子为什么拌嘴？告诉妹妹，好替你们和解和解。

袭　人　林姑娘又来浑说，我们不过是一个丫头。

林黛玉　你说你是丫头，我只拿你当嫂子看待。

贾宝玉　你何苦又来替她招骂呢，饶是这样，已经有人说闲话。还搁得住你来说这些言语！

袭　人　林姑娘，你哪里知道，我恨不得一口气上不来，当时死了也就罢了！

贾宝玉　你死了，我做和尚去。

〔林黛玉笑伸二指介。

林黛玉　做了两次和尚了。少陪了。

贾宝玉　往哪里去？

林黛玉　我回去,拿上纸笔,替你记上做和尚的遭数儿呀。〔笑下。

　　　　〔麝月上。

麝　月　薛大爷叫人请二爷过去吃酒。

贾宝玉　回了他吧,我不去。

袭　人　你去解解闷也好。

贾宝玉　如此姐姐在家,好好地保养,我便去了!

　　　　(唱)闺房无故争闲气,

　　　　　　块垒消磨借酒卮。〔下。

　　　　〔袭人取扇子介。

袭　人　麝月妹妹,二爷忘了带扇子出去,你快赶上送与他。

麝　月　是。〔下。

袭　人　哎呀!

　　　　(唱)由来冰炭难相混,

　　　　　　自有机谋胜过伊。〔下。

第六场

晴　雯　(内唱【西皮导板】)

　　　　　　暗思量不由人心伤气尽,〔上。

　　　　(唱【西皮慢板】)

　　　　　　万不料俺二爷大发雷霆。

　　　　　　自是她工狐媚难与竞争,

　　　　　　可怜我平日里枉费痴心。

　　　　咳,罢了,罢了,从今以后,我也再不痴心的了。〔呵欠介,睡介。

　　　　〔贾宝玉上。

贾宝玉　(唱)醉归来早已是初更时候,

　　　　　　又只见一轮月下了高楼。

　　　　入得门来静悄悄地,她们都到哪里去了?(看介)原来是袭人姐姐睡在这里。(坐介,推介)姐姐醒来,痛得好些么?

　　　　〔晴雯起介。

晴　雯　咳,二爷何苦又来抬举!

〔贾宝玉笑介。

贾宝玉　原来是晴雯姐姐。

〔贾宝玉拉晴雯坐介。

贾宝玉　你但坐下,我有话问你。你的性子越发娇惯了,早起跌了扇子,我不过只说了两句,你就说上许多话来怄我。这也罢了。袭人好意来劝,你拉上她,损她一顿,这是什么道理?

晴　雯　谁与你说这个,天气怪热的,拉拉扯扯做什么!教人来看见像什么样儿!想是我这身子,不配坐在这里。

〔贾宝玉笑介。

贾宝玉　你既知道不配坐的,为何却睡在这里呢?

晴　雯　你不来,我睡也使得,坐也使得。你一来了,我就不配了。起来,让我洗澡去。袭人、麝月都洗过了,我叫她们来陪你。

贾宝玉　我才吃了酒,热极了,还得洗一洗。你就拿了水来,咱们两个一同洗好么?

晴　雯　罢!罢!我不敢惹你。前儿碧痕打发你洗澡,足有两三个时辰,也不知道是做什么,我们又不好进去。后来洗完了,我们进去瞧瞧,满地的水,连席子上都是水,也不知是怎么洗的,大家笑了几天。我此刻没有工夫拿水,你也不用和我一块儿洗。我换盆水给你洗脸。刚才有鸳鸯送来的许多果子,都浸在那水晶缸里,叫她们伺候你吃点也就是了。

〔贾宝玉笑介。

贾宝玉　既是这么,你也不许去洗澡,你就拿果子来我吃。

晴　雯　我慌张得很,连扇子都跌折了,哪里配伺候你吃果子?倘若再打破了盘子,更了不得了!

贾宝玉　你要折就折,你要撕就撕。

〔贾宝玉拿扇子递给晴雯介。

〔晴雯撕扇子介。

贾宝玉　你还要撕么?

〔晴雯笑倚床介。

晴　雯　我也乏了,明日再撕吧。

贾宝玉　哈哈哈……

晴　雯	（唱）自古千金难买笑，
	她梨颊双窝分外娇。
	区区一扇何足道，
	愿年年欢乐似今宵。
晴　雯	二爷,夜深了,风露很凉,你进去吧。麝月妹妹,你去伺候他睡觉哟。
麝　月	（内）是啦。
贾宝玉	你也进去吧！
晴　雯	让我再乘乘凉。
贾宝玉	偏要你一同进去。
晴　雯	要去呀就去！〔起介。
	（唱）银河未落天如镜，
	卸却残妆趁月明。
贾宝玉	（唱）宜嗔宜喜都亲领，
	而今才识美人心。
	哈哈哈……
	〔同下。

选自北京市戏曲编导委员会编辑《京剧汇编（第 57 集）》（北京出版社 1959 年版）。

晴雯补裘

(赵桐珊藏本)

第一场

［晴雯上。

晴　雯　（引）命薄如云，只赢得，青衫一领。
　　　　（诗）荏苒年华十五余，
　　　　　　　漂萍断梗一身孤。
　　　　　　　怡红院里春如海，
　　　　　　　夜夜添香伴读书。
　　　　奴家，晴雯。幼失怙恃，展转流离。自入贾府为婢，多蒙老太太十分疼惜，赏与宝二爷使唤。哪知这位宝二爷，性格温存，又多般怜惜于我。我想人非草木，谁能无情？（起身介）只是想奴乃是命薄之人，受他（左右看介）这般看待，是教人怎生消受得起哟！
　　　　（唱【西皮原板】）
　　　　　　　可怜我似落红随风飘荡，
　　　　　　　怎禁得宝二爷惜玉怜香。
　　　　　　　未跳出烦恼又入情网，
　　　　　　　倒教我相思债怎样去偿。
　　　　天色已晚，为何不见二爷回来？
　　　　［麝月执红灯引贾宝玉上。
贾宝玉　（唱）花姐姐回家去教人眷恋，
　　　　　　　在院中好一似度日如年。
　　　　　　　无聊赖到潇湘闲游一遍，
　　　　　　　不觉得黄昏后月挂霜天。

〔立看介,向麝月。

你看前面莫非是花——

晴　雯　花什么?

贾宝玉　唔,原来是晴雯姐姐。我方才说的是我眼儿花了。哈哈哈……

〔晴雯低头不语,麝月引贾宝玉进院,贾宝玉转向晴雯。

贾宝玉　天气这般寒冷,姐姐为何呆立风前?

〔晴雯不语。

贾宝玉　倘若被风吹病了,岂不又要我担心!

〔晴雯转身看贾宝玉,起风介,晴雯打寒噤介,转身随贾宝玉进院。贾宝玉坐榻上,晴雯烤火。

麝　月　适才老太太吩咐,只因袭人姐姐回家去啦,特派你我二人小心伺候二爷。天时不早,二爷明天还要到舅太爷府中拜寿,早些安歇吧。

〔贾宝玉点头,麝月铺床,晴雯坐炉旁烤火,麝月喘向晴雯介。

麝　月　你倒真会享福,看我这儿铺床叠被,忙得气都喘不过来,难道你连这窗帘儿、镜袱子都不能将它放下来吗?

晴　雯　好妹妹,我方才被那阵寒风吹得心如刀刺,现坐熏笼之旁,才觉得好些,妹妹你偏劳了吧!

麝　月　(作势介)哼!你是金枝玉叶,难道我就是土牛木马不成吗?

〔麝月转身不动,晴雯愤然起立,贾宝玉急上前阻止。

贾宝玉　晴雯姐姐,今夜冒了风寒,可到后房安歇去吧。

晴　雯　二爷身旁无人侍奉。

贾宝玉　我身旁吗?有麝月姐姐在此。

晴　雯　遵命!(向麝月)还是要辛苦妹妹你了。

〔麝月不睬,晴雯快步由上场门下。起更,贾宝玉、麝月各作睡介。

〔贾宝玉帐中。

贾宝玉　袭人呀,花姐姐!

〔晴雯睡装,短衣持烛急上,作冷介。

晴　雯　麝月妹妹,麝月妹妹!

〔麝月惊起介。

麝　月　什么事,这么大惊小怪?

晴　雯　二爷适才呼唤,你可曾听见?
麝　月　他唤袭人,与你我有什么相干?
　　　　〔麝月仍睡,晴雯持烛呆立。
　　　　〔贾宝玉掀帐介。
贾宝玉　夜静更深,你怎么来到这里?照你这样打扮,怕不要冻出病来。
　　　　〔贾宝玉摸晴雯颊介。
贾宝玉　如何,果然发起热来了。
　　　　〔麝月起奉茶介。
贾宝玉　麝月姐姐,快些扶晴雯姐姐到后房里去,待我去唤人煮药。
晴　雯　(急阻介)二爷呀!
　　　　(唱【西皮快板】)
　　　　　　二爷不必高声嚷,
　　　　　　些小的感冒谅无妨。
　　　　　　夜静更深你将人唤,
　　　　　　别人必笑我太轻狂。
　　　　　　回转身来(转【散板】)向后往,
　　　　　　切莫要怜我病自把神伤。
　　　　〔晴雯扶麝月下。
贾宝玉　咳,这是哪里说起哟!〔下。

第二场

贾　母　(内唱【西皮导板】)
　　　　　　白发婆婆享大年,
　　　　〔鸳鸯引贾母上。
贾　母　(唱【西皮原板】)
　　　　　　华封紫诰乐陶然。
　　　　　　松柏长春随人转,
　　　　　　芝兰并茂绕膝前。
　　　　　　福寿堂好似大罗殿,
　　　　　　不羡荣华不羡仙。

老身,史氏。自进贾门以来,数十余载。幸喜儿孙繁茂,长幼康宁,倒也了却我心头之愿。鸳鸯!

鸳　鸯　有。

贾　母　你看天色破晓,可将堂门打开。

鸳　鸯　是。〔开门介。

〔贾宝玉上。

贾宝玉　夜寒愁似絮,天曙同笼霜。

老祖宗在上,孙儿这厢有礼!〔请安介。

贾　母　罢了。啊,宝玉,你今天为何打扮得这般华茂?

贾宝玉　启禀老祖宗:舅父今天诞辰,孙儿要前去拜寿,特来请命。

贾　母　哈哈哈!不是孙儿提起,老身倒忘怀了。如此,孙儿你快些前去!

贾宝玉　遵命!〔转身欲行介。

贾　母　回来!

贾宝玉　老祖宗有何吩咐?

贾　母　天气寒冷,你看外面可曾下雪?

〔贾宝玉外看介。

贾宝玉　北风甚紧,天色阴沉,恐怕午后是要下雪的。

贾　母　鸳鸯!

鸳　鸯　有!

贾　母　你把那件雀金丝的宝裘取来,给了宝玉吧!

鸳　鸯　是。

〔鸳鸯取裘递贾宝玉介。贾宝玉与贾母叩头介。

贾宝玉　多谢老祖宗!

贾　母　宝玉须要小心,这是俄罗斯国拿孔雀羽毛织成的,我孙穿衣惜衣,不要糟蹋了。

贾宝玉　孙儿不敢。

贾　母　宝玉你要早去早回。正是:箕裘付与儿孙辈,我自含饴乐余年。哈哈哈……

〔鸳鸯扶贾母下。

〔贾宝玉向鸳鸯招手介。

贾宝玉　姐姐,你看我穿这件宝衣,是好看不好看呢?

〔鸳鸯不答,下。

贾宝玉　呀,鸳鸯姐姐她到底不肯理我,咳,这也是我自寻烦恼噢!

(唱)昨宵愁病今朝恨,

　　　人说我狂我说情。

　　　万事茫茫皆梦境,

　　　最难消受美人心。〔下。

第三场

〔麝月扶晴雯上。

晴　雯　(唱【二黄慢板】)

　　　昨夜里西北风癫狂一阵,

　　　吹得我神颠倒心冷如冰。

　　　恼风姨忒无情把人蹂躏,

　　　岂不惜薄命女孤苦伶仃。

　　　眼生花心如醉身立不稳,

　　　病恹恹魂渺渺寒梦沉沉。

麝　月　姐姐,你这样的泪眼愁眉,到底是什么病啊?

晴　雯　妹妹我头昏脑晕,骨软心寒,难受得紧!

麝　月　现有西洋头痛膏在此,待我与你贴上如何?

晴　雯　有劳妹妹。

〔麝月为晴雯贴膏药介。

麝　月　姐姐,可怜你病得乱头蓬发,似鬼一般,如今贴了这对金钱膏倒觉得俏皮不少。

晴　雯　嗳,我病到这个样儿,你还拿我耍笑么?〔泣介。

麝　月　姐姐休得如此,这是妹妹的不是。〔赔礼介。

〔贾宝玉提袍急上。

贾宝玉　(唱【二黄摇板】)

　　　适才筵前太不慎,

　　　单单烧坏雀衣襟。

　　　　　乘兴而来归扫兴,
　　　　　衣破怎见老夫人![跺脚介。
　　　这叫我怎样才好哟!(抬头看介)来此已是晴雯卧室。她昨夜冒了风寒,不知好了无有?待我进去看看。
　　　[贾宝玉进门,晴雯、麝月迎介。

贾宝玉　姐姐今日病体如何?
麝　月　(代答)比昨夜又加重啦。
贾宝玉　嗳,这才是祸不单行。
晴　雯　二爷,还有什么意外之事?
贾宝玉　姐姐哪里知道。我今晨到舅老爷家拜寿,老太太怕我受冷,给我这件雀毛金裘,临行之时,是再四地嘱咐,教我加意小心。哪知我一时大意,将毛裘烧坏,四处寻人织补,都不能担此重任。姐姐你想,倘被老太太晓得,叫我怎样回答呢!
晴　雯　是怎样宝贵的东西,待我看来。
　　　[贾宝玉脱裘,晴雯看,笑介。
晴　雯　原来是孔雀金线织成的,照它这样线纹织补,又有什么为难!
麝　月　我早已知道,晴雯姐姐一看,就会织补。
　　　[晴雯索针介,贾宝玉阻止介。
贾宝玉　这个如何使得,姐姐的身体要紧。
晴　雯　嗳,为了你的事,就是拼死也要去做的。麝月妹妹,你把针线拿来便了!
　　　[麝月取针线递晴雯介。
　　　[晴雯依榻揉眼,贾宝玉执烛旁立介。
贾宝玉　这又是我害了姐姐。
晴　雯　(唱【二黄原板】)
　　　　　猛抬头不觉得眼花缭乱,[揉手介。
　　　　　芊芊手为什么骨软如绵。[身颤介。
　　　　　莫奈何强挣扎穿针引线,[补衣介。
　　　　　这都是补我的前世孽缘。
　　　　　梳翠羽管教它光生正面,
　　　　　绾金线好待我锦织不偏。

　　　　　执并剪分清了经纬不乱,
　　　　　度花针仔细把里面来缠。
　　　　　撑竹弓补花样光彩灿灿,
　　　　　用熨斗熨新纹线绣斑斓。
　　　　　一行行一点点花遭泪溅,
　　　　　一丝丝一缕缕线把愁牵。〔晕倒介。

贾宝玉　姐姐,你太劳神了!
　　　〔贾宝玉倒茶介。
贾宝玉　吃一口热茶,休息一会儿吧。
晴　雯　夜静更深,你还是去睡吧!
贾宝玉　姐姐在此带病补裘,教我怎能去睡。
　　　〔晴雯咳嗽介。
贾宝玉　待我来与你捶背。
晴　雯　(推介)你真淘气哟!
　　　(唱【二黄原板】)
　　　　　见此情不由我心中暗叹,
　　　　　尊一声二爷听我言:
　　　　　我今补裘你莫管,
　　　　　夜深何必来胡缠。
　　　　　倘若闲人来看见,
　　　　　他必说晴雯长、晴雯短、情长情短、暗地里有了牵连。
　　　　　柔声软语低声劝,
　　　二爷呀!(转唱【二黄散板】)
　　　　　你快些去睡奴心安。
　　　二爷,你快些睡去,待我静心补完也就安睡了。
贾宝玉　看你这样劳神,教我哪里放心得下。
晴　雯　啊,二爷平常说的是怜,讲的是爱。到了今日,我的一句话儿都不肯听从,还说什么怜我、爱我!〔泣介。
贾宝玉　哎呀,她倒哭起来了,待我藏起来。姐姐不必烦恼,我去睡就是。
　　　〔贾宝玉躲入帐后。

晴　　雯　（拭泪介）麝妹,你看他去睡了无有?

麝　　月　（看介）真去睡啦。

晴　　雯　请你与我牵起线来!

　　　　　（唱）长夜灯昏风似剪,

　　　　　　　　强打精神把针拈。

　　　　　　　　补裘了却心头愿,

　　　　　　　　不觉得心中似油煎。

　　　　　哎呀![吐血,晕倒介。

麝　　月　（急扶晴雯,惊介）姐姐!哎呀,怎么吐出鲜血来啦!

　　　　　[贾宝玉急上。

贾宝玉　姐姐是怎么样了?

麝　　月　都是你叫她补裘,现在她口吐鲜血,人已经晕过去了。

　　　　　[贾宝玉扶晴雯,呼唤介。

贾宝玉　姐姐醒来,姐姐醒来!

晴　　雯　（唱【二黄倒板】）

　　　　　　　　霎时间气上涌神魂飘散,

贾宝玉　好了![笑介。

　　　　　[麝月学贾宝玉介。

麝　　月　好了![笑介。

　　　　　[晴雯醒,见贾宝玉站在面前,愣介。

晴　　雯　（唱【二黄摇板】）

　　　　　　　　又只见冤孽种站立面前。

　　　　　你又来了!

　　　　　（唱【二黄摇板】）

　　　　　　　　可怜我负韶华心高气短,

　　　　　　　　可怜我如飞絮傍水和烟,

　　　　　　　　可怜我十五载春愁秋怨,

　　　　　　　　可怜我一夜夜骨碎心寒。

　　　　　　　　猛然见旧衣襟血花点点,

　　　　　我的天哪!

　　　　　　怕只怕衣能补人寿难延。
贾宝玉　姐姐,我们扶你养息去吧。
晴　雯　喂呀!〔哭介。
　　　　　〔同下。

选自北京市戏曲编导委员会编辑《京剧汇编(第57集)》(北京出版社1959年版)。

芙蓉诔（一名《晴雯归天》）

定名分而复分主奴，分主奴而后有贵贱，古今一辙，不易之常理也。故理可以制情，情不合乎理，所谓反常，终归于无情而已。贾宝玉，钟情者也，姐妹行间，日与厮混，爱之重之，情之作用固如此。而侍婢辈，亦何莫不然，竟以同等看待，无所谓主奴，无所谓贵贱也。晴雯亦侍婢之一，颇得宝玉之欢心，志高气傲，本属天赋。宝玉常纵容之，恃宠而骄，忘其为侍婢之身份矣。本考上册，载有《晴雯撕扇》一剧，平日之撒娇撒痴，毫无忌惮，枕可想见，得罪之由，实兆端于此。且晴雯被撵出府，酝酿已非一日。宝玉既非常怜爱，妒忌者必多；自高位置，与同辈周旋，不肯稍假辞色，怨恨者必多；环伺其隙，郁久自然勃发，正如水银泻地，无孔不入，于是晴雯万不能一刻容留矣。乃病忽加重，竟至不起，一激而赍恨九泉，良可悲痛，人谓主人之情而不情，以致如此，我则谓晴雯自取其祸，不能归咎于宝玉，更不能归咎于贾母。观剧者欲知详细，请参阅《金玉缘》一堂。

（旦扮晴雯内唱【倒板】）
  苦啊！
  无情天，他他他，他他他，偏把俺，生作女儿身，
  三江水，洗不去，这妖狐名。
（披发上，作跌倒介。贴扮小丫鬟，作扶旦起介，旦唱【二黄慢板】）
  悔当初，万不该，烂漫天真，
  悔当初，万不该，嫉恶太甚，
  悔当初，万不该，以礼节，清到而今，
  害我冤屈莫伸，纵死在，九泉下，目也不瞑。
（贴旦丫鬟白）啊，晴雯姑娘，病中被逐，到底为了何事？何不见过老太太，赔罪认过央告几句。倘老夫人家发个慈悲，天大的事，也就完了，在此悲伤何益。

(旦白)妹妹,你说哪里话来。想我晴雯,在大观园中,独往独来,从不仰人鼻息,我本无过,央告什么?我本无罪,何用慈悲?我们不幸生作女儿,又作侍婢,真是不幸中之不幸,只要问心无愧,正当抖擞精神,为我女儿家,留点身份,莫玷污了"女儿"这两个字。正是:一点贞心照千古,不向东风浪折腰。

(旦唱【摇板】)

　　说什么,堂前苦哀告,

　　说什么,赔罪折纤腰。

　　我只自问无愧怍,

　　留取气节作女豪。

(贴丫鬟白)啊,晴雯姑娘,既不肯去见老太太,何不见过宝二爷,说说离情,也是你二人,相处了一场。

(旦作惊介白)噢,那宝玉么,哎,我是不见他的了。啊,我是不能见他的了,啊,啊,啊!

〔旦与贴旦俱下。小生扮贾宝玉上。

(引)愿作护花主,平生一片心。

(白)俺,贾宝玉。

(丑扮书童焙茗抢上白)报报报,二爷大事不好了!

(小生白)啊,焙茗,何事如此惊慌?

(丑白)晴雯姑娘,不知为了何事,被太太立时逐出园去。

(小生白)你待怎讲?

(焙白)晴雯姑娘,逐出园去!

(小生拭泪,搓手介,白)有这等事么?呀吓不好了!

(唱【摇板】)

　　听说逐出小晴雯,

　　好似钢刀刺我心。

　　恼恨情天何太狠,

　　晴雯姐姐!

　　无限心领痛冤沉。

(白)呀,焙茗,不知晴雯被逐,究竟为了何事,现在何处,你可知道?

(焙白)哎呀,二爷,晴雯姑娘,乃是园中最矫激、有气节的女儿,此番被逐,定是被那姐妹们,谗诉所中,一个逐令一下,刻不容留,就回家去了。啊,啊,啊。

(小生白)如此说来,你与我悄悄备马,由便门出园,速去速去!

(焙白)是,晓得。

(小生哭白)啊,晴雯姐姐呀![下。

(旦作病装,丑扮晴雯嫂嫂,扶旦上。旦唱【反二黄】)

  一日别离一日心,

  病魂犹绕大观园。

  多情公子难相见,

  "妖狐"二字痛冤沉。

  再不能怡红闻夜宴,

  再不能扯扇掷千金,

  再不能病补孔雀裘,

  再不能悄听潇湘琴。

  宝玉呵,

  枉费了你一段护花心,

  要想见除非是这梦里贞魂。

(杂作推旦伏病床介,旦作气郁介,丑白)哼,哼,不得了,姑娘,你不要装斯文了。你自己想想,当日在大观(园)中,何等尊贵,哪一个高攀得上?你多少年儿,从不到娘家门上。瞧一瞧你心上的人,又是什么姑娘哩,少爷哩,全不把我们放在眼里,我们常说,贵人是不蹈贱地的了,不料想今日,你还认得家。常言说得好,出了娘家门,还有姨家门,凭姑娘有这个模样儿,宅门上买姨娘娘的,怕买不到手啦,哭什么,瞧好的啵。

(旦作气心痛介,丑白)别撒娇了,我不喜欢那个样儿。

(旦怒白)你。你嫂嫂不羞,敢在我面前来,胡言乱语,还不与我快走出去。

(丑白)走可别叫我,我看谁来服侍你,咱斗牌去,阿弥陀佛。[下。

(旦白)啊呀,天哪天那,想俺晴雯,落得这样地步,不如死了罢!

(旦作昏去介,小生同焙茗上。小生唱【摇板】)

  马上伤情魂欲断,

  可怜一步一啼痕。

(焙白)来此已是。

(小生白)上前叩门。

(焙白)二爷,门正开着,快快进去罢,免得外人瞧见,传进府去,小子耽待不起。

(焙下,小生入门作拥旦介,白)姐姐醒来,姐姐醒来。

(旦见小生作诧异介,又作双手搓眼细看介,又作欲起不能介。生扶旦起介,白)你怎么来了?

(小生白)我因闻知你被逐,故而急急赶来了。

(旦惊异介,白)我敢是作梦呀?

(小生白)明明是我,何言何梦?

(旦指案上茶壶介,小生斟茶,看了,作恶劣介。旦作招手,小生送茶就旦吻介,旦举碗抚小生肩,饮茶介。小生作暗暗下泪介,旦唱【摇板】)

  奴只道俺与你此生两参商,
   忽相见又寸断肝肠。
   叫奴好喜。

(小生白)喜从何来?

(旦唱【摇板】)

  喜只喜多情公子重相见,
   叫奴好恨!

(小生白)恨从何来?

(旦唱【摇板】)

  只恨数年来,朝朝暮暮时时刻刻,
   都只为,爱惜声名,辜负鸳鸯帐。也罢。

(旦作咬折手指甲纳小生荷包内介,唱【摇板】)

  奴只把这全腔心血交付你,
   再相见唯有是梦里高唐。
   你与奴把衣裳互换,

(旦生作换衣介,唱【摇板】)

  生同室死同穴只有这件旧衣裳。

(小生白)啊,姐姐,被逐出园,因何而起?

(旦作气急介,白)噢,你问我这出园吗?咳,你乃好糊涂,贾二爷,呦,呦,呦,呦。

(贴旦扮仙女暗上,丑旦作掩上。小生作惊慌闪躲介。旦作气绝魂随,仙女暗下介,丑白)哎呀,小宝贝人一市办诳狗咬利空,怪不得我们姑娘……爱你死出活来,今天大好运气,不料想一阵,送到我怀里来了,我看宝贝,你往哪里跑。

(丑与小生扭扯,旦扮柳五儿上,白)晴雯姑娘,可好些了?

(丑作惊介,出迎门。小生作逃脱介,下。丑白)我们姑娘好些了,你要他,随我来。

(俱下。旦作官装,手执姑子上,白)俺乃晴雯灵魂是也。警幻仙姑怜俺玉洁冰霜,无罪被逐。

(佛)封俺为芙蓉花神,今有神瑛使者,情缘未了,撰成芙蓉诔文,在大观园中,池边相招。你看今宵,月白风清,不免消受则个,前去。

正是:情丝不断死犹生,赚煞天离离恨人。

[下。

[完。

选自中华图书馆编辑部编《戏考(第 32 册)》(大东书局 1933 年版)。

梅 花 络

(郝效连藏本)

第一场

　　〔二仆妇引白玉钏、黄莺儿上。
白玉钏　奉命送莲羹，
黄莺儿　一同到怡红。
白玉钏　奴家,白玉钏。
黄莺儿　奴家,黄莺儿。
白玉钏　莺儿姐请啦!
黄莺儿　请啦!
白玉钏　太太命我们送莲羹到怡红院,你我一同前去。但是一件。
黄莺儿　哪一件?
白玉钏　那宝二爷乃是负心无义之人,你我切不可理会于他。
黄莺儿　此话怎讲?
白玉钏　姐姐听了!
　　　　　(唱)未开言不由人双眉蹙损,
　　　　　　　叫一声莺儿姐细听分明:
　　　　　　　曾记得金钏姐无端落井,
　　　　　　　那便是宝二爷负义害人。
黄莺儿　何以见得啊?
白玉钏　姐姐呀!
　　　　　(唱)有一日金钏姐午倦倚枕,
　　　　　　　恰逢着宝二爷来省夫人。
　　　　　　　他因见夫人睡午窗人静,

便来势向我姐戏谑调情。

黄莺儿　啊,竟有这等事! 后来怎么样哪?
白玉钏　姐姐呀!
　　　　（唱）再不想将夫人猛然惊醒,
　　　　　　反说道我姐姐勾引爷们。
黄莺儿　哎呀,真真冤枉!
白玉钏　还有冤枉在后头呢!
　　　　（唱）惹动了夫人嗔大施家法,
　　　　　　立刻要将我姐赶出家门。
黄莺儿　那宝二爷他应该从旁搭救才是呀!
白玉钏　唉,再休提起!
　　　　（唱）提起了此话痛伤心,
　　　　　　宝二爷真是负心人。
　　　　　　当时非但不搭救,
　　　　　　竟然一溜自逃奔。
　　　　　　因此我姐才投井,
　　　　　　她羞愧难禁玉殒香消一缕魂。
黄莺儿　这就是宝二爷的不是啦,难怪妹妹你恨他呀!
白玉钏　姐姐呀!
　　　　（唱）人生寿夭原天命,
　　　　　　岂能无故怨他人。
　　　　　　宝二爷倘若非薄幸,
　　　　　　又何至金簪落井竟成真。
黄莺儿　往事不必重提。你看前面离怡红院不远,你我送汤去吧。
　　　　（唱）绿沉沉声寂寂怡红院进,
白玉钏　（唱）心恹恹泪涟涟痛姐情深。
黄莺儿　（唱）劝玉妹释悲怀休提往事,
白玉钏　（唱）没奈何举罗巾权拭啼痕。
　　　　［同下。

第二场

〔袭人扶贾宝玉上。

贾宝玉 哎呀!
(唱)自那日为金钏受人诘叱,
　　　触怒了老严亲雷霆大发。
　　　这是我自不肖甘受笞挞,
　　　反累了众姊妹暗自嗟呀。
　　　到如今闲无事将养一榻,〔坐介。
　　　倚茜窗思旧事独对庭花。

白玉钏
黄莺儿 (内)走哇!〔上。

黄莺儿 (唱)绕曲径寻回廊小院人静,
白玉钏 (唱)捧莲汤移玉趾微荡画裙。
〔黄莺儿、白玉钏进门介。

黄莺儿 给二爷请安!
贾宝玉 我道是谁?原来是玉钏、莺儿两位姐姐。
〔白玉钏不理介。

黄莺儿 不敢。
贾宝玉 二位姐姐请坐。
黄莺儿 二爷在上,哪有我们的座位!
白玉钏 叫你坐下,你就坐下,不用客气,管什么爷不爷的哪!
贾宝玉 着啊,你自管坐下。
黄莺儿 那是断断不敢。
贾宝玉 如此,袭人姐姐,陪莺儿姐姐外边去吧。
袭　人 妹妹随我来!
〔袭人、黄莺儿下。

贾宝玉 啊玉钏姐姐,你一向可好?
白玉钏 左不过是奴才,可有什么好不好的哪!
贾宝玉 这汤是哪个叫你送来的?

白玉钏　左不过是太太、奶奶们罢啦。

贾宝玉　有劳姐姐,将汤递与我吧。

白玉钏　我不当这个差使。

贾宝玉　好姐姐,递我一递,我两腿疼痛,难以起身。

　　　　〔白玉钏不理介。

贾宝玉　姐姐一定不肯方便,少不得我自己端来。

　　　　〔贾宝玉起身,痛介。

　　　　哎呀!

　　　　(唱)她那里负气儿扬扬不睬,

　　　　　　我待要取羹汤疼痛难挨。

白玉钏　呀!

　　　　(唱)似这般现世报令人难耐,

　　　　　　我只得取羹汤与你消灾。

　　　　这才是自作自受,别叫我瞧不起你啦。

　　　　〔白玉钏取汤递与贾宝玉喝介。

贾宝玉　哎呀,好难吃!

白玉钏　阿弥陀佛!这样东西还说不好吃,真是罪过!

贾宝玉　委实难吃。不信你来尝一尝,便知道了。

　　　　〔白玉钏尝介。

贾宝玉　你尝过了?

白玉钏　尝过啦。

贾宝玉　好吃不好吃呀?

白玉钏　好吃得很。

　　　　〔贾宝玉笑介。

贾宝玉　原本好吃哟。

白玉钏　我倒上了他的当啦。你说好吃不是?

贾宝玉　正是。我说好吃的很。

白玉钏　我可不给你吃啦。

贾宝玉　好姐姐,给我吃一点吧。

白玉钏　我偏不给。

贾宝玉　赏我一点吃吧。
白玉钏　偏不赏,偏不赏!
　　　　〔白玉钏递汤又缩回介,贾宝玉央求介。
白玉钏　呃!
　　　　〔二婆子暗上。
二婆子　给宝二爷请安!
　　　　〔白玉钏失手摔碗介。
贾宝玉　哎呀,姐姐可曾烫了手么?
白玉钏　我倒没有烫手,你瞧瞧你自己吧。〔下。
贾宝玉　哎呀,原来我倒烫着了。
二婆子　(背供介)天下真有这样呆子。
贾宝玉　你二人可是傅府来的?
二婆子　正是。
贾宝玉　秋芳小姐,在家做些什么?
二婆子　无非是吟诗写字。
贾宝玉　原来如此。也是一个聪明的女子。
二婆子　正是。告辞!
贾宝玉　啊,袭人姐姐哪里?
　　　　〔袭人上。
袭　人　忽听二爷唤,急忙到床前。二爷何事?
贾宝玉　替我送送二位婆婆,烦劳回复致意秋芳小姐,说我病体已好,诸多费心便了!
　　　　(唱)有劳致意秋芳姐,
　　　　　　　道我贱恙已将痊。
二婆子　是。〔下。
贾宝玉　啊,莺儿姐姐在哪里?
　　　　〔莺儿上。
黄莺儿　小识同心结,忽听唤金莺。二爷唤我何事?
贾宝玉　请你来此,非为别事,前次见你所打之络,巧妙非常。今日无事,烦劳与我打上几个。

黄莺儿　这个容易,但不知二爷您要打什么花纹、何种颜色?
贾宝玉　哎呀,这个倒把我问住了。你每样与我打上几个就是了。
黄莺儿　(笑介)哎哟,那可打不了那么多。
贾宝玉　究竟有什么花样,请姐姐说与我知。
黄莺儿　方胜、连环、必定如意、万字不断、象眼、椒纹、花云流露、分瓣梅花。
贾宝玉　好了,好了,你说的太多,我听也听不清楚,如何是好?
黄莺儿　这个!
贾宝玉　我只问你上次与三姑娘打的是什么花样?
黄莺儿　那叫分瓣攒心梅花。
贾宝玉　着啊,就是那个便好。
黄莺儿　如此待我打起来![打络介。
　　　　(唱)黄莺儿在怡红晴窗小住,
　　　　　　手理着五色丝巧结网络。
贾宝玉　啊莺儿姐姐,你好一双巧手。
黄莺儿　(唱)宝二爷他一旁温存与我,
　　　　　　猛然间一件事兜在心头。
贾宝玉　啊莺儿姐姐,我想你家小姐与你这样一对神仙似的人儿,将来不知何人有福,方能消受。
黄莺儿　二爷休要取笑,想我乃是婢女,下贱之人,何足挂齿。只是我们小姐她——
贾宝玉　怎么样啊?
黄莺儿　真要有福气的,方能消受。
贾宝玉　何以见得呢?
黄莺儿　二爷你有所不知,她有几件人家没有的好处。
贾宝玉　什么好处,倒要请教。
黄莺儿　我不说啦。
贾宝玉　休要害臊,到底是什么好处?
黄莺儿　呀!
　　　　(唱)他那里软意儿苦苦问我,
　　　　　　这时候倒叫我怎能不说。

无奈何出房门用目四睃,〔出门看介。

果然是无一人何妨饶舌。

二爷,你既真心问我,若不说出来,也对不住你,但是一件!

贾宝玉　哪一件?

黄莺儿　我告诉,你可不许告诉别人!

贾宝玉　这个自然。我是一定不告诉别人的。

黄莺儿　我们小姐她呀!

贾宝玉　有什么好处?

黄莺儿　她呀,她呀!

贾宝玉　她到底有什么好处呀?

薛宝钗　(内)走哇!〔上。

(唱)闲无事来至绛云轩下,

又只见黄莺儿在此巧结梅花。

莺儿,你在此打络作甚?

黄莺儿　是宝二爷叫我打的。

贾宝玉　啊宝姐姐,是我烦她打的。

薛宝钗　打此何用?

贾宝玉　不是姐姐提起,我倒忘怀了。到底作什么用呢?

薛宝钗　我倒想起一个用处来了。

贾宝玉　作何用处?

薛宝钗　待我寻几根乌丝珠线,打一个络子,把那块宝玉络起来,你道好是不好?

〔贾宝玉拍手介。

贾宝玉　妙极,妙极。正是:梅花结络闲无事,

薛宝钗　芳心指点到通灵。

贾宝玉
薛宝钗　请!

〔同下。

选自北京市戏曲编导委员会编辑《京剧汇编(第57集)》(北京出版社1959年版)。

贾 政 训 子

　　天生人，必有用。其所以有用者，以家庭教育为基础，未有不受家庭教育，而能立身于天地间者。故家长有义方之训，而忠臣孝子志士仁人出焉。若一意姑息，不加管束，小而言之，邪淫奸盗，入于下流；大而言之，悉然操政柄，为虎作伥，赠以卖国奴之恶名，毫不拒却，所谓笑骂由他笑骂，好官我自为之。两相比较，而善恶之途分焉。可见家庭教育，万万不能苟且。是剧为《贾政训子》，出于《红楼梦》小说三十四回。夫贾政，固贾宝玉之父也。宝玉衔玉而生（事实详载本书），秉性特奇，得天独厚，大器之成，未尝无希望，无如生于纨绔之家，自少至长，无日不厮混于脂粉队中，圣贤所谓仁义道德，社会所谓世故人情，皆茫然不知。贾政之失教，实不得辞其咎。然贾政亦知宝玉之不能不教，奈贾母非常溺爱，教之过严，恐失贾母之欢心；教之不严，仍无益于宝玉。若长此放纵，实非了局，再三筹度，适值宝玉暗藏旦角琪官，被忠顺王府长史探悉，前来向贾政索取，证据确凿，无可隐瞒。贾政欲借此为由，申斥一番，以儆其将来。又撞见贾环掣带众小厮，飞跑而出，贾政盘诘情由，贾环遂掩饰自己之过，捏词宝玉强奸金钏，以致投井身死（事实见本书三十二回），因经过井旁，见其腐烂之尸，唬逃至此。贾政闻言，怒不可遏，立命家人将宝玉缚住，痛打一顿，直至皮开肉烂，尚未歇手。幸贾母与王夫人，先后到来，竭力阻止，贾政方始息怒。宝玉自有生以来，受如此之折磨，实为第一次。

　　（生扮贾政上。引）臣子当忠孝，方不负君亲。
　　（诗）龙凤呈祥邦家光，皇恩浩荡恤忠良。
　　　　叨庇祖荫衣襟紫，世居金陵姓氏香。
　　（白）下官贾政，字存周，官拜工部主事。自幼研究经史，以期与国家出力。可恨次子宝玉，与我相反，终日只在姐妹行中，调脂弄粉，并不读书为事。是我每欲严加管教,奈为老母所阻,未能如愿,思想起来,好不焦闷人也。

(唱【西皮原板】)

  贾存周在书房心中闷倦,

  最可恨不肖子种种不端;

  生长在锦绣丛品行下贱,

  终日里弄脂粉辱没祖先。

  都只为惧老母难加教管,

  到何日他才能尽改前愆。

  无奈何出书房把心来散,

  且与那众清客论地谈天。[下。

(下。丑上扮贾环【讲板】)

我来了来了。我荣国府里把孽作,奸盗邪淫我都会,吃赌嫖喝全占着,别看堂堂荣国府,却是一个畜类窝,靡我也不见少,有我也不算多,倘若真靡有我,这块新戏定打锅。列位自然不知晓,静坐哑言听我说,若是无有我,无人把舌学,无人把舌学。

(诗)自幼生来好顽皮,不知礼义不知耻。

  阖家俱长偏心病,供养宝玉是怎的。

(白)在下贾环。我有一个哥哥,名叫宝玉,他做的那些奇巧事,说的那些奇巧话,不但我们中国的人想不到,就是德国、美国、英国、法国、印度国、日本国,无论哪一国罢,大约也找不出第二个来。论起来他那个模样,长的比我可就差多了,等会他若出来,把列位要是吓不死,那算我姓贾的没有点真事。别看他长的不像样儿,却是男风女色,无一不好,真称得起一个水旱两路的大英雄。不知为了何故,阖府里人,上自老太太,下至三等的丫头小子,没有不和他好的,是没有一个和我好的,因此我可就吃了亏了。他吃的,我捞不着吃,他喝的,我也捞不着喝。我有心想个法子,将他制造制造,就是不得便。可巧今儿早上,我到大观园里顽耍,从那东南角上井旁经过,见那井里淹死了一个丫头,名叫金钏,原来因我宝哥哥与她有奸,被太太捉住,将那丫头打了一顿,那丫头因气赌死,投井而死。待我报与老爷知道,一定将宝玉管教管教,给我出出气,我就是这个主意。宝玉吓宝玉,我叫你明枪容易躲,暗箭最难防。

(下。小生扮宝玉上。唱【西皮原板】)

迈步出离怡红院,
　　想起金钏愁顿添。
　　只为偶动偷香念,
　　逼死姣娃丧黄泉。
　　只落得阴阳路隔难再见面,
　　只落得花容月貌顷刻捐。
　　再不能同游凹晶馆,
　　再不能谈心绛云轩。
　　越思越想肝肠断,
　　满腹心事对谁言。

（白）咳,早知今日,悔不当初。想我贾宝玉,每日在大观园中,不是听林妹妹之弹琴,就是同宝姐姐吟诗,无论风花雪月,哪一件不是尽兴玩耍,谁想还是人心不足,贪得无厌。昨日到了太太房中,与金钏姐姐取笑了几句,不料被太太碰见,以为是她引诱于我,一怒将她赶出府去,因此她羞恨交加,投井而死,这不是明明被我所害么。

（叫头）金钏姐姐！你死得这样惨苦,叫我日后到了九泉之下,有何面目,与你相见哪。（唱【摇板】）

　　事到伤心泪自多,
　　红颜薄命可奈何。
　　也不知香魂玉魄归何处,
　　我的金……

（生暗上看介。白）吓。

（唱【摇板】）

　　你为何背地伤心泪婆娑？

（白）你方才言讲"金"什么？

（小生白）"金"么……是孩儿见扇上,金坠失丢,故而在此沉吟。

（生白）我把你这畜生,还有哪些不足？终日不是寻愁觅恨,就是长吁短叹,真乃是不长进的东西！

（家院上）启禀老爷：今有忠顺王府长史求见。

（生白）是了。有客到来,你且退下。

（小生）遵命。好了好了，这回重责，业已逃过，待我且到潇湘馆，与林妹妹玩耍便了。〔下。

（生白）呵，忠顺王府，向无来往，今日使人前来，必有缘故。家院！

（末白）在。

（生白）吩咐动乐有请。

（净扮王府长史、四监、二家将同上与生见礼介。生白）不知大人驾到，有失远迎，望祈恕罪。

（净白）岂敢哪，岂敢。下官来此，并非擅造潭府，只因我府有一个戏子，名叫琪官，一向好好的在府伺候，如今竟三五日，靡有回去，因此各处查访。谁想这满京城里，十停人，倒有八停人，说那戏子，近日和含玉而生的那位令郎，相交甚厚。下官因为是在老先生府上，不敢擅来索讨，所以回了王爷。王爷的意思，若是别的戏子，就是一百个，也就罢了，只是这琪官，在王爷面前，随机应变，甚合其意，断断少他不得。故命下官前来相求，望祈老先生转达令郎，将琪官放回，不但王爷领情，下官也免奔劳之苦。

（生作又惊又气介，白）呵，竟有这等事，大人少待，待学生叫出小儿，当面追问。人来。

（末白）伺候老爷。

（生白）速到大观园，将宝玉传来见我。

（末白）是。老爷有命，传宝二爷问话。

（小生内白）来了。

（上，唱【正板】）

　　在潇湘，伴颦卿，

　　忽听传唤胆战惊。

　　急忙且把衣冠整，

　　见了父亲问分明。

（白）呼唤孩儿，有何吩咐？

（生白）嗯嗯嗯，你这畜生，不在家用心读书，已应重责，怎敢又做出无法无天的事来。那琪官，乃是忠顺王爷驾前承奉，你竟敢将他引诱出来，如今祸及于我，快快从实讲来。

（小生白）孩儿不但不知此事，并连这"琪官"二字，也不知晓。此等言语，叫孩儿怎样承认?

(净白)公子不必隐瞒了。

(小生白)实在不知,并非虚语。

(净白)既是公子不知,腰中那条红汗巾子,可是哪儿来的呢?

(小生惊介叫头白)哎呀,大人吓!听说他在紫檀堡,置买房产,想在那里,也未可知。

(生白)你且去到书房,等我送客回来,有话问你。

(小生白)咳,不知他从哪里,打听得这样详细。[下。

(净白)令郎如此说来,一定是在紫檀堡。下官且去寻找,若在那里便罢,若不在那里,还要前来请教。一切冒犯,当面谢过。

(生白)不敢。

(净白)告辞了。

(生白)请。

(净唱【摇板】)

　　事非得已奉差遣,

　　　登门打扰求海涵。

(生唱)接待不周多怠慢,

　　　恭送大人到门前。

(净唱)手拉着先生回身转,

(生唱)替学生代问王爷安。

(同下。小生上,走串子介,白)哎呀,且住,看我父亲,这样光景,一定是要将我重重责打。咳,吓,有了,若是我那宝姐姐、林妹妹在此,一定与我出个主意,无奈她们又不知晓。咳,就是那焙茗小子在此,也能给老太太送信,前来搭救于我,偏偏他又不在跟前。但说是这这……

(乱劈柴介。彩旦扮婆子上,白)急急忙忙,去到厨房。

(小生白)好了好了。(拉彩旦介)你快去告诉老太太,就说老爷要将我打死。

(彩旦介)金钏不是打死的,她原是跳井死的,没有事了,二爷放心罢。

(小生打彩旦下介。小生白)这样紧急之事,偏偏碰着这个老聋婆子,真乃事不凑巧。我且越过书房,去到二门以上,使人报于老太太便了。

（紧急风下。水底鱼生丑两边上碰介，生失色介，白）你这畜生也敢这样放肆！

（丑白）孩儿原来不敢跑，只因从那东南角上井边经过，见那井旁有一个死人，哎呀，头有这么大，身子有这么粗，把我吓的靡有主意，所以才跑了来。

（生白）哪个跳井，快快讲来。

（丑白）孩儿闻听人言，是我宝玉哥哥，在太太房中，强奸了金钏丫头，那金钏羞愧不过，所以跳井而死。

（生白）你待怎讲？

（丑白）金钏跳井而死。

（生失色介白）奴才呀！

（唱）结交琪官罪已盈，
　　　逼死丫鬟更非轻。
　　　人来连把宝玉叫，
　　　今日我要施重惩！

（二家丁同小生上，唱）
　　　忽听爹爹一声唤，
　　　吓得我心惊胆又寒。
　　　身不由己抖衣战，
　　　无计奈何跪平川。

（生唱）一见畜生怒冲天，
　　　罪恶满盈难饶宽。
　　　吩咐家丁速速打，

[打介。
　　　打死畜生免辱祖。

（小生白）哎呀，爹爹呀！孩儿年幼无知，作下这不法之事，望爹爹开一线之恩，饶恕这次，孩儿从今以后，发愤读书，再也不敢作此苟且之事了。

（生白）住了！今日若不将你这畜生打死，将来必要闯出大祸来，与我重重的打！

（众打。小生白）哎呀，爹爹呀！

（唱）今日里将孩儿逼于非命，怕的是我祖母知道伤心。

（生白）呸！

（唱）听一言来怒转增，

　　　花言巧语显聪明。

　　　伸手夺过打人板，

　　　活活要你的命残生！

（打介。丑白）还有今天来，早就该打。

（末白）老爷息怒，宝二爷打得不能言语了。

（生白）咳，若不为老太太知道生气，今日一定将你处死。嗯嗯嗯。［下。

（丑白）你回来再打。咱爷们这块新戏，就是这一场吃紧，越打越有好，哈，不回来打了，待我把你拉出来。［下。

（老旦扮贾母，贴扮鸳鸯、琥珀，扶老旦上，唱【倒板】）

　　　忽听鸳鸯报一声，

　　　好叫老身吃一惊。

　　　急急忙忙往前进，

　　　一到书房看分明。

（白）我儿在哪里？哎呀，宝玉呀！

（唱）一见宝玉卧尘埃，

　　　不由老身泪满腮，

　　　因为何事遭毒打，

　　　快快醒来说明白。

（小白）哎呀，祖母吓！

（唱）只为环儿进谗言，

　　　挑拨我父怒冲天。

　　　不分皂白打数遍，［哭介。

祖母吓，

　　　打得我血肉横飞湿衣衫。

（老旦白）吓！

（唱）骂声贾环小贼种，

　　　又叫老身把气生。

　　　叫声宝玉休悲恸，

待我与他把理评。

家院把你老爷请,

（生急上,唱）

母亲发怒为何情?

（白）母亲为何生气,有话只管吩咐孩儿。

（老旦白）你原来和我说话,我倒有话吩咐,只是我没养个好儿子,可叫我和谁说去?

（生白）母亲此话,叫儿子如何当得?

（老旦白）哈,我说一句话,你就当不得。你那样下死手的板子,难道宝玉就当得么。你这畜生,真算是只知有己,不知有人哪!

（唱）手指贾政骂连声,

打在他身我心疼。

一般都是你的子,

听信谗言为何情?

（生白）母亲容禀。

（唱）非是孩儿信谗言,

实是畜生太不端。

平日不把书来念,

调脂弄粉罪难宽。

结交王府蒋小旦,

逼死金钏丧井泉。

若不严行将他管,

只怕他惹祸要无边。

（老旦白）奴才呀!（唱【流水板】）

自古道人难活百年,

老身今已八十三。

年老多病长闷倦,

幸亏宝玉他承欢。

他学那斑衣戏彩人皆见,

所以是调弄脂粉女扮男。

百般孝顺真如愿，
　早知你屡次要阻拦。
结交小旦非造反，
　丫鬟跳井与他无干。
你偏听信小人谗，
　血口喷他惹祸端。
明是嫌我多碍眼，
　故而打他与我观。
人来与我速打点，

（生白）母亲要往哪里去？

（白）奴才呀！

（唱）整顿车马我要回江南。

（生叫头，白）哎呀，母亲！再不息怒，孩儿跪下了。

（唱【二六板】）

贾政下跪苦哀告，
尊声老母听根苗：
都只为宝玉太不肖，
罪恶多端难宽饶。
倘若不把他管教，
怕的后来犯天条。
因此将他来教导，
从今后指望他不把气来淘。
不料想母亲生烦恼，
因此小事气冲九霄。
悔不该将他来打了，
望母亲，恕孩儿，
并非是听信谗言，
原来是教子念切，此心无他，
年过半百，从无过犯，
望求把儿饶，

京　剧

　　我这是头一遭。

　　心唯有天可表，

　　拜恳母亲把气消。

（二贴跪介，白）既是老爷苦苦哀告，老太太就该开恩才是。

（老旦白）嗯嗯嗯，若不念你平日孝顺，一定不能饶你，与我起来罢。

（生同二贴起介。生白）谢过母亲。

（老旦白）快快去罢，不要在此惹我生气。

（生白）孩儿遵命。（出门介）咳，我母亲这样溺爱，只怕此子，终无成人之望了。〔下。

（老旦白）宝玉，看你爹爹已去，你的身体，还疼不疼，出了气没有？

（小生白）孙儿身体，虽不甚疼，只是气还不出。

（老旦白）我已将你父亲骂过，还有何气不出？

（小生白）此事原非我父亲主意，乃是听了环儿调唆。

（老旦白）老身适才气糊涂了，有些颠三倒四，竟把这畜生忘记了。鸳鸯、琥
　　　　珀与我将环儿找来。

（贴白）领命。老太太传环三爷进见。

（丑上，白）不用叫，早就等着了。鸳鸯姐姐，老太太叫我，八成是给我好东西吃？

（贴白）不错了。快去吃罢。

（丑白）哈，叫我猜着了。祖母在上，孙儿叩头。

（老旦白）你这畜生搬弄是非，令你宝哥哥挨打，真乃可恨。鸳鸯、琥珀，

（贴白）伺候老太太。

（老旦白）与我重重的打他一顿，与你宝二爷出气。

（贴白）遵命。

（吹【风入松】，打介。丑白）孙儿再不敢学舌了。

（老旦白）嗯嗯，念你乃是初犯，饶你不死，去罢。

（丑白）哎呀，我只说给我点东西吃，就完了，谁想还给了我个山果铺来。列位不信，只管看看我带着一身果子枣，可是打的些疙瘩。〔哭介，下。

（老旦白）这回可出了气了？

（小生白）祖母呵！

(唱)打罢贾环心内欢,
　　祖母在上听根源:
　　请放宽心回房转,
　　早用晚饭把身安。
　　明日若到潇湘馆,
　　千万莫对我林妹妹言。
　　她若知道必挂念,
　　只怕她时刻伤心泪不干。

(老旦白)不用嘱咐,我知道呵。他兄妹真是要好。你看他打的这般光景,还是忘不了他林妹妹。鸳鸯、琥珀,好好的将你宝二爷,送回怡红院去罢。

〔尾声同下。

〔完。

选自中华图书馆编辑部编《戏考(第30册)》(大东书局1933年版)。

大 观 园

(李万春藏本)

第一场

〔小锣,丫鬟引薛姨妈上。

薛姨妈 (引)明月满庭池水绿,桐花垂在翠帘前。

老身,王氏。行年四十有九。先夫早年亡故,留下一男一女,男名文起,女名宝钗。他兄妹二人,虽是一母所生,性情却是两样:那蟠儿镇日在外浪荡逍遥,不务正业;所幸女儿宝钗倒还十分孝顺。这几日她染病在床,老身非常忧闷,适才丫鬟言道,宝钗病体新痊,此乃是老身之幸也!
(唱【二黄原板】)

  小丫鬟她报道宝钗新愈,
  不由我年迈人喜上眉梢。
  恨只恨薛蟠儿性情不好,
  每日里在外边浪荡逍遥。
  全不想家中事无人照料,
  我只得打精神事事亲操。
  叫丫鬟你把那针线做好,
  切莫教你小姐病后操劳。

〔小锣。贾宝玉上。

贾宝玉 (唱【二黄摇板】)

  迈步儿来至在梨香院道,
  看不见宝钗姐所为哪条?

且住!我那宝钗姐不在外边,想是病体未愈。我不免见了姨妈,便中探问。甥儿与姨妈请安!〔请安介。

薛姨妈　好孩子,不用请安啦,快到炕上坐吧。这么冷的天儿,难为你想着来呀!

〔莺儿暗上。

薛姨妈　莺儿!

莺　儿　有。

薛姨妈　你快给宝二爷倒碗热茶来!

莺　儿　是。〔下,取茶上。

贾宝玉　哥哥在家么?

薛姨妈　他是没笼头的马,一天一天地逛不够,哪儿会在家呀!

贾宝玉　宝姐姐好了无有?

薛姨妈　你宝姐姐已经好啦。她那房间里暖和,你可以进去谈谈,等老身收拾好啦,再来陪你说话儿。

贾宝玉　甥儿遵命。姨妈你要来呀!

薛姨妈　我就来。

〔分下。

第二场

〔小锣。莺儿引薛宝钗上。

薛宝钗　(引)觉来一病身躯懒,坐拥貂裘尚怯寒。

奴家,薛宝钗。乃金陵人氏。自幼父亲亡故,留下兄妹二人,跟随寡母度日。家有百万之富,饮食起居,尚还如意。只因今上崇尚诗礼,征择才能,要选世家之女,充当宫主、郡主的入学陪侍,赞善才人。为此,哥哥文起,禀明母亲,带同奴家来京,以备报名听选,现在寄居贾氏姨母家中。这贾府人口虽多,倒也大家和气。表弟宝玉,他与我两小无猜,十分亲爱。虽是异姓姐弟,却如骨肉一般。旁人见了倒也平常,只有那林家表妹,专爱多心,每次热嘲冷刺,实在地令人难堪。奴看在贾太夫人分儿上,只好忍耐。那林家表妹,她倒不曾知晓。奴今日小病新痊,深闺无事,不免从事女红,消遣闲愁便了。

莺　儿　啊小姐,您贵恙刚好,不要做吧!

薛宝钗　这倒不妨事,你与我拿了来吧!

莺　儿　是。

〔莺儿下，取针线等物上，递薛宝钗，薛宝钗缝纫介。
〔贾宝玉上。

贾宝玉　半世顽皮师李耳，一生花底学秦宫。
　　　　来此已是宝姐姐绣闺，待我进去便了。啊宝姐姐大愈了？

薛宝钗　已经大好了。多谢惦念，请坐！奴听说你有一块宝玉，总未曾看过，今天倒要鉴赏鉴赏。
〔贾宝玉递玉介，薛宝钗接看介。

薛宝钗　（念介）"莫失莫忘，仙寿恒昌。""莫失莫忘，仙寿恒昌。"莺儿你不去倒茶，站在此做甚？

莺　儿　我听这两句话好像和姑娘项圈上的两句话，正正是一对儿。

贾宝玉　哦！原来姐姐的项圈上边也有八个字么？待我赏鉴赏鉴。

薛宝钗　你不要听她胡说，无有的事。

贾宝玉　（揖介）好姐姐，让我看上一看吧。

薛宝钗　这也是别人送的，上头镌着两句吉利话，有什么看头？

贾宝玉　我一定要看！

薛宝钗　就给你看。
〔薛宝钗取金锁递贾宝玉看介。

贾宝玉　（念）"不离不弃，芳龄永继。""不离不弃，芳龄永继"这八个字儿，真和我的是一对呀！

莺　儿　这是个癞头和尚送的。

薛宝钗　你怎么还不倒茶去！
〔莺儿笑下。丫鬟、林黛玉上。

林黛玉　芳名称黛玉，小字是颦卿。

丫　鬟　林姑娘来啦！
〔薛宝钗、贾宝玉起，迎介。

贾宝玉　林妹妹来了，请坐！

林黛玉　怎么，你也在这里？早知你来，我就不来了。

薛宝钗　要来就一起来，要不来都不来，这有什么意思！我想要是一天一个地替换着来，也不见冷静，也不显热闹，岂不是好么？

贾宝玉　林妹妹，你为何披着斗篷，外面下了雪了么？

丫　鬟　下了好半天啦。
贾宝玉　你叫他们与我拿斗篷来。
林黛玉　是呀,我来了你就该去了。
贾宝玉　我并无此意呀,不过是拿来预备穿用罢了。林妹妹,你真爱多心哪!
　　　　〔林黛玉掩口笑介。薛姨妈上。
　　　　〔莺儿暗上。
薛姨妈　酒饭俱已做好,你们就在此处,小饮几杯吧。莺儿,烫酒去!
贾宝玉　不用烫了,就吃凉的吧。
薛宝钗　宝兄弟,亏你每日杂学旁收,难道就不知道酒性是最热的?若是热的吃下去,发散的快;冷的吃下去,必然凝结在内。用五脏去暖它,岂不受害!从此以后,还不与我改过!
贾宝玉　言之有理。莺儿,拿酒去,把酒烫得热热的!
莺　儿　是啦!〔下。
　　　　〔林黛玉冷笑。雪雁拿手炉上。
雪　雁　这么冷的天,您没有带手炉就出来啦,别冻坏了手,快点儿拿去暖和暖和吧。
林黛玉　谁叫你送来的?
　　　　〔莺儿取酒上。
雪　雁　紫鹃姐姐恐怕小姐冷,叫我送来的。
林黛玉　难为你倒肯听她的话。平日里我和你所说的话,你都当做耳旁风;怎么她说的话,你就听得比圣旨还快呢?
　　　　〔林黛玉言时以眼斜看贾宝玉,贾宝玉微笑介,薛宝钗作羞介。
薛宝钗　你素日身体单弱,禁不起冻的,她们关心惦记着你,不好么?
林黛玉　姐姐,你不晓得。我这是在姨妈家里;要是在旁处,人家是要恼的,难道看人家连个手炉都无有么?
贾宝玉　酒要冷了,我们喝吧。
薛宝钗
林黛玉　请!
　　　　〔众饮酒介,李嬷嬷上。
李嬷嬷　天不早啦,哥儿、姑娘回去吧!

〔贾宝玉、林黛玉点头起立。

贾宝玉
林黛玉 多谢姨妈的酒菜！我们要回去了。

薛姨妈 时候晚啦，我也不敢留你们啦，恐怕老太太惦记着，你们好好地跟着李嬷嬷去吧！

贾宝玉
林黛玉 是。

薛宝钗 外面雪还未住，给二爷戴上风帽吧！

〔雪雁取风帽，贾宝玉低头令戴介，雪雁不戴，将帽上绒球罩在风帽里猛力向下一拉。

贾宝玉 呃，你要轻着些呀！

林黛玉 你走过来，我与你戴上。

〔贾宝玉含笑走近林黛玉面前，林黛玉用手轻轻拢住束发帽儿，将风帽沿掖在抹额上，将绒球扶起颤颤巍巍露在风帽外面，端详介。

林黛玉 好了，披上斗篷吧！

〔贾宝玉披斗篷介，林黛玉给贾宝玉将风帽尾拉出，放在斗篷外。

林黛玉 走吧！

贾宝玉
林黛玉 多谢姨妈，我们要走了。

薛姨妈 慢些走啊！

〔贾宝玉、林黛玉、李嬷嬷、雪雁、丫鬟下。

薛姨妈 天不早啦，咱们娘俩也该睡啦。

薛宝钗 是。

薛姨妈 正是：雪花纷飞天地冻，

薛宝钗 梨香院里度残冬。

〔薛姨妈、薛宝钗下。

第三场

〔小锣。袭人上。

袭 人 （唱【西皮摇板】）

　　　　自从身入侯门后,
　　　　俯仰随人不自由。
　　奴家,花氏袭人。乃建业人氏。只因家中贫苦,哥哥花自芳将奴卖与贾府为婢,派在宝二爷房下。我与他名为主仆,情似夫妻。每日同桌而食,同榻而卧,彼此十分亲爱,虽说那晴雯、麝月也是宝玉宠爱之人,究竟小奴两岁,事事不敢居大。其余仆妇、丫鬟俱要听我指使。我虽不是主人,却也与主人相仿。现在宝玉不在房中,独坐无聊,不免去到后房,和衣而卧,待宝玉回来,再与他嘘寒问暖便了。
　　　[袭人转身向套房推门入介。晴雯、麝月、茜雪、定儿、坠儿团坐案侧,见袭人至,起迎介。
晴　雯　袭人姐姐请坐!
袭　人　诸位妹妹请坐!我要躺会儿,二爷回来,要是有事,你们叫我一声儿。
众　　　知道啦。
　　　[袭人揭帐躺介。仆妇携碗上。
仆　妇　这么冷的天儿,老远地送碗豆腐皮包子,人家守着也不能吃,这是图什么哪?(看介)哟!这屋里一个人也没有。
　　　[晴雯指茜雪。
晴　雯　你看看,外边是谁?
茜　雪　谁呀?
仆　妇　是我,姑娘!
茜　雪　原来是张大嫂子,您有什么事呀!
仆　妇　宝二爷要吃豆腐皮包子,珍大奶奶特地打发我送来,姑娘拿进去吧。
　　　[仆妇递碗,茜雪接介。
茜　雪　你替二爷谢谢珍大奶奶。
仆　妇　是啦。
　　　[小妇点头笑介,下。茜雪转身入介。
晴　雯　这碗是什么?
茜　雪　这是二爷跟珍大奶奶要的豆腐皮包子。
　　　[麝月笑看晴雯,对茜雪。
麝　月　这包子二爷并不喜欢,倒是咱们二奶奶喜欢吃的。

〔晴雯笑打麝月介。

晴　雯　你再胡说，我拧你的臭嘴！
麝　月　我不说啦，好姐姐，饶了我吧！你真是"狗咬吕洞宾，不识好人心"。
　　　　〔众笑介。李嬷嬷上。
李嬷嬷　生成阎王脸，到处讨人嫌。
众　　　奶奶请坐。
李嬷嬷　哟！这一碗豆腐皮包子是谁吃的？
晴　雯　这是二爷跟珍大奶奶要的，预备夜里饿了吃的。
李嬷嬷　宝玉不会吃的，拿去给我孙子吃吧。坠儿，快点儿给我送去！
坠　儿　回头二爷骂哪？
李嬷嬷　骂？有我。
　　　　〔坠儿撅嘴下。李嬷嬷取案上茶碗欲饮，茜雪急止介。
茜　雪　您要喝，我给您倒。
李嬷嬷　怎么，这碗茶喝不得？
茜　雪　这是二爷留着喝的。
李嬷嬷　是他的我更要喝啦。难道我把他带到这么大，喝他一碗剩茶都不能够？真是！
　　　　〔李嬷嬷饮介。茜雪撅嘴介，晴雯、麝月私语，不理李嬷嬷介。
李嬷嬷　哎哟！茶也喝够啦。我回去躺躺去吧。
　　　　〔李嬷嬷张手摇曳，晴雯等遥指作鄙夷状，李嬷嬷下。贾宝玉上。
贾宝玉　雪花堆满地，扶醉夜归迟。
　　　　〔贾宝玉进门介，众起立迎介。晴雯代贾宝玉除帽，笑介。
晴　雯　好啊，你叫我磨了多少墨，早起高兴，写了三个大字就跑啦。我等了这么半天，快来给我写完了这些墨吧。
贾宝玉　我那三个字，你放在哪里了？
晴　雯　不是贴在那上头了嘛！你出的好主意，弄得我爬高上梯地好半天，手到这会儿还僵硬着哪！
贾宝玉　哟！我倒忘记冻了你的手，我与你焐焐吧。
　　　　〔贾宝玉握晴雯手介。林黛玉上。
林黛玉　你们嚷什么？

贾宝玉　林妹妹你来得正好，你看我写的这三个字，到底哪个字好？

林黛玉　都好。明日我还求你写个匾呢。

贾宝玉　林妹妹，不要取笑。（向晴雯）袭人姐姐呢？

　　　　〔晴雯向床上努嘴，林黛玉笑介，摇头暗下。

贾宝玉　让她歇息歇息。早上我在那边吃饭，有一碗豆腐皮包子，我想你爱吃，就和珍大嫂子说，叫她晚上派人送来，你看见无有？

晴　雯　快别提啦。一送来，我就知道是我的，偏巧才吃过了饭，就摆在桌上没吃。后来李奶奶来啦，她说你不吃这个，就叫茜雪送给她孙子去啦。

贾宝玉　岂有此理！

　　　　〔茜雪送茶与宝玉介，贾宝玉接茶介。

贾宝玉　林妹妹请茶。

晴　雯　早走啦。

贾宝玉　咦！我早上留的枫露茶呢？

茜　雪　李奶奶给喝啦。

　　　　〔贾宝玉怒掷茶碗，袭人偷眼看介。

贾宝玉　她是哪一门子的奶奶，你们这样孝敬她？我不过小时候吃过她几天奶，她仗着这点功劳，惯得像祖宗一样。这次非要赶她出去，大家才得干净！定儿，快给我拿风帽来，让我回老太太去呀。

　　　　〔袭人作惊状，起介。

袭　人　啊二爷，你为什么这么着急呀？

贾宝玉　袭人姐姐哪里知道，这李嬷嬷忒无道理，我与晴雯留的豆腐皮包子被她吃了；我自己留的枫露茶她也喝了。这不是欺负我么，我去回老太太，把她赶走。

袭　人　我当是什么大事哪，原来是这么一点小事，还要老太太把她赶出去，算了吧！

贾宝玉　把她赶走，我们大家才得干净。

袭　人　二爷呀！

　　　　（唱【西皮流水板】）

　　　　　　宝二爷做事太鲁莽，

　　　　　　细听奴婢说端详：

　　　　　　李奶奶虽然行无状，

　　　　　要知道乳娘比亲娘。
　　　　　些许的食物原易办，
　　　　　一盏茗茶也不是琼浆。
　　　　　奉劝二爷休要嚷，
　　　　　宽待乳母理应当。
贾宝玉　（唱）袭人姐只哭得泪流面上，
　　　　　不由我贾宝玉心内暗伤。
袭　人　二爷，我劝你省点事儿，不要连累我们受罪啦！
贾宝玉　啊袭人姐姐，你快快不要啼哭，我不去回就是了。
晴　雯　得啦，得啦，现在已经两下多钟啦，您请睡吧，明儿还得起早给老爷拜寿去哪。
贾宝玉　不错，我们大家都睡吧。
　　　　〔贾宝玉手扶袭人、晴雯介，同下。

第四场

〔贾母上，鸳鸯随上。

贾　母　（引）生长名门嫁宦族，儿孙绕膝寿期颐。
　　　　老身，贾门史氏。乃应天府人氏。配夫贾代善，早年已经亡故。留下两个孩儿，长子贾赦，次子贾政，都在朝中为官。还有几个孙儿、孙女，一个个读书识礼，绕膝承欢。我这家庭之中，倒也十分的快乐。今日乃是政儿五十生日，外来亲友必然不少，老身不善应酬，只好在此小坐。
　　　　〔鸳鸯献茶，贾母饮茶介。贾宝玉、林黛玉、薛宝钗上。
贾宝玉　宝姐姐，林妹妹！
薛宝钗
　　　　啊？
林黛玉
贾宝玉　我们与老太太请安去。
　　　　〔薛宝钗、林黛玉含笑点头，三人同向贾母请安介。
贾宝玉
薛宝钗　给老祖宗请安。
林黛玉

贾　母　好啦,好啦,你们打哪儿来呀?
贾宝玉　我们刚与老爷拜完了寿,心里记挂着老祖宗,特地前来看望。
贾　母　好好好,你们就在这儿玩玩儿吧。
　　　　〔贾政、王夫人上。
贾　政　厅上酒席已经摆好,请老太太过去吃酒。
　　　　〔王夫人扶贾母转堂进门介。
　　　　〔厅上,贾赦、贾珍、贾蓉、贾环、贾瑞、贾蔷等立长台左,薛姨妈、邢夫人、尤氏、李纨、王熙凤、迎春、探春、惜春等立长台右。
王熙凤　老祖宗来啦!
　　　　〔众迎介,请贾母中坐。林之孝斟男席酒,鸳鸯斟女席酒。
王熙凤　吩咐他们开戏! 老祖宗请酒吧。
贾　母　大家用酒!
王熙凤　请酒!
　　　　〔众饮酒、谈笑介。赖大上。
赖　大　回老爷:六宫都太监夏老爷特来降旨。
贾　政　圣旨到了。快摆香案伺候!
　　　　〔夏太监上。
夏太监　圣上口谕:"宣贾政即刻入朝,在临敬殿陛见。"
贾　政　臣,遵旨。
　　　　〔随夏太监下。贾母下位,众随下位介。
贾　母　蓉儿!
贾　蓉　有。
贾　母　你快快派人打听,速报我知。
贾　蓉　是。
　　　　〔贾母与众同下,留赖大、林之孝在场。
贾　蓉　赖大,林之孝!
赖　大
林之孝　在。
贾　蓉　你们快快前去打听,速报我知!

| 赖　大 | 嗻！ |
| 林之孝 | |

〔贾蓉、赖大、林之孝分下。

第五场

赖　大　（内）走哇！〔上。

（唱【二黄摇板】）

　　　　适才领了太君命，
　　　　去到朝堂看情形。
　　　　迈开了大步往前进，

〔赖大绕场飞跑介。贾政上，赖大与贾政相撞，惊介。

赖　大　（唱【二黄摇板】）

　　　　为何撞了老主人！

贾　政　你这个奴才，为何这样的鲁莽？

赖　大　回老爷：小人奉了太夫人之命，要到朝堂打探老爷消息，一时心慌意乱，两眼昏花，才撞了老爷。小人罪该万死！

贾　政　你且起来。适才圣上宣昭，非为别事，只因大小姐现已晋封贤德贵妃，不久还要归省，这乃是皇上殊恩，千载难逢之事。

赖　大　谢天谢地。

贾　政　路上不必多言，你我主仆回家去吧。正是：圣代即今多雨露，自愧无以答升平。

〔同下。

第六场

〔贾母上，鸳鸯随上。

贾　母　（引）支撑门楣，数十载，都为孙儿。

〔赖大上。

赖　大　太夫人大喜！

贾　母　喜从何来？

赖　大　大小姐晋封贤德贵妃，不久就要归省，岂不是一桩大喜！

贾　母　此话当真？

赖　大　当真。

贾　母　果然？

赖　大　果然。

贾　母　哈哈哈……

〔贾母喘介，鸳鸯为贾母捶背介。

贾　母　啊赖大，你二老爷回来没有啊？

赖　大　二老爷现在书房与那清客相公单聘仁、詹光说话。

贾　母　叫他进来，我有话讲。

赖　大　嗻。〔下。

〔赖大引贾政上。

贾　政　适才金殿承恩诏，报与萱堂老母知。
　　　　母亲在上，孩儿拜见。

贾　母　罢了。适才圣上宣你，不知为了何事？

贾　政　大孙女现已晋封贵妃，不久还要归省。

贾　母　既是贵妃归来，必须要另造行宫才是呀！

贾　政　孩儿正为此事心下踌躇。想琏儿不在家中，那监工买料各样事情交与何人？

贾　母　我想孙女归宁乃是明春之事。你可写封书信，寄到扬州，叫琏儿速速回来办理此事便了。

贾　政　儿遵命。

贾　母　正是：周公典礼垂千载，喜事重重聚一家。
　　　　〔同下。

第七场

〔王熙凤、平儿上。

王熙凤　（引）筝怨朱弦，思公子，恨水愁烟。
　　　　奴家，王熙凤。乃是金陵人氏。配夫贾琏，官居司马之职。我与他少年夫妻，十分相得。只因姑丈林如海仙逝扬州，我夫奉了叔父之命，前去料理丧务，至今多日未归，抛下奴一人在此，孤灯相对，影只形单，好不凄凉。昨日听闻人言，我夫今日回转，奴不免备下洗尘筵席等候便了。

平儿，备下酒筵！
平　儿　是。〔下。
　　　　〔贾琏上。
贾　琏　扑面风来人意懒，雪花山积马蹄肥。
王熙凤　国舅老爷大喜！你此番远道而来，多受风尘之苦，奴这里特备一杯水酒，给国舅洗尘，但不知可能赐光？
贾　琏　如此，叨扰了！哈哈哈……
　　　　〔平儿暗上。
王熙凤　平儿，摆宴！
平　儿　是。
王熙凤　国舅老爷请酒！
贾　琏　请！
　　　　（唱【西皮导板】）
　　　　　千里归来酒满杯，
　　　　（转唱【西皮原板】）
　　　　　夫妻们闺房静好时。
　　　　　有酒须要尽量饮，
王熙凤　（接唱【西皮原板】）
　　　　　你且把别后事说与奴知。
贾　琏　路上小有风霜，那也不足挂齿。倒是家中之事，贤妻你要告知一二。
王熙凤　家中之事，都是为妻料理，那边蓉儿媳妇死了，丧事一切，也是为妻治办的。
贾　琏　（唱）这些事多亏了贤妻料理，
王熙凤　（唱）这也是为妻的义不容辞。
贾　琏　（唱）高堂上二老如何奉侍？
王熙凤　（唱）菽水承欢谁敢差池。
贾　琏　（唱）问贤妻暇时做何事？
王熙凤　（唱）整日里消闲一局棋。
贾　琏　原来你还有这等的雅兴，为夫的远不如也，哈哈哈……
王熙凤　国舅老爷用酒吧！
贾　琏　干！

〔门子上。

门　　子　回二爷：蓉哥跟蔷哥来了。
贾　　琏　叫他们进来！
门　　子　是。两位哥儿请进！
贾　　蓉
贾　　蔷　（内）来了！〔上。

贾　　蓉　啊哥哥，是你先进去，还是我先进去啊？
贾　　蔷
贾　　蓉　咱们一块儿进去。

贾　　蓉
贾　　蔷　侄儿给二叔请安！侄儿给婶子请安！

贾　　琏
王熙凤　罢了。

贾　　琏　你们有什么事么？
贾　　蓉　我父亲打发我来回二叔说：盖造省亲别墅的事，老爷子们已经议定了。从东府里花园起，一直到西北，一共三里半大，足够盖造省亲别墅的。现已命人去画图样，明天就得。二叔刚回来，未免有些劳乏，现在不用过那边去啦，有话明日再说吧！
贾　　琏　多谢大爷体谅，我就从命不过去了。所有造园之事，明日一早我与大爷请安之时再行商议。
贾　　蓉　是。
贾　　蔷　大爷派侄儿到苏州去买女孩子，请曲师，带办乐器、行头，明天就得动身，特意来见二叔。
贾　　琏　这些事很不容易，你能办得来么？
贾　　蔷　侄儿也只好学着办啦。
王熙凤　咱们家的孩子，没吃过猪肉，还没见过猪跑吗？况且是大爷派他去的，自然是不会错的，你不用再麻烦啦。
贾　　琏　如此你就去吧。一切事情总要小心。
贾　　蓉
贾　　蔷　是。〔下。

贾　琏　啊夫人,现在时已不早,你我夫妻后房歇息去吧。正是:与卿同赴高唐梦,
王熙凤　莫教嫦娥窃笑人。
　　　　〔同下。

第八场

　　　　〔贾政上。
贾　政　(引)勋业有光昭日月,功名无间及儿孙。
　　　　下官,贾政。乃已故荣国公贾代善之子。只因兄长贾赦袭了原官,下官特受天恩,荐升员外之职。膝下原有三子,不幸长子贾珠早年亡故,次子宝玉,庶子贾环,俱是不肖之子。所幸长女元春,现邀天宠,晋封贤德贵妃。月前圣上传旨,凡属椒贵戚家,有重宇别院,堪以驻跸关防者,准令启请内庭銮舆入第,以尽骨肉之情。下官奉到此诏,特召琏侄回京,教他预备建筑别院,但不知已经预备否?
　　　　〔院子暗上。
贾　政　来!
院　子　有。
贾　政　有请琏二爷!
院　子　嗻!有请琏二爷!
贾　琏　(内)来也!〔上。
　　　　忽听叔父唤,疾步到书房。
　　　　侄儿与二叔请安!
贾　政　坐下。省亲别院,须要即日兴工才好,如若不然可就来不及了。
贾　琏　是。
贾　政　与你大哥商议去办,若有不懂之处可以去问大爷,千万不要耽误。
贾　琏　是是是。
贾　政　正是:有女光门楣,生儿不像贤。〔下。
贾　琏　来!
院　子　有。
贾　琏　你看珍大爷在家无有?
院　子　是。

［院子下，又上。

院　　子　回二爷：珍大爷来了。

贾　　琏　珍大爷来了，有请！

　　　　　［院子向内。

院　　子　请大爷书房里坐。

　　　　　［贾珍上。

贾　　珍　荣枯有命劳嘘植，闻达无心谢品题。

贾　　琏　大哥上坐！

贾　　珍　好好好。我说元春妹这么一来，咱们家的事可就多啦。

贾　　琏　是呀。

贾　　珍　我对于这些盖房子造花园的事，简直是个外行。你不妨一力承办，我帮你巡查巡查就是喽。

贾　　琏　话虽如此，但弟年轻，总有见不到的地方，还要请大哥指教。

贾　　珍　咱们自己兄弟还用客气吗！你想怎么办，简直叫人去办去，我没有不满意的。

贾　　琏　如此，兄弟我只好对付着办了。

贾　　珍　你不用说这些话，快点把办事的人派定，明儿个好早些开工。

贾　　琏　是。来！

院　　子　有。

贾　　琏　叫林之孝、赖大、来升、吴新登前来！

院　　子　嗻。［下。

　　　　　［院子引林之孝、赖大、来升、吴新登上。

贾　　琏　林之孝！

林之孝　有。

贾　　琏　省亲别院里所有木料砖瓦，归你一人收发，如有差错，唯你是问！

林之孝　嗻。

贾　　琏　赖大！

赖　　大　有。

贾　　琏　你专管金银铜铁、雕刻木石的收发，错了也是要罚的！

赖　　大　嗻。

贾　　琏	来升、吴新登！
来　　升 吴新登	有。
贾　　琏	我派你们二人督率人工,先把宁府的绘芳园拆去,随后再拆荣府东边一带的下房,限你们三天,一定要拆干净,迟则受罚！
来　　升 吴新登	嗻。
贾　　琏	你们各人就此回去办事,所有堆山凿池、起楼建阁、栽花种竹等事,自有山子野指示,你们不许干预！
林之孝 赖　　大 来　　升 吴新登	嗻。
贾　　琏	去吧！
林之孝 赖　　大 来　　升 吴新登	是。

〔林之孝、赖大、来升、吴新登下。

贾　　珍	咱们坐着也是没事,还是到那边看看去吧。
贾　　琏	好。走哇！
贾　　珍	正是：春风得意花千里,
贾　　琏	秋月扬辉桂一枝。

〔同下。

第九场

〔紫鹃引林黛玉上。

林黛玉	（唱【西皮摇板】）

　　　　彩线难收面上珠,
　　　　湘江旧迹已模糊。

面前也有千竿竹，

不识香痕渍也无？

奴家，林黛玉，小字颦卿。乃邗江人氏。只因父母双亡，寄居外祖母太夫人家下，饮食起居，倒与在家一样，只是千里投亲，寄人宇下，俯仰身世，哪有不生伤感之理？所幸宝玉哥哥，他是天生情种，最能体贴女儿家心事，昨日送来半旧的绢帕两条，也是汉宣帝寻求故剑之意。嗐，思想起来，好不伤感人也！

（唱【西皮慢板】）

眼空蓄泪泪空垂，

暗洒闲抛却为谁？

尺幅鲛绡劳相惠，

教人焉能不伤悲！

意懒心灰但思睡，

紫鹃！

紫　娟　有。

林黛玉　（接唱）

与我垂帘掩双扉。

紫　娟　是。［下。

［贾宝玉上。

贾宝玉　（唱【西皮摇板】）

闻道眼枯终见骨，

从来天地总无情。

看门儿掩了，梨花深院，粉墙儿高似青天，这、这、这、这便怎么处？哦呵有了，常听人言：饱食终日，无所用心，最是容易致病。况且妹妹身体单弱，若闭门昼寝，很不相宜，我不免唤她起来。（敲门介）林妹妹！林妹妹！你与我开门来呀！

林黛玉　呀！

（唱）忽听门外有人声，

累我香闺梦不成。

奴这里正要睡觉，忽听有人叫门，他那里一声声叫奴妹妹，想必是宝玉来了,待我与他开门。
贾宝玉 林妹妹在哪里?林妹妹在哪里?
林黛玉 在这里。我就知道是你。人家刚要睡觉,你就来了,真是可恶!
贾宝玉 你哪里知道,白天睡觉,于身体是很不好的。我怕你睡出病来,特来唤你。你要是见怪,下次我就不敢来了。
林黛玉 不来就罢!
贾宝玉 啊林妹妹,你千万不要生气,我说错了话儿,与你赔礼了。贾宝玉呀贾宝玉,这是你的不是了,你看林妹妹不比旁人,你说出这样话来,岂不是该打么?来来来,待我自己掌嘴。(掌嘴介)一、二、三,嗐,贾宝玉呀贾宝玉,你真乃是命苦哇!

(唱【西皮摇板】)

　　戏谑无端一语恼,
　　东西相向竟分曹。
　　茫茫人海知音少,
　　安得明珠慰寂寥。

林黛玉 宝玉,宝玉,你做什么?我与你做耍呢,你不要当真哪!宝玉呀!

(唱【西皮二六板】)

　　宝二爷休得要过分感伤,
　　细听奴家说端详:
　　多只为双亲早弃养,
　　抛弃了奴家是只影行单、寄人宇下,身世蹉跎只自伤。
　　姐妹们暇时常来往,
　　赌酒看花意气扬。
　　境遇不同忧乐判,
　　别人欢喜我心伤。
　　抛珠渗玉成习惯,
　　每日里少也少不了是百转柔肠。
　　宝二爷诸事请原谅,
　　休与奴家较短长。

贾宝玉 林妹妹你想啊,我平生的好友只有秦钟一人,现在他已经死了,家里姐妹虽多，真能疼我的，只有妹妹你一个，如今你也恼了我了，我活在世上还有什么意思！

林黛玉　你真是个傻子。我们是从小在一起长大的，难道我的性情，你还不知么？我同别人会恼，同你一辈子也不会恼的，你放心吧。

贾宝玉　妹妹，你真不恼我？

林黛玉　谁来恼你。

贾宝玉　谢天谢地。

林黛玉　我倒有句话儿告诉于你，大凡惜别悼亡，总要分个亲疏厚薄。那秦钟和你虽好，总不过是个亲眷，你也不能为他死了，就这样糟蹋自己，成天的长吁短叹，万一闷出病来，谁也替你不了。我看新园里景致甚好，你何妨游览游览呢？

贾宝玉　多谢妹妹金言，我即当前往！（转身介）正是：且将花柳园亭乐，聊慰人天远隔心。〔下。

林黛玉　紫鹃！

紫　鹃　有。

林黛玉　你与我将房门带好，随我到琏二奶奶那边去呀！

〔紫鹃反带门介。

林黛玉　正是：斗草看花多逸兴，终朝过从不嫌频。

〔林黛玉、紫鹃下。

第十场

〔贾政上。

贾　政　（唱【西皮摇板】）

　　　　读书吟诗增学问，

　　　　林园笑傲自怡人。

〔院子上。

院　子　回老爷：两位清客相公来了。

贾　政　请！

院　子　有请啊！

〔单聘仁、詹光上。

单聘仁	言行不厌般般诈，
詹　光	处世唯求面面圆。
单聘仁	
詹　光	老世翁在上，门下拜。
贾　政	二位先生少礼，请坐！
单聘仁	
詹　光	告坐！
贾　政	二位来得正好。我想省亲别墅，将要完工，那许多的楼台亭谢，若无一字标题，断断不能生色。但是所有的匾对，理当请贵妃赐题才好。不过贵妃尚未亲观其景，也是无从着手，二位，这件事应该如何办法？
单聘仁	老世翁所见极是。门下倒有一个主意：各处的匾对，断不可少，也不可定。现在且按所有的景致虚合其意的，各拟下三几个字，作成灯匾灯联，悬挂起来，等贵妃游幸之时，再请定名，制成匾对。老世翁你看如何？
贾　政	聘翁所说，正中下怀。詹先生你看如何？
詹　光	好的很，我也是这个主意。
单聘仁	英雄所见略同。
单聘仁	
詹　光	哈哈哈……
贾　政	方才琏儿说起，新花园已经布置好了，你我不妨过去一看；要有不妥当的地方，还可以叫他们更改更改。
詹　光	老世翁的高见不差，给贵妃盖的花园，总得要尽善尽美。
单聘仁	你这真是杞人忧天了！琏二爷办事，向来没有错的。但是有二爷的布置，再得老世翁的标题，那真是锦上添花，再好没有。
贾　政	单先生夸奖了。正是：城市山林聊寄傲，笔枯墨涩怕糟糕。

〔同下。

第十一场

〔贾宝玉上。

贾宝玉　（唱）秦钟已死知音少，

怎不叫人泪双抛。

小生，宝玉。只因好友秦钟，少年夭折，我心中十分凄惨。适才在林妹妹那里闲坐，她劝我善自保重，情见乎词，我只得勉徇其请，前来此处消遣。但是良友飘零，知音日少，叫我怎不伤感嗒！

（唱）曲终微恨凤凰遥，

　　　吹断人间碧玉箫。

　　　水月镜花空自好，

　　　神妃亲自念奴娇。

〔贾宝玉拭泪介。茗烟上。

茗　烟　离了南书院，来到新花园。

　　　　哟！二爷，你为什么哭啊？

贾宝玉　（急拭泪介）唔，茗烟休要多言，随我走吧！

茗　烟　是。二爷，您看这屋子多么帅，明儿你跟老爷说，把这屋子赏给我吧。

贾宝玉　好，我赏给你就是了。

茗　烟　您别哄我啦，这您当不了家。

〔贾珍暗上，贾宝玉见贾珍请安介。

贾宝玉　大哥！

贾　珍　你还不快出去哪！等会儿二叔来了，你又该受罪啦。

贾宝玉　茗烟，我们快走，老爷要来了。

〔贾宝玉、茗烟绕行介。贾政、单聘仁、詹光上。贾宝玉出牌楼遇见贾政，贾宝玉急侍立。

贾　政　你看这牌楼，玲珑精巧，化而不俗，真乃蓬莱仙境！我想就以此四字题匾，雅虽是雅，但是不甚切合。

贾宝玉　莫如取名叫"天仙宝境"，不知爹爹以为然否？

贾　政　这倒使得。我们到那边去吧。你看白石崚嶒，纵横拱立，藤萝掩映，中有羊肠小径，此处清雅已极，诸君之意应用何名方好？

单聘仁　我想《滕王阁序》有"层峦耸翠，上出重霄"之句，莫如叫做"叠翠"吧！

詹　光　我看雕琢不及天然。这地方很像香炉，不如叫做"赛香炉"吧！

贾　政　也不甚好。宝玉你也想它一个。

贾宝玉　古人有云："编新不如述旧，刻古终胜雕今。"况此处并非主山正景，莫如直用古人"曲径通幽"四字,倒觉得落落大方。

单聘仁　好一个"曲径通幽"！这本是眼前之事,我们竟想不到,真是惭愧。

贾　政　二位,你看这花木葱茏,清流倒泻,此处的景致倒也不俗,该与它取个名儿才是！

单聘仁　门下之意,就用欧阳公"有亭翼然"之句,取名"翼然"。老世翁看是怎样？

贾　政　"翼然"虽好,但此亭压水而成,还该就水命名,方能恰当,我想欧阳公有"泻于两峰之间"一句,竟用他这个"泻"字如何？

詹　光　好得很。我们就用"泻玉"二字吧！

贾　政　宝玉,你想一个！

贾宝玉　"泻玉"二字虽好,但粗陋欠雅,不如叫做"沁芳"吧！

〔贾政含笑点头。

贾　政　匾上两字容易,你再做副对联来。

贾宝玉　是。(想介。念介)绕堤柳借三篙翠,隔岸花分一脉香。

单聘仁
詹　光　好。二世兄的天分真高,真能叫我们五体投地地佩服,了不得,了不得。

贾　政　小孩子,一知半解的算不了什么,我们后边看去吧！正是:麝兰芳霭斜阳院,

单聘仁
贾宝玉　杜若香飘明月洲。
詹　光

〔同下。

第十二场

〔平儿引王熙凤上。

王熙凤　(唱)花样娇柔玉样温,
　　　　　　一生爱好是天成。
咳,我们家里,自从得了大小姐归省的消息,大家都忙得马仰人翻的。我今天一清早起来,为着行宫里添置物件,发放银两,一起一起的,直闹到这个时候,才得清楚,事情办完啦,人可也闹乏啦。平儿！

平　儿　有。

王熙凤　你关照他们要没有什么要紧的事,不用回来啦,等明天再办吧!

平　儿　是。

〔丫鬟上。

丫　鬟　回二奶奶:蔷哥儿回来啦。

王熙凤　刚想歇一会儿,又有事情来啦,真是麻烦。他既然来啦,就叫他进来吧。

丫　鬟　二奶奶叫蔷哥进来。

〔贾蔷上。

贾　蔷　虽然受尽风霜苦,赢得黄金满阮囊。
　　　　侄儿给婶子请安!

王熙凤　随便坐吧。平儿,看茶!

贾　蔷　谢谢婶子!

王熙凤　你几时回来的,事情都办好了吗?

贾　蔷　侄儿刚才回来,事情都办好啦。侄儿在苏州还带来些物件,放在外面,请婶子招呼他们照单点收吧。

王熙凤　咦!这些东西,谁叫你买的?

贾　蔷　这是侄儿孝顺婶子的。

王熙凤　好猴儿崽子!刚出来办事,就学会了这些个把戏,当心我揭破了你的皮!

贾　蔷　请婶子赏脸。

王熙凤　哼!我本来不想收你的,恐怕你这小子把这些东西三文不值二文地乱送给别人。平儿,你给我收下吧。下次不准这样闹玄虚。

贾　蔷　婶子能够赏脸收下,总是疼侄儿啦。

王熙凤　好贫嘴。我可乏啦,有话回头说吧,我要到里边歇息去啦。〔下。

平　儿　蔷哥,东西在什么地方?

贾　蔷　东西现在外面,平姐姐随我来吧!

〔同下。

第十三场

〔四太监、四宫女引贾元春上。

贾元春 （引）谦肃柔明,资妇顺,幸赞君临。

（诗）镜里春浓理晓妆,

　　　仙风吹下御炉香。

　　　殊容不假胭脂染,

　　　常得君王带笑旁。

本宫,贾氏元春。乃员外郎贾政之女,荣国公代善之孙。早年被选入宫,充当凤藻宫尚书之职,只因诏对称旨,晋封贤德贵妃。适蒙圣上殊恩,准许归宁父母,此乃千载难逢之旷典也！正是：至尊以孝治天下,薄海同沾雨露恩。

（唱【二黄快三眼板】）

　　　贾元春坐深宫满心欢畅,

　　　圣天子施旷典令省高堂。

　　　我贾家蒙雨露恩同海样,

　　　纵粉身和碎骨难报君王。

　　　转面来叫内侍凤辇带上,

　　　待到了荣国府细说衷肠。

〔同下。

第十四场

贾元春 （内唱【西皮导板】）

　　　乘凤辇出深宫御街来上,

〔四太监、四宫女、大太监引贾元春上。

（转唱【西皮导板】）

　　　贾元春舒杏眼细看端详。

　　　一对对龙凤旗空中飘荡,

　　　有诏容和彩嫔排列两行。

　　　又只见大街上花灯灿烂,

　　　一霎时来到了东府门墙。

〔牌子。贾元春入座介。

大太监 现有命妇史氏、邢氏、王氏等在园外候旨,请娘娘定夺！

贾元春　传话下去：诸命妇一概免行大礼，待本宫更衣之后，用家礼相见。

〔幕内：领旨！

〔贾母领邢氏、王氏上。四太监、四宫女、大太监下。

贾　母　（唱）忽听贵妃降旨意，

　　　　　　　急急忙忙把步移。

　　　　　　　一同来在正殿里，

　　　　　　　不由老身心凄惨。

贾元春　祖母！

贾　母　娘娘！

贾元春　伯母！

邢夫人　娘娘！

贾元春　母亲！

王夫人　娘娘！

　　　　〔众跪介。

贾元春　（唱）骨肉分离已数春，

贾　母　（唱）今朝相见出天恩。

贾元春　（唱）思想家人常萦梦，

贾　母　（唱）于今幸得叙天伦。

贾元春　（唱）满腔积愫言难尽，

邢夫人
王夫人　（唱）旧事重提总伤神。

　　　　〔众起身悲伤介。

贾元春　当日将我送到那不能见人的所在，好容易今日才得回家，亲人们相见，不说不笑，反倒哭个不了，岂不是自寻烦恼？请大家暂免悲伤，老祖母请上，待孙女大礼参拜！

贾　母　不用拜了。

贾元春　祖母啊！

　　　　（唱【西皮导板】）

　　　　　　老太君请上受儿拜，

　　　　（转【西皮二六板】）

　　　　　　细听孙儿说衷怀：
　　　　　　自入深宫已数载，
　　　　　　骨肉恩深两分开。
　　　　　　虽说是年来蒙宠爱，
　　　　　　花前月下自徘徊。
　　　　　　身在宫廷心在外，
　　　　　　常把家人挂胸怀。
　　　　　　圣上的深恩同复载，
　　　　　　今日方能转回来。
　　　　　　但愿祖母身康泰，
　　　　　　一家安乐永无灾。
贾　母　（唱）圣上隆恩应感戴，
邢夫人
　　　　（唱）明朝端合拜金阶。
王夫人
贾元春　啊母亲，宝兄弟为何不见？
王夫人　无职外男，未奉娘娘旨意，不敢擅入。
贾元春　至亲骨肉，倒也无妨。内侍！
　　　　〔大太监暗上。
大太监　有。
贾元春　宣宝玉进见！
大太监　娘娘有旨，宝玉进见哪！
　　　　〔贾宝玉上。
贾宝玉　饮酒看花皆素愿，功名富贵等浮云。
　　　　无职外男贾宝玉参见娘娘！
　　　　〔大太监暗下。
贾元春　平身。
贾宝玉　谢娘娘！
贾元春　数年不见，你已长得这般大了。
贾宝玉　宝玉无知，望娘娘多加训诲。
贾元春　啊宝玉，想我贾家，世代公卿，簪缨不绝。你须要力求上进，远绍箕裘，

	勿负父君之恩，方为正理。
贾宝玉	娘娘钧谕，自当谨记在心。
贾元春	这便才是。
	〔大太监上。
大太监	启娘娘：现有命妇尤氏、王氏等在外候旨。
贾元春	着她们进来，一概家礼相见。
大太监	娘娘有旨：着命妇尤氏、王氏等进见，一概家礼相见。
	〔尤氏、王熙凤、李纨、贾迎春、贾探春、贾惜春上。
王熙凤	
李　纨	金吾弛禁长春国，
尤　氏	
贾迎春	
贾探春	玉漏停催不夜天。
贾惜春	
王熙凤	
李　纨	
尤　氏	参见娘娘！
贾迎春	
贾探春	
贾惜春	
贾元春	免礼！
王熙凤	
李　纨	
尤　氏	谢娘娘！
贾迎春	
贾探春	
贾惜春	
尤　氏	你我阔别多年，今日又得相见。真乃是意外之幸也。
王熙凤	此乃是千载难逢的旷典，一来是皇上施恩，二来是娘娘福气，臣妾等愚昧无知，亦不过是幸逢其盛耳。

贾元春　二嫂不必过谦,你我大家园中游览。内侍!
大太监　有。
贾元春　摆驾!
大太监　摆驾呀!
　　　　〔牌子。同下。

第十五场

〔牌子。四宫女、四太监、大太监、贾元春、贾母邢夫人、王夫人、贾宝玉、尤氏、王熙凤、李纨、贾迎春、贾探春上。

贾元春　这"有凤来仪"四字倒也浑厚。但此处面山临水,花木葱茏,令人有潇洒出尘之想。也罢,此处就改名为"潇湘馆"。宝兄弟!
贾宝玉　在。
贾元春　你与我赋诗一章,以志欣幸。
贾宝玉　领旨。〔想介。
　　　　(念)秀玉初成实,堪宜待凤凰。
　　　　　　竿竿青欲滴,个个绿生凉。
　　　　　　进砌防阶水,穿帘碍鼎香。
　　　　　　莫摇分碎影,好梦昼初长。
贾元春　好一个"莫摇分碎影,好梦昼初长"。宝兄弟,你的诗学果然长进了。
贾宝玉　娘娘夸奖!
贾元春　你我大家且到那边看去。(众圆场介)这"红香绿玉"四字,可改做"怡红快绿"。这院名么?就叫做"怡红院"吧。宝兄弟,你的诗才甚好,何不再赋一章?
贾宝玉　领旨。〔想介。
　　　　(念)深庭长日静,两两出婵娟。
　　　　　　绿蝉春犹倦,红妆夜未眠。
　　　　　　凭栏垂绛袖,倚石获青烟。
　　　　　　对立东风里,主人应解怜。
贾元春　这诗倒也自然,但后四句不如绿蝉红妆两句耳。你我大家,且到那面看去。(众圆场介)这"蘅芷清芬"四字,倒也不俗。但是稍嫌雕琢,不如改

	名"蘅芜院"。宝兄弟,你再与我赋诗一章!
贾宝玉	领旨。〔想介。
	(念)蘅芜满静苑,萝薜助芬芳。
	软衬三春草,柔拖一缕香。
	轻烟迷曲径,冷翠湿衣裳。
贾元春	好一个"冷翠湿衣裳"!真乃晚唐佳境。
贾宝玉	谁谓池塘曲?谢家幽梦长。
贾元春	这首诗越发好了。宝兄弟人小才长,真乃是吾家千里驹也!
贾宝玉	娘娘夸奖过量,宝玉愧不敢当。
贾元春	你我至亲骨肉,不必谦虚。内侍!
大太监	有。
贾元春	宣外眷林黛玉、薛宝钗进见!
大太监	娘娘有旨:宣林黛玉、薛宝钗进见!
林黛玉 薛宝钗	(内)领旨!〔上。
林黛玉	(唱【西皮快三眼板】)
	忽听得贵妃将奴唤,
	手挽着宝钗姐走进花园。
	轻移着莲步儿玉阶来上,
薛宝钗	(接唱)
	我这里忙敛衽参见娘娘。
林黛玉 薛宝钗	无职外眷林黛玉、薛宝钗参见娘娘!
贾元春	免礼。
林黛玉 薛宝钗	谢娘娘!
贾元春	啊二位妹妹!
林黛玉 薛宝钗	娘娘!
贾元春	适才宝兄弟赋诗数章,深惜无人和韵。二位妹妹才如道韫、易安,何不

拟匾题诗，以助清兴。

林黛玉
薛宝钗 领旨！

薛宝钗 有是有了，但不知可中墨绳否？

贾元春 你且念来！

薛宝钗 这匾是"凝晖钟瑞"。

贾元春 你再把诗句念来！

薛宝钗 （念）芳园筑向帝城西，华日祥云笼罩奇。
高柳喜迁莺出谷，修篁时待凤来仪。

贾元春 本地风光，写来甚好。

薛宝钗 文风已著宸游夕，孝化应隆归省时，
睿藻仙才瞻仰处，自惭何敢再为辞。

贾元春 薛妹妹过于谦虚了。林妹妹！

林黛玉 娘娘！

贾元春 你的诗匾呢？

林黛玉 启娘娘：这匾是"世外桃源"四字。

贾元春 你且念诗！

林黛玉 （念）宸游增悦豫，仙境别红尘。
借得山川秀，添来气象新。
香融金谷酒，花媚玉堂人。
何幸邀恩宠，宫车过往频？

贾元春 好一个"香融金谷酒，花媚玉堂人"。这等诗句，可谓是一片性灵，独鸣天籁。林妹妹真乃是不栉进士也！

林黛玉 娘娘啊！

（唱【西皮二六板】）
多蒙娘娘来夸奖，
不由得黛玉自彷徨。
娘娘诗如元白样，
奴家好比才尽江郎。
勉成一律来呈上，

班门弄斧贻笑大方。

娘娘虽不把罪降，

扣心自问诚惶恐。

贾元春　贤妹呀！

（唱【西皮摇板】）

贤妹妹才如道韫，

这般谦虚太不伦。

啊祖母，这花园布置甚佳，可曾命名无有？

贾　母　此乃是贵妃行宫，外臣未敢擅拟。

贾元春　噢！

（唱【西皮流水板】）

衔山抱水建来精，

多少工夫始筑成。

备得天上人间景，

芳园应赐大观名。

大太监　酒筵已经摆好，请娘娘赴宴！

贾元春　知道了，内侍摆驾！

四太监　领旨。

〔牌子。同下。

第十六场

〔贾琏上。

贾　琏　（唱）未能铜柱垂功烈，

幸比椒房马伏波。

适才内官传话下来，贵妃在大观园饮宴，将命戏目呈览。我不免吩咐蔷儿，教他从速拿来呈上去便了。来！

〔院子上。

院　子　有。

贾　琏　快叫蔷哥出来，我有话讲。

院　子　嗻。二爷叫蔷哥！

贾　蔷	（内）来了！〔上。
	古调虽自爱，今人多不弹。
贾　琏	适才贵妃命内官来取戏单，我这里未曾预备，你快些呈送上去，不要误了。
贾　蔷	是。
贾　琏	正是：不是玉皇颁敕诏，
贾　蔷	人间不复有霓裳。
	〔同下。

第十七场

〔牌子。幕启，场上摆"人"字式二长台，贾元春中坐，四宫女、四太监、大太监侍立。贾母、邢夫人、王夫人、薛姨妈、尤氏、王熙凤、李纨坐在左侧；贾宝玉、林黛玉、薛宝钗、贾迎春、贾探春、贾惜春坐右侧。十童伶串戏，众饮酒介。

大太监	启娘娘：员外郎贾政奏称牡丹亭设有异样灯景，请娘娘驾幸牡丹亭赏灯。
贾元春	知道了。内侍！
大太监	有。
贾元春	摆驾牡丹亭！
大太监	领旨。
	〔牌子。同下。

第十八场

〔二道幕外。茗烟上。

茗　烟	三杯和万事，一醉解千愁。
	我，大书童茗烟。我家宝二爷被娘娘叫去，我一人坐在书房，十分的烦闷。刚巧焦大爷在厨房里要来一壶酒，四样菜，还有两碗银丝面，我二人开怀畅饮，吃了一个半醉。方才听见人说，娘娘正在殿里赐下好些东西，咱们老太太一柄金如意，还有拐杖、念珠、金锭子，共有十九样。三位老爷是金花碗、御书、香墨，这个那个的大概也有十几样。诸位姑娘、

奶奶、少爷们得的是文其、宫缎、金锭子，咱们宝二爷独得了两份。等娘娘走啦，宝二爷回到书房，顶少也得赏我两个金锭子，我今天酒也喝足啦，饭也吃饱啦，一点事也没有，待我来唱个小曲吧！对对对，待我唱起来！

〔茗烟唱小曲介。大太监上。

大太监　嚯，娘娘来了，快躲开！

茗　烟　哎哟，我的妈呀！〔逃下。

〔开幕：内布牡丹亭场景。牌子。贾元春更衣介。四宫女、四太监、贾母、邢夫人、王夫人、薛姨妈、尤氏、王熙凤、李纨、林黛玉、薛宝钗、贾宝玉、贾迎春、贾探春、贾惜春上。

贾元春　果然是一派好灯景也！

〔众同唱《画眉序》一段。

大太监　启娘娘：现已丑正三刻，请驾回銮！

贾元春　怎么，已经丑正三刻了。啊祖母，孙儿要回去了。

众　　　今宵一别，何时再得相见？

〔众同泣介。

贾元春　大家不必悲伤，想今上天恩浩荡，再见不患无期，现在天已拂晓，儿这里拜辞了！

（唱）今宵且各免悲啼，
　　　　他日相逢会有期。
　　　　内侍摆驾回宫里，

〔贾元春上辇介，众跪送介。

众　　　（唱）但愿年年来凤仪。

〔分下。

选自北京市戏曲编导委员会编辑《京剧汇编（第57集）》（北京出版社1959年版）。

宝 蟾 送 酒

《红楼梦》戏,往昔都不妄编演。因《红楼梦》中之人物,程度甚高,且已被曹雪芹描摹尽致,故虽名角,终难形容入彀。盖从前之观剧者,眼光既较今严正,从前之名伶,亦较今之艺员能虚心自下,故终不敢唐突西施也。近今,自以为文明高尚之青年艺员及新剧界,创演《黛玉葬花》已还,而《晴雯补裘》《黛玉焚稿》等剧,相继流行。且自有一班捧角家,以为某伶演某剧,其一往情深处,恰合黛玉身份云云。真梦噩不啻也!唯独此《宝蟾送酒》一出,则大约可无以上唐突之虑,而今之时髦艺员,或多能演之入彀者,盖其程度尚不相上下也。按宝蟾为夏金桂婢,夏金桂以卑贱淫媚之资,适薛蟠,本有误嫁东风之叹。适薛蟠犯事,金桂遂属意薛蝌,恨无进身。因借感谢为名,特具酒果佳肴,令婢宝蟾,于深夜送往书房,借以勾引。宝蟾本狡黠,遂故意作态不往,经金桂再三相恳,许以条件,始欣然而去。讵知薛蝌,乃一不识儿女媚态之寿头,主仆二人大扫兴。此剧专演宝蟾在薛蝌处,种种卖俏挑逗之情形、为状至恶劣。故吾云今之时髦艺员,或多能演之入彀者。噫!

(贴旦上,白)不如意事常八九,可与人言无二三。我夏金桂,配夫薛蟠。他是个浪荡汉子,如今又身遭人命。都亏薛蝌二爷,上下打点,不要抵命。我看二爷长得人品出众,文才又好,我有心与他成其美事,怎奈无法勾引。今日,我备了些酒菜,叫宝蟾送去,以为进步,宝蟾哪里?

(旦上,白)阿嚛。花影不离身左右,鸟音只在耳西东。〔坐介。

(贴旦白)一出来,就坐在那儿,越来越没有规矩了。

(旦白)大奶奶,一来就说我们没有规矩,只因大奶奶,有功不赏,有罪就罚,还说我们没有规矩。

(贴旦白)你有什么功劳哦,我晓得啦,你跟大爷,只没有一点功劳,是不是?

（旦白）得啦罢，我不说你们，你倒反来说我，都上啦你们两个人的当啦！

（贴旦白）谁叫你依从他，还是你自心乐意。

（旦白）大奶奶你这话，越说越不对啦，你也不想想，自从你进得府来，谁是你的心腹人？只有我宝蟾，跟你忙前忙后，到如今，反倒拿话来埋怨我，叫我思想起来，好不寒心哪！

〔贴旦看宝蟾介。宝蟾哭介。

（贴旦白）她倒哭起来啦，本当打她几下，出出我的气，怎奈我要用她之时。宝蟾，你不要哭，我有一事，要烦你。

（旦白）你有什么事，叫我去我敢不去，也用不着一个烦字。

（贴旦白）我们多是从小一处长大的，说一个烦字，也不要紧的。

（旦白）我可不敢当。

（贴旦白）你大爷身遭人命，多亏你二爷，跑前跑后，才得活命，我心不忍，无恩可报。备啦一点酒果，要叫你送去。有人看见，亦说我一个贤惠的嫂子。

（旦白）好一个贤惠的嫂子，你跟小叔子真想啦一个到，既然要送酒果前去，命老妈子送去就是啦。这半夜三更，叫我们送去，有知道的，说我奉大奶奶之命，送酒果去，有不知道的，还当宝蟾有什么别的意思，我不去！

（贴旦白）你去罢。

（旦白）我不去。

（贴旦白）你不去我就要。

（旦白）你就要怎么样？

（贴旦白）我要打你。

（旦白）好吓！你是个主人，我是个奴婢。你要打，还能不让你打，你打吓！你打吓！

（贴旦白）我舍不得打你。

（旦白）不要灌我的米汤，到底为什么事？

（贴旦白）我看你二爷，人品又好，文采亦不错，有心与他成其美事。叫你去做个说合人。

（旦白）就是这个事情，我宝蟾此去好有一比。

（贴旦白）你比什么？

（旦白）好比一个厨子，我做得啦一碗菜，我要先喝一点汤，你那儿就吃开啦醋。

　　(贴旦白)这件事情,你要跟我办啦,不跟你吃醋就是了。

　　(旦白)我不相信。

　　(贴旦白)待我对天盟誓。

　　(旦白)待凭于你。

　　(贴旦唱【西皮流水板】)夏金桂跪在地埃尘,过往神灵听分明:若有三心并二意,叫我悬梁一根绳。

　　(旦白)呀!

　　(接唱)一见奶奶盟誓愿,中了宝蟾巧计关。走上前来用手搀,奶奶吓,些须小事我承担。

　　(白)大奶奶,我们二爷,外表虽然温柔,不知他内性如何?我此去,他要不答应,怎么好?

　　(贴旦白)是吓,这个怎么好?

　　(旦白)有啦!我倒有个主意。

　　(贴旦白)什么主意?

　　(旦白)我去,他要答应我,就罢。他要是不肯答应我,我就喊起来,说他调戏我,管叫他有口难分辩。

　　(贴旦白)看你不出,小小年纪,说出这个话来,倒是偷过多少汉子的老行家。

　　(旦白)得啦罢,人家好心好意的,为你的事情,出啦个主意,你反拿话来取笑我,我不去啦。

　　(贴旦白)宝蟾我说错啦,你去罢。

　　(旦白)我不去。

　　(贴旦白)不要拿乔了,你去罢!

　　(旦白)非要叫我一声好,我才去啦。

　　(贴旦白)吓我的好妹子,你同我去罢。

　　(旦白)哎哟大奶奶,我同你说了玩的,你竟当真这样,我去啦,我去啦!

　　(贴旦白)慢点,你就这个样子去吓?

　　(旦白)怎么样子去吓?

　　(贴旦白)你得擦点胭脂,抹点粉。

　　(旦白)哪,干什么?

（贴旦白）二爷看见啦，好动心吓。

（旦白）你们看，这才是偷汉子的老行家。

（贴旦白）你一点亏也不吃。

（旦白）梳妆起来。

（贴旦与旦梳妆介。旦唱【西皮原板】）主仆二人把计定，送酒为明暗勾情。坐在妆台来照镜，调胭抹粉点嘴唇。头上乌云整一整，打扮艳丽好动心。手捧着酒果出门庭，

（想介，白）我不去啦。

（贴旦白）什么事？

（旦白）你得再叫我一声。

（贴旦白）叫你什么？

（旦白）叫我一声，亲亲的，热热的，好妹子。

（贴旦白）叫你妹子，我不叫。

（旦白）你不叫，我不去。

（贴旦白）好啦，亲亲的，热热的，我的好妹子。

（旦白）嗳，我去了。

（唱【摇板】）你在绣房等佳音。

（下。贴接唱）宝蟾此去我心放定，等她回来再问分明。

（下。小生上，引）闷坐书房，为兄长，昼夜牵挂。

（白）小生，薛蝌，乃金陵人氏。兄长薛蟠，只因醉酒将人打死，我家嫂嫂不贤，终日在家吵闹，思想起来，好不愁闷人也！

（唱【南梆子】）有薛蝌见此情心中悲惨，我兄长太作恶自惹身灾。我嫂嫂不贤惠家门败坏，怕的是老伯母受苦眼前。

（宝蟾上，唱【摇板】）主仆妙计安排定，见了二爷说分明。

（白）到啦，待我叫门。

（喊介）开门哪！

（小生白）外面是哪个叫门。

（旦白）呵呀，慢来，我要是说奉了大奶奶之命，送酒果来，他是一定不肯开门，这个怎么好？有啦！我就说，太太叫我来，有事情，嗐！我告诉说，我是太太叫我来的，有事情，快点开门。

(小生白)哦。是太太差来的,想是为兄长之事,待我开门。〔开门介。

〔小生出门介。

〔宝蟾躲避介,小生两厢寻介。

(小生白)无有人。

〔宝蟾急进门将酒盘放台上介,将衣袖遮脸介。

(小生白)你是哪个?

(旦白)你猜一猜?

(小生白)我猜不着。

(旦白)我呀我呀。(去袖介)吃!

(小生白)原来是宝蟾姐,到此何事?

(旦白)我方才在门外头,说的话,都是骗你的,实实在在,是奉了大奶奶之命,跟你送酒果来啦。二爷你来瞧吓,杯子两个,筷子两双,少时我们大奶奶,还要亲自前来与你。

(小生白)怎么样?

(旦白)不是,陪你说话。

(小生白)吓!宝蟾,你家大奶奶,为何要叫你送酒果前来?

(旦白)二爷你还不知道?

(小生白)倒也不知。

(旦白)二爷吓。

(唱【二六板】)二爷有所不知情,细听宝蟾说分明。大爷酒醉遭人命,奔波劳碌是二爷身!我家奶奶心不忍,二爷吓!

(转【快板】)特制美酒与果品。有恐老妈不洁净,因此叫宝蟾送来临。二爷若是不收饮,岂不辜负我奶奶一片心。

(小生接唱【摇板】)听她言来暗思忖,只怕内中有别情。

(白)我家嫂嫂,既然要送酒果前来,命老妈子送来,亦就是了,为何要叫宝蟾姐送来?

(旦白)二爷你不知道,这老妈子手不干净,我总比老妈子干净一点儿,晓得二爷是爱干净的,我跟你使道使道。二爷这是你的扇子,我跟你搁好了。二爷二爷。

(小生白)嗳!

（旦白）你晓得,这果子谁摆的?

（小生白）不晓得。

（旦白）是我们大奶奶。二爷二爷。

（小生白）嗳!

（旦白）你晓得,这酒谁烫的?

（小生白）不晓得。

（旦白）是我们大奶奶。二爷你来瞧,我们这没好的衣裳,跟你擦筷子。

（小生白）阿呀!

（旦白）二爷与你使道好了。你吃酒罢。

（小生白）吓,宝蟾,我是不会吃酒的,你将原物带回,明日我见了你家大奶奶,我亲自道谢。

（旦白）二爷你说什么,叫我原物带回?我们大奶奶的脾气,你是晓得的。我若是将原物带回,我们大奶奶一看,二爷一样没有吃,她就有了气啦,说道是,我把你这贱人,叫你办这么一点事情,你都办不来!那时间非打即骂,打骂还不要紧,还叫我们跪着。二爷,你是有情有义的么,我挨打受骂,你就不心疼我么?

（小生白）我不心疼。

（旦白）二爷不心疼,我吓,我晓得啦。二爷往常在外头吃酒,多有好的女人陪着你,今日没有好的女人陪着你,是不是?

（小生白）哎!没有这事情。

（旦白）我跟你打听一个人,有一个蒋玉菡,你认识。

（小生白）我们常在一处。

（旦白）你看看,还是他长的好看,还是我长的好看?

（小生白）我倒是外行。

（旦白）哟!这有什么外行内行,这么办罢,我来唱个小曲,你过过酒。

（小生白）不要听什么小曲。

（旦白）那一天,梨香院里,小班在我们那儿唱堂会,唱啦一扯小宴惊变。我听会啦一段,我唱给你听。

（小生白）我是不要听。

（旦白）你要听。待我唱起来。

（起舞唱笛吹小工调【扑灯蛾】）

态恹恹轻云软四肢，
影朦朦空花乱双眼。
姣怯怯柳腰扶难起，
困沉沉强抬姣腕。
软设设金莲倒退，
乱松松香肩觯云鬟。
美甘甘思寻凤枕，
步迟迟倩宫娥搀绣帏间。

（小生白）你唱完了。

（旦白）哦。二爷要睡觉啦，我来与你铺被。

（小生白）哎，容不着。

（旦铺被介，白）好啦！二爷你看，铺得好不好？

（小生白）不好。

（旦白）二爷，你要说好，我就听你的话，你要说不好，我还不听你的话。

（小生白）如此好。

（旦白）你还是嘴里说好，还是心里说好？

（小生白）我心里一点亦不好，嘴里被你逼得没有法子，只好说一声好。

（旦白）呀！

（唱【快板】）看二爷只生得潘安美貌，不由我宝蟾女魂魄飞消。我这里走向前将他搂抱。

（小生白）你要怎么样？

（旦白）二爷吓。

（唱）我与你红罗帐鸾凤相交。

（小生白）嘟嘟嘟，明日我要告诉大爷，将你活活打死。

（旦白）阿呀！〔坐床上装死介。

（小生白）宝蟾宝蟾，啊呀，不好了。

（唱【摇板】）是我一言错出唇，不想吓坏了宝蟾身。

（转【哭板】）一霎时不由我神魂不定，宝蟾姐吓，倒叫我薛蝌无计行。

（白）宝蟾被我吓死，这便如何是好，有了，待我喊几个人来陪伴于我。

(旦白)哎哎!

(小生看宝蟾介,白)好了,好了,又活了。

(旦白)二爷,这都是你不好,你说什么要告诉我伯大爷,将我活活的打死,我听见这话,吓得我浑身骨头都酥了,我可不能回去啦!

(小生白)吓,宝蟾你回去罢。

(旦白)我不回去。

(小生白)哎!天不早了,你快些回去罢。

(旦白)我还有个脾气,你越叫我回去,我越不回去。你要是不叫我回去,我就回去啦。

(小生白)吓,还有这个脾气。吓,宝蟾天不早了,你还是回去罢。

(旦白)我不回去,我在这儿睡啦!

(小生白)宝蟾你不要回去了,就在这里。

(旦白)怎么样?

(小生白)睡罢。

(旦白)我要回去啦。

(小生白)在这里睡罢。

(旦白)我要回去啦。

(小生白)你要回去了,我就不送了。

(旦白)哟!把我悭起来啦,我又回来啦。

(小生白)吓,宝蟾,你三番二次,不肯回去,也罢。待我去喊几个人来,陪伴你我。〔小生要走介。

(旦白)回来,容不着喊人,我去就是啦。

(起身走介,将出门撞见鬼介。白)哟!不好。

(小生白)这么样?

(旦白)我看见有这么大一个脑袋。

(小生白)想是见了鬼了。

(旦白)不错。

(小生白)待我掌起灯来,送你出去。

(旦白)你头里走哟,还见什么?

(两厢看介。小生白)在哪里?

(旦白)在这儿。

(小生白)哎！到底怎么样？

(旦白)这么办罢，我们两个手拉手走罢。

(小生白)你可知男女授受不亲。

(旦白)哟！你酸起文来啦。你岂不闻,嫂溺者,授之以手乎？

(小生白)倒也讲得有理。

(小生伸手。旦看手介,白)你的手,怎么长得这么好、这么白？我不要这只手,要那只手。

(小生白)哎手吓手,想不到你今日有大难临头,这只手。

(旦白)鬼只怕这个样走。

(小生白)这个鬼倒也特别。

〔旦小生走介,旦吹灯介。

(小生白)灯灭了,待我点来。

(旦白)不要点啦,我出门啦,就不怕啦,我要走啦。

(小生白)不送你了。

〔旦暗进门吃酒介。

(小生白)走好了,这个丫头,闹了我一夜。

(小生点灯介,白)吓,你怎么没有走？

(旦白)我看见这酒果,没有人吃,我来吃罢。

(小生白)你不会吃酒。

(旦白)我会吃酒。

(小生白)你不会吃酒。

(旦白)我会吃酒。

(小生白)你不要吃醉了。

(旦白)哟！我吃醉了。

(小生白)说你醉,你就醉了。

(旦白)我不能回去啦,你来扶着我。

(小生白)好好好,待我掌一灯亮。送你出去。〔小生拿灯扶旦走。

(旦白)你在前头走。

(小生白)是是是,看好了。〔小生出门介。

(旦关门,小生白)随我来吓,怎么把门关起来了?吓!开门。

(旦白)谁叫门,半夜三更,到我们女人房里,干什么?八成没有什么好意思罢。

(小生白)胡说,快些开门。

(旦白)我不开门。

(小生白)这丫头不开门,如何是好?有了,待我来哄她一哄吓。嫂嫂,你来了,好了,好了。

(旦白)我们大奶奶来了,待我开门。大奶奶在哪儿?

〔旦出门介。小生进门关门介。

(旦白)大奶奶在哪里?

(小生白)大奶奶在这里。

(旦白)哟!我上啦他的当啦。不要紧,我喊我们大奶奶去,怕你不开门。〔下。

(小生白)宝蟾宝蟾,好了,她去了。待我安睡了罢。

(唱【摇板】)宝蟾一去心放定,晕晕迷迷睡沉沉。

(贴旦随旦上,唱【摇板】)宝蟾与我把路引,见了二叔说分明。

(旦白)到了。你前去叫门。

(贴旦白)哟!二叔,为嫂子的来了,快点开门。

〔小生不睬介。

(贴旦白)宝蟾,他不肯开门怎么好?

(旦白)他不开门,你骂吓。

(贴旦白)吓,二叔,为嫂子的来啦,快点开门,你要是不开,我、我就要骂啦。

(旦白)你骂吓。

(贴旦白)我把你这混账王八蛋。

(旦白)得拉。你怎么骂他混账王八蛋,骂人你都不会骂?看我的,二爷,我们大奶奶来啦,你快点开门,你要是再不开门,我这要骂啦。

(贴旦白)你骂吓。

(旦白)你要不开门,我把你这小没良心的。

(贴旦白)他不开门怎么好?

(旦白)不要紧,你先回去,这事情包在我身上。

〔贴旦下。

(旦白)吓二爷,我告诉你说,你等着我的罢。〔下。

(小生白)哎!果然我家嫂嫂,亦来了,这真是家门不幸吓!

(唱【摇板】)我心中只把那嫂嫂埋怨,苦苦的缠绕我所为那般?幸喜得黑夜里无人看见,倘被那外人晓丑名怎担。

(旦上着小衣介,白)吓,快点开门,你要再不开门,我就说啦,你们叔嫂通奸。

(小生白)放屁,哪有这事。

(旦白)你说没有这事,酒壶底下,还有我们大奶奶的名字。

(小生看酒壶介,白)啊呀!果然有她的名字,好了,天亦亮了,不要紧了,待我开门。

(旦进门跌地介,白)啊呀,甩啦我一下,快点来搀我起来。

(小生白)是是是。

(旦白)我要手。

(小生白)吓。还要手,哎,手吓手,你的大难还未了,哪哪哪,手。

(搀旦起并坐床,小生起立,旦收拾酒壶,白)这是你的扇子。〔掷地介。收拾出门介。

(旦白)他怎么不送我出来?吓出来。

(小生白)是是是。来了。

(旦白)你晓得我喊你出来,干什么?

(小生白)不晓得。

(旦白)我说你怎么长得这样好看啦。〔下。

(小生叹气白)哎!这是家门不幸吓,咳。

〔下。

〔完。

选自中华图书馆编辑部编《戏考(第38册)》(大东书局1933年版)。

馒 头 庵

　　欧阳予倩,以善演新旧混合剧名,专饰花衫角色。此《馒头庵》一剧。为欧所编,颇盛行一时,京津间亦常演之。其事实,为《红楼梦》中第十五回"秦鲸卿得趣馒头庵"、十六回"秦鲸卿天逝黄泉路"之一段。剧本中自宝玉、秦钟送殡后,私入馒头庵,与小尼智能打棚胡闹为始,至秦钟病死止。大概为智能本卖弄风骚,不能苦守禅戒。自宝玉、秦钟二人见之,入庵调情。智能遂来得正好,唯二人皆纨绔少年,接待颇难,只得左应右酬,不少轻重,与勾栏一般手段。当时智为二人肆扰不休,屡欲脱身不得,卒施小计,借讲笑话中,做蝴蝶飞之状,远飏而去,二人乃始归。唯二人心中,宝玉不过半真半假,究竟实于脂粉丛中之阅历多、眼界广,智尼虽骚,尚不足乱其心曲。而秦钟则反是,已寤寐求之矣。既归,黄昏又私出,暗中摸索,至庵寻尼。自二人去后,智尼本在作种种妄想,谓宝玉太奢侈,将来必弃旧恋新。还是秦家稍清贫,较可靠,因决志向秦。时方洗杯碗,痴想入神,竟至失手落地,碗碎方警醒。适秦蹑手蹑脚至,两情相洽,途私下成交。不料秦之情形,乃其贪夜私出,早为宝玉窥见,知非好意,宝乃尾秦往。入庵四索,野鸳鸯竟被撞破。宝玉故恐吓作势,卒乃拉秦去算账。此中暧昧,亦为智能识破,而心疑之。讵天不方便,好事多磨,秦自是晚,夜行多露,归后即染重病,卧床不起。智尼日盼望,却总是青鸾信杳,黄犬音乖。望之数日不能耐,乃日往秦府门前探视。因为书僮秦禄察破,故与盘问,智又假正经,秦禄欲揩油不着,憾之。因转假殷勤,谓公子嘱候师太入相会云云,以给之。智尼堕其计,入门房以候。一面,秦禄即入向秦钟父秦老太爷前放风行唆,将秦钟在馒头庵与智尼私会,因之染病夹阴。现在智尼又每日来门前窥探,被小人用计骗入等情,和盘托出,尽行告诉。秦邦业自然大发雷霆,立命将妖尼唤入,大肆斥骂,并送县驱逐出境,以免良家子弟之堕落。既将智能发办讫,又呼儿子至,不顾死活,痛打一顿。但年老之人,究竟不禁气闷,因此一场发怒,秦老太爷自己遂先少陪,呜呼哀哉了。秦钟雪上加霜,又兼惭悔交并,其病势之加重至九分九,自亦不待言。宝玉得报,因与有算账之交情,急往握手作最后之别。迨宝玉慰病去后,秦钟病即大渐,未几即绝。盖智尼已羞恶自缢死,此时乃被其索命而去也。《红楼梦》中之淫乱,即此可见一斑。然秦禄谡唆,至死人一家,绝人后代,鬼胡不捉之去耶?此剧本中,于宝玉、秦钟在庵听讲笑话出来后,忽插入二公差过场之一场,此种伏线,实为从来所未见,乃全剧之疵,演时当省去之。

(旦扮道家上。唱【二黄原板】)
　　可怜奴,生小的,便无有家。辛苦忙,浮沉沉,未有涯。
　　虽然是,剃度了,莲花台下。莲花儿,却似那,溷中花。
　　那修行,看起来,都是假。无端端,辜负了,这好年华。
　　这春光,时刻无定价。满腹中,心事乱如麻。
　　将身儿,离却了,房外晒,一定的,主意,不思与他。
(正坐,白)日想断肠问上苍,前生冤债几时偿?怜奴弱絮随风浪,青灯古佛泪千行。奴乃智能,在这馒头庵内,自幼出嫁。咳呀!据奴看来,这是冥冥之中,自有些主宰。既然是冤家路窄,何不使多情人成了眷属的呀,这俱不思,不免前面祝告便了。(小过门小圆场介。白)哎呀!吾的神圣呀!(唱【原板】)
　　看起了,何处是,清凉世界。尊神圣,你听奴,苦情诉来。
　　出家人,本是那,无计可奈。大坑中,只怕是,莲心难胎。
　　想奴的,终身事,怎样分开?全靠神圣来遮盖。
(白介)休得烦恼。
(宝玉上,白)唔哼。
(旦白)外面是哪一个?
(宝玉白)是我。
(旦白)哦,原来是你。
(宝玉白)听你这话音,你还有别人不成么?
(旦白)你说的什么!
(秦钟上,白)咳,吾也来了呀。
(旦白)哎呀呀,又来了一个。
(宝白)他也来也,看你怎么办呀。

(旦白)坏了坏了,不好不好。

(宝玉白)还是我不好呢,还是他不好?我们两个人,到底是谁好谁不好?

(秦白)不用说了,自然是我不好,对不对?

(宝白)你好,是我不好。

(旦白)你好。(向秦介)你也好,就是我不好。

(秦白)哎呀呀,这可是真真罪过罪过。

(宝白)你若是不好,我还不到你这里来呀。

(秦白)照呀,我们还不来了。

(旦白)你们可是有正经事儿来的么?

(宝白)不错不错,你知道什么?

(秦白)你告诉他,你告诉他。

(宝白)是正经事。什么正经事?就是为奶奶的事儿来的。

(旦白)哦,为了奶奶的事而来的么?

(宝白)哎哎!不错呀!

(秦白)对了,我还不曾娶。

(宝白)你还不曾娶什么,你说你说。

(秦白)我还不曾娶过奶奶呀!

(宝白)对了,这么办罢。我来作一个媒人,你看看怎么样?

(旦白)哎呀呀,我一个人,说不过你们二人。我可要走了,我要。〔下。

(秦白)好,走了,你看如何?

(宝白)不妨咱二人在后跟她去。

(秦白)好,走走走。〔下。

(旦上,唱【快板】)

　　时才前殿奈如何,看他二人变成魔?

　　离了前殿到房卧,也是奴弱质受折磨。

(白介)咳,时才好无来由,见他二人。

(宝、秦暗上介)呀能儿!

(旦白)又来了。

(宝白)这是什么话,死了不埋。

(秦白)对了,就上呀,咳,能儿,我们二人,有话没说完,你怎么走呀?

(旦白)你们还有什么好话。

(秦白)我们是规矩人,怎么会没好话?

(宝白)是呀,不是的,她定然讨厌我二人,她便走了,不搭应我二人,是不是?

(旦白)好好好,慢慢说,你们说那不搭应,实在没有这事呀!

(秦、宝同白)既然不讨厌我二人,你就不要走,咱们谈谈。

(旦白)我不走,我不讨厌你二人,事事搭应你们,你们说罢。

(秦白)好,老二,你叫能儿倒一杯茶来,我吃吃。好不好?

(宝白)你叫她倒去,不是一样的么?

(秦白)不然不然,我叫她去倒去,乃是无情无义,你叫她去给我倒来,那才是有情的,有意的,你去你去,不要瞎说。

(宝白)我哪里会去说,好了,你也不要假正经,那一日你在老太太房里,你是那样。(介)唔唔唔,那事可有的?

(秦白)那是没有的事。好好好。能儿打杯茶来我用。

(旦白)你吃茶么?你等,我去倒来就是。(拿杯介)乃乃乃,茶来了,你们哪一个吃?

(秦白)拿来拿来,给我吃。

(宝白)来来来,给我吃。

(旦白)哦,给你吃。

(宝白)给我吃。

(秦白)我吃。

[三人抢。

(旦白)哎哎!你们两个人不要争,到底是你们二人,哪一个吃呢?

(宝白)咳,秦老二呀,你要叫智能恭恭敬的将这一碗茶,送给我来吃了,那才是算你们两个人的情意来了。

(秦白)好呀,你让我这么先吃一口,我再叫她给你,可好呀?

(宝白)你别开了讲,你先吃了,这一点鲜味就没有了,还是我先吃。

(旦白)哎呀呀,这么一碗茶,你们都要这个样儿争,难道说,我的手上还有糖,是还有蜜不成么?

(宝白)呀呀,我今日,就要看看你们的这点情分了。

(旦白)你是哥哥,你就让你弟弟先吃,可好?

（秦白）唔唔，我要先吃的。

（旦向秦白）你是弟弟，让你哥哥先吃呀！

（秦白）唔唔，我要先吃的。

（旦白）好了好了，他们两个人，一个也不让，这就罢了，吾得了，待我再去倒一碗来，你们不要争，我去倒去。

（宝白）不要倒了，不要倒了，我有法子了。

（旦白）你有了什么法子了？

（秦白）对了，你有什么法子？

（宝白）你过来，我告诉你听。

（旦白）好好好，我就过来，你说罢。（宝抢茶介）（旦白）哎呀呀，我上了他的当了。

（宝白）你拿来罢。

（秦白）你不要都吃了，给我留着半盏。〔介。

（宝白）拿去拿去。

（秦白）好吃呀，好吃呀。

（宝白）有味呀，有味呀。

（旦白）你看他二个人，那个样儿。

（宝白）将碗拿去。

〔旦接介。

（秦、宝同白）真好，真开心呀！

（旦白）你们两个人，在那里有味开心，将吾这里，再湿了一大块。

（秦白）叫宝二爷给你擦擦干净，就是了。

（宝白）好，待吾来与你擦上一擦。〔介。

（旦白）好了，不要擦了。

（宝白）我要再给你一擦。

（旦白）我要走了。

（秦白）你怎么又要走呀，你到哪里去？

（旦白）我有要紧之事。

（秦白）且慢，你不要走。

（宝白）你别走。

（旦白）好好好，我就不走，可好，不走了。

(秦白)还是他有个小面子。

(宝白)只要你不走,就好办呀!

(旦白)你们不叫吾走,又便怎么样儿呢?

(宝白)咱们大家儿谈谈心。

(秦白)咱们再说说话。

(旦白)你二人有什么谈的,有什么说的,你们尽管说谈什么。

(宝白)咱们就随便谈谈。

(秦白)是随便说说。

(旦白)我来想想,说什么好呢?哦,有了,我说一个笑话儿,你二人来听听,你们看好不好?

(秦、宝白)怎么说,说笑话,那是极好的了不得呀。你说,我二人听。

(旦白)你们要听?

(秦、宝白)我们要听,你快点说。

(旦白)我说,听好了。

(秦、宝白)听好了。

(旦白)有一天。

(秦、宝白)哦,有一天,怎么样呢?

(旦白)我不说了。

(秦、宝白)你怎么又不说了?

(旦白)说出来,哎呀,你二人要恼的,我不说了。

(秦、宝白)你只管说,我二人不恼就是。

(旦白)你不恼,我来说。那一天,有两个小孩子。

(秦、宝白)哦,有两个小孩子,这小孩子他怎么样呢?

(旦白)他二人,在那里扑一个蝴蝶。〔笑介〕

(宝、秦白)哦,扑一个蝴蝶,你笑什么?你说,我二人听。

(旦白)我不说了。

(秦、宝白)你怎么又不说呀?

(旦白)你二人不好好儿的听么,我就不说了。

(宝、秦白)好,我二人正听的好听之时,你笑了一笑,倒说我们不好好儿的听,这可是真冤枉,你快点说呀。

(旦白)你们听好了。那一个蝴蝶儿,飞到东,那两个小孩子,他们就赶到东,那蝴蝶飞到西,那两个小孩子,他们就赶到西,你们猜猜看,那个蝴蝶儿,它就飞到哪里去了?

(宝、秦白)飞到哪里去?

(旦白)哎呀呀,它就飞,飞,飞。(介)它就飞了。〔下。

(秦、宝同笑)哈哈哈。(同白)他就此飞了,哈哈哈。〔同下。

(二差人过场白,上)我说伙计,这天色不早了,不要误了公事,你我到衙中伺候,请呀。〔同下。

(秦钟上,唱)

　　多情人,怎禁得,柳娇花艳,

　　惜花心,看花眼,惯受花怜。

　　为寻花,我把这,回廊绕遍,

　　但愿得,花长好,明月长圆。

(白介)小生秦钟,是我与那馒头庵中,一个小尼姑,名叫智能,长的真真不错,我二人自从相识之后,心中好同乱絮,只是不能够自定。但是庵中耳目太杂,此时叫我秦钟,是怎样才好放下手来。我不免今夜,将晚饭吃过了,我去四下里游玩一番,倘若是我遇见了她,在僻静之中,我们二人成其这桩美事,岂不是快乐好吗?待我前去,只是绕遍回廊,玉人难见。这时候叫我相思望煞,真是可怜小生我也。

(唱【摇板】)

　　这时候,把我的,想思难忍,

　　必须要,按偷情,才得称心。

　　今夜晚,我只得,游玩暗寻,

　　才把我,心内事,散去浮云。〔下。

(旦托茶盘上。旦唱【西皮二六板】)

　　智能生来这苦命,自思自想好伤情。

　　这冤家窄路荡尘心,一行一坐心中忖。

　　想把我内情对他论,又恐他是薄情人。

　　拼命凄凉无别论,今生不恋绮罗裙。

　　出嫁也不花想生,

只得黄泉走一程,
　　　昏昏沉沉好伤心。
　(白介)哎呀!我看那宝二爷与那秦二爷,他那二人心中,都有点十分的有意,要想与我的意思,只是我想那位宝二爷,他本是一个富贵人家子弟,看他将来,必定要有三房四妾,只恐怕他在中途,要把我抛弃。那时候,我可是该当怎么样,如何是好?再说到那秦二爷,看他倒是寒素人家。此事只要他能够将吾救出了这个火坑,我就是拼着一死,我也是跟他一世。哎呀,不好,想我这一寸的苦心,何日怎样才得耐下?得呀,这无限的春情,难以自遣,落花无主,越思越可怜。咳,智能,呀呀呀,你今日休得胡思乱想,他们俱是什么样的人,你又是什么样的人。他们是富贵人家,你是苦命出家之人,你怎能够跳出了这个火坑?你是怎么样子,能去配什么那王孙公子,王孙公子。哎呀哎呀,我还是洗洗茶碗罢。(小过门洗碗介,思人介。白)咳!智能,呀呀呀,你今日是怎么样了?难道你你你要生病么?智能,你要放得清醒些。(介)这就好了。(将碗打碎介)(白)呀!
　(唱介)
　　　一霎时,思此事,心中昏沉,
　　　越心思,越意想,越无有定。
　(秦上,唱)
　　　满庵中,四下里,俱以寻找,
　　　不见那,智能尼,所为那条。
　　　我见那,智能尼,忙去怀抱,
　　　切莫要,辜负了,今日良宵。〔看介。
　(白)哦,好呀,原来她在这里。哈哈哈!呀能儿。
　(旦看介,白)你来了,你来了。〔笑介。
　(秦白)好呀,你敢情在这里,叫我一个人,东找西寻,南走北撞,我好一场苦找也。
　(旦白)怎么你找我么?(偷笑介)呀!秦二爷,你找我做啥呀?
　(秦白)我此趟来,你大概么总知道一点。
　(旦白)我不知道,你有什么事情?
　(秦白)你知道,你晓得的。
　(旦白)我实实不晓得,你说了罢。

(秦白)我对你说,我要来与你,咱二人,我是一来恭喜,二来参禅来的。

(旦介,白)哎哎!我不懂,你说了罢。

(秦白)哎呀,我的好人呀,你看看,我真急死了,你今日要是再不依我,我可就要死在你这里了。

(旦白)不忙,我只等你,救我出得了这个火坑,我那才便终身从了你,也就是了。

(秦白)此事也容易。只是一样,这远水救不了近火,来来来。

(旦白)慢来慢来。

(秦白)来呀来呀![拉介。下。

(宝玉上,唱)

　　我这里,轻轻慢,朝前近闻,
　　今日里,我必定,捉拿鸳鸯。

(白介)小生宝玉,是我时才,看见了那秦老二,鬼鬼祟祟的,他径往那后房去,他一定是要与那智能,他们二人做些什么事情,不免我去吓吓他二人,这岂不是有趣呀!有趣呀!(小圆场)到了,待我摸进去。[介。

[旦上介,下。秦上介,宝拉住秦介。

(宝白)呀呀!你。(看介)原来是你,这是哪里说起?

(秦白)呀!宝二爷。

(宝白)你还认得是我?好呀,你在此,与那智能做些什么?走走走,去见奶奶。

(秦白)好了好了,你不要喊叫,众人知道,你要怎样,咱就怎样,依你。

(宝白)这个时候,我不与你说,等到了一会,夜里睡下,我再与你算账。

(秦白)走呀!

(宝白)细细的去算,你随我走。[同下。

(旦上,唱)

　　也不知,宝二爷,怎样算账,
　　难道说,他二人,也要鸳鸯。

(白介)哎呀呀,可羞煞我也。方才那宝二爷,将秦二爷拉走,他二人定有些不干之事,待我暗地探他二人。正是,要知心腹事,但听口中言。[下。

(丑童上,【数板】)

　　打扫打扫,年年辛苦受不了,
　　直到老,我今生就的奴才命,

京　剧

难把老婆讨,难把老婆讨。

(白介)有福之人人扶侍,无福之人扶侍人。小子,秦府的书童先生便是,我家老爷,他名叫秦邦业。我家相公,名叫秦钟。是我昨日,在外面游玩,听见有人言说,我家的大相公与那馒头庵中的小姑子,她叫什么,哦,对了,她名叫智能。我家相公,他二人就有了交情了。怪不得那个姑子,她是天天到我们这里来探望,只是谁想吾家相公,他自从打庵中回来,他就得了伤寒之症。他是偏偏的不能出来,使他二人,竟自没有见面。是我今日,特地在此等她到来。待吾寻她开开玩笑,一来开开心,二来也好消消我的烦愁之闷。这岂不是好呀。闲话少说,待我扫地便是。(介。看白)咦!说着说着,看那边来的一个,好像是姑子,一定是她来了,待吾躲在门后头,吾听她说些什么。[下。

(旦上唱)走奔天涯人不见,想到今日泪如丝。

(看介)来此已是秦公馆的门首,只是吾到此有多少次了,怎么不见他出来,但不知他是负心之人,还是他有了病了。哎!秦相公呀,秦相公呀。

(唱介)我今想你你可想,恨无双翅飞过墙。

(哭介)哎呀秦相公呀!

(僮介白)呀!小生秦钟在此。

(旦看介,白)呸!你是何处大胆的奴才,敢来哄我,你是什么道理?

(僮白)呀呀,你是什么东西,敢来叫我一声奴才?你是真真的大放你的此屁大狗屁也,大狗屁也。

(旦白)我是出家之人,你为什么出言就是无理?

(僮白)你是出家之人,你到此干什么事情来了?

(旦白)你问我呀。

(僮白)呵,我不问里,我还问什么?

(旦白)我到此来,化缘来了。

(僮白)化缘来了。

(旦白)正是,化缘来了。

(僮白)我来问你,你的庵堂,什么名字?

(旦白)乃是馒头庵。

(僮白)哦,馒头庵,这话,你们就不用说,庵内之人,一个人怀内揣两个大馒头,故此叫做馒头庵。是不是呀?

（旦白）不要取笑。

（僮白）我来问你，馒头庵中，有一个人，你可认识不认识呀？

（旦白）但不知是哪一个呢？

（僮白）我说出这个人来，你必认识，你要不认识，我是王八蛋。

（旦白）是哪一个，有名姓方知。

（僮白）馒头庵之中，有一位智能师太，你大概总认识她罢？

（旦白）我认识她，你便怎么样呢？

（僮白）我告诉你，不是别的，呵，有一个缘故在内。

（旦白）但不知有什么缘故呀！

（僮白）只因我家中的大相公，与那馒头庵中智能师太，他二人是十分的相爱呀！〔介。

（旦白）你家相公，可是那秦钟相公么？

（僮白）是的呀。

（旦白）后来便什么样呢？

（书白）后来自从我家相公，从那馒头庵中回来，回来之后，他就是染了一场重病，我今日把话告诉你，你回去，倘若认识她，就请你与那智能代去一信，叫她是速速的前来，见他一面，越快越好，劳你大驾，费你心。

（旦白）哦，怎么，那秦相公，他身染了一场重病么？

（书白）不错，他病了，恐怕他是不能好了，九死一生。

（旦急介。白）哎呀，相公呀。

（哭介。唱）听一言来吃了愿，两下相阻怎相逢。呵呵呵，秦相公呀。

（哭介）哎呀相公呀呀。

（僮白）咦咦，你听见我说我家相公病了，你怎么就哭起来了？

（旦白）想吾们出家之人，有道是慈悲为本，方便为门。听说人家生病，乃是病魔缠身，我是岂有不哭之理呀！

（僮白）哦，这也是出家之人，慈悲为本，方便为门，哪有不哭之理。幸喜我们是不在医院局旁边，若是在医院局旁边，你们出家的眼泪，要用一口大缸，存起来了。

（旦白）此言你是讲的不差。

（僮白）好呀，她听我说我家相公身染重病，她就哭了，她还说此样言语。有了，待我装病一回，看她是怎么样。我说来就来，哎哟哎哟。（介）痛死了。

[旦不理背面介。

（僮白）呵咦,我这肚子痛,你怎么就不哭呀?你也慈悲慈悲,哎呀哎呀。

（旦白）你呀。

（僮白）我呀,我怎么样呀!

（旦白）你是假的。

（僮白）我是假的,好,这出不成,再换一出来。（看介）你休得强辩,我认识你,你不就是智能么?好呀,我们大相公的病症,就是从你的身上而起,你若是好好的求求我,我就引你进去,你二人见了一面,如若是不然,你可晓得。

[旦惊介。

（僮白）你也不要害怕,我对你说,我家相公怕我们老爷,我们老爷,他怕我,你要是与我,咱二人好上一好,我就带你进去,住在门房里,若是相公叫你陪陪,你就陪陪相公,若是相公不叫你,你就陪陪我。你看看好不好,好不好?可怜我还无有娶过老婆呀,请你发发慈悲,慈悲,开开你那个小方便门罢!

（旦白）咦,胆大的奴才!

（僮白）又来了。

（旦白）你竟敢在此胡言乱道?我要禀告相公,打断了你的狗腿。

（僮白）好呀好呀,这个妖精,倒看不出她,会摆起架子来了,我来骗骗她,叫她晓得晓得我的厉害。呀智能师太,小弟我,看你是个贞节的师太,不是那杨花水性之辈,时才间是我的不是,一时瞎了眼,还要求求师太宽恕宽恕。

（旦白）只要你知过,能改,我也不来怪你,也就是了。

（僮白）多谢师太。

（旦白）我来问你,今日相公的病如何?

（僮白）我家大相公的病体沉重,只等师太前来,你将他救活了,你功劳不轻,你能够看着他死吗?师太若是不救他,他可马上就要,呜呼哀哉,伏维尚飨了。

（旦白）此话是真的么?

（僮白）哪一个还来骗你不成么?

（旦白）你叫我是怎样的救他呢?

（僮白）这个。（想介）哦哦,有了,很容易,很容易,我们大相公,他叫我在门外,等了师太好几天了,只因我家老爷在家,不便,如今老爷不在家,请师太随吾去,到书房,我家相公一见师太,我家大相公的病,自然就会好了。

（旦白）哎呀且住，想大相公，既然是身染了重病，我智能就应该，拼着了我的这条性命，我是也要前去，看他一看。我就进得他的房去，站在他的那床前，他那里回头一看，看见了我智能来了，不知他那时，是怎么样的欢欢喜喜的开心。那时间，我智能，是怎么一场的好呀。（作态介）呵，你是相公家中，什么人呀？

（僮白）问了半天，你还不知道我是谁。

（旦白）你姓甚名谁？

（僮白）我告诉你，我也姓秦，名禄。我是我们大相公的书童，我从小就跟着我们老爷相公。

（旦白）哦，原来如此，我二人若是见面，还要重谢于你。

（僮白）你见了我们相公，给我说两句好话，就得了。

（旦白）那是自然，请你与我带路，少时见了相公，重重谢你。

（僮白）自己人不要客气，你随我进来，你随我进来。（进介）你前面先走，待我来，将门关好上了就来。

〔旦介，下。

（僮白）好呀，这个妖妇，这是你自投罗网，若不是我使一小计，哪里成呀。正是，我今一计安排好，看看妖尼怎能逃。〔下。

（老生上，引）积善之家，却不羡高车驷马。

下官姓秦，名邦业，官居营缮郎。想我虽然是官卑职小，倒也安然无事，却还消闲。我妻尤氏，所生得一子，如今身得重病，我不免将他唤将出来，问个明白，书童哪里。

（僮内白）来了。（上白）唤我即来到，上前问根苗，参见老爷。

（生白）罢了。

（僮白）谢老爷。呼唤我小书童出来，有何吩咐？

（生白）你家大相公病体如何？

（僮白）我家大相公，病体越来越重了。

（生白）咳，将大相公扶将出来。

（僮白）是是是，老爷有请大相公。

（秦内白）来了。

（上，唱【二黄摇板】）

忽听得，老爹爹，一声来叫，

扶病症,我上前,细说根苗。

(白)爹爹在上,孩儿拜揖。

(生白)罢了,一旁坐下。

(秦白)孩儿谢坐。

(生白)儿呀!

(秦白)爹爹。

(生白)你的病体如何?

(秦白)孩儿的病么,咳,依然如故,不见痊愈。

(生白)儿呀!你自己可知道,此病是从何而起?

(秦白)这个,起居不快而已。

(生白)书童,将大相公扶了进去。

(僮白)喳喳喳,你走好。

〔秦下。

(生白)咳,想我七十之人,还受些这样累赘,叫我死在九泉,也是不得明白。

〔书童暗上。

(生白)书童,快快前去,将王大夫请了来。

(僮白)我说老爷,你老人家,先不要这等的忧烦,此事先不要请王大夫,我家大相公这个病,他是并不大什么十分的要紧,只要是知道大相公的病源,就好医治他的病症了。

(生白)哦,只要知道大相公的病源,就好医治他的病了。呀,书童,听你之言,难道说,你定知道大相公的病源了呀。

(僮白)我呀,我知道么倒是知道的,只是我不敢说。

(生白)因何不敢说呢?

(僮白)我怕你老人家又要生气,故此我不敢多说话。

(生白)不妨事,只要你从实说来,老爷我还有赏,你若是不讲了实话,隐瞒此事,我是就要打断你的狗腿。

(僮怕介)哎呀老爷老爷,我不敢胡说,你不要打,我说就是了。

(生白)快些讲来。

(僮白)喳喳,呵老爷,你老人家,可知道大相公,他得下的是什么病?

(生白)你家大相公得的病么,不过是感冒之症,可是的?

（僮白）不对不对，他不是感冒之症。

（生白）你知道他是什么病呢？

（僮白）他呀，他是那伤寒病。

（生白）呵，怎么讲呢？

（僮白）他是伤寒上头，加二个字。

（生白）加哪个字呀？

（僮白）他是加夹阴伤寒。

（生白）呸！招打。

（僮白）老爷，你老人家别生气，你老人家生气，小人就不敢开口说话了。

（生白）好好好，你且讲来。

（僮白）你还生气不生气呀？

（生白）我不生气，他是什么病？快快说来我听。

（僮白）我家大相公，因为了那一天，送那位姑奶奶的殡之时，大相公就跟随了那荣国府的宝玉宝二爷。他二人就同到了那馒头庵去，可好哪里晓得，那个庵中，有一个小尼姑，她的名字，我也打听来了。

（生白）她叫什么名字？

（僮白）她叫智能，那时间，谁知道他二人，就是眉来眼去的可就吊上了。因此我家大相公，回得家来，他就生下了这个样了的病症。你老人家想想，他可是夹阴伤寒？

（生白）哦哦哦，这个奴才，竟敢做出此事，这也是秦门之子，呀书童，你是怎样的知道的呢？

（僮白）此事，我本不知道。

（生白）哪个对你讲的？

（僮白）乃是荣国府内的小厮告诉我的，那是小人，我起初，也是大不相信此事，是小人想了一个法子，我天天在门口扫地，可巧，哪里知道，就是这几天，那个馒头庵之中的尼姑，她是天天在我们这个门外张望，要寻相公说话。她偏偏遇见了小人，那时间，是小人我用我的三寸不会烂的舌头，将她的真情实话骗了出来，这是小人千真万真，奴才实实的不敢有半句谎言。

（生白）我来问你，那尼姑她现在哪里？

（僮白）是你老人家哪里知道，那是小人早就将她骗进府中来了。

京　剧

（生白）哦，你已将她骗进来了，她在何处？

（书白）我叫她在门房内等着呢。

（生白）好好好，快将那尼姑叫了进来，待你老爷细细问她。

（僮白）哦，是呀，这我该给她点眼力，看看她在外叫我奴才，我再来耍耍她。呀，智能师太，我家的大相公，请你说知心之话呀！

（旦内白）来了。（上白）呀，书童，可会见过相公。

（僮白）见过了，我们大相公，叫我请你哪。你随我进来，见过相公，来来来。

〔进介。

（旦白）有劳了，相公在哪里？相公在哪里？

（生介。白）唔哼。

（旦白）哎呀呀，我怎么走了错路。这是别的人家，待我走去。

（生白）回来。

（僮白）回来，老爷有话说。

（生白）你是往哪里去？

（旦白）我呀。

（生白）哪里去？

（旦白）我我我，回到我的庵中去。

（生白）且慢回去，我来问你，你到此则甚？

（旦白）我不过是化缘来了。

（生白）好好好，你拿来。

（旦白）老爷要什么？

（生白）你言道化缘来了，你拿缘簿来，可在？

（旦白）这个，这个这个，是我来的慌忙，将缘簿忘却了。

（生白）胡说。

（旦白）不错，我在中途路上失落了，待我回去，再取一部来。

（生白）回来，胆大妖尼，言颠语倒，可见得心虚胆怯。想你乃是出家之人，就该慈悲为本，方便为门，你不勤守三宝，怎么淫污无耻，勾引了良家子弟。

（旦白）呵呵，你讲出此话，从何而起，莫要屈我出家人。

（生白）还是这样讲话，你的奸情已露，难道说，你还抵赖不成么？

（旦白）有道是，这捉贼要喊，捉奸要双，我勾引了哪家的子弟，难道说老爷你,就亲眼看见的不成么?

(生白)呀呀呸,你这个妖尼,想我儿秦钟,他是身得病症,都是从你身上而起,你这妖尼,在那庵中,你二人做下了那苟且之事,今日公然前来,寻找我儿秦钟,也是你好大的狗胆。今日岂有你这命在,书童。

(僮白)有。

(生白)我命你去到那有司衙门,唤几个公差前来,将这个妖尼,驱逐出境,以免遗害一方,快去快去。

(僮白)哎呀,回老爷的话,我看她是怪可怜的,求老爷,你老人家将她还是这个。

(生白)什么?

(僮白)把她赏给小人,做一个小老婆,你看可好?

(生白)呸胡说,快快前去,唤差人来。

(僮白)是是,呀呀呀。

(生白)呔,你这妖尼,还不实招。

(旦白)老爷呀!

(唱【二黄顶板】)

听一言,不由我,浑身乱抖。
尊老爷,你不必,细听根由。
小尼我,与相公,无意邂逅,
因此上,成就了,凤匹鸾俦。
我二人,誓天日,相期白首,
岂非是,卖风流,逾墙钻隙。
亦非是,暗地里,苟且相投,
可怜我,无家女,只求援手。
我的老爷呀,得罢休时且罢休,还是罢休。

(生白)呸!

(唱介【摇板】)

听一言,不由得,气冲牛斗,
骂一声,狗妖尼,好不知羞。
今日里,你进了,我的门首,
你要想,活命回,日出西头。

（僮引四差人上，白）走呀走呀。

（差白）人役们与老爷叩头。

（生白）罢了。

（差白）谢老爷，唤我们前来，有何吩咐？

（生白）你们不知，我这里来了一个妖尼，她无耻引诱了良家的子弟，败坏风俗，你们将她，送到了衙门，去将此事回明你家老爷，将她驱逐出境。

（差白）遵命，走走走。〔拉旦同下。

（生白）书童。

（僮白）喳，老爷。

（生白）呃！

（僮白）哦哦哦，老爷。

（生白）快将那不孝之子，与我叫了出来。

（僮白）喳，要坏了！有请大相公。

（钟上，白）书童何事？

（僮白）老爷那里请你呀。

（钟白）来了，扶我来。孩儿参见爹爹。

（生白）儿近前来。

（秦白）是。

（生抓住秦介，白）呃！好奴才。（打介）你你你做的好事。

（秦白）哎呀爹爹，但不知孩儿做错了什么事，叫爹爹生气，呀呀呀。〔哭介。

（生白）秦钟呀好奴才，你这奴才，那日你去到了馒头庵前去，送你那姐姐的殡，谁想你这个奴才，做下的好事。你怎么与那庵一个妖尼，名叫智能，你二人通了奸情。回得家来，你就身染了重病，谁知道那个妖尼，她竟敢的大胆前来，在这门外寻你，这个奴才，不想被我知道。此事也是偏偏凑巧将她治法，是我叫了几个公差，将她驱逐出境去了。你这奴才，今日还要抵赖了不成么？

（秦白）哎呀爹爹呀。（跪下介）（白）这也是孩儿将此事一时做错，俱被爹爹知道，还望爹爹，将儿饶恕了罢，了罢。〔哭介。

（僮白）太老爷，将相公饶恕了罢呀！

（生白）呃奴才。呀奴才。可叹我这年近半白之人，生下你这个不孝之子，我二老千辛万苦，将你这个奴才养大成人，不想你母她今去世太早，为父也没有缺少训教,为父只指望你用心攻书,去图上进。哪里知道你这奴才,在外做出这无耻之事。我问你这奴才,心肝何在?为父我的脸面何存?有道是,君子之泽,五世而斩。不想我家世代清白之家声,就断送在你这奴才之手,我这老命不要,你招打。(打秦介。白)奴才呀,好个无耻的畜生。今日将你这奴才打死,也是无用,岂叫我有何面目,去见那去世的先人?〔吐介。死介。

(秦白)爹爹,怎么样了?(哭介)呵呀,爹爹呀呀呀!

(唱【摇板】)

　　　这是孩儿不孝顺,吾父一气命残生。

(僮白)哎呀,老爷呀!(哭介)我说相公,你也不要伤心了,保重身体。

(秦白)书童,快报与荣国府宝二爷知道。

(僮白)你到里面安歇,待吾去。

(秦哭介)爹爹呀!〔下。

(书白)你不必哭了,呵呀,老爷,呀呀呀!〔哭介。下。

〔茗烟引宝上。

(宝唱【西皮正板】)

　　　自那日,与秦钟庵中分手,

　　　他得下,冤孽病,倒卧床头。

　　　叹好友,得此病,吾心加愁,

　　　却不能,救了他,无计进投。

　　　叫茗烟,忙带路,书房来坐,

　　　吾心惊,肉抖擞,却是为何?

(僮上白)事不关心,关心则乱,到了,待吾上前,里面哪位在?

(茗白)什么人?

(僮白)是我。

(茗白)哪里来的?

(僮白)我是秦府上来的,要见宝二爷,有话说。

(茗白)你站一站,我给你去回。

(僮白)是是是。

(茗白)相公,今有秦府,有来人要见。

(宝白)叫他进来。

(茗白)是,来人,我家相公,叫你进来。

(僮白)哦,是是是,来了。(进介白)秦禄与宝二爷叩头。

(宝白)罢了。

(僮白)谢二爷。

(宝白)秦禄不在府中侍奉老爷,到此有什么事?

(僮白)二爷哪里知道,我家老爷,与秦相公争吵一番,老爷一气,他就死了。

(宝白)怎么,老爷下世去了,你家相公,病体如何?

(僮白)还是照常,我家相公,命我前来,给你一信。

(宝白)待我前去看看他,茗烟带路。

(唱介)茗烟带路出府门,此时叫我意乱心。

〔小圆场。

〔拉开幕。布景房间。秦在床上躺介。

(宝进门唱介)见他双目来闭紧。

(加白介)琼卿良友。(看介)呀!

(唱介)难道生死在今辰。

(白介)琼卿良友,我宝玉来了。

(秦醒介。看介白)宝叔么,待吾起来。

(宝白)你不要起来,你是有病之人,好好的静养罢。

(秦忍介。白)宝叔,想你我交了多年,我此时万念俱灰,只是如今有一层的心事,我就是未曾与宝叔你握手一别,甚以为恨。如今宝叔到此,叫我在未死之前,稍诉苦衷,我这心中安矣。快快叫人,将吾扶了起来,坐坐。

(宝白)茗烟锄药,好好扶起秦相公。

(禄、茗同扶秦介。秦起介白)呀宝叔,想我秦钟,自幼儿母亲早逝,赖老父将吾抚养成人,指望步步青云,谁知吾作出此事,有何面目,去见祖先也。

(宝白)你保重,我要回去了。

〔秦躺下不理介。茗引宝下。

(僮白)相公安歇。〔下。

〔起鼓介。闪电。

(旦在纱窗内吊下来,白)秦钟卿,秦相公,负心人呀!

(唱【反二黄慢板】)

想当初，庵堂别，珠泪悲切，
　　叫一声，负心人，细听话回。
　　苦相思，害得我，哭也无泪，
　　到如今，万念了，心已成灰。
　　还清这，风流债，魂非忏悔，
　　从今后，吾把那，红尘齐推。
　　观看那，大限来，一旦同进，一旦同退。
　　负心人呀。

（转【原板】唱）
　　我将那，从前事，再表一回，
　　你的父，大不该，将奴贬界，
　　大不该，将奴名，羞落一场，
　　说罢了，女儿情，芳心已碎，芳心已碎。

（叫头）相公，鲸卿，你你你要随吾来呀！

（唱介）随我到，阴台下，比翼双飞。

［闭幕。旦下。

［起五更介。

（僮上白）相公醒来。

（秦唱【二黄倒板】）
　　时才间，与智能，谈论一遍，

（醒介白）呀！（唱）
　　又只见，秦禄，在床前。
　　一霎时，不由我，心血上翻。［吐介。

（唱）万事全休，遇大限。［死介。

（僮白）相公相公，哎呀，相公呀！［哭介。

［同下。

［尾声。

［完。

　　选自中华图书馆编辑部编《戏考(第40期)》(大东书局1933年版)。

红 楼 二 尤

第一场

[柳湘莲上。

柳湘莲　（引）学业无成,爱风月,侠骨柔肠。
　　　　（诗）满腔侠气性聪明,
　　　　　　　舞剑琴棋件件能;
　　　　　　　玩世不恭怀孤愤,
　　　　　　　热心反作冷心人。
　　　　在下,柳湘莲。父母早丧,读书未成,虽习武艺,亦未精通。只因世道陵夷,人心不古,将俺激成热心冷面,倒成了另一家数。是俺幼年最爱观看名优演戏,天长日久,我也会了不少戏文,在清客之中做了一个小生角色,时常串演。正是:看破功名如梦境,不如散淡乐天真。
　　　　[家院上。
家　院　奉了老爷命,来请串戏人。参见柳二爷!
柳湘莲　罢了! 你是哪里来的?
家　院　小人是赖府来的。
柳湘莲　到此何事?
家　院　奉了老爷之命,请您过府串戏。
柳湘莲　知道了。你且回去吧!
家　院　是。[下。
柳湘莲　赖尚荣请我走票串戏,不免往他家去者。
　　　　（唱【西皮散板】）
　　　　　　做清客串戏文十分有心,
　　　　　　赖尚荣邀请我献技散心。

　　　　休笑我好做这优伶行径,〔圆场。
　　　　假功名真事业一样无凭。
　　　来此已是赖家。门上有人么?
　　　　〔家院上。
家　院　柳二爷来啦!
柳湘莲　来了。快快与我通报!
家　院　有请老爷!
　　　　〔赖尚荣上。
赖尚荣　什么事?
家　院　柳二爷来啦!
赖尚荣　说我出迎!
家　院　家爷出迎。
　　　　〔赖尚荣出迎介。
柳湘莲　赖兄!
赖尚荣　柳兄驾到,未曾远迎,望乞恕罪!柳兄请坐!
柳湘莲　有坐。相邀有小弟,莫非为了串戏之事?
赖尚荣　是啊。今日乃是我生日,请您过府前来串戏。
柳湘莲　但不知串演何戏?
赖尚荣　哎呀!串演什么戏呢?噢!听说您的昆腔唱得好,咱们就串演出《雅观楼》,您看怎么样啊?
柳湘莲　《雅观楼》? 倒也使得。
赖尚荣　天还早哪,我们到后边喝茶去吧!
柳湘莲　请!〔下。
赖尚荣　家院在门口看着,要有客来,速报我知。
家　院　是!
　　　　〔同下。

第二场

贾　珍
贾　琏　(内)啊嘿!
贾　蓉

〔贾珍、贾琏、贾蓉上。

贾　珍　（唱【西皮散板】）
　　　　　　同加鞭往赖家寻欢觅笑，
贾　琏　（唱）醉翁之意并不在美酒佳肴。
贾　蓉　（唱）贾府人肯赏光他的体面不小，
薛　蟠　（内）慢走！
〔薛蟠上。

薛　蟠　（唱）我也要到赖家看戏逍遥。
　　　　哟，那不是贾珍贾琏贾蓉吗，你们爷三个怎么会走到一块啦？
贾　珍　老薛，怎么叫我们三人的名字呀！
薛　蟠　我给你们叫出来省得你们三人报名，要不然听戏的先生们也不知道你们三人是三块什么东西！
贾　珍　劳驾你替我们报名字，你自己也该报个名吧？
薛　蟠　那还用说，我总得报名。
贾　珍　你就报吧！
薛　蟠　我叫呆霸王薛蟠。这是宁国府的贾珍，他的媳妇尤氏。他有两个小姨子，一个叫尤二姐，一个叫尤三姐，都住在他家里。这是贾琏，跟贾珍是叔伯兄弟，他媳妇名叫王熙凤。这是贾蓉，是贾珍的儿子，今儿个赖尚荣家里寿庆堂会，请的是票友唱戏，请咱们大家前来听戏，不但我们去听戏，连尤二姐尤三姐也都去听戏，话说完啦。哥儿们！我们一同前往。
　　　　（唱【西皮摇板】）
　　　　　　大家一同前进，
〔众圆场。

贾　蓉　（唱）不为听戏为看佳人。
薛　蟠　到啦。呔！门上有谁？
〔家院上。

家　院　有请老爷！
薛　蟠　什么老爷！告诉你说，你们主人虽是恩州知府，他出身是贾府奴才，当着姓贾的可叫不得老爷！

家　　院　喳！（内向）请您出来吧！贾家爷们到啦。

赖尚荣　（内）来了几位？

家　　院　来了四位。

薛　　蟠　别胡说，有三位。

家　　院　算上您不是四位吗？

薛　　蟠　我姓薛。你别胡给我改姓。

　　　　　〔赖尚荣上。

赖尚荣　原来大爷二爷少爷与薛少爷到啦！诸位请上，奴才赖尚荣叩头！

贾　　珍　罢了！老赖呀，今日是你的生日，我们大家给你拜个寿吧！

赖尚荣　不敢当！

薛　　蟠　你这儿还有戏哪？

赖尚荣　有戏。

薛　　蟠　什么戏呀？

赖尚荣　《雅观楼》。

薛　　蟠　好戏呀！

贾　　珍

贾　　琏　好戏呀！

贾　　蓉

贾　　珍　听说你今天请的女客里有我二位小姨子尤二姐尤三姐？

赖尚荣　不错。她们已经来啦，在后边听戏哪。

贾　　珍　我们同到戏场。

　　　　　〔众圆场。

贾　　珍　正是：看着戏中戏，又是一台戏。

　　　　　〔同下。

第三场

　　　　　〔尤三姐上。

尤三姐　（唱【西皮摇板】）

　　　　　厌繁华暂离那绮罗豪宴，

　　　　　且往这花园内寻觅清闲。

奴家,尤三姐。爹爹早丧,母亲只生我姐妹三人,大姐嫁与宁国府武烈将军贾珍为妻,二姐配给张华,尚未过门。唯有奴家,待字闺门。只因大姐家下,人多事广,将我母女三人接到宁国府,一同照看门户。今日赖尚荣的生日,请我们合家前来看戏饮酒。那酒席筵前,俱是些侯门妇女,娇贵之气,令人难耐。是我走了出来,不免到花园散闷一番。

尤二姐　(内)妹妹等着!

尤三姐　哎,我二姐也来啦!

〔尤二姐上。

尤二姐　(唱【西皮摇板】)

　　　　见妹妹厌俗情离开席筵,

　　　　我只得陪着她散闷一番。

三妹妹你一个人躲在这里做什么呀?

尤三姐　姐姐,那酒席筵前俱是些侯门妇女,你我何必苦苦追随,反失了自家身份。

尤二姐　他人取乐,你我也可取乐,你的性情也太古怪了。你看妈也来了!

尤　母　(内)嗯哼!〔上。

尤　母　(念)无儿常自叹,有女也承欢。

尤二姐
尤三姐　妈呀!

尤　母　前面的戏正唱得热闹,你二人快随我看戏去,不要在这花园玩耍。

尤二姐
尤三姐　遵命!

尤　母　我们到前边去。正是:赖家开华筵,宾客启笑颜。

〔众圆场。

〔场戏设台。

〔贾珍、贾琏、贾蓉、薛蟠、赖尚荣上。

贾　珍　参见岳母!

尤　母　贤婿少礼!

薛　蟠　我也参见岳母!

贾　珍　你别胡说!这是我的岳母,你叫不着。

161

薛　蟠　你含糊点得啦吧!

贾　珍　不能含糊!

薛　蟠　我是认准啦,这两位大概是我们的小姨子?

贾　珍　别拉近乎啦!这是我一个人的小姨子。

薛　蟠　都是赖家的客,请过来见个礼吧。

贾　珍　不成!你是坏蛋,人家不敢见你。

薛　蟠　不见就不见,坐下看戏吧。坐下,坐下。来人哪!沏壶茶,端点瓜子。

〔薛蟠欲与尤二姐、尤三姐同坐介。

贾　珍　嘿嘿嘿,你是怎么回事?这儿是男女分坐。

薛　蟠　不是男女合坐吗?

贾　珍　什么男女合坐!

薛　蟠　那我应当坐在哪儿呀?

贾　珍　你就应当在那边!

薛　蟠　好,我那边。

尤二姐　大姐丈,这人是做什么的?

贾　珍　他叫呆霸王薛蟠。

尤三姐　这个人怎么这么讨厌!

薛　蟠　干什么跟我这么客气呀!

贾　珍　你别理他!

薛　蟠　她说我什么呀?

贾　珍　她说你讨厌。

薛　蟠　我怎么自己不觉着呢?

贾　珍　你别嚷啦,咱们听戏吧。柳湘莲的《雅观楼》可已经上啦!

〔众两边分坐。

〔柳湘莲扮李存孝上。

(唱【端正好】)

　　奋雄威,英名盛,

　　贼逢俺胆战心惊,

　　男儿图画凌烟姓,

　　今日个功果成定。〔下。

尤三姐　呀！（唱【西皮摇板】）
　　　　　　观此剧不由我心中缭乱，
　　　　　　我看他眉目间英气弥漫。
　　　　　　一霎时引得我柔肠百转，
尤二姐　妹妹！
尤三姐　（接唱）
　　　　　　好叫我羞怯怯有话难言。
　　　　　　大姐丈，这是什么戏？
贾　珍　这是一出《雅观楼》。
尤三姐　这是什么角色？
贾　珍　这是柳湘莲扮的李存孝。
尤三姐　噢！柳湘莲。唱得可真不错呀！他还唱不唱啦？
贾　珍　唱完啦，不唱啦。
尤三姐　不唱啦？
贾　珍　不唱啦。
尤三姐　妈，我们回去吧！
尤　母　再看一出再走。
尤三姐　只怕没有什么好戏了。
尤　母　如此，你姐妹随娘来呀！
　　　　〔尤母、尤二姐、尤三姐下。
薛　蟠　走啦？慢慢走，不送了。再见，再见！好，真好！
贾　珍　还叫好哪，你给谁叫好呢？
薛　蟠　我给小柳叫好呢，唱得不错，嗓子也好，腰腿也好，小模样长得真漂亮！
贾　珍　你说话留点神，他可不好惹！你看小柳来啦！
　　　　〔柳湘莲上。
柳湘莲　（唱【西皮摇板】）
　　　　　　一曲新歌当筵演，
薛　蟠　小柳，我们吃三杯。
柳湘莲　（接唱）
　　　　　　不辞众客出院前。〔下。

薛　蟠　这小子真不客气！我倒想跟他交个朋友。

贾　珍　要是跟他交朋友,那你是找挨揍。

薛　蟠　胡说八道,交朋友还有挨揍的？走,找他谈会天去。

〔众同下。

第四场

〔贾琏上。

贾　琏　（唱【西皮散板】）

　　　　　心中有事多烦闷,

〔贾蓉上。

贾　蓉　（接唱）

　　　　　叔父因何皱眉心？

　　　　二叔,您为什么这么唉声叹气的？

贾　琏　你哪知道我的心事！

贾　蓉　心事,我不猜便罢……

贾　琏　若猜呢？

贾　蓉　准猜着。

贾　琏　你且猜来！

贾　蓉　刚才看戏时,八成您看上了我那两个小姨子了吧？

贾　琏　哎呀呀,你真是个活神仙,果然被你猜着了！

贾　蓉　我虽不是活神仙,也会察言观色。

贾　琏　今日我要到你们府上走走。

贾　蓉　我父亲没在家,您上我们那儿干什么去？

贾　琏　我与你父乃是手足,他不在府中,我去又有何妨。

贾　蓉　您哪是跟我爸爸讲手足之情,您是为我那两个小姨儿,去可是去,我二婶是有名的醋坛子,要是叫她知道了,那我可担待不起。

贾　琏　不妨,你二婶子如今改了脾气。

贾　蓉　怎么着,改了脾气？那咱们就去吧。

贾　琏　走啊！

　　　　（唱【西皮散板】）

　　　　　心花怒放实难耐，[下。

贾　蓉　（接唱）

　　　　　他上梁不正我下梁歪！

　　　[下。

第五场

　　[尤三姐上。

尤三姐　（唱【四平调】）

　　　　　替人家守门户百无聊赖，

　　　　　镇日里坐香闺愁上心来。

　　　　　那一日看戏文把人恋爱，（行弦）

　　　　那日在赖家，看那清客子弟演唱《雅观楼》啊！

　　　　（接唱）

　　　　　你看他英姿潇洒一表人才。

　　　　　回家来引得我啊春满怀，（行弦）

　　　　他姓柳，名唤湘莲，哎，倒是个侠情男子啊！

　　　　（接唱）

　　　　　女儿家心腹事不能解开。

　　　　　也只好按心情机缘等待，（行弦）

　　　[尤二姐上，看介。

尤二姐　三妹，你怎么又发呆啦？

尤三姐　哎！（接唱）

　　　　　不似你聪明人遇事和谐。

尤二姐　什么和谐不和谐，大姐接咱们娘三个到此，帮同照料家务，我们必须经心着意，事事留神。

尤三姐　姐姐，无非姐妹恩情厚，何必费心为彼谋。

尤二姐　你的脾气总是那么古怪！

尤三姐　我不……

尤二姐　别生气。走，我带你上那边玩去！

　　　[贾琏上。

贾　琏　（唱【西皮散板】）

　　　　　我贾琏今日里胆大如斗，

　　　　　到后面学韩寿来把香偷。

　　　　　无计策不由我欲前还后，

　　〔尤三姐望介。

尤三姐　哎，贾琏这家伙来啦，姐姐你我回避了吧。

尤二姐　自家亲眷，回避何来？

尤三姐　还是不见的好。

　　〔尤三姐拉尤二姐，尤二姐不动介，贾琏进门介。

贾　琏　二姐！三姐！

尤三姐　二姐你在此，我要帮同母亲照料去啦！〔下。

贾　琏　哈哈哈……

　　　　（唱【西皮散板】）

　　　　　见三姐走慌忙脸上含羞。

　　　　我来了！

尤二姐　二哥来了，请坐！

贾　琏　有坐。啊二姐，三姐往哪里去了？

尤二姐　她有事往后面去了。

贾　琏　她们有事你怎么无事？

尤二姐　这个……我也有事，告辞了。〔欲下介。

贾　琏　慢来！慢来！她也有事，你也有事，难道我贾琏到此，就无人陪伴了么？

尤二姐　这个……也罢，待小妹陪你讲话。

贾　琏　着哇！原要贤妹陪伴于我。

尤二姐　怎么讲话！

贾　琏　啊贤妹，你可曾许配人家？

尤二姐　这……〔羞介不答介。

贾　琏　此乃人生大事，贤妹但讲无妨，何必害羞！

尤二姐　我曾许配便怎么样，不曾许配又便怎么样？

贾　琏　你曾许配就不消说了，你若不曾许配，我便……

尤二姐　你便怎么样？

贾　　琏　我便与你做媒呀！

尤二姐　小妹已经许配张华了。

贾　　琏　啊,你许配张家了。闻得他家现已衰落,岂不误了你的终身！

尤二姐　啊,张家衰落了么？哎,我的命好苦啊！〔哭介。

贾　　琏　贤妹不必如此,有道是人定胜天。

尤二姐　说什么人定胜天,我的终身无有结局了！〔哭介。

〔尤二姐呕吐介。

贾　　琏　贤妹,怎么呕吐起来了？

尤二姐　我心中有些难过,故而呕吐。

贾　　琏　你吃些槟榔也就好了。

尤二姐　我身边现有槟榔,待我用来。

〔尤二姐吃槟榔介。

贾　　琏　你的槟榔可与我一用？

尤二姐　我的槟榔是不与别人吃的。

贾　　琏　你不与我,我便抢！

〔贾琏作抢介,顺势递过玉佩介。

尤二姐　这是何物？

贾　　琏　此乃我妻王熙凤之物,我看你与她相貌相同,故此奉送。你那心中还不明白么？

尤二姐　我明白了。只是你以后不可负心！

贾　　琏　我若负心,天诛地灭！少时便差蓉儿来见令堂,共商你我之事。我去也！

（唱【西皮散板】）

　　九龙玉佩付佳人安排已定,

　　我与那尤二姐结下同心。〔下。

尤二姐　（唱【西皮散板】）

　　接玉佩我这里低头暗忖,

　　看贾琏分明是一见钟情。

　　嫁了他也得个终身欢幸,

　　似这桩心腹事有口难云。

〔尤母、尤三姐上。

尤　母　（唱【西皮散板】）
　　　　　母女们到前面暂息劳顿。
　　　　〔尤三姐看介，尤二姐藏玉佩介。
尤三姐　呀！
　　　　（唱【西皮散板】）
　　　　　问姐姐何事面带红云。
　　　　姐姐，你为何满脸带羞，手中拿的又是何物？
尤二姐　我不曾拿着何物。
尤三姐　小妹已经看见啦！
尤二姐　这个！是贾琏的玉佩。
尤三姐　既是贾琏之物，怎么到了姐姐手中？
尤二姐　是他行走慌迫，失落在此。
尤三姐　我看他分明是有心失落。姐姐，你不要胡思乱想的，妈从小把你许配给张华，就要过门啦，快把玉佩还给人家吧！
尤二姐　我的事不用你管。
尤三姐　你不还给人家，我就把它摔了。
　　　　〔尤三姐欲摔玉佩。尤二姐急拦介。
尤二姐　毁了人家东西，你赔得起吗？
尤　母　是啊，毁了人家之物，我们是赔不起的，若是毁了我们的东西倒也无妨。
尤三姐　妈呀！你好不明白！
尤　母　我不明白，你才不明白呢！儿呀！我劝你懵懂些儿吧！
尤三姐　明白也罢，懵懂也罢，您看贾蓉来啦！
　　　　〔贾蓉上。
贾　蓉　巧计安排好，前来做月老。
　　　　〔贾蓉进门介。
贾　蓉　老太太，二姨，三姨！
尤　母　罢了！
尤三姐　蓉儿，你这小子做什么来啦，八成是为你二叔失落在这儿的玉佩吧？在我手里，你快些拿去，我们不要你家之物！
贾　蓉　三姨，你别吆喝，我正是为了那一块玉佩来的。您别忙，我还有话说。

尤三姐　有话跟老太太说。
尤　母　蓉儿,你到此何事?
贾　蓉　我是给二姨保媒来啦!
尤　母　你二姨早已许配给张华了。
尤三姐　对啦,我姐姐在我妈肚子里就许配人家啦!
贾　蓉　我听说张家已经败落啦,我二姨过了门不得受罪吗?
尤　母　但不知你指的是哪一家呢?
贾　蓉　我提的不是外人,就是我二叔贾琏。
尤三姐　住了吧!谁不知道你二叔娶的王熙凤。她是有名的醋坛子,我姐姐过了门也得受气,打我这儿就说不成!
贾　蓉　三姨,我说的是二姨的亲事,您干什么呀?您不知道,只因我二婶她老养不活儿子。
尤三姐　什么,你二婶她养不活儿子,你看着我姐姐她就能养活儿子吗?
尤　母　你怎么又来了!
贾　蓉　我二叔要娶二姨,做个两头为大,就在花枝巷安家,不进宁国府。老太太您瞧好不好?
尤　母　倒也不差,我应允就是。
尤三姐　妈呀,此事断断使不得!
尤　母　儿呀,不知你意下如何?
尤二姐　三妹,母亲既已做主,你何必如此!
尤三姐　姐姐,你好无见识!
贾　蓉　三姨,我看老太太也愿意,二姨自己也愿意,您何必多管闲事。我这就回复我父亲跟二叔去啦。[下。
尤三姐　蓉儿,你回来。我这还有话哪!
尤二姐　三妹,他去远了。
尤　母　是呀,去远了。
尤三姐　唉!妈妈,您好糊涂哟!

（唱【西皮流水板】）
　　想此事不可为何须计算,
　　我尤家与张门久结姻缘。

　　　　　　分明是他父子将人欺骗，
　　　　　　又何况王熙凤正配在先。
　　　　　　贤姐姐做偏房有何颜面，
　　　　　　只恐怕到头来性命不全！
　　　　　〔贾蓉上。
贾　蓉　（唱【西皮散板】）
　　　　　　好姻缘天注定棒打不散，
　　　　　　全凭我三寸舌两下来牵。
　　　　　老太太，我去和我父亲和二叔商量好啦，今天就娶。我二叔已经把花枝巷的房子收拾好啦，一会儿就来抬亲，还要接老太太跟我三姨一同上那儿住着去，二姨您快梳妆去吧。
尤二姐　这……
贾　蓉　您别装着玩啦。
尤二姐　啐！〔下。
尤三姐　姐姐回来！此事还要商量。
贾　蓉　三姨，人家都去打扮去啦，您还说什么！
尤　母　只是今日迎娶的太匆忙了。
尤三姐　这倒不错，今日说亲，今儿个就抬亲，你们把我姐姐给当做什么人啦！
贾　蓉　这宗事，夜长梦多，不能不快一点儿。
尤三姐　听你之言，分明是欺凌我们，我定不与你甘休！快把你母亲请来，我有话讲。
尤　母　三女儿，你二姐已经愿意，你就少说几句吧。
贾　蓉　对啦，您跟我母亲说，我母亲也做不了主意，这会儿大概抬亲的也快来啦。
　　　　　〔四家丁、来旺、车夫、轿夫上。
贾　蓉　他们都来啦，二姨收拾完啦，快上轿子吧！
　　　　　〔尤母扶尤二姐上，入轿。尤母、尤三姐上车。贾蓉、来旺随后，圆场。尤二姐下轿，尤母、尤三姐下车，四家丁、车夫、轿夫、来旺下。
贾　蓉　有请二叔！
　　　　　〔贾琏上。

贾　琏　花轿到了吗？
贾　蓉　到了！
贾　琏　吩咐动乐拜堂！
贾　蓉　动乐拜堂啊！
〔牌子。贾琏、尤二姐拜堂介。
贾　蓉　送入洞房。
尤三姐　姐姐与姐夫今日成亲，但愿你们白头偕老。
〔二姐、贾琏下。
尤三姐　蓉儿，我们在哪屋居住？
贾　蓉　东厢房。
尤三姐　咱们走。
〔众圆场。
贾　蓉　您瞧着房子好不好？
尤　母　倒也不错。
尤三姐　你保的不错呀！
贾　蓉　要是好的话，我的叔叔大爷多着哪，我再给您找一个怎么样？
尤三姐　胡说，你滚去吧！
贾　蓉　好厉害！三姑娘有脾气，你们多留点神吧！〔下。
尤三姐　妈呀，什么时候啦？
尤　母　待娘听来。（起三更）已是三更天了。
尤三姐　妈呀，三更天啦，咱们也安歇吧。
（唱【西皮摇板】）
　　　　看天时已交了三更时分，
　　　　尤三姐一阵阵心情不宁。
　　　　母女们闭了门合衣同寝，
　　　　在他家必须要步步留神！
〔尤母、尤三姐内场睡介。
〔尤三姐入梦介。薛蟠上，二强盗上，相遇介。柳湘莲上，杀死二强盗，救薛蟠介。
薛　蟠　你不是柳湘莲吗？

柳湘莲　正是小弟。由江湖而来,不想又在此地相遇。你今何往?

薛　蟠　我出外做买卖,正想回家,不想遇见强盗,方才不是你搭救,我就死啦!从今以后,我们还要继续前好。

柳湘莲　呸!你说的俱是梦话。

薛　蟠　得啦,咱们两人全是尤三姐的梦中人,这才叫做整本大套的红楼梦哪!

〔柳湘莲、薛蟠下。起四更介。

尤三姐　(唱【西皮倒板】)

适才间心恍惚迷离梦境,(想介,暗笑介)

(转唱【西皮散板】)

醒来时暗好笑春梦无凭。

我方才梦见薛蟠经商回来,被强盗打劫,又被柳湘莲搭救,他二人解释前恨,一同回来啦。我与湘莲只见一面,怎么晚上就会梦见他呢?哎,好笑啊!

(唱【西皮散板】)

柳湘莲他与我并非亲近,

却为何来做我梦里之人!

〔起五更介。

〔焦大上。

焦　大　我名叫焦大,张嘴把人骂。到啦,旺儿开门!

〔来旺上,开门介。

来　旺　哟!焦老爷子。您来干什么来啦?

焦　大　西府老爷请二爷有事。

来　旺　您这候着。有请二爷!

〔贾琏上。

贾　琏　何事?

来　旺　焦大来见。

贾　琏　唤他进来!

来　旺　二爷唤你。

〔焦大进门介。

焦　大　叩见二爷!

贾　琏　何事？

焦　大　西府老爷请您过府，他老人家有事相商。

贾　琏　前面带路！

焦　大　快去吧！

贾　琏　走哇！

　　　　（唱【西皮散板】）

　　　　　　离却了花枝巷心中不定，

　　　　　　到西府见天伦去问安宁。

　　　　〔贾琏、焦大下，来旺下。

　　　　〔贾珍上。

贾　珍　（唱【西皮散板】）

　　　　　　好容易完大事精神一振，

　　　　　　花枝巷寻花枝快乐散心。

　　　　到啦！没有关门？旺儿，大爷来啦！

　　　　〔来旺上。

来　旺　大爷来啦！我们没有关门，您老怎么不进来？

贾　珍　这是规矩。新二奶奶起来没有？二爷在家没有？

来　旺　二爷到西府去啦，二奶奶刚起，我给您回禀一声。

贾　珍　我们这样的亲戚，不用回禀，你去吧。

来　旺　是啦！〔下。

贾　珍　正是：二弟出了门儿，特来看小姨儿。〔下。

　　　　〔尤母、尤三姐睡醒。尤三姐看门看介。

尤三姐　看贾珍这厮鬼鬼祟祟的，好无廉耻也！

　　　　（唱【西皮摇板】）

　　　　　　冷眼观瞒不过鬼蜮行径，

　　　　　　怪不得宁国府久有骂名。

　　　　〔尤二姐上。

尤二姐　（唱【西皮散板】）

　　　　　　我的夫出门去夫兄闯进，

　　　　　　避嫌疑来寻找手足之人。〔进门介。

173

母亲！三妹！
尤三姐　姐姐，天刚亮怎么就到我们这屋里来啦？
尤二姐　你姐夫刚刚出门，那贾珍闯进屋去，在我房中坐下攀谈，多有不便，故此躲到你屋里来了。
尤三姐　姐姐就该将他赶了出去。
尤二姐　他坐在那里死也不动，叫我怎样赶他出去？
尤三姐　姐姐您太懦弱啦！若是小妹，早就将他揍跑啦！
尤二姐　妹妹，你看贾珍他赶来了！
〔贾珍上。
贾　珍　二姨妹，你怎么撇下我就走啦！难道这屋里我就不敢来吗？（欲进门又止介）哟，老太太也在这儿哪！（想介）老太太也不咬人，我进去见个礼儿。（进门介）参见岳母！
尤　母　贤婿少礼！
贾　珍　这不是三妹妹吗，姐丈这里有礼啦！
尤三姐　还礼。大姐夫，您上外头去吧。
贾　珍　三妹妹，你别轰我呀！你看你头上的首饰都不鲜明，身上的衣服也都糟旧啦，我给你买点好的，你心里也痛快痛快。
尤三姐　不必你操心，我就爱这样。
贾　珍　你再瞧，这儿的底下人伺候得不好，倒不如搬到我那儿去。你跟我……
尤三姐　我跟你干么？我跟你干么？
贾　珍　别着急啊，到了我那儿，吃喝穿住，连底下人都周到着哪，比这儿不强吗？
尤三姐　那边是大姐丈家，这边是二姐丈家，都是一样。我说姐夫，你看这屋里全是女的，就是你一个男的，也不怕人家说你，出去吧！
〔尤三姐推贾珍出门介。
贾　珍　好厉害，把我给轰出来啦！
贾　琏　（内）走哇！〔上。
（唱【西皮散板】）
老爹爹他命我出门公干，
倒叫我心留恋难舍新欢。

〔贾琏遇贾珍介。

贾　珍　恭喜二弟！贺喜二弟！
贾　琏　喜从何来？
贾　珍　你好艳福，一箭双雕！
贾　琏　我情愿让一个给你。
贾　珍　我哪有这造化。能让三姨妹陪咱们喝会儿酒就得啦。
贾　琏　这有何难！
　　　　〔贾琏、贾珍进门介。
贾　琏　夫人你回避了！
尤二姐　正是：杨花今有主，不再逐风飞。〔下。
贾　琏　参见岳母！
尤　母　贤婿少礼！
尤三姐　你怎么又来啦？
贾　琏　
贾　珍　这等亲眷，亲近何妨？我二人欲同三妹妹痛饮一番。
尤三姐　怎么着，叫我陪你们喝酒啊？好！好！我这人最痛快不过，咱们就喝酒。
尤　母　你们要饮酒，我也要吃酒哇。
尤三姐　哎呀，我的老太太！您要吃酒，您一个人到那边吃去，您不知道这里边的事！
　　　　〔尤三姐让尤母坐正场。
贾　珍
贾　琏　咱们喝酒哇！
尤三姐　喝可是喝，可是你们得陪着我喝个够。
贾　珍
贾　琏　那是自然啦，你瞧三妹今儿个还是真爽快，咱们真得多喝点。
尤三姐　你们得给我斟上。
贾　珍
贾　琏　我给你斟上。
尤三姐　你们来，来，来呀，喝呀喝呀！〔坐斜场上座。

贾　珍
贾　琏　来来来，喝呀喝呀！

尤三姐　（唱【西皮散板】）

纨绔儿郎心不正，

我笑你们今朝错用了心。

来来来同把双杯饮，

你喝呀！你喝，你喝呀！

贾　珍　我喝。

〔尤三姐向贾珍脸上泼酒介。

贾　珍　泼了我一脸。

尤三姐　你倒是喝呀！

贾　珍　我喝，我喝。

〔尤三姐、贾琏、贾珍喝酒介。

尤三姐　（唱【西皮散板】）

大骂贾琏与贾珍：

你家凤姐心肠狠，

到处闻名是恶人。

我姐姐无能遭勾引，

失身嫁在你贾门。

纵然今日多欢幸，

雪里埋儿有祸临。

要饮酒来我就同你们饮，

你喝呀！

贾　琏　我酒已经够了。大哥你来吧。

贾　珍　我不喝啦，你喝吧。

尤三姐　你够了也得喝！

〔尤三姐向贾珍、贾琏灌酒介。

贾　琏　唔……

〔尤三姐向贾珍。

尤三姐　你还喝不喝啦？

贾　珍　这么喝我可受不了！

尤三姐　来来来，你喝吧！

〔尤三姐拉贾珍耳朵灌酒介。

贾　珍　哎哟，这还受得了吗？

尤三姐　（接唱【西皮散板】）

　　　　花容貌铁心肠岂受欺凌！

〔贾珍、贾琏呕吐介。

贾　珍
贾　琏　哎哟唔……

尤三姐　再喝一点。

贾　珍　喝，不……

尤三姐　不喝，过来！

贾　珍　过来干什么？

尤三姐　你们俩站齐啦吧！

〔尤三姐揪贾珍、贾琏起座，推至门前齐立，推出门介。

尤三姐　给我滚出去吧！跑这儿透屌头来啦！

〔关门介。

贾　珍　好厉害！轰出来了！

贾　琏　大哥，我们吃酒哇！

贾　珍　吃酒哇，我这一辈子也不吃酒啦！〔下。

〔尤二姐上。

尤二姐　（唱【西皮摇板】）

　　　　想必是三妹妹发了火性，

　　　　我不免向前去细问原因。

　　　你为何这等模样？

贾　琏　这个……你问三妹妹去吧！

尤二姐　这倒奇怪了，待我叫门。三妹妹，开门来！

尤三姐　是谁我也不开门。

尤二姐　是为姐的来了。

尤三姐　哦，姐姐来啦！我给你开门，可别叫那坏种进来。

〔开门介。

〔尤二姐进门,贾琏溜进介。尤三姐抱尤二姐哭介。

尤二姐　妹妹,我这么一会儿没在这儿,你这是怎么了,谁欺侮你了,跟姐姐我说。

尤三姐　姐姐呀!

(唱【西皮散板】)

妹妹生成金玉质,
凭空反被恶犬欺。
心头难忍不平气,
情愿捐生委沙泥。

尤二姐　呀!(接唱)

闻言烈火心头起,
埋怨我夫太胡为!
不该乘酒将她戏,
无论谁是与谁非。

贾　琏　(接唱)

千错万错我无礼,
错把她人来看低。
三姐且消心头气,

啊,三姨妹!方才是我的不是。我这厢作揖赔礼了!

〔尤三姐踢贾琏介。

三妹妹呀!

(接唱)愚兄不是个好东西!

尤三姐　你本来就不是个好东西!我告诉你,从今儿个起,你别和我说话。

贾　琏　哎,自家亲眷,焉有不说话之理?

尤二姐　是呀!既然住在一处,怎能不讲话呢?

尤三姐　姐姐,我是个女儿家,难道我在他这里住一辈子不成?

尤二姐　啊,妹妹,听你之言莫非想找个如意郎君,了结终身吗?

尤　母　是啊,你想出嫁吗?

〔尤三姐羞介,不答介。

贾　琏　啊！原来三妹妹想嫁人，倒不如嫁给我兄弟宝玉吧。

尤三姐　什么宝玉、金玉，又嘚儿……玉啦！你当时刨开你们贾家门就没有什么男的啦！

尤二姐　你少说话吧！三妹妹，听你之言，莫非是有了什么意中人了吗？但不知是谁呀？

尤　母　是啊，是想嫁哪一个呀？

尤三姐　姐姐呀！

（唱【西皮散板】）

　　他少小伶仃离故乡，
　　一身侠骨热心肠。
　　梨园客串声名广，

贾　琏

尤二姐　是哪个？

尤　母

尤三姐　（接唱）他名唤湘……〔行弦。

尤二姐　湘什么？妈呀，快问问她！

尤　母　儿啊，到底是哪个？

尤三姐　哎呀儿的娘啊！

（接唱）他名唤湘莲柳姓郎。

尤二姐　柳湘莲！

贾　琏　原来是要嫁柳湘莲啊，只怕他不在此地。

尤三姐　方才我睡梦之中，梦见薛蟠出外经商，中途被强盗打劫，又被柳湘莲搭救，他二人解释前恨，一同回来啦。

尤二姐　梦境无凭，倘柳湘莲不回，岂不误了你的终身！

尤三姐　他若不回，我情愿今生不嫁。

贾　琏　三妹休说此话，方才我父命我往平安州公干，待我一路之上，寻着柳湘莲，定把三妹心中之事，对他说明就是。

尤二姐　但不知官人何时起程？

贾　琏　即刻起程。

尤二姐　请至后面，我与你收拾行装。

〔贾琏、尤二姐下。

尤　母　啊，三女儿，你方才厉害得很啊！
尤三姐　我说妈呀，我不这么厉害，他们也不知道三姑奶奶的脾气！
尤　母　哈哈哈……随为娘来啊！
〔同下。

第六场

〔四家丁、薛蟠、柳湘莲上。

薛　蟠　（唱【西皮散板】）
　　　　半途中遇强盗险些死了，
柳湘莲　（接唱）反是我搭救他性命一条。
薛　蟠　（接唱）紧加鞭催坐马忙往前跑，
〔贾琏上。

贾　琏　啊！（接唱）
　　　　他二人竟同行大有蹊跷！
　　　　噢，原来是二位贤弟。
薛　蟠
柳湘莲　噢，原来是贾琏二哥。
贾　琏　你们二人怎么到了一处？
薛　蟠　只因我出外经商，中途被劫，幸遇柳二爷搭救，否则我们就见不着啦！
薛　蟠
柳湘莲　二哥从何处而来，意欲何往？
贾　琏　奉父命往平安州公干，不想在此相遇。
薛　蟠　咱们找个酒馆喝点儿，也好谈谈心。
贾　琏
柳湘莲　如此甚好。
〔众圆场。
贾　琏
薛　蟠　酒保哪里？
柳湘莲

〔酒保上。

酒　保　好酒三杯醉，开坛十里香！三位请到里面！
　　　　〔众进门坐介。

薛　蟠　好酒取来！

酒　保　好酒一壶哇！〔下。

贾　琏　薛仁兄海量，必须多饮几杯。

薛　蟠　我这海量叫做一杯倒。

贾　琏
柳湘莲　什么叫做一杯倒？

薛　蟠　你们瞧着。
　　　　〔薛蟠饮酒介，醉倒介。

贾　琏
柳湘莲　哈哈哈……他竟自醉倒了。

贾　琏　柳贤弟，你可曾娶过妻室无有？

柳湘莲　这倒不曾。

贾　琏　愚兄与你保一门亲事如何？

柳湘莲　不知哪一家？

贾　琏　就是尤家三姐，是她言道，非贤弟她是不嫁别人的。

柳湘莲　只恐未必吧？

贾　琏　愚兄焉能骗你呀！

柳湘莲　这倒奇了！既然如此，又蒙二哥做媒，小弟应允就是。

贾　琏　既然应允，愿求聘物。

柳湘莲　这……小弟身旁未带别物，也罢，这里有鸳鸯剑一口，二哥拿去以做聘物。

贾　琏　待愚兄收下。告辞了！
　　　　（唱【西皮导板】）
　　　　　　再不想我贾琏做了月老，
　　　　　　接下了鸳鸯剑去见多娇。〔下。

柳湘莲　二哥醒来！

薛　蟠　（唱【西皮导板】）

　　　　　一杯酒下胸膛把人醉倒，

（转唱【西皮摇板】）

　　　　　不见了那贾琏笑在眉梢。

　　　　哈哈哈……

柳湘莲　你为何发笑？

薛　蟠　你不知道，我笑那贾琏性子急，走得快，本来么，他哪能跟我们走在一块儿呀！他还惦记着他的小姨子呢！

柳湘莲　什么小姨子？

薛　蟠　你不知道，你听我告诉你：他的媳妇叫王熙凤，我出外之后，他又娶了那个尤二姐，还有个小姨子叫尤三姐，久住宁国府，跟他也不大……唉，我不说啦。

柳湘莲　听你之言，那尤三姐也不正经吗？

薛　蟠　那就马马虎虎啦！

柳湘莲　唉！

薛　蟠　我这儿说尤三姐的事，你干么这么唉声叹气的呀？

柳湘莲　薛仁兄你不知道哇！

薛　蟠　怎么啦？

柳湘莲　适才你醉卧之时，琏二哥与我为媒，将尤三姐许我为妻，我已用鸳鸯剑作为聘物了。

薛　蟠　怎么着，他把他小姨子许配你啦？

柳湘莲　是呀！

薛　蟠　恭喜！恭喜！

柳湘莲　恭喜什么？

薛　蟠　恭喜你的帽子准绿呀！

柳湘莲　唉！我乃堂堂男子，岂能受这样的侮辱。俺且前去，索回聘物，退掉亲事便了。

薛　蟠　兄弟别急，我说我的，你可别往心里去。

柳湘莲　唉！真真气死我也！〔下。

薛　蟠　年轻人压不住火，有这么档子事没这么档子事，我也不知道。酒保，酒钱在此。有的，我跟他去，瞧瞧这个热闹去。〔下。

第七场

〔尤三姐上。

尤三姐　（念）落花虽有意，流水恐无情。

　　自从那日对我姐丈把心事说明以后，每日愁坐香闺，静候柳郎的消息。不想这几日我姐姐染病在床，我不免去到佛堂，祝告一番，一来保佑我姐姐病体早日痊愈，二来祈祷我与柳郎婚姻圆满成就。

〔尤三姐出门，进佛堂，焚香介。

尤三姐　苍天在上，俯念弟子啊！

　　（唱【西皮二六板】）

　　　　意至诚求上苍暗中感应，
　　　　念信女自幼儿生长寒门。
　　　　恨游蜂和浪蝶欺人太甚，
　　　　分明是仗豪华煮鹤焚琴。
　　　　因此上铁心肠铅华扫尽，
　　　　等候那韶华转绿柳回春。

〔尤母、贾琏上。

尤　母　（唱【西皮散板】）
　　　　千里姻缘一线引，

贾　琏　（接唱）全然亏我做媒人。

尤　母　啊，三女儿！你二姐丈回来了。

尤三姐　啊，二姐丈！

贾　琏　啊，三妹妹。恭喜三妹！贺喜三妹！薛蟠与柳湘莲果然应了三妹妹的梦兆。是我行至中途遇见他们，我三人同在酒馆叙谈。愚兄已将三妹的心事，对柳湘莲说明，是他一口应允。

尤　母　果然亲事成就，叫你三妹妹请你吃酒。

贾　琏　慢来！三妹妹的酒，我是不敢再饮了！

尤三姐　此事我却不相信。

贾　琏　三妹不信，这有鸳鸯剑一口，乃是他的聘物。

〔贾琏递剑介，尤三姐欲取剑介。

贾　琏　我与你收下吧。

尤三姐　哎！〔夺剑介，笑下。

尤　母　哈哈哈！儿啊，快快备酒与你二姐丈同饮。

贾　琏　慢来，慢来，她那个酒我是不敢饮的了。

〔来旺上。

来　旺　启禀二爷，柳二爷求见。

贾　琏　有请！

来　旺　有请！

〔柳湘莲上。

柳湘莲　索回鸳鸯剑，退掉恶姻缘。啊！二哥！

贾　琏　啊！贤弟！来来来，参见你岳母！

柳湘莲　参见伯母！

尤　母　你我既成秦晋之好，贤婿不可如此称道。

柳湘莲　什么既成秦晋！我特此前来收回聘物，退亲来了。

〔尤三姐持剑暗上，偷听介。

贾　琏　啊，贤弟！此事乃是我的媒人，你如何能退亲呢？

柳湘莲　哼！皆因是你的媒人，小弟才来退亲！

贾　琏　难道说着荣、宁二府还玷污了你不成吗？

柳湘莲　提起荣、宁二府，我倒也钦佩！

贾　琏　钦佩什么？

柳湘莲　钦佩那门前的石狮子！

贾　琏　却是为何？

柳湘莲　只是它还干净！

〔尤三姐进门介。

尤三姐　啊柳……

柳湘莲　柳什么？柳什么？哼！柳什么！

尤三姐　唉，柳郎！方才你的话我在外头都听明白啦。我虽在荣、宁二府，并不曾受他们的玷污。柳郎你……不要冤屈好人哪！

柳湘莲　哼！既在荣、宁二府，你还讲得什么清白！

〔尤三姐惊呆介。

尤三姐　唉！

（唱【西皮快板】）

　　　　妾身不是杨花性，
　　　　莫当夭桃误女贞。
　　　　谣诼纷传君误信，
　　　　浑身是口也难分。
　　　　辞婚之意奴已省，
　　　　白璧无瑕苦待君。
　　　　宁国府丑名人谈论，
　　　　可怜清浊两难分。
　　　　还君宝剑声悲哽，
　　　　一死明心我了凤因。

〔尤三姐还剑介，柳湘莲接剑。尤三姐乘势抽剑自刎介。

柳湘莲　哎呀！

（唱【西皮散板】）

　　　　揉碎桃花心肠狠，
　　　　看来是我太粗心！
　　　　恸呼三姐休怨恨，

　　　　哎呀！我的妻呀！

贾　琏　人命关天，这还了得！

柳湘莲　（接唱）从此不入贾家门！

　　　　原来是个烈性女子。啊，岳母，是小婿错了！（哭介）哎呀！妻呀……

尤　母　嘟！你还在这里啼哭，我要你与我死去的女儿偿命！

柳湘莲　啊！岳母不要生气，是小婿我的错啊！

尤　母　不是你错了，还是我的错么？来，快快与我轰了出去！

贾　琏　你快快出去吧！唉！这是哪里说起！

来　旺　你给我出去吧！〔轰柳湘莲出门介。

尤　母　儿啊！……

　　　　〔尤母、贾琏、来旺下。

柳湘莲　哎呀！我好悔也！

(唱【西皮散板】)

　　我把她错当了杨花水性，

　　侠义士反做了负心之人！

　　一霎时只觉得心神不定，

你看三姐驾云来了，左手拿着一本书，右手拿着宝剑，依然花容月貌。哦，三姐，是我错了，你不要生气，喏喏喏，我这厢与你赔礼了！啊三姐！你不要走，我赶你来了！

(接唱)猛睁眼不见了三姐形影。

　　我这里急忙忙随后赶定，

　　我与你要偕老永不分离。

(哭介)三姐啊……

[柳湘莲疯癫介，下。

第八场

平　儿　(内)啊哈！[上。

(念)二爷在外出了事，忙坏家中使唤人。

我，平儿，乃是贾府的一个丫头。只因我们二爷拿了二奶奶王熙凤的九龙玉佩，二奶奶情急，命我找来旺寻找二爷。听来旺说，二爷常到花枝巷去，我也不知道花枝巷是个什么地方。待会儿二奶奶问我，我可怎么回答呢？哟，说着，说着，二奶奶来啦！

王熙凤　(内)嗯哼！[上。

(唱【二黄散板】)

　　荣府大权是我掌，

　　呼奴唤婢气扬扬。

我，王熙凤，配夫贾琏，夫妻多年，未生子嗣，他总是闷闷不乐，我有块九龙玉佩，乃是当年定亲之物，被二爷拿去。我一问他，他老是跟我支支吾吾的，我说平儿！

平　儿　二奶奶。

王熙凤　方才我叫你问来旺，找找二爷上哪儿去啦，他说什么呀？

平　儿　他说了半天我也不明白。

王熙凤　给我叫来旺去！
平　儿　是啦，来旺儿！二奶奶叫你哪！
　　　　〔来旺上。
来　旺　平姐姐，你跟二奶奶那儿给我胡说来着吧？
平　儿　二奶奶那儿叫你哪，快去吧！
来　旺　参见二奶奶！
王熙凤　我说旺儿！
来　旺　二奶奶！
王熙凤　二爷这些日子上哪儿去啦？
来　旺　没上哪儿去呀！
王熙凤　你不说我可要打你啦！
来　旺　我说，我说，他上花枝巷去啦。
王熙凤　哦，花枝巷是二爷怎么个地方啊？
来　旺　是二爷那儿有个朋友。
王熙凤　他们姓什么？
来　旺　他们没姓。
王熙凤　哟，人有没姓的吗？快说！
来　旺　这个……她有姓，她有姓……
王熙凤　她姓什么？
来　旺　她姓贾。
王熙凤　怎么着，她姓贾？
来　旺　她姓贾。
王熙凤　咱们姓贾她也姓贾吗？
来　旺　这……
王熙凤　好呀！你敢同着二爷在外面玩女人！要是不给你个厉害瞧瞧，你是不说实话，平儿，给我抽他！
来　旺　您别打！您别打！我说我说。二爷在外头安了一份外家，这不是我的主意，这都是蓉大少爷办的事。您问我，我是一点不知道。
王熙凤　好，没有你的事。叫蓉大少爷去！
来　旺　蓉大少爷！二奶奶请您哪！

〔贾蓉上。

贾　蓉　二奶奶请我干什么呀?
来　旺　花枝巷的亲事犯啦!
贾　蓉　哟!八成是你给说了吧?你要是说了,你留点神。我告诉你,你留点神!
来　旺　我没有,我没有!〔下。
贾　蓉　我叫他留点神,我也得留点神。(进门介)二婶,您叫我来着?
王熙凤　好小子,好小子!
贾　蓉　我怎么啦?
王熙凤　你办的好事呀!
贾　蓉　我办什么事,招二婶您生气啦?
王熙凤　你敢引诱着你二叔上外头玩女人!
贾　蓉　没有哇!
王熙凤　还没有哪,花枝巷的事情我都知道啦。你给我说实话!
贾　蓉　您别生气,您听我跟您说说,它是这么回事:只因二婶没有养儿子,有道是不孝有三,无后为大,这么着,我二叔才拿您的九龙玉佩为聘,偷娶了尤家二姨,做个两头为大,不进荣国府,在花枝巷安家,这都是我二叔的主意,与我不相干。您说我引诱,这二字我可担待不起啊,我的二婶!
王熙凤　唉!可说的是啊!谁叫我们不会养儿子哪!真个的,他们俩人,情义怎么样啊?
贾　蓉　他们的情义呀,别提多么好啦!听说那尤二姐还有了喜啦。
王熙凤　怎么着,她……都有了喜啦吗?
贾　蓉　听说这头胎八成还是个大胖小子。
王熙凤　(冷笑介)嘿嘿嘿……这更好啦,真要是养个儿子,我和二爷不都有了靠了么。
贾　蓉　可说的是啊。您要早这么想,不就不生气了吗?
王熙凤　不生气啦,没你的事啦,你去吧!
贾　蓉　没我的事我走啦。嘿,我二叔说我二婶改了脾气,今日这么一瞧,真改了脾气啦,她不吃醋啦!〔下。
〔贾琏上。

贾　　琏　（唱【二黄散板】）
　　　　　　　老爹爹赐姬妾理应高兴，
　　　　　　　怎奈她容貌丑令人烦心。
　　　　　夫人，我回来了。
王熙凤　二爷来啦，请坐！
　　　　　〔贾琏坐介。
贾　　琏　唉！
王熙凤　二爷有什么事，这么不高兴啊？
贾　　琏　今天爹爹将侍婢秋桐赏与我做妾了。那个丫头，生得十分丑陋，我见了她便生气。如若不收，父命难为，故此心中烦闷。
王熙凤　哦，爹爹把秋桐赏与你做妾了吗？她在哪儿哪？
贾　　琏　现在门外。
王熙凤　平儿，叫她进来。
平　　儿　秋桐进见！
秋　　桐　（内）啊哈！〔上。
　　　　　（念）擦胭脂又抹粉，气死了美佳人。
　　　　　二爷、二奶奶在上，秋桐叩头啦！
贾　　琏　不消！
王熙凤　秋桐，你是老太爷叫你来服侍二爷的吗？
秋　　桐　不错。我是奉了他爸爸之命来的，我就跟他爸爸身份一样。
王熙凤　怎么说话哪！既是老太爷叫你来的，今儿个是个好日子，你就跟二爷圆房吧。
秋　　桐　哟，今儿个就叫我跟二爷圆房呀，二奶奶真凑趣，我说二爷，咱们走哇。
贾　　琏　哪里去？
秋　　桐　睡觉去。
贾　　琏　青天白日，怎么便要睡觉？
秋　　桐　一会儿就黑天，你来吧。
贾　　琏　岂有此理！
秋　　桐　走吧！
　　　　　〔秋桐拉贾琏下。

王熙凤　哎呀,慢着!我正为尤二姐之事无计可施,秋桐来得倒也凑巧。我不免去到花枝巷,把尤二姐诓进府来,我把秋桐与尤二姐拢起对来,用个借刀杀人之计。嗯,我就是这个主意!平儿!吩咐车辆伺候!

平　儿　车辆走上!

〔车夫上,王熙凤上车介。

王熙凤　(唱【二黄散板】)
　　　　巧计安排已停当,
　　　　花枝巷内赚尤娘。
〔同下。

第九场

〔尤二姐上。

尤二姐　(唱【二黄慢板】)
　　　　鸳鸯剑断送了手足性命,
　　　　思想起不由人缭乱芳心。
　　　　一来是三妹妹生来烈性,
　　　　二来是宁国府坏了声名。
　　　　奴且喜嫁檀郎夫妻欢庆,
　　　　怀六甲但愿我早降麒麟。
　　　　奴家,尤二姐。自从嫁与贾琏,夫妻倒也恩爱。只是三妹妹想嫁柳湘莲,不想湘莲竟把她当做下贱之人,是她生来烈性,拔剑自刎了。我与她手足情深,十分伤感。她死之时,奴家身怀六甲,胎气发动,未能抚棺一恸,更感伤惨。这几日神思扰乱,坐卧不宁,不知是何缘故?正是:多愁多病是婵娟,手足伤残真可怜!
〔王熙凤、平儿上。

王熙凤　(唱【二黄散板】)
　　　　心中巧计安排定,
　　　　成竹在胸气稍平。
　　　　我说平儿,向前叫门,就说旧二奶奶来拜新二奶奶来啦。

平　儿　是。门上有人吗?

〔多姑娘上。

多姑娘　谁呀！〔开门介。
平　儿　往里给回禀一声,就说旧二奶奶来拜见新二奶奶来啦。
多姑娘　候着。启禀二奶奶:旧二奶奶来啦!
尤二姐　什么旧二奶奶、新二奶奶的?〔一惊。
多姑娘　就是那王熙凤来拜望您来啦。您是见不见哪?
尤二姐　这焉有不见之理,说我出迎。
多姑娘　是。二姨奶奶出迎!
　　　　　〔尤二姐、多姑娘出迎介。
王熙凤　得啦吧,她是二爷拿我的九龙玉佩娶的,又不是花钱买的,干吗张嘴二姨奶奶,闭嘴二姨奶奶,讨厌劲儿的!
尤二姐　哦,是大娘吧?
　　　　　〔王熙凤对平儿。
王熙凤　是妹妹吧?
尤二姐　大娘到了,请进吧。〔同进门介。
　　　　　〔王熙凤、尤二姐、平儿进门介。
尤二姐　大娘在上,待贱妾叩头!
王熙凤　那可不敢当!
尤二姐　哪有不拜之理!
王熙凤　为姐我也有一拜! 日后我们就是姐妹相称吧。
尤二姐　大娘如此宽宏,贱妾感恩不尽。
王熙凤　这是哪儿的话,请坐吧!
尤二姐　大娘在此,贱妾理当侍立。
王熙凤　我与你并非嫡庶,何必过谦。
尤二姐　如此,告坐。
王熙凤　平儿,过来见过新二奶奶。
平　儿　参见新二奶奶。
尤二姐　罢了!(向多姑娘)过去给大娘叩头。
多姑娘　给二奶奶叩头!
王熙凤　罢了,好好伺候着。

尤二姐　　大娘到此,必有所为吧?
王熙凤　　我说妹妹,只因二爷宿柳眠花,我恐怕老太爷老太太担心,时常劝谏,都是我的一片好心,谁知二爷竟把我当作吃醋拈酸之人,连娶妹妹他都瞒着我,真叫我有冤没处诉去![假哭介。
尤二姐　　大娘宽宏,贱妾素来知道,今蒙降临,足见真心。何必悲泪?
王熙凤　　妹妹,我有点事要跟你商量。
尤二姐　　不知大娘何事相商?
王熙凤　　我想妹妹一个人在外头住着,多有不便,也不像我们大家的风范,我有意把妹妹接进府去,不知你意下如何?
尤二姐　　这……
　　　　　[多姑娘暗揪尤二姐示意不去介。
尤二姐　　我本当早日进府,侍候大娘,怎奈身怀有孕,待我分娩之后,再进府吧。
王熙凤　　哟,怎么着,你都有了喜啦?
　　　　　[尤二姐羞介。
王熙凤　　这更得进府去啦,倘若生下个儿子,我与二爷不都有了靠了么,妹妹你要是不搬进府去,我们可就要搬出来啦。
尤二姐　　这……
王熙凤　　平儿,吩咐车辆走上。
平　儿　　车辆走上!
　　　　　[车夫推车上。
王熙凤　　妹妹随我来!
　　　　　[多姑娘暗下。
　　　　　[王熙凤、尤二姐、平儿出门。王熙凤、尤二姐上车介。
王熙凤　　(唱【二黄散板】)
　　　　　　尊贤妹你不必自居卑分,
　　　　　　我与你原本是一样之人。
　　　　　　手挽手上香车同把府进,
　　　　　[众圆场。王熙凤、尤二姐下车。
王熙凤　　(接唱)不觉得来到了荣国府门。
　　　　　[众进府介。车夫下。

王熙凤　到了府里啦,可别客气啦！请进吧！

　　　　〔众进门介。

王熙凤　妹妹请坐！

尤二姐　慢来,大娘治家有道,现在府中更当侍立了。

王熙凤　妹妹别那么说,你跟我们珍大嫂子是亲姐妹,你如同我的亲妹妹一样,你就叫我一声姐姐吧。

尤二姐　这……

王熙凤　叫我呀！

尤二姐　如此……姐姐。

王熙凤　哎！我的好妹子！

　　　　〔王熙凤、尤二姐坐介。王熙凤气介。

王熙凤　平儿,唤秋桐进见。

平　儿　秋姑娘进见！

　　　　〔秋桐上。

秋　桐　生来多美姣,人人都爱瞧。参见二奶奶！您叫我什么事啊？

王熙凤　秋桐,我给你引见引见我这妹妹。

秋　桐　您不是没妹妹吗,我瞧瞧。这不是珍大奶奶的妹妹尤二姐吗？她早已许配给张华啦,又跑咱们这儿混饭吃来啦！

　　　　〔尤二姐羞介。

王熙凤　你不知道,只因二爷爱她美貌,拿我的九龙玉佩娶的她,快过去给她叩头见礼吧！

秋　桐　什么？给她叩头见礼,她也是人,我也是人,我给她叩不着！

王熙凤　人家这会儿行时走运,如今已然身怀有孕了,你可别惹她。

秋　桐　她有孕啦,那我这儿也有孕哪！

王熙凤　咳,你可哪儿比得了她,连我呀,还让她三分哪！

秋　桐　哎,二奶奶呀！

　　　　（唱【二黄散板】）

　　　　　　天不怕来地不怕,

　　　　　　岂可屈膝来跪她。

　　　　〔贾琏上。

贾　琏　（唱【二黄散板】）

　　　　　　　事毕先到花枝巷，

　　　　　　　谁知二姐转还家。

　　　哎呀，你怎么进府来了！

尤二姐　这是大娘接我来的。

贾　琏　你就不该来！

王熙凤　哎，我说二爷！你瞒着我娶她在花枝巷安家，可巧我都知道啦，我把她接进府来，省得你说我吃醋拈酸啊！

贾　琏　但愿你大量宽宏，永远如此！

秋　桐　我说二爷，我把你这个没良心的！

贾　琏　嗯！

秋　桐　你有我们二奶奶，又把她弄来，难道说叫小奴家我，当第三房不成吗？

贾　琏　就是第三房也不玷辱于你，你看你都成了大草包了！

秋　桐　好说你个大草包！真格的，您今儿晚上，在哪屋里睡呀？

贾　琏　这……

王熙凤　你也别为难，我跟平儿让啦，屋子给您预备好啦。平儿，走，咱们料理家务去！

〔王熙凤拉平儿欲走介。

秋　桐　二奶奶，您哪里去？

王熙凤　我让啦！

秋　桐　这么好的缺，您会让啦，我可不能让！

王熙凤　瞧你的吧！

〔王熙凤、平儿下。

贾　琏　啊，二娘！大娘待你如何？

尤二姐　大娘宽宏大量，倒有怜惜之意。

贾　琏　今晚我在你房中安眠了吧。

尤二姐　慢来，我身体不爽，你还是到大娘房中去吧。

秋　桐　二爷，她们两人全不要您，您到我那里去吧。

贾　琏　你那里我是不去的。

秋　桐　我说你是怎么回事？一叫你上我的房里，你就跟我别别扭扭的，你打算

		怎么着你！
贾　琏	我怕呀！
秋　桐	你怕什么，我又不咬你，我的二爷呀！

（唱【二黄散板】）

　　　　你那里休说风凉话，
　　　　我秋桐好比你爸爸。
　　　　今夜不来伺候咱，
　　　　我一定就要把泼撒！
　　　　拉住二爷走了吧，

贾　琏　哪里去？

秋　桐　（接唱）回房陪着我母夜叉。

贾　琏　（唱【摇板】）

　　　　算了吧来算了吧，
　　　　不陪你来也不陪她。

你不要胡闹，你那里我也不去，她这里我也不呆，我还住大夫人房中去了。〔下。

秋　桐　这小子，你拿我当猪头找不着庙门啦？我说姓尤的，我怎么瞧见你就别扭！

尤二姐　秋姐姐，你不要如此。

秋　桐　谁是你姐姐，我问你，这花儿是谁给买的？

尤二姐　二爷买的。

秋　桐　怎么不给我买。你这衣衫谁给你做的？

尤二姐　也是二爷做的。

秋　桐　你这德行，也配穿这个！脱下来给我穿！

尤二姐　慢来，待我少时回房，与你摘花脱衣就是。

秋　桐　不成，我等不了，快给我脱下来！脱！

尤二姐　哎呀，你不要逼我，待我自己脱衣。

〔尤二姐脱衣介。

尤二姐　正是：红颜多命薄，今日遇恶魔！

秋　桐　好说你个肉脑壳，你给我穿上！

〔尤二姐忍气与秋桐穿衣介。

秋　桐　去你的吧!

〔秋桐推尤二姐出门介,尤二姐上场门下。

秋　桐　真是的,人是衣裳马是鞍,你们瞧,她穿上是怎么个样,再瞧我穿上,(自己端详介)更不是人揍的样啦!〔下。

第十场

〔贾琏上。

贾　琏　(唱【二黄散板】)

事有万般猜不定,

嫉妒人变大量人。

事有万般,令人难料,不想我妻凤姐,今番宽宏大量,竟将尤二姐接进府来,另眼看待,这也是一桩奇事。只可恨秋桐,恃蛮吃醋,我不免告知我妻,想个主意,摆弄这丫头一番。大娘快来!

〔王熙凤上。

王熙凤　暗中生巧计,笑里暗藏刀。二爷,你不在尤家妹子房中,到我这里干什么来啦?

贾　琏　只因秋桐这个丫头恃蛮吃醋,要与你商量劝诫她一番才好啊。

王熙凤　秋桐是老太爷赏给你的,可叫我有什么主意!

贾　琏　你乃足智多谋之人,与我想个法儿吧!

(唱【二黄散板】)

秋桐贱婢无礼甚,

妙计安排仗夫人。

〔平儿上。

平　儿　恭喜二爷,二奶奶!尤氏二娘胎气发动,大约早晚就要临盆啦。

王熙凤　怎么着!她早晚就要临盆了吗?二爷这可是大喜啊!

贾　琏　贤妻言得不差,果然是一喜。快命人唤稳婆前来!

平　儿　是。〔欲下。

王熙凤　慢着!何必唤什么稳婆,我虽然没生过儿子,可添过闺女,待会儿我亲自给她收生,比稳婆还要稳当哪。

贾　琏　这也使得,你我一同前去便了!
　　　　（唱【二黄散板】）
　　　　　　倘若生儿留后胤,
王熙凤　（接唱）贾家又有一后根。
贾　琏　（接唱）夫妻欢幸喜不尽,
　　　　〔众圆场。尤二姐暗上,坐帐中介。
王熙凤　（接唱）各自怀揣一片心。
　　　　妹妹,我跟二爷来啦
尤二姐　（唱【二黄导板】）
　　　　　　腹中疼痛难挣扎,
王熙凤　我来啦!
尤二姐　（唱【二黄导板】）
　　　　　　来了夫君与大夫人,
　　　　　　今日奴身疲乏紧,
　　　　　　想是娇儿要临盆!
王熙凤　（接唱）闻言气得心不定,
　　　　　　暂把胸中怒气平。
　　　　　　假作欢容把话论,
　　　　　　你今保重要留神。
　　　　妹妹,你是初次生养,可要保重啊!等我叫秋桐来服侍你。
尤二姐　大娘你唤哪一个？
王熙凤　叫秋桐伺候你呀!
尤二姐　她的性情不好,你不要唤她。
王熙凤　不要紧的,都有我呢。
尤二姐　啊,二爷,不要唤她。
贾　琏　不妨,有我在此。
王熙凤　平儿,把秋桐叫来!
平　儿　有请秋姑娘!
　　　　〔秋桐上。
秋　桐　（唱【二黄摇板】）

听说尤娘要生养，

　　气得头上冒火光。〔进门介。

二爷、二奶奶！

贾　琏　哦！二娘的衣服怎么你穿上了？

秋　桐　什么她的，反正二爷的钱做的，我瞧着她穿上不够资格，我就打她身上脱下来，我就穿上啦。

贾　琏　都是一样之人，你不可欺压于她。

秋　桐　谁欺侮她了！

贾　琏　还不与我脱下来！

秋　桐　脱下来就脱下来，我还不爱穿呢！平儿，给我脱下来。

　　〔平儿给秋桐脱衣介，平儿下。

王熙凤　秋桐，二爷这话说得不错。她身怀有孕，就要临盆，倘若生男，我跟二爷终身有靠。她是二爷的心尖，你虽然是老太爷所赏，哪个比得了她，你可别拿鸡蛋往石头上碰啊！

秋　桐　您休长他人的志气，灭我的威风。您把我比做鸡蛋，我这个鸡蛋比她还老一点哪，她简直是个小旦！

王熙凤　什么老旦、小旦，有本事就把这个蛋踩扁啦，叫她成个彩旦！

秋　桐　什么这个蛋那个旦，把我惹急啦，咱们就一块儿滚蛋！

贾　琏　彩旦也罢，小旦也罢，你们都是我的妻房。

秋　桐　那可不成。赶明儿个，我岁数大啦，养个儿子，就是你……"小生"。

王熙凤　你可别说生儿子的话，今天就要帮着人家生儿子啦！

秋　桐　生儿子要人家帮忙，这孩子就不大地道。

王熙凤　不是那么个帮忙，尤家二姐眼看要养儿子啦，你在这儿伺候她，等她养的时候，我亲自来收生。话说完啦，你愿意伺候，也得伺候，不愿意伺候，也得伺候。我说二爷，她还不到时候呢，你该干你的公事，我应管我的家务去啦，待一会儿再来吧！

贾　琏　是。

　　（唱【二黄摇板】）

　　　　尤二娘房中事安排停当，〔下。

王熙凤　（接唱）忽然我这里计上心旁。

来旺儿快来!

〔来旺上。

来　旺　二奶奶,什么事?

王熙凤　待一会儿我跟二爷在屋里的时候,你想着来报个信。

来　旺　您叫我报什么信呀!

王熙凤　你就说她的前夫张……附耳上来!

〔王熙凤与来旺耳语介。平儿暗上偷听介。

来　旺　是是是!〔下。

王熙凤　这一下可安排停当啦,我要回房歇一会儿去啦。〔下。

平　儿　哎呀慢着,看我们二奶奶的样子,分明是有害新二奶奶之意,这可怎么好呢!我能见死不救吗?唉,我只好尽心照顾,我不免弄点吃的,给尤二奶奶拿去,调养她的身体。(取食物介)正是:可叹如花貌,偏偏如牢笼!心急无计较,

〔平儿取食物介,进门介。

〔秋桐气怒介。

秋　桐　哼!……

平　儿　又见大老刁!

秋　桐　什么大老刁,你这吃食是给我拿来的吗?

平　儿　你等一等,这不是你吃的。我说新二奶奶,我给您斟一杯药酒,您吃下去吧。

尤二姐　我就要分娩,吞吃不下。

平　儿　这是安胎药酒,您吃了吧,待会生养的时候,好有力气。

尤二姐　我实在是不能饮酒哇!

秋　桐　她让你喝酒,你直长架子,这叫给脸不要脸!你不喝,拿过来我喝。

〔秋桐抢酒喝介。

平　儿　秋姑娘,你太难啦!你怎么一死儿欺负她呀!

秋　桐　我是老太爷赏给二爷的,别说她,连二奶奶都得让我三分!

平　儿　你看不起她,难道她还有什么短处吗?

秋　桐　她跟二爷是先有后嫁的,简直不够人格!

平　儿　骂人不揭短,少说废话!

秋　桐　什么废话！不但骂她，我还要打她哪！

平　儿　你不敢！

秋　桐　不敢？我是说打就打！

平　儿　你不敢！

秋　桐　你瞧着吧！〔揪尤二姐倒地介。

　　　　（唱【二黄散板】）

　　　　　　我今既已把她骂，

　　　　　　难道我还怕了她。

　　　　　　要打要打偏要打，

　　　　〔秋桐打尤二姐介。平儿劝介。

　　　　〔王熙凤上。

王熙凤　（接唱）所因何事闹喳喳！

　　　　你们两人为什么闹起来啦？好没规矩！

秋　桐　平儿把您的安胎药酒给她拿来啦，故此我多了一句嘴。

王熙凤　哦，原来为了这个！我说平儿，人家养活猫，为的是拿耗子，我养活猫，可倒好，怎么会咬起鸡来啦！秋桐，你也不对，你怎么敢不好好地侍奉新二奶奶哪！

秋　桐　我这不是好好地侍候着了吗！

王熙凤　听我跟你说，她可快要生养了，她养了儿子，将来长大了，他可要打你的！

秋　桐　他打我，我先打她吧！

王熙凤　什么，你要打她，我量你不敢！

秋　桐　二奶奶，你好小量我也！

　　　　（唱【二黄摇板】）

　　　　　　听罢言来三魂炸，

　　　　　　贱人怎敢把我压。

　　　　　　伸拳捋袖把她打，

　　　　〔秋桐打尤二姐介。平儿欲拦，又不敢介。

秋　桐　（唱）今日如同母夜叉！

王熙凤　哟，秋桐，你太难啦，你怎么打她呀！等我来安慰安慰她。

秋　桐	我做歹人,你做好人啊!
王熙凤	妹妹醒来!
尤二姐	(唱【二黄导板】)

　　　　　雨打残花遭横暴,
哎呀!
　　　(接唱【摇板】)
　　　　　叫人此刻难打熬。
　　　　　耳旁有人把妹叫,

王熙凤	妹妹,你怎么样啦?
尤二姐	(唱)十月怀胎到今朝。

　　　〔尤二姐欲分娩介。众进帐介。
　　　〔尤二姐生子,小儿哭。众掀帐介。

王熙凤	好啦,好啦!生了一个大胖儿子,这可好啦!
尤二姐	这也是托姐姐之福。
秋　桐	您瞧,咱们这手术怎么样?
王熙凤	二奶奶,你躺下歇歇。秋桐,拿水来,咱们洗孩子去。
秋　桐	这……
王熙凤	取水去!
秋　桐	哎。(取水盆介)水来啦!

　　　〔王熙凤摸水介。

王熙凤	水不热,这要是冻着孩子,我可担待不起,快拿开水来!
秋　桐	啊,用开水?下得去手吗?
王熙凤	你不会往上浇吗!
秋　桐	得。我拿开水去。

　　　〔秋桐取开水介。

王熙凤	给我浇!
秋　桐	这……〔惊异介。
王熙凤	浇啊!
秋　桐	好!浇死了没我事。

　　　〔秋桐浇水介,儿哭介,死介。

尤二姐　啊大娘,娇儿为何啼哭?姐姐快快交与小妹吧!
王熙凤　说的是呀,秋桐,你怎么把孩子洗哭啦?
秋　桐　哪儿呀,他洗舒服啦!
尤二姐　快抱与小妹吧!
王熙凤　小孩洗干净啦,你自己抱着吧。
秋　桐　给你瞧瞧。
　　　　〔秋桐递儿介。
尤二姐　哎呀,我的儿,他……怎么死了哇!〔昏介。
王熙凤　怎么着,他……死啦,我的儿啊!二爷快来!
平　儿　有请二爷!
　　　　〔贾琏上。
贾　琏　何事这样大惊小怪?
王熙凤　你快看看吧!我妹妹刚养了个儿子,落胎就死啦!
贾　琏　待我看来。(接死婴看介)这是哪个用开水浇的,将孩子浇得这身水泡!
王熙凤　都是秋桐办的。
　　　　〔来旺上。
来　旺　启禀二爷、二奶奶,大事不好啦!
王熙凤　什么事?
来　旺　尤姨奶奶的前夫张华,把二爷告下来啦!
贾　琏　告我何来!
来　旺　他告二爷霸占他的媳妇。
王熙凤　这小子,好大胆子!我说妹妹,你听见没有,你的原聘丈夫张华,把二爷告下来啦,这都是为你。你放心,有我呢,二爷,你快料理官司去吧!
贾　琏　唉!福无双降,祸不单行!〔下。
尤二姐　官人转来,我有话讲。
　　　　〔尤二姐欲追贾琏介,王熙凤拦介。
王熙凤　他打点你的官司去啦,你叫他干什么?
尤二姐　倒是小妹累及官人了。
秋　桐　可不都是你连累他了吗!本来你已经许配张华,又要嫁到贾家,搅得乱七八糟,简直诚心谋害姓贾的来啦!

王熙凤	秋桐,你少胡说,什么张家、贾家,你说这话,把我的妹妹的脸搁在哪儿呀!
秋 桐	她还要脸吗,她要脸,还不上咱们这儿来呢!
王熙凤	你少胡说!咱们新二奶奶可不是那不要脸的人。
尤二姐	哎呀,姐姐呀!

(唱【二黄快三眼】)

贤姐姐怎知我心头悔恨,

悔当初大不该嫁与侯门。

到今日才晓得妇人心狠,

可怜我只落得有话难云!

王熙凤	妹妹,你说妇人心狠,你瞧我的心狠不狠哪!
尤二姐	姐姐你么!
王熙凤	嗯……
秋 桐	你要说她什么,你……那心里可要放明白点儿!
尤二姐	唉,姐姐呀!

(唱【二黄原板】)

诉不尽心内苦珠泪滚滚,〔注视死婴介。

喂呀……

〔尤二姐神经错乱介,转身抱儿介。

(接唱【二黄摇板】)

想必是我的儿他又要复生。

啊姐姐,你看我的儿他活转过来了!

王熙凤	妹妹,他死定啦,活不了啦!
秋 桐	对啦,死定啦,活不了啦!

〔尤二姐哭介。

尤二姐	喂呀……〔进帐介。
王熙凤	妹妹,别哭啦!秋桐,拿点安胎药去。
秋 桐	待我拿去。
平 儿	别忙。二奶奶,屋里什么药都有。你拿错了,可不是玩的,等我拿去吧。
王熙凤	回来!我让你去了吗?多管闲事!
秋 桐	你刷这个色干什么!

王熙凤　秋桐,你快拿药去!

秋　桐　是啦!等我拿去!管保没错。(取药介)二奶奶,药来啦!

王熙凤　妹妹,这是安神药,我这儿还有金戒指作为药引子,你一块儿把它喝了吧!

尤二姐　这个……

平　儿　我说二奶奶,自古没有拿金戒指做药引子的,你……心里要明白点!

尤二姐　哦!(叫头)哎呀!姐姐呀!我与你远日无冤,近日无仇,方才我儿身死,分明就是你……

〔平儿摇手示意介。

王熙凤　我怎么样?我怎么样?

尤二姐　这个!哎,我儿已死,也就罢了。你……饶我一条命吧!〔跪介。

王熙凤　你瞧,这是哪儿的事啊,我好心好意,让你吃药,你怎么说出饶命二字来啦?你快点喝吧!

秋　桐　她不喝,咱们不会灌吗!

〔秋桐灌药介,尤二姐进帐介。

秋　桐　啊,二奶奶药也灌下去啦,金戒指也入肚啦,我这场功劳就不算小吧?

王熙凤　什么?你还有功劳?告诉你吧,我跟二爷好容易盼得有了儿子啦,你不小心给弄死啦,我这儿药也富余,金子也有的是,这儿,也给你预备了一份呢!来!也给她灌下去!

平　儿　嗯!〔欲取药介。

秋　桐　你回来吧!二奶奶,就凭我也配喝你的药,再说金戒指也挺贵的,也犯不着为我糟蹋一块金子不是。

王熙凤　好啊,叫来旺快来!

平　儿　来旺快来!

来　旺　(内)来啦!(上)什么事?

王熙凤　来旺,我把秋桐赏给你啦,带了去吧!

来　旺　多谢二奶奶!秋姑娘来吧!

秋　桐　对呀,我也跟他相配,你也利用完了我啦,我也得走啦,要不走,我也得跟尤二姐一样的下场!

来　旺　走吧!

〔来旺拉秋桐下。

〔贾琏上。

王熙凤　你回来啦。好你快去看看她去吧,我妹妹病得厉害!

〔贾琏掀帐就看介。

贾　琏　哎呀,二娘,你这是怎么样了!

〔尤二姐出帐介。

尤二姐　(唱【二黄散板】)

　　　　后悔当初一念差,

　　　　不该失足做墙花。

　　　　今朝一死归泉下,

　　尤二姐呀尤二姐!只因你不听妹妹之言,果然把自己送到枉死城中来了!

　　　　(接唱)死无面目见张华!

　　官人!官人!

贾　琏　二娘无牵挂,我在这里呀!

尤二姐　你来得好哇!

　　　　(唱【二黄散板】)

　　　　事到如今无牵挂,

　　　　分明你是恶冤家!〔指贾琏介。

　　　　浑身疼痛难挣扎,

平　儿　等我拿解毒药去!

王熙凤　回来,一个坐月子的人,吃错了药可了不得,不许去拿!

尤二姐　唉!(接唱)

　　　　她那里存心似夜叉。

　　　　王熙凤殷勤都是假,

　　　　〔尤二姐向平儿跪介。

尤二姐　(接唱)

　　　　平姑娘的仁义就胜于她。

　　　　霎时腹内如割剐,

王熙凤　咱们府内规矩,年轻的死了,都是烧啦,这是老例。你可别抱怨我呀!

尤二姐　(唱【二黄导板】)

可怜我心中似乱麻。
不如将我活焚化，

王熙凤　等你死了再说吧。

尤二姐　（哭）哎呀……

（唱）肝肠痛断染黄沙。〔死介。

王熙凤　家丁们，准备干柴烈火，烧死人哪！

〔同下。

选自北京市戏曲研究所编辑《京剧汇编（第 107 集）》（北京出版社 1983 年版）。

晴　雯

人物

二丫鬟(旦)、王夫人(旦)、袭人(旦)、贾宝玉(小生)、晴雯(旦)、坠儿(旦)、四儿(旦)、吴贵(丑)、麝月(旦)、坠母(旦)、吴妻(彩旦)、焙茗(旦)

第一场

〔王夫人、二丫鬟上。

王夫人　（引）富贵双全，但愿得福寿康宁。

　　　　（念）有女奉天颜，一门雨露添。

　　　　　　　宝玉性玩劣，终日挂心间。

　　　　奴家王氏，配夫贾政，乃功臣荣宁二公之后，官拜部曹，长女元春入朝奉君，荣封贵妃，长子贾珠早年身亡，次子宝玉不喜读书，常与一般姐妹玩耍，若是他父考查功课，难免又是一场责罚，待我督促宝玉日夜读书，以便身入仕途光宗耀祖，正是：玉不琢来不成器，人而不学不知义。

〔袭人内白：袭人求见。

丫　鬟　袭人求见。

王夫人　唤她进见。

丫　鬟　夫人有话，袭人进见。

〔袭人上。

袭　人　面似桃花舌似箭，但愿平步上青天。

　　　　夫人在上，奴婢袭人叩见。

王夫人　袭人起来。

袭　人　谢夫人。

王夫人　好一个忠厚的相貌。

袭　　人　　夫人慧眼识人,奴婢不但面带忠厚,为人处世袭人也老实得很呢!

王夫人　　好哇!你果能心口一般,便是好人,到此则甚?

袭　　人　　太君把婢子发给宝二爷怡红院使用,特来求见。

王夫人　　待我将宝玉唤出,吩咐明白,领你回房。

袭　　人　　多谢夫人的恩典。

王夫人　　不必谢了,啊丫鬟,请宝二爷。

丫　　鬟　　有请宝二爷。

宝　　玉　　(内白)来了。

　　　　　　[宝玉上。

宝　　玉　　(唱【西皮摇板】)

　　　　　　　平生喜评闺阁色,

　　　　　　　今世怕读圣贤书。

　　　　　　母亲在上,孩儿宝玉拜揖。

王夫人　　罢了。

宝　　玉　　啊母亲,将孩儿唤了出来有何训教?

王夫人　　这个丫鬟,你可认识?

宝　　玉　　这位姐姐……哦,她是老祖宗的侍女,本名珍珠,是孩儿嫌她名字俗气,因她姓花,想起"花气袭人"的诗句,故而给她改名袭人,焉能不认识她呢?

王夫人　　一提女孩儿家之事,你是如数家珍,兴高采烈,一提读那八股文章,你是一无所知,垂头丧气,看你将来如何得了。

宝　　玉　　(京白)孩儿就是这个脾气。

王夫人　　嗯!不听母训便为不孝,今后要苦读诗书,以便科考。这袭人乃老祖宗赐你之人,看她相貌忠厚,从今往后,你要听她良言相劝,不可步入歧途。

宝　　玉　　我记下了。

王夫人　　啊袭人,我把宝二爷交付与你侍奉,若有差迟,我唯你是问,二爷若有不端之处,速报我知。

袭　　人　　夫人,您放心,跟我在一块错不了,有什么事我定会报您知晓。

王夫人　　如此我就放心了。正是:

　　　　　（念）但愿我儿勤读书。〔下。
宝　玉　平生对此不关情。
袭　人　宝二爷，回房读书去吧！
宝　玉　哎呀呀！好端端的一个女儿胎，却为何也说这混账话，你要读书你去，（京白）我玩去喽。
袭　人　哎！
　　　　〔二人分下。

第二场

　　　　〔晴雯上。
晴　雯　（唱【西皮慢板】）
　　　　　　入侯门终日里把主人侍奉，
　　　　　　叹薄命沦落在奴婢之中。
　　　　　　思想起不由人心酸悲痛，
　　　　　　蹙损了双眉岫姹紫嫣红。
　　　　（念）奴本贫家一女流，
　　　　　　怎比豪门金闺秀，
　　　　　　如今贾府来侍奉，
　　　　　　何日方能得自由。
　　　　〔宝玉、袭人同上。
宝　玉　（唱【西皮摇板】）
　　　　　　祖母待我恩情厚，
袭　人　（接唱）但愿早日得出头。
晴　雯　二爷有礼。
宝　玉　哦……原来是晴雯姐。（呆看）哎呀呀！你出息的相貌体态竟与林妹妹一般无二啊！
袭　人　她岂但相貌与林姑娘一样，她爱闹小性也与林姑娘一样，可惜生了个丫鬟命，这点可与林姑娘千金之体不一样！
晴　雯　这个……
宝　玉　多口！啊晴雯姐在此则甚？

晴　雯　太君饭毕,命我在门外照料茶水。
宝　玉　我有意回明太君,将你拨往我的怡红院,不知你意如何?
袭　人　二爷这可不行,老太君刚把我赏给您房里使唤,您又要跟老太太要丫头,恐怕说不过去吧!
晴　雯　二爷,太君待人恩厚,我是伏侍惯了的,伺奉别人,只怕是难以周到。
袭　人　二爷,她的表兄吴贵可不是个好东西,她也说了伺候你也"难以周到",你就不必强人所难了!
宝　玉　你休来管我,且待见过太君再作道理。〔下。
袭　人　二爷二爷!〔追下。
晴　雯　哎呀且住,你看宝二爷十分有情于我,意欲将我要到他的房中使唤,不料袭人如此忌妒,贾府之中竟有这等之人,非治家之道也!

（唱【西皮流水】）

　　　　晴雯我身虽卑贱志气有,
　　　　堪笑袭人狐媚流,
　　　　宁折不学风摆柳,
　　　　要作清白一女流,
　　　　任她翻云覆雨手,
　　　　我行我素自优游!

〔宝玉、袭人同上。

宝　玉　（唱【西皮摇板】）

　　　　老祖母果然恩情厚,
　　　　把晴姐赐与我喜上眉头。

（白）晴姐走啊!

晴　雯　二爷,哪里去?
宝　玉　太君今日兴致甚好,我一说,她就应允将你拨到我的房中,快些随我去怡红院吧!
袭　人　对啦!太夫人把你拨给我当个帮手了。
晴　雯　一样服侍二爷,我帮得你,你么,也帮得我。
袭　人　你说话怎么这么厉害啊!一点也不让人呀!
晴　雯　姑娘我就是这个直爽的脾气,何言厉害二字?

宝　玉　你二人不要争论,随我来啊!
　　　　(唱【西皮摇板】)
　　　　　　左手拉住袭人姐,
　　　　　　右手再拉美晴雯;
　　　　　　三人同把怡红院进,
　　　　　　怎不叫人喜眉心。〔笑下。

第三场

〔三更,四儿上。

四　儿　(唱)只因老爷发了怒,
　　　　　　宝二爷挑灯连夜读。
　　　　我四儿,自从晴雯姐姐来到怡红院中,我与她情投意合,这几日宝二爷受责,老爷命他苦读诗书,是我与晴雯姐订下一计,解救一时之急,……远远望见袭人来了,我才不理她呢? 我先办我的事去了!
〔四儿下,袭人上。

袭　人　(唱【西皮摇板】)
　　　　　　为二爷读书事心血用尽,
　　　　　　我这里捧香茶,与他提神。
　　　　宝二爷,您挑灯夜读念累了吧,快出来喝杯香茶提提精神吧!

宝　玉　(内白)来了!
〔宝玉上。
　　　　(念)今朝爹爹发了怒,
　　　　　　因我不读圣贤书。

袭　人　二爷,我总是劝您要勤读诗书,您总不以为然,这回该明白了吧,小祖宗您就安心读书吧。

宝　玉　只是这些文章,越念越浑,叫人怎能读得下去呀!

袭　人　那有什么法子,老爷叫您读,您就读吧,您要是不勤勉读书,日后下场科考,您就更该着急了。

宝　玉　我今生今世是不下科场的了。

袭　人　哟二爷,快别说这些话了,老爷听见又要生气,叫我们也跟着担惊害怕。

宝　玉　老爷就是喜欢那些八股时文。

袭　人　八股文有什么不好,举子老爷们,不是全凭八股文取中做官的吗?

宝　玉　哎!

　　　　(唱【西皮流水】)

　　　　　　提起八股心厌恨,
　　　　　　道学所说我不喜闻,
　　　　　　禄蠹之辈无有真学问,
　　　　　　糊涂庙内糊涂神,
　　　　　　功名富贵何足论,
　　　　　　我不是利欲熏心的势利小人。

袭　人　二爷,像咱们这样的官宦门第,若不在读书功名上下工夫,岂不被外人耻笑吗?

宝　玉　(背供)明明是个好人,偏偏也跟着说这些混账话!

袭　人　就这么一夜的工夫了,就别再胡想了,赶紧念书吧!

宝　玉　唉!我念哪!

　　　　(唱【西皮摇板】)

　　　　　　一时间百卷书难以读尽,
　　　　　　恨不得一目万行再生个(转【原板】)玲珑的心。

　　　　〔晴雯上。

晴　雯　(接唱【西皮原板】)

　　　　　　听说是我老爷传下严命,
　　　　　　到明朝要盘问宝玉的诗文,
　　　　　　一时间百卷书怎能读尽,
　　　　　　最可怜宝二爷失魄丢魂,
　　　　　　思良策暂解脱他一时之困,
　　　　　　也免得明日里他挨打受惊。
　　　　　　悄悄地与四妹暗把计定。

　　　　〔四儿暗上,晴雯示意,四儿舞腰巾子。

晴　雯　哎呀不好,外面有人。

坠　儿　(困意懵懂地)对,有一个白影一闪就过去了。

袭　人　这还了得吗？快叫人去，快叫人去。

　　　　〔众丫鬟随袭人下。混乱中四儿系好巾子。

晴　雯　快快回禀夫人，就说二爷吓病了！

四　儿　是啦！

宝　玉　晴姐，这是做什么？

晴　雯　这是我的计啊！

　　　　（唱【西皮散板】）

　　　　　　那白影是四儿舞弄的绸巾。

宝　玉　哎呀！妙——

晴　雯　啊呀！笑不得，四儿！

　　　　（唱【西皮散板】）

　　　　　　速速地去前堂向夫人告禀，

　　　　　　宝二爷受惊吓神志不清。

　　　　〔四儿应声下。

袭　人　可吓死我了！

晴　雯　袭人姐，二爷吓病了。

袭　人　啊！二爷吓病了，咱们都担待不起啊！

四　儿　（内）夫人到！

　　　　〔袭人、晴雯出迎。

　　　　〔四婆子引王夫人上。

王夫人　（唱【西皮摇板】）

　　　　　　心急慌忙到怡红院。

袭　人
晴　雯　夫人！

王夫人　（接唱【摇板】）

　　　　　　快将病情说根源。

晴　雯　夫人哪！

　　　　（唱【西皮摇板】）

　　　　　　适才之间一阵乱，

　　　　　　吓得二爷神不安，

如此病情(转【垛板】)从未见，

快请名医莫迟延。

王夫人　（接唱【流水】）

听她言不由我心惊胆战！

忙中无计慌做一团。

手扶娇儿亲查看，

袭　人　这一会儿好多啦。

王夫人　（接唱【摇板】）

儿病转愈心始安。

袭人！

（唱【西皮流水】）

滴漏声稀晨星灿，

谁命读书到更残？

袭　人　（接唱【流水】）

老爷传命到书馆，

明晨考书不容宽。

王夫人　袭人，速速取药来。

袭　人　是啦！〔下。

王夫人　啊！

（唱【西皮摇板】）

闻言暗把夫君怨，

行事糊涂理不端，

宝玉病体多照看——

晴　雯　夫人，老爷要再逼着宝二爷念书哪，

王夫人　（接唱）你就说老祖宗亲自护拦。

〔宝玉探头看。

宝　玉　（喜极）啊哈……

〔王夫人闻声回看。晴雯捂宝玉嘴，相互一笑。

〔王夫人下。

第四场

［袭人小锣上。

袭　人　（唱【西皮摇板】）

　　　　　　小晴雯自负着风流灵巧,
　　　　　　必须要暗用心及早除消。

　　　　［晴雯上。

晴　雯　（唱【西皮快板】）

　　　　　　叹薄命失双亲年还幼小,
　　　　　　入侯门做奴婢日夜操劳,
　　　　　　幸喜得宝二爷性情温好,
　　　　　　怡红院心暂慰愁解眉梢。

袭　人　妹妹,我看你满面欢容,不知为的什么?
晴　雯　姐姐,我自从拨到怡红院中,蒙二爷不以下人看待,怎不叫人欢悦。
袭　人　这么说二爷待你很好啊?
晴　雯　是啊!
袭　人　是怎么个好呢?
晴　雯　二爷对人,宽厚仁义,处处怜爱体惜。
袭　人　那么,你看他对我呢?
晴　雯　你是先来的,自然比我越发的好了。
袭　人　那是当然了,本来他待我不比外人。
晴　雯　什么不比外人? 难道说你还是他的内人不成,袭人姐,我们为奴婢的还要自珍自爱,万万不可痴心梦想啊!
袭　人　妹妹,我可没有做梦啊!
晴　雯　哎,这就叫做人人自有梦,梦梦不相同。

　　　　［宝玉上。

宝　玉　开门! 开门!
晴　雯　想是二爷回来了,小丫鬟不知哪里去了,待我去开门。
袭　人　得啦! 不劳你的驾了,我开门去!
宝　玉　哎哟! 大雨倾盆,还不开门,开门!

［袭人开门，宝玉踢门，踢中袭人。

袭　人　哎哟！
宝　玉　岂有此理。
晴　雯　二爷！你怎么连她都踢起来了。
袭　人　二爷，是我。
宝　玉　哎呀！原来是袭人姐，可曾踢坏，可曾受伤？待我搀你起来。
晴　雯　踢坏了你，二爷是要心疼的，来来来！待我搀你起来。
袭　人　你得了吧！哎哟！
宝　玉　来来来！待我来搀。
袭　人　二爷！
宝　玉　我生长这样大，平生头一遭生气，不想就遇到袭人姐姐了。
晴　雯　是啊！平日开关门户，俱是小丫鬟们之事，袭人姐也忒以勤劳了。
袭　人　咳！一院子的人都没用，我哪能不勤劳呢？
晴　雯　着哇！只因一院子的人都无用，只有你有用，二爷才从你打起呢！
袭　人　二爷！她说的这话简直搁不得我。
晴　雯　我说的是实话，并非与你斗口。
宝　玉　好了，好了，像你们这样争吵，倒不如不在一处的好。
晴　雯　啊！二爷！你是喜聚不喜散的，今日何出此言？
宝　玉　你说错了，我是喜散不喜聚的。
晴　雯　这倒奇了，怎么二爷喜散不喜聚？
宝　玉　你是聪明绝顶之人，我的心思你理当晓得。
晴　雯　哦！我明白了。
宝　玉　明白何来？
晴　雯　人有聚便有散，聚时欢喜，到散时岂不冷清，不如不聚的好，好比那鲜花——
宝　玉　花便怎么样？
晴　雯　花开人欢畅，花谢人惆怅，何如不开花，眼无凋谢相。
宝　玉　比得好，比得好，天气炎热，要你与我打扇。
晴　雯　是，二爷把扇儿与我，（跌扇）哎呀！这扇股跌坏了。
袭　人　好！

宝　玉	咳！蠢才呀蠢才！日后自己当家，也是这样顾前不顾后么？
袭　人	对，二爷骂得好，真是个蠢才！
晴　雯	二爷，如今你怎么改了脾气了，一把扇儿能值几何，何必如此生气。
袭　人	我看你也改了脾气了，也敢顶嘴了。
宝　玉	是啊！你这样粗心大意，还要顶嘴。
晴　雯	二爷啊！

（唱【西皮摇板】）

　　　　我毁坏玻璃缸你心不动，
　　　　砸却了翡翠碗你面不红，
　　　　今日里跌扇儿气如雷轰，
　　　　分明是情缘满各自西东。

跌坏一把小小的扇儿，你便是这样气如雷轰，怒火千丈，二爷若是嫌弃，就打发了我，再选能干之人，侍奉于你，我们好离好散，岂不是好。

袭　人	二爷，您看她的嘴皮子够多厉害！
宝　玉	晴雯，你跌坏扇儿，反说闲散的言语，正是：世上难寻千年草，鲜花哪有百日娇，人生离合谁能料，早晚总有那一朝。我们大家总有散的一天！
晴　雯	哦！总有散的一天！
袭　人	我说是不是，我要不伺候二爷，别人准招二爷生气，二爷，您别生气了，我这儿有扇子，我给您扇扇。
宝　玉	你啊！（推袭人）咳！
袭　人	你瞧，你惹恼了二爷，连我们也跟着倒霉。
晴　雯	你既会伺候，就该早来。
袭　人	本来我伺候二爷比别人熟一点儿。
晴　雯	是呀！只因你伺候得好，方才二爷才赏了你那一脚，我们将来还不知怎样受气呢？
袭　人	你怎么又提起这些话来啦，别数落我了，这都是我们的不是！
晴　雯	啊！什么"我们""我们"的，哎呀！我倒不知你们几时这样亲热起来了，好一个"我们"！
宝　玉	咳！我们就是我们，你们也是我们。
晴　雯	我们，我哪里配呀！

袭　人　你是顶撞二爷,还是跟我过不去?
晴　雯　你是二爷贴身的红人,我焉敢顶撞于你。
宝　玉　晴雯的心事,我倒明白了。
晴　雯　你明白何来?
宝　玉　想你年已二八,莫非不愿留在府中,也罢,禀告夫人,就叫你——
晴　雯　啊!你?
袭　人　咳!那可使不得,您可不能禀告夫人,要是夫人问起来,连我也有不是,不过二爷,您真要去禀告夫人,我也不敢拦您,这点小事何必劳动二爷呢?我就替您去了。
　　　　〔欲出门。
宝　玉　转来,待我自己前去。〔欲出门。
晴　雯　你——
　　　　(唱【西皮二六】)
　　　　　　看袭人暗地里谗言讥讽,
　　　　　　宝二爷全不是平日的欢容。
　　　　　　跌扇儿是无心并非捉弄,
　　　　　　口声声要赶我怒气冲冲。
　　　　　　我晴雯每日里将你侍奉,
　　　　　　难道说背情义有始无终。
　　　　　　你只管禀夫人凭他举动,
　　　　　　我今朝拼一死不离府中。
　　　　〔袭人出门。
袭　人　二爷、二爷!(宝玉下)我才不把他追回来呢,我找个地方歇会儿,净等着瞧热闹啦!〔下。
　　　　〔晴雯收拾衣包,挟包出门,宝玉上,相遇。两人对视良久,宝玉转身进门,接过晴雯手中的衣包。
宝　玉　(唱【西皮摇板】)
　　　　　　她那里泪湿粉面伤心甚,
晴　雯　(接唱)他那里满面委屈神不宁。
宝　玉　(接唱)言语间得罪她我心何忍,

晴　雯　（接唱）宝二爷原不是无情之人。
宝　玉　（接唱）移步履上前去好言相奉，
　　　　　　　　持香帕与晴姐拭去泪痕。
晴　雯　（接唱）见二爷情挚恳语态温顺，
　　　　　　　　适才间大不该错怪他心。
宝　玉　晴姐，适才是我的错了。
晴　雯　你何苦又来理我，你不是要回禀夫人赶我出去吗？
宝　玉　唉，真是个糊涂的姐姐，方才我一时气忿，又有袭人在此，倘若她去回了夫人，那还了得，因而我就假怒而去，啊晴姐，我是焉能去回禀夫人呀！
晴　雯　如此说来，我错怪你了。
宝　玉　好了，我们——
晴　雯　她刚才走了，你就说"我们"。
宝　玉　休再提她，将那盘水果取来。
晴　雯　我是个蠢才，"顾前不顾后"的，倘若砸了果盘，那还了得！
宝　玉　果盘么，那样东西原是供人用的，你爱砸就砸，能值几何？
晴　雯　不是喏，方才我跌坏扇儿，你就是那样生气，若是砸了果盘，日后越发不能当家立业了。
宝　玉　啊呀！扇儿是更不值得了，方才当着袭人在此，不得不生气，那原是假的，喏，这里有的是扇儿，慢说是无心跌坏，就是有心撕破，又待何妨。
晴　雯　我撕破扇儿，你是心疼的。
宝　玉　唉，方才那扇儿跌在地下，未曾伤损，我怎么不生气，如今你把扇儿撕破我倒不生气了。〔递扇。
晴　雯　怎么你不生气？
宝　玉　这扇儿哪有人儿好啊！
晴　雯　呀！
　　　　（唱【西皮流水】）
　　　　　　片云舒卷月玲珑，
　　　　　　扇上轻风掌握中，
　　　　　　公子多情桐花凤，
　　　　　　美人惆怅玉芙蓉，

　　　　　愿扇儿及时用，
　　　　　似同心结子合欢容。
　　　〔袭人上。
袭　人　我该出来看看热闹了。(进)哟,怎么把扇子都给撕啦。
宝　玉　你来得好,这把扇儿更好。
　　　〔将袭人的扇子夺下交与晴雯,晴雯接过扇子又撕。
晴　雯　(唱【流水】)
　　　　　只恐秋凉送，
　　　　　捐弃匣笥中，
　　　　　倒不如撕破片片随风动，
　　　　　一声声胜似裂缯与吟蛩，
　　　　　叹女儿浮生皆一梦，
　　　　　这聚散二字总成空。
　　　〔袭人夺扇,晴雯躲,宝玉拦阻。
袭　人　怎么连我的扇子也撕了,你们真不心疼东西。二爷,您有的是扇子,把它拿出来都叫她撕了不就结了。
宝　玉　是呀,我有的是扇儿,晴姐,你还撕不撕了。
晴　雯　我呀!我撕累了,撕不动了,明日再来撕吧!
袭　人　哼,你那把泥金扇儿,乃是元妃娘娘所赐。她呀撕出祸事来了。
宝　玉　呀!
　　　　(唱【西皮摇板】)
　　　　　悔不该一时快意失检点，
　　　　　老爷知道惹祸端。
晴　雯　二爷,怕什么,有我呢!
　　　　(唱【西皮快板】)
　　　　　宝二爷休得担惊怕，
　　　　　劲草岂怕暴风刮。
　　　　　老爷若是来责骂，
　　　　　就明说晴雯犯王法，
　　　　　任他杀来任他剐，

　　　　决不连累别人家!
宝　玉　撕扇儿乃是我的主意,老爷责怪自有我来担待,晴姐莫怕呀!
晴　雯　呀啐![笑下。
袭　人　瞧这块骨头!
宝　玉　她走了,我也走!
袭　人　二爷你回来,好好的扇子,您怎么叫她好端端的给撕了呢?
宝　玉　你哪里知道,我适才得罪了她,理当赔礼,撕扇儿作千金一笑也是值得的,啊哈哈哈!你看她不是笑了吗!
袭　人　她笑了,你也笑!我可恼了!
宝　玉　怎么,你恼了?
袭　人　恼了。
宝　玉　(京白)那你就恼吧![拂袖而下。
　　　　[袭人呆望。
袭　人　好哇,闹了半天,他们是一头的。二爷真给晴雯这狐狸精迷住了,再不下手可就迟了,我不免到夫人房中给她说上几句谗言,叫她早离府中。
　　　　[圆场。
　　　　有请夫人!
　　　　[王夫人上。
王夫人　(念)玉堂春富贵,芝兰自生香。
　　　　啊,袭人来了,何事?
袭　人　夫人您看。[将扇子呈上。
王夫人　这些扇子是什么人撕的?
袭　人　是晴雯撕的。
王夫人　晴雯,是怎样一个丫头,竟敢将元妃娘娘所赐名家书画的扇儿撕成这样?
袭　人　夫人,晴雯是老太太房里拨来的。自从她到了怡红院,放着事儿不做,仗着模样长得比别人标致,成天擦胭脂抹粉,在人前是能说会道,和宝二爷也是打打闹闹,她劝二爷不要读书,不要做官,二爷就听她的话。夫人,今天二爷叫她拿扇子,一不留神,掉在地上,二爷说了她几句,她不但不认错,反而哭着闹着要走。二爷没法子,又赔礼又说好话。夫人您瞧,她拿着扇子撒气,好好的东西让她都撕成这个样儿了。

王夫人　噢,晴雯!可是那晚,宝玉吓出病来,我进院子时,有一丫鬟,站出说话,长的有些像你林姑娘,可是她吗?

袭　人　对,跟林姑娘长得差不离,是她是她!

王夫人　那日她指手画脚的无有丫头的样子,我就有气,果然不是个正经的东西!

袭　人　夫人,像晴雯这样的人,可多啦,夫人是看不到,我是只能干生气,您就说四儿那个丫头吧,她还想入非非呢!因为她和宝二爷是同日生的,她在背后逢人就说,"同日生的就是夫妻",成天也是擦胭脂抹粉的,她还尽叫宝二爷吃她嘴上的胭脂呢!

王夫人　可气死我了,来啊,备轿!

袭　人　夫人您哪儿去?

王夫人　这还了得,立刻把这群妖精赶出府去。

袭　人　夫人!(跪下)这可使不得,晴雯是老太太调派来的。

王夫人　怎么,老太太调来的,我就作不了主么?

袭　人　夫人,您是一向治家严明,贤德过人,我想过几天就是老太太的生日,咱们给老太太积点德,先放她们几天。待等过了喜事,有朝一天人证俱全,再重重的处置。夫人,奴婢说的是与不是,望求夫人恕罪。

王夫人　说的倒也有理,从今以后我把宝玉交付与你,我也就放心了。

袭　人　怎么,夫人您把宝二爷交给我了?

王夫人　只要你用心服侍,每月的月钱多与你二两纹银,日后还有你的好处!

袭　人　多谢夫人!

〔王夫人等下。

袭　人　夫人把宝玉交给我了,这下子可好啦。晴雯啊晴雯!叫你明枪容易躲,这暗箭最难防!〔下。

第五场

〔吴贵上。

吴　贵　只为银钱慌得紧,荣国府里找晴雯。

我吴贵,来找表妹晴雯借钱,好容易央告一个小丫头找她,怎么这半天,她还不出来呀!

〔晴雯上。

晴　雯　听说表兄到,令人蹙双眉。
吴　贵　慢着,如今她是宝二爷的大红人啦,我得恭恭敬敬见上一个全礼。啊表妹!
晴　雯　你怎么又来了?
吴　贵　妹妹,我现在可是改邪归正啦,一不赌钱,二不喝酒,三不抽烟,四……
晴　雯　别啰唆! 嗳,你做什么来了? 就痛痛快快地说!
吴　贵　别着急呀! 听我慢慢跟你说,我娶了老婆啦。常言说成家立业,我既成了家,就该立业了,因此来找妹妹借几个钱,我好做个小买卖。
晴　雯　唉,我们做奴婢的,一年辛苦能得几何? 哪里来的银钱啊!
吴　贵　我知道表妹一个月也只有一吊钱,可是和您同房的大丫头袭人,她怎么每月就有二两银子呢? 我的好妹妹,您的心眼别太死啦,贾府里是金山银海,花钱如同流水一般,您在宝二爷面前又是个大红人,只要您一来这个,一来那个,表妹咱们不就发财了吗!
晴　雯　哎!
(唱【西皮流水】)
　　你忍心卖我为婢佣,
　　姑舅义断各西东。
　　最可恨帷薄不修无体统,
　　鲜廉寡耻败家风。
　　常言道无义之财不能取,
　　骗进诈取理难容。
　　女儿的清白尤自重,
　　非礼之事不能够从。〔拂袖而下。
吴　贵　好,骂了我半天,一个子儿不借啊。好,不借,我还不借了呢。真是丫头坯子,天生的穷命,骑驴看书本,咱们走着瞧吧……
〔麝月上。
麝　月　这不是吴贵吗? (吴贵溜下)袭人姐姐了不得啦!
袭　人　什么事大惊小怪的?
〔晴雯路过,窗下偷听。

麝　月　咱们屋里的坠儿,偷了平儿姐姐的金镯子啦。

袭　人　啊,咱们屋里出了贼啦!

麝　月　坠儿。

袭　人　坠儿是晴雯带管的,管得可好,偷镯子啦。麝月妹妹,你见晴雯了吗?

麝　月　她表哥吴贵来了,她会他去了。

袭　人　她会吴贵去了,哼!吴贵是个偷盗拐骗无所不为的坏杂种。最近常来找她,莫非晴雯——

　　　　〔晴雯忍无可忍进屋。

晴　雯　袭人,你在说些什么?

袭　人　我没说什么啊?

晴　雯　我已然听得明白,你你……不要信口雌黄。

袭　人　什么,信口雌黄?晴雯我问你,为什么这一阵子吴贵常来找你,正在这个时候坠儿就敢偷金镯子,纵然这些事情都与你无关,可是你能拦得住人家生疑心吗?话又说回来,若要人不知,除非己莫为。既然你没有这件事,那你又何必这样多心哪!

　　　　〔晴雯气得半晌说不出话来。

晴　雯　(唱【西皮散板】)

　　　　我只说多年相处无虚假,

　　　　姐妹的情分原不差。

　　　　不料想说出这无情话,

　　　　竟然是无中生有把罪名加。

袭　人　你说什么,硬把罪名加,这府里近来可常丢东西呀!

晴　雯　(接唱【散板】)

　　　　天大的耻辱怎能忍下,

　　　　〔晴雯急下,麝月欲拉。

袭　人　傻丫头,你拉她干什么,这块暴炭,就是沉不住气,她准是找坠儿去了,你要看我的颜色行事,这出戏热闹的还在后头呢!

麝　月　咳!这又何苦呢!

袭　人　你知道什么!

　　　　〔晴雯拉坠儿上,四儿跟上。晴雯打坠儿。

袭　人　妹妹,打死人可要偿命的。
坠　儿　你打,你打……
四　儿　(劝)姐姐。
晴　雯　(接唱【散板】)
　　　　　　阴毒的贼人,
　　　　〔指袭人。转指坠儿。
　　　　(接唱)你说根芽!
　　　　坠儿,你怎样偷取金镯,还不从实讲来!
坠　儿　我没偷,你冤枉我,你冤枉我。
晴　雯　你不说我还要打。打死你这小贱人,我来偿命!〔又打。
坠　儿　你别打了!是我拿的。
晴　雯　是你偷的。
坠　儿　嗳,是你叫我偷的。
　　　　〔袭人向麝月。
袭　人　怎么样?
晴　雯　你!
四　儿　坠儿,你自己偷了东西,还敢血口喷人,晴雯姐素日待你也不错,你要拿出点良心来呀!
坠　儿　什么良心,她打我,我就说是她叫我拿的。
晴　雯　坠儿!
　　　　(念)这府中上下人几等,
　　　　　　谁不把丫鬟当贼人,
　　　　　　你若改邪归了正,
袭　人　妹妹,贾府的家规你是知道的。
晴　雯　坠儿,
　　　　(接念)今日之事我担承。
袭　人　你把人家孩子都带坏了,你担得了吗?
坠　儿　得了吧,你别装好人了,我偷了一只金镯子,你就说我是贼,我敢作敢当,谁要你担待呀!
麝　月　晴姐,这府里最恨的是偷盗窃取,这么大的事你担得了吗?

袭　人　麝月,你多说些什么,这么大的事偏偏就有人敢庇护,你还看不出来吗?她这是心虚胆怯,不得不这么做就是了。

晴　雯　(气极)我心虚?

袭　人　嗳!

晴　雯　我胆怯?

袭　人　嗯! 你还敢把她哄出去吗?

晴　雯　好! 坠儿,将你母亲唤来。

坠　儿　我妈是这府里的老妈子,又是王夫人陪房大管家王善保家的外甥女,叫就叫,你这么不讲理我才不怕你呢!(向内)妈呀,快来!

〔坠母上。

坠　母　正在后面摇红宝,女儿叫我事蹊跷。什么事啊?

坠　儿　妈呀! 事情弄穿了,如今晴雯又骂我又打我! 如今她叫你呢!

坠　母　那有什么,我去见她,有你舅婆给咱做主呢!(进屋)噢,姑娘,什么事啊?

晴　雯　你自己的事自己明白。

坠　母　我又不是你肚里的蛔虫,我明白什么? 这是怎么啦,你侄女儿不好,尽管教导她,为什么要撵她走啊,到底给我们留点脸呀!

晴　雯　你女儿不好,快快将她带出府去。

坠　母　带她回去得回过二爷?

晴　雯　二爷面前有我担待。

坠　母　还得禀过夫人。

晴　雯　夫人若问,有二爷担待。

坠　母　那,花姑娘……

晴　雯　什么花姑娘草姑娘,还不快快带了出去!

坠　母　我不领出去,你又该怎么样?

袭　人　大婶,您这儿来吧。您领出去吧,您没听见吗? 连我都捎带上了。

晴　雯　快些出去。

坠　母　带她走,不成。你说不好,是怎么个不好,我得问清楚了。

四　儿　你这个人哪,姐姐给你留脸,你还不知道,我告诉你,坠儿偷了平儿姐姐的金镯子,你说该撵不该撵?

坠　母	得了吧！小丫头片子,你少费话,晴雯说我们坠儿偷了一只镯子,你就这么小题大作,这府里上上下下,明取暗偷,哎呀,何只这一宗啊,你快积点德吧,你表哥诓蒙拐骗,不也跟你们家打嘴现世吗,晴姑娘修修好吧！	
袭　人	咳,咱们都是一样的人,谁还怨不过谁去,多积点德吧！	
坠　母	花姑娘,我知道你是个好人。	
袭　人	大婶儿,这件事不是我不管,你也看见了,连我说话的余地都没有了,苦了孩子啦,这儿有点散碎银子,给坠儿先垫办花吧。	
坠　母	花姑娘,夫人跟前多说好话,让我们坠儿能回来就感恩不尽了。	
袭　人	您放心吧,我不是那种缺德鬼。	
坠　母	那我们这儿谢谢您啦！坠儿过来,今儿个她撵你,往后还有人赶她呢,不亏晴姑娘管教你一场,咱们人差礼不差,过去见个礼,咱们走！	
坠　儿	晴雯,我给你磕头啦。	
坠　母	咱们走,跟人家学！	
坠　儿	呸！	

〔晴雯吐血。入帐。

四　儿	晴雯姐,晴姐吐血了,袭人姐你照看一下,我去给她拿药去。	
袭　人	你去吧,哪那么些噜嗦话呀！	

〔宝玉上。

宝　玉	(唱【西皮散板】)	
	烧坏了雀毛裘心中烦闷,	
袭　人	(接唱)问二爷因何故愁锁眉心。	
宝　玉	唉！	
袭　人	二爷您为什么这么唉声叹气的。	
宝　玉	喏,烧了一个大窟窿。〔让袭人看裘。	
袭　人	可不是个大窟窿吗?咳,可惜了这件孔雀裘哇。	

〔晴雯掀帐。

晴　雯	啊二爷,你们说什么孔雀裘哇?	
宝　玉	今日老太太,欢欢喜喜赏我这件珍贵无比的孔雀裘,是我自己不小心烧了一个大窟窿。	

袭　　人　我说是不是，二爷，这件雀毛裘是老太太赐给您的，要是爱而不穿，显得您重人惜物，可是您偏听别人的话，一死儿的要穿，明天老太太、夫人知道了，哎哟二爷，他们打您我是要心疼的。

宝　　玉　明日与舅父拜寿，定要穿这件裘褂，这便怎么处？

晴　　雯　拿来我看。不妨，不妨，此裘是外国所造，乃孔雀金线织成，待我取金线补来就能乱真。

宝　　玉　晴姐，你病得这般光景，岂能劳累。

晴　　雯　唉，这件裘原是我叫你穿去的，夫人知道，你挨打受骂，是有人会心疼的。

宝　　玉　不要说了，坠儿取金线来。

晴　　雯　坠儿偷取金镯，被我赶出去了。

宝　　玉　怎么，坠儿叫你赶走了？

袭　　人　对了，叫她赶走了。

宝　　玉　嗯，早就该赶。

袭　　人　赶是该赶，可是晴雯赶坠儿，有一点儿不对。

晴　　雯　哪些儿不对？

袭　　人　你怎么不禀夫人，不回二爷呀！

晴　　雯　啊！方才我赶坠儿之时，你站在一旁怎么不出此言？

袭　　人　我没说话还被你花姑娘草姑娘的闹了一片呢，我们哪儿敢多嘴！

宝　　玉　坠儿赶走，夫人若问，有我担待，不必多言了，取金线来。

袭　　人　我管不着，晴雯不会去取。

宝　　玉　晴姐她不是病了么？

袭　　人　她又没死。

晴　　雯　你……

宝　　玉　待我自己取来。（取金线）晴姐，金线在此。

袭　　人　二爷，她在这儿补裘，您回房睡吧。

宝　　玉　晴姐抱病补裘，我要在此服侍晴姐。

袭　　人　二爷，雀毛裘一会儿的工夫是补不好的。

宝　　玉　我晓得，她补上一夜，我就在这里服侍她一夜，休要噜嗦，回房去吧！

〔袭人出。

袭　人　好啊!这正是人证物证俱全的时候,我不免报与夫人知道便了![下。
宝　玉　晴姐,你病体沉重,不补也罢。
晴　雯　我拼着性命不要,也要与你补好此裘哟!
宝　玉　保重了!
晴　雯　(唱【二黄导板】)
　　　　　　掀开了红绫被身觉寒冷,
宝　玉　不要起来了。
晴　雯　不妨事。[强自挣扎起。
宝　玉　待我搀扶于你。
晴　雯　有劳二爷!
　　　　(转【回龙】)
　　　　　　下床来只觉得头重足轻,
　　　　(转【原板】)
　　　　　　弱身躯软绵绵勉强扎挣,
　　　　　　只觉得两眼内迸出金星,
　　　　　　取金线补起那毛裘的破损,
　　　　　　晴雯女身带病引线穿针,
　　　　　　补毛裘补得我头昏眼晕。
宝　玉　(接唱【散板】)
　　　　　　谢晴姐你为我劳累费神,
　　　　　　叫四儿将药碗急忙拿定。
　　　　[四儿捧药碗上。
四　儿　二爷,药来了。
　　　　[宝玉给晴雯喂药。
　　　　[四婆子、坠母、麝月、袭人引王夫人上。
袭　人　夫人,您瞧,这劲头儿够多大呀!
　　　　[王夫人上前打翻药碗,打晴雯嘴巴。
王夫人　(接唱【散板】)
　　　　　　胆大的晴雯敢胡行!
　　　　来呀!命人将吴贵与我唤来。

坠　母　是啦！〔下。

王夫人　宝玉，不去读书，在丫鬟房中则甚？

袭　人　太太，这不能怪二爷，搁不住晴雯一死儿的拉呀！

王夫人　气死我了。来，把晴雯拖来见我。

宝　玉　母亲，晴雯她病了！

王夫人　多口，还不与我走去！

宝　玉　母亲……

王夫人　下去！麝月把他带下去。

　　　　〔麝月拉宝玉下。

王夫人　将晴雯与我拖下床来。

坠　母　你别装着玩啦，这回瞧我的吧！

四　儿　慢着！夫人，晴雯姐吐了不少血，晕倒在床上啦，夫人开恩吧！

王夫人　你叫什么？

四　儿　我叫四儿。

王夫人　四儿！（打四儿，四儿跪）你这无有廉耻的贱人，背后竟说，"同日生的便是夫妻"，我只有一个宝玉，难道就白白放弃，凭你们勾引坏了不成。

四　儿　（站起）夫人，您说什么？我们把宝玉勾引坏了？这府里老爷少爷们不把我们丫鬟作践坏了就是了，可不能这样血口喷人哪！

王夫人　好贱人！

　　　　（唱【二黄散板】）

　　　　　　任你狡猾巧辩论，

　　　　来呀！把这贱人与我拖出去卖了。

四　儿　冤枉！我冤枉！

晴　雯　住手！

　　　　（接唱【二黄散板】）

　　　　　　休得要逞凶恶仗势欺人。

　　　　　　挺身儿走上前把夫人请问，

　　　　夫人！

　　　　（接唱）这无知的幼女，她有什么罪名？

王夫人　嘟！

(接唱【散板】)

　　你二人施狐媚把宝玉勾引,
　　我荣府怎容你玷辱家声。

晴　雯　夫人!

(接唱【二黄散板】)

　　夫人训斥我不受领,
　　我姐妹无有坏名声。
　　一向清白品德正,

(转【垛板】)

　　荣国府内数得清。
　　夫人本是一家主,
　　是非就该两分明。

袭　人　夫人,您看这不是要造反了吗!

王夫人　可恼!

(接唱【散板】)

　　人来与我将她撵,
　　将晴雯、四儿与我轰了出去! 〔袭人搀王夫人下。
〔坠母拖四儿推晴雯出。

四　儿　晴姐、晴姐! 〔婆子拖四儿下。

晴　雯　四儿、四儿!
〔吴贵蹓上。

坠　母　(接唱【散板】)

　　这才是害人害自身。
吴贵你来的是时候,把你表妹领回去吧! 晴雯,你也有今天! 〔关门下。

吴　贵　妹妹醒来!

晴　雯　(唱【二黄导板】)

　　夫人不把真情问!

(接唱【回龙】)

　　闪得我浑身是口也难分,
　　两眼睁睁,难把冤伸!

吴　贵　唉！事到如今你有冤也无处诉了！

晴　雯　（接唱【二黄碰板】）

　　　　　刁毒袭人太可恨，

　　　　　安排巧计害奴的身。

　　　　　可怜我清清白白，守身如玉无私欲，

　　　　　到如今反落了不美之名。

　　　　老天爷呀！

　　　　（转【反二黄原板】）

　　　　　满腹的不白冤向谁辩论？

吴　贵　你冤？我才冤呢。问你借钱不给，如今我还得养活你，我这冤上哪儿说去噢！

晴　雯　（接唱【反二黄原板】）

　　　　　吴表兄又把那冷语侵。

　　　　　想起了去世的爹娘咽喉哽，

　　　　　撇下了薄命女孤苦伶仃！

　　　　　走一步来我慢一步，

　　　　　出了陷阱，又入火坑。

吴　贵　别哭了，到了家啦，家里的开门来。

　　　　〔吴妻上。

吴　妻　啊哈！

　　　　（念）奴家生得俏，

　　　　　　亚赛西施貌，

　　　　　　我的丈夫多，

　　　　　　不知哪个到。

　　　　外边有叫家里的呢，不知哪一位当家的到了，等开门瞧瞧。（开门）敢情你回来啦，噢，你从哪弄来这么一个小妞，不怕小奴家我吃醋吗！

吴　贵　你别胡说了。咱们进去吧。（扶晴雯进）这是咱们表妹晴雯，有病啦，叫贾府给赶出来了。

吴　妻　晴雯。好啊，当初你哥哥问你借钱，你不给还则罢了，反而骂了他一顿，如今你也吃不了贾家一辈子，也让人家骂出来，还得上我们家来养病，那可不成,给我滚出去。
晴　雯　嫂嫂……
吴　贵　得了,少说两句吧。
吴　妻　我说你过来,你怎么记吃不记打呀!
吴　贵　我怎么了?
吴　妻　你当初找她借钱,她不但不借给你,反把你给骂了一顿,你怎么还把她领回家来?
吴　贵　唉!你瞧她病得这个样子,你叫她到哪儿去呀?等她病好了,(小声说)找个主把她卖了,这样的美人谁都要,咱们不就发大财了吗?你把她挤兑死了,岂不是人财两空吗?
吴　妻　哎哟!我的贵呀!你怎么不早说这话呀!如今晚了,我将咱们摇钱树得罪了,可怎么好?
吴　贵　不要紧的,你过去甜言蜜语给她说两句好话不就结了。
吴　妻　甜言蜜语,那是我的拿手,你瞧着。我说妹妹,啊啊,呱呱呱……
吴　贵　喝!这是人,还是什么鸟啊!
吴　妻　夜猫子。我说妹妹,方才我得罪了你,你别见怪,嫂子我是刀子嘴,豆腐心……
吴　贵　什么豆腐?
吴　妻　冻豆腐。
吴　贵　哦,更厉害!
吴　妻　反正嫂子也不能亏待于你,我吃什么你吃什么,咱们家里地方小,只有一个炕,你先睡着。你哥哥睡在地下,要个茶啦、水啦的也方便点……
吴　贵　我说家里的,那你呢?
吴　妻　我哪儿都行。
吴　贵　咱们家里没地方啦。
吴　妻　唉,我外头地方可多啦。
吴　贵　啊,什么?
吴　妻　我上娘家睡去。
吴　贵　好在没几宵的工夫,你爱上哪儿就上哪儿吧!

吴　妻　得了,别说啦,你给咱们妹妹抓点药去吧。

吴　贵　得,我抓药去。

吴　妻　我呀!我才不走呢,卖了晴雯得了钱,我就给他个卷包会。

　　　　正是:夫妻订巧计,为卖女婵娟。我串门去喽。〔跑下。

第六场

〔宝玉上。

宝　玉　(唱【二黄散板】)

　　　　　　有心去把晴雯探,

　　　　　　只怕袭人又阻拦。

　　　　袭人姐!

〔袭人上。

袭　人　二爷!

宝　玉　唉,可恼哇!可恨!

袭　人　二爷,您恨什么?

宝　玉　不知哪个混账东西,害得好好一个晴雯被赶了出去,怎不叫人恼恨。

袭　人　是啊,不知道是谁,做这样缺德的事。二爷,您也别难过,去了晴雯,丫头奴才还不多得很吗?

宝　玉　啊,袭人姐,你是有名的贤人,晴雯已然赶了出去,可怜身染重病,又是孤苦无依,如今衣服等物,是瞒上不瞒下,悄悄送还与她,尚有我们素日积攒的银钱也拿去与她将养病症,这也是你姐妹好了一场,袭人姐你是料无推辞的了。

袭　人　唉,二爷你不说我早就打点好了。刚才人多眼杂,等一会我就给她送去。

宝　玉　啊!袭人姐,你真是个好人啊!

袭　人　我本来是个好人,大观园里小姐妹谁不称我是有求必应的活菩萨。

宝　玉　包裹现在何处?

袭　人　在这儿呢!

宝　玉　啊,姐姐,你可有好生之德。

袭　人　我怎么没有好生之德?

宝　玉　袭人姐，真是个贤人，事不宜迟，待我去往晴雯家中，探问一番，也是我们大家相好一场，谅你定然应允，袭人姐，我去了。

袭　人　二爷！

宝　玉　你真是个好人啊！哈哈……〔下。

袭　人　我……，唉，我怎么上了他的当了。这怎么好？有了，我不免去回禀夫人，先叫焙茗将二爷追回来，再将晴雯赶到外乡，免得二爷牵挂。我就是这个主意。

　　　　正是：

　　　　　　一计不成生二计，

　　　　　　斩草除根害晴雯！〔下。

第七场

〔宝玉上。

宝　玉　（唱【二黄散板】）

　　　　　　只为晴姐遭不幸，

　　　　　　离府私探知己人。

〔焙茗上。

焙　茗　二爷，二爷！

宝　玉　啊，你赶来则甚？

焙　茗　我奉了袭人姐姐之命，请您赶快回去。

宝　玉　什么袭人，真乃害人！

焙　茗　二爷，您快回去吧，让夫人知道了，可了不得。

宝　玉　住了，我乃贾府少主人，难道说出入往来，都不能由我么？

焙　茗　二爷，这是荣国府的家规，可犯不得。

宝　玉　什么家规，难道说还能将我打死不成？（京白）我豁出去了！

焙　茗　我知道，我要是不挨两下，您是没完。您豁出去了，我这顿打也跑不了啦！

宝　玉　带路！

焙　茗　是啦！（圆场）来此已是。

宝　玉　快去叫门。

焙　茗　我不敢。

宝　玉　却是为何？

焙　茗　这可不能告诉您。

宝　玉　快去叫门，你怎么使我着急啊！

焙　茗　一定要我叫，您可别笑。

宝　玉　快去！

焙　茗　二爷您瞧着，家里的，开门哪。

吴　妻　这又是谁叫家里的呢？（开门）敢情是你。哟这不是宝二爷吗？哈……今个哪阵香风把您给刮到我们这个小榻榻来了？不用说，您是看小奴家我来了，（宝玉不愿看）噢，不是看我来了，那是瞧我晴雯妹妹来了，这也没什么，本来我跟晴雯长得就跟姐妹花似的，您瞧谁都一样。如今她跟病西施一模一样，您就该多给我们点银两与她调治病症才好。

宝　玉　改日命人送来就是。

吴　妻　那可不成，我是兑现的！宝二爷，我们马上就要！〔动手搜腰。

宝　玉　焙茗，吓煞我也！

吴　妻　小奴家这么美貌，你怕的什么啊！

焙　茗　呆着吧！你把我们二爷吓病了，我受得了吗？

吴　妻　不管怎么说，您不掏钱甭想看她！

宝　玉　今日我是未带银两，改日送来，决不食言。

吴　妻　嗯，不！

焙　茗　你别缺德了，咱俩聊天去，过二天我把宝二爷的钱，准给你送来！

吴　妻　哦，你可当保人了，到时没钱，我可把你吃了。走！〔二人下。

宝　玉　岂有此理。晴姐，晴姐……

〔晴雯上。

晴　雯　（唱【二黄散板】）

　　　我正在睡昏沉芳魂不定，
　　　是何人唤晴姐语带悲声？
　　　展星眸我这里将他来细认，
　　　哎呀，我那宝二爷啊！
　　　多蒙你不嫌弃薄命之人。

　　　　　（白）二爷你……怎么来了？
宝　玉　听你病重，特来探望。
晴　雯　二爷，我只说今生今世不能相见，谁想还有一面之缘啊！
宝　玉　唉！不用说了。只因我母听信谗言，将你赶出府来。晴姐，劝你安心静养，待等病体痊愈，我对母亲说明，再禀过祖母，一定接你回去。如若不然，我就进入空门的了……
晴　雯　二爷啊！我的命在呼吸之间，有死无生。二爷你待我情深意厚，只是夫人道我狐媚勾人。想我纯洁清白之身遭此不白的罪名，死在九泉之下，也是千秋遗恨，不能瞑目甘心哪！
宝　玉　晴姐！
　　　　　（唱【二黄原板】）
　　　　　　劝晴姐放宽心将养病症，
　　　　　　待痊愈禀祖母再进府门。
　　　　　二爷！
晴　雯　（接唱【二黄原板】）
　　　　　　说什么放宽心将养病症，
　　　　　　奴今日只怕是有死无生！
　　　　　　我与你情意合未侍衾枕，
　　　　　　一片心比松筠玉洁冰清，
　　　　　　对得起天地神明。
　　　　　　到如今我无福分，
　　　　　　这也是苦命生成，
　　　　　　说不尽伤心话把指甲咬迸。〔咬指甲。
宝　玉　你咬指甲作甚？
晴　雯　哎，二爷！
　　　　　（接唱【二黄原板】）
　　　　　　咬指甲赠与我有义之人，
　　　　　　我死后你必须要改换情性。
　　　　　　从今后休亲近脂粉钗裙，
　　　　　　再脱下香莲袄气喘力尽。〔脱衣。

　　　　　我与你今一别再见不能,
　　　　　薄命人心酸恨有话难尽。
　　　　〔袭人随焙茗急急上。

袭　人　哎呀! 小祖宗,可找着你了,快走吧! 老爷、夫人闻听你前来探望晴雯,不觉大怒,现在正厅等着您了!

宝　玉　哎呀! 晴姐!……

晴　雯　二爷都是我连累你了……

　　　　（接唱【二黄散板】）
　　　　　见一面也不枉担了虚名。

袭　人　二爷! 府里都闹翻了天了,快些回去罢!

焙　茗　对了,快回去吧! 又惹了祸了!

宝　玉　这,晴姐,晴姐……

　　　　〔晴雯下床拉住宝玉。袭人拉开,推倒晴雯。袭人、焙茗拉宝玉同下。

晴　雯　宝玉,宝玉……〔倒于地上吐血,凄然而逝。

　　　　　　　　　　　　　　　　——剧终

　　　选自《荀慧生演出剧本选》（上海文艺出版社1982年版）。

群 芳 集 艳

第一场

〔鸳鸯、琥珀引史太君上〕（念引）老年要积儿孙福,家世难忘祖父恩。（坐白）老身贾门史氏。自先夫去世,带领儿女度日。上荷天恩,下承祖德,倒也人口平安,清闲自在。今日闲暇无事,不免将媳妇孙女辈唤出,谈笑一番。鸳鸯!（鸳白）有。（史白）你到园中唤他们姐妹前来。〔鸳应下〕（史白）有请你二位主母和二少夫人。（琥白）太君有命,请二位主母,和二少夫人。（内白）来了。〔玉钏、王夫人、丫鬟、邢夫人、平儿、王熙凤上〕（邢、王同念）（引）日侍姑亲承笑色。（熙念）禀承大母学持家。（邢白）妾身邢氏。（王白）妾身王氏。（熙白）奴王熙凤。（邢白）妹妹请了。（王白）嫂嫂请了。（邢白）婆婆呼唤,须索伺候。（王白）请。〔同进见介〕（王、邢同白）婆婆万福。（史白）媳妇少礼。坐下。（邢、王同白）告坐。（熙白）太婆万福。（史白）罢了。（邢、王同白）婆婆唤媳妇出来,有何教训?（史白）只因今日闲暇无事,意欲同媳妇合孙女们,寻一事儿,消遣消遣。（邢、王同白）媳妇陪侍。（熙白）我们斗牌罢。（史白）也好。（宝玉上念）窗前方读罢,堂上问安来。〔进介〕（白）参见祖母,大娘,母亲,嫂嫂。（史白）罢了。（熙白）宝兄弟这样慌慌张张,由何处而来?（宝白）方在房中读罢。（熙白）这样用功!老爷听见,就喜欢啦。（史白）这便才是。（内白）走哇!（薛宝钗上唱）一种温柔蕴藉人。（林黛玉上唱）生来眉黛总含颦。（探春上唱）学他咏絮频抬韵。（李纨上唱）日日芸窗课子勤。（钗白）奴薛宝钗。（黛白）奴林黛玉。（探白）奴探春。（纨白）奴李纨。（钗白）太君呼唤,一同前往。〔进见介〕（同）老太太万福。（史白）罢了。（四人同白）太太万福。（邢、王同白）侄女/甥女少礼。（三人同白）二嫂嫂好。（熙白）大嫂、众妹妹都好。（鸳上念）方寻姊妹去,欣逢亲眷来。〔进介〕（白）回禀老太太,外面来了许多亲眷。（史白）哦,都是哪里来的?（鸳白）门上的回道:有大夫人的侄女,薛大姑娘的妹妹,大少夫人的甥娘,和两位小姐。（钗白）敢是我妹妹来了。(史、王、熙同白)如此快快有请。(鸳白)有请金阙瑶池天子气。(纹、绮同念)礼门义路大家风。(进门介)(同白)参见太君。(史白)哈,哈,哈!众位少礼。老身年迈,亲眷多疏,不知都该怎么称呼。(邢白)这是媳妇的侄女,上前见过太君。(岫白)太君万福。(史白)罢了罢了。(邢白)见过二婶娘。(岫白)二婶娘万福。(王白)贤侄女少礼。(邢白)见过众位嫂嫂姐姐。(岫白)众位嫂嫂姐姐有礼。(众白)大姑娘有礼。(纨白)这是孙媳的婶娘,同两个妹子。都上前见过。(纹、绮同白)太君万福。(史白)亲家少礼。请坐。(李白)两位亲家万福。(纹、绮同白)伯母万福。(邢、王同白)亲家万福。二位侄女少礼。(李、纹、绮同白)众家姐妹有礼。(众白)参见婶娘。(钗白)这是小妹,都上前见过。(琴白)太君万福。(史白)罢了罢了。(琴白)伯母姨妈万福。(邢、王同白)贤侄女少礼。(琴白)众位嫂嫂姐姐有礼。(众白)妹妹有礼。[黛哭介下][宝神介,下](史白)哈!哈!哈!怪道昨晚灯花结了又结,爆了又爆。原来应在今日,你看她四人,一个个眉清目秀,齿白唇红,长得这样的标志。(王白)都这样秀丽得紧。(李、纹、绮、琴、岫同白)太君夸奖。(熙白)这位二表妹,尤其标致。平日大家都说薛大姑娘好看,如今恐怕姐姐让妹妹压下去了。不知表妹今年几岁啦?(琴白)一十五岁。(熙白)不知有了人家没有?[琴羞介](熙白)呦,这还值得害羞喽么?[众乐介](熙白)年龄相貌都是相当的很,我给表妹说个媒罢。[琴嗔介][众乐介](史白)她是我们家中的泼辣货,向来这样,不要理她。(熙白)呦,老太太,这说媒还算坏事么?(史白)说媒自是一件好事,只是刚一见面,就要说媒,未免特早了些。(熙白)那么,就明天再说吧。(史白)说媒倒也不忙,先拜在二太太名下,作为义女如何?(熙白)这不是同说媒一样么?(钗白)赶紧上前拜过。(琴拜介白)义母请上,受我一拜。(王白)这就不敢当了。只是初次相见,两手空空,未免太难为情了。玉钏,吩咐快快预备八色礼物要紧。(玉钏白)遵命。[下](琴白)谢过义母。[探乐介,下](史白)如此,更亲近一步了。哈哈哈!(熙白)带来的行李,可都运到了么?(平儿白)已都运到。(熙白)请示老太太,如何安置?(史白)但凭与你就是。(熙白)据孙媳看来,李婶娘和两位妹妹,同大嫂居住。邢大妹妹,就住在二妹妹房中。这位新干妹妹,就与她姐姐同住如何?(邢、王同白)如此甚妥。(李、琴等同白)这样多人,怎好打搅。还是各投本家的好。(邢、王同白)不必见外了。(史白)就是这样,不必推辞。乐得大家亲近亲近。干孙女,先同老身居住两日,再搬不迟。(李、琴等同白)如此遵命就是。(史白)你就派人安置行李要紧。(熙白)遵命。(史白)大姑娘,你也该带妹妹见母亲去。(钗白)是。(史白)吩咐摆宴,与亲眷接风。[众应介同下]

第二场

[宝玉上](引)群芳集艳,一个个秀骨珊珊。(坐诗)帘外小莺啼,啼在相思树。杨柳欲依人,濛濛故飞絮。(白)我贾宝玉。适才祖母房中,来了许多亲眷。一个个都是天仙化人,美丽无匹。我不免叫袭人姐姐,前去观看观看。啊,袭人姐姐哪里?(袭人内白)来了。(上念)方在兰闺抬绣线,轻移莲步出罗帏。(白)二爷回来了。(宝玉白)咳咳,姐姐,你还不前去看看。(袭白)去看什么?(宝玉白)适才老太太房中,来了一帮亲眷。中有四位姑娘,生得都是天仙一样。我等平日,只说宝姐姐长得美丽无比。怎知她妹妹的娇容,比她又高十倍。大嫂子的两位妹妹,和那大娘的侄女,也都是秀丽绝伦。哎呀,老天哪老天!你有多少精华灵秀,生出这些人上之人。我只说我们家中这几个姑娘,都是有一无二的了。谁知不必远寻,就有这许多美中更美的女子。如今可知我是井底之蛙了。(袭白)你看你这样疯疯癫癫的样儿,难道还有比宝姑娘和林姑娘长得好的不成?(宝玉)你去看看去呀。(袭白)待我前去看来。[探春上](念)有约皆成诗弟子,相逢尽是女词人。(白)奴贾探春。迤逦行来,已到怡红院外。不知宝哥哥可在家里?[遇袭介](袭白)哟,三姑娘来了。(探白)袭姑娘!(袭白)三姑娘。(探白)二爷可在屋中?(袭白)现在房中。三姑娘请。(探白)二哥哥!(宝玉)三妹妹来了,请坐。(探白)有坐。啊袭姑娘,你还不快到老太太那里,看上一看。新来的四位姑娘,生得都是天仙一样。常说的西子杨妃,恐怕还比她们不及。(袭白)怎么三姑娘又是这样说法?(宝白)如何?可知我不是疯癫了。她四人之中,还是宝姐姐的妹妹最好。(探白)唔,恐怕她姐姐还差几分。(袭白)你们说得这样好看,我可真要瞧瞧去了。(探白)你快瞧瞧去罢,果真是一个胜似一个,一个赛过一个。(袭白)如此三姑娘请坐,我去了!(唱)听说是众姑娘秀丽得紧,且抽身去看那人上之人。[下](探白)啊,二哥哥,我们的诗社,可要兴旺了。(宝玉)是呀,还是三妹妹想得周到。但不知她们都会作诗否?(探白)适才问过她们,虽是她们自己谦虚,看来一定是会作的。就是不会,也没什么难处。你看香菱,才得几日工夫,已经作得不错了。(宝白)这也不错。(探白)只是有一样不妥。(宝

白)哪一样不妥?(探白)但不知她们,可能长在吾家居住否?(宝白)这倒难了。[探想介](白)我也有了主意。(宝白)三妹妹,还有何高见?(探白)我们去到老太太房中,看上一看。我想宝姐姐的妹妹,一定同她居住。那三位姑娘,倘若不住在这里,我们就求老太太,将她们留下,也在园中住了,岂不有趣?(宝白)老太太不允,便怎么样?(探白)这也不难。(宝白)怎样不难?(探白)你就跪在老太太面前,说众家亲眷远路而来,到了吾家,若不留人居住,恐怕有失吾家体面。(宝白)唔,说得这样郑重,老太太一定应允。(探白)那时老太太一定又要说道……(宝白)说道什么?(探白)老太太一定言道,听你说得这样郑重其事,冠冕堂皇,其实你的心中,恐怕不是这样。(宝白)心中怎样?(探白)你的心中,一定为的是姐妹人多,一同玩乐。(宝白)那时我该怎样回答?(探白)你说不错的,姐妹人多一同玩耍,哄你老人家,多吃几碗干饭,岂不是好?(宝白)顽皮!(探白)那时我再伏在老太太身上,帮助你,一同央告。老太太最疼爱你我二人,想来没有不应允的。你看我这主意如何?(宝白)这个主意甚妙。你我就到老太太房中,相机行事便了!(唱)祖母台前把话题。(探白)只求亲眷得同居。(宝唱)兄妹二人忙前去。(探唱)她不应允吾不依。[下]

第三场

[宝钗上](引)艳冠群芳。晕朝霞,风韵无双。(坐诗)殢人风韵本天然,秀色朝来若可餐。解识芳兰真竟体,阿侬刚服冷香丸。(白)奴薛宝钗。自从晋京,即住贾府。与众家姐妹,倒也意惬情投。昨日妹妹来京,也住在此。姊妹久别相逢,尤不寂寞。只是湘云妹妹,也住此间,终日与香菱,吟诗觅诗,念诗作诗,说诗讲诗。一天到晚,絮絮哓哓,吵得人眠食不得,坐卧不宁。真真叫人无法可治。我意欲劝劝她们,此时不在屋中,不知又往哪里去了。啊,湘云妹妹哪里?(唱)她每日苦吟哦手不释卷,又遇得湘云妹妹多言多语。满口中说的是三唐两汉,庾清新鲍俊逸瘦郊寒。成日价聒得人心烦意乱,她那里依然是口若悬河。我暂且对明窗拈针引线,等她们再来时细劝一番。(湘云内白)走哇!(上唱)终日里为读诗懒餐茶饭。(香菱上唱)半夜中为觅句不得成眠。(湘唱)三唐体宋元诗都要来读遍。(菱唱)在灯前和月下时耸吟肩。(湘白)奴香菱。啊,云姑娘,这作诗,还是学哪一家的好?(湘白)这也难说。总之,哪一家有那一家的好处。常言道得好,庾清鲍俊,陆海潘江;又所谓沈何陶谢,卢骆王杨,都是各成一家。所以说

各家都要看过。(菱白)原来如此。怎么人家作诗,是那样容易;我费半日的工夫,成不得一字,这便怎么好?(湘白)古人作诗,也不容易。常言道,吟成一个字,捻断数根髭。因为吟诗,把胡须都捻断了,足见也是不容易的。还有那因为作诗,走入酱缸里去的呢。(菱白)云姑娘取笑了。(湘白)并非玩笑。这是真的呀。(菱白)跑到酱缸里面,如何是好?(湘白)他作的诗,一定是有滋有味的了。[钗看介](白)对了,你要再作诗,你就跑到酱缸里去了。(湘白)宝姐姐。(钗白)云妹妹。(菱白)大姑娘!(钗白)香菱姐姐。[各坐介](钗笑白)你二人真聒噪的人受不住了。一个女儿家,只管拿着作诗,当正经事。一个香菱,还没闹清,又添上你这么一位说话的口袋。一天价不是韦苏州,就是杜工部,痴痴颠颠,哪里像个女儿家的样子?叫人家有学问的听见,说哪里是作诗,不过是满口胡言,不守女儿本分。岂不把人家大牙都笑掉了?[各乐介](湘白)姐姐之言,固然有理,但是男人之中,也有许多编几句俗话,偷两句旧诗,便在人前洋洋得意,自命诗人。其实他作的诗,还不及我们女儿家呢。(钗白)是呀,男人尚不可如此,女儿家更不应该了。[丫鬟引,宝琴上](念)怜奴身弱难禁冷,太母特颁凫靥裘。[进介](见白)姐姐。[坐介](钗白)啊妹妹,这件衣服,是哪里来的?(琴白)是老太太赏的。(菱看白)怪道这样好看,原来是孔雀毛织成的。(湘笑白)哪里是孔雀毛织成的,这乃是野鸭头之毛所制。可见是老太太疼你了。那样疼宝玉,也没有给他。你刚来两天,就拿来赏你。(钗笑白)真是俗语说得好,各人有各人的缘法。我再想不到,她会进京。进京来了,又有老太太这样疼她。(湘白)常言道,天下爷娘爱小儿。我这二妹妹,长得又好,年纪又轻,谁见了不疼?何况老太太呢。(钗白)不要取笑。(湘白)说什么取笑,如今有了这老二,恐怕就不疼你这老大了。(琴白)姐姐休得取笑。(湘白)咳,我的双料的小老二啦!(钗白)你这丫头,敢是疯了!(湘唱)她年轻盈盈才十五,生成玉液并脂肤。正豆蔻香苞含未吐,这额发沿眉八字梳。(钗白)你看你这样疯疯癫癫,成个什么样儿?(湘白)谁疯疯癫癫,你才疯疯癫癫呢。(钗白)咳,贤妹呀!(唱)她绣笼才出雏鹦鹉,一切的礼数尚模糊。休得取笑将她误,诸事还仗你帮扶。(湘白)小妹遵命就是只恐怕小姑娘太于拘束,老太太有言语前去招呼。[进介](白)众位姑娘万福。(钗白)琥珀姐姐少礼。不知姐姐到此何事?(琥珀白)老太太有话。(钗起介白)是。(琥白)说琴姑娘,年岁尚轻,不要管她太紧。如果缺少什么东西,只管往老太太那里去取。(钗白)我遵命就是。[内白]林姑娘到了。(丫鬟白)林姑娘到了。(钗白)快请。(丫白)有请。[黛玉上](念引)满天雪意。冻损了瘦怯腰肢。(白)奴林黛玉。独坐深闺,百无聊赖,且寻姐妹们谈笑一番,以消愁闷。[听介](琥白)大姑娘要记住的。(钗白)老太太之命,岂敢有违?(黛进白)姐姐。(钗白)妹妹来了。请坐。(湘白)林姐姐!(黛白)云妹妹。(菱白)林姑娘。(黛白)香菱姐。(琴白)姐姐。(黛白)啊妹妹……[宝玉上](念)雪意勾诗兴,人称无事忙。[进介](白)众位姊妹都在此。(钗白)宝兄弟,由哪路而来?(宝白)正在屋中烦闷,听说众姐妹,都在这里。所以我也就,跑过来了。(湘白)你林妹妹不来,你也不会来的。(黛白)满口胡说。(宝白)岂有此理。(钗白)取笑了。(黛白)琥珀姐姐,到此何事?(钗白)适才正说此事。老太太因天要下雪,就赏了她这么一件衣服。刚才回到房中,老太太又派琥珀姐姐,前来嘱咐与我,说不要管她太紧。[推琴介](白)你也不知是哪里来的这段福气。你赶紧回老太太屋里去罢。仔细我们委屈了你。我就不信,我哪样儿不如你?老太太这样偏心。(湘白)姐姐之话,虽是笑谈,却有人真是这样的思想。(琥笑指宝白)真心恼的,再没别人,只就是他。(宝白)休得混说。(湘、钗同白)他倒不是这样的人。(琥指黛白)不然就是她了。(钗白)更不是了。(宝白)越发胡来了。(钗白)我的妹妹,同她的妹妹一样,她比我还喜欢呢。(黛扶琴白)妹妹不要听她胡言乱道的。(琴白)小妹晓得。[宝神介](琥白)大姑娘告辞了。(琴白)多谢老太太惦记。(钗白)请老太太放心,就是了。(琥白)一定说到的。正是:偶为鹦鹉传娇话,致是苍苔染绣鞋。[下](黛白)香菱姐姐,这几日诗兴如何?(湘白)日来诗境大进,居然成了一诗人了。(菱白)村言俗语,怎好为诗。(钗白)再不要提起作诗。(黛白)怎么?(钗白)这些日吃饭也是作诗,睡梦也是作诗,又加上这位爱说话的云丫头,无昼无夜的,高谈阔论,聒噪的人坐卧不安。真真要把我麻烦死了。(湘白)圣人言道,愿得天下英才而教育之。这才是诲人不倦呢。[各乐介](湘白)你看满空冻云,一天雪意,正是作诗的材料,我们何不到院外走走。(黛白)也好,我正要到老太太房中,正好一路同行。(湘白)琴妹妹也要去的呀。(琴白)两日已来,未见大娘之面。等小妹问安之后,同行如何?(钗白)如此,你们且请前去,我们随后就到。(黛白)如此请。(湘、菱同白)请!(黛唱)携手离了蘅芜院。(湘、菱同唱)冻云千里一望无边。[同下](钗唱)姐妹一同到里面。(琴唱)大母台前去问安。[同下][宝看出神介](白)哎呀且住。林妹妹为人,凤来心重。老太太疼爱琴姑娘,我已怕她心中不快。适才湘云妹妹,那样说话,我想她一定着恼。

谁知宝姐姐又如此回答,林妹妹竟无一点怒意;她的言词面色,又非往日的情形。林妹妹与宝姐姐,风日心中不睦,怎么今日光景,又像比别人好了十倍的样子?这是什么缘故?我不免到妹妹房中,问他一问便了!(唱)就此赶至潇湘馆,见了妹妹问一番。[下]

第四场

〔黛玉上〕(唱)昨日里来到了许多亲眷,一家家叙离别庆贺团圆。自幼儿丧爹娘不得相见,叹伶仃悲身世更有谁怜。一霎时只觉心慵意懒,有何人谈衷曲为解愁烦?〔坐睡介〕〔宝玉上〕(唱)林妹妹她向来多愁多怨,史姑娘她又用言语讥讪。却怎么地依然欢容满面?我只得上前去细问一番。〔进介〕(白)啊妹妹,怎么青天白日,又睡着了?〔林醒介〕(白)你这是又由哪路而来?(宝白)我由宝姐姐那边,一径到此。(黛白)我因今日行路太多身体有些酸疼,你且别处游玩游玩,让我歇息片时。(宝白)酸疼事小,睡出病来事大。我替你解解烦闷,混过去,就好了。(黛白)你不愿出去,就在那边老老实实的,静坐片时,让我略微歇息歇息如何?(宝白)我是不惯一人闷坐的。(黛白)你不惯一人闷坐,你就先到别的姐妹房中坐坐再来。〔睡介〕(宝推白)见了别人,腻烦得紧。你叫我往哪里去呀?你起来,我二人说话谈心,岂不有趣?〔黛笑介〕(白)咳,你就是我命中的天魔星哦。〔搬椅介〕(白)请坐。(宝白)待我自己来搬。〔各坐介〕〔黛仍困介〕(宝白)啊妹妹,我正有一句书问不懂,前来领教。(黛白)一定又是什么《大学》《中庸》了。(宝乐白)不是的。前者看了《西厢记》之后,我曾念过两句取笑,你也曾恼我。如今竟有一句不懂,我念了出来,你替我讲解讲解。(黛看白)你这话的里面,又有什么文章。〔宝乐介〕(黛白)如此,你念来,我听上一听。(宝白)那恼简上,有一句,说得最好,"是几时孟光接了梁鸿案","是几时"三字,问得是最有趣。是几时接了的?你说来我听上一听。(黛笑白)你的来意,我知道了。(宝白)知道什么?(黛白)你问我为什么与宝姐姐,这样的和气?是也不是?(宝白)不错。(黛白)这原问的好;她也问的好,你也问的好。(宝白)其中必有缘故,请说上一说。〔黛乐介,羞介〕(白)不必说了。(宝白)非说不可。(黛白)像这些情词艳曲,不是我们女儿家应看之书。是我小时淘气,也曾偷看过多少。那日刘姥姥到此,行令之时,是我将"良辰美景奈何天",合那"纱窗也没有红娘报"两句,无意之中,说出口来。〔羞介〕别人不曾理会,宝姐姐背地里问我,并且对我说了许多知心之言。从前我只疑她藏奸,谁知她竟是诚心待人的。(宝白)如何?(黛白)因此么……就"孟光接了梁鸿案"了。[羞笑介](宝白)哦,原来是从"小孩儿家,口无遮拦"上,就接了案了。[乐介][黛羞笑介](袭人上念)为防玉体经风冷,不惜弓鞋踏雪寒。(进白)林姑娘万福。(黛白)姑娘少礼。(宝白)姐姐到此何事?(袭白)天气严寒,已落大雪,因此将这斗篷送来。二爷出去的时节,穿上要紧。(宝白)好,放下就是。(黛白)袭姑娘真是想得周到。(袭白)林姑娘夸奖。(翠墨上念)漫天已落催诗雪,各处来寻觅句人。[进介](白)二爷、林姑娘万福。(宝、黛同白)罢了。(翠白)袭人姐姐早来了?(袭白)也是刚进门的。(黛白)你到此何事?(翠白)大奶奶言道,天已下雪,正好吟诗。命我前来,请宝二爷和林姑娘,一同前去,商量凑一诗社,赏雪吟诗。(宝白)好极了。我们即刻前往。[行介](黛白)看你总是这样无事忙。就是前去,也要换了衣裳才是呀。(袭白)是呀,外面冷得紧,须要多穿两件衣服才好。(宝白)看衣更换。(紫鹃上白)宝二爷!(宝白)紫鹃姐姐。(鹃白)两位姐姐早来了?(袭、翠同白)刚才到此。[宝穿介](鹃白)我就不随姑娘去了。(黛白)回头遣人来接就是。[鹃应下](宝白)妹妹请。(黛白)请!(宝唱)大嫂嫂命侍儿前来相请。(黛唱)出门来又只见大雪纷纷。(宝唱)转山坳过石梁斜穿幽径。[黛滑介][袭、翠扶介][同白]林姑娘小心了!(黛唱)倩侍儿快扶住娇怯之身。(袭白)二爷同林姑娘慢慢行走,我先回去,再来接你。(宝白)只管回去罢远望见稻香村杏帘飘影!(黛唱)且学那谢小妹咏絮联吟。[同下]

第五场

[李纨上](念引)白雪纷纷。咏絮才是何人。(坐诗)阿侬爱住稻香村,村韵农歌入耳清。大雪又勾吟咏兴,因驰小柬聚诗人。(白)我李纨。初冬大雪,正好吟诗。因此特遣侍儿,去请众位姑娘到此,商议诗社,赏雪联吟。去了半日,尚未回来。我不免请出两位妹妹来,商议商议。啊,两位妹妹哪里?[李纹、李绮同上](纹念)阿娘勤教诲。(绮念)贤姊尽扶持。(纹白)奴李纹。(绮白)奴李绮。(纹白)姐姐呼唤须索前去。(绮白)请。[进介](纹绮同白)姐姐万福。(纨白)两位妹妹少礼,请坐。(纹、绮同白)有座。姐姐将妹妹呼唤出来,有何话讲?(纨白)只因天降大雪,正好吟诗。我已遣侍儿,去请众位姑娘,商议吟诗赏雪。两位贤妹,少不得也要各作一首才是。(纹、绮同白)小妹遵命。[宝钗、黛玉、探

春、宝琴、香菱、宝玉同上](合念)霰零继雪梁王苑,絮起因风谢女诗。[进介](同白)嫂嫂!(纨白)众位妹妹到了,请坐。(众白)有座。(湘云上念)吟成白雪阳春句,方是锦心绣口人。[进介](白)嫂嫂!(纨白)贤妹到了。[湘看介](白)众位姐妹都早到了。(黛白)大家请看,这不是孙行者来了么?[众笑介](湘白)孙行者?就不是这样的举动了。(众白)要怎样举动?(湘白)孙行者,须要这样……[作身段介](拉纨介白)师父啊师父!(看介白)你看来到盘丝洞了。[众乐介](钗白)你这孙猴学的很好。你再学个猪八戒,大家看看如何?(湘白)几时姐姐演盘丝洞的时候,我来反串猪八戒如何?(钗白)你总是不让人的。(纨白)妹妹这件衣服,哪里来的?(湘白)是老太太赏的。你看里面,还有一件。[脱衣介](众白)越发的标致了。(钗白)你看她穿的这件衣服,越发的蜂腰猿背,鹤势螂形,让你就爱杀人了。[摸脸介](湘白)姐姐休得取笑。[看介](白)众位姐妹,可都来齐了?[众看介](纨白)只有邢大姑娘,还未来到。(众白)想必就来了。[邢岫烟上](念)争传小堍成诗社,来作滥竽数人。(白)奴邢岫烟。来此已是。待我进去。[进介](白)嫂嫂万福。(纨白)大妹妹万福。妹妹请坐。(岫白)有坐。众位姐姐有礼。(众白)我等也有礼。(湘白)妹妹为何来迟?(岫白)行至园中,遇到琏二嫂嫂。她见小妹无御雪之衣,因将小妹唤至房中,赏了这么一件衣服。故尔来迟,众位姐姐恕罪。(众白)也还不迟。请坐。[坐介](湘白)啊,嫂嫂,人已来齐,我们该商议作诗了。但不知谁是主人,怎样的作法?(纨白)为嫂之意,昨日正期已过,再等下期,又嫌太远。可巧今日又降大雪,我等共凑一社。一来与他们几位接风,二来也正好吟诗赏雪。不知众位贤妹意下如何?(宝玉起白)嫂嫂之言甚是有理,我们即刻就作起如何?(纨白)你总是这样浮躁。你且坐了讲话。(宝白)是。(湘白)你是不吃木耳不上膘,无怪人都说你是无事忙了。(黛白)她说话,他是不敢拨回的。(宝白)不是哟,今日固是晚了,若到明日晴了天,岂不无趣。(纨白)看这天气,明日也未必就晴。就是晴天,一夜下的雪,也就够赏的了。(湘白)这主人是怎样的凑法呢?(纨白)除他五人不算,我等六人,每人出银一两,也就够了。(钗白)但不知在何处摆宴?(纨白)我已经派人打扫芦雪亭去了。(探白)芦雪亭?!临水傍山,正好赏雪。嫂嫂主意,果然不错。(纨白)三妹妹夸奖。这算商量已定,不必再改。[看介](白)天已不早,该往老太太屋中用饭去了。(众白)大家一路同行。(湘白)慢着慢着,我们要怎样出题限韵呢?(纨笑白)我的

心中,早已有了主意,此时还不便明言,明日临朝,就知道了。这正是:九转丹成鼎未开。(众念)不知谁是谪仙才。[同下]

第六场

[妙玉上](念)书成贝叶鱼吞墨,烧得松枝鹤避烟。(坐白)我妙玉。姑苏人氏,寄迹禅门。只因父母双亡,师父又经圆寂,因此来至贾府栊翠庵中修行。一生漂泊,只影伶仃。枯坐蒲团,好不烦闷。看大雪之中,红梅正方,不免到院中赏玩一番,以消愁闷便了问佛法几千年把何人唤醒?谁是醒谁是梦要证天心?无奈何坐蒲团勉甘清净,男当婚女当嫁怎得无情。(白)咳,宝玉为人,甚是有趣。那日到庵中品茶的时节,看他那一种温存和气的情形,使人长挂心间,放他不下。只是身入禅门,五根当断,这情缘二字,是不必提了。正是——(念)只影叹伶仃,伊人恰有情。已为佛弟子,只得假惺惺。[坐介](宝玉上唱)披簑戴笠穿幽径。呀,怎得寒香扑鼻清。(白)昨日众家姐妹商议定了,在芦雪亭中吟诗赏雪。因此清晨起来,即忙前去。行至此间,忽觉扑鼻清香,是何缘故?[看介]呀,原来是栊翠庵中,红梅已放。不免到庵中赏玩一回。[行介,欲进门介](白)不妥。倘若妙师父怪罪下来,如何是好?(妙白)呀,庵外似有步履之声。大雪之中,何人到此?[看介](白)原来是二爷到了。(宝白)仙姑。(妙白)这样大雪寒天,二爷怎得到此?(宝白)因同众家姊妹,在芦雪亭吟诗赏雪,路过此间。偶闻扑鼻寒香,知是红梅已放,因此前来赏玩。望求恕我唐突。(妙白)槛外人亦因雪天梅放,偶出禅堂。恰与二爷相遇,可算有缘法的了。(宝白)仙缘非浅。(妙白)二爷要看梅花么?(宝白)正是。(妙白)如此随我来。[进介](妙白)啊,二爷,你看雪添虚白,梅倚深红,委实娇艳得紧。(宝白)在哪里?(妙白)在这里。[宝看介](白)啊!(妙白)啊。[宝笑介,妙乐介](宝白)妙哇,妙哇!朱红粉白,秀色可餐。委实娇艳得紧。(妙白)啊,二爷说些什么?[宝神介](白)白雪红梅……(妙白)白雪红梅,二爷喜欢她么?(宝白)喜爱得紧。只是不能攀折,也是枉然。(妙白)啊,二爷想那花之为花,娇艳芬香,任人观玩,也就够了,何必又非攀折不可?(宝白)观之不足,便欲折得一枝,回家供养。(妙白)二爷真要折花么?(宝白)只恐仙姑不许。(妙白)别人折花,小道自然不许;二爷要折么……(宝白)便怎样?(妙白)是可商量的。(宝白)仙姑既允,待小生折得一枝。[行介][妙拦介](白)二爷不要这样卤莽。(宝白)是是,如此说来,仙姑

还是不许?(妙乐白)怎能不许?倘被花枝扎破了脸,那还了得。(宝白)依仙姑之见,要怎样的折法?(妙白)依我之见么……(宝白)是要怎样的折法?(妙白)你我二人,同到房中。(宝白)到房中作甚?(妙白)到房中将花剪取来,我将你扶到上边,轻轻的剪下……如此则采者无损,花亦无伤,岂不甚好?(宝白)好,就一同去取。(妙白)二爷呀!(唱)心儿内正不禁梅香雪冷,恰值得二爷到玩耍谈心。在禅堂取了花剪一柄,剪花枝须得要款款轻轻。[宝接剪介](白)待我剪来!(妙唱)伸玉腕忙上前将你扶定。[剪下介](妙接唱)问二爷,这一枝你可称心?(宝白)称心得紧。多谢仙姑。(妙白)岂敢。[宝看介](白)天已不早,恐怕众家姐妹相等。我要去了。(妙白)二爷有约,怎敢强留?(宝白)如此告辞了。正是——(念)衷曲偶谈情不尽,持花归去袖犹香。[行介,出门介](妙白)啊二爷!(宝白)仙姑何事?(妙白)我盼你将此花带回家去,香闺展玩,千万莫要扔在半路途中。(宝白)这个怎敢,不劳嘱咐,不劳嘱咐。告辞了。[笑下](妙白)看,他已去远……不免闭了禅门,进去罢。正是——(念)今朝暂离别,何日再相逢。[愁下]

第七场

[鸳鸯、琥珀扶史太君上](史唱)午餐毕,在房中清闲自在。却怎么,众孙女不见前来?[坐介](王夫人上唱)见窗外雪纷纷白银世界,且围炉侍姑亲谈笑开怀。(白)婆婆万福。(史白)媳妇少礼。坐下。(王白)告坐。(史白)今日饭后,他姐妹一人不见,不知都往哪里去了?(王白)唤凤丫头来,一问便知。(史白)有请你二少夫人。(鸳白)有请二少夫人!(熙内白)来了。(上念)倜傥风流四座惊,金闺独许占才名。解围惯博诸郎粲,戏彩常怡大母情。(白)太婆婆万福。(史白)罢了。(熙白)将孙媳妇唤出,有何训教?(史白)今日饭后,她众家姐妹,一人不见前来。不知她们都在园中做甚?(熙白)她们今日在芦雪亭饮酒联诗。(史白)倒也雅趣。(王白)芦雪亭中,多日无人坐落,潮湿非常。这样寒天,久在里面,恐怕要受病的。(史白)你快快前去看她们。(熙白)老太太不必着急,已经命人将火拢好。想来不至潮湿了。(史白)这倒罢了。[内白]李婶娘到!(鸳白)李婶娘到。(史白)有请。(鸳白)有请。(李上念)暂停娇女课,来问太君安。[进介](白)老太太万福。(史白)亲家万福。(史白)亲家万福。(李白)亲家可好?(王白)亲家可好?(熙白)婶母万福。(李白)二婶少礼。(史白)亲家请坐。(李

白)告坐。(史白)这样大雪寒天,亲家降临,有何见教?(李白)两日未见太君之面,故尔特来请安。(史白)这就不敢当了。(熙白)这样大雪,道路敢怕有些难走。(李白)扫有路径,也还能行。(王白)亲家由哪路而来?(李白)适从芦雪亭而来。(熙白)婶娘可见众家姐妹?(李白)都在那里。适才见带玉的哥儿,和一位带金麒麟的小姐,那样清秀干净,怎么要生吃鹿肉?二人说的有滋有味,谈的有来有去,我只不信,这肉是可以生吃的吗?(熙白)这一定是湘云妹妹的主意。(史白)这还了得,快快前去告诉他们,不准生吃。(熙白)老太太不必着急,适才他们要了炉叉。想来是要烧烤,不是生吃。(王白)这样寒天,烧烤也要仔细,不可多吃。你还是前去告诉他们才是。(史白)快快前去。(熙白)遵命。正是——(念)太君命我传言语,乐得园中戏片时。〔下〕(史白)他姐妹在那里饮酒谈诗,定然有趣,我等何不到彼观看一回,消遣消遣?(李白)贱妾奉陪。(史白)如此请。(王白)请!(史唱)听得是芦雪亭吟诗觅句,且寻他众姊妹消遣片时。(李唱)侍儿们侍太君要看仔细。(王唱)又只见白纷纷大雪沾衣。〔同下〕

第八场

〔李纨、探春、翠墨、侍书同上〕(纨念)冻合玉楼寒起粟。(探念)光从银海眩生花。(纨白)啊,贤妹,还要帮着为嫂,收拾收拾。(探白)但凭嫂嫂吩咐,但不知要怎样安排?(纨白)众家姊妹一排坐去,当中放下书案一张,桌上摆列纸笔墨砚就是。(探白)如此,你我收拾起来。〔收拾介〕(同白)有请众位姑娘。〔内白〕来了!〔岫烟、宝琴、李纹、李绮、香菱、湘云、黛玉、宝钗同上〕(白)大嫂嫂、三姑娘偏劳了。(纨、探同白)礼当伺候的。(湘白)嫂嫂你真有干事之才。(纨白)妹妹夸奖。(钗白)不知今日是怎样规矩?(纨白)今日题目便是即景联句。当中放一张书案,笔墨俱全。谁先得句,谁便写在上面。(众白)这倒新颖。(纨白)我等入座就是。(岫白)就请大嫂嫂上坐。余者依次坐下便好。(纨白)这话不妥。(岫白)怎么不妥?(纨白)今日本为五位妹妹接风,我等皆系主人,岂能上坐?就请邢妹妹居首,余者依次坐下才是。(岫白)这个如何使得?(众白)恭敬不如从命,不必推辞了。(岫白)遵命就是。〔众坐介〕(纨白)宝兄弟哪里去了?(袭白)想必就来的。(宝持梅上白)你们看这枝花好不好?(纨白)雅的很,翠墨将他生入瓶中。〔放在桌上介〕(翠白)啊,二哥,这枝梅花是哪里来的?(宝白)由栊翠庵中折来的。(琴白)你我前去看看如何?(钗白)刚才入座,又来逃席。那就该罚了。(宝白)回头再去不迟。[琴点头,同坐介](纨白)翠墨斟酒。[各斟介](纨白)请。(众白)请。[饮介][平儿引,熙凤上](念)为传大母命,来寻姊妹欢。(进介白)众家姐妹!雅得很!(众白)二嫂嫂来了,请坐。(熙白)有座。(钗、黛、湘、探白)二嫂嫂向来忙得很,不知今日甚风吹到?(熙白)甚风吹到哇?是西北风把我吹来的。(琴、岫、菱、纹、绮同白)二嫂嫂取笑了。(纨白)二妹妹到此,定有见教。(熙白)只因李婶娘,到老太太房中,说宝兄弟和湘云妹妹,生吃鹿肉。老太太怕吃病了,命我前来观看观看。(湘白)我等并未生吃。(熙白)我尽已知晓。听说你们在此饮酒作诗,可是有的?(众白)正是。(熙白)少不得我也作一句呀?(纨白)你还会作诗么?(熙白)你看我外面虽俗,内秀!心里头雅得很哪!(众白)如此妙极了。(熙白)但不知是何题目?(纨白)是即景联句。(熙白)什么是即景联句呀?(纨白)我道你俗,你说你雅。连这即景联句,都不知晓,怎能作诗呢?(熙白)你看你这样酸文假醋,这一点子不知道,也不见得就是不雅呀。你给我讲一讲,就知道了不是?我平常虽是俗人,今天雅这么一回,也不要紧哪。(众白)请大嫂嫂讲解讲解。(纨白)即景,就是以眼前所看见的景致为题。联句,就是每人一句,或二句,联续作下去。有心思快者,多作几句,也无妨碍。这就叫作即景联句。(熙白)这我就明白了。眼前的景致,当然就是下大雪了。(众白)不错的。(熙白)这么看,我也懂得了,你看我不会作诗不是?我还要作头一句哪!(众白)如此更妙了。(熙白)你们先不要恭维我。[想介]我想下大雪,一定要先刮北风……我这有了一句粗话,你们可不要笑话我。(众白)越是粗话越好。(熙白)人家作诗讲典雅,怎么到我这儿,就越是粗话越好了哪?(纨白)典雅有典雅的好处,粗话有粗话的好处。(众白)不错的。(熙白)如此我就说了?(众白)请讲。(熙白)一句诗也用不着讲啊,我昨夜听见刮了一夜的北风。我这一句,就是"一夜北风紧"五个字,使的喽?使不得?我就不管了。(众白)妙的紧,妙的紧。这正是会作诗的起法。(纨白)不必再改,就是这句了。(熙白)你们也不用恭维,我还不能奉陪,我还要陪老太太去哪。(众白)二嫂嫂请。(熙白)请。正是——(念)终日陷身俗事内,一朝混入雅人群。[下](纨白)今天即景联句,琏二奶奶,已经作得一句。待我写在上面,你们再依次联吟下去,不知众位妹妹意下如何?(众白)还是嫂嫂先联为是。(纨白)如此占先了!(唱【倒板】)北风一夜吹得紧。(岫唱)开门来又只见大雪纷纷!(琴唱)似柳絮遇轻风飘飘不定。(纹唱)白茫茫远无迹世界如银。(绮唱)笼翠竹压青松清幽美景。(菱唱)迷鹿踪去鸿印一望无垠。(探唱)泣鸦声寒雀噪难禁寒冷。(湘唱)填阶墀封台榭大地铺平。(钗唱)灞桥边驴背上时摇鞭影。(黛唱)孟襄阳衡寒冻曾把梅寻。(纹唱)红梅绿竹相斯衬,失翠寒天望远岑。(菱唱)姐妹行来寒凛凛,侍儿归去战兢兢。(探唱)众家姐妹绕诗兴,恰逢远路到诗人。(湘唱)佳客临存除小径,高轩莅止辟蓬门。(纨唱)因命侍儿来齐整,吟樽特设在斯亭。(绮唱)姊妹都是温存性,才得见面便相亲。(岫唱)得附骥尾三生幸,况复列座尽诗人。(钗唱)宾主联欢才坐定,擎杯酒未过三巡。(探唱)诗题即写当时景,大家提笔竞联吟。(纹唱)吟诗未得窥门径,怎敢人前也效颦。[宝、琴二人神介](琴白)他们争闹,无人理会。我们趁此同到栊翠庵内,去看梅花,岂不甚好?(宝白)妙得紧,就此前去。[宝、琴、婢下](湘唱)只管放胆休谦逊,才思当能迈等伦。(菱唱)今天幸得聆诗训,胜他立雪在程门。(湘白)待我来吟咏,料想昨夜呵!(唱)雾雾始布彤云影,倏尔飞飘六出霙。袁安高卧谁相问?谢庄衣上似花明。谢家小妹诗才敏,我还比她强十分。(探唱)你在吟坛来驰骋,我也要把锦标争。(纹唱)劝君何必相争竞,诗宜低唱酒要浅斟。(菱唱)梅花细嚼寒香沁,文章妙句本天成。(岫唱)诗如苏妹回文锦,捷才不必费思寻。(湘唱)心灵手敏诗才俊,歌成白雪共阳春。字斟句酌韵尤稳,诗思如风笔有神。(黛唱)你非是吟诗是拼命。(湘唱)当仁不让怎肯留情。(钗唱)云儿疯态殊堪哂,口角流墨笔不停。头上钗环频摇振,腰间玉佩响东丁。(纹唱)似杨妃来把翠盘进,又如飞燕舞伶俜。(黛唱)一似山鸡对明镜,又如仙鹤到空庭。(菱唱)他凤日本绕风雅兴,可称冰雪净聪明。(湘唱)手持大笔如临阵,真能横扫五千人。(黛唱)子建诗才八斗尽,尔才十石有余零。(钗唱)自今尔可称诗圣,我当拜倒石榴裙。(湘唱)诗成怎把他人尽,生来的绣口又锦心。兵强不怕人来窘,浩气还将云梦吞。[纨持杯介](唱)众姐妹且免相争竞,杯酒当前各罢兵。(白)请众位妹妹饮酒。(众乐介白)嫂嫂请。(黛白)贤妹呀!(唱)今朝诗战谁能胜,到头来还是史湘云!(湘白)姐姐夸奖。(纨白)只此已足,不必再联了。请众家姐妹入座,再共饮三杯。侍儿斟酒今日诗战,可算湘云妹妹得胜。我等要共贺一杯。(湘白)岂敢!(众白)请琴妹妹同宝哥哥哪里去了?(黛白)想是往栊翠庵探梅去了。(纨白)翠墨同袭姑娘前去寻找他们要紧。(袭、翠同白)遵命。[下](湘白)此时酒兴已足,我们何不也到彼探赏一番?(钗白)

妹妹言之有理。(众白)请。[排子下]

第九场

　　(袭、翠内白)走哇亭前领了主人命。(翠唱)寻找姑娘走一程。(袭唱)山路崎岖雪满径。(翠唱)不辨高低怎前行。(袭白)妹妹!(翠白)姐姐!(袭白)你我奉命,去寻宝二爷和琴姑娘,但不知他二人往哪里去了?(翠白)林姑娘言道,他二人一定是往栊翠庵去了。(袭白)如此,你我前去寻找便了。(翠白)只是雪深径曲,不辨高低。这便怎样处?(袭白)所谓奉命差遣,概不由己。道路难行,也要前去。(翠白)我们派一位老嬷嬷前去,岂不甚好?[袭笑介](白)我等难行,老嬷嬷就不难行了么?[翠乐介](袭白)你我二人,携手相扶,慢慢前去便了。(翠白)姐姐请一步步向前行,仙庵已近。(翠白)寒梅香一阵阵,扑鼻喷喷。(袭唱)我只得叩铜环,隔门相问。(翠唱)宝二爷薛小妹,曾否来临?(袭白)我家宝二爷和薛家二姑娘,可在这里?(内白)方才在此,已经走去多时了。(袭白)他二人已由此出去,不知又往哪里去了。(翠白)啊,姐姐!你来看。(袭白)看什么?(翠白)你看这雪中踪印,一大一小,一定是宝二爷和琴姑娘了。(袭白)不错的。(翠白)看这踪迹,去还不远。你我缘着这脚印,迤逦行去,定必寻得他们。(袭白)妹妹言之有理。请!(翠白)请!(袭唱)走山径过小桥寻踪觅印。(翠唱)不提防被丛棘撕破湘裙。(袭唱)雪又深径又窄站立不稳。[翠听介](唱)那边厢又听得似有人声。[同下]

第十场

　　(宝琴内唱【倒板】)迤逦度过小桥西。(上唱)转山坳踏雪径不辨高低。栊翠庵寒梅放清香扑鼻。为寻梅到庵内得晤禅师。得蒙她垂青眼细谈衷曲。临行时又赠奴春色一枝。叫侍儿将此花送回家去。[婢应介][宝玉上](琴唱)宝哥哥因甚事何故来迟?(白)宝哥哥为何落后?(宝白)因与妙师父又谈了几句禅语,故尔一步来迟。(琴白)谈了几句禅语?(宝白)正是。[袭人、翠墨同上](白)寻了姑娘半日,这样冰雪寒天,怎么站立在此?请姑娘和二爷快回芦雪亭去罢。(琴白)两位姐姐先行一步,我们是就回去的。(袭、翠同白)是。[同下][纹、绮、岫、菱、探、湘、黛、钗、纨同上](同白)你二人在此做甚?(琴白)适往栊翠庵观看红梅花,一径到此。(探白)我等何不也往栊翠庵观看一回?(众白)如此请。(妙玉上白)众姑娘稽首。(众白)妙师父来了,我等有礼。(妙白)众位姑娘,在此做甚?(探白)踏雪寻梅。(妙白)高雅得很。(纨白)妙师父,怎肯轻出禅关?(妙白)才送二爷出庵,正要回去。闻得众位姑娘笑语之声,故尔相寻到此。(黛白)闻得宝庵,红梅正放,不知肯见赠一枝否?(妙白)每位姑娘各赠一枝。等我回庵,即刻遣人送上如何?(众白)如此多谢了。(探白)啊,众家姊妹!(众白)三姑娘何事?(探白)你看积雪满山,有如粉妆玉琢,恍如身在玻璃盆中。你我何不舞雪一回?(众白)言之有理。(钗白)想那游戏三昧,乃神仙中恒有之事。妙师父既然相会,缘分非浅,何不一同戏耍一回?(妙白)小道奉陪。(众白)如此请!(唱)映白雪吐寒香红梅初绽,姊妹们闲相约去叩禅关。雪又深径又曲高低难辨,因此上在坡前小立盘恒。看一片白茫茫光辉目眩,好一似嫦娥女身在广寒。又好比来到了水晶宫殿,碾琉璃飞玉屑龙战方酣。众姊妹也学他云中之战,似素蛾共青女互斗婵娟。要学他绿柳中衔泥春燕,似惊鸿在云路羽翼翩跹。几人才将长袖挽,几人已把细腰弯。那一边掷来沾娇面,这一边抛去落香肩。点水蜻蜓飞款款,穿花蛱蝶舞翩翩。空中来去如红线,杨柳纤腰似小蛮。听经的天女把花散,凌波的洛神把浪翻。头间散乱横钗钿,腰下丁东响佩环。几人掠得乌云乱,几人蹚得绣裙偏。几人抽身才回转,几人已站立在坡前。(纨白)今日游戏,委是快乐的紧。只是天已不早,你我各回房中用饭要紧。(众白)嫂嫂言之有理。妙师父也该回庵了。(妙白)如此请。(众白)请!(妙唱)今日里共游嬉仙缘不浅。(众唱)到来朝重相约再叩禅关!

选自齐如山著、王晓梵整理《齐如山戏本》(辽宁教育出版社2009年版)。

饯　　春

（旦上，白）带路前进。（唱【二黄慢板】）叹春归伤春去愁春未醒，步迟迟倩紫鹃，搀到园林，见游蜂与飞蝶交相掩映。（转【原板】）见落花随流水渺难追寻，乱莺声啼不住繁华消尽，好春光止不住风雨飘零，似这般凄凉场如何能忍？来至在沁芳桥权作长亭。（白）香案摆开，你且退下。（紫下，旦白）饯春酒一卮，望春归何时，与春长相别。（叫头）春呵，春呵，空赋大招诗。（唱【二黄倒板】）送东君装彩胜，香飘烛影。（叫头）春呵，咳，春呵！（唱【回龙腔】）花如烟柳如雾凄绝长亭。（反【慢板】）看不见归何处离愁难罄，空留这护花幡十万金铃，耳听得响丁丁风雨相应，却不道春一去花也飘零，侬与尔原来是一般薄命，自古道是惺惺怜惜惺惺。（旦白）且住，春光已去，花事阑姗，紫鹃收拾香盘，葬花去哉。正是：饯春无计留春住，薄命人来葬落花。

选自金碧艳改编、刘豁公润色《饯春》（《申报》1924年1月26日）。

新编俊袭人剧词

将身离了怡红院,潇湘馆内看一番。
宝二爷他那里梳洗已定,没奈何我只得独自回程。
无奈何且把这女红来整,等候了二爷到细问分明。
我这里拈绣针把鸳鸯线引,为提防刺纤指疼痛我心。
好男儿在青春竟无志气,终日里全不晓习礼温诗。
只见他厮混在那姊妹丛里,替人家调脂粉似醉如痴。
怕只怕老夫人将奴来责,因此上要劝他改了前非。
见此情不由人自思自忖,他竟然独自睡将假为真。
每日里内姊妹嬉游无定,全不管奴这里一片柔情。
听漏声看明月金炉香尽,那蕙香和麝月鼾息声声。
呆公子酒窝犹含怒影,我只得拥鸳被细与温存。
猛然间,将玉簪一跌两断,又见他嗔满面怒发冲冠。
没奈何,拾玉簪好言奉劝,从今后切莫要信口胡言。

选自刘豁公主编《戏剧月刊》1928年第一卷第六期。

新红楼梦（新编京戏时事曲本）

贾宝玉持节赴东京　林黛玉追舟来上海

〔小生扮贾宝玉冠带,丑扮焙茗提灯引上。
（小生唱【西皮倒板】）
　　金乌坠,玉兔升,黄昏光景。
　　远望着,春申浦,一片澄清。
　　想当年,出京城,飘流无定。
　　毗陵驿,见过了,年迈天伦。
　　他只道,归佛门,迷途指引,
　　听斋鱼,和粥皱,陪伴晨昏。
　　哪知道,俺行的,家庭革命。
　　改西装,剪辫发,早做了出洋的学生。
　　在伦敦,有三年,流光一瞬。
　　喜只喜,得着了,卒业文凭。
　　我主爷,念时艰,讲求新政。
　　保和殿,开特科,选取人文。
　　那时节,回京城,居然侥幸。
　　蒙恩赏,翰林院,压倒群英。
　　我主爷,念祖父,功熏伟盛。
　　改京堂,出了这,清贵衙门。
　　愧皇恩,重叠加,也难报称。
　　又派充,日本国,出使大臣。
　　倜参赞,选随员,陛辞请训。
　　到上海,换汽船,直达东京。

只是我，外交上，未尝学问。

　　辜负了，我主人，破格用人。

〔末扮县官，副扮城守四杂，杂扮差役挑战兵丁同上。

（白）城方文武，迎接钦差大人。（丑白）起去。（众白）呵。（小生白）文武各官，回衙理事。（众退，四龙套上白）轿马齐备，请大人，发驾行辕。

〔吹打。小生随丑、四龙套、连统场下，丑、小生同下。

〔贴旦扮林黛玉、丑扮丫头上。

（贴旦白）容情必有误，执法永无差。奴家林黛玉，闻听宝玉放了钦差，十分荣耀，可恨没良心的宝玉，将奴家平日待他的情意，付诸流水。奴家不忿，因此追赶前来。紫鹃——（丑应介）哎。（贴问介）船到了码头没有？（丑白）到子半日哉。贾大人已经上子格岸哉。几几化化人来接俚。实头埋虎格。（贴旦白）现在呢？（丑白）现在末，坐子绿呢四轿，前呼后拥着，到子行辕里去格哉哈。（贴旦顿足介）宝玉呀宝玉，你好。（唱【西皮倒板】）说什么，我二人，天长地久，（转【急板】）

　　到于今，只落得，一笔全勾。

　　曾记得，在京城，相逢时候，

　　在花前，和月下，订下了鸳俦。

　　实指望，我二人，一生厮守，

　　谁想你，狠心肠，夜渡芦沟。

　　我为你，懒去穿，箱中锦绣，

　　我为你，懒去尝，席上珍馐。

　　我为你，受霜雪，长途奔走，

　　我为你，历风波，冒险在中流。

　　到于今，拆散了，鸾交凤友，

　　见陌头，悔觅封侯，

　　紫鹃，（丑白）姑娘，那哼。（贴旦白）快打发人去，雇辆马车，等奴赶到宝玉的行辕里去，问他一个明白。（丑白）姑娘，格是使勿得格。一来，贾大人搭子薛宝钗、薛夫人一淘来浪；二来，格星脱头判，才勒官听浪，恐怕有点勿使罢。（贴旦白）唉，奴也顾不得这许多事，紫鹃，快去。（丑白）耐要去末，只好让耐去，倪做了头格是，拦不住主人格。〔丑下。

〔丑扮马夫赶车上。

(贴旦白)紫鹃,好好看守行李,等我回来,再作道理。(丑白)晓得哉,姑娘耐要早点转来格哪。〔贴旦作上车介。

(丑白)正是,勿听老人言,凄惶在眼前。〔丑下。

(场上吹打,开门,小生上,杂扮巡捕迎接介,小生入坐介,白)禹门三级浪,平地一声雷,下官贾宝玉,蒙圣恩钦放,出使外洋大臣,在路耽搁了几日,已到上海。你看花迎剑佩星初落,柳拂旌旄露未干,好一座齐整的行辕也。

(小生唱【西皮摇板】)

行辕内,悄无人,春光如画,
为甚么,那边厢,一片喧哗。
莫不是,文武官,前来见咱,

(小生向内唤介)焙茗。(丑上应介)有。(小生唱)

快吩咐,众文武,各自回衙。

(丑传话介,净扮巡捕上,同丑禀介白)启禀大人,行辕外来一女子,口称林黛玉,要面见大人。(小生白)嗳唷,不好了。(唱)

听他言,不由我,心似乱麻,
这桩事,到后来,怎得开交。
悔不该,转许他,五花冠诰,
到于今,只落得,瓦解冰消。
平白地,为了我,轻裘上道,
受千辛,和万苦,为的是哪条?
我只得,坏良心,把前盟背了,
又恐怕,这冤家,怒气不消。
倘若是,都察院,具呈上告,
眼睁睁,要断送,头上乌貂。
左不是,右不是,我心中烦恼,
止不住,行辕外,声响如潮。

(净扮巡捕又上白)启禀大人,那女子,径自进来了,小官拦他不住,已经到了二门口了。

(小生作搓手介)这这这,怎样的好?(丑扮焙茗白)待奴才出去,问问他的来意,再请二爷定夺。(小生白)快去,快去,巡捕,(净应介)有!(小生白)吩咐快快掩门。〔小生下。

(贴旦林黛玉上白)呀,那巡捕上去了好半晌,难道没有回话待我闯将进去,(丑上白)慢来,慢来。(作认介)你是林姑娘。(贴旦白)你是焙茗,好好,我正要找你二爷,上房在哪里,领我进去。(丑白)小人有句话,不知道姑娘肯听不肯听。(贴旦白)容你讲来,只要言之在理。(丑白)我想姑娘,与俺二爷,虽说是做了一家人,然而还没有,名正言顺。上房里,现有薛夫人在彼,姑娘进去了,那薛夫人,心儿又窄,嘴儿又快,倘有冒犯之处,姑娘如何肯受?少不得要嚷起来,要打起来,别的多不打紧,二爷的面上,可就拉不了了。况且二爷,今非昔比,已经放了出洋大臣,被姑娘这一闹,事情传扬开去,给御史知道了,参上一本,二爷如何得了?还望姑娘再思再想。(贴旦白)焙茗,依你之见呢?(丑白)依小人之见,姑娘暂请回去,待小人和二爷商量妥了作何安排,有了一定主意,再请姑娘到来未迟。(贴旦白)罢罢罢,就依你所说,我今暂且回去,等尔主仆商量妥了,与我回话,现在限你三天之内,给我回信,倘若不然,哼哼,那就顾不得你们主仆的体面了。(唱【快板】)

　　　　林黛玉站立在二堂上,
　　　　叫一声焙茗细听端详。
　　　　他若是,三天内,依然这样,
　　　　管教你,主仆们,面上无光。

(白)马夫,与将车过来,回仁寿里去者。〔贴旦下。

(小生上,唱)
　　　　适才间,吓得我,心惊肉跳,
　　　　想不到,平地里,起了风潮。
　　　　左不是,右不是,徘徊甬道,
　　　　等候他,小书童,细说根苗。
　　　　慢腾腾,走进了,书房门内,
　　　　坐在此,不由我,意马心猿。

(丑上白)启禀二爷,林姑娘是被小人三言两语,哄出行辕,暂救一时之急。虽然回去,她约三天回话,请二爷速定主意。(小生白)这便怎好?(小生愁急介,白)呀,焙茗,你替我想一个法子才好。你且快快说来。(丑白)依奴才之见,二爷不如送他二千两银子,作为盘缠,待奴才再去花言巧语,把他撮哄上了道儿,也就完了。(小生白)事到如今,亦无别法,既然如此,你须将此事办得妥当。事完之后,重重有赏。(丑白)多谢二爷,小人理会了。(小生白)呀,焙茗,你到账户里去,支取二千银子,悄悄的拿去,不可走漏风声。(丑白)是,知道了。(小生下。丑白)哈哈,我家二爷吓坏了。(丑下。贴旦上白)路遥知马力,日久见人心。奴家适才进了宝玉的行辕,打算问他一个明白,谁知他躲避了,被那焙茗拦住了,不曾见面。据焙茗说,他一半天里头,总有下落给奴,且但等着,看他主仆,如何发落,咳,好恨吓。(丑扮紫鹃押行李上白)阿唷,姑娘,倪勒船浪,等仔耐长长远远,音信全无,亏得老娘姨来拨信,说姑娘,到仔贾大人格,行辕里去哉。丫头急得来,哎那哼,只怕姑娘闯出点穷头祸来,那没乃哼,晏歇夥连累我小丫头受罪。老娘姨说勿得格格个贾大人是呢,姑娘吃热格果子,随便那哼。贾大人勿会火冒格,耐放心没哉,老娘姨又说耐勒船浪,也勿是格事体,还是到仁寿里房里向去罢,倪听仔俚说话。随手收捉收捉,叫子一部小车子拿物事,车到该找搭,姑娘,耐点点看,阿少啥?(贴旦白)不用点了,你且歇息去罢。(丑白)哎。[丑下。

(丑扮焙茗上作问介,白)这里可是林姑娘府上么?(内应介)正是。问它则甚?(丑白)我是贾大人打发来的,有话要面回姑娘,(内应介)请少待。(贴旦率丑出)眼看旌旗起,耳听好消息。(贴白)外面有人问门,紫鹃你去开让他进来。(作见介。贴旦白)焙茗,可是你家二爷打发你来,有何话说?(丑白)姑娘容禀,
(丑唱【二人板】)

  姑娘不必怒冲冠,细听小人说原因。
  二爷本是无情况,你恶姻缘错当了好姻缘。
  奉劝姑娘还京转,支持门户,料理旧家园,
  白银二千,并无丝毫短,迢迢长路当盘缠。
  事到临头,也叫无可奈。

(白)姑娘呀,(唱)

  为今之计要从权,(贴唱【倒板】)
  听他言,不由我,心火喷,

(转【二六】)

  背转头来自思论,
  想平生,伶仃孤苦,更有何人问,

自苦道：树高千尺叶落要归根，不如重向京城。

（白）要是嫁人呀，（唱）

少什么公子与王孙，

叫焙茗银子快端正，

我这里，披星戴月转回程。

（旦白）焙茗，你速将银钱端整，我即刻就要回转京城，不得误事。（丑白）银子早已端整在这里，请姑娘收下。（贴旦作收银交付丫头介。贴旦白）嗳唷，好狠心的宝玉，我倒要看看你，将来的如何，妻荣夫贵，子孝孙贤，我林黛玉一天不死，总有日子，落在我眼中也。正是：落花有意随流水，流水无情恋落花。（贴旦率丑旦下。丑扮焙茗白）哈哈哈，一天大事，瓦解冰消，真所谓，风吹鸭蛋壳，财去人安乐。〔丑下。

〔完。

选自《时事新戏京调》（上海图书馆藏，藏书号564504-11）。

晴　雯

苏雪安

第一场　补　裘

地　　点　怡红院。
时　　间　冬季。自午至夜。
人　　物　宝玉、麝月、晴雯、坠儿、坠儿母、王善保家、焙茗、袭人。

〔宝玉提药包上,暗自叹息。
宝　玉　(念)愧我有心怜婢仆,
　　　　　　　谁能无病即神仙。〔进门四看向内唤。
　　　　晴雯,晴雯,我与你赎了药来了!啊,怎么无有声息呀?晴雯!
　　　　〔麝月缓步上。
麝　月　(调笑地)一会儿看不见,也犯不上这么个喊法呀!
宝　玉　不是呀,我与晴雯赎了药来了,她敢莫是睡着了么?
麝　月　她呀?回二爷的话,(顽皮地)老太太有事,她到上房去啦!
宝　玉　啊!这样大风大雪,她身上有病,为什么又叫她到上房去了呢?哎呀哎呀!〔着急。
麝　月　不是老太太叫么?谁敢不去呀?我的二爷!
宝　玉　也罢,这是王太医那里赎来的一包药,你……就与她熬了吧!哈哈哈哈!
麝　月　怎么着,让我给她熬药?
宝　玉　你们自家姊妹,素来要好,我不说么我知道你也是要与她熬的呀!
麝　月　我呀!(调皮地)我才不想给她熬呢!
宝　玉　哈哈哈哈,你又玩笑起来了!

麝　月　（故意地）谁玩笑呀？

宝　玉　（央求）好妹妹，看在我的分上，你就与她熬上吧！

麝　月　（微笑）我不看你呀……

宝　玉　好好好！你看我……我知道！

　　　　〔麝月取药罐、洗药罐，宝玉在旁帮忙，晴雯捧衣包跄跄走上。

晴　雯　（唱【西皮摇板】）

　　　　　　奉主命风雪中抱病往返，

　　　　　　走得我眼昏花腿软身寒，

　　　　　　这才是为人奴随人使唤！

　　　　〔扶壁挨入，不胜疲乏。宝玉见晴雯入门，猝起相扶，扶到榻上同坐下。

宝　玉　（怜惜地，接唱）

　　　　　　她面红气喘移步艰难。

　　　　你身上有病，这样大的风雪，跑来跑去，岂不冻坏了？你看，（握手）你的手都冻冰了！

麝　月　（暗笑）晴雯妹妹，老太太那么要紧的叫你，倒是有什么事呀？唷，（见衣包）敢情好，巴巴的叫你去是赏你那么一大包衣服么？我得瞧瞧什么好衣服。〔打开衣包。

晴　雯　（喘息不定，不胜疲倦）你别胡猜乱想，这是给二爷穿着去拜寿的。

麝　月　我说呢，这么漂亮的衣服，老太太也舍不得赏给咱们呀，二爷快来试试，这色儿真鲜活！

宝　玉　（不暇理睬）晴雯，你受了寒了，快到暖阁里安歇去吧！

麝　月　（玩笑地自白）跟他说话都听不见了！

晴　雯　你忙什么，这一会我倒歇过来了。来！这是一件孔雀金裘，老太太叫你回头出门的时候披上，免得到外边受了寒气。〔取衣欲为宝玉披上。

宝　玉　（推却）好好好，我少时出去再穿。你快到里面安歇去吧！好妹妹！（向麝月）你就熬起药来。（向晴雯）我叫麝月与你熬药，来来来，我送你到暖阁中去。

　　　　〔宝玉扶晴雯起，正行间焙茗上。

焙	茗	二爷,外面都伺候好啦,请您这就上王舅太爷府里拜寿。
宝	玉	(止步)如此,麝月,你扶着她进去吧![披裘欲行。
晴	雯	二爷回来!
宝	玉	你有什么话讲?
晴	雯	(拉宝玉到一边,低语)我来问你,昨儿晚上你在窗户外边听见的事,怎么发付呀?
宝	玉	昨晚我在窗外听见……我听见什么事呀?
晴	雯	唉,你这人怎么这样糊涂呀?就是平儿对她(暗指麝月)说的那档子事儿。(宝玉假装不解)就是坠儿偷镯子的事呀!
宝	玉	哦!(略一沉思)原来如此。这几日你身体不好,何必为这些小事劳神?
焙	茗	二爷走吧!
宝	玉	来了来了。(向晴雯)况且我此时就要出门,不能发付,少时等我拜寿回来再讲吧!

[晴雯不悦地骤然回身。
[宝玉赶到晴雯身边。

宝	玉	你怎么恼了?不要恼,我回来了就与你办。啊好妹妹,(向麝月)你不要忘了熬……
麝	月	熬药,我知道啦!
宝	玉	(向晴雯)你怎么还不去安歇,好妹妹去吧!(让晴雯入内,又回向麝月)好妹妹,你把别的事先搁下吧!
麝	月	(推宝玉出,讥讽地)我知道。你去你的吧,没有你,家里病人也死不了!
宝	玉	哈哈哈哈!
焙	茗	二爷走吧!
宝	玉	这不是走了么?[同焙茗下。
麝	月	你怎么还不睡去呀?
晴	雯	我这会儿不想睡。
麝	月	咳,不想睡也得去睡一会儿,要不二爷回来又得跟你唠叨。
晴	雯	你别忙,我还有正经事儿问你呢!

麝　月　什么正经事儿呀？

晴　雯　我问问你，昨儿晚上平儿姐姐跟你说的事，为什么不告诉二爷？

麝　月　(故意地)平儿姐姐？她跟我说什么来着？

晴　雯　你别跟我装傻，就是坠儿偷镯子的事儿！

麝　月　(无法隐瞒)哦，你问那个呀？

晴　雯　不问那个，还问哪个呀！

麝　月　这是平儿姐姐不让我告诉的。

晴　雯　平儿为什么不让你告诉？

麝　月　她知道咱们二爷的脾气，告诉他怕他心里不自在，这也是平儿姐姐一番好意，你怎么反倒不愿意呢？

晴　雯　虽说这是她的好意，可是这件事你们打算怎么办呢？

麝　月　那还不就算啦！

晴　雯　这是什么话？咱们当丫头的，本来人家就瞧不起。如今坠儿这个小东西又干出这么丢人的事儿，把咱们的脸都丢尽啦！

麝　月　咳，你什么都好，就是性子急。又不是咱们让她偷的，你管她呢！

晴　雯　嗳，

（唱【流水】）

这府中上下人几等，

谁不把丫鬟当贱人？

全仗自家行得正，

才免得旁人来看轻，

坠儿把廉耻俱丧尽，

你我也抬头难见人。

麝　月　你这个话呀，又不知道扯到哪儿去啦！

（唱【散板】）

这句话儿太过分，

说什么你我也难见人！

她自己做事自己顶，

你何苦为人去操心。

你自个儿有病，何苦来！我说你呀，真叫想不开！〔同情地〕

晴	雯	怎么倒是我想不开？
麝	月	你想呀，坠儿偷的那只镯子，原是平儿姐姐的，如今连她失主都不打算查问啦，要咱们冷锅里冒什么热泡呀？再说坠儿那个丫头往常也是挺老实的，跟咱们又无仇无怨，你管这个干吗呀？
晴	雯	（忽有所思）你这句话倒是说的有理呀！

　　（唱【二六】）
　　　　她一言将我猛提醒，
　　　　坠儿原不像偷盗的人，
　　　　如今做出此行径，
　　　　莫非其中另有别情？
　　　　若有隐情越该问——
〔坠儿掩步上，向门口探头偷看，被晴雯发现。坠儿无可藏躲地站住。

晴	雯	哎！

　　（接唱）你探头探脑定有亏心！

麝	月	倒是提起曹操，曹操就到。
晴	雯	你这个小东西为什么在门口探头探脑的不进来？
坠	儿	这……我没有探头探脑。
晴	雯	过来！（坠儿畏愧，不敢走近）叫你过来呀！〔坠儿移步，欲前又退。
麝	月	怎么啦，这儿有老虎，会吃了你呀！〔坠儿走近，晴雯一手捉住。
晴	雯	我看你望哪儿躲？
坠	儿	我没有躲，我怕姑娘病着，生怕进来吵着您呢！
晴	雯	你别跟我说好听的，过来，别怕，我问你一件事，你老老实实地告诉我，我就不打你！
坠	儿	吁，姑娘您问什么事？
晴	雯	我问你平儿姑娘的那只金镯子，是谁拿的？
坠	儿	金镯子！〔心虚，害怕，不敢说。
晴	雯	说！〔怒斥。
坠	儿	我……〔更怕。
晴	雯	你怎么样？快说！
坠	儿	我……

晴　雯　你偷的,(怒)是不是？说！
麝　月　快说吧！
坠　儿　我没……没偷,没偷！
晴　雯　你不说,我先扎你！〔捉住坠儿手,从头上拔下簪子作要戳势。
坠　儿　(哭喊)哎呀,姑娘饶命,姑娘饶命！
麝　月　(拉坠儿到一边)瞧瞧,还没扎你就哭！
坠　儿　我……我没哭！〔哭。
麝　月　还说没哭呢！过来！我来问你,那只金镯子是你偷的不是,说实话！(坠儿回看晴雯)晴雯姑娘的脾气你还不知道么？她说了不打,你说实话,她就不会打你的。你要不说实话,她火儿上来,可是谁也拦不住,你别找倒霉！
坠　儿　我……
麝　月　(安慰地)你说吧,怎么会偷的？告诉我,我保你挨不着打。
坠　儿　我从来也没偷过东西,都是我妈耍钱输急啦,叫我去偷,我才偷……(委屈而哭)偷的呀！
晴　雯　(闻言大怒)这还了得？做妈的不教训教训女儿,怎么着,反倒教她做贼！
麝　月　我说呢！这孩子怎么会好没影儿的偷起东西来了！
坠　儿　(哭)这都是我妈天天逼的,要不我就敢！
晴　雯　咳,真正好气人也！
　　　　(唱【摇板】)
　　　　　　哪有个为父母教儿偷盗？
　　　　　　似这等下流辈实难相饶,
　　　　　　坠儿！
　　　　　　将你那无耻的娘速速唤到,
坠　儿　是啦！〔委屈地掩泪下。
麝　月　你怎么这么大的气儿呀？你把她妈叫来打算怎么样呀？
晴　雯　(接唱)不将她撵出门怒气难消。
麝　月　咳,你只顾你自个儿心里痛快,可知道坠儿的妈,她可有来头呀！
晴　雯　她也不过跟咱们一样,供人使唤罢了,又有什么来头呀！

麝	月	你忘了她妈是东府里大太太陪房王善保家的外甥女儿了么？
晴	雯	我没有忘。是王善保家的外甥女儿又该怎么样？
麝	月	咳，我的傻姑娘，王善保家那个老梆子向来就不省事，你把她的外甥女给撵啦，她怎能不恨，你这是何苦呀！
晴	雯	哼，慢说是王善保家的外甥女，就是大太太的外甥女，她敢偷东西，我就敢拿她当贼！
麝	月	咳，你这个丫头真是……我劝你别那么胡说吧！
晴	雯	什么胡说！我告诉你，我就知道行得正，坐得正，什么事也不用怕，我不犯过错，大太太也不能把我怎么样！
麝	月	你瞧，我是为你好，你还越说越来劲儿呢。
		〔坠儿哭丧着脸引她母亲同上，见晴雯、麝月。
坠儿母		你哭什么？一会儿你姥姥就来，还怕这些个丫头片子么？
坠 儿		（不悦地）还说呢，人家要是问起来，瞧你脸往哪儿搁！
坠儿母		你这个丫头片子！〔进门。 二位姑娘好呀！（晴雯、麝月不理，坠儿母讪讪地）二位把我找来有什么事么？〔故作无事的样子。
晴	雯	什么事？你自个儿心里还不明白么？
坠儿母		（震惊，旋即故作镇定）我明白？我明白什么呀？姑娘真会开玩笑！
晴	雯	谁跟你开玩笑，我问你……
		〔麝月急拉晴雯背谈。
麝	月	你先别忙，我还有话跟你说。
晴	雯	我正要好好儿的盘问这个老东西，你有话咱们回头再说。（向坠儿母）我问问，你为什么叫……
		〔麝月再拉晴雯。
麝	月	我的姑奶奶，你等等呀！
晴	雯	咳，你真讨厌，等什么呀？
麝	月	你听我说完了再问行不行？
晴	雯	快说快说！
麝	月	（低语）你别尽顾了一时痛快。你若将偷东西的事儿叫破了，她们恼羞成怒，那王善保家的说不定在大太太跟前告上一状，要是把不是落

在宝二爷身上,那可不要让二爷吃一顿冤枉憋子么?
晴　　雯　(忽被提醒)这个么?(听到宝玉)好啦,你别说了,我有主意。
麝　　月　你说话留点神吧!
晴　　雯　(回身抚麝月肩,半嗔半笑地)我知道啦,我的姐姐!
坠儿母　姑娘,你刚才问我什么来着?
晴　　雯　我呀!(想)我把你找来,让你把坠儿领回家去,我们这儿不用她侍候啦!
坠儿母　(惊诧)唷,这是为了什么呢?
　　　　　〔坠儿掩泪。
麝　　月　坠儿近来不学好,成天只顾玩儿,什么事也不会干,所以让你领回去。
坠儿母　姑娘们这个话就不对啦!
晴　　雯　怎么不对呀?
坠儿母　孩子岁数小,不懂事,你做姐姐的就得带着她、教着她才是呀,怎么能随随便便地把孩子给撵了呢?
晴　　雯　咦,我倒是想教她好的,可是就有人尽教她坏的!
坠儿母　可是谁又教她坏的呢?
晴　　雯　这个呀,你就甭问啦,快把她带走吧!
麝　　月　得了,〔暗扯晴雯。
　　　　　你就少说一句吧!
坠儿母　姑娘,(软中带硬)想府里丫头小子,都是上边主子们派的,就是不要我的孩子,也得有上边主子的吩咐,才是个道理呀!
晴　　雯　(怒)怎么着?我们跟你说还不算么?
坠儿母　对啦,我可不能听你的!
　　　　　〔王善保家急上。
王善保家　什么事那么大声大气的?(见晴雯、麝月)姑娘们好呀!〔向坠儿母互相以目示意。
麝　　月　唷,王大妈来啦,请坐呀!
王善保家　好坐好坐。〔见晴雯不理,故意地向坠儿母。
　　　　　我说坠儿的妈!
　　　　　你们什么事那么大呼小叫的呀?

坠儿母	咳,您不知道,好没影儿的这位晴雯姑娘要撵我们呢!
王善保家	啊,这是个什么道理呀?打我这儿说就不行,我问她去。(向晴雯)姑娘,您为了什么要撵娘儿俩呀?

〔晴雯欲说,麝月暗拦住。

麝 月	王大妈,你不知道,坠儿近来只顾了玩,任什么也不干,再说我们这儿人也太多,所以才打发她回去。
王善保家	这是什么话?府里丫头小子全由上边主子派定,就凭姑娘你们……就能随便把她撵了吗?
晴 雯	怎么着,我们还不能让她走么?
王善保家	你大不过也是个丫头!(晴雯怒)还不是跟她一样么?
晴 雯	(怒极)你别倚老卖老的跑到这儿来欺侮人!丫头丫头,丫头也是你叫的!我告诉你,叫坠儿出去,是宝二爷吩咐的,难道宝二爷还做不了主么?
王善保家	(闻言转变态度)哈哈哈哈,姑娘,别一下子就把宝二爷抬出来,谁不知宝二爷总是听着你们的?再说就算是宝二爷不要她,姑娘美言几句,不也就结了么?这不是明摆着是姑娘们不能容她么?
晴 雯	这不干我的事,全是二爷的吩咐,你要不信,当面问宝二爷去!
王善保家	哈哈,好一个晴雯呀,你一口咬定了是宝二爷的吩咐,你是打量我没辙呀!好,你别把弓太拉满啦,咱们走着瞧!
晴 雯	什么叫走着瞧?
麝 月	晴雯,别闹啦,你歇歇去吧!(拦住背白)你犯得上招她的恨么?
王善保家	走着瞧就是走着瞧,(回向坠儿母女)走,咱们干脆别沾她们!〔带坠儿母女出门下。

〔晴雯体倦心烦,半倚榻上。

麝 月	你这是何苦?自个儿有病,不养养神,生这些个闲气!来,我扶你上暖阁歇着去吧!
晴 雯	咳,麝月姐姐呀!

(唱【散板】)

你我生来何不幸,
受尽闲气恨难平!

麝　月　人都走了,你还气什么? 快歇着去吧! 〔扶晴雯下又上。
　　　　（接唱）晴雯虽然性太急,
　　　　　　　这府中之事也实难提,
　　　　　　　怕的是这丫头（向内指晴雯卧处）终有亏吃。〔忽然想到。
　　　　唷,我想起来了! 为了坠儿这小东西,瞎扯了半天,药还没有熬呐! 一会儿我们那位二爷回来,必得问我,要是知道还没熬呀,准得不愿意,还当我不肯熬呐。嗻,快熬吧!（理药包,熬药）这药味儿好香呀!
　　　　（接唱）一阵阵药草香沁人心脾。
　　　　〔袭人素服上。
袭　人　（唱【摇板】）
　　　　　　　为母丧回家去坐夜守更,
　　　　　　　忘不了怡红院心上之人。〔进门。
麝　月　唷,姐姐回来了么?
袭　人　我回来了。
麝　月　家里事都完了么?
袭　人　可不是算完了么? 我妈养了我一辈子,我也没能够在她跟前伺候一天,这会子想伺候也晚啦!〔掩泪。
麝　月　咳,像咱们这样的人,有什么办法? 倒是我一句话,招起你的伤心来啦,别哭啦!
袭　人　晴雯在哪儿呢?
麝　月　她病了,躺在暖阁里呢!
袭　人　病了为什么发那么大的脾气?
麝　月　（奇怪）你怎么知道她发脾气呀?
袭　人　刚才我打上夜房门口过,坠儿跟她妈,还有王善保家的都对我诉苦来着。晴雯到底为了什么要使那么大的威风?
麝　月　要说事儿倒是怨不得晴雯。
袭　人　到底为什么?
麝　月　为了坠儿偷东西。
袭　人　偷了什么?

麝　　月　平儿姐姐一只金镯子。
袭　　人　真的么？
麝　　月　那还有假？你知道怎么会偷的？
袭　　人　我怎么会知道呀！
麝　　月　是坠儿她妈耍钱输急了，让她偷的。
袭　　人　原来是这么一回事。（想）可是话又说回来，晴雯也不对，一来她姥姥王善保家是东府里大太太的陪房，也得瞧着人家的面子，二来，就是要撵，也得回过二爷呀！
麝　　月　原是二爷跟她（指晴雯）说好了的。
袭　　人　跟二爷说好的？那也该等我回来，到底跟我商量商量呀，你说是不是？
麝　　月　是呀，我也是那么劝她来着。（敷衍）姐姐，我把她叫出来，您问问她吧。
袭　　人　别忙。（拦住）要是当面锣、对面鼓地那么一问，反倒显得咱们跟她过不去似的，算了吧！（回头见药罐）这准是晴雯的药！
　　　　　〔麝月点头。
袭　　人　是二爷让你给她熬的不是？
麝　　月　是……
袭　　人　哼，倒活像个千金小姐，咱们才是奴才命呢！
麝　　月　二爷让熬，有什么说的呢？别提了，姐姐，坠儿的事怎么办？
袭　　人　有什么怎么办的？不是已然撵了么？
麝　　月　王大妈不是又求您来着么？
袭　　人　我管不着，反正是晴雯的事，人家亦怨不着我，也恨不着我。（看天色）我刚才听说二爷上王舅太爷府里拜寿去了，这早晚也快回家了吧？咱们先把屋里拾掇拾掇吧！
麝　　月　好的，待我把这个药罐子端开。
袭　　人　待我点起灯来！
　　　　　（背唱【散板】）
　　　　　　　小晴雯自负着风流灵巧，
　　　　　　　这几年仗宠爱心狂眼高！

想到了将来事令人烦恼，〔出神。

〔行弦。

〔在袭人唱时，麝月搭下镜袱子，又铺好炕褥。

麝　月　呀！

（背唱）定为了方才的事她暗地心焦。〔凑近袭人。

姐姐，你在想什么呀？

袭　人　啊！（惊顾）不是呀，我在想二爷到这个时候还不回家，路上别着了凉。

麝　月　今儿可冷不着他。

袭　人　为什么呢？

麝　月　今儿一大早老太太给了二爷一件宝贝，可真暖和呀！

袭　人　什么宝贝？

麝　月　是一件皮斗篷，叫什么……孔雀裘。

袭　人　话虽如此，咱们也得先把熏笼续上。（袭人、麝月同下，抬熏笼上）二爷也许已经回来，在老太太那边说话儿呢，你上后面去准备茶水，我到上房瞧瞧去。

〔袭人出门，宝玉、焙茗同上。

宝　玉　（唱【散板】）

烧破雀裘心烦恼。

袭　人　二爷，您回来啦！

〔焙茗将衣包等交付袭人而退。

宝　玉　我么？（心神不定）回来了。咳，这是哪里说起？〔边说边脱孔雀裘查看，连连叹气。

〔袭人将衣包等交付麝月。

袭　人　（唱）

你这样着急为哪条？

宝　玉　咳，再休提起！老太太赏了这件孔雀裘与我御寒，第一次上身，就被我烧了一个窟窿，老太太若是问将起来，叫我怎样回答？

袭　人　原来为这个，我瞧瞧烧在哪儿？

宝　玉　就烧在这里！〔指烧痕。

袭	人	唷,我当烧了多大,原来才这么一点小窟窿呀!
宝	玉	这还是小窟窿?哎呀呀,小窟窿,她倒还嫌烧得不大呢!
袭	人	你瞧瞧,我这么一句不要紧的话,犯得上这么着急么?
宝	玉	不是呀,若被老太太知道,岂不要说我无有造化么?
袭	人	我的好二爷,您别着急,叫焙茗偷偷地拿到外边去织补一下不就完了么?
宝	玉	这还像一句话。
袭	人	敢情我说了半天,就是这一句像话么?
宝	玉	(安慰地)哈哈哈哈,我方才心中烦恼,把话说重了,好姐姐,你难道还见怪么?
袭	人	(满意地)别一会好一会恼的耍着人玩,你先歇着,我把焙茗叫上来。(抱裘包出门)焙茗在外边吗?
焙	茗	(内应)来啦!(上)袭人姐姐有什么吩咐?
袭	人	宝二爷叫你偷偷儿地把它拿到外边,找个能手裁缝把烧的窟窿给织补上,要多少钱给多少钱,快去![交裘包。
焙	茗	是啦。[接裘包。
袭	人	回来!(焙茗止步)可别让人瞧见啦!
焙	茗	知道了。[急下。

[袭人回进房内,麝月送茶上。

袭	人	二爷回来啦?
宝	玉	回来了,晴雯可好些了?
麝	月	晴雯呀?怄了半天气,这会儿刚睡下。[取药。
宝	玉	啊,与哪个怄气呀?

[袭人旁坐,不出一声。

麝	月	还不是为了坠儿的事儿!
宝	玉	哎呀呀,自己有病,还怄什么气?她还不曾用药么?
麝	月	她一直在生气,我一直在劝她,哪有工夫吃药呀?

[宝玉正欲有言。

麝	月	你别着急,(调笑地)我这就给她端了去。
宝	玉	好好好,有劳你了!

麝　月　干嘛跟我们这么客气呀！〔下。

〔焙茗捧衣包上。

焙　茗　袭人姐姐，（入门）外边裁缝，不认识这是什么玩意织成的，谁也不敢织补。

宝　玉　哎呀呀，这便怎样好呢？

袭　人　我说二爷，往常值钱的东西，糟蹋了的也不知有多少，也没见你这么个舍不得呀！

宝　玉　唉！

（唱【摇板】）

孔雀裘虽珍贵我不稀罕，

为的是老祖宗亲赐我穿，

到明天是舅父千秋寿诞，

你教我穿什么走到筵前？

一时间急得我心中忙乱……

〔晴雯扶病上。

晴　雯　（接唱【摇板】）

这件事交与我何必愁烦。

宝　玉　啊，你怎么起来，快去睡去，不要又受了风寒呀！

〔晴雯不理，坐下。

晴　雯　麝月姐姐，你把衣服拿过来我瞧瞧！

麝　月　好吧！（送裘与晴雯）就怕你瞧了也是白瞧。

〔晴雯看裘。

晴　雯　这是俄罗斯的孔雀金线织成的。

麝　月　你怎么知道？

晴　雯　我原先在老太太屋里见过这个，有时候还拿金线织着玩呢！

袭　人　那敢情好呀，你就把它补上，也免得二爷着急呀！

宝　玉　啊，使不得，使不得，她病了如何使得，快进去歇歇去吧！

晴　雯　你别婆婆妈妈的，我自个儿知道。谁让你烧了呢，这会子又替我担心！（袭人笑指宝玉，宝玉稽窘）麝月姐姐，你把我那个针线盒子里的孔雀金线给拿来！

麝　月　嗳，我给你拿去。(取盒看)我可不知道哪个是孔雀金线，你自个儿拿吧！〔送盒。

〔晴雯接盒取线。

晴　雯　就是这个！〔忽然头晕，颓然倒卧炕沿上，宝玉急忙抢扶。

宝　玉　怎么样？我早说你该去睡着的。

晴　雯　(推开)谢谢你，离我远远儿的行不行？(宝玉退后，晴雯强起取线比界)麝月姐姐，把金线这么一界，你瞧还能混得过去么？

麝　月　不错，果然一个样。

宝　玉　(得意)啊袭人姐姐，你也来看看呀！

袭　人　唔，(冷然)我不看也知道错不了。

麝　月　线倒是有啦，你又病着，可是除了你谁又办得了呀？

晴　雯　咳，说不得我挣命吧！〔欲起，又倒伏枕，强起。

(唱【二黄倒板】)

　　　　颤巍巍拈不住银针金线。

〔再伏枕，起更。

袭　人　天都起更了，二爷不是明儿一早还得上王舅太爷府里拜寿么？这会儿也该睡了吧？

宝　玉　我么？倒还不困，你先去吧，我随后就来！

袭　人　嗳，那么我给您把熏笼续上。

宝　玉　好。

袭　人　把汤婆子灌上。

宝　玉　谢谢你了。

袭　人　哼，我打外边回来这么老半天，你也没理我，这会儿干嘛又跟我这么客气呀？

宝　玉　哎呀呀我真该死，都是把这件孔雀裘闹糊涂了！

袭　人　依我看呐，不是那件孔雀裘把你闹糊涂啦，倒是那位织孔雀裘的人儿把您给迷糊啦！〔笑下。

宝　玉　岂有此理，岂有此理。(回头见晴雯伏枕，麝月为晴雯捶背。立即趋前)啊，晴雯怎么样了？我看你还是歇着吧，如若不然，添了病却怎么好呀？

〔晴雯缓缓抬头,向宝玉微笑,慢慢推开宝玉。

晴　雯　我不用你管!

（唱【慢板】）

　　懒抬头强挣扎半靠在床沿。

〔宝玉取靠垫为晴雯垫背。

宝　玉　你且靠着它,慢慢地动手!

〔晴雯笑着不理宝玉,向麝月。

晴　雯　好姐姐,你帮个忙儿,把这些线给理一理!

宝　玉　待我来理。

晴　雯　唉,我的小爷,你哪儿会干这个呀?快躲开吧!

麝　月　还是我来吧!〔麝月向前搓线纫线穿针。

晴　雯　（接唱）小竹弓紧绷在雀裘下面,

宝　玉　待我与你掌灯。

晴　雯　（接唱）看清了经纬线仔细穿连,

　　　　　　红烛下影摇摇强睁倦眼,

〔晴雯头晕目眩,宝玉忙放下灯台,把她扶住。

晴　雯　（接唱）缝过了三五针手软如绵。

宝　玉　你且歇息歇息,喝上一口水吧!〔送茶。

〔起二更。

晴　雯　唉!〔推去茶杯。

（唱【快三眼】）

　　为什么瞎张罗里外跑遍?

　　为什么这时候不去安眠?

麝　月　二爷瞧着你那么给他卖命,他能不忙合忙合吗?

晴　雯　有他在这儿,三天也完不了工,好姐姐,您把他带走吧!

麝　月　二爷听见了没有?人家一丝儿不要你在这儿,你这是何苦呢!

宝　玉　好,我们原该让她安心去做的。（想）麝月姐姐,你陪着她吧!

晴　雯　谁也不用陪着我,我长着嘴呢,有事不会喊你们么?

麝　月　不,你病着,撂下你一个人不方便,还是我陪着你吧!

宝　玉　好,你陪着她,我去睡了。（回头）啊,晴雯,夜深了,快披上一件衣服吧!

晴　雯　你再麻烦,我偏不披。

麝　月　(调笑)这不是找钉子碰么,去你的吧!这儿有我呢!

宝　玉　如此有劳你了![下。

麝　月　好说,二爷!

晴　雯　麝月姐姐,时候不早了,你也去睡吧,我一个人做活倒清静。

麝　月　也好吧,我先去睡一会儿,你有事喊我一声我就来。[欠伸下。

晴　雯　瞧我们二爷的脾气,真是说不上来的那么黏!

(唱【快三眼】)

虽是他好心肠将我怜念,

反教我分精神把时候耽延,

缝一针看一遍,怕的是有疏有密,有深有浅,

[起三更。数更筹,看补处,心中烦躁,扔下衣衾。

(接唱)却因何三更过才补上了半边?

[宝玉暗上,觉得外面较冷,看熏笼已灭,回到暖阁——下——悄悄捧出熏笼,放在晴雯身后,晴雯不知。

晴　雯　(唱【原板】)

我从来性儿急手儿也不慢,

这才是好汉只怕病缠绵。

[累极,伏下,宝玉悄悄取衣披在晴雯肩上,晴雯惊醒。

晴　雯　你怎么还没睡?

宝　玉　我一时还不困呀!

晴　雯　嗨,你老那么来来去去的,我的心就静不下去,今晚上补不完可又怎么办呢?

宝　玉　我……我是怕你累坏了呀!

晴　雯　我累着了明儿睡一天不就好了吗?你睡你的去吧。(宝玉还是不走)小祖宗!你再熬上半夜,明儿眼睛抠搂了,可怎么好!你瞧,(见宝玉衣单)穿这么点儿,冻着了怎么办?

宝　玉　好吧,你不用着急,我睡去就是了。(走,又回头)你不要太累了!

晴　雯　知道啦![宝玉下。

晴　　雯　咳,这才是我命里魔星呢!

　　　　　（接唱）咬牙关强打精神忍住喘,〔喘。

　　　　　　　这魔星真真教人意急心煎。

　　　　〔转变情调。

　　　　　　神昏目倦我看也看不见,〔风声。

　　　　　　夜深风冷就吹透了双肩,

　　　　　　纵然是拼性命也在今晚……

　　　〔转快,边做边看,最后力竭伏枕。四更,缓缓抬头。

晴　　雯　（唱【摇板】）

　　　　　　好容易补完了口大如钱,

　　　　〔强起行到桌边灯下。

　　　　　　喜孜孜向边缘把雀绒修剪……

　　　〔力尽神疲,伏于桌上,宝玉暗上,见状忙趋前抚慰。

宝　　玉　（低唤）晴雯!

晴　　雯　（缓缓抬头,由宝玉扶回炕上,拉住宝玉以表示之）总算补完了,到底不像呀!

宝　　玉　怎说不像,依我看来,真是一般无二了!

晴　　雯　哎呀我的妈,我可也实在不行啦!

　　　　　（接唱）到明天且穿上混过眼前。

第二场　折　扇

地　　点　怡红院。

时　　间　夏初。午后。

人　　物　宝玉、晴雯、袭人。

　　　〔宝玉闷闷不乐地上。

宝　　玉　（唱【西皮散板】）

　　　　　　只说是庆端阳合家欢畅,

　　　　　　又谁知酒席前各有心肠,

　　　　　　我欢欣人烦恼难以一样,

看起来眼前光景也难久长!

唉!今日虽逢端阳佳节,在酒席筵前,见大家闷闷不乐,片刻就散,好生烦恼,这才是千里搭长棚,天下无不散的筵席了!唉!(入门)怎么进得院来,一个人影都无有呀?(向内)喂,有人么?何妨请出一个来呀!

〔晴雯边做针线边上。

晴　雯　二爷这么早就回来了吗?

宝　玉　回来了,莫非自己家里还不能早回来么?

晴　雯　(微笑背白)唷,这是怎么啦?(回脸)二爷,这会儿挺热的,您换件衣服吧!

宝　玉　好。(换衣,晴雯在折衣时跌折扇骨)蠢材呀蠢材!将来你自己当家立业,也是这样顾前不顾后的么?

晴　雯　(冷笑)二爷近来脾气大的很,行动就给脸子瞧,何苦来!嫌着我们,就干脆打发了我们,再挑好的来使唤,大家好离好散多好呀!

宝　玉　(深有所感,怨恨地)你你你不用忙,将来大家总有散的日子。

〔袭人急上。

袭　人　好好儿的又怎么了?可是我说的:一时我不到,就得有事儿?

〔晴雯受了委屈,无处发泄。

晴　雯　既这么着,姐姐,就该早来呀!自古以来也就只有你一个人会服侍,服侍得那么好,为什么昨儿又挨窝心脚呀?

袭　人　(怒甚,但忍住不发)好妹妹,别说了,你出去逛逛,消消气,这原是我们的不是。

晴　雯　(尖刻地)我们!我倒不知道你们是谁?别叫我替你们害臊了。大不过和我似的一个丫头罢了,哪里就称起"我们"来了!

宝　玉　(更觉烦恼)你们气不过,我偏抬举她!

袭　人　(向宝玉)得啦,她一个糊涂人,你和她多讲什么?

晴　雯　我原是糊涂人,哪里配和你们说话呢?

袭　人　姑娘倒是打算和我闹,还是跟二爷闹呢?又不像恼我,又不像恼二爷,夹枪带棒的是个什么主意?嗯,我躲开你,你爱怎么闹就怎么闹去吧!

〔欲走。

宝　玉　（生气）你也不必如此，你也大了，你的心事，我也知道，待我回明太太，打发你出去。

晴　雯　我为什么要出去？你们要变着法儿打发我出去也不能够！

宝　玉　我何曾经过这样的吵闹？待我回太太去。〔欲去。

袭　人　好没意思，真去回了，岂不叫太太犯疑？反倒大家都不能安静了。

宝　玉　这是她闹着要出去的呀！

晴　雯　（哭）我多早晚闹着要出去？自己不想想，也不知在哪儿受了气，拿我撒性子！要回，只管回去，我一头碰死了，也不出这个门儿！〔哭。

宝　玉　这又奇了，你又不愿出去，又是这样的吵闹……
　　　　〔焙茗溜上，探头。

焙　茗　二爷在屋里么？

袭　人　原来是焙茗，有什么事？

焙　茗　薛大爷请二爷去喝酒。

宝　玉　哎呀，哪有闲情陪他喝酒，我不去。

袭　人　二爷，一来薛大爷好意来请，不去不合适；二来在家待着生气！……（晴雯闻言，拂袖而下）倒不如出去散散心吧！

宝　玉　也罢，如此我去去就来，（袭人为宝玉取扇）焙茗带路！
　　　　（唱【散板】）
　　　　　　岂是我惯与她们争闲气。

袭　人　（付扇）早点回来，别喝醉啦！〔下。

宝　玉　（接唱）恨只恨使碎心肠没人知。
　　　　〔焙茗引宝玉下。

第三场　撕　　扇

地　点　怡红院廊下。

时　间　前场同日的黄昏。

人　物　晴雯、宝玉、袭人、麝月。

　　　　〔晴雯在新月下徘徊于怡红院小庭中。

晴　雯　（唱【西皮原板】）

晚庭中风吹得花影摇摆,

新月儿似含笑它笑我痴呆!

宝二爷他待我虽也怜爱,

贵公子对奴婢是甚等情怀!

这府中终日里纷腾似海。

(转【南梆子】)

我好比随波浪一叶飘来。

懒恹恹且坐在绛芸轩外,

说不尽心烦闷怎样推排。

〔晴雯斜倚竹榻上,宝玉持扇上。

宝　玉　(唱【散板】)

踏月归来犹带酒,

果然一醉解千愁。

方才在薛大哥那里,多饮了几杯,不觉燥热起来,回到园中,见月光清丽,夜气生凉,好生爽快!(看)那旁竹榻睡着一人,是哪一个呀?(细看)倒像是晴雯模样。(想)早间原是我一时心中烦闷,说了她几句,把她气苦了。(想。向前挨坐在榻上)这还未到炎夏,你这样睡着,不要又受了凉呀!

〔晴雯立刻坐起。

晴　雯　何苦又来招我?

宝　玉　哎呀呀,你近来脾气,越发娇惯了! 早间我不过说了那两句话,你就拉上那一大套,你自己想想该是不该?〔带笑责问。

晴　雯　是呀,我们是奴才,本来就不该说话,你是主子,原该骂我们的,对不对?

宝　玉　好了,不用提了,我也不该! 怎么样?〔拉晴雯手。

〔晴雯感到宝玉的温慰,渐渐回嗔作喜,故意摔手。

晴　雯　怪热的,拉拉扯扯的干什么?再说我本不配坐在这儿,让我走吧!〔推开宝玉。

宝　玉　你既知不配,为什么睡着呢?

晴　雯　(嗤然笑出)你不来,使得。你来了,就不配了!〔站起。

〔宝玉按住令坐。

宝　玉　你再讲这些话,我可又要恼了!

晴　雯　(娇态)哞,你恼吧,反正我已经受过你的了。

宝　玉　好妹妹不要再提这些话了。我酒后口渴得紧,你把玻璃盘中的果子拿些来与我解渴如何?

晴　雯　罢罢罢,我这样的蠢材,再把盘子砸了,更了不得啦! 我不拿。

宝　玉　砸了有什么要紧? 想这些器皿物件,原是供人使用,你爱砸就砸,砸碎了再买新的,只是不要在生气的时候拿它出气就是了。

晴　雯　你这一套话倒是新鲜。

宝　玉　这有什么新鲜? 譬如这柄扇儿,原是扇的,你若爱听它这一声响,将它撕了,有何不可呢? 只是不要拿它出气,就是爱物了!

晴　雯　(笑)好呀,我就爱听撕扇子的声儿,你就拿这把扇子给我撕吧!

宝　玉　你只管撕! [递扇。

[晴雯接扇。

晴　雯　这可是你叫我撕的?

宝　玉　不错,我叫你撕的。

晴　雯　你瞧……[撕扇,一边瞪着宝玉①。

宝　玉　哈哈哈哈,撕得好,何不再撕得响些! [再撕一次。

晴　雯　(同笑)瞧你这个人呐真怪!

[麝月、袭人上。

麝　月　你们这是为什么? 少造点儿孽吧!

[宝玉抢过麝月手中折扇递与晴雯,晴雯又撕。

[宝玉同大笑。

[晴雯同大笑。

麝　月　(惊叫)可了不得! 你们也不瞧瞧这是什么扇子,就给撕了,这怎么办呐?

宝　玉　一柄扇儿,能值多少,何必这样大惊小怪!

麝　月　我的爷,你瞧瞧这是什么扇子吧! [拾扇递与宝玉。

宝　玉　(看扇吃惊)哎呀!

---

①　晴雯在撕扇前已有笑,所以撕扇不是生气,而是一种憨态。

晴　雯　（向宝玉）你怎么啦？

〔麝月抢过宝玉手中扇子，直送到晴雯脸上。

麝　月　你瞧瞧，这是娘娘赏给二爷的那柄泥金扇子呀！

晴　雯　（倔强地）哼！撕也撕了，娘娘赏的又该怎么样？难道还能把我杀了么？

麝　月　你们听听，（向晴雯）你怎么越来越矫情啦？你小心着吧！

晴　雯　你少给我大惊小怪吧！

（唱【散板】）

　　　　常言道不知不为罪，

　　　　你大惊小怪能唬谁？

　　　　我犯罪决不将你累，

　　　　千刀万剐我也不皱眉！

麝　月　好姑娘，你不害怕，我可害怕呢！

宝　玉　哈哈哈哈！（向麝月取回扇子）你不用着急哦！

（唱【散板】）

　　　　你但放宽心莫生畏，

　　　　论起来该我是罪魁，

　　　　如今且把事隐讳，

麝　月　您倒说得轻巧话儿，万一上边查问起来呢？

宝　玉　（接唱）那时往我的身上推。

袭　人　嘚啦，有二爷给你们担着肩子，还闹什么？二爷，时候也不早了，咱们进屋里去吧！

宝　玉　还是袭人说得是，我也有些困倦了，大家回房去吧！

（唱【散板】）

　　　　余醉未醒身困倦，

　　　　睡魔先已入罗幛。

你们来呀！〔晴雯随宝玉下。

麝　月　瞧瞧这两位，早起发那么大的脾气，这会儿又那么有说有笑的了，我瞧着真有点又可气又可笑！

袭　人　提她干什么？咱们进去吧！〔拉麝月同下。

第四场 问　　扇

地　点　王夫人房。

时　间　数月后。

人　物　小丫头、王夫人、王熙凤、袭人。

〔小丫头伺候王夫人上。

王夫人　（唱【西皮原板】）

　　我父兄在朝中官高禄厚，
　　谁不羡金陵王富比王侯，
　　我夫君他本是勋臣之后，
　　我女儿侍君王母德无俦。
　　似这等富与贵世间少有，

〔王熙凤内问、内答白。

王熙凤　太太在屋里么？

内　二奶奶来了！太太在屋里呢，您请进去吧！

王夫人　（向小丫头）外厢有人讲话，想是琏二奶奶来了，你叫她进来！
　　（接唱）我有话要对她说个根由！

丫　头　是啦。（向内）二奶奶，太太请你进来呢！

〔王熙凤上。

王熙凤　（唱【散板】）

　　家务纷纭忙不开，
　　特为斋星请示来。〔进门。
　　跟太太请安！

王夫人　罢了！凤哥儿，我正要找你，你倒来了！

王熙凤　太太有什么事要找我去，请您先吩咐吧！

王夫人　只因老太太要在清虚观斋星，为娘娘祈福，吩咐将娘娘赏赐之物，陈列观中，你可知道？

王熙凤　老太太刚才说来着，我知道了。

王夫人　如此甚好，我已然命人吩咐各房姊妹们，将上赏之物，一齐交送与你，你要一一点收,不可遗漏!

王熙凤 是啦,我知道了。

王夫人 你来还有何事?

王熙凤 我也是为了上清虚观斋星的事。明儿咱们府里姊妹们丫头们,应当谁去谁不去,上下总共有多少人,媳妇知道一个数儿,也好叫下边预备轿马车辆,因此特来请太太的示下!

王夫人 这……我一时也想不起谁该去谁不该去,倒是你估量着去办吧!

王熙凤 既那么着,我就酌量着去办了,太太要没有别的吩咐,我就回去让他们办去了。

王夫人 好,你回房去吧!

王熙凤 (唱【散板】)

　　　　奉命匆匆去分派……〔出门下。

王夫人 (向小丫头)

(唱)呼唤袭人可曾来?

方才命你去唤袭人,怎么还未到来?

丫　头 袭人姐姐说伺候宝二爷吃完饭,马上就来。

〔王夫人点头,袭人上。

袭　人 太太呼唤,哪敢迟慢。(进门)见了太太,急忙请安!跟太太请安!

王夫人 袭人来了!

袭　人 是。太太叫我来有什么吩咐?

王夫人 只为老太太在清虚观与娘娘斋星祈福,吩咐下来,将娘娘赏赐之物,一齐陈列观中,也叫那些道士们见识见识,故而命你将娘娘赏与宝二爷的那一份东西理了出来,送到琏二奶奶那边,不可遗漏!

袭　人 是啦!我这就去理去。(出门忽然想到扇子,停步回头)我说太太,这些东西是不是全都得送过去?

王夫人 自然是全要送过去。

袭　人 哦……〔似有为难。

王夫人 啊,你为何暗自沉吟?

袭　人 (遮掩)没有,没有!

王夫人 我看你分明有为难之意,莫非你们不加小心,把上赏的东西丢失了么?

287

袭　人　不，不，那我们可不敢丢，倒是好好儿的收着呐！

王夫人　既是好好的收着，就快快送去！

袭　人　是啦。〔出门又想，怕落不是，再回头站住。

王夫人　你为何去而复转？

袭　人　这个……

王夫人　（生气）有话还不快讲！

袭　人　我说我说。回太太的话，娘娘赏给二爷的那一份东西，别的都在，就是……

王夫人　就是什么？

袭　人　就短了一把扇子！

王夫人　啊，上赏之物，如何丢了，你们好生大胆！

袭　人　回太太，不是丢的。

王夫人　啊，不是丢的，怎么会少了一把？

袭　人　叫她们给撕了！

王夫人　（震动）什么？哪个大胆的敢撕？

袭　人　是……（考虑）是二爷撕的。

王夫人　宝玉撕的？这个奴才，好好的为什么要把它撕了？

袭　人　那天……

王夫人　那天怎么样？讲！

袭　人　那天跟她们闹着玩儿来着……就给撕啦！

王夫人　这还了得？宝玉与哪个闹着玩？

袭　人　这个……

王夫人　你若不讲，我先打你！

袭　人　您别生气，我说。是跟晴雯闹着玩给撕的！

王夫人　晴雯！

袭　人　是。

王夫人　晴雯贱婢，为何这样放肆？

袭　人　倒不是放肆，不过晴雯岁数小，爱闹着玩，没有事老爱打打闹闹的。

王夫人　那还成个什么样儿，你回去好好的替我管教管教，再若顽皮，定要责打。

袭　人　是啦,我回去管教管教她,太太没什么吩咐了么?

王夫人　无有事了,你回去吧!

　　　　〔袭人出门。

袭　人　(自白)瞧瞧,他们(指宝玉晴雯)好玩儿,倒让我来挨瘪子,这是哪儿的事呀!〔下。

王夫人　听袭人之言,那些丫头们竟与宝玉这样的玩笑打闹,实在的不成体统,日后倒要留心一二,正是:爱子岂能存姑息?持家不可失威严!

　　　　〔下。小丫头随下。

第五场　夜　　读

地　点　怡红院

时　间　从夕阳到半夜。

人　物　麝月,袭人,晴雯,宝玉,小鹊,众婆子,王夫人。

　　　　〔麝月斜倚榻上,袭人收拾多宝格上古玩及桌上书籍,时已入夜。

袭　人　你看看,屋里乱七八糟的,你也不管,倒躺在那儿养神去啦。

麝　月　好姐姐,我忙活了一大早,这会儿还没歇过来呢。您就多偏劳吧,也让我喘口气儿呀!

袭　人　好,你们老指着我,多早晚我一口气不来,看你们又指谁去!

麝　月　您就会跟我唠叨,怎么不跟晴雯说去呀?

袭　人　晴雯?我可惹不起。今儿这一天是奉旨磨墨,什么事都甭打算烦她。

麝　月　磨墨?给谁磨墨?奉谁的旨呀?

袭　人　那还用说么?还不是咱们这位二爷!

麝　月　我不信,我偏要跟她开个玩笑。(起)晴雯,二爷回来啦!〔与袭人同暗笑。

　　　　〔晴雯捧墨池,卷袖提墨上。

晴　雯　(唱【散板】)

　　　　　自清晨研磨到夜晚,
　　　　　研得人指僵手又酸,
　　　　　闻呼唤才知他回院,

(向袭人、麝月)二爷在哪儿呐?(袭人、麝月同压笑)吓!

(接唱)平白地哄我太刁钻!

〔恨恨地放下墨池再磨。

〔宝玉上。

宝　玉　(唱【散板】)

　　　　　　林妹妹好才华男儿一样,

　　　　　　她有意建诗坛同咏秋光,

　　　　　　我虽然学问浅岂甘退让?〔进门。

晴　雯　好啊!叫我研了墨,早起写了三个字,扔下笔就走了,还说一会儿回来还要写,哄我等了这一天。快来给我写完了这些墨,要不,跟你没有完!

宝　玉　哎呀哎呀!

　　　　(接唱)为什么我今朝如此健忘!

　　　　　　　我与林妹妹谈论诗义,竟把这事忘了个干净!

晴　雯　亏你说得出来,你忘啦,人家手都磨酸啦!

宝　玉　不要紧,手酸了我替你揉几下吧!

晴　雯　谢谢您啦!(摔手)往后少哄人就行啦!

〔袭人捧茶掩至宝玉身后。

袭　人　二爷喝口茶吧!

宝　玉　(猛惊回身)倒难为你们等了这一天呐!

袭　人　好说二爷,我们可没有等您。

〔麝月暗笑。

麝　月　正疙瘩,您这一天上哪儿去了呀?

宝　玉　我么?与林妹妹商议建社吟诗的事呀!

麝　月　您倒是真忙不开啊!

袭　人　跟姊妹们在一块作诗,倒也是好事,可是您尽顾了作诗。别忘了老爷还叫您念书呢。

宝　玉　(爽然若失)念书?咳,你怎么又提念书?

袭　人　劝您念书还不对么?

宝　玉　对对对,对得很!晴雯,墨在哪里,待我再来写几个字!

晴　雯　这不是摆着么?
宝　玉　好,待我来写。
　　　　〔小鹊跑上,探头内望。
袭　人　小鹊妹妹,你找谁呀?
小　鹊　我不找你们。(走向宝玉)方才老爷在我们姨奶奶屋里,我听他提"宝玉"两个字,八成明天要找你,我特来关照你一声,你小心点儿吧!〔说完就走。
袭　人　小鹊,坐一会,喝碗茶去吧!
　　　　〔小鹊无语摇手下。
宝　玉　这是哪里说起?好端端的又提我的名字做什么?〔非常懊丧地掷笔而起。
袭　人　这又有什么呢?老爷总是惦记着您念书,才提您来着!
宝　玉　(被提醒)对啊,一定又是要查考我的书了!(自白)这些时来,谁爱去念那些熏人欲醉的臭文章?如今若要盘考起来,可怎么好呢!
袭　人　那还不赶快温一温吗!
宝　玉　这些时总不曾去念过一遍,还温什么?
晴　雯　别着急。拼着今儿一晚上,把它温习一遍,总比不看好一点,来!我们伺候着你,你先坐着去,我把这些书都搬出来。
　　　　〔晴雯搬书,袭人倒茶,麝月焚香,大家忙乱了一阵。袭人又剔亮灯烛,晴雯暗下。
　　　　〔宝玉看书,翻书。
宝　玉　这许多书叫我如何看得及呀?
袭　人　你且耐着性子,慢慢儿地看下去吧!
宝　玉　(读)"民可使由之,不可使知之……"〔厌倦,推去,另翻一本,再读。"劳心者治人,劳力者治于人……"(奇怪)怎么圣人总是讲这些话儿呢?
袭　人　圣人还会讲的不对么?二爷,您别忘了老爷太太是怎么样的望您成人,将来做个大官,让老爷太太做个老封君老夫人,那才是您的孝道呢!
宝　玉　哎呀,你倒可以做我的老夫子了呀!

袭　人　跟您说正经话,何苦又损人?〔走开。

宝　玉　哈哈哈哈!

麝　月　时候不早啦,快念吧!

宝　玉　是呀,夜深了,你们也该替换着去睡一会呀!

麝　月　你且顾你自己吧,统共这一宿,你把心暂且用在这几本书上,等明儿你再张罗,也不算误了什么呀!

宝　玉　好好好,我不管,我读书!〔看书。

麝　月　我在这儿打搅你,我走开!〔暗下。

　　〔晴雯上。

袭　人　这会儿你又上哪儿去啦?

晴　雯　我出去叫小丫头们备上茶水,夜深了,叫她们挨着班睡,你还当我玩儿去了么?

宝　玉　"唯女子与小人为难养也,近之则不逊,远之……"咳,这是什么道理?〔抛书。

晴　雯　二爷,沉住气,慢慢儿地念吧!(另取书递与宝玉)这本不好瞧这本!

宝　玉　(取看)哎呀呀,这是臭八股,乃是饵名钓禄的东西,还要叫我念!〔恨极推书。

晴　雯　唷,怎么啦,这本也不好呀?我哪儿知道呐!

宝　玉　这不怪你呀!只是我最恨念这些东西,老爷却偏偏的要我念这些东西真真的可恨,可恨!

晴　雯　咳,干吗那么着急?急出点病来怎么好!

宝　玉　这些书叫我怎样念得下去?明天又叫我怎样背得出呢?

晴　雯　我也不懂得哪个是好书,哪个是坏书,可是老爷要查你的功课,也不能不讲理呀!二爷,反正就这一晚上,明儿个背不上来,老爷还能要了你的命么?快别着急!

宝　玉　话虽如此,怎奈他是我的老子啊!

晴　雯　这就难啦!

　　〔宝玉见晴雯衣单。

宝　玉　夜深了,(用手捏晴雯衣角)你到底也加上一件外衣,不要又冻着了!

晴　雯　小祖宗,今晚上你先别管我行不行?

〔袭人遇见二人细语。

袭　人　晴雯,你怎么了?二爷在念书,你跟他胡扰什么?〔走近宝玉书案旁。
宝　玉　不是她来扰我,是我见夜深了,叫她添件衣服,她的身体不好,你去劝她穿上一件外衣吧!
〔晴雯已取衣在手。
晴　雯　我的小爷,这不是穿上了么?
宝　玉　穿上就好。
袭　人　(不满地)快念吧!
〔幕后起惊喊声。
内　　　不好了,打墙上跳下贼来了!
〔麝月跑上。
麝　月　(带喘)不不不好了,打墙上跳下一个贼……贼来!
宝　玉　啊?
晴　雯　贼在哪儿呀?
麝　月　我也没瞧见。
晴　雯　那么你说有贼?
麝　月　小丫头们说的。
袭　人　也许小孩子睡迷糊了,瞧岔了眼。
晴　雯　(忽然触机,有了主意)不,两位姐姐,咱们这儿全是女孩子,真要是藏着一个贼,那可不是闹着玩的,你们带着上夜妈妈们好好儿地查一查,二爷这儿,有我伺候呢!
袭　人　也好,回头闹出事儿,上边查问起来,谁也有不是。(向麝月)咱们出去招呼她们好好儿查一查。
麝　月　好,走吧!(向晴雯)二爷就交给你啦!〔同袭人下。
晴　雯　(目送袭人等去后)二爷二爷,快来!
宝　玉　什么事?
晴　雯　我看这一宿的工夫,要念这么些书,怎么也不成,倒不如扯一大谎。
宝　玉　有什么谎可扯呀?
晴　雯　刚才不是小丫头们嚷着墙上有贼么?就说把你唬着啦,只要你一病,明儿这一关就算躲过啦!

宝　玉　瞒得过众人么？

晴　雯　你不说，我不说，谁知道呀？快躺下吧！

〔宝玉装病躺下，晴雯为宝玉盖被完，回身向后高叫。

晴　雯　喂，你们快来吧，不好罗！

〔袭人、麝月闻声奔上。

袭　人　你怎么啦，嚷什么呀？

晴　雯　（故作惊急，语不成声）唉……哎唷，不好罗！

袭　人　到底出了什么事呀？

晴　雯　宝……宝宝宝二爷唬着啦，躺下啦，人都认不得啦！

〔袭人、麝月闻语一齐奔至榻前。

袭　人
麝　月　二爷，二爷，二爷，（宝玉装不认识，瞪目不语，浑身战抖）哎呀二爷呀！

〔哭。

晴　雯　唉唉唉，你们别哭呀，这一哭，病人心里不是更慌了了么？

袭　人
麝　月　我们不哭，不哭！〔抑止惊啼。

袭　人　我问问你，好没影儿地怎么会唬得这个样儿呢？

晴　雯　（随机应变）哦，你们要问怎么会唬得这个样儿么？（随想随编）我来慢慢的告诉你们听！

袭　人
麝　月　快说吧！

晴　雯　你们出去不一会儿，二爷瞧见玻璃窗外边有那么大那么大一张大脸，还长着挺老长的胡子，冲着二爷直瞪眼，二爷哎呀一声，就躺下啦。（袭人、麝月同一惊）我赶紧地把他搀到炕上，问他瞧见了什么啦，他嘴里说不出话来，一个劲儿望窗户上指，我顺着他的手那么瞧呀，哎唷我的妈呀！

袭　人
麝　月　怎么样呀？

晴　雯　可不是一个又黑又大的大肥脸整贴在窗户上，还冲着我吱牙呢！

袭　人 麝　月	（害怕）哎唷，真唬人呐，如今怎么办呢？
晴　雯	那有什么怎么办？赶紧的到府里回太太去呀！
袭　人	回太太么？半夜三更的，不会说我们大惊小怪么？
晴　雯	唷，我的好姐姐，二爷都唬得人事不知了，要不回太太去，明儿知道了怪下罪来，我可担待不起！
麝　月	是呀，该回太太去。
袭　人	好吧，谁去回呢？
晴　雯	你们两个人守着二爷，我回太太去，你们还得让上夜人好好儿查一查，我先瞧瞧二爷去。
袭　人	好，麝月妹妹，我守着二爷，你再去分派一下，叫他们里里外外上紧地查一查！
麝　月	好吧！我这就去！〔下。
	〔在袭人、麝月对答中，晴雯到榻边向宝玉暗示装病。
袭　人	二爷好点没有？
晴　雯	瞧着还真不好，你守着他，我这就跟太太要安魂药去！〔急下。
袭　人	（忙急地望着宝玉）咳，好好儿的念着书，怎么会又唬着了呢！
宝　玉	（故作哼声）唉！
袭　人	（惊颤，不敢走近，远呼）二爷，二爷！（宝玉不理）咳，都听不见了，怎么好呀？
晴　雯	（内白）太太来啦！
	〔晴雯持药瓶，同小丫头引王夫人上。
王夫人	（唱【摇板】） 　　听说宝玉魂唬掉， 　　怎不叫人心内焦。 　　携带着药丸忙赶到， 　　赶到了床前仔细瞧。
袭　人 麝　月	太太来啦，跟太太请安！
王夫人	宝玉怎么样了？（看）宝玉！儿呀！喂呀！

晴　雯	（接唱）唤他昏然不知晓， 　　　　可怜他唬得魂魄消。 　　　　哭一声，宝玉儿，你可醒得了，我的儿呀！
晴　雯	（暗暗把天王补心丸藏进手内）太太，您且免悲痛，看二爷的神气，只是一时迷糊住了，赶紧地把安魂药给吃下去，也许慢慢地会醒过来的。
王夫人	说得不错，你们哪个伺候他吃药？
袭　人	待我来伺候……
晴　雯	（抢先）待我来伺候！〔袭人不悦地退后，晴雯从瓶内取出一粒安魂药。 （接唱【快板】） 　　　假作殷勤向榻边跑， 　　　补心丸替代安魂药。 　　　转手之间掉了包， 　　　袖内机关她们怎知晓？ 二爷！（轻轻扶起）你吃药吧！（耳边低语）别害怕，我手里是天王补心丸，大胆吞吧！（宝玉闭目就晴雯手中吞药，晴雯再耳语，王夫人注意）别装啦，这样就行了！（高唤）二爷，醒醒吧，太太来瞧您来啦！
宝　玉	（假作沉吟初醒）哎呀！（睁目四顾）那边是哪个？
王夫人	宝玉，你好些了么？
宝　玉	噢，太太来了，你们扶我起来！
王夫人	快快睡下，不用起来！
晴　雯	对啦，您刚好一点，别又累着，太太让您躺着呢！
袭　人 麝　月	阿弥陀佛，真把我唬死啦！
晴　雯	可不是么？
王夫人	宝玉，你心里可清醒些？
宝　玉	这……〔目视晴雯。 〔晴雯立刻把耳朵凑到宝玉口边，假作点头。
晴　雯	回太太，二爷说心里明白了，请太太放心回去吧！
王夫人	（注意晴雯）好，既然如此，我回去了，袭人（袭人应）盼咐上夜人，多派人

等,打起火把,在园中好好搜查一遍,守到天明,若再偷懒,定要重责!
(袭人应下,王夫人跟出)袭人,那一个丫头叫什么名字?

袭　　人　回太太,她叫晴雯。

王夫人　晴雯!去吧!(袭人下,王夫人回进屋内)麝月!(麝月应)随我去到上房,取来人参,今晚要与二爷煎用!(麝月再应,王夫人向小丫头)我们回去!

(唱)看起来总是天保佑,

晴　　雯　送太太!

王夫人　不用![再注视晴雯。

(接唱)明朝顶礼把神酬。

[挈麝月、小丫头同下。

[晴雯目送王夫人去后,立即返奔进房,跪向宝玉榻前。

晴　　雯　(得意地)二爷,你瞧怎么样?

[宝玉突然坐起,紧握晴雯双手,四目相对。

宝　　玉　哈哈哈哈!

第六场　审　　囊

地　　点　凤姐房中。

时　　间　白天。

人　　物　王夫人、王善保家、平儿、王熙凤、晴雯。

[王夫人挈王善保家急上。

王善保家　回太太,到了二奶奶这儿了,可要通报?

王夫人　不用通报,待我进去!

[平儿迎上。

平　　儿　唷,太太来了!

王夫人　不要高声!你奶奶可在里面?

平　　儿　在屋里呢。

王夫人　带路!

平　　儿　是。

〔圆场,凤姐上。

王熙凤　原来是太太！〔王夫人见凤姐时有怒色,凤姐惊疑,王夫人摇手。

王夫人　平儿出去！〔坐下。

王熙凤　出去出去！

平　儿　是啦。(同王善保家退出,关门)这是怎么回事？

王善保家　这里边的事你可不知道！来吧！〔拉平儿下。

王熙凤　太太打哪儿来？

王夫人　(突然立起,指王熙凤)你……你你你好不小心！

王熙凤　(莫名其妙)太太,您说的是……(不敢问)

王夫人　(颤巍巍气吼吼从袖中取出绣春囊)你去看呀！

　　　　(唱【摇板】)

　　　　　　这东西你因何随意丢弃？〔掷囊于地。

〔王熙凤捡看惊骇。

王熙凤　(背白)这是一只春囊,这不是我的呀！(向王夫人)太太。

　　　　(接唱)在何处得此物说与儿知！

王夫人　(接唱)你婆婆在园中拾来此物。

王熙凤　太太怎么知道是我的呢？

王夫人　哎！你怎么反来问我？这府内除了你与琏儿小夫小妻,余者老婆子们要它何用？女孩子们又从哪里去得来？你还抵赖什么？

王熙凤　这……〔冤抑变色。

王夫人　如今幸未被人知晓,若被丫鬟们捡去,姊妹们看见,那还了得？再若传到外面,不但我家脸面难存,只怕你我性命也难保！

王熙凤　喂呀！(哭)太太呀！

　　　　(跪唱【流水】)

　　　　　　请听儿诉下情断不敢欺,

　　　　　　儿纵然不尊重还知大体,

　　　　　　怎能够随身携带着这样东西？

　　　　　　何况这香囊正是市买的,

　　　　　　它仿着内工针绣一望而知,

　　　　　　论园中年轻媳妇数也数不及,

　　　　　谁保得人齐心也齐？
　　　　　非是儿强词又夺理，
　　　　　还望您仔细思量明察毫厘！
王 夫 人　哦！
　　（唱【摇板】）
　　　　　凤哥儿说的甚有理！
　　你起来！（凤姐起立）哎呀，此事非同小可，教我好为难也！
　　（接唱）我怎样查明这是非？
王 熙 凤　太太快别着急，依我看眼前暂时甭提。咱们得平心静气地暗暗查访。如今先把几个靠得住的人安插在园子里，叫她们留神那些丫头小子，若有形迹，咱们再酌量着办。再说园子里各处的丫头本就太多了，不如趁这个机会，以后凡岁数大点的，或是有些磨牙难缠的，拿个错儿撵出去，免了许多麻烦，不知太太以为怎么样？
王 夫 人　是呀，我也早已想到，你既有此计较，就是这样办吧！方才那香囊乃是你婆婆命王善保家送来的，如今先将她唤来！
王 熙 凤　是啦！（开门）王妈妈。太太喊你呢！
　　〔王善保家上。
王善保家　来啦！（进门）太太有什么吩咐？
王 夫 人　我与你二奶奶商量派人查园之事，有意命你随同周瑞家等五家陪房，安插园内，留心察看那些丫头小厮们，若有形迹可疑之事，即来报我！
王善保家　太太放心，这个事交给奴才了。（想到借端报复）太太，不是奴才当着太太跟二奶奶多说多话，论理，这些事早该严紧些了，太太不常上园里去，那些个丫头们一个个倒像封了王似的，谁惹得起呀！
王 夫 人　是呀，这些贱婢，若不给她们一些厉害，越发得要造反了！
王善保家　咳，别提了，别人都还罢了，太太不知，头一个就是宝二爷屋里的晴雯！
王 夫 人　晴雯？
王善保家　对啦，那个丫头仗着模样儿比别人长得俊些，又生了一张巧嘴，天天打扮得像西施，在人跟前能说善道，抓尖要强，一句话不投缘，就立起两只眼睛来骂人,妖妖娆娆,实在太不成体统啦!

王 夫 人　听她这样一讲,我倒想起来了。(向凤姐)上次为了老太太在清虚观打醮,我命袭人把娘娘赐与宝玉的那一份上赏之物送来,那袭人曾说有一柄扇儿,因晴雯与宝玉玩笑,竟被撕毁,莫非就是这个丫头么?

王 熙 凤　要说晴雯,倒是比别的丫头都长得好些,太太既是见到,想必就是她了!

王善保家　没错,准是她,太太要是疑惑,这会儿把她叫来,给太太瞧瞧。

王 夫 人　我一生最恨这般轻狂之人,何况如今又出此事,好好的宝玉,倘若被这贱人勾引坏了,那还了得!(向王善保家)传话下去,去唤晴雯速来问话!

王善保家　是啦。[下。

王 夫 人　凤哥儿呀!

　　　　　(唱【摇板】)

　　　　　　我平生最嫌恨妖娆贱婢,

　　　　　　春囊事定是那晴雯所为,

　　　　　　宝玉儿他本是贾家宝贝,

　　　　　　若被她勾引坏后悔难追!

王 熙 凤　太太!

　　　　　(接唱)太太的心中事我自理会,

　　　　　　　　若查出赃证来一律遣归。

　　　　　[王善保家、晴雯同上。

晴　　雯　(唱【摇板】)

　　　　　　才离了病榻前神昏目眩,

　　　　　　奉呼唤心疑虑不敢耽延。[行弦。

　　　　　王奶奶,太太叫我有什么事,您知道吗?

王善保家　我哪儿会知道呀,反正进去就明白啦!

晴　　雯　哎!

　　　　　(接唱)无差错又何必心惊胆战?

　　　　　跟太太请安![请安。

王 夫 人　（接唱）一见她妖娆样怒上眉尖。
　　　　　你就是晴雯么？

晴　　雯　是。

王 夫 人　我说这样面熟呢！哼哼哼（冷笑）好一个美人儿！真像病西施了，你这个轻狂样儿做给谁看？

王善保家　（夹白）也实在太轻狂点儿！

王 夫 人　你做的事，还打量我不知道么？

王善保家　（夹白）哼，若要人不知，除非己莫为！

王 夫 人　宝玉今日可好些了？快讲！

晴　　雯　（见情形不对，已有所见到，故推不知）回太太，我不常到宝二爷屋里去，好不好的我不能知道，那都是袭人麝月她们的事，您问她们就知道啦。

王 夫 人　哼！你不知道？我还记得那晚宝玉病了，伺候他吃安魂丸的不就是你么？

晴　　雯　（急智地巧辩）太太您贵人多忘事呀，那天晚上您把袭人麝月都差遣开了，屋里就剩我一个了，我也就不敢不伺候了！

王 夫 人　这就该打嘴！既然派你伺候宝玉，竟敢推得这样干净，分明是个好吃懒做的贱人！

晴　　雯　（镇静地）回太太，我原是老太太屋里的人，老太太说园子空大人少，宝玉害怕，所以才把我拨了去，在外屋里上夜。至于宝二爷的饮食起居，都由袭人麝月几个人管着，所以我平常就不大留心，今儿太太既怪我，以后我留心就是了。

王 夫 人　阿弥陀佛！你这样狐狸精一般的东西，不留心宝玉，正是我的造化！

王善保家　（夹白）可不是？要留心就坏了！

王 夫 人　你既是老太太派的，待我回过老太太再来撵你。（向王宝善家）你们到了园中，将她好好地防守，不准她再到宝玉房中。

王善保家　是啦！

王 夫 人　（向晴雯）谁叫你这样花红柳绿的打扮，我却看不上这个样儿，还不与我滚了回去！

晴　　雯　（自白）这是哪里说起！

王善保家　走吧！

晴　　雯　（出门，掩面痛哭）喂呀！

王善保家　这会儿哭也晚啦！

　　　　　〔晴雯下。

王 夫 人　凤哥儿，我见晴雯甚是可疑，只怕园中丫鬟，与她一般的也还不少，今晚你带领五家陪房与王妈妈一同去到园中细细搜查，不可泄露！

　　　　　（唱【摇板】）

　　　　　　　此去搜园要严紧，〔出门。

王 熙 凤　妈妈送过太太！

王善保家　是啦，有我跟着，放心吧！

王 夫 人　（接唱）若有贼证速回明！

　　　　　〔王夫人领王善保家同下

王 熙 凤　（接唱）非是我管闲账招人怨恨，

　　　　　〔平儿上。

平　　儿　奶奶，太太到底为了什么事生这么大气呀？

王 熙 凤　平儿呀！

　　　　　（接唱）你奶奶今夜里要大显威能。

平　　儿　你要显什么威能呀？

王 熙 凤　咱们要查抄大观园！

平　　儿　真的么？

王 熙 凤　可不是真的么？随我来！〔领平儿下。

第七场　搜　　园

地　　点　怡红院。

时　　间　黄昏后。

人　　物　周瑞家、王善保家、王熙凤、袭人、麝月、晴雯。

　　　　　〔周瑞家、王善保家同上。

周 瑞 家　奉命查园，

王善保家　威风八面，

周瑞家	你平日受气,
王善保家	我今天称愿!
周瑞家	我说王大嫂子,
王善保家	周家婶儿怎么说?
周瑞家	咱们奉了太太和二奶奶之命,前来搜查大观园,这个差使可不好办。幸亏有二奶奶在上面兜着,要不然这些个姑娘丫头们,咱们可真惹不了呀!
王善保家	周大婶儿您也太傻了,有太太和二奶奶给咱们撑着腰呢,您怕什么的?
周瑞家	要说那些丫头们也太狂点儿,真得收拾收拾她们!闲话少说,您瞧二奶奶不是来了么?先搜哪儿,咱们请示一下吧!

〔王善保家同意。

王善保家	对,咱们请示请示。

〔王熙凤上。

周瑞家 王善保家	请示二奶奶,这儿是怡红院,咱们还是先上别处瞧了,还是就在这儿动手!
王熙凤	太太为的是那个晴雯,自然就打怡红院开头,你们传话下去,叫来旺媳妇她们这几个人,先把园门关上,就在外面等着!
周瑞家	是!(向内高呼)来嫂子,吴嫂子,二奶奶让你们先在这儿伺候着,等咱们出来,再听信儿,听见了没有?
内	听见啦。
王熙凤	咱们进去吧!(周瑞家、王善保家同应)回来!留神别惊动了宝二爷!
王善保家	知道。(向内呼叫)喂,里边出来一个人呀,二奶奶来了!

〔袭人、麝月同上。

袭人	是谁呀?
王熙凤	是我。〔边说边进门。
袭人	原来是二奶奶!
王熙凤	宝玉呢?
袭人	刚睡下,待我去招呼他起来。

王　熙　凤　不用打扰他！

袭　　　人　二奶奶,这会子上我们这儿来,有什么要紧事么？

王　熙　凤　对啦,因为上边丢了一件要紧东西,怕大家混赖,所以太太让我带着她们各处搜一搜！

袭　　　人
麝　　　月　（同惊疑）哦！

王　熙　凤　袭人姑娘,我知道你是没有错儿的,可是这是太太的吩咐,你得领个头儿,先把箱子打开,让妈妈们瞧瞧,也就过去啦！

袭　　　人　（机伶地）二奶奶说得一点不错,该从我这儿起,请妈妈们查看吧！

王　熙　凤　好孩子,你真得人心,麝月你带着周奶奶上后边看看那些丫头们的东西去,你可就回来！

麝　　　月　是啦！周大妈随我来吧！〔引周瑞家同下。

王　熙　凤　王奶奶先看看袭人姑娘的东西吧！

王善保家　是啦！

〔袭人早已打开箱笼衣包。

袭　　　人　大妈,这是我的东西,请您查点吧！

王善保家　待我搜查起来！

〔麝月暗上。

（【南锣】）

奉命来,威风摆,

好比登台挂了帅,

上前去,揭箱盖,

一件一件看明白。〔举箱中物件略看。

这是百宝箱,那是荷包袋,

这是小皮袄,那是裤腰带。

瞧了她的该瞧你,

你把箱子快打开。〔麝月开箱。

黄金镯子亮堂堂,

又是簪子又是钗,

零星八碎真不少,

瞧的妈妈心里爱！〔向麝月。

回头尊声二奶奶，

晴雯为什么不出来？

王熙凤　是呀，我来了半天，怎么没瞧见晴雯呀？
麝　　月　晴雯病了，躺着呢！
王善保家　什么话？这是公事，病着也得出来！这是谁的箱子？
袭　　人　这就是晴雯的箱子。
王熙凤　快叫她出来，把箱子打开！
袭　　人　是。晴雯妹妹，二奶奶叫你出来把箱子打开！〔晴雯病容上。
王善保家　你还不快点走！
晴　　雯　咳，真正气死人也！

（唱【大快板】）

白日间无端地遭人诉詈，

到夜晚却又来无事生非。

为什么做奴婢就该受气？

我纵然上刀山也不把头低。

怒匆匆闯进去把箱盖揭起！

王善保家　（怒阻）慢着，你难道还想把箱子藏起来么？
晴　　雯　（怒）我为什么要藏起来？你不是要搜么？请搜吧！〔王善保家拉住，晴雯摔手，因而打翻箱子，衣物全被倒出。

（接唱）快查明哪些儿是犯罪的东西！

王善保家　我告诉你，我是奉了太太之命，前来搜查，你可少跟我们撒娇儿！
晴　　雯　哼，你说你是太太打发来的，我告诉你，我还是老太太打发来的呢！

（唱【快板】）

任什么来头休提起，

你不过狐假虎威把人欺，

太太房中哪有你？

假充字号臊你的皮！〔行弦。

王善保家　哈哈，好大的胆儿呀！怎么着，难道说你还敢违抗太太之命么？
晴　　雯　你少拿太太来压人！

(唱【快板】)
　　你休把太太挂嘴里！
　　分明你其中搬是非，
　　纵然是太太也要讲理，
　　钢刀不杀这无罪的！

王善保家　二奶奶，您瞧瞧当着您的面，她竟敢这个样的又哭又闹，简直没把主子搁眼里呀！

晴　　雯　当着主子又该怎么样？

(唱【快板】)
　　一般的人生父母体，
　　休把奴才看的太低，
　　我就是不服这口气，
　　难道主仆之间就无是非？

〔麝月暗扯晴雯。

麝　　月　你就少说一句吧！

〔晴雯摔手。

晴　　雯　你别管我！

〔袭人暗扯麝月不必管她。

王善保家　二奶奶，这些造反的话可都是这个丫头说的！

晴　　雯　你少叫丫头，不是你的丫头！
　　　　　(唱)可笑你忘却了你的生辰八字！

王善保家　怎么啦？

晴　　雯　(接唱)老奴才……

王善保家　啊！（惊怒）

晴　　雯　(接唱)与丫头分什么高低？

王善保家　哎呦！（气极）好呀！我活这么大的岁数，谁也没敢冲我叫声奴才，今儿你这丫……〔晴雯以目瞪之。
　　　　　你这个东西竟敢骂我老奴才，真正气死我罗！

王熙凤　　妈妈，咱们是来干吗来了？

王善保家　奉了太太之命来搜查来了。

王 熙 凤　那么你倒是搜查完了没有？
王善保家　育，（忽然想到）真把我给气糊涂了，我尽顾了抬杠，还没查完呢！
王 熙 凤　那你还不快着点儿！咱们不是还得上别处去么？
王善保家　对对对，我来看看。（双手捧起物件，乱翻一阵）瞧，这是什么？（举绢匹）准是偷的！
麝　　月　这是老太太做寿那天赏的，我们全有。
王 熙 凤　不错，好像是有那么一回事。
　　　　　〔王善保家再翻见红帖。
王善保家　这一回可真没得说的了，这是什么？准是哪个小子给你的书柬吧？
麝　　月　这是宝二爷的寄名符。
王善保家　（背白）怎么一点眼生的东西全找不出来？没法子，这回饶了她，下回再来。回二奶奶，晴雯的箱子也查完了。
王 熙 凤　查出点什么来没有呀？
王善保家　啊，倒是没有什么可疑的东西。
王 熙 凤　哼，有东西也不能让你查出来，我说你呀，真是越老越背晦啦！
王善保家　瞧！（背白）我这么卖老命，反倒挨了埋怨了！晴雯，查完了，把箱子锁起来。
晴　　雯　查完了就查完了，我不怕栽赃，不用锁！
王善保家　唷，谁又打算在你这儿栽赃啦？
晴　　雯　就栽了赃也害不死我！
王 熙 凤　（背向王善保家）听听，这丫头的嘴可真不让人呐！
王善保家　谁说不是呢？
王 熙 凤　妈妈，问问周奶奶在后面查完了没有？
王善保家　我瞧瞧去！〔下。
袭　　人　二奶奶喝碗茶不？
王 熙 凤　不用了，我们还得上好几个地方儿去呢！
　　　　　〔王善保家、周瑞家同上。
周 瑞 家　回二奶奶，里里外外丫头婆子们屋里全查了。
王 熙 凤　查出点儿来没有？
周 瑞 家　倒是没有眼生的东西。

| 王熙凤 | 那好吧，咱们走吧！

(唱)休惊动那宝玉心中不快！
| --- | --- |
| 袭　人 | 二爷睡着了，他不知道。二奶奶慢走！〔同麝月送出。|
| 王熙凤 | (接唱)再到那潇湘馆仔细搜来。

〔向王善保家、周瑞家。

咱们这该上林姑娘那边瞧瞧去了！〔同下。|

〔袭人、麝月回房，见晴雯独自垂泪。

麝　月	(向晴雯)你真傻，她们是奉了太太之命来的，常言说得好，胳膊拧不过大腿去。咱们惹得起吗？你这么当着二奶奶发那么大的脾气？
袭　人	(敷衍)晴雯妹妹样样都好，就是脾气太急！
晴　雯	你们别替我担忧，我也豁出去了，有什么罪我自个儿承当去！
袭　人	哼，甭说啦。(向麝月背白)咱们好意劝她，还招她不愿意，随她吧，咱们睡觉去！
麝　月	咳，我真替她担心！〔同下。
晴　雯	晴雯呀晴雯！你真是心比天高，命如纸薄呀！

(唱【摇板】)

　这才是无中生有起歹意，

　难道说家主应将奴婢欺？

　怨愤呼天天不理，喂呀苍天爷呀！

〔啼哭、呕吐，病状加剧，勉强支持回房，仰天呼吁。

(接唱)为多少不平事我向你悲啼！〔下。|

第八场　逐　雯

地　点	怡红院。
时　间	白天。
人　物	宝玉、王夫人、小丫头(二)、袭人、麝月、晴雯、王善保家、婆子(二)

〔婆子、小丫头内喊：太太来啦！

〔袭人、麝月匆匆出迎，婆子、小丫头簇拥王夫人上，怒容，不发一语，进屋端正坐。

王　夫　人　晴雯为何不见？
麝　　　月　回太太晴雯病着，几天没起床了。
王　夫　人　这是什么时候，还能任她装腔作势，快将晴雯抓来见我！〔向王善保家。
王善保家　快把她抓来！
婆　　　子　喳！
　　〔婆子下，架晴雯散发披衣上。
晴　　　雯　喂呀！
　　〔婆子推晴雯跪下。
王　夫　人　晴雯，你知罪么？
晴　　　雯　我不知道犯的什么罪！
王　夫　人　好一个利口的贱人！我告诉你，我虽不常到此，我的心耳神意时时都在这里，难道我统共一个宝玉就让你们勾引了去？我府中焉能容留你这样的狐狸精！（晴雯怒极战抖）她的嫂子可曾唤到？
婆　　　子　早在外边伺候着呢。
王　夫　人　快将她架了出去，交与她嫂子去吧！
晴　　　雯　哎呀！
　　（唱【快倒板】）
　　　　　怨气填胸心肺炸……
王善保家　还哭喊什么，走吧！
　　〔众婆子架起晴雯出门，宝玉急急跑上，两遇，众被宝玉拦住，晴雯啼哭。
晴　　　雯　二爷救我呀！
　　〔宝玉将晴雯拦回。
宝　　　玉　（唱）大胆上前把话答。〔向王夫人请安。
　　回太太的话。
王　夫　人　（怒视宝玉）你有什么话讲？
宝　　　玉　晴雯……〔想说辞。
王　夫　人　晴雯怎么样？
宝　　　玉　晴雯原是老太太打发来的，纵然犯了错处，还该回明老太太，再来定

	夺,不知太太以为如何?
王 夫 人	哇!一个小小丫头,难道我还做不得主?你这畜生哪里是要回明老太太?分明要为这贱人开脱,还不与我退下!
宝 玉	(惊惧后退)这……
王 夫 人	你们(向众婆子)还不将她带走![顿足戟指而喝。
王善保家	走!
众	走![架起晴雯往外走。
晴 雯	(死命赖在门内,目视宝玉,高声哭喊)二爷……
	[扑向宝玉,被众拉住喝骂,仍往外拉。
宝 玉	(忍无可忍,不顾一切地)且慢!(众止)请问太太,晴雯身犯何罪,竟要将她赶出府去?
王 夫 人	宝玉大胆![站起。

(唱【紧扭板】)

　　　　大胆畜生敢逆命![唱一句逼近一步。
　　　　三番两次护贱人,[再逼一步宝玉后退。
　　人来速速将她赶——

王善保家	快架着走!
众	走走走![再架着晴雯望外走。
	[晴雯感到与宝玉已是死别。
晴 雯	(高叫)宝玉……[被众拉下。
	[宝玉茫然望着晴雯,无力挽救。
	[袭人从后轻拉宝玉,宝玉回头。
袭 人	(低语)别再惹太太生气了!
	[同时麝月掩泪。
宝 玉	咳![无限悲忿,低头长叹。
王 夫 人	宝玉!
	[宝玉未闻,麝月拉宝玉衣袖。
宝 玉	太太!
王 夫 人	我对你讲,从今以后,要好生读书上进,不许再与丫头们顽皮调笑,我的耳目甚长,休道我不知!

　　　　　（唱【摇板】）
　　　　　　　　从今后这园内重加整顿，
　　　　　　　　一个个狐狸精休想逃生，
　　　　　　　　我个将宝玉事交与尔等！〔向袭人。

袭　　人　太太请放心吧！〔送出。
　　　　　〔宝玉痴立。
王夫人　（接唱）到将来你自有荣耀上身。
袭　　人　谢太太恩典！（请安）麝月妹妹送过太太吧！
麝　　月　是啦。
　　　　　〔王夫人领小丫头、麝月同下。
　　　　　〔袭人扶宝玉进房坐下。
袭　　人　二爷，人已经去了，也没法子了，别难受了！你一大早就出去，这会儿也许饿了，我上厨房去要几样点心来你吃吧，你在这儿等着我呀！
宝　　玉　啊！〔神志不清。
袭　　人　让你等着我！
宝　　玉　是呀，我总是要等你的呀！
袭　　人　瞧瞧！〔笑下。
宝　　玉　（看袭人后影）哎呀且住，我想晴雯此去，定然九死一生，到底放心不下，趁此无人，不免悄悄找到她家，看她是何景象，正是：〔出门。
　　　　　灵巧招人怨，孤高诽谤生，怜她冰雪样聪明，今后凄凉谁问？〔下。

第九场　探　　雯

地　　点　晴雯嫂子家。
时　　间　傍晚。
人　　物　晴雯、宝玉。

　　　　　〔晴雯扶病上。
晴　　雯　（唱【反二黄慢板】）
　　　　　　　　诉不尽海样深含冤负谤，
　　　　　　　　恨不尽天来大谎语难当，

　　　　定是我口儿快性儿倔强，

　　　　惹恼了主人们歹毒心肠。〔行弦。

　　宝二爷呀宝二爷，事到如今，只怕你我一见为难了！

　　　　要见他怕的是终成梦想，

（转【快三眼】）

　　　　想起来怎的不痛断肝肠！

　　　　似这等横祸飞来哪有生望？

　　　　拼得个凄凄切切，冷冷清清，

　　　　蓬头垢面，倒卧在绳床，

　　　　看起来也难以久长！

（倒卧床上，喊）嫂子！嫂子！我渴呀！你们给我喝口水吧！〔无人理睬，晴雯挣扎起床，意欲斟茶自饮，不及下床，重又摔倒。

（再喊）嫂子，你们行行好吧，我渴死啦，赏我一口水喝吧！哎呀宝玉呀，你哪知道我在这儿受的是什么罪呀！

（唱【摇板】）

　　　　这才是呼天天不应，老天爷呀！

　　　　唯愿及早了残生！〔陷入昏迷状态。

〔宝玉急步上，屡屡回顾。

宝　玉　（唱【摇板】）

　　　　好花枝怎禁得风吹雨打？

　　　　愧煞我护花使竟不能护花，

　　　　背过了园中人到她家下，〔入门。

　　为何静悄地不见一个人呀！（见床，细认，惊叫）哎呀！

（接唱）破床上倒卧的可正是她！〔放轻足步，挨到床边，坐床沿，以手抚晴雯低唤。

　　晴雯，我来了，你醒醒吧！

晴　雯　（昏迷中，唱【倒板】）

　　　　昏沉中似听得有人唤我……〔睁眼细看，见是宝玉，又惊又喜又悲又痛，紧握宝玉手。

　　你……

宝　玉　晴雯妹妹，我是宝玉呀！
晴　雯　哎呀，我只道今生再也见不着你了呀！
　　　　（哭唱【反二黄摇板】）
　　　　　　莫不是相逢在梦里南柯？
宝　玉　是我来看你来了，不是做梦呀！
晴　雯　（接唱）我只说今生难见着；
　　　　　　今日里见一面我死也甘心，
　　　　　　死也瞑目！喂呀我的二爷呀！
　　　　　　我的万恨消磨。
宝　玉　晴雯妹妹，事已至此，也是无可奈何，你还该保重才好！
晴　雯　咳，我还保重什么，方才我要口水喝都喊不到人，你来了，快倒碗茶给我，我渴死啦！
宝　玉　我来倒，我来倒。（找）茶在哪里呀？
晴　雯　（手指）炉台上那个黑壶里就是茶！
宝　玉　好好好，我这就倒来。（取壶倒茶时，发现茶杯甚脏，用水涮过，闻嗅，再用衣襟擦净，提壶倒茶，倒出呆住）这就是茶么？
晴　雯　是呀，给我吧！
宝　玉　（尝）难吃得紧呐！
晴　雯　咳，我的爷，这就是好茶了，哪里能比咱们家的茶呀，快给我吧！
宝　玉　来了来了。（捧茶伺候，晴雯接杯一饮而尽）可可可可怜呐！
　　　　（唱【摇板】）
　　　　　　一杯浊水当琼浆，
　　　　　　往日豪华在哪方？
　　　　　　吾家富贵将人害，
　　　　　　她不伤心我断肠！
　　　　啊，好妹妹，你有什么话要讲，乘此无人，嘱咐我几句吧！
晴　雯　事到如今，还有什么可说的？我知道不过是挨一天是一天，挨一刻是一刻了！反正也就是一半天的光景，我就能回去了！
　　　　（哭，宝玉同哭）只是一件，我死也不甘心！我并没有做过不端之事，为什么一口死咬定我是个狐狸精？〔怒，喘。宝玉在旁抚慰。

(唱【反二黄快三眼】)

未曾开言胸膛气破,
提起来心伤泪如梭,
这几年来多蒙你疼我怜我,
虽然是奴婢生涯,你何曾将我折磨?
都只为你待我胜于别个,
便有人心怀嫉妒惹起风波,
别的话儿都撇过,
只一句言语刺痛我心窝!
我何曾施狐媚将你来迷过?
下死口咬定我是一个狐狸精又为了什么?

宝 玉 (背唱【快三眼】或【原板】)

莫怪她满怀冲天怨,
惭愧我无语慰红颜,
这眼前死别生离难久恋,
枉自伤心空爱怜!

晴 雯 二爷呀![双双执手。

(唱【原板】)

执手相看肠已断,
伤心欲吐翻无言,
小窗前难为你安排笔砚,
朱案上难为你调弄盘餐,
早晚间难与你把衣衫添换,
春秋日难与你把美景同观,
从今后主婢恩情刀割断,
只有待风凄月冷,三更梦转,我的魂灵儿常绕在绛芸轩,我的二爷呀!

宝 玉 (悲痛地呼唤)晴雯!
晴 雯 二爷!
宝 玉 妹妹!

晴　雯　宝玉……你今儿来了,也不枉我们好了一场!这儿脏,你哪里受得?你的身子要紧,你你你去吧![相抱对泣。

（唱【反二黄摇板】）

　　我今日得见你死而无怨,

　　从今后千金体你自己保全,

　　一阵伤心气上咽……[晴雯昏去。

宝　玉　（惊叫）晴雯,妹妹,哎呀晴雯呀![扫头。

　　[接批。

——剧终——

选自苏雪安编剧《晴雯（京剧）》（上海文化出版社1957年版）。

尤 三 姐

陈西汀

人物表　尤三姐——旦　　柳湘莲——小生
　　　　　　尤二姐——旦　　贾　琏——老生(不戴髯口)
　　　　　　贾　珍——丑　　贾　蓉——丑
　　　　　　薛　蟠——丑　　尤　母——老旦
　　　　　　赖尚荣——丑　　来　旺——丑
　　　　　　丫　鬟　　　　　喜　娘(二名)
　　　　　　家　人(四名)

第一场

〔幕启。
〔赖家门前,挂灯结彩,喜气洋洋。府内传出鼓乐阵阵夹有欢笑之声。
〔赖家人上。

赖家人　有请相公。
　　　　〔赖尚荣上。
赖尚荣　啊家院,命你去请柳公子前来串戏,怎么样了?
赖家人　咳,不用提了。小人城南找到城北,城里找到城外,总算把他给找着了。
赖尚荣　找到了?
赖家人　可他说明天就要出门,不能前来串戏。
赖尚荣　怎么,他不肯前来?
赖家人　您不用急!小人再三恳求,言说老夫人六十六寿,请客串戏,我们相公仰慕他的高艺,非请他串演一出不可!
赖尚荣　你说得好!

赖家人　那柳公子淡淡地一笑,跟着小人来了。

赖尚荣　他来了?

赖家人　您看,那不是他!

〔柳湘莲上。

赖尚荣　啊柳仁兄。

柳湘莲　赖仁兄。

赖尚荣　大驾光临,真是不胜荣幸。仁兄请听,里面戏已开场,就等仁兄一显身手了,哈哈哈……请。

柳湘莲　请。

〔赖尚荣、柳湘莲下,赖家人随下。

〔"抽头"转"长锤"。贾珍、贾琏、贾蓉上。

贾　珍　(唱)兴冲冲赖家把酒饮。

贾　琏　(唱)思念尤家二美人。

贾　蓉　(唱)看父亲和二叔他各怀心病。

〔薛蟠上。

薛　蟠　(唱)看你们父子、兄弟、叔侄三人一路行,没有好事情哪!
我说贾珍、贾琏、贾蓉,你们鬼鬼祟祟背着我偷来赖家,你们心里在打谁的鬼主意呀?

贾　珍　(假作正经)薛姨弟此言何意?

薛　蟠　得了吧。我又不是傻子,还看不出你们这点小戏法儿。在家里头打尤二姐、尤三姐的主意,有点碍手碍脚,来到这儿想混水摸鱼,对不对?

贾　珍　唉,薛姨弟不要胡言乱语,大庭广众,被人听见,成何体统!

薛　蟠　什么体统不体统的,别假装正经,姐夫戏小姨,还不那么宗事。

贾　琏　不要胡说,时光不早,我们快些进去吧。
(唱)闲言闲语休乱讲。

贾　珍　(接唱)新贵门墙喜气扬。

〔赖尚荣上。

赖尚荣　原来是大爷、二爷、少爷、薛大爷,柳湘莲的《宝剑记》就要上场了,速速请进。

贾　珍　如此,我们来迟了。

薛　　蟠　咳,尤二姐、尤三姐来了没有?

赖尚荣　正在后厅看戏,速速请进吧。

家　　人　带路后厅。

〔同下。

—幕落—

第二场

〔内一阵叫好声。

柳湘莲　(内唱【点绛唇】)

数尽更筹,听残银漏,

逃秦寇,哦呵好——

好叫俺,有国难投,

哪搭儿,相求救!

〔幕启。尤三姐上。

尤三姐　(唱【西皮摇板】)

好一出《宝剑记》令人神往,

偏有那苦纠缠蝶乱蜂狂,

且避到后花园秋英独赏!

〔尤二姐上。

尤二姐　三妹!

(唱)戏未阑你先逃席却为哪桩?

尤三姐　我也知道后头还有戏呐,可是贾珍、贾琏他们前前后后,老是盯着咱们姐妹俩,实在讨厌,再加上那个薛蟠,呆头呆脑,不是睡大觉,就是狂喊乱叫的,叫人怎么受得了呀,要不是柳湘莲的《宝剑记》唱得好啊,我早就走出来啦。

尤二姐　你的性情也忒古怪了,都是自家亲戚,说说笑笑,有什么要紧。

尤三姐　什么自家亲戚,姐姐,你别忒老实了,你拿他们当亲戚,他们可没有拿咱们当亲戚,我看他们这些人哪,心里不定怀着什么鬼胎呢,姐姐往后你得遇事多加小心,千万别上他们的当啊。

尤二姐　我晓得,不过,你也不要太多心了,我们还是随和些的好。

柳湘莲 （内）嗯哼！
尤二姐 有人来了，我们回避了吧！
〔三姐、二姐闪躲于假山旁。
〔小锣【抽头】，柳湘莲上。
柳湘莲 （唱【西皮摇板】）
　　　　唱罢了《宝剑记》豪情未尽，
　　　　问四座有几人真个知音。
　　　　遣愁怀独步这清秋三径，
〔柳湘莲见尤三姐惊。
呀！
（唱）何来这幽谷兰别具丰神！
〔尤三姐勇敢地上前与柳湘莲见面。
尤三姐 这不是适才演唱《宝剑记》的柳公子吗？我们这儿有礼了。
柳湘莲 湘莲还礼。不敢动问，姑娘尊姓？
尤三姐 我叫尤三姐，这是我的二姐……适才看了您的《宝剑记》，沉雄慷慨，侠骨柔肠，真叫人……佩服极了。
柳湘莲 逢场作戏，贻笑大方，三姐夸奖。
尤三姐 虽则是逢场作戏，可是却唱出了您的英雄怀抱啊。
柳湘莲 想我柳湘莲读书学剑，百无一成，浪迹歌场，年华虚度，还讲什么英雄怀抱。
尤三姐 苍凉豪壮，悲歌慷慨，英雄心事，全都流露在箫管之中了。
柳湘莲 呀！（唱【西皮摇板】）
　　　　频年抑郁歌场隐。
　　　　何幸红颜得知音。
　　　　她出语全非流俗论。
　　　　不由我惊喜暗沉吟。
高山流水，知音难得，湘莲敬铭在心。
尤三姐 不敢，今后若有机缘，还要再观柳公子的妙技。
柳湘莲 （不胜感慨）只是湘莲就要离此远去了。
〔薛蟠内叫。

薛　蟠　小柳儿,小柳儿!

〔尤二姐、尤三姐隐蔽。

〔薛蟠上。

薛　蟠　小柳!哈……小柳!我到后台找你,一眨眼就不见了,感情你躲到花园里来了,我的好兄弟,你的玩意儿真不错,我们想烦你再唱一段风流点的,大伙儿开开心好不好?

〔柳湘莲拂袖冷笑下。

薛　蟠　哈哈!这花园里头没地方好逃,你一定得唱,买你哥哥的面子。〔下。

〔尤三姐、尤二姐走出。

尤三姐　好一个柳湘莲,看样子他也是被那些坏小子们纠缠得没法子忍受了。

尤二姐　休管他们的闲事,我们回去了。

（唱【西皮摇板】）

　　姐妹们且把前庭转,

　　　休管这天涯不系船。

三妹,走吧。

〔尤二姐、尤三姐刚举步,内传来薛蟠被打的惨叫声。二人惊望。柳湘莲怒气冲冲返上。

尤三姐　柳公子,你这是……

柳湘莲　薛蟠这厮欺人太甚,被我一顿毒打,倒在荷花池畔!

尤二姐　哎呀!

尤三姐　打得好,这小子该打。

尤二姐　但不知打得怎么样了?

柳湘莲　纵然不死,也要叫他睡上个周年半载。

尤二姐　哎呀柳公子!想那薛蟠乃是金陵豪富,贾府至亲,你将他打得这样重伤,他们岂肯与你甘休,你闯了祸了。

柳湘莲　想我柳湘莲乃顶天立地的汉子,本待今日远去,漫游楚越,不想一时气愤,如今打了薛蟠,只有不走了。

〔柳湘莲拱手匆匆前行。

尤三姐　柳公子你要上哪里去?

柳湘莲　去到前厅,报与薛家人知道。

尤三姐　啊柳公子。凡事总要三思而行,公子你既要远行,又何苦跟这些肮脏小人,争红论白,依我之见,您还是走您的吧!

柳湘莲　这个……

尤三姐　柳公子!

　　　　（唱【西皮散板】）

　　　　　　且避开眼前祸远走为上,

　　　　　　又何必与他们争长论短。

柳湘莲　（唱【西皮散板】）

　　　　　　谢三姐关怀情永记心上,

　　　　　　愿他年有机缘答拜红妆!

　　　　〔深深一拜。

尤三姐　花园的后门开着,正好打那儿出去,您就快走吧。

尤二姐　你快些走吧。

柳湘莲　如此后会有期,湘莲拜辞了。〔下。

　　　　〔尤三姐怅然地凝望柳湘莲去处。

尤二姐　人都走得看不见了,我们回去吧。

尤三姐　（唱【西皮摇板】）

　　　　　　这才是曲终人不见,

　　　　　　青峰江上信谁传?

　　　　〔贾琏、贾蓉偷偷摸上。

贾　蓉　二姨、三姨!

贾　琏　找了半天,原来你们在这里啊。

尤三姐　你们干什么来啦?

贾　琏　我们是陪三姨妹、二姨妹赏花来了啊。

贾　蓉　对了。

尤二姐　你们是陪我们赏花来的?

贾　琏　正是。

尤三姐　噢!你们是陪着我们来赏花来的吗?

贾　琏　正是。哈哈!

尤三姐　对不起,花呀,我们已经赏完了,我们要走了。姐姐,咱们走吧!

〔尤三姐拉尤二姐走。二姐回顾贾琏歉意地一笑。

尤三姐　姐姐,走啊!
〔尤三姐、尤二姐同下。
贾　琏　蓉儿,你三姨连碰也不让碰,这不是把为叔的急死了吗?
贾　蓉　我说二叔,人人都说您干这一事是老在行,今日一见,不过如此,您还得跟侄儿我请教请教。
贾　琏　噢,你有什么主意呀?
贾　蓉　您别瞧三姨碰都不让碰,您可没有瞧见二姨她临走的时候,还回头瞧了您这么一眼吗?
贾　琏　哦——
贾　蓉　我看三姨不让碰,您就碰二姨,明儿大着胆子上我们家去,准待有几分把握,只要二姨心里愿意,再请我父亲出来做主,管保大功告成啊。
贾　琏　哦! 只是你凤婶的脾气,你是知道的啊!
贾　蓉　这——我还有个主意呀!
贾　琏　噢,这还有什么主意呀!
贾　蓉　咱们瞒着凤婶,不进荣国府,在别处安个外家,待等生米煮成熟饭,再养上个白胖儿子,我凤婶就是知道了,她也是干着急,没有法子啦。
贾　琏　哎哟哟! 若成此事,全仗侄儿。
贾　蓉　你我叔侄,理应效劳。
贾　珍　(内)嗯哼!
贾　琏　哈哈哈!
贾　蓉　我父亲也跟下来了!
贾　琏　我们闪躲一旁。
〔二人躲在花丛内,贾珍一本正经地走上,边走边叫。
贾　珍　二姨妹,三姨妹,天色不早,我们该回去了啊! 咦! 哪里去了,想必在假山后面,待我到那假山后面寻找一番。——二姨妹! 三姨妹! ——方才明明两个人影儿,怎么一下就不见了。
〔看到花丛有人,向前走去。
贾　珍　二姨妹,三姨妹,你们想煞姐丈了!
〔拨开花枝,贾蓉立起。

贾　蓉　爸爸。

—幕落—

第三场

〔幕启。尤三姐上。

尤三姐　（唱【二黄原板】）

　　　　那一日赖家盛筵开，

　　　　悬灯结彩搭歌台。

　　　　柳湘莲客串一曲惹人爱，

　　　　那失路的英雄别具悲怀。

　　　　只见他青袍箭袖丝鸾带，

那柳湘莲在《宝剑记》中串演林冲，他说了几句话是……唉！"丈夫有泪不轻弹，只因未到伤心处"。

〔尤二姐上。

尤二姐　三妹。

　　　（唱）你高歌起舞为何来？

尤三姐　（唱）替人家守门户百无聊赖，

　　　　且把那串戏的人儿学一回。

尤二姐　怎么，你还不曾忘记那柳湘莲么？听说薛蟠挨了他一顿打，至今还未曾起床，他口口声声要报仇，只怕那柳湘莲是难以回来的了。

尤三姐　他……（怅然）

〔贾琏上。

贾　琏　（唱【西皮摇板】）

　　　　昨日里与蓉儿定下巧计，

　　　　宁国府来看望尤家二姨。

　　　　到门前且停步偷观仔细！

尤三姐　贾琏来了。他不是好人，咱们回避吧。

尤二姐　二哥为人老实，回避恐有得罪。

尤三姐　你看他为人老实，我看他坏透了，你要是不走，我可要走了。

贾　琏　三姨妹，二姨妹。

〔尤三姐冷然下。

贾　琏　（唱【西皮摇板】）
　　　　　　走一个留一个正是良机。
　　　啊，二姨妹。
尤二姐　二哥来了，二哥请进。
〔二人同进门。
尤二姐　请坐。
〔坐下，无语，稍静。
贾　琏　啊，二姨妹，伯母往哪里去了？
尤二姐　有事往后面去了。
贾　琏　噢！有事往后面去了。
〔拿出玉佩。
　　　啊！二姨妹，你看这块玉佩可好啊？
尤二姐　好的。
贾　琏　哎呀！二姨妹呀，自从你到了宁国府，我是朝朝暮暮想念着你，走着想，坐着想，如今我连茶都不思，饭也不想了，二姨妹，你要救我一救呀。
〔贾琏向二姐手里递玉佩，二姐躲开，尤母内咳嗽声。
贾　琏　她们来了，快快收起了吧！
〔贾琏将玉佩放在桌子上。
〔尤三姐扶尤母上。
〔尤二姐暗暗拿起玉佩。贾琏暗喜。
贾　琏　伯母。
尤　母　琏二爷来了。
尤三姐　你怎么还没走啊！
贾　琏　我这就走了。
尤　母　你坐坐再走吧。
尤三姐　妈呀，别留他啦，人家还有事呢！让他早点儿走吧！
贾　琏　噢，告辞了。
　　　（唱【西皮摇板】）
　　　　　　见二姐收玉佩我心安稳。

〔贾琏望二姐一眼,下。

尤三姐　(唱)我姐姐因何故神色不宁。
　　　　啊,姐姐,你手里拿着什么,给我瞧瞧。
尤二姐　无有什么。
尤三姐　我看见了,你拿出来我看看。
　　　　妈呀!她不给我瞧。
尤　母　什么啊?
尤三姐　你拿过来,拿过来呀!——一块玉佩!姐姐,咱们家可没有这东西,这是从哪里来的?你要趁早说实话,你说呀!哼,你不说我也明白啦,是不是贾琏给你的?姐姐,你这个人怎么啦!我告诉你他们不是好人,你怎么这么糊涂把这个东西收下来啦!你呀!干脆我给它摔了!
尤　母　哎哟慢来!此乃珍贵之物,摔坏了我们赔偿不起。
尤三姐　妈呀你!你好不明白!
尤　母　咳!你就懵懂些吧。
　　　　〔贾蓉上。
贾　蓉　姥姥,二姨,三姨。
尤三姐　蓉儿,你来得正好,你二叔贾琏有一块玉佩失落在此,你趁早把它拿回去。姐姐,给他拿回去。
贾　蓉　三姨,您别着急啊,我正是为这块玉佩来的,怎么能把它拿回去呢?——恭喜姥姥,恭喜三姨,我父亲做主。已把二姨许配我二叔贾琏啦,我是特地到这儿作媒来啦。
尤三姐　你给我住口吧!你二叔贾琏,谁不知道他有个媳妇叫王熙凤,是个母老虎,你这不是明摆着要坑害我姐姐吗!
贾　蓉　三姨,您那,只知其一,不知其二,只因我凤婶她不会养孩子,因此我父亲做主,把二姨许过门去,来个两头为大,不进荣国府,就在花枝巷安家,我父亲、母亲都说这是再好也没有了,姥姥以后啊,也可长住在那儿啦,今儿在大女婿家过,明儿在二女婿家过,后儿在三……
尤三姐　什么?!
贾　蓉　三两天随您住,您呐周流转,轮着过。姥姥这么大年纪也该享享老福了,您说这事打着灯笼可也找不着啊!

尤　母　这……

尤三姐　妈呀！别听他的花言巧语,此事断断使不得!

贾　蓉　三姨!您别跟里打岔呀!让姥姥好好地想一想。我父亲是您女婿,我母亲是您女儿,女婿女儿作的主还能有错吗?只要您一点头啊,这事就算成啦!

尤三姐　妈呀,你可千万不能点头啊。

尤　母　嗳!此事既然有你大姐、姐丈做主,使你二姐终身有靠,两头为大,倒也未尝不可。二女儿,你的心意如何啊!

尤二姐　但凭母亲做主。

贾　蓉　好好好,姥姥,二姨全都愿意啦,三姨您就别三鼻子眼多出这口气啦,我这就回复我父亲母亲去了,三姨,得罪,得罪。〔下。

尤三姐　不成,贾蓉你回来,贾蓉!

尤　母　三女儿,你就让他去吧。

尤三姐　哎哟!妈妈,你们好糊涂呀!

（唱【西皮流水】

　　分明是那贾家将人作践,

　　为什么轻信他蜜语甜言。

　　让姐姐作偏房有何脸面,

　　何况那王熙凤她心毒手辣笑里藏奸;

　　有一日机关露波翻浪险,

　　怕只怕二姐你恨海难填!

〔贾蓉领四家人、二喜娘上。家人捧礼盘。

贾　蓉　（唱【西皮流水】

　　好姻缘天注定棒打不散,

　　全凭我三寸舌两下周全。

〔制止家人。

别忙,别忙,哎呀,姥姥!我父亲和二叔商量好了,今天就是黄道吉日,一会儿花轿就来抬人,接二姨到花枝巷成亲。姥姥和三姨也一块到那儿去住,为了避免声张,这一切排场都到花枝巷去办理,您与三姨也上那儿去住,时候不早,姥姥,赶紧给二姨去梳妆打扮起来吧!

尤　母　这——这也忒以地仓促了！
贾　蓉　咳,这事趁热打铁,越快越好。——来来来,把礼物都拿进来!
　　　　〔家人捧礼物进。
贾　蓉　姥姥,赶紧给二姨梳妆打扮起来吧!
尤　母　好好好,儿呀,随娘后面梳妆打扮。
尤三姐　姐姐!这是你一辈子的大事,岂能这么草率,姐姐!您可得好好地再想一想啊!
尤二姐　三妹。你我奉着母亲,寄人篱下,终非长久之计,事到如今,也只有听天由命的了!〔掩泪下。
尤三姐　姐姐!
　　　　〔贾蓉上前拦三姐。
贾　蓉　得了,得了,三姨。二姨都去梳妆打扮去了,您就别干着急啦!
尤三姐　好啊!今儿个说亲,今儿个就结亲,你们把我姐姐当成什么样人看待啦。妈呀!你别叫我姐姐去,姐姐,你不能去,妈呀!（贾蓉拦）你躲开吧!姐姐!〔推开贾蓉下。
贾　蓉　这种事夜长梦多,越快越好。我说来人呀,轿子准备着,这就起轿啊。
家　人　是啦!
　　　　〔尤二姐换吉服,二喜娘扶上。尤母、尤三姐上。
尤三姐　姐姐。
尤　母　儿呀,我们也走吧。
尤三姐　我不去。
尤　母　儿呀,我们也走吧,你一个人留在此地,又做什么呢,还是一同去吧。
贾　蓉　三姨,咱们走吧。
尤三姐　好!跟你们一块儿走!
　　　　〔圆场。
贾　蓉　现在诸事齐备,请姥姥和三姨在那边屋里歇着吧。三姨,我给二姨这喜事办得不错吧?我们家叔叔大爷多得很,您要是……
尤三姐　给我滚出去!
贾　蓉　好厉害的三姑娘!〔下。
尤　母　儿呀,天已不早,安睡了吧。

尤三姐　您先去睡吧。

尤　母　你就要来的。

　　　　〔起二更。

尤三姐　呀！

　　　　（唱【西皮摇板】）

　　　　　　听谯楼打罢了二更时分。

　　　　　　只觉得身心疲倦无有精神。

　　　　　　细思量今日事恍如梦境，

　　　　二姐，你呀！

　　　　　　说什么洞房春暖分明是落入了那万丈深坑！

　　　　　　既到此我只有详察动静，

　　　　　　为姐姐和老母步步留心。

　　　　　　贾家人若对你欺凌忒甚，

　　　　　　小妹我与他们一死相拼哪！

　　　　说到我自己啊！

　　　　　　出淤泥而不染，

　　　　　　要学那湘莲清净。

　　　　啊，柳郎啊！

　　　　　　倘若你早归来啊愿托微情。

　　　　　　　　　　　　　　　　　　—幕落—

第四场

〔幕启。贾珍鬼鬼祟祟上。

贾　珍　（唱【西皮摇板】）

　　　　　　贾琏今夜人不在。

　　　　　　他前脚去了我后脚来。

　　　　贾琏今夜到府中，商议平安州公干之事，我正好与二姨妹叙谈叙谈。嘿嘿，巧得很，这个门儿未曾上栓，待我溜了进去。〔进门。那灯光闪闪，定是二姨妹的卧房，待我溜了进去。

〔贾珍下。尤二姐上。

尤二姐　（唱【西皮原板】）
　　　　　　良宵寂寞晚妆残，
　　　　　　再剔灯花整鬓鬟。
　　　　　　窗儿外似有人停站，
　　　　　　莫非是归来夫婿偷把人看？
　　　　　　近纱窗侧耳凝神辨，
　　　　　　原来是落花风卷过庭前，
　　　　　　我自把镜里朱颜略施妆点。
　　　　〔贾珍偷偷摸摸到二姐房内，尤二姐从镜中看见。
尤二姐　你……
贾　珍　二姨妹，是我，不要害怕，二姨妹……
　　　　〔贾珍走近二姐，欲抱二姐，二姐从腋下逃出。下。
贾　珍　二姨妹！二姨妹！
　　　　〔贾珍被凳子绊倒。下。
尤二姐　开门来！三妹，开门来！
　　　　〔尤三姐上。
尤三姐　来啦！姐姐。
尤二姐　三妹。
尤三姐　姐姐，出了什么事吗？
尤二姐　（唱【西皮散板】）
　　　　　　姐丈突然间闯到我身边。
尤三姐　贾家这般禽兽，竟然这么无耻啊！
　　　　〔贾珍追上。
贾　珍　二姨妹，二姨妹。
　　　　〔贾珍见三姐一惊。
贾　珍　三姨妹！
尤三姐　你干什么来啦？
贾　珍　哎，为姐丈特来看你来了！
尤三姐　半夜三更，风寒露冷的，你不怕感冒伤风吗？
贾　珍　自家亲戚，理当如此。

尤三姐　嘿,大姐夫你这人可太好啦。

贾　珍　此乃是为姐丈分内之事啊。

尤三姐　这么一说还得谢谢你啦。

贾　珍　嘿嘿,这倒不必。

　　　　〔贾珍进房,尤三姐拦阻。

尤三姐　我说大姐夫,我们这屋子里都是女的,二姐夫又不在家,你不觉得有些个不方便吗?

贾　珍　这个。

尤三姐　你给我走吧!

　　　　〔尤三姐推贾珍出门。二姐在后窃听。
　　　　〔贾琏上与贾珍相碰。贾珍以扇掩面。

贾　琏　啊,何人在此走动?

贾　珍　是我,是我啊。

贾　琏　大哥。

贾　珍　嗯。

贾　琏　这般时候……

贾　珍　我是与你贺喜来了。

贾　琏　(明白贾珍来意)大哥,小弟与二妹之事,多蒙大哥成全,大哥的心事,小弟都已知晓,愿为大哥效劳。

　　　　〔伸出三指。

贾　珍　这如何使得。

贾　琏　亲上加亲,有什么使不得呀!

贾　珍　只是三……

贾　琏　包在小弟身上,大哥请到里面坐。

贾　珍　(故意推辞,大声伴说)时光不早,我要回去了,我要回去了。

贾　琏　(故意大意)大哥既来,怎能就走,小弟我还要请大哥饮酒——与三妹饮酒啊!

贾　珍　与三妹饮酒?

贾　琏　大哥请。

　　　　〔贾琏、贾珍进。

贾　琏　娘子也在此处,吩咐来旺摆酒。
尤二姐　有现成的酒菜,原是为你回来宵夜的。
贾　琏　这更好了,快快摆了上来。
尤二姐　是。〔下。
　　　　〔尤三姐欲走,贾琏笑止尤三姐。
贾　琏　三姨妹！——啊！三妹,难得大哥到此,愚兄要请三妹、大哥一同饮酒。
尤三姐　跟大哥一同饮酒吗？
贾　琏　是啊。
　　　　〔尤二姐引来旺拿酒菜上。
贾　琏　啊,娘子,你不是有些精神不爽么？
尤二姐　啊！
贾　琏　还是早些安息去吧。
尤二姐　这——
　　　　〔二姐在贾琏催逼下,无可奈何下。
贾　琏　来旺,你也不用在此侍候了。
来　旺　是。〔下。
贾　琏　酒已摆好,大哥、三妹,请来入座。
贾　珍　三姨妹请哪。
尤三姐　好啊！（唱【西皮摇板】）
　　　　　　我心中正难忍一团火性,
　　　　　　他兄弟却又来任意欺人,
　　　　　　我若不扯破脸皮发个狠,
　　　　　　要保我的清白就万不能！
贾　琏　三妹你请上坐吧。
尤三姐　罢罢罢,横了心肠我闹它一阵！〔点烛。
贾　琏　啊,三姨妹,我三人吃酒,用不着这许多灯光。
尤三姐　（冷笑）难道你们姓贾的人都爱在暗中行事吗？
贾　琏　亮的好,亮的好。
尤三姐　请吧！
贾　珍　请。

尤三姐　好极了,今儿我正想喝酒,咱们得喝个痛快。

贾　珍　那是自然。

尤三姐　大姐夫请上坐吧。

贾　珍　啊呀,不敢,三姨妹请来上坐吧。

尤三姐　二姐夫你请来上坐吧。

贾　琏　还是三姨妹请来上坐吧。

尤三姐　啊,那我就不客气了!

〔坐下。贾琏斟酒。尤三姐举杯。

尤三姐　谢谢二姐夫啦。干!

贾　琏　三妹请。

尤三姐　请。〔饮尽。

贾　珍　三妹饮酒爽快得很,来来来,愚兄给你斟上一杯。

尤三姐　谢谢大姐夫,请。干!〔饮尽。

贾　琏　三妹,真是好海量,来来来,三妹快与大哥饮个双杯吧!

尤三姐　怎么啦,与大哥饮个双杯吗?

贾　珍　嘻……双杯,双杯。

尤三姐　请吧。

　　　　(唱【西皮摇板】)

　　　　　　笑你们这无耻的狂徒枉用心,
　　　　　　来来来同把双杯饮。

　　　　〔向贾琏。

　　　　　　今儿个还要给你饮一个双杯。

贾　珍　嘻……双杯。

贾　琏　大哥请啊!

贾　珍　请啊。

尤三姐　请啊!

　　　　〔尤三姐扬手打翻贾珍的酒杯,顺手泼了贾琏一脸酒,拍桌大骂。

尤三姐　我把你们这两个畜生!

　　　　(唱【西皮摇板】)

　　　　　　大骂贾琏与贾珍,

>　　　我姐姐为人懦弱遭勾引,
>　　　陷入你贾家万丈坑。
>　　　骗去了一人心不死,
>　　　又来欺凌第二个人。
>　　　三姑娘生就刚烈性。
>　　　笑你们瞎了狗眼睛。
>　　　要饮酒来我就同你们饮!

〔拿起酒壶。

今儿要跟你们喝一个痛快。

贾　珍　我不吃了!
尤三姐　怎么,不喝了?
贾　珍　不吃了。
尤三姐　不喝也不成!

（唱【西皮摇板】）

>　　　要想不饮偏不成。
>　　　这杯酒要你饮!

来,把这杯酒给我喝了它!

贾　珍　我,不吃了,不吃了。
尤三姐　啊,你不是要喝双杯的吗?
贾　琏　大哥,你就饮了这杯吧。
贾　珍　怎么饮了这杯,好好好,我就饮了这杯。
尤三姐　你喝了吧。

〔灌贾珍。

贾　琏　三妹不要这样。
尤三姐　还得给你饮个痛快。
贾　琏　这……
尤三姐　（唱【西皮摇板】）

>　　　这杯酒,你来吞,

贾　琏　愚兄我不能饮了。
尤三姐　你喝了吧!

贾　琏　我实在不能喝了。

尤三姐　你喝了吧!

〔尤三姐将酒灌进贾琏颈内。

（接唱）

　　　　　三姑娘陪你们饮一个尽兴。

〔三姐连饮。贾珍、贾琏溜。

尤三姐　回来。

贾　珍
贾　琏　干什么?

尤三姐　干什么!噢,你们二人想溜啦?

贾　琏　是啊,时光不早,我们要安息去了。

贾　珍　我也要走了。

〔二人想跨出门去。

尤三姐　站住!——三姑娘的酒性还没有足哪!给我站在一边,看着你三姑奶奶我一个人喝!

〔尤三姐脱去外衣耸身坐上桌沿。

（唱【西皮摇板】）

　　　　　看着你三姑娘独饮独斟。

〔提壶独饮。

大姐夫!

贾　珍　三姨妹。

尤三姐　你看看你三妹妹长得美不美呀?

贾　珍　美啊,美。嘿嘿,美啊!

尤三姐　二姐夫。

贾　琏　嗯哼,三姨妹。

尤三姐　你看看你三妹长得俊不俊哪?

贾　琏　嘿嘿,俊,俊得很。哈哈……

尤三姐　好极了,这屋子没有外人,就是你们哥儿俩。过来,咱们一块儿来亲近亲近吧。

贾　琏	哎……这使不得呀!
贾　珍	
尤三姐	咳,这怕什么,你们这荣宁二府,表面上都是簪缨门第,知书达礼,背地里你们什么乱七八糟的事做不出来呀。你们哥儿俩跟一个小姨子这怕什么。你们还在乎这个吗?贾琏,你快去把我姐姐也请出来吧。要乐,咱们大家一块儿乐。常言道便宜不过当家的,你们是哥哥弟弟,我们是姐姐妹妹,也不是外人。过来,咱们一块儿来亲近亲近吧!
贾　琏	好了,好了,我们不敢了。
贾　珍	我们不敢了。
尤三姐	不敢了,哼!我量你们也不敢!

〔尤三姐跳下桌子。搬一凳子坐下。

你们哥儿俩仗着有几个臭钱,拿我们姐妹当粉头取乐。我姐姐上了你的当,让你拐去做二房啦,怎么,今儿又来打你三姑奶奶的主意来啦。这是糊涂油蒙了你们的心窍,你这叫痴心妄想!当我不知道你们家的事吗?咱们是清水下杂面,你吃我看,提个影戏人儿上场,好歹别戳破了这层纸吧!贾琏,我知道你们家有个泼辣货叫王熙凤,我倒要会会她,看她有几个脑袋几只手!我告诉你,从今以后,你们待我姐姐好好的便罢,要有什么风吹草动的,三姑奶奶有本事把你们贾家的这些牛黄狗宝全都掏出来!

贾　珍	三妹,不要讲了。
贾　琏	
尤三姐	怎么,害怕了?
贾　珍	好了,好了,不要叫下人们听见,与我们弟兄留些脸面吧!
贾　琏	是啊!
尤三姐	(冷笑)什么,你们这种人还知道要脸吗?
贾　珍	好了,好了,求求你,我们下次再也不敢了。
贾　琏	是啊!再也不敢了。
尤三姐	瞎了你们的狗眼,给我滚出去!

〔贾珍、贾琏瑟缩外行。

| 尤三姐 | 快滚哪! |

　　　　　　〔贾珍、贾琏窜出门外。
　　　　　　〔尤三姐关门。
贾　珍　我从未见过这样厉害的姑娘。
贾　琏　就是我家凤姐也不是她的对手啊!
贾　珍　咳!好一块肥羊肉,烫手又烫口。
贾　琏　玫瑰花虽好,就是有刺扎手。
贾　珍　二弟,赶快找一个人家,将她嫁了出去,免得闹出事来!〔下。
　　　　　　〔尤二姐上。
尤二姐　你们为何吵闹?
贾　琏　嗯!你去问三妹去吧。
　　　　　　〔贾琏下。尤母上。
　　　　　　〔尤三姐抱尤母哭。
尤二姐　开门来。
尤三姐　谁来也不开门。
尤二姐　为姐的来了。
尤　母　你姐姐来了。〔开门。
尤二姐　三妹,怎么样了?
尤三姐　姐姐!
　　　(唱【西皮摇板】)
　　　　　　姐妹生来金玉质,
　　　　　　平白受尽那恶犬欺。
　　　　　　胸中堆满肮脏气,
　　　　　　不如一死委沙泥。
尤　母　儿啦。你就忍耐些吧。
尤三姐　说什么忍耐。人家就是看着咱们母女软弱,才存心欺侮,姐姐你就这样嫁给了贾琏。事已如此,我也不必多说了。只是瞒人却不能瞒一辈子,想那王熙凤是一个有名的泼妇,姐姐你还要好自为之。至于妈妈,咳!想爹爹早亡,又没有一兄二弟,妈妈这般年纪,将来如何归宿啊……
　　　　　　〔母女同哭。
尤　母　话虽如此,想我母女寄人篱下,万事都要看在你大姐、二姐的份上,你就耐着点性儿,也好让为娘我过几天安乐的日子啊!

尤三姐　咳!看此情形,我也不能在此久留,我也知道,你们为我的终身,时刻担心,我自己呀,也该找个着落了。

尤　母　这倒是个正理。

尤三姐　可是那些有钱有势的人,非我所愿,我已经……

尤二姐　你心上的人儿莫非是那……

尤　母　儿啦!你看上哪个,快些告诉为娘!

尤三姐　母亲、姐姐呀!

　　　　(唱【西皮摇板】)

　　　　　　他鹤立鸡群世无双,

　　　　　　书剑飘零走四方,

　　　　　　一曲悲歌成绝唱。

　　　　　　他名唤那湘……

尤　母　湘什么?儿啦,湘什么啊?

尤三姐　(唱)喂呀儿的娘啊!

尤　母　到底是哪一个啊?

尤三姐　他名唤湘莲柳姓的郎。

尤　母　柳湘莲!

尤二姐　你念念不忘的果然是那个柳湘莲么?

尤　母　哎呀儿啦!闻听人言,那个柳湘莲他穷得很哪!

尤三姐　(唱【西皮流水】)

　　　　　　尊一声白发老亲娘!

　　　　　　莫将贫富论儿郎。

　　　　　　他堂堂一表多英爽,

　　　　　　天生就侠骨与柔肠。

　　　　　　富贵看作浮云样,

　　　　　　照人肝胆不畏豪强。

　　　　　　白首同偕倘有望,

　　　　　　清贫到死也无妨。

尤二姐　此人非但贫穷,自从打伤薛蟠,逃避他乡,至今未回,倘若迟迟不归,岂不误了你的终身大事?

尤　母　是啊。

尤三姐　姐姐。

（唱【西皮流水】）

　　　　姐姐不必多言讲，

　　　　妹此心早已许柳郎。

　　　　他若是回来妇随夫唱，

　　　　一瓣心香答上苍。

　　　　他若是天涯长流浪，

尤　母　儿啊！你是怎么样办呢?

尤二姐　是啊，怎么样呢?

尤三姐　我情愿终身削发奉高堂！

　　　［尤三姐拔下头上簪，折之掷地。下。

尤　母　你看这如何是好?

尤二姐　三妹的脾气，说到哪里，做到哪里。若是这样长久下去，岂不要闹出事来的?

尤　母　如若不然，就依了她吧。

尤二姐　待女儿回房，与二爷商议，再作道理。

尤　母　事到如今，也只好如此。

（唱【西皮散板】）

　　　　为女儿操心事有话难讲。［下。

尤二姐　（唱【西皮散板】）

　　　　但愿那姓柳的人早日还乡。［下。

——幕落——

第五场

　　　［幕启。贾琏上，来旺随上。

贾　琏　（唱【西皮摇板】）

　　　　奉严命平安州把公事赶办，

　　　　一路上受多少露宿风餐。

茅店中饮三杯且消劳倦，

［酒保迎上。

酒　保　客官喝酒吗？

贾　琏　好酒取来。

酒　保　好酒一壶啊！

［贾琏坐下。来旺歇一旁。酒保取酒上。

贾　琏　（唱【西皮摇板】）

村头酿渴来饮味也如兰。［斟酒饮酒。

［柳湘莲上。薛蟠随上。

柳湘莲　（唱【西皮摇板】）

水径山程忘近远，

薛　蟠　（唱）人生离合有前缘。

柳湘莲　（唱）如此恩仇非我愿，

薛　蟠　（唱）酒旗之下且留连。

贾　琏　柳贤弟。

柳湘莲　琏二哥。

贾　琏　薛贤弟？

薛　蟠　是我。

贾　琏　（惊异地）你们两人，怎会走在一起的？

薛　蟠　咳！琏二哥，咱们哥儿俩总算见着啦。

贾　琏　此话从何说起？

薛　蟠　还提起呢，小弟出外经商，来到这平安州，遇见一伙强盗，劫去了货物，差点没把我给宰了。这时候，柳贤弟突然赶到，拔剑杀贼，夺回货物，也把我给救了。柳贤弟真是宽宏大量，不念旧恶，故此我们哥儿俩走在一块儿啦！

贾　琏　原来如此。这才是不打不成相识啊，哈……

柳湘莲　琏二哥，此番出门，何处公干？

贾　琏　哎呀，柳贤弟啊！愚兄此番出门，一来到这平安州公干，二来顺道寻找贤弟你呀！

柳湘莲　寻找小弟何事？

贾　琏　说来话长，我们到那厢一叙。
　　　　〔同坐。
柳湘莲　二哥寻找小弟何事？
贾　琏　有一门亲事，要与贤弟为媒。
　　　　〔柳湘莲大笑。
贾　琏　贤弟为何发笑？
柳湘莲　只怕此媒难以成就。
贾　琏　怎么？
柳湘莲　一来小弟频年浪迹天涯，哪里说得上成家立业，二来其中还有一个缘故。
薛　蟠　噢！还有一个缘故？
柳湘莲　只因几年以前，小弟心中已有了一个红粉知己，小弟曾暗暗发过誓愿，非此女不娶，耿耿于心，未尝忘怀，故而二哥的媒人就有些难做了啊！
贾　琏　哎呀呀！这倒巧得很，贤弟非那个女子不娶，愚兄所提之人她也说过，非你不嫁呀！
柳湘莲　（怀疑地）啊！竟有此事？
贾　琏　竟有此事。
柳湘莲　如此说来，倒要请问这是谁家之女？
贾　琏　就是那尤家之女，人称尤三姐！
　　　　〔柳湘莲惊讶起立。
柳湘莲　尤三姐！
薛　蟠　啊，尤三姐！
　　　　〔贾琏制止薛蟠。
贾　琏　是啊，她为你守了好几年了。
柳湘莲　此话当真？
贾　琏　我还骗你不成？
柳湘莲　这……
贾　琏　贤弟，莫非你还不中意么？
柳湘莲　小弟应允就是。
贾　琏　怎么？你那心上的人儿，就不要了么？咳，我今日才知道你也是个得新忘旧之人哪。哈……

薛　蟠　咳！琏二哥,你才是得新忘旧之……

〔贾琏止住薛蟠。

贾　琏　贤弟既然应允,与兄愿求聘物为证。

柳湘莲　想我柳湘莲除了一肩明月,两袖清风之外,身无长物……,哦,二哥。小弟这里有宝剑一双,名为鸳鸯剑,乃传家之宝,二哥拿去,权作聘礼。

贾　琏　我们一言为定。

柳湘莲　一言为定。

贾　琏　愚兄还有事在身,告辞了。

（唱【西皮摇板】）

哈哈！一句话成就了如花美眷。

〔贾琏下,来旺随下。

柳湘莲　（唱【西皮摇板】）

且喜得知心人爱定情坚,

这也是前世缘牵连一线。

薛　蟠　贤弟。

（唱）恭喜你得一位绝世的婵娟。

咳！贤弟你如今娶了尤三姐,可是你还不知道,尤三姐的姐姐尤二姐嫁给贾琏了,住在花枝巷。

柳湘莲　噢,那尤二姐嫁与贾琏了？

薛　蟠　是啊,如今你与贾琏是连襟兄弟了。

柳湘莲　那尤二姐为何不进荣国府,要住在花枝巷？

薛　蟠　你不知道,听我说呀。琏二嫂子王熙凤是个有名的醋坛子。这是琏二哥背着她偷偷干的。贤弟回京,千万别一头闯到……

柳湘莲　如此说来,尤二姐与贾琏并非正大光明。

薛　蟠　咳！你怎么这样不通情理,荣宁二府的事,你又不是不知道。一个有几分品貌的姑娘,住在他们家里,还谈什么正大光明啊！

柳湘莲　（变色）这……

薛　蟠　咳！一天到晚,打贾珍那儿说起,不知有多少只眼睛盯住不放,不要说是人,就是一块石头,也给他们盯化了。像尤三姐这样绝色的人才,偏偏看上了贤弟,琏二哥还特地出头作媒,这简直是做梦也想不到的事啊!

柳湘莲　那尤三姐也住在花枝巷么?

薛　蟠　那是自然啦。

柳湘莲　薛仁兄,贾琏路途之上,匆匆与我订下这桩亲事,莫非其中另有隐情不成?

薛　蟠　这可就难讲了。

〔柳湘莲一把抓住薛蟠。

柳湘莲　你要从实讲来!

薛　蟠　这……贤弟,我不过讲讲荣宁二府的一笔糊涂账,你别乱起疑心哪。

柳湘莲　尤三姐那样绝色的女子,岂少有钱有势之人相配,为什么贾琏偏偏作媒将她许配我这两袖清风、落魄之人?

薛　蟠　这,这是你们前世的缘分哪。

柳湘莲　前世缘分。

（唱【西皮散板】）

　　听薛蟠一句话心神不定。

　　莫非是贾琏他别有居心。

想我柳湘莲堂堂男子,不可一时大意,铸成大错,不免赶将前去,索回鸳鸯剑,打退这门亲事便了!〔下。

薛　蟠　柳兄,柳兄,你别误会!〔追下。

——幕落——

第六场

〔幕启。尤三姐上。

尤三姐　（念）落花虽有意,

　　　　　　流水恐无情。

自从把心事对母亲、姐姐说明之后,每日长斋奉佛,静候柳郎消息。贾家那些无耻之徒,见我如此,也不敢前来打搅,倒也落得个清闲自在。只是柳郎至今杳无音信,叫人时刻挂念。日前贾琏到平安州公干,二姐叫他顺便打听一下湘莲下落,唉,柳郎啊,柳郎!你今在何方啊!

（唱【二黄原板】）
　　　　尘封宝镜梳妆懒，
　　　　落尽庭花怕卷帘。
　　　　长忆知音难得见，
　　　　心随明月绕江天。
　　　　良缘若不是前生缔，
　　　　难道相逢竟偶然！
　　　　贾琏公干平安县，
　　　　愿他巧遇得湘莲。
　　〔二姐上。
尤二姐　三妹，快些来呀！
尤三姐　姐姐，有什么事啊？
尤二姐　你二姐夫回来了。
尤三姐　他回来与我有何相干？
尤二姐　你托他的事，就忘怀了么？
尤三姐　这……
　　〔尤母、贾琏上。
尤　母　（唱【西皮摇板】）
　　　　千里姻缘一线引，
贾　琏　（唱【西皮摇板】）
　　　　三言两语说成亲。
尤三姐　二姐夫回来了？
贾　琏　恭喜三妹，贺喜三妹。
尤三姐　喜从何来？
贾　琏　三姨妹，愚兄在中途路上遇着了柳湘莲，是我与他提起亲事。
尤三姐　怎么样啊？
贾　琏　嗯，他就——
尤三姐　怎么样？
贾　琏　一口应允了。
尤三姐　真的？

贾　　琏　　三妹不信,来来来,这有他的鸳鸯剑为证。

〔出剑,尤三姐取剑,贾琏缩回。

还是放在媒人这里保存吧!

尤三姐　　你拿过来吧!

〔尤三姐拿过宝剑,拔剑,看剑上铭文。

(念)"鸳鸯剑,柳氏传家之宝!"呀!

(唱【西皮二六】)

　　　　果然是一对鸳鸯剑,

　　　　三尺青锋秋水寒。

　　　　于今改作尤家聘,

　　　　宝剑也得意随人换笑颜。

　　　　他再不愁高山流水知音少,

　　　　他再不愁对月临风形影单。

　　　　我为他齐眉举起梁鸿案,

　　　　他为我巧画双蛾张敞弯。

　　　　尤三姐遂了我平生愿,

　　　　儿的娘啊!

　　　　不由人喜泪湿罗衫!

尤　　母　　儿啊。如今称了你的心愿了,快些备酒与你姐丈洗尘。

贾　　琏　　三妹妹的酒,我再也不敢饮了。

尤三姐　　嗯,这一回,倒是要与你备酒的。〔得意跑下。

贾　　琏
尤　　母　　(相顾)哈……〔下。

—幕落—

第七场

〔幕启。三姐卧室中。宝剑悬挂柱上。

〔三姐斜倚榻上,凝望宝剑,不能成眠。

〔更鼓四声。三姐翻身下榻。

尤三姐　　(唱【西皮摇板】)

数年梦幻竟成真,
喜在心头睡不成。
宝剑儿已伴我一宵身影,
料归人定也是心如箭急赶行程。
看天色已到了黎明时分,
也许是顷刻之间便叩门。
倘若是一声传报通姓名,
我则待趋前执手问寒温,
连叫湘莲一百声!
重上妆台开宝镜;
又只见镜里容颜瘦几分。
愁只愁他乍见难凭信……[尤三姐沉浸在想象中。

(灯暗。内起合唱【双声子】)

柳湘莲,柳湘莲,
好一似穿帘燕;
尤三姐,尤三姐,
泪珠儿穿成线。

[以上歌声中,灯明,柳湘莲出现在三姐面前,三姐惊喜泪下。

猛趋前,紧相牵!

[三姐猛地趋执湘莲手。

满腹相思待君诉,
可怜欲诉竟无言。

[两句按需要重叠唱。

(唱【鲍老催】)

但看你眉痕瘦偃,
便知你,怀人肠断,夜夜天涯远。

[柳湘莲无限深情为三姐拭泪。

慰相知,我也曾梦中来觅春风面!
只为两心坚,
才成就,如花眷,

　　　　此情全付鸳鸯剑！

〔三姐趋床头取剑，捧剑。柳湘莲接剑，分一股与三姐。

〔三姐羞怯地接剑，随湘莲学舞。亮住。

〔舞剑时，反复叠唱"只为两情坚，才成就，如花眷，此情全付鸳鸯剑"三句。

　　　　猛回头，双双如在赖家园！

〔亮住时，双双伫立，回首当年赖家花园相见时情景。

　　　　湘莲哪！从今你，再听银漏数更筹——

　　　　英雄泪只傍妆台溅！

　　　　三姐呀！从今你，再看（平声）明月照秋塘——

　　　　并头莲应与人同艳！

　　（合头）湘莲哪！从今你，再听银漏数更筹——

　　　　英雄泪只傍妆台溅！

　　　　三姐呀！从今你，再看明月照秋塘①——

　　　　并头莲应与人同艳！

〔"湘莲哪！如今你，再听银漏数更筹"及"三姐呀！如今你，再看明月照秋塘"系加出，可以唱，也可朗诵。

〔"合头"为"叠唱"。

〔三姐从幻觉中猛然醒过。

（唱【西皮摇板】）

　　　　这般的乱想好羞人！

〔来旺上。

来　旺　三姑奶奶。

尤三姐　来旺，一大早来此何事？

来　旺　三姑奶奶，那位柳公子，一大早找二爷来了，我是来回禀二爷的，八成那，我们要吃您的喜酒啦！

　　　〔来旺下。

---

① "湘莲哪！从今你，再看银漏数更筹"及"三姐呀！从今你，再看明月照秋塘"系加出，可以唱，也可以朗诵。

〔三姐沉浸在喜悦中幕落。

〔尤母、贾琏上。

贾　琏　（唱【西皮摇板】）
　　　　　怪不得昨夜灯花放，
尤　母　（唱）原来是快婿到前堂。
贾　琏　有请柳相公厅内相见。
来　旺　（内）是。有请柳相公。
　　　　〔柳湘莲上。
柳湘莲　（念）索回鸳鸯剑，打退恶姻缘。
贾　琏　贤弟。
柳湘莲　二哥。
贾　琏　这就是你的岳母，快上前拜过。
柳湘莲　伯母在上，晚生拜揖。
贾　琏　贤弟你为何揖而不拜，这样的称呼啊？
柳湘莲　这个……
贾　琏　贤弟莫非有什么难言之隐，何妨直说。
　　　　〔尤三姐仗剑暗上。
柳湘莲　二哥有所不知，只因小弟回来，知道姑母已于上月替我订下了亲事，姑母之命，难以违抗。鸳鸯剑又乃祖上所遗，小弟此来，请二哥将鸳鸯剑退回小弟。
　　　　〔尤三姐闻言几乎惊倒，强自支持。
贾　琏　定者定也，既然定了，岂能反悔？
柳湘莲　二哥责备甚是，只怪当初小弟行事鲁莽。如今心意已决，此事断断不敢从命！
贾　琏　（生气）你要知道，此事乃是我贾琏做的媒人。
柳湘莲　哼！正因你贾琏为媒，我才不敢应允！
　　　　〔尤三姐心中全然明白。
贾　琏　难道荣宁二府，还玷辱你不成？
柳湘莲　荣宁二府，哈哈，好一个荣宁二府！
贾　琏　此话怎讲，你要说个明白！

[湘莲环顾不语。

贾　琏　你我到外面去讲。

尤三姐　慢着——啊,柳……

柳湘莲　柳什么?

尤三姐　柳郎啊!听你之言,分明把我当作下贱之人,我虽居肮脏之地,却是清白之身,柳郎你——你可不能冤屈好人哪!

贾　琏　三姐乃是我姨妹,你可不能……

柳湘莲　身居肮脏之地,就难说什么清白之身。不过三姐乃一柔弱女子,寄人篱下,湘莲索剑退婚,倒也并无责怪三姐之意。

尤三姐　柳公子!话可要说个明白,我虽然寄居荣宁二府,难道你不知清者自清、浊者自浊吗?

柳湘莲　清者自清、浊者自浊!谁人不知,荣宁二府,只有门前那对玉石狮子还称得上干净!

贾　琏　住口!

[尤三姐气阻欲倒,贾琏上前扶,三姐厌恶地推开贾琏。

尤三姐　(唱【西皮散板】)
　　　　　他他他一句话把人咬定,
　　　　　我浑身是口也难分。
　　　　　只说是虽在淤泥身洁净,
　　　　　又谁知取信他人已不能。
　　　　　我不怨柳郎你心肠狠!

贾　琏　三妹,你不要理他。

尤三姐　(唱)只怪我不该陷入你这是非门!
　　　　　流言蜚语无凭证,
　　　　　我保得了清白的身也保不得清白的名!

柳湘莲　(唱)清白贞纯难细问,
　　　　　这似海的侯门问不清。
　　　　　三姐容华高人一等,
　　　　　岂少垂青如意人。
　　　　　还我剑来!

贾　琏　（唱【西皮散板】）
　　　　　　我好心好意为媒证，
　　　　　　你恶言恶语辱荣宁。
　　　　　　三妹自有人求聘，
　　　　　　宝剑还他请出门！
　　　　　还他宝剑！
尤三姐　（唱【西皮快板】）
　　　　　　荣宁二府人多少，
　　　　　　清浊贤愚自有分。
　　　　　　我扫净铅华甘素净，
　　　　　　白璧无瑕苦待君。
　　　　　　待得君来君不信，
　　　　　　反把夭桃烈女贞。
　　　　　　还君宝剑悲声哽，
　　　　　　且借龙泉我就表寸心。
　　　　　还君宝剑！
　　　　　〔柳湘莲抓剑鞘。三姐顺手抽出宝剑，自刎。
柳湘莲　（惊）哎呀！我妻！
尤　母　（同）儿啦！
二　姐　　　 三妹！
柳湘莲　三妹！我妻！妻啊！〔扑向三姐。

—幕落—

　　剧本创作于1959年至1960年，由童芷苓、王熙春、童祥苓、黄正勤、刘斌昆、李多芬、孙正阳等主演。后因演出成功，又改编成电影，享誉海内外。剧曲谱本由上海文艺出版社1981年出版。

王熙凤大闹宁国府

陈西汀

人物 尤二姐 贾 琏 来 旺 平 儿 鸳 鸯 王熙凤 兴 儿 贾 珍 尤 氏 贾 蓉 贾 母 秋 桐 贾府家院 丫鬟等

第一场

〔幕启：花枝巷尤二姐住处。梨花庭院，朝阳如水，莺声呖呖。
〔音乐。二丫鬟上，摆酒毕，乐停。

丫鬟乙　酒都摆好了，该请二爷、二奶奶出来了。

丫鬟甲　傻丫头，二爷和新二奶奶成亲没多久，今日就要出门，得跟新二奶奶在房里多谈一会。

丫鬟乙　傻丫头，这不是送别酒？一边吃酒，一边谈心，不是新二奶奶吩咐的？
〔尤二姐内白：二爷请。

丫鬟乙　她们来啦。〔下。
〔贾琏、尤二姐上。

贾　琏　（唱）深深庭院掩梨花，

尤二姐　（唱）无赖莺声呖乱哗。

贾　琏　（唱）春宵一刻千金价，

尤二姐　（唱）晨光早透碧窗纱。

贾　琏　（唱）新婚岁月如奔马，
〔丫鬟甲、乙上。

二丫鬟　禀奶奶，您吩咐给二爷送行的酒摆好了。
〔尤二姐挥手示意二丫鬟下。

尤二姐　（唱）离筋一举忽天涯。〔坐。
贾　琏　啊夫人，你我新婚以来，从未远离。今奉严命，往平安州公干，留你一人，身怀有孕，住在这花巷，叫我好生放心不下。
尤二姐　二爷一走，门扉长闭，只有庭前几树梨花，伴我寂寥，还望二爷早早归来才好。
贾　琏　那是自然。
尤二姐　待我敬奉二爷一杯，祝二爷一路平安。
贾　琏　夫人请。
尤二姐　（唱）一杯难尽心头话，
　　　　　　　愿祝征人早还家。
　　　　　　　深巷朝朝人迹寡，
　　　　　　　幽闺谁与惜芳华？
　　　　　　　任他人说春无价，
　　　　　　　我素心一片托梨花。
　　　　　　　愁则愁夜半风高惊铁马，
　　　　　　　错当作三妹魂归掩不住泪如麻。
　　　　　　　静里思量还自怕，
贾　琏　怕什么？
尤二姐　（唱）怕梨花风雨漫交加！
贾　琏　二姐。
　　　　（唱）努力加餐休惊怕，
　　　　　　　有谁知桃源深处有人家。
　　　　　　　王熙凤纵使神通大，
　　　　　　　怎奈是没些儿风声传到她。
尤二姐　但愿如此。
　　　　〔丫鬟甲上。
丫鬟甲　禀二爷，来旺来了。
贾　琏　唤他进来。
丫鬟甲　进来。〔下。
　　　　〔来旺上。

来　旺　（念）二爷要出门,赶来送送行。
　　　　参见二爷、新二奶奶。

尤二姐　罢了。

贾　琏　何事?

来　旺　禀二爷,去往平安州的行李车辆,都已准备。老爷有命,请二爷立即起程。

贾　琏　你先回府,我随后就来。

来　旺　是。〔欲走又停。

贾　琏　还有何事?

来　旺　禀二爷,昨儿晚上,差点儿出了事情。

贾　琏　什么事情?

来　旺　二门上两个小厮,放大了嗓门,谈起我们新二奶奶来!

贾　琏　（惊）他们谈些什么?

来　旺　他们说新二奶奶比二奶奶好,又和气,又大方,越说越带劲。凑巧这时候二奶奶屋里的一个小丫头走过……

贾　琏　（急问）怎么样?

来　旺　我心里一急,咳,急中生智,冲着两个小厮大喝一声:呔!两个小东西,吵什么,吃饱了是不是!我这么一吆喝……

贾　琏　又怎样?

来　旺　两个小厮住了嘴,岔过去啦。

尤二姐　（松了口气）她未曾听见。

来　旺　匆匆地走啦,没听见。

贾　琏　来旺。

来　旺　二爷。

贾　琏　你这一声,呼喝得好啊。二爷出门,这里的事情全交与你了。

来　旺　二爷、新二奶奶只管放心,全在我来旺的身上了。
　　　　〔丫鬟甲上。

丫鬟甲　来旺,你老婆来叫你,说二奶奶找了你好半天,叫你赶快回去。

来　旺　是啦。二爷,二奶奶叫我,我得先走一步。您别忘了起程。

贾　琏　知道了。

[来旺、丫鬟甲下。

贾　琏　夫人,我要走了。

　　　　（唱）虽然是短别离也添牵挂,

尤二姐　二爷保重。

贾　琏　（唱）人虽去一寸心留在此家。[下。

尤二姐　（唱）别恨离愁难撇下,

　　　　　　　空庭寂寂自遣芳华。

——幕闭

第二场

[幕启：王熙凤内宅。平儿上。

平　儿　（念）二奶奶积劳成病,二爷又雪上加霜。

　　　　善姐,善姐。

　　　　[丫鬟丙上。

丫鬟丙　平姑娘。

平　儿　来旺来了没有?

丫鬟丙　还没找到呢?

平　儿　二奶奶等着问话,快多叫两个人找去。

丫鬟丙　知道了。

　　　　[丫鬟丙下。丫鬟丁上。

丫鬟丁　平姑娘,老祖宗那边的鸳鸯姑娘过来啦。

平　儿　鸳鸯姑娘来了,快请进来啊。

丫鬟丁　是。鸳鸯姑娘请进吧。[下。

　　　　[鸳鸯上。

平　儿　鸳鸯姐姐。

鸳　鸯　平姑娘。

平　儿　快快请坐。

鸳　鸯　不用客气啦。（指手里的东西）这是一包人参,老祖宗听说二奶奶累病了,特为叫我送过来,给二奶奶补补身子。二奶奶呢?

平　儿　身上不舒服,还在房里躺着呢。

鸳　鸯　这么说,我就不敢惊动了。请你代问声好,我去了。
　　　　〔王熙凤内喊:平儿!
平　儿　奶奶。
　　　　〔王熙凤内白:你在跟谁说话呀?
平　儿　老祖宗叫鸳鸯姐姐看您来啦。
　　　　〔王熙凤内白:哎呀,你怎么不早点叫我,我来啦。
平　儿　奶奶出来啦。
鸳　鸯　这……
平　儿　你就坐下吧。
　　　　〔稍静。王熙凤凝重地上。
鸳　鸯　奶奶。
王熙凤　鸳鸯姐姐。
鸳　鸯　我打搅您歇息了!
王熙凤　哎呀呀,我哪这么娇贵呀,连老祖宗那儿的人也敢怠慢起来了。快坐下吧。
鸳　鸯　您坐下。
　　　　〔鸳鸯坐。平儿上茶。
王熙凤　老祖宗她老人家好啊?
鸳　鸯　好,只是一天没瞧见二奶奶,饭都吃不下去啦!
王熙凤　瞧你说得好。(撒娇地)她老人家才不那么喜欢我呢。
鸳　鸯　您不信,瞧瞧这个……
平　儿　鸳鸯姐姐说,老祖宗听说您身体不舒服,特为给您送来了人参。
王熙凤　哎呀呀,这不要把我折煞了吗?
鸳　鸯　您还不知道这人参的来头哪!它是我们大姑奶奶元妃娘娘昨儿个从宫里头赐下来孝敬老祖宗的。
王熙凤　大姑奶奶御赐的?
鸳　鸯　可不是。
王熙凤　这可叫我怎么报答老祖宗和大姑奶奶呢……哎呀,平儿!
平　儿　奶奶。
王熙凤　娘娘御赐的人参,老祖宗单单送给我,这可不叫别的孙媳妇儿吃醋吗?

		你马上分两枝送到宁国府珍大奶奶那儿,也叫她们分享分享老祖宗的疼爱呀。
平　儿	晓得了。〔取参下。
鸳　鸯	哎呀,我的二奶奶,怪不得老祖宗那么疼您。瞧您想得多周到,我回去跟老祖宗一说,老祖宗又要乐得合不拢牙来了。哦,还有一件事,老祖宗让我问问您,她老人家记得有几匹软烟纱,不知搁在哪个库房里。她老人家要找出来糊窗子。
王熙凤	哦,那是在西库房大板箱里。花样有流云蝙蝠式的、百蝶穿花式的。颜色有松绿的、秋香的、雨过天晴的,不知老祖宗要的是哪样儿?
鸳　鸯	瞧您,记得这么清楚,老祖宗怎么离得开您哪。我还得问问老祖宗去,您多保重。
王熙凤	向老祖宗请安。
鸳　鸯	哦,好险!把两句紧要的话忘记了。老祖宗说啦,您身体不好,如果二爷在外面有什么拈花惹草,或是两府上下谁叫您生气添烦的,叫平姑娘随时告诉老祖宗。老祖宗来整治他们!
王熙凤	多谢老祖宗。
	〔鸳鸯下。
王熙凤	(唱)老祖宗偏想得这般周到, 　　　二爷他不管我寂寞无聊。
	〔平儿上茶。
平　儿	您喝点儿参汤。
王熙凤	(唱)人参汤医不得心头怒恼,
	〔丫鬟丙上。
丫鬟丙	奶奶,来旺找到了。
王熙凤	叫他进来!
丫鬟丙	是。(下)
王熙凤	(唱)且看这刁奴的嘴是怎样坚牢!
	〔来旺上。
来　旺	参见奶奶。
王熙凤	罢啦。

来　旺　谢奶奶。

王熙凤　听说你这些日子,辛苦得很哪!

来　旺　奴才没有什么事,奶奶。

王熙凤　没有什么事!二爷成天成夜的不回家,你还能闲着吗?

来　旺　这个……回禀奶奶。奴才做的事,都是奴才分内该做的。

王熙凤　是啊。你都是做的本分事啊,你给我走近点儿说话。

来　旺　是。〔挪了半步。

王熙凤　再走近点儿!

来　旺　是。〔又挪了半步。

王熙凤　怎么,你那两条腿有点儿不方便吧?

来　旺　禀奶奶,方便方便。

王熙凤　瞧你这副可怜样子,装得还真不错,还不给我(拍案)跪下!

来　旺　是。〔跪。

王熙凤　我来问你,你二爷在外边弄了个什么人?

来　旺　这个……

王熙凤　讲出来吧!

来　旺　回禀二奶奶,奴才天天在二门上听差事,如何能知道二爷在外头的事呢?

王熙凤　你自然不知道。你要是知道,还怎么拦别人,不让谈这个事呢!
　　　　〔来旺惊呆。

平　儿　要是真有什么,就告诉奶奶,别叫奶奶生气。

来　旺　我说我说。回禀奶奶,这个事啊,奴才实在不十分明白。就是头里,兴儿和喜儿两个人在那儿混说,奴才吆喝了他们两句。内中详情底细,还求奶奶问兴儿,他是专跟二爷出门的。

王熙凤　哼,你们这一批没有良心的混账王八崽子,都是一条藤儿。你打量我不知道!给我把兴儿叫来,你也不许走开,问明白了他,回头再问你。好啊,这才是我使出来的好人呢。

来　旺　我叫兴儿,我叫兴儿……兴儿!
　　　　〔兴儿内应:在。

来　旺　二奶奶叫你!

〔兴儿内应：来啦！
〔兴儿急上。

来　旺　快去见二奶奶。
兴　儿　二奶奶叫我？
来　旺　进来吧。
兴　儿　参见奶奶。
王熙凤　好小子,你跟你爷办的好事啊？给我实说了吧！
兴　儿　这个……〔看一看来旺。
王熙凤　怎么着,要来旺告诉你怎么说吗？你就教给他怎么说吧。
来　旺　是。兴儿,论起这个事,我们早就该告诉奶奶。奶奶刚才跟我说了,这个事本来不与我们什么相干,我们告诉奶奶,奶奶会饶恕我们的。要是我们再瞒着,别说我们保不了脑袋,也对不起奶奶平日对我们的好心哪！
兴　儿　(不得要领,还不肯说)这个,这个……奴才不知道奶奶问的什么事……
〔王熙凤勃然大怒。
王熙凤　好奴才！
(唱)狗奴才到此时还敢狡辩,
　　　你糊涂油蒙心窍胆大包天。
　　　今日里不给你颜色一看,
　　　料想你也不肯把话实言。
给我先打二十个嘴巴。
来　旺　是。
王熙凤　住着,你这糊涂王八崽子！用你来打？一会儿你打自己的嘴巴还来不及呢,叫他自己打！
来　旺　是,你自己打！
兴　儿　是,我自己打。(左右开弓,边打边数)一二三四五,六七八九十。一二三四五,六七八九十。禀奶奶,二十个打完了。
王熙凤　我来问你,你二爷在外头娶了个什么新二奶奶？
〔兴儿吓得颤抖。
兴　儿　奶奶问的是这个事啊。哎呀奶奶呀,求奶奶超生,奴才再不敢说一个字的慌啦！奶奶容禀哪……

（念）那天府里大老爷出丧，

二爷披麻执杖。

蓉哥一路同行，

把一个女人夸奖。

他说这个女人，温柔标致，娇小大方，

他愿意出头做媒，给二爷做个二房。

二爷一听，心花怒放，

接下来就是办家具，弄新房，成亲拜堂。

如今已是身怀六甲，

听说准是个小子模样啊！

王熙凤　怎么，她……已经身怀有孕啦？

兴　儿　是的，有了喜啦！

王熙凤　嘿……好哇，这一下我可不怕绝后啦！这么一说，都是蓉哥一人与你二爷一手包办的？

兴　儿　不是的，还有珍大爷、珍大奶奶一道帮忙。

〔王熙凤受到更大震动。

王熙凤　怎么，这里头还有珍大爷、珍大奶奶？

兴　儿　是的，张家退亲的事，就是珍大爷、珍大奶奶做的。

王熙凤　这里又扯上什么张家、李家？

兴　儿　这位新二奶奶，原是从小就许了人家。那人姓张名叫张华，如今穷得只好讨饭。珍大爷、珍大奶奶许了他的银子，那张华答应了退亲，珍大爷、珍大奶奶才打府里把新二奶奶送过来呀！

王熙凤　打哪儿送过来？

兴　儿　珍大爷的府里。

王熙凤　他是珍大爷府里的什么人？

兴　儿　这个……咳，奴才该死。把一句要紧的话，忘了先说啦，奴才该死！〔打自己的头。

王熙凤　你快说吧。

兴　儿　是。这个新二奶奶的妹子二姨奶奶的姨妈的妹子的奶奶……

王熙凤　你说明白点!

兴　儿　(高声)这个新二奶奶,她是珍大奶奶的妹子,姓尤,人称尤二姐!

王熙凤　(怒极。唱)

　　　　一句话听得我满腔火迸,
　　　　却原来其中还有这一段隐情。
　　　　新贱人并不是平常杂姓,
　　　　宁国府大奶奶手足之亲。
　　　　二爷他与贱人眼光看准,
　　　　珍大爷一家人引线穿针。
　　　　煮生米成熟饭怀胎成孕,
　　　　捏住我鼻尖儿不吃不成。
　　　　这才是明知山有虎偏向虎山行,
　　　　不见棺材她们不泪淋!

　　　　告诉我,她们住的地方,离这儿多远?

兴　儿　就在这府后头不远,名叫花枝巷。

〔王熙凤看平儿。

王熙凤　我们都是死人哪!你刚才说这个尤二姐许过一个什么姓张的,叫什么名字?

兴　儿　叫张华。

王熙凤　住在什么地方,家里有些什么人?

兴　儿　住在东城外,家里只有一个老头子。这个张华成天成夜在赌场里混饭吃,也不回到家里去。

王熙凤　听你这么一说,你到过他的家,见过这个张华的了?

兴　儿　珍大爷为了退亲的事,叫奴才去的。还有……来旺,也一道去的。

〔王熙凤看一看来旺。

王熙凤　哼,全不错啊!(指兴儿)你这猴儿崽子,我不看你还有点儿怕惧,不把你的腿给砸折了呢!打从今日起,不许过去。我什么时候叫你,什么时候到。迟一步,试试看。去吧!

兴　儿　是。

王熙凤　慢着,出去提一个字,提防你的皮!

兴　儿　是。〔悄悄出门,拭汗下。
　　　　〔王熙凤转身看来旺。
王熙凤　原来你也到那张华家里去过的。
来　旺　奶奶恕罪。
王熙凤　今儿个你还好,兴儿交给你看着了。要是走漏了一点风声,可全在你一个人的身上。
来　旺　是。
　　　　〔王熙凤向平儿示意,平儿随来旺下。
王熙凤　(自语)好个贾珍、尤氏啊,竟把个妹妹偷偷塞给二爷。要想生下个儿子,接替贾琏宗嗣,夺取我的地位,掌握荣国府大权。拼着闹个天翻地覆,也得把你们拆散!慢着,我不会生儿子,贾琏无后。我要明着一闹,将来在老祖宗、太太面前,我可就不好做人了。唔,适才鸳鸯言道,若是二爷拈花惹草,或是两府上下谁给我生气添烦,老祖宗替我整治他们。我何不把这个事立即禀报老祖宗……不妥,这是宁国府的亲戚,珍大奶奶的妹子,腹中有孕,木已成舟。若是老祖宗把她给留下来做个正式的二房,那我又能怎么样啊？这……对,我就是这个主意!(平儿暗上。王熙凤转脸望平儿,突然一笑)平儿,刚才的话,你都听见了。弄来弄去,是一个自己的人哪!(略一沉吟)好吧,任叫他们无情,不叫我们无义。你奶奶有这份海量,把她接到府里来住。你马上就去把东厢房的三间屋子,照我正室一般布置。我们明天就亲自去到花枝巷,登门相请。不过,你当心一件,二爷现有家孝、国孝在身,这个事还得暂时瞒着老爷、太太和老祖宗啊!
平　儿　是啦。〔下。
王熙凤　(狞笑)我的新二奶奶!
　　　　(唱)王熙凤泼辣货名闻里外,
　　　　　　偏有你不怕死寻上门来。
　　　　　　明日里先叫你一瞻丰采,
　　　　　　要叫你,变惊恐成欢爱,心感激泪盈腮。
　　　　　　都只为我至诚心意切,
　　　　　　敢叫你顽石点头来。

唉！非是我心肠歹，

你们在暗中勾结巧安排，要使我权势化尘埃！

我若是，稍松懈，

便招来，大祸灾。

逼着我摊开覆雨翻云手，

施展争风吃醋材。

——幕闭

第三场

〔幕启：花枝巷尤二姐住处。

〔兴儿上。

兴　儿　（念）二爷昨日出门去，奶奶今日上门来。

　　　　〔丫鬟甲上。

丫鬟甲　兴儿。

兴　儿　赶快告诉新二奶奶，二奶奶来啦。

丫鬟甲　你说什么？

兴　儿　王熙凤到啦！〔回头跑下。

丫鬟甲　哎呀，奶奶，奶奶！

　　　　〔尤二姐上。

丫鬟甲　奶奶，大事不好了。

尤二姐　何事惊慌？

丫鬟甲　大奶奶王熙凤来了！

尤二姐　哪个言讲？

丫鬟甲　兴儿言讲。

尤二姐　哎呀，这便如何是好？

丫鬟甲　还是快快梳洗打扮，准备迎接的好。

尤二姐　如此，快随我来。

　　　　〔尤二姐、丫鬟甲下。

　　　　〔兴儿、平儿、丫鬟丙、丫鬟丁、车夫、王熙凤上。

王熙凤　（唱）托说烧香离府外，

　　　　　　花枝巷内访裙钗。
　　　　　　闲街几曲车轮快，
兴　儿　奶奶到。
　　　　〔丫鬟甲、乙，尤二姐上。
尤二姐　快快出迎。〔出门。
兴　儿　这就是大奶奶。
尤二姐　这就是姐姐么？
王熙凤　不敢，这就是新二奶奶么？
尤二姐　不敢。
王熙凤　妹妹。
　　　　（唱）为姐我多冒昧你请莫介怀。
尤二姐　姐姐请。
王熙凤　你我姐妹挽手而行。
　　　　〔两人进门。
尤二姐　姐姐在上，待小妹大礼参拜。
王熙凤　哎呀。（搀起）妹妹，你我全是一样之人。这样客气，不是把为姐我折煞了吗？
尤二姐　理所应当。
王熙凤　平儿。
平　儿　在。
王熙凤　见过新二奶奶。
平　儿　新二奶奶。
尤二姐　不敢，妹妹一同请坐。
王熙凤　不要折死了她，她原是咱们的丫头，以后快别这么着。平儿，把礼物拿来。
平　儿　是。这点金珠簪环，是奶奶送给您的。
尤二姐　多谢姐姐。
王熙凤　一点儿见面礼，妹妹不要见笑。平儿，把东西拿下去，你们全去歇一会吧。
平　儿　是。〔和丫鬟等下。

王熙凤　妹妹请坐。

尤二姐　姐姐请坐。

王熙凤　我说妹妹,今儿个姐姐突然到此看望妹妹,妹妹定然觉得有些个出乎意外吧?

尤二姐　(急解释)姐姐到此,小妹求之不得,哪有意外之理。

王熙凤　不然。想我王熙凤,乃是荣宁二府一个有名的泼辣货,妹妹平时,焉有不听说的道理。今儿个突然来到门前,出于妹妹的意外,不是理所当然的吗?

尤二姐　(说对了心事,无话可答)这个……

王熙凤　妹妹,姐姐在府里,早就知道妹妹是一个忠厚老实人。你一定为着这个泼辣的姐姐时刻担心。今儿个姐姐来,特为让妹妹亲眼看一看姐姐的为人。常言说得好,交浅不能言深,姐姐的话,也并不望妹妹句句全信,只求妹妹容我说个明白,那时姐姐回去,就是一命呜呼,也瞑目在九泉之下啦!

尤二姐　姐姐何必如此言重。有何教训,小妹洗耳恭听。

王熙凤　唉,妹妹。只为姐姐年岁太轻,不知世故,向来总是妇人家见识,一味只劝二爷保重身体,别在外面眠花宿柳。想不到我这一点痴心,却被二爷错会了意思,把我当作了撮酸吃醋之人,连娶妹妹作二房这样正经大事,却也不和我说上一声。其实这个事,我不知劝过二爷多少次,因为我不会生儿子,可总不能叫二爷断了后啊。我叫他早点儿娶上一个二房,生下一男半女,连我日后都有依靠。

〔平儿、丫鬟上茶。

丫　鬟　奶奶请茶。

〔王熙凤、尤二姐接茶杯。平儿、丫鬟下。

王熙凤　就拿那个平儿来说,还是我劝二爷收她的呢。唉,也怪我平日持家太严,这些下人之辈,哪能不恨我呢?妹妹你想,当家人恶水缸。我要是真有不能容人的地方,上头三层公婆,当中多少妯娌姐妹,又怎能容我到今天呢?就说今儿二爷娶妹妹,我要是不愿意的话,又如何肯来拜见妹妹呢?唉,说到这儿,我就不能不责怪大哥、珍大嫂来了。他们为着兄弟的香烟后代,把妹妹嫁了过来,乃是光明正大,不管放在老爷、太

　　　　　　太、老祖宗面前，谁能说出个不字呢？想不到合府上下全都知道，却把姐姐我瞒得个水泄不通。妹妹你想，这不是又给我落下个恶名声吗？我……怎么能经得起这样的不白之冤呢？要是我再不跟妹妹谈谈，不是要活活地把这个肚子给闷炸了吗？妹妹，请你设身处地，替姐姐想上一想，姐姐该怎么办才好啊……〔哭。

尤二姐　（急）姐姐……小妹年幼无知，累姐姐多受委屈，求姐姐原谅。丫鬟，快与姐姐换茶。

　　　　〔丫鬟上茶，尤二姐接茶。

尤二姐　姐姐再请饮茶。

　　　　〔王熙凤接茶饮茶。

王熙凤　（唱）常言道人不伤心不掉泪，

　　　　　　话到了伤心处珠泪双垂。

　　　　　　为二爷为贾家我心都操碎，

　　　　　　有谁知却招来恶语成堆。

　　　　　　堵得住山头水堵不住小人的嘴，

　　　　　　姐姐我成了个凶神恶煞夜叉厉鬼，

　　　　　　耍明枪放暗箭无恶不为！

尤二姐　姐姐快快不要伤心。

王熙凤　妹妹！

　　　　（唱）可怜我上服侍祖宗三辈，

　　　　　　中间是妯娌姐妹绕在周围。

　　　　　　下人们日夜轮班如潮似水。

　　　　　　我哪曾有片刻稳坐深闺。

　　　　　　耗尽了心头血从来不悔，

　　　　　　最伤心，妹妹的事，防我像防贼。

　　　　妹妹呀！

　　　　　　我比你只不过大了几岁，

　　　　　　我也是女儿家从小娇养大，只解画双眉。

　　　　　　我也是要脸面知羞愧，

　　　　　　这般瞒着我，怎样把人为？

	非是我向妹妹吐苦水,
	疼姐姐除妹妹更去求谁？〔大哭。
尤二姐	姐姐快快不要伤心。
	〔王熙凤哭声愈高。
尤二姐	姐姐快快不要难过。
	〔王熙凤哭声愈高。
	〔平儿、丫鬟上。
平　儿 丫　鬟	奶奶！
	〔尤二姐也感动而哭。
尤二姐	（唱）听姐姐这一番伤心之论,
	我好似大梦醒冷汗淋淋。
	且莫说句句话情通理顺,
	感人心还在那一片真情。
	〔王熙凤伤心饮泣。
尤二姐	（唱）翻悔我年纪轻闲言轻信,
	惹姐姐受委屈欲说无门。
	过往事求姐姐莫再追问,
	从今后与姐姐誓结同心。〔虔诚地向王熙凤一拜。
王熙凤	哎呀我的好妹妹！
	（唱）你竟是这般地把我怜悯,
	不由我喜极更悲生。
	我自从离双亲来归贾姓,
	哪何曾有一人如此知心？
	翻悔我来看望牵延不定,
	识不得人世间有如此好人。
	你不是生长在尤门外姓,
	你是我亲手足一母同生。〔热情一拜。
尤二姐	姐姐。
	（唱）难得是贤姐姐亲临教训,

今日里作一个长夜谈心，

叫丫鬟速安排酒宴同饮。

丫　鬟　是。

王熙凤　且慢！

（唱）慢安排我这里还有话云。

妹妹，难得妹妹这样可怜姐姐，姐姐算是得了救了。刚才妹妹言道，你我今后，誓结同心，这句话可说到我心里去了。依姐姐的意思，我们这个谈心酒，不要在妹妹这儿饮，何不到荣国府里去吃呢？

尤二姐　这个……

王熙凤　不瞒妹妹说，姐姐已经在府里替妹妹准备了一所房屋，和我对门而住。穿的、吃的、使的、用的，都和我一样。我们是餐餐同席，日日谈心，也好同心合意，规劝二爷。听说妹妹不是已经有了我们的儿子了吗？这可是我们家的大事，要是无人照顾，我可不放心。妹妹在外头，我在里头，妹妹你想，我这心里怎么过意得去。要是妹妹不搬进去，我可要搬到这儿来啦！

尤二姐　小妹遵命就是。

——幕闭

第四场

［来旺内喊：走哇！上。

来　旺　（唱）在府中领了奶奶命，

赌场之内寻一人。

咳，真没想到，我们二奶奶三花两绕，竟把个新二奶奶弄进府来。三茶六饭，奉承得无微不至。我们这位奶奶本来是个有名的嘴甜心苦，两面三刀，上头笑着，脚底下就使绊子。平日我们二爷在丫头跟前，只要多看一眼，她有本事当着爷揍得个烂羊头似的。人家是醋罐子，她是个醋坛子，忽然变成个香油瓶，准没有好事。今儿个一大早把我叫去，叫我到赌场上寻找新二奶奶的前夫张华，跟他做上一个好朋友，不准走漏半点风声，这里头只怕就大有文章啦。可是葫芦里头到底装的什么药，谁敢问她一句。管他呢，好在给了我二十两银子，落得吃喝一番，顺便，赌他个几把。

(唱)猜不透这其中有何学问，

也只好糊里糊涂奉命而行。〔下。

——幕闭

第五场

〔幕启：王熙凤内宅。

〔贾琏上。

贾　琏　（唱）回到了花枝巷悄无声响，

二姐她进府来行动荒唐。

遇蓉儿却言说平安无恙，

与熙凤对门居，亲亲热热姐妹相称和睦非常。

吉凶祸福难猜想，

是真是假我要细辨周详。

〔平儿上。

平　儿　二爷，您回来了。

贾　琏　我回来了。

平　儿　奶奶，二爷回来了。

〔王熙凤上。

王熙凤　啊，二爷。您回来了？

贾　琏　我回来了。

王熙凤　二爷，旅途之上，甚是劳累，这些日子来，你辛苦啦。

贾　琏　夫人说哪里话来，此番出外公干，一切顺心。适才见过老爷，他老人家言说，回头有赏。

王熙凤　平儿，你听见没有？这是二爷的能干，也是我们的体面那！赶快与二爷备酒接风去。

平　儿　是。〔下。

〔贾琏向左右看，寻二姐踪迹。

王熙凤　（故意）二爷，您累了，是不是要到屋里歇一会呀？

贾　琏　不累不累，我是一些儿也不累。啊，对门那三间房屋，怎么焕然一新了？

王熙凤　二爷问这三间房子吗？是我料到二爷这一回办事有功,说不定老爷会赏下一个什么得意的丫头使女,特地替您准备下的新房啊。

贾　琏　夫人不要开玩笑,待我过去一看。

〔王熙凤拦。

王熙凤　得了吧！你的心事,我还会不知道。让我替你请过来吧。我说妹妹,二爷回来了,请过来坐一会吧！

〔尤二姐内应：来了。

王熙凤　听见了吧。

〔尤二姐上。

尤二姐　二爷在哪里？（进门）二爷。

贾　琏　二姐。

〔贾琏趋前。尤二姐忽感羞涩,转对王熙凤。

尤二姐　姐姐。

王熙凤　妹妹。

〔贾琏干笑。

王熙凤　二爷,你看我这妹妹瘦了吧？

贾　琏　胖了,胖了。

王熙凤　这么说我这个做姐姐的还算交待得过啦。

贾　琏　这……

〔同笑。

王熙凤　好,今儿个我们要饮一个团圆酒。就是咱们仨！我要亲自去安排点儿清爽的菜肴,你们先谈谈吧。〔下。

贾　琏　二姐。

（唱）适才回到花枝巷,
　　梨花落尽剩空房。
　　吓得我目瞪口呆无话讲,
　　未曾料遇难反呈祥。
　　好叫我纳闷在心上,
　　来龙去脉说周详。

尤二姐　（唱）那一日二爷你路程才上,

	姐姐她忽来到我毫无提防。
	无奈何迎上前把双眉暂放，
	一天愁却化作喜气洋洋。
	姐姐的话句句春风暖心上，
	既通情又达理体贴善良。
贾　琏	她怎样言讲？
尤二姐	（唱）姐姐说早知我住花枝巷，
	想前来看望我费尽思量。
	有多少衷肠话要对我讲，
	为二爷也为我挂肚牵肠。
	她话到伤心处，
	热泪横盈眶。
	我此心非铁石，
	无语暗神伤。
	就在那一天，离了花枝巷，
	对门相作伴，日夕话家常。
	最是令人心感处，
贾　琏	什么？
尤二姐	（唱）盼望我身体强十月胎儿降。
	两母同抚养，承继簪缨绵世泽，
	光辉荣国府门墙。
贾　琏	好夫人哪！
尤二姐	（唱）今日里姐妹和睦相依傍，
	悔往日闲言轻信太荒唐。
	我这里甘愿把夫妻欢爱让，
	望二爷莫把旧人放一旁。

〔王熙凤已暗上。故作感动，趋前扶抱尤二姐。

王熙凤	妹妹。
尤二姐	姐姐。
贾　琏	好哇！

（唱）见此情不由我心花怒放，

　　　她两人果然是恩爱情长。

　　　看夫人一阵阵笑在眉头喜从心上，

　　　全不见有一丝虚假心肠。

　　　二姐欢愉不用讲，

　　　但看她粉面容华，恰似那三月春风上海棠。

　　　这样的艳福贾琏享，

　　　祖宗三代他们也难比强。

　　　反怪我不该把夫人来小量，

　　　她是深明大义令人钦佩的一位醋大王。

　　　人逢喜事精神爽，

　　　今天的日子不寻常。

　　　美妾娇妻双依傍，

　　　大丈夫到此才真个把眉扬。

　　　按不下心头喜气把话讲，

　　　你二人都是我同命鸳鸯。

　　〔来旺急上。

来　旺　（未进门就叫起来）奶奶！（见贾琏愣住）啊……二爷，您回来了。我……是特为来看看您的。

贾　琏　罢了。

王熙凤　来旺，后面正与二爷备酒，你快看看去。

来　旺　是。奶奶。〔欲走。

王熙凤　（眼珠一转）回来！告诉平儿，把二爷的接风酒摆到新二奶奶房里去。

来　旺　是。〔下。

尤二姐　（有拦阻之意）啊，姐姐……

王熙凤　这还客气什么？姐姐一会儿来。二爷，请吧。

贾　琏　好。你们一起来。

尤二姐　姐姐，你要来呀。

王熙凤　我就来的。

　　　〔贾琏、二姐并肩下。王熙凤一声冷笑。来旺溜上。

来　旺　奶奶。

王熙凤　事情办得怎么样了?

来　旺　办好了。那张华在赌场存身,见了面,一顿吃喝,无话不谈,我们就成了好朋友了。

王熙凤　很好,你走近一些……我要你立刻去找那张华。

来　旺　还有什么事吗?

王熙凤　叫他马上就往衙门口给咱们家里告上一状。

来　旺　告状!

王熙凤　头一状告的是我们二爷!

来　旺　哦?

王熙凤　第二个告的是那边的贾珍、贾蓉!

来　旺　珍大爷、蓉哥儿?

王熙凤　告我们二爷有四句话,你给我好好的记着。

来　旺　是。

王熙凤　头一句是背旨瞒亲……

来　旺　背旨瞒亲!

王熙凤　就是背着皇上,瞒着父母。第二句是倚财仗势……

来　旺　倚财仗势!

王熙凤　第三句是强逼退亲……

来　旺　强逼退亲!

王熙凤　第四句是停妻再娶!

来　旺　停妻再娶!

王熙凤　告贾珍、贾蓉的是挑唆作媒,欺压良善。

来　旺　挑唆作媒,欺压良善!

王熙凤　都记下了吗?

来　旺　全记下了。

王熙凤　说一遍给我听听。

来　旺　这个……请您再说一遍。

王熙凤　你听着:告我们二爷的是背旨瞒亲,倚财仗势,强逼退亲,停妻再娶十六个字。告珍大爷和贾蓉的是挑唆作媒,欺压良善八个字。明白啦?

你快给我去吧!

来　旺　是。(走而复回)哎呀奶奶!您这一告不是要让我们二爷和珍大爷、蓉哥儿全去坐牢吗?

王熙凤　奴才!慢说这点儿小事,就是告我们家造反也不要紧。闹大了,我自然会收拾的。

来　旺　我明白了。(走而复回)哎呀奶奶,我还是不明白。您这一闹,可到底有什么好处?

王熙凤　这就不要你问了。

来　旺　是。〔走。

王熙凤　回来!

来　旺　是。

王熙凤　这个事,你必须连夜办好。回头还要你到察院里去走一趟,你可要快去快来。

来　旺　是。到底是怎么回事?〔下。

王熙凤　(唱)眼看着阖府中要天惊地动,

　　　　　　看一看这大观园的权力在谁手中。

　　　　　　不治死小贱人,我还叫什么王熙凤!

　　　　〔尤二姐上。

尤二姐　姐姐,酒已备好,请姐姐过来同饮。

王熙凤　妹妹。

　　　　(唱)团圆酒姐妹俩要多饮几盅啊!

——幕闭

第六场

〔幕启:贾珍厅堂。

〔贾珍、尤氏上。

贾　珍　(唱)琏二爷振乾纲降住了凤姐,

尤　氏　(唱)为骨肉到今日略放宽心。

贾　珍　(唱)排家宴与兄弟庆贺同饮,

尤　氏　(唱)这种事下一次不可再行。

〔贾蓉内喊：二叔到啊！

贾　珍　你的妹婿到了。

〔贾琏、贾蓉上。

贾　琏　（唱）过府来只觉得心情倍畅。

贾　蓉　（唱）难得是一杯酒谈叙家常。〔进门。

贾　琏　大哥大嫂。

贾　珍　（同）二弟。
尤　氏　　　 兄弟。

贾　琏　大哥大嫂，请受小弟一拜。

贾　珍
尤　氏　兄弟少礼。

贾　蓉　请二叔、父亲、母亲入席。

贾　琏　大哥、大嫂请。

贾　珍
尤　氏　二弟请。

〔入席。贾蓉斟酒。

贾　琏　兄嫂。

　　　　（唱）兄嫂请受一杯敬，

　　　　　　　小弟我说不尽感激情。

　　　　　　　二姨妹生就温柔性，

　　　　　　　夫妻恩爱情义深。

　　　　　　　仗兄嫂从容来坐镇，

　　　　　　　才使得熙凤退让三分。

贾　珍　二弟呀。

　　　　（唱）这件事愚兄我早就料定，

　　　　　　　二姨妹是你嫂手足之亲。

　　　　　　　弟妹她虽然有醋劲，

　　　　　　　她不看鱼情还要看水情。

　　　　　　　从今后只管使出丈夫的刚强性，

　　　　　　　有为兄和你嫂撑你的腰来抵住你的后背心。

再过上七头八月你把姣儿来抱定,
熙凤她的气焰还要减三分。
她要是凶,你先狠,
她要是骂,你先开声。
等她的威风全杀尽,
二姨妹顺理成章成了荣府的当家人。
她妯娌是两姐妹,
我兄弟是一条心。
荣、宁二府就是大爷、二爷的天下……
好向那龙宫夺宝,
天上摘星星。

哈哈哈……

贾　琏　(唱)大哥大嫂请同饮,

贾　珍　请。

尤　氏

〔家院上。

家　院　启禀大爷,二爷那边,人声吵嚷,不知出了什么事情。

贾　琏　这……

贾　珍　咳,青天白日,能有什么事情。你过去看看,速来告知。

家　院　是。〔下。

贾　珍　吃酒,吃酒。

〔兴儿急上。

兴　儿　启禀二爷,大事不好!

贾　琏　何事惊慌?

兴　儿　二爷被人家告了下来,衙门口的差人到府传人。二奶奶请您立刻回府议事。

贾　琏　但不知告我的是哪一家,为着何事?

兴　儿　告您的是新二奶奶的前夫名叫张华,为的就是新二奶奶。

贾　琏　你……说我就来。

兴　儿　是。〔下。

贾 琏　哎呀兄嫂啊!

（唱）这真是顷刻之间起风云。

兄嫂,张华告了小弟,差人上门。想二姨妹之事,乃小弟服中所作,至今还瞒着老爷、太太和老祖宗,今日闹得阖府皆知,不但小弟要受责罚,只怕二姨妹也要担受一场惊怕。这……便如何是好!

贾 珍　这个张华! 我给了他二十两银子,退了婚姻,他怎么又大胆告起状来。

尤 氏　咳,当初我就说此事做不得,你偏说能做。如今闹出事来,势必连累到我的头上来了。

贾 珍　你不要瞎吵闹。蓉儿,你快些过去,把事情打听明白,到底那张华是怎样的告法。

贾 蓉　爹爹,我害怕凤婶,不敢前去。

贾 珍　这,无用的东西!

　　　　〔兴儿急上。

兴 儿　二爷,奶奶请您立刻回府。也请大爷、大奶奶、蓉哥儿一道前去。那张华不但告了二爷,还顺便带上蓉哥儿和大爷一笔,说这个事都是你们爷儿俩挑唆的。如今差人被二奶奶花了钱留在那边。二奶奶说了,要是你们不过去,奶奶就亲自过来啦!

尤 氏　过去,过去,大爷过去。

贾 珍　不不不,叫二奶奶过来。哎,不不不,二奶奶也不要过来。二弟,你先回去看一看,打点一下。花多少钱,开个账单来,愚兄送过去就是。快些去吧。

贾 琏　大哥,这件事还是请你与小弟去料理一趟吧。

贾 珍　唉,你怎么这样胆小,一些儿男子的刚强都无有! 快些回去。

贾 琏　还是大哥去,大哥去。

　　　　〔家院上。

家 院　启禀老爷夫人,东院里二奶奶,怒气冲冲过府来了。

众　　哎呀! 〔家院下。

　　　　〔贾珍、贾琏、尤氏,急得乱藏乱躲。

　　　　〔贾珍为自己打气壮胆。

贾 珍　咳,不要害怕。我是大伯子,她是弟媳妇,弟媳妇敢对大伯子怎么样?

〔内：二奶奶到！

〔平儿、丫鬟丙、丫鬟丁、王熙凤上。贾蓉自内溜出，一头碰上。

贾　蓉　婶娘。

〔王熙凤一记耳光打个正着，顺手揪住贾蓉耳朵，牵进室内，使力往贾珍身上一推。贾蓉撞贾珍，贾珍撞尤氏，同时跟跄而倒。

〔贾琏藏躲案后。

王熙凤　好一个大哥哥啊，听说您正在替兄弟接风贺喜，我这一来，可把您的雅兴给搅啦……

贾　珍　嘿嘿，嘿嘿……弟妹，请坐，请坐。蓉儿。

贾　蓉　（战战兢兢）在。

贾　珍　吩咐下面，重换酒席，款待婶娘。

〔贾珍边说边走，王熙凤上前一步拦住。

王熙凤　怎么，大哥哥打算溜走了吗？

贾　珍　这……不溜，不溜，不溜。

王熙凤　不溜，您就请一边歇着吧。

贾　珍　是。

王熙凤　（望尤氏一声冷笑）哼……好大嫂子！

尤　氏　二婶。〔胆怯地走过。

王熙凤　瞧你那副可怜相，好像谁在欺侮你的样子。把你那背后做鬼事的胆子拿出来，不就得了吗！

尤　氏　婶娘息怒，请婶娘包涵些吧。

王熙凤　啐，亏你还有脸跟我说出包涵二字！我来问你，你那尤家的丫头，敢是没人要了，偷着只往贾家送。难道贾家的人都是好的？普天下的男人都死绝了不成。你这痰迷了心，油蒙了窍的。你要是要往这儿送，也得三媒六证，大家说明白，成个体统才是。怎么，国孝家孝，两层孝服在身，就把个人偷偷地塞进来！这会子还叫人来告我们，连官场中都知道我厉害，吃醋，如今指名来提我。你这个锯了嘴子的葫芦，就知道在老祖宗和太太跟前，一味瞎小心，应贤良的名儿，却把坏名声往我头上做。我到你们家到底干错了些什么事，你这样厉害地待我？你说，你说，你们说呀！

尤　氏　哎呀婶娘,你消消气,消消气吧。
贾　珍　是啊,弟妹消消气吧。
王熙凤　哼,我知道啊。这是老祖宗有了什么话在你心里,叫你们做这个圈套挤我出去,要不然,你打哪儿来这份胆子!请放心吧,我绝不赖在你们家里。回头咱们把老祖宗跟全族的人请了来,把话说个明白,给我休书,立刻就走。这一会,对不起,咱们俩先到衙门口,把事情分证明白。你就跟我一道儿走吧![抓住。
尤　氏　婶娘。
王熙凤　给我走![强拉尤氏。
　　　　[贾珍、贾蓉一齐围上拦阻。
贾　珍　(同)哎呀弟妹,千万不能到衙门口去呀。
贾　蓉　　　哎呀二婶,
王熙凤　你们给我闪开!
贾　珍　二弟救命哪![从案下拉出贾琏。
贾　琏　夫人。
王熙凤　(顿觉为难。立刻借此大发咆哮,猛然将尤氏推开)好啊!
　　　　(唱)你一家暗算我把祸来闯,
　　　　　　到时候拿二爷顶住我胸膛。
　　　　　　你们是杀人不见血流淌,
　　　　王熙凤成了个官有名县有字的吃醋大王,我只好一命丧无常,我的祖宗亲娘![一头撞去,拖住尤氏连哭带打。
尤　氏　(唱)你们快快把法想,
贾　珍　(唱)二弟速速拿主张。
贾　琏　(唱)蓉儿去磕头把情讲,
贾　蓉　(唱)上前又要挨耳光。
王熙凤　(唱)你快随我去把公堂上,
贾　蓉　哎呀二婶!
　　　　(唱)求二婶放开了儿的娘。[跪步。倚小卖小,扑到王熙凤身上。
王熙凤　去你娘的![踢贾蓉一脚。
　　　　[家院上。

家　院　老太太过府。

贾　珍　知道了。

〔家院下。贾琏溜下。王熙凤暗暗得意。

贾　珍　哎呀弟妹呀,老祖宗前来,定是为着此事无疑。想这阖府之中,老祖宗最疼爱的就是弟妹,弟妹说什么,老祖宗信什么,少时老祖宗到来,弟妹要多说几句好话呀。

尤　氏　是啊,只要婶娘在老祖宗面前,多说两句好话,我们就都得了救了。

贾　珍　是啊,弟妹千万成全愚兄一次。〔作揖打恭。

王熙凤　(狞笑)哦,我这才明白,你们干吗在背后计算我。原来你们把老祖宗当成我的靠山,你们计算我,为的是对付老祖宗。

贾　珍　哎呀弟妹,愚兄全无此意。弟妹千万不能这样想啊。

王熙凤　我这么想? 这不是你说的。老祖宗最疼爱我,我说什么,她信什么,这不明明是说我倚仗老祖宗来欺压你们吗? 好吧,今儿个就当着老祖宗的面把话说说清楚吧!

贾　珍　哎呀弟妹,你千万不可如此,愚兄这里……跪下了。你们还不与我一齐跪下!

尤　氏
丫　鬟　(跪)求奶奶赏脸。

王熙凤　(借此收场)你们这是干嘛呀,这不是一齐来欺侮我心慈面软吗?〔掩面哭。

贾　珍　快与婶娘梳洗。

〔尤氏、丫鬟拥王熙凤下。

〔内喊:老祖宗到!

贾　珍　快快出迎。

〔鸳鸯、二丫鬟扶贾母上。

贾　母　(唱)凤丫头房中人传信,

　　　　　　衙役捕快上了门。

　　　　　　儿孙不贤心好恨,

〔贾母进门。尤氏、丫鬟拥王熙凤上。

王熙凤	老祖宗！
尤　氏

〔贾母指王熙凤。

贾　母	我正要找你！
王熙凤	人家这就上您那儿去啦。〔抢着扶贾母坐下，为贾母拍胸敲背。
贾　母	咳！
	（唱）快把事情细说明。
王熙凤	哟，老祖宗，看您急得这样子。（对尤氏）快与老祖宗取参汤来。
尤　氏	取参汤。
贾　母	适才丫头报信，说官府差役，上门拿人，为的是贾琏强娶了你的妹妹。想我家是什么人家，竟做出这样无法无天之事。你们快把始末情由，与我讲来。
贾　珍	请弟妹快快回禀老祖宗。
丫　鬟	参汤到。

〔王熙凤抢着接过参汤。

王熙凤	我说老祖宗，您先喝一口参汤平平气，听我详详细细从头到尾告诉您这桩——喜事！
贾　母	什么，喜事？
王熙凤	可不是。
贾　母	嗯，你想骗我。
王熙凤	哎呀呀，你们大家看看。这阖府上下，大大小小，谁敢在老祖宗面前打半个马虎眼。谁不知道我们老祖宗上知天文，下知地理，明察秋毫。圣人心有七个窍，我们老祖宗的心是十四个窍。要是我敢骗老祖宗，那我的心得有二十八个窍！
贾　珍	是啊，谁敢骗老祖宗。
贾　母	瞧她这个耍贫嘴的。丫头。
丫　鬟	在。
贾　母	给这个贫嘴婆也倒一杯参汤来。
贾　珍	快与二奶奶取参汤！
尤　氏

王熙凤　取什么,我就讨老祖宗的寿吧![取贾母喝剩的参汤一饮而尽。
　　　　〔贾珍接过空杯。
贾　母　哈……讲!
王熙凤　老祖宗容禀。
　　　　(唱)前些时大爷丧事须人照应。
　　　　　　珍大嫂请她妹妹看望门庭。
　　　　　　她妹妹生来多秀俊,
　　　　　　二爷一见便钟情。
　　　　　　恳求大嫂把亲允,
　　　　　　要她做一个二夫人。
　　　　　　只因为二爷无后事要紧,
　　　　　　我便将她接进门。
　　　　　　但等大爷孝服尽,
　　　　　　再安排圆房把礼行。
贾　母　这也还说得过,只是这里头还有什么退亲之事啊?
王熙凤　老祖宗。
　　　　(唱)这妹妹幼年多不幸,
　　　　　　指腹为婚许过人。
　　　　　　她夫家讨饭多贫困,
　　　　　　已经花钱退了婚。
　　　　　　谁知人穷不安分,
　　　　　　胡告一状到衙门。
　　　　　　我已经派人打点把是非分正,
　　　　如今您老人家又多了一个漂亮的孙媳妇,过一年半载的,您就要抱一个……
　　　　(唱)白白胖胖的大重孙,您是开不开心哪?
贾　母　此话当真?
王熙凤　(撒娇)哎呀老祖宗,您今儿个怎么尽不相信我们的话呢?
贾　珍　弟妹所言,句句是实。
尤　氏　我们二婶是从来不说假话的。

贾　母　我不大相信这个醋坛子,突然会如此贤良,允她丈夫娶上这么一个漂亮的二房。

王熙凤　咳,我就知道您要说这个,我早给您预备下真凭实据啦。

贾　母　你有什么凭据?

王熙凤　这位妹妹,现在府中,给老祖宗一看怎么样?

贾　母　我正要看看。

贾　蓉　我去请二姨妈去。〔下。

〔平儿随下。

贾　母　哈……

　　　　（唱）看情形确似有真凭实证,

　　　　　　　想不到泼辣货作了贤人。

贾　珍　我们弟妹本来就是贤良人。
尤　氏　　　二婶

〔贾蓉上。

贾　蓉　禀老祖宗,我的二姨妈到了。

王熙凤　妹妹来了。〔出迎。

〔尤二姐面容惨淡,平儿扶上。

尤二姐　（唱）这一阵吓得我心惊胆战,

　　　　　　　阖府中为着我地覆天翻。

　　　　　　　偏此时要把那老祖宗来见,

王熙凤　妹妹。

尤二姐　姐姐。

　　　　（唱）拿什么脸儿走向人前。

王熙凤　妹妹,怎么说起这个话来。把头皮硬着跟姐姐走,一切都有姐姐我呢。

〔王熙凤搀尤二姐进门。

王熙凤　老祖宗,您看这就是您的新孙媳妇。这是太婆婆,快磕头吧!

尤二姐　与太婆婆叩头。

贾　母　罢了。

尤二姐　谢太婆婆。

〔贾母凝视有倾,点头赞许。

贾　母　待我再瞧瞧皮肉儿。

王熙凤　把手给太婆婆。

贾　母　（看）唔,齐全得很。凤丫头,我看比你还俊些儿呢。

王熙凤　老祖宗,要是不比我俊,我还替二爷娶吗?

贾　母　不错,不错。

　　　　（唱）果然是上上下下都登样,
　　　　　　骨肉停匀秀气藏。
　　　　　　聪明不露轻狂相,
　　　　　　举止之间见大方。
　　　　　　要说是胖不像那宝钗样,
　　　　　　要说是瘦也不像林姑娘。
　　　　似这样不胖不瘦不高不矮眉清目秀娇小大方一齐儿都兼上,
　　　　只恐怕这大观园里要算无双。

王熙凤　瞧,经我们老祖宗这么一夸奖,妹妹就显得更俊了。

贾　母　（唱）外表好看且不讲,
　　　　　　还看出这孩子温柔贤惠别有一副好心肠。
　　　　　　你看她含羞默默可怜样,
　　　　　　全不像凤丫头柳眉倒竖杏眼圆睁,活像个黑脸张飞手执长矛吆一
　　　　　　声喝断霸桥梁!

王熙凤　我今儿个可成了女张飞了。

众　　　哈哈哈……

贾　母　你们不知道,我年青时候,就是喜欢看三国。这三国里头,我最喜欢的就是那个张飞。

贾　珍
尤　氏　老祖宗是欢喜你!

贾　母　（唱）你们莫笑我这麻衣相,
　　　　　　老眼看人有文章。
　　　　　　叫一声孙媳妇儿听我讲,
　　　　　　今朝之事莫惊慌。
　　　　　　难得你这贤良的姐姐神通广,

　　　　　有她来疼你纵然是老天塌下也无妨。
王熙凤　哎呀呀,瞧您把我说的。我这点本事,还不都是您教的。
贾　母　哈哈哈……
王熙凤　我说,我们妹妹站了好久啦,该回去啦。您有什么话说,就再嘱咐几句吧。
贾　母　嘱咐几句话……有的,有的。孙媳妇,如今你已是贾家的人了。想我这荣、宁二府,是簪缨门第,诗礼传家。男的讲的是孝悌忠信,女的讲的是德貌言工。你容貌虽然不错,只是这一个德字,必须小心在意。
　　　　〔尤二姐猛然一震。
王熙凤　老祖宗,这您放心吧。我们这个妹妹的德性,真是好得没法说了。
贾　母　好,我也要嘱咐你几句。
王熙凤　您说吧。
贾　母　她们圆房的日期,必须等到一年之后,家孝国孝服满之时。你不要忘记,那时候我要来吃这杯喜酒的。哈……
　　　　〔尤二姐在贾母笑声中昏倒。
王熙凤　哎呀妹妹,怎么了,怎么了?
贾　母　快快扶下。
王熙凤　是。
　　　　〔平儿、王熙凤扶尤二姐出门。
尤二姐　(醒过伏王熙凤身上哭叫)姐姐……
王熙凤　(假意抽泣)这可怎么得了啊……
　　　　〔平儿扶尤二姐下。
王熙凤　这孙媳妇长得怎么样?
贾　母　果然不错。
王熙凤　我没有骗您吧?
贾　母　不曾骗我。
王熙凤　那您现在该怎么样了?
贾　母　如今我该做三件事。适才错怪了你们,头一件向你们赔礼道歉。
众　　　哎唷唷。
贾　母　第二件与凤丫头传名。从今往后,在二奶奶上面加上一个贤字,贤二奶奶！

众　　　贤二奶奶

贾　母　这第三件……

王熙凤　慢着,我说老祖宗给我头上加了一个贤字,我们也该在老祖宗头上加一个字。

贾　珍　对,弟妹快加。

王熙凤　老祖宗的头上应该加一个圣字。

众　　　圣字。

王熙凤　贤人上头是圣人。从今往后,我们得叫老祖宗——

众　　　圣老祖宗！

贾　母　哈……(向王熙凤点首称赞)好,现在该讲第三件事了。凤丫头,适才听你说,衙门口已然打点,想必花了银钱。但不知花了多少？

王熙凤　老祖宗,您问这个干什么？

贾　母　你告诉我。

王熙凤　没有多少,连衙门里带差人,不过一千两银子。

贾　母　(惊)花了这许多银子！

王熙凤　瞧您,少了我们能拿得出手吗？

贾　母　说的也是,贾珍。

贾　珍　在。

贾　母　这一千两银子,该你们拿出来。

贾　珍　是是是,马上就与二婶送了过去。

贾　母　凤丫头。

王熙凤　老祖宗。

贾　母　(意味深长地)这三件事还称你的心么？

王熙凤　(撒娇)老祖宗,您累了,该回去歇息了。

贾　母　哈……

　　　　(唱)笑人生难得个儿孙兴旺,

众　　　送老祖宗。

贾　母　啊凤丫头,今天的事叫那孩子又惊,又怕,又难为情。你回去找个医生与她看看哪。

王熙凤　您放心吧,我一定找一个名医。

贾　母　(唱)该应是家门盛你这醋妇变贤良!

哈……[下。

鸳　鸯　二奶奶,您今儿个是名利双收啊。[下。

[贾琏溜上。

贾　珍　谢谢贤弟妹。

尤　氏　谢谢贤二婶。

贾　蓉　谢谢贤婶娘。

众　　　谢谢贤二奶奶。

贾　琏　谢谢贤夫人。

王熙凤　啐!

[王熙凤啐了贾琏一口,亲热地往尤氏身上一偎。尤氏受宠若惊。王熙凤向尤氏嫣然一笑,挽扶下。

贾　珍　后堂摆宴。

——幕闭

第七场

[幕启:王熙凤内宅。王熙凤得意洋洋上。

王熙凤　(唱)昨日里宁国府一场大闹,

闹他们一个个俯首求饶。

老祖宗解人意转怒为笑,

王熙凤博得个贤惠名标。

小贱人直吓得沉沉病倒,

奉汤药全仗我双手亲调。

[平儿急上。

平　儿　奶奶,大事不好了。新二奶奶喝了药水,肚子一阵疼,胎儿坠下啦!

王熙凤　你……说什么?

平　儿　新二奶奶的胎气掉下来啦。

[王熙凤故意一发晕。平儿上前一扶,王熙凤猛将平儿推过,急奔下。

[平儿急出门。贾琏急上。

贾　琏　平儿,新二奶奶怎么样了?

平　儿　二爷。

〔平儿一把拉住贾琏急下。

〔来旺跑上急得向内望。

来　旺　(苦着脸)这是怎么回事,这药是我去买的。

〔平儿扶王熙凤上。来旺见王熙凤上,畏怯地急返下。王熙凤眯着眼望来旺下。进内。坐。

〔王熙凤装得有气无力地。

王熙凤　正好是一个男孩子!这一下我们可都绝了后啦。让我安静一会,你下去吧。

平　儿　是。〔下。

〔王熙凤见平儿下,噗哧一笑。

王熙凤　(唱)人不知来鬼不晓,

　　　　　　一条孽种付荒郊。

　　　　　　小贱人面如黄蜡昏昏倒,

　　　　　　命若游丝一线飘。

　　　　　　看起来她经不起几场风暴,

　　　　　　便葬身在大观园的骇浪惊涛。

〔兴儿上。

兴　儿　报告奶奶,二爷大喜。

王熙凤　什么大喜?

兴　儿　这回二爷办事有功,老爷赏下来了。

王熙凤　赏了什么?

兴　儿　赏了二百两银子,还有一个秋姑娘。

王熙凤　什么?

兴　儿　秋姑娘。

王熙凤　什么秋姑娘?

兴　儿　就是老爷身边的那个大丫头秋桐。

王熙凤　秋桐!

兴　儿　又标致,又能干,能说会道,手灵脚快。老爷特为赏给二爷,马上就要过来啦。

王熙凤　哦,这可真是二爷的造化呀!

兴　儿　是啊。

王熙凤　兴儿。

兴　儿　在。

王熙凤　老爷的丫头,你得去好好地陪着她过来了。

兴　儿　是。奶奶。〔出门。

王熙凤　一个没死,又来一个!

〔兴儿向内。

兴　儿　秋姑娘,您快点儿走啊!

〔秋桐内应:急什么,我得一步一步的走着!

〔秋桐翩若惊鸿上。

秋　桐　瞧,我这不是来啦!

兴　儿　请进去吧。

秋　桐　我就这么进去啦?

兴　儿　不这么进去,怎么着?

秋　桐　给我通报一声。

兴　儿　嘿,瞧你! 还要二奶奶下位相迎吗?

秋　桐　谁说的? 你那么一通报,奶奶一点头,我跟着就进去。要不,那多尴尬哪。

兴　儿　这也说的是,你等着。禀奶奶,秋姑娘到。

〔王熙凤已经听到秋桐要兴儿通报,怒火陡起。

王熙凤　怎么着? 我这门儿小,她进不来是不是啊!

〔兴儿大骇,畏缩退出。

兴　儿　听见了吧? 自己进去吧。〔下。

秋　桐　(唱)未进门先闻得一声狮吼,

　　　　　　　分明她与我个冷水浇头。

　　　　　　　她是个泼辣货闻名已久,

　　　　　　　碰着她也是我前世未曾修。

唉……

在此间上上下下我早都看透，
谁好人谁就要大海沉舟。
凭着我随老爷十年久，
敢与她作一个冤家对头。
我要敢出乖敢露丑敢撒野不怕羞，把女儿家娇怯付东流。〔进门。
秋桐拜见二奶奶。

王熙凤　罢啦。你就是老爷赏过来服侍二爷的吗？

秋　桐　是的，奶奶。

王熙凤　这可真不巧。新二奶奶刚坠了胎，二爷不是个心事，今儿个晚上可不能办你的事啦，委屈你先一个人住两宵再说吧。

秋　桐　我说，二奶奶，这就是您的不是啦。

王熙凤　（惊）哦，我的不是？

秋　桐　秋桐是老爷赏过来的。您看在老爷的份上，也该照应我们才是。您怎么尽替新二奶奶说话呢？不是秋桐乱说，这位新二奶奶的底细，谁还不知道，那个孩子，还不知道是姓张的，还是姓李的呢？奶奶稀罕那杂种羔子，我才不稀罕呢！养孩子，谁不会，过一年半载，我们养一个给奶奶看看，管保一点儿不掺杂！

〔王熙凤惊愕，灵机转动。

王熙凤　你今年多大年纪了？

秋　桐　十七岁。

王熙凤　唉，年轻轻，不懂事啊！

（唱）你竟对新奶奶胡言满口，
全不知人家是什么来头。
宁国府至戚亲根深底厚，
珍大奶奶的亲妹妹她姓的是尤。
她是你二爷的凤鸾俦心上肉，
新婚才未久，恩爱正绸缪。
我遇事都让三分后，
你飞蛾却向火中投。

秋　桐　好啊，我成了飞蛾投火啦！

王熙凤　（唱）人家是冰样清玉样润。
　　　　　　　花样娇,蜜样柔。
　　　　　　　一弯眉黛春山瘦,
　　　　　　　两点星眸秋水流。
　　　　　　　嫦娥羞欲避,
　　　　　　　西子见生愁。
　　　　　　　你虽然年华未二九,
　　　　　　　体态足风流。
　　　　　　　可并非一枝南国香红豆,
　　　　　　　只不过是粗枝粗叶一丫头。
　　　　　　　你顶撞我千句我能承受,
　　　　　　　得罪了新奶奶一字命全休！

秋　桐　（暴怒大叫）奶奶！
　　　　（唱）我心中早压着一盆火,
　　　　　　　奶奶的言语火加油。
　　　　　　　说什么香红豆臭红豆,
　　　　　　　我本是粗枝粗叶粗花粗朵生长野田沟。
　　　　　　　您看是香,我看是臭。
　　　　　　　您看是玉天仙,我看是烂羊头。
　　　　　　　我倒要与娼妇交交手,
　　　　　　　管她是谁人的妹子姓的是什么尤！

王熙凤　你快别给二爷听见。

秋　桐　（越说越气）奶奶！
　　　　（唱）奶奶身份高,顾前又顾后,
　　　　　　　秋桐无所有,不怕把面子丢。
　　　　　　　有她姓尤的就没有我,
　　　　　　　一根桩扣不得两条牛。
　　　　　　　奶奶你只管坐山观虎斗,
　　　　　　　看秋桐为你打败眼中仇。

王熙凤　瞧你越说越不像话了。

秋　　桐　奶奶呀！

　　　　（唱）秋桐是一不做二不休，

　　　　　　　省得您再去用机谋。

　　　　　　　只是我有句话儿得先出口，

王熙凤　有话只管说吧。

秋　　桐　（唱）说出来您可不要气冲斗牛。

王熙凤　我哪那么大的气。

秋　　桐　（唱）倘若是二爷他……

王熙凤　怎么样？

秋　　桐　（羞涩地，唱）

　　　　　　　到了我们的手，

　　　　　　　您可不能把您那……

　　　　　　　整盆整罐的南京醋，哗啦啦泼上我秋桐头。

王熙凤　哈……

　　　　（唱）大观园丫头们堆前叠后，

　　　　　　　却无有一个及得你这鬼丫头。

　　　　　　　性直口快心田厚，

　　　　　　　和奶奶的脾气好相投。

　　　　　　　二爷有你来侍候，

　　　　　我的好孩子！

　　　　　　　分挑我多少担子减去我多少愁啊。

秋　　桐　（柔顺地）奶奶！〔亲热地一抱。

　　　　〔内砰然一声。

　　　　〔贾琏内喊：呔！怎么药水下肚，就坠了胎儿，你们与我讲！

　　　　〔平儿急上，丫鬟随上。

平　　儿　二奶奶，二爷这一会气得直摔东西，说我们服侍得不好。

　　　　〔丫鬟饮泣。

王熙凤　哭啦，哭的日子在后头呢。见过你秋桐妹妹，她是老爷赏过来服侍二爷的。头一天就碰上这个事，她和我们是一样的可怜。（对秋桐）这一切你都眼见啦。

秋　桐　　哈……奶奶。

　　　　　（念）人人都说您厉害,今日一见也平常。

　　　　　不是秋桐夸大口,不出三天,管叫二爷他……乖乖进我秋桐房！〔拉平儿下,丫头随下。

王熙凤　　哎呀妙啊,我正少一个人冲锋陷阵,她来得不迟不早,正是个时候。先借她的手把贱人杀死,回头再来杀她,这叫做借刀杀人。（想到另一事情）刚才来旺这小子在门口冲着贱人的屋子,急得什么似的,要是到外面说出个一言半句,那我可就完了。哼,先送一个信给这个奴才,叫他知道点儿厉害！丫头们……

　　　　　〔内应：有。

王熙凤　　把来旺给我叫来。

　　　　　〔内应：是。

　　　　　〔来旺上。

来　旺　　（嗳嗬）花枝巷的消息是我泄露的,张华的状子是我叫他告的,坠胎气的药又是我手里买来的……又叫唤啦,还有什么好事啊。奶奶。

王熙凤　　旺儿,我瞧你这一会愁眉苦脸的,莫非有什么心事吗？

来　旺　　（急解释）奶奶,我没有心事,奴才有什么心事？

王熙凤　　是啊,这一回办事有功,你算是奶奶第一个心腹人。可你如果有个三心二意,奶奶的脾气你是知道的。

来　旺　　奴才不敢。

王熙凤　　只要你对奶奶忠心,自有你的好处。奶奶不会亏待你。

来　旺　　谢奶奶,奴才一定为奶奶效力。

王熙凤　　这才是啊。今儿个还有一件事,要你走一趟！

来　旺　　请奶奶吩咐。

王熙凤　　这件事比不得前两回,怕你办不了。

来　旺　　奶奶,您又不要奴才去杀人放火。有什么办不了啊。

王熙凤　　嗯,正是要你去杀人！

来　旺　　奶奶您别说笑话。

王熙凤　　谁跟你说笑话。猴儿崽子,我要你去杀死张华。你知道奶奶的脾气,奶奶做事从来不留根脚,我不能把刀靶子递在那个张华手里,必须将他杀

来　旺	敢去,敢去。奶奶,我就去!
王熙凤	慢着!你忙不迭就走,你准备怎么将他治死?
来　旺	这个……
王熙凤	还得我教你。你找着那张华,就讹他做贼,和他打官司,将他治死,或者暗暗使人算计,打他的闷棍,务要做得干净利索。记住,千万不能走漏一点风声!
来　旺	是。

〔王熙凤下。

来　旺	哎呀我的妈呀,当真要我去杀人哪!好毒辣的家伙,我这才真明白啦。她是存心要把新二奶奶弄死啊。哎呀老天哪,我悔不该那一天把新二奶奶的事说出来,如今是羊入虎口,木已成舟,这个孽全在我一个人的身上啊。哎呀慢着,她适才言道,从来做事不留根脚,她杀了张华之后,大概就该轮到我啦!(摸自己颈脖)哎呀呀……咳,善有善报,恶有恶报,若是未报,时辰未到。这样毒辣的女人,是逃脱不了恶报的。人命关天,非同儿戏,我且到外面躲上几天,先把张华放走,回头再用言语哄骗她,走到哪里,说到哪里,我就是这个主意。我走,我走,我走!

——幕闭

第八场

〔幕启:尤二姐房中,一灯如豆,帐帘低掩。

〔秋桐上。

秋　桐	咳,我好恨哪!

(唱)实指望随二爷月圆花好,
　　想不到守空房长夜无聊。
　　恨贱人坠胎儿不迟不早,
　　偏拣我秋姑娘的花烛良宵。
　　秋姑娘生成个心高气傲,
　　似这等遭冷落实在难熬。
　　趁二爷不在家我高声骂叫,

　　　　　且看她把姑娘怎样开交。

　　　　呔，贱人听着！

　　　　〔平儿端茶碗上。

秋　桐　我是秋桐姑娘，是老爷赏给二爷的。我来了好几天啦，你这个娼妇装模作样，没日没夜地把二爷给缠着，让我就守着三间空屋子。我今儿个要骂你，我骂你这小娼妇，小狐狸精，先奸后娶没人要的小贱货！

　　　　〔平儿搁碗于地，猛拉秋桐。

平　儿　妹妹。

秋　桐　平姑娘，咳，我正在骂人，你干么打岔呀！小娼妇……〔被平儿推下。

平　儿　咳，这是哪儿说起呀！

　　　　（唱）秋姑娘忽改变平日模样，

　　　　　　　发恨声施泼辣费我思量。

　　　　　　　薄命人理应当相怜相谅，

　　　　新二奶奶，新二奶奶，睡着啦。幸喜秋桐的言语，未曾被她听见。

　　　　（唱）悄悄地送上这续命的参汤。

　　　　〔尤二姐发出呻吟声。

平　儿　醒啦。

尤二姐　（唱）朦胧间又听得有人呼唤，

　　　　〔平儿搀扶尤二姐支起。

平　儿　新二奶奶。

尤二姐　原来是妹妹。

平　儿　是我。二爷关照熬一碗参汤，您喝点儿安安神吧。

尤二姐　多谢妹妹操心。〔接参汤。

平　儿　您趁热喝了吧。

尤二姐　（欲喝复止）妹妹，我不喝了。

平　儿　这是最好的人参，是珍大奶奶送过来的。

尤二姐　（唱）见参汤我不觉一阵心酸。

平　儿　您不要难过，保重要紧。

尤二姐　（唱）心头饱腹中闷实难下咽，

平　儿　您想开一点，就会好的。

尤二姐　（唱）生成个如纸的命难得周全。
平　儿　快不用这样想。
尤二姐　（唱）问妹妹适才间我朦胧听见，
平　儿　（惊）您听见什么？
尤二姐　（唱）好一似有谁人骂我在窗前。
平　儿　没有人骂您。这个府里头，谁敢骂您，这是您做梦的。
尤二姐　哦，是我做梦的。
平　儿　是啊。快冷啦，您喝了吧！
尤二姐　（唱）感不尽妹妹情……心摇手颤，
　　　　〔平儿帮助尤二姐喝参汤，刚要进口。秋桐上。
秋　桐　咳！
　　　　（唱）骂得她不疼不痒我好心烦。
　　　　呔！姓尤的听着，我是秋桐姑娘，又来骂你啦！小娼妇，小狐狸精，先奸后娶没人要的小贱货！丢了一个杂种羔子什么了不起，谁还不知道你的底细吗？
　　　　〔尤二姐晕倒。碗砰然落地。秋桐一愕，平儿出门。
秋　桐　怎么跟我摔东西，要打架？好，你出来，姑奶奶今儿个跟你拼了！
平　儿　哎呀妹妹，你……是怎么啦？
秋　桐　你还在这儿？
平　儿　人家都昏过去了，你就饶了她吧。
秋　桐　她装死，哪那么容易发昏，信她的！小贱人，小狐狸精！
平　儿　人家是真的昏过去了。
秋　桐　我不信，世上有那么容易发昏的人。
平　儿　你自己看看去。
秋　桐　我倒是要看看。〔近前细看，惊退。
　　　　〔平儿生气下。
秋　桐　（唱）她果然昏沉沉紧闭双眼，
　　　　　　这般的不经骂倒叫我为难。
　　　　　　看情形黄泉路离她不远，
　　　　唉！

　　　　　经不起三斧头你进的什么大观园。
　　　　　我……总不能往死人的身上再踏践,
　　　　　　到此时猛觉得她也可怜。
　　　　二奶奶!
　　　　　我骂死她遂你的愿,
　　　　　　她今天该是我秋桐的明天。
　　　　说这个有什么用。
　　　　　我还得打精神准备恶战,
　　　　　　先把个护身符抢到手边。〔下。
　　　　〔平儿端碗从内出。王熙凤紧跟上。

王熙凤　平儿。
平　儿　奶奶。
王熙凤　新二奶奶怎么样了?
平　儿　昏昏沉沉,有气无力,我再喂她喝点参汤。
王熙凤　把参汤放在这儿,我来喂。你歇一会去。
平　儿　是。〔放参汤下。
　　　　〔王熙凤望平儿。
王熙凤　人家养猫拿耗子,我的猫尽咬鸡。既然她离死不远,那我就成全你早点归天吧!〔推门径入。
　　　　喂!你醒醒,你醒醒吧!
　　　　〔尤二姐挣扎抬头。
尤二姐　啊,姐姐。
王熙凤　是我。
尤二姐　姐姐请坐。
王熙凤　我站着说几句话,就要走的。
　　　　〔尤二姐觉得情势不对。
尤二姐　哦,姐姐有话,但请讲来。
王熙凤　你听着!只因日前你那前夫张华告了我们家一状,你的这件丑事,就变成府里府外,上上下下,聊天逗趣的新闻。他们都说你在家里做女孩就不干净,又和我们那位珍大爷不清不白,勾勾搭搭。昨儿个晚上,老祖宗、太太把我叫了去,指着脸骂我说,像这样没人要的破烂货,你偏偏捡了来。这荣宁二府是什么人家,怎么弄了这么个伤风败俗的东西来,还不赶快把这贱货给休了!

〔尤二姐气得不能支持,忽然地立起,瞪着眼直向王熙凤逼去。王熙凤愕然怯退。

尤二姐　这……就是你看望我病势来的?
王熙凤　是的。
尤二姐　这些话就是你要来与我讲的?
王熙凤　不错。
尤二姐　哼!
王熙凤　你笑什么?
尤二姐　笑我瞎了眼睛!直到此时,才认识了你。
王熙凤　是迟了一点啦。
尤二姐　我好恨!
王熙凤　你恨什么?
尤二姐　恨我不曾听我三妹的言语,把你这奸刁淫恶的毒妇,当做了贤惠之人!
王熙凤　恨就恨吧,可是我挺佩服你那位妹妹的。
尤二姐　你佩服她什么?
王熙凤　我佩服她聪明识趣,死得爽快。(敲三更)时候不早了,我的话也完了,你好自为之吧。〔下。
尤二姐　王熙凤!〔挣扎起立。

〔王熙凤踪迹杳然,一阵疾风扫叶,几滴冷雨敲窗,一片凄清,尤二姐从悲愤转入平静。

尤二姐　三妹!

(唱)到此时一场梦豁然全醒,
　　　王熙凤现出了面目狰狞。
　　　恶生生句句话全如利刃,
　　　看准了时机到再不用假意虚情。
　　　可叹我死到头才明究竟,
　　　告官衙闹宁府饮药汤坠胎儿,

都是她一手造成,更复何云。

我自被活生生逼归绝境,

成全她宽宏量贤惠之名。

死便死何惜此一条性命,

恨只恨病已深势已成败尽声名,

面对仇人,不能够一语相争!

再不愿见一个贾家人影,

再不愿见此间日出天明。

反幸这胎儿坠一身干净。〔见手上戒指。

金环!

这金环好送我及早归阴,

叫一声三妹妹泉途暂等。〔欲吞金环。

吞金环猛忆起贾琏夫君,

纵不愿见他人也要等他一等。〔伤心已极,跌坐床沿。

〔贾琏上。秋桐暗上。

贾　琏　(唱)议事不觉到天明,

成日里守病人好无意兴。

秋　桐　二爷!

〔尤二姐听见。

贾　琏　(惊喜)秋桐!

(唱)天未亮你怎么起了身?

秋　桐　人家没睡,等着您哪!(威胁地)我说二爷,我倒是要问问您,我们是老爷赏过来服侍您的,如今我们来了好几天啦,您就是不拢边。您倒是说明白,要是您觉得老爷赏得不好,我们就立刻回到老爷身边去啦。

贾　琏　哎,哎,哎,不能回去,二爷是很喜欢你的。

秋　桐　你欢喜我?

贾　琏　欢喜你。

秋　桐　我不信。

贾　琏　不信,你就跟二爷走。哈哈哈……〔拉秋桐下。

〔尤二姐听得真切,一声惨笑。

尤二姐　（唱）此时间再无有他事可想，
　　　　　　　不须片刻更彷徨。
　　　　　　　速把残生来断丧。〔扫头。吞下金环，倒卧床上。
　　　　〔五更。天明。
　　　　〔平儿端参汤上，进门。
平　儿　新二奶奶，新二奶奶！哎呀，新二奶奶死啦，新二奶奶死啦！
　　　　〔众丫鬟上。
丫　鬟　新二奶奶……
　　　　〔来旺、兴儿奔上。
　　　　〔贾珍、贾蓉、尤氏奔上。
　　　　〔贾琏、秋桐奔上。
贾　珍　二姨妹！
尤　氏　妹妹！
贾　蓉　姨妈！
　　　　〔王熙凤内猛叫一声，边哭边叫上：好妹妹，亲妹妹，我那苦命的……
王熙凤　好妹妹呀！〔在一个漫长的哭叫声中扑到尤二姐身上。
　　　　〔秋桐背后一声冷笑。
　　　　〔王熙凤回头怒视秋桐。秋桐冷然相对。

　　　　　　　　　　　　　　　　　　——幕闭
　　　　　　　　　　　　　　　　　　——剧终

　　剧本创作于1963年，后因十年"文革"，未及时排演。1976年后，重新修改，由童芷苓、童祥苓、张南云、艾世菊、孙正阳等主演，曾赴香港等地演出获得很大成功。《新剧作》1982年增刊发表。

王熙凤与刘姥姥

陈西汀

人物表 刘姥姥　王熙凤　贾　母　鸳　鸯　贾宝玉　林黛玉　薛宝钗　史湘云
　　　　平　儿　巧　姐　周瑞家　板　儿　迎春　探春　惜春　王　仁
　　　　杂役等

（幕前合唱）
　　岁已冬，日已中，
　　侯门钟动，午膳香浓。
　　村媪肠辘辘，
　　惭愧打秋风。
　　似山鸦，来候鸡群一凤，
　　悲欢处，曲尽意难终。

第一场　入　园

〔幕启：王熙凤房中。板儿正好奇地赏看着王熙凤房中的装饰摆设，一高兴，翻起跟头来，巧姐抱一佛手上，见板儿翻跟头，颇觉有趣。

巧　姐　真好玩，真好玩，你是谁，怎么到我家来啦？
板　儿　我叫板儿，你是谁呀？
巧　姐　我叫姐儿。
　　〔板儿见巧姐手中的佛手。
板　儿　哎，这是什么？给我玩玩。
巧　姐　这是佛手，不是玩的。
板　儿　那是干什么的？

巧　　姐　　是我妈给我,保佑我无灾无病的。
板　　儿　　给我玩玩嘛。〔板儿争夺。
巧　　姐　　你再翻个跟头给我看,我就给你玩。
　　　　　　〔板儿又翻跟头,巧姐叫好。翻罢。
板　　儿　　给我玩吧!〔板儿接过佛手玩耍。
　　　　　　〔平儿上。
平　　儿　　板儿,这东西怎么在你这儿,快给我。(拿过佛手,转身对姐儿)姐儿,快拿着,天这么冷,你在这儿干嘛。
巧　　姐　　这个乡下小孩翻跟头给我看呢。
平　　儿　　快回去,妈妈要回来吃午饭啦。〔把两小孩带下。
　　　　　　〔内喊:"二奶奶到","二奶奶到",平儿即返上。四丫鬟上,平儿指点丫鬟小心这,注意那,一阵忙活。
　　　　　　〔王熙凤上。
王熙凤　　平儿,姐儿呢?
平　　儿　　姐儿跟板儿在玩呢。
王熙凤　　板儿?是谁家的孩子?
平　　儿　　正要回您,是乡下一个姥姥带来的,他们是特为来看望太太和您的。
王熙凤　　乡下的一个姥姥?来看望太太和我?
平　　儿　　是的,是周瑞家领来的,说姥姥的上辈,是府上的同宗,从前常有来往,这姥姥认识太太,也见过您的。
王熙凤　　是周瑞家说的?
平　　儿　　是的。
王熙凤　　那是不会错的了。
平　　儿　　我也这么想,所以把他们留下了。
王熙凤　　现在在哪儿?
平　　儿　　在东屋里坐着呢。
王熙凤　　是同宗,又和太太认识,那我们是不能不见的啦。
平　　儿　　是啊,您就……
王熙凤　　那你就去把她请过来吧。
平　　儿　　是。您先坐一会,暖暖手(递小铜炉)我慢慢地去把她请过来。〔下。

王熙凤 （唱【西皮摇板】）

　　　　贫居闹市无人问，

　　　　富在深山有远亲。

　　　　何处飞来一姥姥，

　　　　是我王家同姓人？

周瑞家 （内）姥姥，随我来。（上）给奶奶请安，这就是刘姥姥。（回身见姥姥不在）姥姥，姥姥。〔周瑞家拉刘姥姥，刘姥姥拉板儿上。

刘姥姥 周嫂子，我不想进去了。

周瑞家 姥姥，您这是怎么啦！

刘姥姥 周嫂子，人穷衣袖短，怪难为情的。

周瑞家 大老远的跑了来，哪有个不见真佛的道理，来！

〔周瑞家领姥姥，姥姥拉着板儿进屋，王熙凤仍在低头拨弄炉火。

周瑞家 奶奶，这就是刘姥姥。

刘姥姥 给姑奶奶请安。

王熙凤 搀起来吧。

刘姥姥 板儿，给姑奶奶作揖。

〔刘姥姥拉板儿，板儿躲。

板　儿 我不。〔刘姥姥打板儿一记耳光，板儿哭。

〔平儿上。笑着拉板儿。

平　儿 别哭了，快随我吃果子去。〔拉板儿下。

王熙凤 周姐姐，我年纪轻，不知道辈分，不敢随便称呼，请坐吧。

周瑞家 坐，坐。

〔刘姥姥坐，自鸣钟响，一惊。

周瑞家 不要紧的，这是钟。

王熙凤 姥姥，

　　　　（唱【西皮摇板】）

　　　　　　亲戚们少走动关系疏远，

刘姥姥 （插白）我们家道艰难走不起，

王熙凤 （唱）哪一家没有个穷亲戚往还。

刘姥姥 （插白）您瞧我们这副样子，就是管家爷们看着也不像。

王熙凤	（唱）荣宁府也不过是外头好看，
	其实是空架子，做个穷官。
	周姐姐，
周瑞家	奶奶，
王熙凤	回过太太了吗？
周瑞家	等奶奶示下。
王熙凤	你去瞧瞧，要是太太有事就罢了，要是闲在那儿就回一声。
周瑞家	知道了。
巧　姐	（内）翻得好，再翻一个，再翻一个，哈哈哈……
王熙凤	平儿，是姐儿在笑吗？
平　儿	姐儿跟板儿玩得可高兴呢。
王熙凤	这倒好，弄点好吃好玩的给孩子。
平　儿	知道了。〔下。
	〔刘姥姥抓到机会。
刘姥姥	姑奶奶，你就这一个姐儿？
王熙凤	就生了这一个。
刘姥姥	这姐儿一定传您代，聪明能干。
王熙凤	您在东屋里见着她了？
刘姥姥	唔……姐儿在里屋没见着。
姐　儿	（内）妈妈。〔上。
王熙凤	姐儿，见过姥姥。
	〔姐儿向刘姥姥。
姐　儿	姥姥。
刘姥姥	哎哟，这么有礼，真是礼出大家呀。瞧这小模样，长得跟姑奶奶一样俊，柳叶眉，丹凤眼，小脸蛋白里透红，跟小苹果似的，哪年哪月有这么阵风，把姐儿吹到我们乡下去过几天，看看我们乡下的风景，那我们才高兴呢。
姐　儿	妈妈，刚才板儿翻跟头给我看来着。
王熙凤	好，玩去吧。
	〔姐儿站起，忽觉腰痛。

王熙凤	小心着点儿。
姐　儿	姥姥再见。
刘姥姥	再见。姑奶奶,您有这么个姐儿真是好福气呀。
王熙凤	这孩子就是身体不好,常常闹病。
刘姥姥	姑奶奶,我们乡下,哪一家不是三男四女,儿女多了就好养,过年把,姑奶奶再生个儿子,姐儿的病就烟消云散了。
王熙凤	只怕没那个福气。
刘姥姥	一定一定,到时候,姥姥我,是要来吃您的喜蛋的。

〔周瑞家上。

周瑞家	奶奶,太太说了,今儿个不得闲,二奶奶陪着便是,太太多谢姥姥费心想着,要是有什么说的(示意刘姥姥)叫您只管告诉二奶奶,都一样。
刘姥姥	这……

　　(唱)未开口老脸一阵热烫,
　　　　怕此刻红通通赛过关云长。
　　　　罢罢罢,硬一硬头皮溜一溜嗓,

〔咳嗽。

　　(唱)来府上为的是——

〔王熙凤一抬头,刘姥姥一惊。

　　(接唱)
　　　　我、我、我探望姑娘。

〔周瑞家一把拉过姥姥。

周瑞家	哎哟姥姥,您怎么啦!
刘姥姥	我说不出口。
王熙凤	周姐姐,姥姥用过饭了吗?
刘姥姥	一大早就往这儿赶,哪还顾得上吃饭哪。
王熙凤	平儿,快传饭。
平　儿	姥姥,随我来。

〔刘姥姥随平儿下。

王熙凤	太太还说些什么?
周瑞家	太太说了,她们跟咱们原不是一家子,因她们先人跟咱们祖上在一处做

官，就这么联起宗来了，这些年，她们穷下来，不大走动，今儿来看望我们也是一番好意，不可简慢，奶奶看着办就是了。

王熙凤 我说呢，既是一家子，我怎么连个影子都不知道呢。

平　儿 （内）姥姥慢走。

周瑞家 她们来了。

　　［刘姥姥舔舌咂嘴的拉板儿上。

刘姥姥 多谢姑奶奶。

王熙凤 快请坐吧，老人家。

　　（唱）老人家来意我已知晓，

刘姥姥 （插白）您是七孔玲珑心嘛。

王熙凤 （唱）平日间少照应请谅分毫。

刘姥姥 （插白）您说到哪儿去了。

王熙凤 （唱）只因太太年纪老，

　　　　我接管这家事乱糟糟。

刘姥姥 （插白）您是能者多劳。

王熙凤 （唱）这里是外头好看空热闹，

　　　　每日里八处要开销。

　　［刘姥姥失望。

　　　　老人家是头一回远远来到，

　　　　总不能让你空走这一遭。

　　［王熙凤示意平儿给银子。

平　儿 姥姥，这二十两银子，您收下吧。

　　［刘姥姥接过银子，大喜过望。

刘姥姥 （唱）这真是瘦死的骆驼比马大，

　　　　您拔一根汗毛粗过我姥姥的腰。

　　［王熙凤笑。

平　儿 奶奶，您该用饭了。

王熙凤 改日没事，只管来逛逛，回到家去该问好的，都问个好，我少陪了。［下。

刘姥姥 （连声）谢谢姑奶奶。

周瑞家 哎哟我的娘啊，您怎么连瘦死的骆驼都说出来了。

刘姥姥　我也不知道怎么一下子就说出来了,哎哟周嫂子,平白无故的拿人家二十两银子,这叫我怎么过意得去呀。

周瑞家　不要紧,下回呀,把你那园子里新摘下来的瓜呀、菜呀送点来,让她们尝个鲜,不就算答谢她们啦。

刘姥姥　哦,把我园子里的瓜呀、菜的送点来,就算答谢她们啦?哎哟,那都是些粗东西。

周瑞家　瞧,这你就不明白了,这就跟你想吃鱼翅、海参、燕窝汤,是一个意思。

刘姥姥　哦,他们吃腻了鱼翅、海参、燕窝汤,就想吃点青菜、萝卜豆腐浆。跟我们反一反。

〔刘姥姥高兴得手舞足蹈,把拉在手里的板儿甩倒坐地。

第二场　悦　母

〔幕启:贾母斜倚小榻假寐,二丫鬟持盘盏侍立。

鸳　鸯　老祖宗,请用饭。〔老祖宗摇手。

〔鸳鸯揭盖看碗内饭菜,嘱二丫鬟去换些菜肴,二丫鬟下。

鸳　鸯　老祖宗,您得多少吃点儿,您想吃什么,我再让他们去给您做。

贾　母　唉,日长似岁闲方觉,事大如天睡便休。

〔又二丫鬟端盘盏上,给贾母看。

贾　母　又是这些山禽海味。〔摇手。

〔丫鬟端盘盏下。

贾　母　凤哥来过没有?

鸳　鸯　没来过。

贾　母　她也把我给忘了。

鸳　鸯　怎么会呢,一定是给什么事情绊住了。

贾　母　唉!

（唱）看来越过越心烦,

　　　吃不香来睡不安。

　　　长孙媳年轻守了寡,

　　　黛玉的娘先我入黄泉。

　　　蓉孙媳聪明能干偏寿短,

儿孙们除了贾政十个倒有九不贤。
幸亏得有一个凤哥儿胜过男子汉，
当家的重担落在了她一人肩。
我心中事，千千万，
她件件桩桩想在先。
有砍有杀有决断，
才不致，上上下下，里里外外乱翻翻。
我一天不见她的面，
茶不香来蜜不甜。
若是她往我身边来一站，
心上愁云散九天，
不知道，今日里因甚迟迟人不见，
难道是，被贾琏，死纠缠，或者是，遇什么，
事为难，不得分身来问安。
懒洋洋精神倦，精神倦，胃口倒尽怕加餐。
胃口倒尽怕加餐。

〔鸳鸯扶贾母坐下。

王熙凤 （内）老祖宗。

鸳　鸯 二奶奶来了。

〔鸳鸯迎出，王熙凤上，周瑞家、平儿捧菜盒随上。

鸳　鸯 我的二奶奶，您来的真是时候，老祖宗闷得直是念叨你，连饭都不想吃，平儿，你们盘子里是些什么？

平　儿 是二奶奶给老祖宗做的新鲜蔬菜。

周瑞家 这些，都是刚刚从田里摘下来的。

鸳　鸯 哎呀二奶奶，你们真是神机妙算哪，就算准了老祖宗胃口正腻着，快拿进来——老祖宗，您孝顺的孙媳妇给您送好吃的来了。

王熙凤 老祖宗。

贾　母 好凤哥儿，什么好吃的？

王熙凤 您不用问，尝尝就知道了。

〔平儿、周瑞家揭菜盒。

京 剧

贾　母　啊！好一股清香！——鲜豆荚、嫩黄瓜。
王熙凤　还有呢！
鸳　鸯　老祖宗,您瞧！
贾　母　这是——
王熙凤　枸杞头。
鸳　鸯　您尝尝。
贾　母　(尝)鲜得很哪。凤哥儿,你从哪儿弄来这许多时鲜的东西？
王熙凤　老祖宗福气好,这些新鲜蔬菜,长了腿,跑到您这儿来了。
贾　母　哈哈哈……

(唱)整整活了七十年,
　　头一回尝着这味道鲜。
　　五脏六腑都舒坦,
　　何处买来你花多少钱？

王熙凤　老祖宗。

(唱【西皮流水】)
　　它不是买自在街头店面,
　　也未曾花过一文钱。
　　是一位老人家园内产,

贾　母　哪一位老人家？
王熙凤　(唱)她名叫刘姥姥——
贾　母　刘姥姥……
王熙凤　跟我们王家——

(唱)有一段旧姻缘。

贾　母　哦,我想起来了,上一回周瑞家(指周瑞家)就是你,来问过你太太,你太太也曾与我讲过,这一回,定是这个刘姥姥送了新鲜蔬菜,酬答你的人情,是不是？
王熙凤　您真是好记性。
贾　母　这位姥姥走了不曾？
王熙凤　(顺着贾母心)老祖宗,人家虽穷点儿,可跟咱们总是联过宗的,再说,老远的送来这份心,我就是再不懂事,也得留人家住一宵啊。

贾　　母　我正要找一个积古的老人说话,鸳鸯,把那位姥姥请了过来。

鸳　　鸯　是。

平　　儿
周瑞家　　我们一起去。

贾　　母　丫鬟。

丫　　鬟　在。

贾　　母　把那边椅子上铺一个垫儿,人家也是老人家了。

丫　　鬟　是。

王熙凤　瞧您,想得可真周到。

　　　　〔丫鬟铺好椅子。

鸳　　鸯　(内)姥姥,快走哇。

　　　　〔鸳鸯拉刘姥姥跑上,刘姥姥一踉跄,王熙凤正迎出,一把扶住。

王熙凤　(向鸳鸯)瞧你。

鸳　　鸯　哈哈哈……老人家,没把腰闪了?

刘姥姥　我这是杨柳腰,有弹性的。

鸳　　鸯　我去给你通报——老祖宗,姥姥来了。

　　　　〔刘姥姥整理衣鬓。

刘姥姥　姑奶奶,我这个模样……

王熙凤　好极了。我告诉你,要多说些有趣的事。

刘姥姥　有您给我撑腰,我的胆子就壮了。

王熙凤　跟我进来吧,——老祖宗,这就是刘姥姥。

刘姥姥　刘姥姥向老寿星请安。

贾　　母　刘亲家,快快请坐。

王熙凤　坐,坐。

　　　　〔丫鬟上茶。

鸳　　鸯　姥姥,请喝茶。

贾　　母　鸳鸯,那是什么茶?

鸳　　鸯　上回林姑娘从苏州带来的碧螺春。

贾　　母　茶倒是好的,不过,刘亲家年纪大了,还是喝点参汤好。

王熙凤　丫鬟,换参汤。

丫　　鬟	是。〔取参汤上,鸳鸯接过。
鸳　　鸯	这是人参汤。
刘姥姥	人参汤。哎哟,我们乡下人,就来碗大麦茶得啦。

〔众哗笑。贾母大笑,刘姥姥看看王熙凤,王熙凤也禁不住笑,点头赞许。

鸳　　鸯	这比大麦茶好喝,喝下去,长精神。
王熙凤	老祖宗让你喝,你就喝吧。
刘姥姥	好,好。(呷了一口)唔,苦暗暗,甜津津,是比大麦茶味道好。(一饮而尽)谢谢老寿星。

〔鸳鸯接过茶碗。

贾　　母	请老亲家坐近些说话。
王熙凤	再坐近一点。
贾　　母	老亲家,今年多大年纪了?
刘姥姥	还小哪,才七十五岁。
贾　　母	这般年纪,还这么硬朗,我要是到你这个岁数,还不知怎么动不得呢!
刘姥姥	这就是老太太的福气。我们生来受苦的,老太太是生来享福的,我们庄稼人要是三天不干活,这浑身的骨头节还怪难受的。
贾　　母	老亲家还能干活?
刘姥姥	拿起镰刀锄柄,还顶得上个年轻小媳妇。
贾　　母	眼睛好吗?
刘姥姥	能穿针引线。
贾　　母	牙齿?
刘姥姥	嚼得动炒蚕豆。
贾　　母	刚才凤哥拿来你送的新鲜蔬菜,香得很哪。
刘姥姥	这是野味儿,就是吃个新鲜,依我们想吃鸡、鸭、鱼、肉就是吃不起。
贾　　母	凤丫头。
王熙凤	……
贾　　母	刘亲家来了,别让她空空回去,我们这里也有园子、果儿,让刘亲家也尝尝,到园子里玩一天。
王熙凤	是啊,我们这儿虽比不上你们场院大,空屋子有两间,你就在这儿多住

两天,把你们乡下的新闻故事,说给我们老祖宗听听。
刘姥姥 乡下新鲜事倒有的是,就怕说出来老太太不爱听。
贾　母 爱听,爱听,我就爱听新闻故事。
鸳　鸯 姥姥,那您就说说吧。
刘姥姥 老祖宗,这乡下的奇闻,

(唱)是多得很哪,

　　三天三夜也说不清。

　　有人见观音菩萨来显圣,

贾　母 阿弥陀佛。
刘姥姥 (唱)有的是吃斋念佛活了一百岁还满精神,
贾　母 修行得好!
刘姥姥 【数板】

　　有的是修桥补路生了七男和八女。

　　有的是忤逆不孝,

(唱)雷劈了顶梁门。

贾　母 雷公显圣。
刘姥姥 【数板】

　　有的是义犬救了主,

　　有的是狐狸变佳人,

(唱)专门(就)迷男人,

　　乡下人田头一坐拉闲寡,

(夹白)什么新闻没有啊,

(唱)那三脚蟾,九头鸟,

　　兔子翻身抓老鹰,

　　老虎与狗熊来结婚,

　　它生出一个小猢狲。

贾　母 哈哈哈……刘亲家真是一肚子好学问,凤丫头,快给她准备晚饭,饭后再听你说新闻。
王熙凤 您到后面歇一会,
刘姥姥 您慢走啊!

〔鸳鸯扶贾母。

鸳　鸯　二奶奶,您慢点走,
王熙凤　我正要你快点来。
　　　　〔鸳鸯扶贾母下。
王熙凤　姥姥,
　　　　(唱)老祖宗见你好欢畅,
　　　　　　心头烦闷一时光,
　　　　　　明日里要带你大观园往,
　　　　　　让你快活玩耍一场。
　　　　　　你是贵客休谦让,
　　　　　　陪你的将是宝玉、黛玉、湘云、宝钗众姑娘。
　　　　　　今夜晚你先把新闻来讲,
　　　　　　我就要与鸳鸯把事商量。
　　　　周姐姐,带姥姥歇着去吧。
　　　　〔周瑞家带刘姥姥下。
　　　　〔鸳鸯上。
鸳　鸯　好个二奶奶,你呀,马屁拍出精来了,老祖宗可迷上刘姥姥了,你这个主意是怎么想出来的?
王熙凤　鸳鸯姐姐,这就叫踏破铁鞋无觅处,得来全不费功夫,打从扬州姑妈死了以后,老祖宗就一直不开心,谁想到两盘素菜,引来了这么个刘姥姥,竟是投了老人家的缘。我们哪,得抓住这个宝贝,让老祖宗痛痛快快的乐一乐呀。
鸳　鸯　怎么抓法儿呢?
王熙凤　刚才你听见了吗?
鸳　鸯　听见什么?
王熙凤　瞧你,就是不注意,老祖宗说,让刘姥姥看看咱们的园子是吧?
鸳　鸯　看园子怎么样?
王熙凤　这是老祖宗要在大观园里摆宴请客啦。
鸳　鸯　请谁?
王熙凤　请刘姥姥哇。

鸳　　鸯　哎哟,太好了,那咱们得给她打扮打扮哪。

王熙凤　哎,你不但是我的好姐姐,还是我的好助手呢。

第三场　戏　宴

〔藕香榭水亭上,座位安排整齐。

〔史湘云、迎春、探春、惜春上,巡视,笑。

史湘云　(唱)好个聪明琏二嫂,

　　　　　　　选了这佳地列佳肴。

探　　春　在这藕香榭水亭饮酒,真是别有佳趣。

史湘云　(唱)看起来定有一场好热闹。

迎　　春　听说那位姥姥很风趣,昨儿晚上老祖宗乐得喘不过气来。

探　　春　你放心,有鸳鸯和琏二嫂一道,不会太平的。

史湘云　不太平才好呢!

　　　　(唱)喝醉了,头一倒,雾散云消。

惜　　春　别云天雾地的了,我们去看看林妹妹、宝姐姐,还有宝玉,一道陪老祖宗去。

史湘云　你们看,琏二嫂来了,我们先躲避一下。

〔三春、史湘云悄悄下。

〔王熙凤上,巡视表示满意。

王熙凤　(唱)人间事变化多奇巧,

　　　　　　　今天岂能料到明朝。

　　　　　　　谁知来了村姥姥,

　　　　　　　老祖宗见了她愁闷全抛。

　　　　　　　又向园中寻热闹,

　　　　　　　一场好戏看今朝。

　　　　　　　要哄得老祖宗眉开眼笑,

　　　　　　　全仗她村姥姥信口开河妙语如潮。

〔史湘云、三春在王熙凤身后悄悄上,惜春趁王熙凤转身时,朝她"猫儿"一叫,王熙凤不备,吓了一跳。

王熙凤　哟,你们早来了?

史湘云 我们先来看看你选的地方怎么样。

王熙凤 还满意吗?

史湘云 不怎么样。

王熙凤 啊!

三　春 夸了你半天啦。

王熙凤 别夸了,回头多吃几杯酒,好好见识见识这位客人,快陪老祖宗去吧。

史湘云 是。〔史湘云与三春一起下。

〔内:老祖宗到。

〔史湘云、三春即返上,向老祖宗方向奔去。

〔宝玉上,三春、宝钗、黛玉、湘云簇拥着贾母,贾母乘坐椅上。每个人头上各插鲜菊花一朵。

贾　母 都预备好了?

王熙凤 都准备好了,您快坐下吧。

宝　玉 姐姐,我坐在哪儿?

王熙凤 你自然坐在老祖宗身边了。

宝　玉 那林妹妹呢?

王熙凤 林妹妹自然坐在你身边了。

林黛玉 不,我跟宝姐姐一道坐。

宝　钗 不,我跟湘云妹妹一道坐。

史湘云 我不跟你一道坐。

贾　母 哎哎哎,今天大观园招待客人,一切听你琏二嫂指挥。

王熙凤 你们听见了吧,老祖宗当众令下,今儿个我可有了生杀大权啦,我命令:这儿宝玉,你在这儿挨着老祖宗。

宝　玉 哦……

王熙凤 林妹妹。

林黛玉 ……

〔看宝玉微嗔,宝玉谦让。

王熙凤 史大妹妹。

史湘云 ……

王熙凤 迎春妹妹。

迎　春	……
王熙凤	探春妹妹。
探　春	……
王熙凤	惜春妹妹。
惜　春	……
王熙凤	我说各位妹妹,今天请客是老祖宗花的银子,你们都知道了,这可是个有趣的人哪,我奉命指挥,少时还望你们多多关照。
众	不必客气。
史湘云	我们都看你的眼色行事。
宝　钗	你是一朝权在手。
众	就把令来行啊。哈哈哈……
王熙凤	老祖宗,你瞧啊,他们都是您给惯坏了的。
贾　母	对对对,他们都是我惯坏的,你,也是我惯坏了的。
众	好!
王熙凤	瞧,老祖宗就是向着你们。
鸳　鸯	（内）哈哈哈……〔笑上。
	老祖宗,你们瞧!
	〔刘姥姥一身新衣服,浓抹胭脂,插着满头的菊花,一步三摇,自我欣赏,众人哄笑。
鸳　鸯	（低声叮嘱）姥姥,刚才教你的规矩可别忘了。
刘姥姥	全记着呢。——乡巴佬拜见老寿星。
	〔众笑。
贾　母	快坐下。
刘姥姥	谢老寿星。
鸳　鸯	还有宝玉和姐儿们。
刘姥姥	哟,除了宝二爷,都是窈窕淑女,万福,万福。
	〔众哄笑。
王熙凤	快坐下吧。
	〔刘姥姥被鸳鸯、王熙凤搀新娘似地就座,肖然不动。
贾　母	刘亲家,随便些。

京　剧

刘姥姥　不可,我得按照府上的规矩行事,讲究礼貌。
贾　母　这都是你们。——刘亲家,你不要听她们的。给刘亲家上点心。
王熙凤　丫鬟,上点心哪。
　　〔丫鬟端点心上,鸳鸯从怀里掏出一双筷子。
鸳　鸯　这双给刘姥姥。
　　〔刘姥姥接筷子。
刘姥姥　哟,这叉爬子是什么料子做的,比俺家里的铁锨还沉哪。
王熙凤　这叫四楞镶金象牙筷。
刘姥姥　这么贵重。
贾　母　刘亲家,快用点心。
　　〔刘姥姥刚要吃,忽想起什么。
刘姥姥　别忘了府上的规矩。
　　〔刘姥姥站起,举碗齐眉,与大家为礼。
　　〔众疑惑,笑。
刘姥姥　(唱)乡下人食量大请勿见笑。
鸳　鸯　你的食量有多大?
刘姥姥　老刘老刘,食量大如牛,吃一个老母猪不抬头。
　　〔鼓腮站立不语,众大笑。
王熙凤　别笑了,别笑了,您快吃吧。
刘姥姥　唉,吃。(揭开碗盖,猛惊)啊,你们的鸡蛋这么小巧。
鸳　鸯　这不是鸡蛋。
贾　母　那是鸽子蛋。
刘姥姥　鸽子蛋。
鸳　鸯　要一两银子一个呢。
刘姥姥　我的妈呀,我说这么俊,让我来戳它一个。(左夹右夹,夹不起来)嗯。
　　(唱)小东西圆不溜秋乱滑乱逃,
　　　　要使点软功夫,轻轻来挑。
　　〔慢慢挑起一个,弯腰伸颈,引嘴就蛋,刚要进口,蛋滑滚地下。
刘姥姥　你往哪儿跑。(放下筷子,伏地找蛋)哎,跑哪儿去了?
鸳　鸯　那一个不要了。

众　　　　不要了。

刘姥姥　　丢了？

鸳　鸯　　丢了。

刘姥姥　　哎哟,一两银子没听响就完了,哎呀,这个大家伙,夹这个小玩艺儿,还真不容易啊!

贾　母　　今天又不是请客大宴,把那双镶金的筷子拿出来干什么？这都是凤哥指使的,还不换了。

王熙凤　　好,你就用我这双乌木镶银的吧。

刘姥姥　　——丢了金的,又是银的,到底不如俺家里那竹子的。

王熙凤　　你不知道这银筷子的好处,如果菜里有毒这银筷子一下去就能试出来。

刘姥姥　　这菜里有毒,那就让我毒杀吧。〔端起鸽蛋,风卷残云。

贾　母　　把我这一碗也给刘亲家吃。

宝　玉　　我这碗也请你吃。

众　　　　都请你吃了。

刘姥姥　　好。

　　　　　（唱）有多有少都归我老刘包,

　　　　　　　那我就以毒攻毒了。

　　　　〔众向老祖宗示空碗。

众　　　　老祖宗,你瞧啊。〔众笑。

贾　母　　哈哈哈……

　　　　　（唱）这场家宴好热闹,

　　　　　　　一辈子今天第一遭。

　　　　　　　凤丫头安排得,安排得实在好,

　　　　　　　接下来吃酒把戏文瞧。

　　　　　　　今日里莫被规矩管束了,

　　　　　　　难得与刘亲家共逍遥。

　　　　　　　眼前菊花开正好,

　　　　　　　有道是赏菊要持螯。

　　　　　　　但不知螃蟹可买到？

王熙凤　　早预备下了。上蟹呀!

〔丫鬟端螃蟹上。

贾　　母　好大的螃蟹,刘亲家,你们乡下吃的,一定都是这般大的螃蟹了。
刘姥姥　我们在乡下天天看见这么大的螃蟹,可就是不吃它。
贾　　母　为什么不吃?
刘姥姥　这么大的螃蟹,要两把银子一斤,只有像老祖宗这样的福人才吃得起。
贾　　母　今天你就多吃它几个。
王熙凤　这一盘都给你。
刘姥姥　哎哟,这不要吃掉好几两银子吗?
宝　　玉　不要紧的,你只管吃。
贾　　母　(唱)笑人生能得几今朝。
　　　　　吃蟹、饮酒。
王熙凤　慢着,我说老祖宗,这饮酒吃蟹,干巴巴的,可太没个趣味了。
贾　　母　依你之见呢?
王熙凤　行个酒令吧。
贾　　母　行酒令,对,该行个酒令儿热闹热闹,要不对不起这么大的螃蟹。
鸳　　鸯　老祖宗,您瞧。〔示令盒。
贾　　母　你早预备了,好,你就是令官。
鸳　　鸯　不,我是个小卒,请主帅先发个令,我按令行事。
贾　　母　好好好,凤哥儿发令!
王熙凤　好,我就不客气了,我说大家听令哪!
　　　　　(唱【西皮导板】)
　　　　　　　酒令大似三军令,
　　　　　(接唱【原板】)
　　　　　　　在座人人要凛遵。
　　　　　　　不论长幼与辈份,
　　　　　　　违令受罚不容情。
刘姥姥　慢着,请问姑奶奶,违令受罚,罚什么呀?
王熙凤　罚酒啊!
鸳　　鸯　行酒令,自然是罚酒。
刘姥姥　罚酒,我的妈呀!(逃下席来)不要拿我乡下人开心了,我回家去了。

〔众大笑。

〔鸳鸯拉刘姥姥。

刘姥姥 还是让我回家喝青菜萝卜汤去。〔走。

〔又被鸳鸯拉回。

姑奶奶,您替我讲个情怎么样?

王熙凤 你说吧,讲个什么情啊?

刘姥姥 罚别人吃酒,罚姥姥我吃菜。

〔众哄笑。王熙凤点头赞许。

王熙凤 坐下吧。

刘姥姥 姑娘,你可听见了。

鸳 鸯 听见什么?

刘姥姥 罚别人喝酒,罚我吃菜。

鸳 鸯 不许再说话,说话就是违令,违令先罚酒一壶。

刘姥姥 好,我不说话,我做哑巴。〔坐。

鸳 鸯 行令开始,大家请看,这是一副骨牌,(示刘姥姥)你认得吧?

刘姥姥 (点头)……

鸳 鸯 认得?

刘姥姥 (点头)……

鸳 鸯 你怎么不说话?

〔刘姥姥哑语,指酒壶,怕罚。

鸳 鸯 什么?

惜 春 怕你罚酒。

鸳 鸯 不罚你的酒就是了。

刘姥姥 真的?

鸳 鸯 真的。

刘姥姥 那我就说开了。(跑到鸳鸯身边,取过骨牌,熟练地玩弄)这个玩意儿,你们叫骨牌,我们乡下人叫牌九,不过,我们乡下人是拿它赌钱的,不是赌酒的。不瞒姑娘们说,我那个女婿的爸爸,就是给这个玩意输光的。这牌九,一共是三十二张十六个对。天地人鹅长,猴子称大王。这六点是大猴,三点是小猴,今天要拿这玩意儿行酒令,姥姥我是不在乎的!

〔把骨牌往桌上一放,得意地坐下。

众　　　哟……
王熙凤　鸳鸯,快传令吧。
鸳　鸯　好,那我就传令啦。
　　　　（唱）未传令请大家先干一盏。
刘姥姥　哎,怎么没见个输赢就吃酒啊?
众　　　这是个道理,行令之前,先干一杯。
贾　母　刘亲家,干了。
刘姥姥　（饮）干,（背）这酒是蜜做的,真甜哪,顶好多罚我几杯。
鸳　鸯　（唱）按骨牌我说上句请接下联。
　　　　老祖宗,打从您这儿起了。
贾　母　好!你出题吧。
鸳　鸯　我拿出三张牌,分别报出牌名,请各按牌名接念一句诗。最后我把三张牌合起来,给它起个雅号,再请用诗词歌赋,成语俗话,比上一句,就算完了。
刘姥姥　怎么,俗话也行?
鸳　鸯　行。
刘姥姥　有意思。
鸳　鸯　可有一点,都得合辙押韵,错了罚酒。
刘姥姥　你说的就是要顺口好听,行!行!
鸳　鸯　（唱）摇一摇牌儿信手捡。
　　　　〔鸳鸯抽出三个签。
鸳　鸯　有了,老祖宗——左边是张天。
贾　母　头上有青天。
众　　　好!
鸳　鸯　当中是个五与六,
贾　母　六桥梅花香彻骨。
众　　　好!
鸳　鸯　剩得一张六与么。
贾　母　一轮红日出云霄。

众　　　好！

鸳　鸯　凑成便是"蓬头鬼"。

贾　母　这鬼抱住钟馗腿。

众　　　好！

刘姥姥　哎哟,老寿星,您念得真好听,简直赛过我们乡下唱大戏的。

鸳　鸯　老祖宗对答如流,按照令书,同席的人都得恭贺您一杯。

众　　　我们恭贺老祖宗一杯。

贾　母　干。

刘姥姥　干。〔众饮。

鸳　鸯　下面轮到你了。

〔刘姥姥一惊,坐地,众笑。

贾　母　还笑呢,快搀起来。刘亲家,不要害怕,你古典甚多,想说什么就说什么。

刘姥姥　想说什么就说什么？

贾　母　对！

刘姥姥　好,姑娘,你就开令吧。

鸳　鸯　姥姥。

（唱）要记住对准牌把句来联。

〔迎春递过签筒,鸳鸯抽签。

鸳　鸯　左边四四是个人。

刘姥姥　人牌,一边四点,二边八点,明白。

鸳　鸯　接下去说。

刘姥姥　说什么？

鸳　鸯　左边四四是个人。

刘姥姥　一定是个庄稼人。

众　　　哈哈哈……

贾　母　说得好,就是这样说。

刘姥姥　我们庄稼人,说的老实话,诸位别见笑。

鸳　鸯　中间的——中间三、四绿配红。

刘姥姥　大火烧了毛毛虫。

[众欢笑。
贾　母　还是有的,还说你的老实话。
鸳　鸯　右边幺四真好看。
刘姥姥　一个萝卜一头蒜。
众　　　好!
鸳　鸯　凑成便是一枝花。
刘姥姥　花儿落了结了个倭瓜。哈哈哈……
众　　　好!
刘姥姥　感情这没什么,像这样的酒令,小意思,姑奶奶,你看我答得怎么样?
王熙凤　好极了,我简直是听呆了。
刘姥姥　您过奖。
鸳　鸯　姥姥答得果然是好,按照令书,同席的人,恭贺一杯。请大家举杯向前。
贾　母　好,我来第一个。

(唱)奉敬亲家酒一盏。

　　难得你来到大观园,

　　多谢你为我讲古典,

　　多谢你陪我吃酒行令快乐无边。

　　我深羡你食量如牛大,

　　头不抬老母猪一个到了肚里边。

　　倭瓜、萝卜与大蒜,

　　引得我口水点点落胸前。

　　那毛毛虫,它真难看。

　　该烧它一个连毛带肉化青烟。

　　好些时,见了饭菜就生厌,

　　今日是茶也香酒也甜,身也轻来腿也健,一日之间顿觉年岁足足轻了二十年,

　　今日相逢非泛泛,

　　我们是五百年前结下的缘。

刘姥姥　谢老寿星!
贾　母　干。[向刘姥姥饮。

鸳　鸯　第二个,该宝玉了。
宝　玉　老人家,
　　　　（唱）酒令听过千千万,
　　　　　　　你的妙语最天然。
　　　　　　　见到你才知我的学问浅,
　　　　　　　书本上读不到你的诗篇。
刘姥姥　我那是顺口溜,胡说八道的。
宝　玉　干。〔刘姥姥饮。
鸳　鸯　好,现在该林姑娘了。
史湘云　大家听潇湘妃子祝酒!
林黛玉　老人家,
　　　　（唱）双手举起碧玉盏,
　　　　　　　难得是今朝欢度菊花天。
　　　　　　　你就是经霜不老的东篱艳,
　　　　　　　越显得我弱不禁风怕早寒。
　　　　　　　你令我惊来令我羡,
　　　　　　　健康无病即神仙。
　　　　　　　大概是你庭园只植桑榆树,
　　　　　　　不像我长伴萧萧翠竹眠。
　　　　　　　谨将我杯中一勺潇湘水,
　　　　　　　献与你不烦不恼女神仙。
刘姥姥　哎哟林姑娘,瞧你说的,你才是仙女下凡哪,我要是女神仙,那小伙子都让我给吓跑了。
林黛玉　（笑）干!
　　　　〔刘姥姥饮。
史湘云　谁还能说出这么好听的?〔瞟宝钗。
薛宝钗　（凝重地）
　　　　（唱）双手举起碧玉盏,
　　　　　　　喜气洋溢大观园。
　　　　　　　园是贵妃省亲建,

　　　　　今日里与民同乐膝下承欢。[向贾母施礼。
　　　　　难得你把野趣带来螃蟹宴，
　　　　　难得你布衣点缀绮罗筵。
　　　　　这也叫万绿丛中红一点，
　　　　　正好比藕香榭、稻香村、茅亭竹舍散落在红墙碧瓦间。
　　　　　老祖宗惜贫怜老心慈善，
　　　　　安排这一场佳会水亭前。
　　　　　琏二嫂大显身手才华展，
　　　　　鸳鸯姐酒令妙难言。
　　　　　请看这榭内群芳陪独艳，
　　　　　惜春妹你好挥画笔上湘缣。
　　　　　留下了姥姥庐山面，
　　　　　我们也众星拱月把光沾。
　　　　　请姥姥，干此盏，
　　　　　葡萄酿能驻你不老的红颜。
刘姥姥　(饮)哟，葡萄酒要是能返老还童，那干脆，你把我拽酒缸里得了。
史湘云　瞧，我们这些人里头，就数她跟潇湘妃子的学问大，今天的祝酒辞，状元、榜眼看来又被她们俩夺去了。
刘姥姥　到底是有学问的，面面俱到。
史湘云　姥姥，刚才她说什么了？
刘姥姥　乡下老婆子没念过书，只能听出个大意。
王熙凤　好，那你就把这大意说给我们老祖宗听听。
刘姥姥　可以，薛姑娘从我老婆子贫苦说起，说到贵妃大姑奶奶，还有老寿星的慈祥，姑奶奶的聪明，鸳鸯的能干，还说起一位会画画的姑娘在座的一个没漏，风雨不透，高才，高才，您说是这个大意吗？
史湘云　对是对了，还漏了"一点"。
刘姥姥　一点，有一句"万绿丛中红一点"，漏了我刘姥姥这一点红。[指嘴唇。
　众　　哈哈哈……
王熙凤　现在该谁了？
史湘云　该我。

王熙凤　状元、榜眼，委屈你当个探花郎了。

史湘云　（唱）双手举起碧玉盏，
　　　　　　　女探花敬酒女神仙。

王熙凤　（插白）不害臊，真的自称起探花来了。

贾　母　嗯，像个女探花。

刘姥姥　探花，探花。

史湘云　（接唱）
　　　　　　是探花，却不愿去赴琼林宴，
　　　　　　愿陪你老人家醉倒蟹筵前。

王熙凤　姥姥听见没有，她是我们这儿有名的馋嘴丫头，去年冬天，刚杀了一头梅花鹿，她就偷了一块生肉去烤了吃。

刘姥姥　烤生肉吃，太有意思啦。

史湘云　（唱）老人家，休见笑，
　　　　　　　看着它红彤彤谁不口流涎！

刘姥姥　是啊，我这儿咕噜咕噜直响！

史湘云　（唱）人生有酒须当醉，
　　　　　　　醉了便是活神仙。
　　　　　　　我们是仗着老人金颜面，
　　　　　　　今日里笼鸟上青天。
　　　　　　　杯内丹霞红上脸，
　　　　　　　篱外黄花插鬓边。
　　　　　　　面对着藕香榭外清波展，
　　　　　　　仿佛是身在你村头果树园。
　　　　　　　老人家，行方便，
　　　　　　　多住上，三五天。
　　　　　　　今天是老祖宗破费开的宴，
　　　　　　　明日里，该由你——当家的奶奶腰里掏钱。

贾　母　对，凤辣子请客。

众　　　对，琏二嫂请客。

王熙凤　好啊，你这个丫头，刚才吃螃蟹的口水，这会儿流到我头上来了，告诉你,别仗着老祖宗护着你,明儿个瞒着老祖宗,给你找个哑巴女婿,三拳打不出个闷屁来,让你一个人嚼舌头根子。

史湘云　你们听听,这多无赖。
刘姥姥　你们斗嘴,都比黄莺叫的还好听哪。
史湘云　喝酒。
刘姥姥　喝。〔饮。
鸳　鸯　请三位姑娘敬酒。
三　春　我们姐妹三人合起来敬酒,老人家。
迎　春　(唱)双手捧起碧玉盏,
探　春　(唱)酒入欢肠满腹甜。
惜　春　(唱)今朝聚会缘非浅,
三　春　(唱)大家同醉大观园,呼哪呼嘿,呼哪呼嘿。
　　　　　　依那依呀呼那呼嘿,呼嘿呼嘿,呼嘿,呼嘿。
　　　　　　呼那呼嘿呼嘿呼嘿。
　　　〔三春和姥姥一起饮。
三　春　好酒量。
王熙凤　鸳鸯,该咱们俩敬姥姥一杯了。
刘姥姥　哎哟,我再也不能吃了。
鸳　鸯　好啊,别人你都吃,就是我们俩的你不吃,你这是瞧不起我们哪。
刘姥姥　不不不,我吃我吃,不过,先让我吃点菜怎么样?
王熙凤　好,你就先吃这只螃蟹吧。
刘姥姥　这吃起来太麻烦,我得吃点到嘴就到肚的。
贾　母　鸳鸯,你把这茄子挟些喂她。
王熙凤　你们天天吃茄子,也尝尝我们的茄子。
　　　〔鸳鸯挟茄子给姥姥吃。
刘姥姥　(吃)味道好极了。〔欲再吃。
鸳　鸯　喝酒。
刘姥姥　(背)我得想法儿缓口气。——我说姑奶奶这是茄子吗?
王熙凤　是茄子。
刘姥姥　别哄我了,茄子跑出这个味来,我们就不用种粮食,只种茄子得了。

众　　　　真是茄子,不哄你。

刘姥姥　那再让我尝点儿。

鸳　鸯　好,这一碟子都给你。

刘姥姥　这多难为情。

贾　母　不要紧,只管吃。

刘姥姥　好,那我就恭敬不如从命啦。(边吃边品味)是有一点茄子香,不过还不像茄子,姑奶奶,这是怎么做法儿,告诉我,回去也好学着弄。〔边说边大口吃。

王熙凤　你听着。

刘姥姥　我听着呢——(背)她中了我的缓兵之计了。

王熙凤　(唱)你摘下茄子把皮削,
　　　　　　切成个丁儿鸡油煎。
　　　　　　再用切碎鸡脯子肉,
　　　　　　加上个香菌、新笋、开洋、蘑菇与香干。
　　　　　　放入鸡汤文火煮,
　　　　　　香油收,糟油拌,盛入瓷罐口封严。
　　　　　　吃时仔细调咸淡,
　　　　　　再加入鸡丁一拌,色香味俱全。

刘姥姥　我的佛祖爷爷,倒是十来只鸡子配它怪道这味道,还剩这一点,我倒是舍不得吃了。

贾　母　刘亲家,你把它吃了,回头叫凤哥给你装一盒带回去。

刘姥姥　阿弥陀佛,连吃带拿,多不好意思。

鸳　鸯　没关系,喝酒!

王熙凤　(猛有所觉)哎,对,喝酒。

刘姥姥　喝酒。(背)计被识破了,我呀,还得耍个小花样。(故意抖动)哎哟,哎哟,姑奶奶,我这手怎么直摇晃啊,哎哟,上了点岁数,粗手笨脚的,我真怕把这杯子给摔了,你有木头杯子吗,拿出来我用,省得把这瓷杯子给摔坏了。

王熙凤　姥姥,这木头杯子可是成套的,喝酒也得成套的喝。

刘姥姥　姑奶奶,您只要拿得出木头杯子来,我就喝一套给你看看。

〔王熙凤示意鸳鸯去取木头杯子。

王熙凤　姥姥,木头杯子拿来,你可不能赖账啊。
刘姥姥　姑奶奶,大丈夫一言既出,驷马难追,当着老寿星,哥儿姐儿的面,我要是失信于您,下一回还跟您怎么共事啊!
〔鸳鸯拿木头杯子上。
鸳　鸯　这是不是木头的。
刘姥姥　倒是木头的,还真是一套一套的。
鸳　鸯　那你就把这一套全喝下去。
刘姥姥　鸳鸯姑娘,我还是喝这瓷杯子得了。
鸳　鸯　不行,这十杯,一杯也不能少。
刘姥姥　哎哟姑娘,这十大下子灌下去,我非当场出丑不可,你就饶了我吧。
王熙凤　你刚才不是说大丈夫一言既出,驷马难追吗?
刘姥姥　姑奶奶,说是说,做是做,守信用是不容易的。哎哟老祖宗哎,您给我说个人情吧,这十大下子喝下去,我哪受得了哇。
贾　母　凤哥儿,刘亲家年纪大了,喝一杯就算了。
王熙凤　好!既然老祖宗讲情,就不叫你全喝了,你就把这一大碗喝了吧。
鸳　鸯　对,喝了。
刘姥姥　好,我喝。
〔丫鬟用酒坛子倒酒,刘姥姥喝。
〔众姑娘起哄,劝酒。
众　　　喝,喝。
〔刘姥姥喝完,已有醉意。
贾　母　刘亲家,醉了吧。
刘姥姥　没醉,就是脚底下有点儿打飘。(坐到原宝钗的座位上,宝钗让)现在该谁行令了。
鸳　鸯　算了,我们这些人,谁也说不出大火烧了毛毛虫。这个令,不行了。
刘姥姥　好啊!我的老酒灌饱了,你们的令也不行了。哎唷,哎唷。
王熙凤　怎么了?
刘姥姥　我要上厕所!
〔刘姥姥找厕所,小丫头指点着,随刘姥姥下。众哄笑。

贾　母　凤丫头,刘姥姥年纪大了,不要捉弄得太离奇。那边离龙翠庵不远,我们到妙玉那儿去闹上一会儿。

〔贾母由王熙凤、鸳鸯搀扶着下,众姑娘们一一下。

第四场　醉　白

〔刘姥姥从厕所中出来。

刘姥姥　(醉步)小丫头,小丫头。——哎哟,小丫头怎么不见了。哎,我这是到哪来了。干脆,我还是顺着原路走回去吧。〔摇晃、挣扎。

(念)肚子里叽里咕噜,好像要打雷下雨。脑袋胀呼呼,两腿不做主。有
　　　点站不住。〔跌坐在地。

这酒是甜在嘴里凶在肚。——我得站起来。(撑起,又滑倒)哎呀,我怎么站不起来呀,哟,满地都是青苔,我说怎么那么滑呢,跑到泥巴地里来了。(欲站起,仍滑倒)干脆,站不起来,我就滚。(走滚鸡蛋)到底让我给滚出来了。(站起,走上正路。一阵清风吹过,高兴起来)这一阵秋风,吹得我心里好舒服啊。

(唱)七月里来七秋凉,
　　　豆荚儿根根三尺长。
　　　送给她们一箩筐。
　　　她们说,味道比肉圆子香。
　　　杨柳杨柳青,杨柳青,杨柳青得呀,杨柳青,得呀,豆角,比
　　　肉圆子香。

她们哪,是鱼翅海参吃腻了,都说豆角、倭瓜好。叫你们连吃三天瞧一瞧,要不呲牙咧嘴喊救命,我刘姥姥改名刘小小。哎,这个篱笆院子是什么地方,上面有三个大字,——写得跷腿浪脚的,不高明,反正不是院就是馆,院也好,馆也好,一步跨进我刘姥姥。(进屋)哎哟,跟皇宫一样,这是哪位小姐的绣房,这地毯比俺家的炕还干净呢。赶紧抓紧时间参观参观。——(望见穿衣镜中的人影)这是谁呀?这不是我的亲家母吗,你也来了,哎哟,没死没活戴了个满头的花,瞧你,抹得一脸的怪粉,活像个母蝗虫!不害臊——你还羞我哪,你不害臊,(用手指镜中人,手触镜子)哎哟我的妈呀,这脸怎么冰凉梆硬的,哎哟,我八成见了鬼啦。

（逃,复止）慢着,常听说富贵人家有种穿衣镜子,八成是我自己跑到镜子里头去了吧,——可不是我自己吗,你看哪,我自己活像个老妖怪哟!
（唱）胭脂花粉满脸涂,

　　八仙里跑出我刘仙姑。

　　她们是吃饱人参没事做,

　　把我当木头人,货郎鼓,拨来拨去,取笑开心吃呀吃豆腐,得那呀衣呀嘿。

　　她们耍弄我,我也不含糊,

　　黄汤灌了我一肚,

　　我只好打起精神装疯卖傻跟她们来应付。

　　我又唱小曲又跳舞,

　　乐得她们东倒西歪、前仰后合上气不接下气粗。

　　到底谁耍谁,

　　谁吃谁豆腐。

　　死人心里才有数。（重一句）

一日香,二日臭,三天就变成臭豆腐,明天赶快回家去,不要等人家翻出白眼珠。（又看镜子中的自己）这个丑样子我真不要看。哎,我怎么又瘦又长了,（又推镜子）哟,我怎么又矮又胖了,真难看。（又推镜子,从镜子后面取出七弦琴,一根一根拨弹）七弦琴,（乱弹一阵）空城计里的诸葛亮,就是用这琴,把那白胡子老头给弹跑的。这东西不好玩。（放回七弦琴,又取出宝剑）哎,这不是我们隔壁那个卖膏药的王二麻子用的那个玩艺吗,（耍剑,忽觉欲吐）不好,我要吐,我要吐。（用手捂嘴）哼,好不容易把你吃下去,想吐出来,没那么容易。不行,头胀得厉害,那边有张床,挺漂亮的,我去睡会儿,就是睡过去了,也够本儿了。

　　〔宝玉、黛玉上。

宝　玉　　林妹妹,进去歇一会儿吧。

　　〔黛玉、宝玉进屋。

林黛玉　　哪来的一股酒味儿呀?

　　〔屋内鼾声大作。

宝　玉　　是啊。哎,谁在打呼?（走到镜后）哟,是刘姥姥,刘姥姥在这儿。

〔小丫头边喊着边上。

小丫头　姥姥，姥姥。

宝　玉　小丫头，姥姥在这儿呢。

〔小丫头进屋。

小丫头　姥姥，您怎么躺在这儿啊！这是宝二爷的卧室。

刘姥姥　啊！哎哟，宝二爷，我不知道，您可别见怪呀。

宝　玉　你拿着宝剑干什么？

刘姥姥　喝多了酒了，我把它当作个拐棍拄着呢。

〔宝玉、黛玉、小丫头笑。

第五场　丰　归

〔时间：紧接前场。

〔地点：王熙凤卧室，灯光摇曳。

〔姐儿在椅子上睡卧，平儿唤。

〔平儿拾起掉在地上的佛手。

平　儿　姐儿，姐儿，醒醒，醒醒。

〔王熙凤上。

王熙凤　怎么啦。

巧　姐　妈妈，我在看书。

王熙凤　看什么书？

巧姐儿　《列女传》。

王熙凤　到屋里去看吧。姐儿吃过药了吗？

平　儿　吃过了。〔平儿扶巧姐儿下。平儿取参汤复上。

王熙凤　可真累呀！

平　儿　奶奶，您喝碗参汤吧。

〔王熙凤喝参汤。

王熙凤　平儿，不知道为什么我忽然生了个奇怪的念头。

平　儿　奶奶，什么奇怪的念头？

王熙凤　平儿，

（唱）刘姥姥七十多筋强骨壮，

　　　　　耳不聋眼不花饭饱茶香。
　　　　　整天里,不拢牙,笑声朗朗,
　　　　　好像是烦恼事不到她身旁。
　　　　　反过来把自己看看想想,
　　　　　为什么一颗心,成年累月,悬在空梁。
　　　　　日里百事缠身上,
　　　　　夜间噩梦绕胸膛。
　　　　　加上个暗毛病不断滋长,
　　　　　一女儿也是个药罐子姑娘。
　　　　　外患内忧千百样,
　　　　　病歪歪的身体怎能够久承当。
　　　　　我思量能不能活得过刘姥姥,
平　儿　(善意地责备)奶奶,您说什么呀!您今儿个怎么啦!
王熙凤　(强笑)我也不知道是怎么啦。
平　儿　好端端的,您说这些……[拭泪。
王熙凤　(安慰平儿)平儿……
　　　　(唱)人一累不觉得言语荒唐。
平　儿　荒唐,哪有这么荒唐的。
王熙凤　唉!人就是这样,有时候,免不了胡思乱想的。不说这些了。送给刘姥姥的东西,都预备好了?
平　儿　都预备好了。
王熙凤　她明儿个一大早就要走了,留也留不住。老祖宗那边,少时也要送东西来,难为刘姥姥,顺着咱们的意思,陪老太太快快活活的过了一整天,咱们可不能怠慢她呀。
平　儿　您放心吧,
王熙凤　去请过她了吗?
平　儿　我已经打发丫头去请了。
　　　　[刘姥姥上。
刘姥姥　姥姥来了,说曹操,曹操就到。给姑奶奶请安。
王熙凤　快请坐吧。

〔刘姥姥刚坐下,钟响。

刘姥姥 我不坐它不响。〔坐下。
王熙凤 今儿个一天可累着您了。
刘姥姥 哪儿的话,我倒没什么,我瞧姑奶奶可真有点支不住了。
王熙凤 你明儿个一定要走了?
刘姥姥 姑奶奶,在您这儿,把古往今来,没听过、没见过、没吃过的,都经验了。难得是从老太太起,都这样怜老惜贫。我回去啊,没报答的,只有多请些高香,天天念佛,保佑老太太姑奶奶们长命百岁。
王熙凤 谢谢你了。平儿,去看看姐儿,要是没睡就让她过来。
刘姥姥 姑奶奶,你找我来有事吗?
王熙凤 姥姥,我有件事要麻烦您。
刘姥姥 姑奶奶有事尽管吩咐。

〔平儿带姐儿上。

姐　儿 妈妈。
王熙凤 孩子,见过姥姥。
姐　儿 姥姥!
刘姥姥 唉!姐儿,我们又见面了。
王熙凤 请姥姥给她起个名字,一则借你的寿,二则你是庄稼人,不怕你生气,贫苦人起个名字,定能压得住她。
刘姥姥 咳!我们穷人就是有这点好处,什么邪魔鬼怪都能压得住,但不知姐儿是哪个日子生的?
王熙凤 就是生日不好,七月初七。
刘姥姥 哦,是牛郎织女相会,姑娘们乞巧的日子,就叫她巧姐吧。
姐　儿 巧姐儿,真好听。
刘姥姥 这叫以毒攻毒,只要依着我这名字,她准能长命百岁,就是有点儿不顺心的事,也会逢凶化吉,遇难呈祥,一切都从这巧字上来。
王熙凤 好!巧姐儿,借姥姥的寿,就叫姥姥一声干娘吧!
巧　姐 干娘。〔拜。
刘姥姥 哎呀,我的心肝宝贝哟。
王熙凤 姥姥。(拉过姥姥恳切地唱)

　　　　　手拉姥姥无限欢喜,
　　　　　借你的寿保佑她灾难远离。
　　　　　你回去请莫把今天忘记,
　　　　　莫忘记,老祖宗,爱听你,讲故事,众姑娘也真心说笑真心喜,一时间,无烦无恼如醉如痴。
　　　　[刘姥姥插白：今儿个这一天哪,我是这辈子也忘不了的。
　　　　　说到此要向你一表歉意,
　　　　　吃鸽蛋,行酒令,哄得你醉如泥。
刘姥姥　姑奶奶,你们要哄老祖宗开心,我心里全明白,就是这酒灌得我稀里糊涂,跑到宝二爷床上去挺尸去了。
王熙凤　哈,哈,哈……姐儿,上屋里歇着去吧,跟干娘再见,平儿,把东西拿来。
　　　　[平儿下取东西。
巧姐儿　干娘再见。
刘姥姥　再见。(从头上摘下一朵花插在巧姐头上)来戴上它长命百岁。
　　　　[巧姐下,平儿上。
平　儿　姥姥,这些东西都是给你带走的,这里有青纱绸子,还有中午你吃过的那个茄子。这是一百两银子,都是我们奶奶送的。
刘姥姥　这叫我怎么过意得去呢!
平　儿　一包旧衣裳是我送给姥姥的,你要是嫌弃我就不敢说了。
刘姥姥　阿弥陀佛。
鸳　鸯　(内)平儿,姥姥在这儿吗?
平　儿　在这儿呢。
　　　　[鸳鸯上。
鸳　鸯　姥姥,我就知道您在这儿呢。——二奶奶,你办事有功,老祖宗赏你了。
王熙凤　赏我?
鸳　鸯　老祖宗说,你把刘姥姥请进大观园,她可乐开了怀,她这一高兴,就把贵妃娘娘御赐给她的两支高丽参赏给你了。
王熙凤　那我可怎么谢谢老祖宗啊?
鸳　鸯　那就随你的便吧。
王熙凤　那赏给姥姥点什么了?

鸳　鸯　你别着急呀,我正为此事而来。姥姥,

（唱）老祖宗听说你明天走,

　　　送些零物请收留。

　　　衣裳虽旧却未穿过,

　　　都是绫罗与缎绸。

刘姥姥　阿弥陀佛。

鸳　鸯　里面还有一包丸散膏丹,老祖宗说,放在身边防急救,你活到百岁不须愁。

平　儿　鸳鸯,你送给姥姥点什么?

鸳　鸯　你别急呀。姥姥这包里有我两件袄裤,您把它留在身边,算是我们相识一场,作个纪念吧。

刘姥姥　（伤感泪下）鸳鸯姑娘,你让我说什么好哇!

鸳　鸯　（大笑,唱）

　　　　我也有今天这开心时候,

　　　　这一场欢喜长在我心头。

　　　　毛虫遭大火,

　　　　鸽蛋圆溜溜。

　　　　从今后,我只要筷子拿上手,

　　　　准会想到你老刘。

　　　　祝愿你永远"食量大如牛"。

王熙凤　你说完了没有?

鸳　鸯　没完呢!

（唱）今日里园中多劝你几杯酒,

　　　我只觉抱歉在心头。

　　　可只是出此主意并非我,

　　　别有个人儿暗里使机谋。

　　　这个人我不说你也能猜透,

　　　丹凤眼,柳叶眉,朝人一望,叫你毛骨冷飕飕。

王熙凤　平儿,给我把针线拿来,把她的嘴缝上。

平　儿　当心点儿,这儿可没老祖宗护着你。

〔刘姥姥、鸳鸯、平儿、王熙凤齐笑。

鸳　鸯　姥姥,您有空常来玩儿。
刘姥姥　好,明天一早,我就要赶路,老太太那儿就不去辞行了,您替我向她多多道谢! 哎呀,二奶奶、鸳鸯姑娘啊……

(唱)阖府如此恩情厚,

也不知我几生几世修,

二奶奶呀,您这回人比上回瘦,

想是操劳过了头,

还望您从今后,

多加餐,少犯愁,莫把眉头皱,经常开笑口,

有道是一天三乐壮如牛。

〔向鸳鸯。

下回行令再赌酒,

还请你多给我几根罚酒的筹。

鸳　鸯　姥姥。〔相抱。
刘姥姥　姑奶奶,明儿一清早我就走了,就不向您辞行了,您多保重。

〔鸳鸯扶姥姥下,王熙凤与平儿随后送,刘姥姥回身。

刘姥姥　姑奶奶,您请回吧。

〔鸳鸯与刘姥姥下,王熙凤目送姥姥身影。

第六场　惊　噩

〔幕内起合唱。

大祸兴,风云变,

昨日侯门,今日颓垣。

主人无片瓦,

奴婢也苦颠连。

曾几日头上青丝色变,

独自个寻找旧家园。

〔北风萧瑟,晚来欲雪,周瑞家在合唱声中夹着包裹,凄冷而艰难地走上。

〔刘姥姥背坐在菜园中锄草,她已相当衰老了。

周瑞家　请问老奶奶,这儿离周村,还有多远?

刘姥姥　(不转身)你问的是大周村,还是小周村?

周瑞家　小周村。

刘姥姥　小周村还有十多里地呢。

周瑞家　还有这么远。——请问老奶奶,这儿离刘村还有多远?

刘姥姥　你问的是大刘村,还是小刘村?

周瑞家　这倒说不清。

刘姥姥　说个人出来听听也行。

周瑞家　有一位老太太,叫刘姥姥。

〔刘姥姥惊,未转身。

刘姥姥　你认得她?

周瑞家　认得。

刘姥姥　你从哪里来?

周瑞家　从京里来。

〔刘姥姥慢慢立起转身看。

刘姥姥　你——周嫂子。

周瑞家　姥姥!〔周瑞家趋抱刘姥姥大哭。

刘姥姥　你这是怎么了?

周瑞家　姥姥。

　　　　　(唱)一场大祸从天降,

刘姥姥　出了什么事?

周瑞家　(唱)两府一起遭灾殃。

刘姥姥　啊!

周瑞家　(唱)男的边关远流放,

刘姥姥　女的呢?

周瑞家　(唱)散的散来亡的亡。

刘姥姥　那大姑奶奶,不是皇娘吗?

周瑞家　中风病故,靠山倒了。

刘姥姥　那众位姑娘和宝二爷呢?

周瑞家　姥姥问他们?

　　　　（念）林姑娘呕血而死,

　　　　　　宝姑娘独守空房。

　　　　　　史姑娘夫亡遭难,

　　　　　　迎春遇上了豺狼。

　　　　　　探春远嫁他乡,

　　　　　　宝二爷出家做和尚,不知去向。

刘姥姥　那老太太?

周瑞家　惊恐之下,一命先亡。

刘姥姥　鸳鸯姑娘?

周瑞家　随老太太自尽悬梁。

刘姥姥　我那干女儿和姑奶奶呢?

周瑞家　你问的是二奶奶? 这场大祸,就是由她而起!

刘姥姥　由姑奶奶而起?

周瑞家　为了三千两银子,私通官府,逼散民婚,害死了男女两条性命,苦主告状,朝廷问罪抄家,又在她房中,抄出放债的票据两大箱。皇帝震怒,全家问罪,两府大门,贴上了封条。

刘姥姥　那二奶奶和巧姐她们呢?

周瑞家　住在府后狱神庙一间破房里头,二奶奶奄奄一息,眼下就要断气。

刘姥姥　难道就没有亲朋搭救一把?

周瑞家　还提亲朋搭救呢,就是巧姐姐的舅舅王仁,单等二奶奶一咽气,就把她出卖为娼!

刘姥姥　啊![昏昏后倒,板儿冲上来扶住。

板　儿　奶奶! 奶奶!

周瑞家　姥姥!

刘姥姥　（醒）我得赶紧去。孩子,你不是跟王二麻子学了几手武艺吗,这回用上了。赶紧备小毛驴,咱们这就走!

　　　　[姥姥骑上小毛驴,板儿在后面赶。

周瑞家　姥姥,这一路,道儿可不好走,您可要小心哪!

　　　　[姥姥、板儿下。

第七场　缘　终

〔狱神庙破房内,一灯如豆。
〔王熙凤睡卧在破榻上,巧姐守坐在破榻旁睡着了。
〔王熙凤慢慢支起。

王熙凤　（唱）狂风卷雪入寒窗,
　　　　　　屋冷如冰透骨凉。
　　　　　　更鼓遥遥难入睡,
　　　　　　信是愁人知夜长。
　　　　　　可叹我命苦游丝吹欲断,
　　　　　　可怜我一生辛苦为谁忙。
　　　　　　银海金山无福享,
　　　　　　争来的是家破与人亡。
　　　　　　种什么因,结什么果,
　　　　　　自身造孽自身偿。
　　　　　　死无人救生难养,
　　　　　　眼睁睁黄泉路近,碧玉遭殃!

〔昏昏欲倒,倚枕喘息。
〔巧姐呓语:"妈妈。"
〔王熙凤闻声挣扎向巧姐走近。

　　　　　　（唱）一声梦里唤亲娘,
　　　　　　碎尽心来断尽肠。
　　　　　　说什么掌上明珠娇养大,
　　　　　　亲舅父翻脸变豺狼。
　　　　　　痴心盼望亲朋救,
　　　　　　但有个风雪潇潇夜打窗。

〔不支倒下,音乐。

　　　　　　撑病骨,最后临窗望,
　　　　　　望不见大观园画栋雕梁。
　　　　　　那里是金银过手如流水,

　　　　那里是锦衣玉食世无双。

　　　　一声咳嗽一声响，

　　　　一声声、一响响联着宫墙。

　　　　千般乐，万般享，

　　　　到头来，罪和恶一个女人当！

　　　〔平儿端药上。

平　儿　奶奶，您该喝药了。

　　　〔王熙凤不喝。

平　儿　奶奶，您多少得喝点儿。

巧　姐　妈呀，您喝点吧。

　　　〔王熙凤把药送到嘴边，又推却。

王熙凤　孩子，你千万不能听你舅舅的话。

巧　姐　妈妈您放心，女儿死也不会听他的话的。

　　　〔平儿、巧姐扶王熙凤躺好。

　　　〔王仁的手下一流氓引王仁上。

王　仁　开门。

　　　〔平儿、巧姐惊。

平　儿　谁？

王　仁　大舅爹爹你都听不出！

平　儿　舅爹爹，奶奶刚睡着，您有事明早来。

王　仁　什么，告诉她，我给她送巧姐的礼金来啦。

平　儿　礼金？

王　仁　婆家的聘礼，银子！

巧　姐　我不要，你拿回去。

王　仁　啊！你这个不孝的孩子，古人卖身葬父，你就不知道拿聘礼替你妈送葬吗？

巧　姐　我妈说过了，她死也不用卖我的钱。

王　仁　卖你，世上哪有那么狠心狗肺的舅舅卖外甥女的！

巧　姐　银子你拿走，我是不嫁人的！

王　仁　小东西，娘舅的话，你竟敢不听，你爸爸充军，你妈妈死了，我就能做主。

巧　姐　我妈还没死呢。

王　仁　你敢跟娘舅顶嘴。

平　儿　舅爹爹,您先回去,明早再说吧。

王　仁　我告诉你们,这是一个有钱的人家,我已做主允下亲事,收下了定礼。你妈一死,你就好到那边去享福,不在狱神庙里受罪啦。

巧　姐　你——走!

平　儿　你快走吧!

王　仁　哼!

平　儿　可走啦!

巧　姐　(委屈地)妈妈!

　　〔凤姐微微动弹,无力挣扎。

　　〔刘姥姥、板儿在王仁最后一句话中上,"狱神庙"三字听得清楚。

　　〔王仁转身走,与刘姥姥、板儿相遇。

王　仁　什么人?

刘姥姥　过路的。

王　仁　深更半夜的上哪儿?

刘姥姥　女儿挨疯狗咬了,请大夫去。

　　〔王仁下。

刘姥姥　孩子,你把毛驴拴在庙后树上。有人来了,赶快告诉我。

　　〔板儿下。

刘姥姥　就是这儿。〔敲门。

　　〔平儿、巧姐惊。

平　儿　谁?

刘姥姥　是平姑娘吧? 我是刘姥姥。

平　儿　谁?

刘姥姥　我是刘姥姥。

巧　姐　干娘。

平　儿　姥姥,我给您开门。〔开门。

刘姥姥　平姑娘。

平　儿　姥姥!

巧　姐　干娘！

刘姥姥　巧姐！

巧　姐　我妈妈……〔哽咽。

平　儿　奶奶，刘姥姥看您来了。

刘姥姥　姑奶奶！

〔王熙凤闻声挣扎，平儿、巧姐上前扶助，竟然坐起，睁开沉重的眼睛，瞪着刘姥姥，刘姥姥上前。王熙凤一把抓住刘姥姥，竭尽全身的力量，支起，下床，由于穿着一身孝服，更显得清素秀美。

（唱）我魂魄已在那冥途飘荡，

　　你一声又把我唤转回阳。

　　往日的好亲朋无一来探望，

　　你，你……为什么不把我遗忘。〔泣下。

刘姥姥　周嫂子回乡，才晓得府上的事儿，连夜赶来，老太太、鸳鸯姑娘，都已归天去了。姑奶奶，你可要多保重啊！

巧　姐　妈妈！

王熙凤　（唱）无情的娘舅天良丧，

　　她就要，似羔羊，任人蹂躏受悲凉。

刘姥姥　周嫂子跟我说起这个事，我特为赶来的。

王熙凤　我就为这块骨血闭不上眼哪！

刘姥姥　姑奶奶，您放心，让巧姐儿跟我走，以后的事，包在我姥姥身上了。

〔王熙凤扑地一下跪在地上，刘姥姥亦跪下。

王熙凤　（唱）天地神灵同鉴谅，

　　王熙凤的罪孽自承当。

　　怨鬼怨魂你们请稍避让；

〔连拜，拉起。

孩子！

　　从今后她就是你亲娘！

巧　姐　妈妈。

王熙凤　脱，脱。（平儿将王熙凤身上孝服脱下）穿上。

〔指巧姐，平儿把孝服给巧姐穿上。

刘姥姥 孩子,给你妈磕个头吧。〔巧姐跪下磕头。

〔三更。

哎呀,过了半夜了,姐儿就跟我走吧。

巧　姐 妈妈。〔扑向母亲。

刘姥姥 一会儿舅舅来了,就走不了啦,快走吧。〔姥姥拉巧姐缓缓走去。

〔姥姥忽想起什么,从怀里掏出几吊钱。

刘姥姥 平姑娘,我这儿还有几吊钱,给姑奶奶买点什么。啊!死了!

巧　姐 妈妈……〔扑过去。

〔平儿哭。

刘姥姥 平姑娘,把这几吊钱,买张好席子,给姑奶奶埋了吧。〔哭。

〔板儿匆匆上。

板　儿 奶奶,有人来了。

刘姥姥 快走吧。

〔板儿背起巧姐下,平儿给王熙凤盖上斗篷。

〔刘姥姥深情地望着王熙凤。大观园家宴的欢声笑语,又在耳边响起,行酒令,吃鸽蛋的情景又在脑际中浮现。

〔画外音:你不知道这银筷子的好处,如果菜里有毒,这银筷子一下去就能试出来;你们天天吃茄子,也尝尝我们的茄子;姥姥,木头杯子拿来,你可不能赖账啊。刘姥姥边哭边后退,门栏一绊,跌了个倒栽葱。

〔破庙中传出一响晨钟。

〔剧终。

剧本创作于 1987 年,后由上海京剧院排演。孙正阳、张南云等主演。

元 妃 省 亲

陈西汀

人物表　元　春　贾　母　贾　政　王夫人
　　　　　宝　玉　贾　琏　黛　玉　宝　钗
　　　　　迎　春　探　春　惜　春　舞　者
　　　　　杂　总管太监　大太监　宫女甲、乙
　　　　　仪仗

第一场

〔幕启。
〔荣国府厅堂。
〔内：六宫总管太监到！
〔音乐。
〔贾政上，贾琏随上。
〔总管太监上。

贾　　政　公公。
总管太监　贾国丈。
贾　　政　请。
　　　　　　请问公公。贵妃出宫，定在何时，便请面示。
总管太监　国丈听着：娘娘省亲，定在未时晚膳，申时拜佛，酉时进大明宫领宴看灯，戌初起身出宫，亥初进府。
贾　　政　亥初进府？
总管太监　约在二更之后，三鼓之初。
贾　　政　二更之后，三鼓之初。

总管太监	其间何处更衣,何处燕坐,何处受礼,何处开宴,何处退息,贵宅人员何处出入,何处启事,悉按已定去处进行,另有专司太监掌管,不得稍有差错啊。
贾　政	是。
总管太监	娘娘出府回銮,定在丑时三刻,也就是在四鼓之后,五鼓之初,国丈记下了吗?
贾　政	琏儿。
贾　琏	在。
贾　政	将公公所言,复述一遍。
贾　琏	遵命。——娘娘省亲,定在未时晚膳,申时拜佛,酉时进入大明宫领宴看灯,戌初起身出宫,亥初进府,出府回銮,定在丑时三刻。
总管太监	好,这就是令侄贾琏不是?
贾　政	拜见公公。
贾　琏	贾琏拜见公公。
总管太监	少礼。有出息,咱家记在心里了。
贾　琏	谢公公。
贾　政	吩咐排宴。
总管太监	不用了,少时陪娘娘前来叨扰不迟。哈哈哈……告辞。
贾　政	送公公。
总管太监	免。〔下。
贾　政	琏儿。
贾　琏	叔父。
贾　政	你先去禀报老太太,凡是有封爵的内眷,按品大妆,准时接驾。
贾　琏	侄儿便去。
贾　政	还有,自西街大门之外,到院内水榭山亭,各式花灯,还要检查一番,你去去就来,随为叔同去查看。
贾　琏	遵命。

〔灯暗。

第二场

〔内宫寝室。
〔宫女甲、乙拂拭镜台。
〔大太监持省亲时间表上。
〔大太监扣环。

宫女甲 ——啊,公公何事?

大太监 奉了总管公公之命,送来娘娘今晚省亲的时刻表。

宫女甲 有劳公公。

大太监 总管公公关照,时候已经不早,请娘娘准备起来。

宫女甲 晓得。

〔大太监下。

宫女甲 ——"未时晚膳,申时拜佛……"此刻已是午时将尽,该请娘娘梳洗更衣了。

宫女乙 姐姐,别忙。娘娘好像彻夜未眠,早晨两眼像流过不少眼泪似的。

宫女甲 几年不见亲人,忽然要回家见面,反而伤心起来了。

元　春 (内)宫娥。

宫女甲乙 娘娘。

元　春 几时几刻了?

宫女甲 午时三刻了,请娘娘梳洗更衣。

元　春 侍候了!

〔元春上。

元　春 (唱)三年恩宠侍君王,
　　　　　　一日归宁却感伤。
　　　　——莫把双眉浓处画,
　　　　——留些儿,女儿气息见高堂。

宫女甲 娘娘,瞧您淡淡梳妆,竟还是才进宫时的模样。

宫女乙 今日元宵佳节,亲人团聚,奴婢们祝贺娘娘。

元　春 多谢你们。

宫女甲　这是总管公公送来的省亲时刻表。

元　春　我早已知道了。

　　　　（内）请娘娘晚膳。

宫女甲　娘娘，未时将尽，请娘娘晚膳。

元　春　不用了，叫他们撤去。

宫女甲乙　娘娘，您午膳也未曾用过，还是吃些儿吧。

元　春　唉！我哪有心情用得下晚膳哪！

　　　　（唱）昨夜里一整宵未曾合眼，

　　　　　　一颗心早飞到父母身边。

　　　　　　默想着每一个亲人颜面，

　　　　　　默想着见面时那股悲酸。

　　　　　　默想着诉别离千言万语，

　　　　　　默想着，口未开，声先咽，千言万语，

　　　　　　万语千言，都化作，眼底飞泉。

　　　　　　此时间，有甚心情，把珍馐下咽！

宫女甲　——娘娘不用，撤下去吧。

元　春　（唱）盼只盼天边月儿早高悬。

宫女甲　娘娘，您很快就要和他们相见了。

元　春　（唱）你哪知盼相见却愁相见。

宫女甲乙　这奴婢们就不知道了。

元　春　你们想啊！

　　　　（唱）亥时见，丑时别，共有个，几时几刻，

　　　　　　人月同圆（那）!?

宫女甲乙　这已是万岁爷的特殊恩典了。

元　春　（唱）这却是旷古今特殊恩典，

　　　　　　为己欢，为己庆也为人怜。

宫女甲　万岁宏恩，娘娘的福气，哪能人人都得到啊。

〔内吹打声起。

〔大太监上。

大太监 启娘娘,万岁驾赴大明宫拜佛!

宫女甲乙 请娘娘起驾!

元　春 摆驾!

宫女甲乙 摆驾!

〔灯暗。

第三场

〔起初更。

〔鼓乐声隐隐。

〔贾母、王夫人、邢夫人、王熙凤等上。

贾　　母 （唱）家门有幸皇恩浩,
　　　　　　　孙女儿贵妃侍当朝。
　　　　　　　凤藻宫尚书有称号,
　　　　　　　还加上贤德二字美名标。
　　　　　　　圣上纯仁又大孝,
　　　　　　　降玉旨,正月十五,贵妃归省庆元宵。
　　　　　　　老来见此殊荣耀,
　　　　　　　不由我喜泪落滔滔。
　　　　　　　省亲宫殿新营造,
　　　　　　　雕梁彩栋画难描。
　　　　　　　竹树庭园如仙岛,
　　　　　　　楼台无处不琼瑶。
　　　　　　　虽然是正月寒风仍咆哮,
　　　　　　　荣国府,里里外外、山山水水、五色花开别样娇。
　　　　　　　这真是人比天工巧,
　　　　　　　玉裹金镶气势豪。

　　　　　　十里华灯都亮了，
　　　　　　天伦乐聚在今宵。
　　　　　　见贵妃该怎样开怀欢笑？
　　　　　〔贾赦、贾政、贾珍、贾琏等上。

贾 政 等　参见母亲祖母。

贾　　母　分班接驾。

　众　　　遵命。

贾　　母　（唱）出府门迎接我那孙女天娇。
　　　　　哈哈哈……
　　　　　〔男女分立左右，鼓乐声大起。

总管太监　（内）马来！
　　　　　〔总管太监骑马上。

总管太监　啊，贾国丈。

贾　　政　在。

总管太监　贵妃娘娘驾到啊！
　　　　　〔众跪。

　众　　　娘娘千岁！

元　　春　（内）内侍。

总管太监　在。

元　　春　传旨接驾人等，先至行宫正殿候驾！

总管太监　领旨。——娘娘有旨，所有接驾人等，先至行宫正殿候驾！

　众　　　谢娘娘。
　　　　　〔退下。

总管太监　请娘娘起驾行宫。

元　　春　起驾！
　　　　　〔全副仪仗。拥元春乘鹅黄秀凤銮舆上。
　　　　　〔灯光大亮，花彩缤纷。

元　　春　宫娥们！

　众　　　娘娘。

元　春　帘幕打开。

**　　众**　是。

〔元春举目四顾。

元　春　(惊叹)呀!

(唱)香烟缭绕月华明,

百花摇曳影缤纷。

正月里北风寒气凛,

哪得个万花如锦胜阳春,

太平景象神仙境。

总管太监　启娘娘,前面一道清流,隔岸就是行宫,请娘娘下舆登舟。

〔舟子上。

〔元春下舆登舟。

元　春　(唱)又只见,琼花满树树悬灯,池中岛鹭羽毛新。

叹只叹,如此家园如此景,

却不能,常依膝下乐叙天伦。

想到此,不由我,泪珠暗迸。

总管太监　启娘娘,行宫已到。

〔元春下舟。

(内)娘娘千岁。

总管太监　启娘娘,太君、国丈已在正殿候驾。

元　春　(唱)见殿旁鹄立着祖母双亲。

只为我一朝身把君王近,

便只得尊卑颠倒,年迈人跪拜亲生!

总管太监　请娘娘升殿受礼。

〔鼓乐声大起。

〔元春升殿。

〔贾政、贾赦、贾珍、贾琏、贾母、王夫人等分立左右。

总管太监　启奏娘娘,贾政、贾赦率领子侄西阶月台排班朝贺。荣国府太君率领女眷东阶月台排班朝贺。

**　　众**　参见娘娘。

元　　春	免。
总管太监	免。
众	谢娘娘。
总管太监	献茶开始。——一献茶！——再献茶！——三献茶！
	〔贾政、贾母等三次献茶毕。
总管太监	受礼已毕,请娘娘下殿更衣,内宅省亲!
	〔灯暗。
	〔起二更。
	〔贾母正室。
	〔贾母、贾珍、贾琏、王夫人、王熙凤、林黛玉、薛宝钗、迎春、惜春、探春、迎元春便装上。
元　　春	祖母!
贾　　母	孙女儿。
元　　春	爹娘。
贾　　政 王　夫　人	贵人。
元　　春	请受孙女、女儿大礼参拜。
	〔贾母等跪下拦阻。
贾母等	不可!
元　　春	祖母,爹娘!
贾　　母	孙女。
贾　　政 王　夫　人	女儿。
元　　春	喂呀祖母,爹娘啊……
	〔一片哭声。
元　　春	(唱)田舍家蔬食布衣裳,
	天伦乐聚日之常。
	儿今日虽然富贵高无上,
	却怎奈骨肉分离各一方。
	风晨月夕也常是孤灯傍,

　　　　　　　承欢侍宴笑语中总带悲凉。
贾　　母
贾　　政　天恩难报。
王　夫　人
元　　春　（唱）
　　　　　　　今日蒙得天恩降；
　　　　　〔三更。
　　　　　　　三更见，五更别，问爹爹是多少时光？
王　夫　人　女儿……
元　　春　（唱）母亲哪，要多留片刻成空想，
　　　　　　　想痛哭，又恐怕，泪痕难掩恼君王。
　　　　　〔众一片哭声。
　　　　　　　看祖母行步须扶杖，
　　　　　　　爹娘两鬓也堆霜。
　　　　　　　不孝人今世今生难奉养，
　　　　　　　天涯咫尺隔宫墙！
　　　　　　　反不如姐妹们天伦得享，妹妹、嫂嫂啊……
众　　　　　姐姐……
　　　　　〔相抱拭泪。
贾　　母　（唱）一家人只哭得泪汪汪，
　　　　　　　大喜日为什么伤心万状！
　　　　　〔贾母哭中昏昏欲倒。
王　夫　人　啊，母亲！
贾　　母　不妨事。
元　　春　（唱）怪孙女惹祖母如此悲伤。
贾　　政　贵人！
　　　　　（唱）贵人休要太悲伤，
　　　　　　　今日合宅感荣光。
　　　　　　　上赐天恩多浩荡，
　　　　　　　下昭祖德耀门墙。

　　　　　山川日月精华广，
　　　　　出了贵人龙凤祥。
　　　　　虽然是五更便要回宫往，
　　　　　天恩却似百年长。
　　　　　但愿圣君寿无量，
　　　　　千秋万岁理朝纲。
　　　　　臣唯有勤劳谨慎忠皇上，
　　　　　愿贵人免除忧虑解愁肠。

宝　　玉　（内）姐姐！
元　　春　何人喊叫？
贾　　母　宝玉。
贾　　政　奴才大胆！
元　　春　因何不进？
贾　　母　无职外男，不敢擅入。
元　　春　快快叫他进来。
贾　　母　宝玉快来！
　　　　　〔宝玉上。
宝　　玉　姐姐——姐姐。
　　　　　〔元春一把将宝玉拉过，揽入怀中。
元　　春　兄弟。
宝　　玉　姐姐。
元　　春　兄弟呀……！
贾　　政　奴才还不与贵人叩头！
宝　　玉　这……
元　　春　不要叩头了。
宝　　玉　好，不要叩头了。啊，姐姐，家里为你造了一个大花园，等你游赏。那里的匾额，大半是我想出来的。姐姐你快去看上一看，今晚么，你就不要走了。
贾　　政　奴才休得胡言！
元　　春　宝玉呀，姐姐一辈子都想留在家中，只是这身冠袍带履，它……连五更天也不让姐姐留过呀……

〔元春哭。

〔贾政指宝玉。

贾　　政　你你你……

宝　　玉　姐姐快莫哭,他……两只眼睛瞪着我！

〔元春回顾贾政,破涕为笑。

〔总管太监上。

总管太监　启禀娘娘,天已三鼓,筵宴齐备,请娘娘花园游幸。

贾　　政　请贵人游幸。

元　　春　祖母年迈,母亲、嫂嫂也不要随行。众位妹妹一同游赏。宝玉。

宝　　玉　姐姐。

元　　春　你与姐姐引路。

宝　　玉　是。

第四场

〔音乐。大观园中。宝玉、元春、黛玉、宝钗、迎春、探春、惜春、贾政等上。

〔小厮抬文房四宝随后。

贾　　政　贵人,这园中亭台轩馆,若有悦目之处,还请贵人赐名。

宝　　玉　啊,姐姐,我已经把纸墨笔砚都与你准备了。

元　　春　这花园呵!

（唱）总名应唤"大观园"。

宝　　玉　大观园！好。只有"大观"二字才配得上这个园子。纸笔呈上。

〔元春题字。

贾　　政　快去制匾!

〔小厮持题字下。

贾　　政　这是正殿。

元　　春　（唱）巍峨正殿要配楹联。

宝　　玉　是啊,这两旁要有一副对联才相称哪!

元　　春　（唱）赤子苍生宏恩感戴,

　　　　九州万国雨露同沾。

宝　玉　赤子苍生,宏恩感戴;九州万国,雨露同沾。哎呀姐姐,你当了贵妃,这口气也变大了。林妹妹、宝姐姐,你们说是不是。

贾　政　多口!——立即悬挂起来!
　　　　〔一小厮持对联下。

元　春　"有凤来仪"!〔摇头。
　　　　(唱)好一片翠绿萧萧,一尘不染!

宝　玉　啊姐姐,这个地方,你得好好的想个名字。

元　春　(唱)"潇湘馆"天寒袖薄好倚婵娟。

宝　玉　潇湘馆!

元　春　(得意地)好不好?

宝　玉　哎呀呀,昔日湘夫人倚竹洒泪,点点成斑,杜甫又有"天寒翠袖薄,日暮倚修竹"的诗句,我怎么就想不起来。〔敲脑袋。

贾　政　你要是想得出来就好了!

宝　玉　(背)你也没想出来。啊,姐姐。这个地方,我们家里,只有一个人配得上住。

元　春　哪一个?

宝　玉　呶!〔向黛玉撅嘴。
　　　　〔元春点头微笑……
　　　　〔黛玉望宝玉微嗔。

贾　政　贵人再往前看。

元　春　"红香绿玉",怎么如此俗气!

宝　玉　俗不可耐。

元　春　是你题的?

宝　玉　是爸爸题的!

贾　政　请贵人赐名。

元　春　(唱)三个字名叫"怡红院"。

宝　玉　怡红院!富贵风流,这一改,就不像个暴发户了!

元　春　你看此处何人住得?

宝　玉　此处?(拉过元春)离潇湘馆最近,就给我住,回头姐姐说一声,老头

贾　政	子就不敢违抗了！
贾　政	你又在胡说些什么？
宝　玉	没有胡说,爸爸。
元　春	再向前看来。——呀,此处竹篱茅舍,杂树野花,"稻香村",好！ (唱)到此处竟疑是身入桃源。
宝　玉	姐姐,这是我题的。那一天,他——硬说"此名不雅"。
贾　政	前面都是临水楼台了！
元　春	(唱)"紫菱洲"傍着"蘅芜院", 　　　"藕香榭"接着"蓼风轩"。
贾　政	请贵人赐题匾额。
元　春	(唱)梨花春雨艳, 　　　桐叶秋风翦。 　　　荻芦夜雪诗情远, 妹妹、宝玉呀！ 　　　各将题咏赋芳园。 林妹妹。
林黛玉	姐姐。
元　春	宝妹妹。
薛宝钗	姐姐。
元　春	闻得二位妹妹,清才绝世,姐姐今日要一读你们的佳章。
林黛玉 薛宝钗	不敢。
贾　政	你们每人都去做几首诗来与贵人观看。
众	遵命。

〔内：请娘娘就宴看戏。

贾　政	请贵人就宴,看戏。

〔灯暗。

第五场

〔乐声。

［纱幕后珠翠隐然。

［内：宴齐奏乐。

［内：娘娘千岁！

［跳加官。

［内欢声笑声间起。

［加官跳毕下。

［灯舞。各式精制的小灯。在《大红袍》或《堆花》的乐曲声中起舞。

［起四更。舞止。

［总管太监持礼单上。

总管太监　启奏娘娘，天已四鼓，请娘娘准备回銮，赏赐诸物，俱已齐备，请娘娘按例行赏。

元　　春　念来！

总管太监　着。——圣上、娘娘钦赐：

［内：万岁！

总管太监　钦赐贾氏太君金如意一柄，沉香拐一根，伽楠念珠一串，富贵长春宫缎四匹，吉庆有余金银锞十锭。

贾　　母　万万岁！

总管太监　钦赐王夫人、邢夫人福寿绵长宫缎四匹，紫金笔锭如意锞二十锭。

王夫人
邢夫人　万万岁！

总管太监　钦赐贾敬、贾赦、贾政宝墨二匣，金银盏二只。

贾　　敬
贾　　赦　万万岁！
贾　　政

总管太监　钦赐宝钗、黛玉、迎春、探春、惜春姐妹等人，每人新书一部，宝砚一方；宝玉、贾兰金银项圈各二；尤氏、李执、凤姐，金银锞四锭，表里四端。其余彩缎百匹，白银千两，御酒千瓶，金银锞二百对，分赐贾珍、贾琏、贾环、贾蓉；东西两府掌灯的、司戏的、管理园子工程的，还有优伶百戏、杂行人等，望诏谢恩哪！

［内：万岁，万岁，万万岁！

总管太监 快到丑时三刻,请娘娘准备起驾吧!

元　　春 (内)知道了!

总管太监 銮驾伺候啊![下。

〔内应。

元　　春 (内唱)别时已到要回銮!

〔贾母等拥元春上。

〔贾母、王夫人等与元春互相挥泪叫唤。

贾母等 孙女!
王夫人等 女儿!

元　　春 (唱)欲留片刻也难延。

宝　　玉 姐姐,我们的诗你还没看呢!

元　　春 这……

〔元春从众人手中接过诗来。

宝　　玉 难道就不能待一天再走吗?

元　　春 (唱)省亲已是蒙天眷,
　　　　　　哪许家居夜不还。

宝　　玉 (伤感地)姐姐……

元　　春 宝玉、姐妹们哪!

(唱)记当日姐妹窗前同唱和。
　　不知月落晓星残。
　　今日相逢把更漏数,
　　点点滴滴碎心肝!
　　新诗带往宫中看,
　　解我明朝寂寞颜。
　　但展诗篇如见面,
　　吟哦好度五更寒。

众 姐姐保重。

贾母等 孙女保重。
王夫人等 女儿保重。

元　　春 (接唱)

休流泪,莫声喧,
收起泪眼作欢颜。
莫教内侍把真情见,
道贵妃不爱天家恋故园!

〔众吞声……

（内）丑时三刻,请驾回銮!

元　　春　祖母。
贾　　母　孙女儿!
元　　春　爹娘。
贾　　政
王　夫　人　女儿。
元　　春　姐妹们。
　　众　　姐姐。
元　　春　分别了哇!

（唱【快板】）

莫要伤悲休留恋,
金阙宫闱咫尺间。
不须为我多挂念,
浩荡皇恩百事全。
但愿老人身体健,
常将消息报平安。
大观园赐与姐妹同分住,
莫负良宵花月妍。

（【转慢】）

林妹妹请住"潇湘馆",
"怡红院"宝玉住你们咫尺相联。
宝钗妹妹请住"蘅芜院",
惜春可住"蓼风轩"。
"秋掩书斋"探春住,
"缀锦楼"迎春妹妹爱清闲。

【转快】
　　　　作画吟诗风雨夜，
　　　　簪花斗草艳阳天。
　　　　松风夜月琴声远，
　　　　一称相对卷珠帘。
　　　　联吟结社欢愉日，
　　　　莫忘记有人咫尺隔宫垣。
　　　　泪痕不使君王见。
　　　〔宫女甲、乙持香巾上，元春拭泪。
　　　〔仪仗原人上。

总管太监　请娘娘升辇！
元　　春　升辇！
　　　〔元春拜别家人登辇。
　　　〔众一齐跪下。
　　众　　送娘娘。
元　　春　(唱)恨上苍因何不长驻五更天！？
　　　〔元春众下。
贾　　母　孙女儿。
贾　　政
王　夫　人　女儿。
众　姐　妹
宝　　玉　姐姐。
　　　〔五更。
　　　〔幕徐落。

　　　　　　　　　剧本1997年发表于《上海剧稿》。

鸳 鸯 断 发

陈西汀

人物表 鸳 鸯 平 儿 袭 人 贾 母
贾 琏 贾 赦 邢夫人 鸳鸯兄
鸳鸯嫂 薛姨妈 贾宝玉等

第一场

〔贾赦内宅。

贾　赦　(内)嗯哼!
〔贾赦上。
贾　赦　(念)鸳鸯无消息,午睡不安宁。
〔丫鬟捧参汤上。
丫　鬟　老爷,请饮参汤。
贾　赦　放下。
丫　鬟　是。〔下。
〔邢夫人上。
邢夫人　(念)十八个不开口,神仙也难下手。
老爷。
贾　赦　啊夫人。去至老太太身边,可曾见到鸳鸯?
邢夫人　已经见过,只是她一直低头不语。
〔贾赦瞪眼发怒。
贾　赦　你可曾将好处告诉与她?
〔邢夫人有畏惧意。
邢夫人　我对她言讲,只要她一进老爷的房,便立刻收作姨娘!

贾　赦　她便怎样？
邢夫人　头也不抬，话也不讲。
贾　赦　那你就该拉着她去寻老太太做主。
邢夫人　我拉了，她却动也不动！
贾　赦　嗯。这是她嫌我老了，想必她看上贾琏、宝玉那几个小儿，仗着老太太疼她，想逃脱我的手掌！
邢夫人　老爷休得动怒。刚才熙凤媳妇对我言讲，人家一个女孩儿，怎好自己做主，应该转个弯儿，找她父母才是。
贾　赦　她父母现在南京看守房屋，一时怎能找到？
邢夫人　她的兄嫂在此。
贾　赦　可曾找过？
邢夫人　已经找过。她哥哥少时才得归家，先叫她嫂嫂跟她谈谈。老爷啊！
（唱）你莫要太性急疑好疑歹，
　　　姑娘们害羞臊理所应该。
　　　我再去听消息你安心等待。〔下。
贾　赦　啊！
（唱）好叫我越思越想越疑猜。
　　　小鸳鸯温柔又爽快，
　　　生就着花容月貌美人胎。
　　　自古嫦娥把少年爱，
　　　她未必把我这半百老头放心怀。
　　　何况她心高气傲传内外，
　　　还有个老太太撑腰作后台。
　　　我若不给她尝尝小厉害，
　　　她怎肯乖乖入我怀。
丫鬟。
〔丫鬟上。
贾　赦　去到鸳鸯家中，等她哥哥回来，便带来见我！
丫　鬟　是。〔下。
〔贾赦下。

〔幕落。

第二场

〔花园。

〔鸳鸯上。

鸳　鸯　（唱）流年不利遭魔鬼，

怕是非来出是非。

人生不幸为奴婢，

偏还有姨娘命运后边随。

消闷气来在花园内，〔信步走动。

且向那枫树下小坐展愁眉。

平　儿　（内）鸳鸯,哪儿去？

〔平儿上。

鸳　鸯　平儿。

〔平儿凑前。

平　儿　（玩笑地）恭喜恭喜！

（唱）时来运到山难挡，

丫头一变就是主子娘！

鸳　鸯　好啊！我平日里把你当作好人,原来你们一家子是串通一气来计算我的。既然你也参加了,不用说,你那个主子凤奶奶是出谋划策的了。我正愁没处发作呢,我此刻就找你的主子闹一场去！

〔平儿一把拉住。

平　儿　哎……你这个人,人家说句笑话,你怎么恼了。

鸳　鸯　这种事,你还有心思开玩笑！〔拭泪。

平　儿　快坐下,我有话告诉你。〔拦鸳鸯坐石上,四望无人。

平　儿　我特意找你来的。

鸳　鸯　找我做什么？

平　儿　我们奶奶料到你要误会我们串通一气的。这件事啊,老爷想出来之后,就逼太太去办。你知道我们那位太太,就知道奉承老爷,贪取钱财。她一听老爷要你,马上就去找我们二奶奶商量。二奶奶一听,只说了一句

"鸳鸯是老太太心爱的丫头,怕不妥当",她就狠狠地把二奶奶数落了一场。

鸳　鸯　数落了什么?

平　儿　她说大家都有三妻四妾的,偏咱们就使不得。就说是老太太心爱的丫头,这么个胡子都白了的大儿子张嘴要人,也未必好驳回。她本想你一口应承,偏偏你一言不发,刚才她已找过你的哥嫂,要他们替你做主。我们奶奶特为叫我来告诉你,好好准备一下对答之词。瞧你,人家一片好心,你倒发了那么大脾气,真是狗咬吕洞宾,不识好人心!

鸳　鸯　平儿!

　　　　(唱)未开言只觉得悲生心上,
　　　　　　对你们我从来不掩衷肠。
　　　　　　姐妹们十余人一处生长,
　　　　　　如今是去的去亡的身亡!
　　　　　　金钏、可人先后死,
　　　　　　翠缕、茜雪去双双。
　　　　　　留在大观园,心情也两样,
　　　　　　年龄都长大,各自为人忙。
　　　　　　相逢欲说知心话,
　　　　　　话到唇边半隐藏。
　　　　　　怕惹是非罗祸害,
　　　　　　强装欢笑度年光。
　　　　　　到今天轮到我遭魔掌,
　　　　　　也并非晴天霹雳未提防。
　　　　　　这里是奇闻怪事千般有,
　　　　　　何止是萧萧白发对红妆。
　　　　　　谁叫我生成奴婢命?
　　　　　　谁叫我冰雪作心肠!
　　　　　　慢说是小老婆我不放心头上。

〔袭人暗上。

鸳　鸯　就是老太太这会子死了,他三媒六证的要我做大老婆——

(唱)我也不会睁双眼活受灾殃！
袭　人　哈……
平　儿　袭人。
袭　人　好个没脸的丫头,亏你不怕牙碜。
平　儿　好,你这个袭人,这么不光明,专门在背后听壁脚。
袭　人　不怪鸳鸯生气,这个大老爷也太下作了。略为平头正脸的,他就不能放手了。不过,我倒有个法儿,包管大老爷不敢要。
平　儿　什么法儿,快说听听！
袭　人　叫老太太说一声,已经把她许给我们宝二爷了,大老爷也就死心了。
平　儿　那还不如叫老太太说,已经给我们琏二爷了,难道说大老爷还能跟儿子争风吃醋吗？
鸳　鸯　哼！你们这两个不得好死的东西。人家有事为难,你们幸灾乐祸。你们自以为都有了结果,将来都是做姨娘的。据我看来,天底下的事,未必都那么遂心如意,你们也收着点,别乐过了头儿。
平　儿
袭　人　好姐姐,没人处取个笑,正格的,你嫂子来了怎么办？
鸳　鸯　牛不喝水强按头吗？
袭　人　瞧,那不是她嫂子来了！
鸳　鸯　这个娼妇,可逮着个奉承机会了。
嫂　子　(内)姑娘,姑娘,哎呀姑娘！〔嫂子一路上叫。
　　　　(念)我东里找,西里寻,你们到这儿来谈心。
　　　　姑娘快跟嫂子那旁去说话,
鸳　鸯　有话就在这儿说。
嫂　子　(念)这句话只能姑娘一人听。
平　儿
袭　人　别人听不得,那你就去吧。
鸳　鸯　哼！不就是太太跟你说的那事儿！
嫂　子　你知道啦,这可是姑娘的天大喜事啊！
鸳　鸯　嘿嘿嘿……
嫂　子　哈哈哈……

鸳　鸯　呸！

　　（唱）你早该闭起你那张嘴，
　　　　免喷唾沫臭气飞。
　　　　看别人当小老婆流口水，
　　　　也想把我往火坑推。
　　　　我下地狱受活罪，
　　　　你们外面乱胡为。
　　　　我得脸，你们摇头又摆尾，
　　　　我没脸，你们缩头做乌龟。
　　　　你当我丫头升级心多美，
　　　　全不知我朝朝暮暮在防贼。
　　　　瞧瞧你那张势利脸和嘴，
　　　　早滚开免得我肺裂心摧。
　　给我滚开！
　　〔号啕大哭。袭人、平儿扶坐。

嫂　子　（唱）我好心她当作驴肝肺，
鸳　鸯　走开！
平　儿
袭　人　你就快走吧。

嫂　子　（唱）难道我就这样碰一鼻子灰！
　　　　你有脾气我也不好惹，
　　　　看老娘给你三人下马威！
　　我说姑娘，这件事是太太找我们，我们也是不得不来。愿意不愿意，这可都在姑娘，犯不着拉三扯四的，俗话说得好："当着矮人，别说矮话。"姑娘骂我，我不还口，可是袭人、平儿，人家并没惹你，瞧你小老婆长，小老婆短的，人家脸上过得去吗？

鸳　鸯　……
平　儿
袭　人　啊！
平　儿　好啊！瞧你，心眼可真够坏的！竟然挑拨起我们姐妹来了。你倒是别

	拉三扯四的,我问问你,你听见哪位老太太,大爷们封了我们做小老婆?
袭　人	说说看哪!
平　儿	况且我们两个也没有爹娘兄弟在这儿,仗着我们横行霸道。她骂谁,我们犯不着多心。
袭　人	谁在这儿仗着我们横行霸道,你倒是说呀!
鸳　鸯	哼!你还知道害臊,没的脸盖,挑唆她们两个。就算我急不择言,她们是不会怪我的,你白费心思!
袭　人	没瞧上,还真会使坏呢!
嫂　子	好好好,算我倒霉。不过,我还得告诉姑娘,方才我来的时候,大老爷又把你哥哥给叫去了。待会儿他会来找你的,骂骂我们不要紧,有本事回头骂你哥哥去!
鸳　鸯	滚!
嫂　子	滚就滚。〔下。
鸳　鸯	可气死我啦!
平　儿	跟这种人生气,才不合算呢!
袭　人	她刚才说了,大老爷又找了你的哥哥,你父母不在这儿,他可要做你的主的,倒是该打算一下,他来了怎么办?
鸳　鸯	二位妹妹呀!

(唱)他纵然磨破两片唇,

　　　我咬定牙关不应承。

　　　大不了抛却这条命,

　　　或者是断发为尼不嫁人。

　　　心中主意已拿定,

　　　到时候我自有章程!

〔幕落。

第三场

〔贾母居室。

〔两丫鬟搀扶贾母上。

| 贾　母 | (念)日长人寂静。 |

转眼又黄昏。〔坐。

丫鬟。

丫　鬟　老太太。

贾　母　鸳鸯被她哥哥带去,怎么还未回来?

丫　鬟　禀老太太,她哥哥说一会儿就送她回来的。

贾　母　今日鸳鸯回家,好像有什么要紧之事。

丫　鬟　老太太,她们家能有什么大事。

贾　母　我就怕那些没出息的孙儿们,背地里计算于她。

丫　鬟　老太太身边的人,谁敢来要!

贾　母　说的也是。谁要是打鸳鸯的主意,那不是拿着草棍子戳老虎的鼻子眼儿了? 哈哈哈……

丫　鬟　老太太喝参汤。

贾　母　啊,丫鬟,大老爷今天未来看我,莫非病了不成?

丫　鬟　老太太,您真疼儿子,一天没见,就不放心了。

贾　母　你们哪里知道,我这位不争气的大儿子,官也不做,事也不管,成天跟小老婆喝酒。如今上了年纪,还是左一个,右一个,不肯罢休。且不说耽误人家的女孩儿,也不怕坑坏了自己! 你看,他连我也不来看了,你去把他两口子叫来,说我要看看他们。

丫　鬟　是。〔下。

贾　母　(念)三妻四妾还嫌少,

　　　　　　闹了下去怎得了!〔喝参汤。

〔丫鬟上。

丫　鬟　禀老太太,大老爷、太太来了。

〔邢夫人扶贾赦上。

邢夫人　(念)鸳鸯事未完,

贾　赦　(念)无心看老娘。

　　　　参见母亲。

贾　母　罢了,你们都坐下。

贾　赦
邢夫人　谢母亲。〔坐。

467

贾　母　我儿未曾过来,有什么不舒服之处么?

贾　赦　……有些儿伤风感冒。

贾　母　身体虚弱,才会伤风感冒。媳妇。

邢夫人　母亲。

贾　母　你该好好照看于他,不要一味奉承,只顾讨好。

邢夫人　是。

贾　母　今日你二人,都在我这里吃晚饭。丫鬟。

丫　鬟　在。

贾　母　去把凤丫头叫来,给我预备几样清爽菜肴,叫宝玉、琏儿、薛姨妈他们都来团聚团聚。

丫　鬟　是。〔下。

贾　赦　(不安)啊母亲,我头儿有些昏昏沉沉的。

贾　母　看你就是不肯在我身边,又要回去跟小老婆喝酒了!

邢夫人　(使眼色)坐一会,坐一会。

贾　母　(唱)屁股才沾板凳面,

　　　　　　　就要回家往房里钻。

　　　　〔丫鬟上。

丫　鬟　薛姨妈他们都来了。

　　　　〔薛姨妈、宝钗、黛玉、贾琏、宝玉等上。

薛姨妈　老太太。

贾　母　薛姨妈。

　　　　〔众人拜见贾母,互相应酬。

贾　母　你们都来了,坐下,坐下。

薛姨妈　大老爷、太太也在这里。

贾　赦
邢夫人　薛姨妈。

贾　母　你们都快坐下。

　　　　〔众坐。

薛姨妈　老太太今日兴致真好。

贾　母　我这位大老爷成天跟小老婆喝酒,今天我要他孝敬老娘。

薛姨妈　老太太又取笑了。

贾　母　啊,凤丫头怎么还不来!

王熙凤　(内)人家早来啦,给您一切预备好了。

贾　母　好。你这个泼辣货,鸳鸯不在,今天偏劳了你,把酒菜拿上来,你公公伤风感冒,让他吃些儿先走。

王熙凤　(内)是。

　　　　〔平儿、袭人、丫鬟端酒菜上。

薛姨妈　来,我们先敬老太太一杯。

众　　　老祖宗请。

贾　母　大家同饮。

　　　　〔丫鬟上。

丫　鬟　禀老太太,鸳鸯带着她的兄嫂来见老太太。

贾　母　她兄嫂来了,叫她们进来。

丫　鬟　是。〔下。

贾　赦　(紧张)启禀母亲,孩儿头痛得紧,我要回去了。

贾　母　且慢!琏儿。

贾　琏　在。

贾　母　走至后面,取出我那专治头疼痛风的药丸,与你父亲吃了再走。

贾　琏　是。〔下。

鸳　鸯　(内)你们随我来。

　　　　〔鸳鸯上。兄嫂随上。

鸳　鸯　(唱)可叹人世无公道,

　　　　　　强行逼我入囚牢。

　　　　　　无用的哥哥魂吓掉,

　　　　　　势利的嫂嫂语唠叨。

　　　　　　我压下怒火强欢笑,

　　　　　　带他们老太太身边走一遭。

　　　　　　保得眼前且自保,

　　　　　　把泪珠收起付鲛绡。

　　　　你们站在门外,老太太要是叫你们,就进来。

兄、嫂　是,妹妹,我们就在那边等着。〔下。

　　　　〔鸳鸯进屋。

鸳　鸯　参见老太太。

贾　母　鸳鸯回来了?

鸳　鸯　是。

贾　母　你兄嫂呢?

鸳　鸯　现在门外。

贾　母　有什么事么?

鸳　鸯　兄嫂没有事,鸳鸯有事,要向老太太告禀。

贾　母　有事快讲。薛姨妈,我们一边吃酒,一边听她说话。

薛姨妈　老太太请。〔饮酒。

邢夫人　(紧张地低声向贾赦)八成就讲的这件事。

鸳　鸯　老太太呀!〔哭。

贾　母　啊,谁欺侮了你。

鸳　鸯　(唱)晌午时太太她寻我把话讲,

贾　母　说了什么啊?

鸳　鸯　(唱)大老爷——

贾　母　怎么样?

鸳　鸯　(唱)要将我——

贾　母　做什么?

鸳　鸯　(唱)收进他的房!

　　　　　　太太说大老爷看中我好模样,

　　　　　　一进去就开脸收作姨娘。

贾　母　(气)好好好。

鸳　鸯　(唱)我低头拒绝一声不响,

　　　　　　太太说是我害臊要找我爹娘。

贾　母　你爹娘不在,就找了你的兄嫂!

鸳　鸯　(唱)爹娘不在兄为长,

　　　　　　带鸳鸯回家去就为这事一桩。

贾　母　这我算明白了。

鸳　鸯　（唱）大老爷的言语也容禀上。
　　　　〔贾琏闻言，急进药丸，解贾赦困境。
贾　琏　啊老祖宗，药丸拿来了。
　　　　〔邢夫人急接过。
邢夫人　老爷快快下去吃药。〔欲扶贾赦。
　　　　〔鸳鸯上前拦住。
鸳　鸯　太太，大老爷要鸳鸯，就当着老太太要，省得太太在背后操心！大老爷你身体不爽，鸳鸯为大老爷倒茶，（拿茶）服侍大老爷吃药，（从邢夫人手中取过药丸）扶大老爷坐下！（扶贾赦吃药，贾赦无奈，吞药丸）老太太，大老爷言道，鸳鸯不肯侍候他老人家，乃是嫌他老人家年老，心里恋着少爷，这头一个就是宝玉！
宝　玉　我！哎呀……（扑向贾母）老祖宗，这可是无中生有啊！
贾　母　哎呀，宝贝，宝贝！
鸳　鸯　还有第二个，就是琏二爷！
贾　琏　（惊愕失声）嗷……
鸳　鸯　大老爷叫我赶快收拾起这条心，他老人家说，他张嘴要过，谁敢再来收我！若是我想靠着老太太疼爱，到外头去聘个正头夫妻，那更是痴心妄想！凭我嫁到谁家，也要把我弄回来！除非我终身不嫁男人，或者跟老太太一同死掉！
贾　母　嘿嘿嘿……好孝顺的儿子，我是要死的。好，你现在说说你愿意不愿意？
鸳　鸯　老太太，鸳鸯服侍您老人家一辈子，除了您，我是什么地方也不去，什么人也不嫁！我是横下这条心才带着兄嫂来见老太太的。当着众人在这里，我这一辈子，别说宝玉，就是宝金、宝银、宝天玉、宝皇帝——咳！横竖不嫁人就是了！就是老太太逼着我，一刀子抹死了我，也断断不能从命。我服侍老太太归了西，我的事情也就完了。那时我就跟随老太太一道去，或者剪了这头发当姑子。要说我不是真心！（打开头发）老太太！
　　　　（唱）日头月亮当空照，
　　　　　　　天地鬼神暗中瞧。

　　　　　　鸳鸯不恋青春好，

　　　　　　手把青丝付剪刀！〔怀内取出剪刀，铰发。

贾　母　快住手！

　　　　〔袭人、平儿上，拉住。鸳鸯昏倒。袭人、平儿扶下。

　　　　〔宝玉取断发，递与贾母。贾母颤抖，贾赦跪伏。

贾　母　哼哼哼……

　　　　（唱）今天里我才算心头明亮，

　　　　　　你们是明装孝顺暗算老娘。

　　　　　　好人好物都来抢，

　　　　　　剩一个毛丫头也不让她留我身旁。

　　　　　　你纵然不为人家孩子想，

　　　　　　也应该看看自己，两眼昏花，两鬓苍苍，早就弯了后脊梁。

　　　　　　全然不知多保养，

　　　　　　三妻四妾收在房，又来抢夺我鸳鸯！

邢夫人　老太太息怒。

贾　母　你……

　　　　（唱）你也该，想一想。

　　　　　　他这把年纪怎经得再荒唐。

　　　　　　他要月亮你摘月亮，

　　　　　　他要鸳鸯你讨鸳鸯。

　　　　　　不问情理当不当，

　　　　　　一味奉承充贤良。

　　　　　　儿孙面前要立榜样，

　　　　　　莫忘记你们是荣国府中一长房！

薛姨妈　老祖宗，大家子谁不是三妻四妾的，鸳鸯这孩子也太心高气傲了。

贾　母　贾琏。

贾　琏　在。

贾　母　（唱）搀扶你父亲归家好好静养，

　　　　〔贾琏扶贾赦出，邢夫人同扶。

　　　　〔鸳鸯兄嫂迎上。

兄、嫂　恭喜大老爷！
贾　赫　去你娘的！〔把兄嫂踢下。
　　　　〔贾赫、贾琏、邢夫人下。
薛姨妈　老太太快坐下。
贾　母　（唱）来人，与我叫出鸳鸯。
薛姨妈　鸳鸯快来！
　　　　〔袭人、平儿扶哭泣的鸳鸯上。
鸳　鸯　（唱）青丝未尽魂飞漾，
　　　　　　　越思越想越悲伤！
袭　人
平　儿　快不要哭。
鸳　鸯　老太太。
贾　母　（唱）这青丝好好身边放，
　　　　　　　不要难过也莫惊慌。
　　　　　　　有我在来有你在……〔哽咽。
鸳　鸯　谢老太太。
　　　　（唱）见断发如见我他日收场！
　　　　〔幕落。
　　　　〔剧终。

　　　　剧本创作于1984年，发表于1986年第5、6期《新剧作》。

红楼梦

王安祈

试一场　传　概

〔幕启，曹雪芹已在场上，二道幕前。

曹雪芹　（吟唱）

　　　　满纸荒唐言，一把辛酸泪。
　　　　都云作者痴，谁解其中味？

（白）想青埂峰下那块顽石，未蒙女娲所用，却也落得逍遥自在。那日偶在灵河岸边三生石上，见一绛珠仙草，十分娇娜可爱，遂日以甘露灌溉滋养，这绛珠始得久延岁月。绛珠欲报其恩德，却无水可还，乃云："他若下世为人，我也同走一遭，但将我一生的泪水尽还于他，以报甘露灌体之恩！"〔此时曹行至靠下场门边，天幕上映出贾府剪影。
（吟唱）顽石无才补苍天，枉入红尘若许年。
　　　　偶逢绛珠灵河岸，成就人间还泪缘。
〔二道幕拉开，展现第一场景"初晤倾心"。

第一场　初晤倾心

老苍头　（上白）林姑娘来了，林姑娘来了！林姑娘，随我来！
〔黛玉、雪雁上。黛玉步步迟疑，雪雁则兴奋浏览贾府风光。

雪　雁　（白）姑娘，这儿好漂亮啊！
黛　玉　（唱【摇板】）
　　　　华堂富贵春无限，风庭月榭不似人间。
　　　　身入朱门愁难遣，步步迟疑、步步迟疑步步难。
〔丫鬟挽贾母、王夫人上。

贾　母　（白）外孙女来了？外孙女在哪里？外孙女在哪里？唉！黛玉！［哭介。
黛　玉　（白）外祖母！［哭介，跪介。
贾　母　（白）苦命的儿啊！
　　　　（唱【流水】）
　　　　　　见黛玉不由我泪如雨降，堪叹我亲生女不幸身亡。
　　　　　　白发反将黑发葬，接来弱女倚身旁。
王夫人　（白）黛玉，回到外祖母家中，乃是喜事，休要哭坏了身子！
贾　母　（白）这是你舅母。［指王夫人。
黛　玉　（白）参见舅母！
王夫人　（白）罢了，快快坐下。
凤　姐　（幕后白）平儿，带路啊！
　　　　［平儿引凤姐上。贾母、王夫人、黛玉互做谈话状。
凤　姐　（上白）来迟了！来迟了！没接着远客！（入内，见黛玉）呦！这就是林妹妹？
贾　母　（白）黛玉！她是我们这里有名的一个泼辣人儿，你叫她"凤辣子"就是了。
王夫人　（白）见过琏二嫂嫂！
凤　姐　（白）不敢当！不敢当！（执手，上下打量）天底下竟有这样标志的人儿，我今个总算开了眼了，真所谓"静似花映水，动如柳扶风"。怪不得哪！老祖宗天天嘴里心里都放不下！唉！只可怜我这妹妹这么命苦，小小年纪，亲娘就下世了！
贾　母　（白）我方才止住悲痛，你又来招我！
王夫人　（白）你妹妹远路而来，身子又弱，快休提这伤心之事吧！
凤　姐　（白）哟！您瞧我这个人，一见了妹妹，又是伤心，又是喜欢，一心都在她身上，竟把老祖宗给忘了，真是该打！该打！［自己打嘴介。
宝　玉　（内白）袭人，带路！
凤　姐　（白）哦！宝玉弟来啦啊！
　　　　［袭人引宝玉上。
宝　玉　（唱【流水】）
　　　　　　簪缨世族门第显，诗礼传家非等闲。

怎奈是玉堂金马非我愿,经史文章抛一边,唯愿花柳相依伴,寻一个知心的人儿共题清词诵佳篇,才与晴雯画眉罢,袭人随我到堂前。
（白）参见老祖宗、母亲、嫂嫂!

贾　母　（白）宝玉,见过林妹妹。黛玉,这是你宝玉哥哥。

宝　玉　（白）林妹妹!（二人互看）呀!

（二人轮唱【西皮散板】转【流水】）

宝　玉　（唱）白云一抹出翠峦,偶至人间展秀妍。

黛　玉　（白）青天长星落尘凡,飞彩凝辉逼眼前。

宝　玉　（唱）似蹙似蹙眉黛敛,风露清愁惹人怜、惹人怜!

黛　玉　（唱）似喜似喜含情眼,万种情思在其间、在其间!

宝　玉　（唱）凡花俗蕊难为伴,只合共湘竹度芳年。

黛　玉　（唱）金缠玉绕珠光灿,也难掩风韵是天然。

宝　玉
黛　玉　（合唱）似这等。

黛　玉　（唱）玉精神。

宝　玉　（唱）花容貌。

宝　玉
黛　玉　（合唱）世间少见。

宝　玉
黛　玉　（合唱）相看俨然情暗牵,分明初逢乍相见,为什么好似久别又重圆?

宝　玉　（白）这个妹妹,我好似在哪里见过!

贾　母　（白）又来胡说,你妹妹初来此地,你何曾见过!

宝　玉　（白）虽未见过,却觉十分面善,好似远别重逢的一般。啊!妹妹,你有玉无玉?
〔指项上玉给黛玉看。

黛　玉　（白）这就是通灵宝玉么,久闻表兄衔玉而生,此玉定是罕见之物,岂得人人皆有?

宝　玉　（白）什么罕见之物,连人的清浊高下俱都不识,还说什么通灵?要它何用?待我摔了它。〔从项上取下玉。

贾　母　（白）孽障!你若心中有气,尽管打骂他人,何苦摔那宝玉?

宝　玉	（白）	府中众姐妹俱都无玉，单单我有，如今来了个神仙似的妹妹也无有，它分明不是什么好东西。
凤　姐	（白）	谁说众姐妹都没有，听说薛姨娘之女宝钗姑娘也是生来就有一块金锁。
宝　玉	（白）	怎么，宝钗姐姐生来就有金锁？
凤　姐	（白）	谁骗你呀？过一阵子，薛家母女也要搬进府中居住，你若不信，当面去问。
王夫人	（白）	是啊！宝钗就要来了，你当面去问。
凤　姐	（白）	好啦！好兄弟别闹了，说真格儿的，大观园修建得差不多了，你怎么不带妹妹游园去？
宝　玉	（白）	我正有此意。林妹妹，日前长姐元妃娘娘回府省亲的时节，建了一座省亲别院，其中山石林泉，风景怡人，岂是一日半日便能尽兴的，从今以后，我二人日日游园赏花，你看可好？
黛　玉	（白）	就依表兄。
宝　玉	（白）	随我来呀！

〔宝玉、黛玉同下，雪雁跟下。

凤　姐	（白）	好个神仙似的人儿，只可惜单薄了些。
贾　母	（白）	她体弱多病，你要好生照着。
凤　姐	（白）	老祖宗的心肝，我哪儿敢亏待？我瞧她家里带来的这个丫头，年纪太小不懂事，您说让紫鹃服侍她可好？
贾　母	（白）	紫鹃这丫头，聪明伶俐，倒也使得。啊！凤丫头，大观园落成之日，定要准备盛筵，此事都交与你了。
凤　姐	（白）	您放心，到时候一定热闹非常，在众位王公大人面前，必能好好的显显荣宁二府皇亲国戚的排场气派。
王夫人	（白）	可备得有戏？
凤　姐	（白）	当然有，听说忠顺王还预备让他府中有名的家伶琪官，和咱们梨香院的十二官合演一台戏呢！一切都交给我啦！您哪！就等着看好戏登台吧！
贾　母	（笑）	哈哈哈！
贾　母	（唱【西皮摇板】）	元春女入椒房皇恩浩荡。

王夫人　（唱【西皮摇板】）省亲时建名园美景非常。
贾　母　（唱【西皮摇板】）择吉日宴宾客备得佳酿。
凤　姐　（唱【西皮摇板】）方愿得荣宁府国戚排场。
　　　　　〔同下。

第二场　游园惊梦

〔景：大观园。
〔宝玉、黛玉分别执扇同上，唱南梆子，配合扇舞。

宝　玉　（南梆子）适才间评诗书雅兴非浅。
黛　玉　（唱）遣逸怀又来到大观园。
宝　玉　（唱）绿杨枝头黄鹂啭。
黛　玉　（唱）一渠春水绕朱阑。
宝　玉　（【行弦】夹白）日前听老祖宗吩咐，妹妹住在潇湘馆，我住怡红院，宝姐姐居住蘅芜院，从今以后，众家姐妹，齐聚园内，好不快乐人也！妹妹，你来看！
宝　玉　（接唱）翠竹掩映潇湘馆。
黛　玉　（唱）蕉叶笼莎怡红轩。
宝　玉　（唱）三径飘香蘅芜苑。
黛　玉　（唱）蓼汀花溆、恰似身在武陵源。
宝　玉　（唱）喜得知己长相伴，花朝月夕共流连，步香压穿芳径欢欣无限。
　　　　　〔幕后传来《牡丹亭》之《游园》曲文。
　　　　　〔昆曲【皂罗袍】：原来姹紫嫣红开遍，似这般都付与断井颓垣，良辰美景奈何天，赏心乐事谁家院。
黛　玉　（接唱）听曲文警芳心顿觉凄然。
　　　　　〔黛玉转身落泪。【皂罗袍】昆曲声音微弱，宝玉即在此微弱昆曲的衬托下念白。
宝　玉　（白）妹妹，想你来到此处，数月有余，每日我二人一同下棋谈心，赋诗遣兴，你因何依旧闷闷不乐，时常落泪悲啼呀！
黛　玉　（白）宝玉，你看这……〔指花介。
　　　　　（唱）今日里繁英似锦逞娇艳，到来朝花榭水流絮飘残，浮生若梦情似幻,缘起缘灭转瞬间。

宝　玉　（唱）呀！

玲珑心怎禁得千古长憾,春恨秋愁俱上眉尖。

一霎时也觉得忧怀难遣,我只得伴佳人默立花前。

〔宝钗上。（开二道幕,以下一段在台前半表演）或（利用国家剧院转台）。

宝　钗　（唱）前应惊箫和凤管,宝玉不见为那般,转过了藕香榭沁芳亭畔。

〔见宝玉、黛玉。

宝　钗　（唱）你二人因何无语思悄然？

宝　钗　（白）你二人因何在此默然不语？

宝　玉　（白）哦！宝姐姐来了。适才在此听得牡丹亭游园一曲,其中竟有许多人世情缘,千古长憾,只是爹爹平日,只命我读什么八股文章,好生无趣。

宝　钗　（白）你既生长官宦之家,日后必当跻身仕林,光耀门楣,老爷命你多读有益之书,应举赴试,本为正理,岂不闻古圣贤云……

宝　玉　（白）好了好了！不想姐姐如此灵秀的人儿,竟也说出这般不中听的言语,我才不管什么古圣贤呢？

黛　玉　（白）古圣贤也要讲那赤子之心,真情本性哪！

宝　钗　（白）我哇,是说不过你的。这且不言,今当大观园落成之日,前厅备有酒筵戏曲,已演至"游园"了,还不快去观赏"惊梦"？

宝　玉　（白）你才说要读有益之书,怎么又来催我们去听游园惊梦这些丽词艳曲呢？

宝　钗　（白）词曲小道,怎比经史文章,只是茶余饭后,正好消遣,快随我来吧！

（唱【板摇】）

苦心一片将他劝。

宝　玉　（唱）拭泪且听弦管繁。

〔三人围场至前厅,二道幕拉开,贾母、王夫人、凤姐、迎春、探春、惜春俱已在座,众丫鬟分立两边。宝钗入座,黛玉在席间移步注视。

〔众人看戏。琪官扮柳梦梅,芳官扮杜丽娘,同上,演戏中戏《牡丹亭》之《惊梦》片段。

昆曲【山桃红】

柳梦梅：（唱）则为你如花美眷，似水流年，是答儿间寻遍，在幽闲自怜。
（中间一段唱词省略，以昆曲间奏配身段）

杜丽娘、柳梦梅：（合唱）是那处曾相见，相看俨然，早难道好处相逢无一言？

〔二人作身段同下（舞台上的观众席灭灯）。

〔大花神率众花神执花灯上，由梨香院十二官分别扮演，宝玉、黛玉出现在花神队中，众花神簇拥宝、黛共舞。

花神合唱【滴溜子】：湖山畔、湖山畔，云缠雨绵，雕栏外、雕栏外、红翻翠骈，惹下蜂愁蝶恋，三生石上缘，非因梦幻，一枕华胥，两下蓬然。

花神接唱【双声子】：柳梦梅、柳梦梅，梦儿里姻眷，杜丽娘、杜丽娘，勾引得香魂乱，两下缘，非偶然，梦里相逢，梦儿里合欢。

大花神：（白）待咱拈片落花，惊醒他二人美梦！

〔将落花丢在宝玉及黛玉身边，惊醒二人"情幻"，二人归座返回观众席。

〔大花神领众花神退。

〔戏中戏演至此。

贾　母　（白）哈哈哈，唱得好，唱得好，好个琪官，不愧是忠顺王府有名的家伶，果然名不虚传。

凤　姐　（白）我们贾府梨香院的十二官可也不差呀！您瞧！花厅内诸位王公大人都看得直拍手叫好呢！等他们卸了装，再来拜见您。老祖宗您瞧，大观园内，花影缤纷，笙簧盈座，哪位宾客不说我们荣宁二府是"金门玉户神仙府，桂殿兰宫妃子家"呀？

傻丫头　（白）老太太，何止在座的王公大人夸赞呢？外边儿的人还编了首歌来夸我们呢！

贾　母　（白）哦，什么歌谣？

傻丫头　（白）宁国府、荣国府，金银财宝如粪土，吃不穷、穿不穷，算来总是一场空。

贾　母　（白）哼！

王夫人　（白）休得胡言，还不下站！

凤　姐　（白）傻丫头，滚一边去。

傻丫头　（白）他们是这么唱的，我没背错呀！

凤　姐　（白）死丫头，还说！

［赖大上。

赖　大　（白）启禀老太太,元妃娘娘命夏公公赐下厚礼,礼单在此。
凤　姐　（白）快请夏公公后厅饮宴,礼单给我,我念给老祖宗听听：上等宫扇两柄,红麝香珠两串,凤尾罗两端,芙蓉簟一领。迎春、探春、惜春姑娘多个香玉如意,宝玉和宝钗一样,林姑娘只有单件宫扇,没多别的。
宝　玉　（白）这是什么缘故？怎么林妹妹的不与我一样,倒是宝姐姐的与我一般,莫非其中有误吧！
凤　姐　（白）礼单在此,怎么会错呢？宝兄弟难道你就忘了吗？你有宝玉、宝姑娘有金锁,这金锁宝玉原是一对,娘娘赐的礼物,当然也是成双的。
宝　玉　（白）哦！金锁宝玉,成双成对？
凤　姐　（白）是啊！金锁宝玉,成双成对！
　　　［宝钗闻言做含羞状,黛玉闻言神伤,黯然下场,紫鹃跟下。
　　　［琪官及十二官上。

琪官及十二官　（白）参见老祖宗！
贾　母　（白）罢了！罢了！唱得好！唱得好！凤姐,快快看赏！
凤　姐　（白）是啦！
　　　［平儿将赏银一盘交与凤姐。
凤　姐　（白）看赏！
　　　［凤姐将赏银撒在地上,十二官争相扑地抢夺,只有琪官例外。
贾　母　（见十二官争银,不禁发笑）哈哈哈！
琪　官　（白）啊？［愤然不平,转身向贾母白。
　　　戏已演完,琪官告辞了！［转身出府。
凤　姐　（白）慢着！这赏银还没领呢！
琪　官　（白）这赏银么？（十二官仍在争银）哈哈哈！［甩袖下场。
　　　［众人惊愕,宝玉追下,闭二道幕,锣鼓不断。
　　　［随着二道幕的闭起,戏台及众人俱隐在幕后。二道幕前只有琪官、宝玉二人。琪官在前走,宝玉边追边说："仁兄慢走！"
宝　玉　（白）仁兄慢走！仁兄慢走！
琪　官　（白）啊？［上下打量宝玉的穿着。
　　　看公子模样,定是豪门贵人,我不过一小小优伶,怎当得起"仁兄"二字？

宝　玉　（白）公子也好,优伶也罢,俱都是一般,适才满座尽兴,唯有仁兄怒气冲冲,拂袖而去,却是为何?

琪　官　（白）想我们这些优伶戏子们,不过供你们戏耍玩乐耳,我的悲欢喜怒,又何敢劳公子动问?

宝　玉　（白）仁兄何出此言?小弟既追随而出,详问情由,足见诚心,仁兄又何必拒人于千里之外?

琪　官　（白）这……

宝　玉　（白）看在我一片诚心,还望仁兄尽吐衷肠!

琪　官　（白）唉!公子啊!

（唱【二黄原板】）
　　　红氍毹上把艺献,装疯卖傻似狂颠。
　　　曲终应还我本然面,又何需强展笑颜博人欢。
座上佳宾尽了兴,撒几文——撒几文赏银在台前,优伶也有风骨在,扑地争银情何堪?

宝　玉　（唱）一番言愧煞我羞惭满面,扑地争银实难堪。
　　　我敬你舞袖翩翩不肯随人转,闻似那宦海之中假意虚言。

琪　官　（唱）戏场人生经历惯,愁容顿时可换笑颜。
　　　怎奈我真情未遭尘俗染,要学那骨峻风清立在世间!

宝　玉　（白）好!好个骨峻风清,弟愿与仁兄义结金兰,不知意下如何?

琪　官　（白）公子定出自金玉之家,我怎敢高攀?

宝　玉　（白）我宝玉一生最不喜什么金玉,唯愿素心相通。

琪　官　（白）怎么,你就是宝玉宝二爷?

宝　玉　（白）正是。

琪　官　（白）哎呀呀!久闻大名,今日一见,真正不俗得很。

宝　玉　（白）敢问仁兄大名?

琪　官　（白）在下琪官。

宝　玉　（白）哦!你就是驰名大江南北的琪官蒋玉菡吗?

琪　官　（白）正是在下,不敢当。

宝　玉　（白）哎呀呀!久闻大名,早想结交,今日相识,定要结为金兰之好。

琪　官　（白）且慢,贾府老爷家教甚严,与我结拜,只怕连累公子。

宝　玉	（京白）管他什么家教不家教，交个知心朋友才是最要紧的！（韵白）你我望空一拜！
宝　玉 琪　官	（同唱【二黄流水】新编腔）不用焚香盟誓愿，一片真心永结缘。
宝　玉	随身的宝扇表情谊。
琪　官	茜罗汗巾相赠还。

〔二人互赠信物。

〔二人同唱：猛抬头又只见浮云过眼。

琪　官	（行弦夹白）天色不早，我要回转王府去了。
宝　玉	（行弦夹白）且慢，王爷待你可好？
琪　官	（行弦夹白）王爷待我甚好，只是承应之身，终是寄人篱下，唯愿有朝一日，能还我个逍遥自在！
宝　玉	（行弦夹白）宝玉定当助一臂之力！
琪　官	（感动、白）多谢了！
宝　玉 琪　官	（同唱【二黄散板】）遨游世间自在安然。

〔同做身段，拜揖，挥手相别，分由两边下。

第三场　埋香盟心

〔景：天幕绘上淡红色花瓣形状，在灯光的配合下，光影流动，形成落花缤纷的景致。天幕宜以纱幕为之。

〔幕后女声齐唱（试谱昆曲旋律）。

花谢花飞飞满天，落絮轻沾扑绣帘。

〔音乐过门一小段，配合风声及风送落花的效果。

一样是春深芳尽飘香景，撩人心事不一般，一边是自怜红消香魂断，荷锄葬花泪潸然。

〔黛玉持花帚、花锄、香囊由下场门侧身而上，在纱幕后做扫花身段，始终以侧面背影对着观众，在纱幕后缓缓向上场门移动。

一边是乐赏柳絮舞翩翩，愿随东风直上青天。

〔唱至此句时，宝钗持扇由靠上场门边的翼幕出口上，在纱幕之前以正面对观众。

［形成纱幕前后分割舞台。

［宝钗观赏落花柳絮的景致后,微笑吟诗,配合扇舞。

宝　钗　（吟）柳絮虽无根,东风卷得匀。

　　　　　　　几曾随逝水？岂必委芳尘？

　　　　　　　好风凭借力,送我上青云！送我上青云！

［宝钗在台中央扇舞吟诗时,黛玉在纱幕后,一边做扫花身段,一边向上场门移去。最后人走入上场门内,观众只能从上场门口看到花帚、花锄及黛玉的衣袖舞动。

［幕后忽传来贾蓉——小生俊脸扮,但可用大嗓京白——忽唤"婶娘！婶娘！"之声,宝钗闻声闪躲一旁。

［贾蓉及王熙凤由下场门翼幕口上,贾蓉追上王熙凤。

贾　蓉　（白）婶娘！婶娘！［拉着王熙凤的裙子跪下撒娇。

王熙凤　（白）蓉儿！［甩开贾蓉。

贾　蓉　（白）婶娘不借钱,蓉儿就跪着不起来！

王熙凤　（白）我还缺钱用呢,哪儿有银子借给你！

贾　蓉　（白）您当我不知道？单是丫头小厮们的月例银子,婶娘拿去放高利贷,每个月也能收好几百两呢！

王熙凤　（掩住贾蓉之口）住口！（四面一望）我放高利贷又怎么样？还不是为了补贴家用,支撑咱们贾府的面子！

贾　蓉　（白）对呀！我爹也是为了咱们贾府的风光体面,才叫我跟您借钱买个官儿做！要是借不到……

王熙凤　（白）怎么样？

贾　蓉　（白）那侄儿我就只有偷。

王熙凤　（白）偷什么？

贾　蓉　（拉着王熙凤裙角）偷您啦！

［宝钗一听,大吃一惊,手中扇子落地,王熙凤及贾蓉也大惊。

王熙凤　（白）谁？

［宝钗假做寻找黛玉之状。

宝　钗　林妹妹还不快快出来,我看你能躲到哪里？

王熙凤　（白）宝姑娘，你在这儿做什么？

宝　钗　（白）定是你们将林妹妹藏起来了！

王熙凤　（白）林姑娘？

宝　钗　（白）是啊！我二人在此玩耍，不知她躲往何方去了？不在亭中么？想是躲在那厢（指台后）花丛之内，林妹妹、林妹妹！〔宝钗做寻人状下。

贾　蓉　（白）这可怎么好？

王熙凤　（白）是非之地不可久留，还不快走，都是你这小兔崽子惹的祸！〔贾蓉、王熙凤下。

　　　　〔黛玉原在上场门口纱幕后默默葬花，此刻黛玉再上，一边扫花、葬花，一边念上场诗。

黛　玉　（白）一年三白六十日，风刀霜剑战相侵。
　　　　　　　飘零恰似侬薄命，阶前愁煞葬花人。
　　　　（唱【反四平】，配合葬花身段）
　　　　　　　愿侬此日生双翼。
　　　　　　　随花飞到天尽头，随花飞到天尽头。
　　　　　　　天尽头啊！何处有香丘？
　　　　　　　未若净土，未若净土掩风流。
　　　　　　　质本洁来还洁去，
　　　　　　　莫教污淖陷渠沟，莫教污淖陷渠沟。
　　　　　　　仅今葬花人笑痴。
　　　　〔宝玉暗上。
　　　　　　　待他年何人葬侬归土丘？葬侬归土丘？
　　　　　　　一朝春尽红颜老，花落人亡梦难留！
　　　　〔宝玉听"葬花吟"，伤感叹息。

宝　玉　（白）唉！

黛　玉　（白）人人都笑我有痴病，难道还有一个痴的不成？（转身见宝玉）我道是谁，原来是这狠心短命……
　　　　〔黛玉说出又觉不忍，立即住口，却仍背向宝玉，不愿理睬。

宝　玉　（白）我晓得你不愿睬我，今日只要你听我一句。

黛　玉　（白）你讲啊！

宝　玉　（白）两句,可愿听?

〔黛玉回头就走。

宝　玉　（白）唉！既有今日,何必当初?

〔黛玉又转身回头问。

黛　玉　（白）当初怎样? 今日又怎样?

宝　玉　（白）当初妹妹初来之时,我二人情投意合,无话不谈,如今妹妹人大,心也大了,不将我放在心里,三日不理,四日不睬,自那日观戏饮宴以来,要是许久不曾与我说话,每日默默无语,落泪悲啼,弄出一身的病来,叫我好不担忧！

黛　玉　（白）怎敢劳你为我担忧,我又没有什么金呀玉呀,不过是个草木人儿,哪有福分消受啊！

宝　玉　（白）什么金玉,俱都是旁人说的,我心中就只有妹妹一人。

黛　玉　（白）我晓得你心中有妹妹,只是见了那有金锁的姐姐,就把妹妹忘了。

宝　玉　（白）你难道要我把心肝都掏出你看不成么?

（唱【二黄散板】）

说什么衔玉而生通灵性,我看它分明是惹祸之根。

我若是也信这金玉之论,天诛地灭永不超生！

〔宝玉扯下通灵宝玉,砸玉,黛玉心急,拦阻,二人对泣。

黛　玉　（白）唉！好个不明白的宝玉！

〔黛玉哭介,替宝玉将玉重新挂上。

黛　玉　（唱【二黄碰板】）不念我寄人篱下少恃凭,不念我身似飘萍任浮沈。

宝　玉　（夹白）府中之人,俱都疼你呀！

黛　玉　（接唱）府中虽有怜我人,终非知冷知热亲。

宝　玉　（夹白）还有我呢?

黛　玉　（接唱）我二人虽然是心心相印,论情缘还隔着万重山林。

他人之言我怎能不信,只恐怕真情难凭水月镜花总成空。

宝　玉　（接唱）无缘未必能相识,有缘必能结同心,万般心事休再论。

宝　玉　（夹白）妹妹,你要信我这一句啊！

黛　玉　（夹白）哪一句?

宝　玉　（接唱）我二人性命相牵怎能离分！

〔黛玉感动,二人相拥而泣。落幕。

加四场　孤　　吟

〔曹雪芹在二道幕前,贾府剪影依然在天幕后若隐若现,但此时已非完整的府第,已渐露残破之状。

曹雪芹　(吟唱)陋室空堂,当年笏满床,衰草枯杨,曾为歌舞场。说什么脂正浓、粉正香,如何两鬓又成霜?昨日、黄土垄头埋白骨,今宵、红绡帐底卧鸳鸯!因嫌纱帽小,致使锁枷扛!甚荒唐,甚荒唐!

〔二道幕拉开,字幕打出第四场"责子议婚"。

第四场　责子议婚

贾　政　(幕后白)好恼!〔上。

(唱【西皮散板】)

　　忠顺王走失小家伶,寻人寻到我府门庭。
　　荣宁二府威名震,怎容宝玉败家声。
　　怒气不息前厅等,奴才到来不容情。

〔焙茗引宝玉上。

焙　茗　(白)公子,快着点儿,老爷今儿个与往日大不相同,怒气冲冲,脸跟金纸似的,青筋都暴出来了,公子可得当心点儿!

〔宝玉向内探望。

贾　政　(白)奴才还不快来!

宝　玉　(白)我不敢进去!〔退至后面,焙茗拉回。

焙　茗　(白)逃不过的,您先进去,我到后面禀告老太太一声。

宝　玉　(白)快去!快去!

〔焙茗下,宝玉入内。

宝　玉　(白)爹爹!

〔贾政看宝玉腰系罗巾。

贾　政　(白)腰系何物?

宝　玉　(白)茜罗汗巾。

贾　政　(白)哪里来的?

宝　玉　（白）朋友相赠。

贾　政　（白）什么朋友？

宝　玉　（白）好朋友。

贾　政　（白）什么好朋友,分明是忠顺王府的琪官。

宝　玉　（白）爹爹是怎么知道的？

贾　政　（白）这茜罗汗巾乃是外邦进献之物,忠顺王赐与琪官,你每日系在身上,摇来摆去的,哪个不知,哪个不晓,还敢抵赖不成？

宝　玉　（白）琪官是个性情中人,与孩儿甚是相投。

贾　政　（白）怎么？甚是相投？哼哼！那琪官逃离王府,想必也是你的主意？

宝　玉　（白）这……

贾　政　（白）讲！

宝　玉　（白）那琪官早已厌倦歌舞生涯,故而孩儿助他逃往东郊竹篱,还他个逍遥自在之身。

贾　政　（白）怎么讲？

宝　玉　（白）逍遥自在！

贾　政　（白）呀呀呸！天哪！天！想我荣宁二府,簪缨世族门第,功名富贵之家,怎会出了这大逆不孝之子,今日若不好好教训,岂不有愧天恩祖德？

（唱【西皮倒板】）不肖奴才少教训。

（白）来！关了大门！取家法过来,若有传信至后堂者,打死勿论！奴才啊奴才！

（接唱【快板】）

　　无法无天乱胡行,不读文章不上进。
　　不习世故与人情,胭脂粉黛长厮混。
　　竟与优伶暗通情,琪官王府久承应。
　　胆敢助他私自行,不如今日绝狗命,也免得辱门楣贻笑仕林！

〔打介,宝玉表演"跪步""屁股坐子"身段。

贾　母　（幕后白）住手！

〔贾母同王夫人、凤姐、丫鬟上。

贾　母　（唱【西皮倒板】,边唱边上）要打先打我年迈人！

宝　玉　（夹白）老祖宗！
贾　母　（夹白）宝玉！
王夫人　（夹白）儿啊！
贾　母　（接唱【快板】）点点珠泪洒胸襟,自幼在府中多娇养。我何曾疾言厉色训斥申,难道说犯下了皇王法令,为什么惨遭毒打皮开肉绽鲜血淋淋,不念我祖孙亲情似海深,不念我操了半世心,哭一声宝玉小孙孙,苦命的人哪！
贾　政　（夹白）母亲！
贾　母　（接唱【散板】）你眼中哪有我老娘亲?
贾　政　（白）孩儿管教宝玉,只为耀祖光宗,母亲说出此话,叫孩儿如何担待得起?
贾　母　（白）我不过说了一句,你就担待不起,你下此毒手,难道宝玉就担得起么? 苦命的孙儿！
贾　政　（白）母亲不必伤感,孩儿今后再也不打他就是了！
贾　母　（白）你的儿子,你要打便打,为娘怎敢拦阻？
王夫人　（哭）儿啊！〔哭介。
贾　母　（对王夫人）你也不必哭了,如今你心疼宝玉,等他长大成人做了官,就未必记得你是他的母亲了！
贾　政　（白）母亲如此说,岂不叫孩儿更无立足之地了。
凤　姐　（白）老祖宗别呕气了,快将宝兄弟搀回房去吧！
〔丫鬟搀宝玉下,赖大上。
赖　大　（白）启禀老爷,大事不好了！
贾　政　（白）何事惊慌？
赖　大　（白）尤二姐的前夫张华把咱们告下了,说咱们贾家强占良民妻子为妾,不从凌逼至死！
贾　政　（白）想我先祖勤劳王事,立下功勋,这才得了两个世袭职位,不想儿孙辈竟然如此骄奢淫佚,只怕荣宁二府要败在此辈之手！
凤　姐　（白）想元妃娘娘正蒙圣上宠信,小小的张华,又能把咱们家怎么样呢? 老爷何必忧心呢？
赖　大　（白）启禀老爷,听说贾赦大老爷也被人告下了。

贾　政　（白）怎么，我兄长也被人告下了，但不知为了何事？

贾　母　（白）听说是包揽词讼、恃强凌弱。

贾　政　（白）唉！真是福无双至，祸不单行，母亲，孩儿要往衙前探看探看。

贾　母　（白）花些银钱，打点打点，快去！

贾　政　（白）遵命，告退！

〔贾政、赖大下。

凤　姐　（白）老祖宗，这些事儿只要花点儿钱就成了，一切都有元妃娘娘呢！您别担心。

贾　母　（白）外边的事情，我焉能管得，只是宝玉……唉！

凤　姐　（白）提起了宝兄弟，我倒有一句，说出来老祖宗可别生气。

贾　母　（白）什么言语？

凤　姐　（白）老爷下手是太重了些，难怪您心疼，只是，凭良心说，宝兄弟也太不像话啦！要再不管教管教，不知还会闹出什么事来呢！

贾　母　（白）依你之见呢？

凤　姐　（白）依我看，宝兄弟也不小了，成天和姑娘们住在园子里，终究不大方便，倒不如早点儿给他完婚，也好让他收收心，或许还能专心读书应考呢！

贾　母　（白）倒也有理。只是黛玉平日也是最爱吟风弄月，一旦成婚，也未必会劝他赴考。

凤　姐　（白）这黛玉吗？唉！老祖宗！

（唱【流水】）

荣宁二府数百口，孙媳妇怎比作姑娘多自由。

我虽然无才无智无巧口，还能够分你的忧来解你的愁。

林姑娘身似西子，终日里双眉皱，她只会添你的烦恼，增你的忧，老祖宗你聪明才智世少有，怎把那金玉良缘往脑后丢。

贾　母　（白）哎呀呀！我怎么忘了这金锁宝玉之事呢？

王夫人　（白）我心中也早有此意，黛玉虽有才分，只是体弱福薄，不似宝钗性情温厚，德容兼备。

贾　母　（白）只怕宝玉不肯吧！

凤　姐　（白）这个，我倒有个主意，先扶您回房，再慢慢商议！

贾　母　（白）折腾半日,实实的累了,凤丫头,搀我来!

凤　姐　（白）来啦!〔一边替贾母捶背,一边下。王夫人同下。

第五场　赠帕题诗

〔宝钗上,手持疗伤药。

宝　钗　（唱）听说宝玉遭庭训,忧心如焚步匆匆,急急忙忙怡红轩进。

〔宝玉卧在大帐内,袭人迎上前。

宝　钗　（白）袭人!（唱）老爷因何发雷霆?

袭　人　（白）还不是为了忠顺王府的琪官。

宝　钗　（白）哦!琪官!

宝　玉　（白）哎哟!

宝　钗　（白）宝玉!怎么样了?

宝　玉　（白）宝姐姐来了?哎哟?

宝　钗　（白）你若早听我一句,也不至于此,如今打得这般模样,怎不教人心疼!〔哭介。

宝　玉　（白）姐姐不必伤心,我这伤不要紧,但不知那琪官可能逃得王府的追拿!

宝　钗　（白）怎么,到了这般时候,你还一心念着琪官,难道说老爷还不曾将你打醒么?唉!宝玉啊!

（唱【二六】转【流水】）

　　老爷家法虽忒狠,也怪你伤了他的心。

　　今日事还望你自思自省,也免得阖府为你常忧心。

　　从今后休再管画眉深浅,从今后且放下万种痴情。

　　遵父命攻经史谨守庭训,入仕途耀祖光宗告慰严亲。

宝　玉　（白）我为了琪官这些人,就算身死,也是心甘。

宝　钗　（白）好个劝不醒也打不醒的宝玉!〔哭介。

袭　人　（白）姑娘先回房去吧!

宝　钗　（白）疗伤药在此,快与宝玉敷上,少时我再送些玫瑰清露过来,你好好照料于他。

袭　人　（白）姑娘好走。

〔宝钗下，黛玉先已上场，见宝钗出来，便闪躲一旁，等宝钗下后，立即入内。

黛　玉　（白）（低声问袭人）怎么样了？

〔宝玉听见黛玉声音，挣扎爬起。

宝　玉　（白）林妹妹来了！林妹妹来了！

〔宝玉步履踉跄，黛玉赶上搀扶。

黛　玉　（白）宝玉！（哭介）

（唱）可怜你禀真情反遭教训，恨不能替你的惊恐、代你的疼。

　　　　空将血泪都抛尽，并无别计疗伤痕！

宝　玉　（白）好妹妹，不要哭，外面秋风凄冷，你衣衫单薄，倘若受了风寒，如何是好？

黛　玉　（白）你！你就不要管我了！

宝　玉　（白）妹妹放心，我其实一些儿也不觉疼痛，这样儿是装出来哄他们的，好让他们传与爹爹知道，你不要信以为真哪，一些儿也不疼，一些儿也不疼，（学正常走路）哎哟……

黛　玉　（白）快躺下歇息吧！

宝　玉　（白）你不哭，我才躺下。

黛　玉　（白）我不哭，不哭……喂呀！

宝　玉　（白）又哭了！

〔宝玉拿手帕替黛玉拭泪。

〔黛玉、袭人扶宝玉躺下。

〔黛玉、袭人在大帐边照料，见宝玉睡着后，黛玉起身至桌案旁，掏出宝玉的手帕拭泪，提笔题诗于帕上。

黛　玉　（唱【相思调】题诗帕）

　　　　眼空蓄泪泪空垂，暗洒闲抛更向谁？

　　　　尺幅鲛绡劳惠赠，为君那得不伤悲！

宝　玉　（在帐内说梦话）什么金玉良缘，我偏说木石前盟！木石前盟！

〔黛玉先是一惊，随即感动落泪。起初更，天色暗，国乐声中，黛玉持诗帕出门，秋风一阵，颤抖瑟缩，下。

第六场 移花泄密

[景：天幕前一株枯树，却绽放出绚丽的花朵，"荣"与"枯"的不谐调感，配合着诡异而凄幻的音乐，灯光色调也随之变化。
[一阵诡异的音乐以及灯光变幻之后，众丫鬟上。

傻丫头 （京白）最近这阵子，府中也不知是怎么了。大伙都垂头丧气，好像有人死了似的！

司　棋 （京白）可不是吗？可不是元妃娘娘病逝了吗？真是傻丫头，连这么大的事都弄不清楚！

袭　人 （韵白）想这大观园，乃是当初娘娘回府省亲时所建，如今景物依旧，怎不教人伤感呢！

秋　纹 （京白）还有一说呢！娘娘病逝，老爷爷外放江西，外边的人都说，荣宁二府只怕……

侍　书 （京白）别胡说，当心被太太姑娘们听见！

麝　月 （京白）秋纹不是胡说，这阵子园子里头，是有些奇怪？

司　棋 （白）你是说那海棠花？[指向枯树。

麝　月 （白）是呀！那海棠花去年春天早已枯败，今秋怎么忽然又开花儿了！常言道：草木最应知时令，不时而发多不谐！莫非……[沉吟不语。司琪却抢着冲口而出——

司　棋 （冲口而出）妖孽作祟！[一说出口，即觉不妥，立刻掩口。

袭　人 （旁白）哎！秋后枯树开花，定是福寿双添。

秋　纹 （白）我看未必，只怕……

侍　书 （喃喃自语）久盛必衰？

傻丫头 （大声）我看，这叫泰极否来！

平　儿 （韵白喝斥）傻丫头还不住口？琏二奶奶在此传唤各室丫鬟，你们还在此胡说些什么？一旁等候，待我去请二奶奶！

众丫鬟 （白）是！[退两边。
[平儿引王熙凤上。

凤　姐 （唱【二黄原板】）
　　　元妃娘娘把命丧，政老爷外放到他乡。

　　　　　荣宁二府日落西山萧条景况,只恐怕倾天权势难久长。
　　　　　但愿得金玉良缘成佳配,助我家富贵福寿两绵长。
　　　　　移花之计商议定,偷梁换柱费思量。

众　　人　（同白）参见琏二奶奶!
凤　　姐　（白）宝二爷的婚事,办得怎么样了?
袭　　人　（白）办得差不多了,等二爷伤好,即可完婚。
凤　　姐　（白）只因元妃娘娘病逝,政老爷又外放至江西,府中景况近来冷清多了,宝二爷的婚事,必得好好地铺张一番,一来让老祖宗欢喜,二来也好叫外边的人瞧瞧咱们贾府的气派依旧,别以为元妃一死,就树倒猢狲散了呢!
司　　棋　（白）咱们一定办得热热闹闹的。
凤　　姐　（白）还有一件更要紧的事儿呢!
众　　人　（白）二奶奶吩咐。
凤　　姐　（白）你们张罗尽管张罗。只是一件,只能说是宝二爷的婚事,可不能说是宝二爷和宝姑娘的婚事! 尤其要紧的是,千万不能让林姑娘知道,若违我命,重责不贷。
众　　人　（同白）是!
凤　　姐　（白）袭人,宝玉若要见林姑娘,你可得拦着,你就对他说,成亲之前一对新人是不能见面的。
袭　　人　（白）是!
凤　　姐　（白）潇湘馆的丫鬟们,也别让她们知道,只是到了成亲之日,可得要紫鹃来搀扶宝姑娘入洞房!
侍　　书　（白）听说林姑娘正病着,紫鹃忙着照顾,倘若到时候不能前去呢?
凤　　姐　（白）她能来也得来,不能来也得来! 刚才的话,都记下了没有?
众　　人　（白）记下了!
凤　　姐　（白）好,办事儿去吧!
众　　人　（白）是!
　　　　　〔众人退,傻丫头问麝月。
傻丫头　（白）咱们都知道宝二爷喜欢的是林姑娘,为什么娶的是宝姑娘呢? 又不许我们说!

麝　月　（白）你懂什么，快走！

凤　姐　（白）回来！

傻丫头　（白）啊！我还没走哪！

凤　姐　（白）刚才你说什么，再说一遍！

〔麝月拉傻丫头，不让她说。

傻丫头　（白）没……没说什么？

凤　姐　（白）敢再说一个字儿，小心撕烂你的嘴！哪儿来这么个蠢东西，要不看在你是太太身边的人，早就开出府去了！还不快下去！

〔凤姐下。众丫鬟下。傻丫头一人在台上。黛玉上，病体难支的模样。

黛　玉　（白）强撑病体过芳径，怡红轩内探知音。

傻丫头　（白）我明白是实话实说，她为什么要撕烂我的嘴？〔哭介。

黛　玉　（白）你为何一人在此啼哭啊？

傻丫头　（白）我又没说谎，她就要撕烂我的嘴，还要开我出府！

黛　玉　（白）你说的是哪个？

傻丫头　（白）琏二奶奶。

黛　玉　（白）为了何事啊？

傻丫头　（白）还不是为了宝二爷娶宝姑娘的事。

黛　玉　（白）什么？

傻丫头　（白）宝二爷娶宝姑娘的事啊！

〔傻丫头边哭边下场，黛玉头晕目眩，浑身颤抖，分不清东西南北（音乐设计可尝试幕后女声合唱【高拨子】散板）。

黛　玉　（唱）霹雳一声震青天，万里晴空起狂澜，身似落花随风卷，怎禁骤雨更摧残，天旋地转难分辨，认不清潇湘蘅芜地北天南。

〔紫鹃拿斗篷上，见黛玉模样，急忙搀扶。紫鹃扶黛玉下。

〔景：配合灯光色彩变幻，映照枯树，海棠忽明忽暗，忽红忽绿。

第七场　喜结良缘

这场"喜结良缘"没有唱念，只有众丫鬟、老苍头等，在大观园中忙里忙外，景同第二场"游园"，众人捧着花红财礼（例如一对花瓶、红盖头、红绫、红花等）忙碌异常，傻丫头可把红罗盖在自己头上，别的丫鬟再轻打她一下,然后扯去;司棋和秋纹也可学新郎新娘牵红绫进洞房,配合着国乐或曲牌,营造欢乐喜庆气氛。

第八场 潇湘梦残

〔景:潇湘馆,右半蝴蝶幕,打紫蓝冷色系灯光。左半垂纱帐,上绘翠竹。

〔黛玉斜倚大帐中,紫鹃侍候汤药。

紫　鹃　(白)姑娘!起来吃药吧!

〔黛玉摇头不吃。

紫　鹃　(白)您就吃一点吧!

黛　玉　(白)我这心病,药石难医。

紫　鹃　(白)姑娘您就别多想了,宽心调养,也免得府中之人为您担忧。

黛　玉　(白)这府中之人么?……唉,再休提起!

(唱【二黄散板】)

　　提起了府中人悲愤难忍,唯有你多情婢知己贴心。

(夹白)紫娟我托你一事,我在此别无亲人,我的身子是干净的,好歹教他们送我回去!

(接唱【散板】)

　　质本洁来还洁返,莫教污淖陷泥尘。

〔紫鹃扶黛玉躺下,雪雁哭上。

紫　鹃　(白)雪雁!老太太听说姑娘病重,可有什么吩咐?

雪　雁　(白)姐姐你就别问了!

紫　鹃　(白)怎么了?快说呀!

雪　雁　(白)宝二爷和宝姑娘就在今夜成亲,新房都另外收拾的,就是瞒着我们。他们都忙着办喜事,哪儿管得了林姑娘的病啊!

紫　鹃　(白)这些人怎么这么狠毒啊!

〔周妈妈上。

周妈妈　(白)紫鹃姑娘,紫鹃姑娘!上头唤你,快跟我去。

紫　鹃　(白)宝二爷和宝姑娘办喜事,要我紫鹃何用?

周妈妈　(白)要你搀新娘子入洞房啊!

紫　鹃　（白）周妈妈先请吧！等人死了，我们自然会到前面听使唤，只是林姑娘还有一口气呢！

周妈妈　（白）紫鹃姑娘，你这话对我说倒是使得，我可怎么回禀上头呢？

紫　鹃　（白）你尽管回禀上头，就说我紫娟向来不懂得锦上添花，等姑娘断了气，任凭处置，粉身碎骨也绝不皱眉！〔转身进房。

周妈妈　（白）这是什么话？我也是奉命行事身不由己呀！好吧好吧！不去就不去，雪雁你跟我去！走啊！走啊！

雪　雁　（白）紫娟姐姐！姑娘！姑娘！

〔周妈妈拉雪雁下。

〔迎亲音乐响起。

黛　玉　（白）紫鹃，什么声音？

紫　鹃　（白）没什么声音呀！

黛　玉　（白）你听！你听！

〔迎亲乐。

（唱【反二黄散板】转【原板】）

　　　　笙箫管笛似利刃，一声声催我的残命召我的魂。

　　　　他那里洞房春暖花烛双映合欢影，我这里冷冷清清、黄泉路上独自行。

黛　玉　（夹白）将诗稿拿来！

紫　鹃　（夹白）等身子好些再看吧！

黛　玉　（夹白）拿来！（接过诗稿）诗稿啊！

（接唱【反二黄原板】）

　　　　寂寞深闺唯你知心，赋秋声咏落花自叹飘零。

　　　　只望你寄心事抒怀写恨，只望你高山流水觅知音。

　　　　到如今一生心血谁怜谁问？一片真心反换得假义虚情！

　　　　既然是知音已绝情已尽，又何必长遗诗稿在世间存，断肠文章付火焚。

〔黛玉含泪焚稿，紫鹃拦阻不及，忙用床榻上的诗帕为黛玉拭泪，黛玉夺下诗帕。

（接唱）见诗帕更勾起多少前尘，字字行行痴情论。

　　　　丝丝缕缕染啼痕，又谁知墨迹犹新人心变！

〔黛玉撕扯诗帕，扯不断，引起一阵咳嗽，诗帕丢入火盆。

(接唱【反二黄散板】)

　　只落得一弯冷月葬诗魂！

[洞房音乐又响起。

[幕后白：一拜天地！二拜高堂！送入洞房！

黛　玉　(白)宝玉！宝玉！你好……

[黛玉死。

[全场暗灯,右半边纱帐垂下,左半边翠竹纱帐升上,露出洞房之景,映照暖红色灯光。左右两半,一冷一暖,一生一死,相互对比。周妈妈和丫鬟们在洞房中等候新人。

[当紫鹃一哭完"姑娘"后,一声凄厉的唢呐声起,似奏哀乐。但随即起【娃娃调倒板】,使生死离合在音乐上衔接。

宝　玉　(闷帘唱【娃娃调倒板】)

　　插金花、着锦袍、迎娶美眷。

[王熙凤领众丫鬟先上,回头争看新人。宝玉牵红绫引宝钗覆盖面上,雪雁搀扶。

宝　玉　(唱【娃娃调】)今日始得结良缘！

[转身进洞房,扶新娘坐下。

宝　玉　(唱【娃娃调】)

　　从今后收拾起潇湘悲怨,怡红公子慰芳颜。

　　春日里并肩共数双飞燕,夏夜抚琴理冰弦。

　　秋季乞巧共引线,冬日里折梅赏雪同赋诗篇。

　　走向前揭开了红罗盖面。

[宝玉兴冲冲地要上前揭盖头,王熙凤有些心慌,喊了声"慢着！"但又不知有什么理由阻止新郎看新娘,支吾迟疑了一下子,才想出理由,唤平儿斟酒。

王熙凤　(白)慢着！哦、哦,还没喝交杯盏呢！平儿斟酒,新郎敬新娘！

宝　玉　(白)哦！

[接酒杯,唱【娃娃调】末句。

　　饮此杯展愁眉一笑嫣然！

[上前揭盖头,宝钗笑脸相向,宝玉酒杯落地！

宝　玉　（白）啊？林妹妹？怎么不是林妹妹？怎么不是林妹妹？
王熙凤　（白）宝兄弟，你可别忘了，这金锁宝玉原是要成双成对的，你娶的自然是宝姑娘！
宝　玉　（唱【二黄倒板】）金玉良缘将我骗。
〔全场切光，左半边洞房前的翠竹纱幕再度放下，右半纱幕升起，回复潇湘馆全景。而音乐锣鼓不断，宝玉走圆场，冲进潇湘馆。
紫　鹃　（白）宝二爷！你…你…来迟了！
宝　玉　（接唱【二黄回龙】）迟一步、难会面、天上人间各一边。
紫　鹃　（夹白）你现在哭什么？姑娘临终高叫宝玉之时，你怎么不来？怎么不哭？
宝　玉　（接唱【反二黄】）
哑口无言冤难辩，空将泪眼问青天。
恨世上风刀和霜剑，逼得你魂归离恨天！
妹妹呀！自你来到大观园，日日惊心夜不眠，游园闻曲添悲怨，埋香冢泣残红愁对晚春天，只道我深情能将你忧怀遣，怎知反害你丧黄泉！
紫　鹃　（白）姑娘已被你们逼死，你还在这儿做什么！别忘了今儿个是你的洞房花烛夜！
宝　玉　（接唱）可怜你无瑕白玉遭泥陷，我岂能一股清流逐波旋，人间既难结美眷，世外重谐并蒂莲。
〔幕后一阵嘈杂之声。
〔焙茗、赖大奔上。

焙　茗
赖　大　不好了，不好了，赦大老爷和珍大爷、琏二爷的事儿都发了，圣上降旨查抄荣宁二府！〔奔下。
〔幕后白：抄家了！不好了！
〔众人惊慌逃奔。
（幕后合唱尾声曲）
眼看着起朱楼设豪宴，眼看着人散园空梦已残。
争什么富贵浮名弄机巧，终难逃无情七尺棺。
〔音乐：寺庙钟声。
〔曹雪芹上场，在一角俯瞰全局。

抛却了玉关金锁脱笼樊，

〔宝玉茫然下场。

空余下茫茫大地白漫漫！白漫漫！〔走出荣国府。

〔景：台口两座石狮子倒下。

——落幕—

剧终

选自王安祈《国剧新编——王安祈剧集》（台湾"行政院文化建设委员会"1991年版）。